THE BOY NEXT ROOM

EMMA GREEN

THE BOY NEXT ROOM

addictives

En France, dix élèves sur cent subissent
le harcèlement scolaire. Ce roman est pour eux.

"Let the sky fall
When it crumbles
We will stand tall
And face it all together."

« Laisse s'écrouler le ciel
Lorsqu'il s'effondrera
Nous nous tiendrons bien droits
Nous ferons face ensemble. »
Adele, « Skyfall »

TABLE

I. UNE NOUVELLE FAMILLE 11

II. TROUVER SA PLACE 167

III. CONTRE LE MONDE ENTIER 329

IV. MON CLAN 485

I

UNE NOUVELLE FAMILLE

1
ALLER SIMPLE

Ce bruit… infernal. Comme un milliard d'aiguilles qui piquettent ma peau.

Ma voisine mâche frénétiquement son dernier chewing-gum à la nicotine en battant de la jambe au même rythme. Elle fixe la porte de l'avion d'un œil torve. Elle lui en veut sûrement d'être si loin et si proche à la fois. Tellement visible, et pourtant inaccessible. Madame Marlboro fait rouler un stylo entre ses doigts depuis plus d'une heure, espérant que le Bic se transforme miraculeusement en une bonne clope bien fumante et bien cancérigène. Une vraie droguée. Encore une pour qui l'hypnose, l'acupuncture, le yoga, la méditation et toutes ces conneries n'ont sans doute pas marché.

Pour moi, rien n'a marché. Mais le problème n'était pas le même. Je n'ai jamais vraiment fumé. Je devrais peut-être m'y mettre : ma mère et ma psy détesteraient ça.

Je fais mon possible pour ignorer la présence toxique à ma gauche et jette un dernier coup d'œil au hublot pour vérifier que le décor n'a pas changé. Que le bitume a remplacé les nuages. On a bel et bien atterri. La France est désormais loin derrière moi. Vingt-cinq heures et quinze mille kilomètres me séparent *d'eux*.

De mon calvaire.

– Pardon, je suis pressée ! Excusez-moi ! Par… Bordel, laissez-moi passer !

Madame Marlboro se lance dans l'allée centrale en foutant des coups de coude à qui ose rester planté en travers de son chemin. Le steward posté à la sortie a bien envie d'intervenir, mais les yeux mitrailleurs de l'addict l'en dissuadent. L'homme en uniforme fait signe à ses semblables de la laisser passer. Et l'occupante de la place 6B est la première à quitter l'avion. Moi, je reste assise en soupirant dans mon coin. Pas pressée. Bien tentée de me ratatiner sous le siège 6A pour rester là vingt-quatre heures de plus. Seule.

Je n'ai pas décidé de venir, j'ai été contrainte et forcée de monter dans cet avion, sans billet retour. Mais au moins, par ici, personne ne me connaît. De ce côté du globe, je compte bien devenir transparente. Ne plus faire de vagues. Être une autre. Je glisse mon carnet à dessins dans mon sac à dos et quitte enfin le siège inconfortable qui m'a tenue prisonnière durant une éternité. Je suis une des dernières à sortir. En rejoignant le tarmac, je me prends trente degrés en pleine face. L'air chaud se faufile dans ma tignasse rousse et sous mes fringues parisiennes, bien trop épaisses pour le mois de décembre australien.

J'ai quitté l'hiver pour débarquer en plein été.

J'ai quitté l'enfer pour une autre fournaise.

En prenant le vaste couloir qui mène à la douane, au hall

d'arrivée et à mes bagages, je remonte mes cheveux longs en un *bun*, rallume mon portable et me connecte au wi-fi de l'aéroport. Autour de moi, la plupart des voyageurs parlent anglais avec un fort accent australien. Je comprends tout : je parle anglais moi aussi. Même plutôt bien pour une fille de mon âge. C'est la plus grande fierté de ma mère franco-australienne, qui se plaît à dire qu'au moins, avec moi, elle n'a pas tout raté.

À peu près tout le reste a foiré : et c'est pour ça qu'elle m'a éjectée ici, à huit fuseaux horaires de sa petite vie parfaite. Officiellement ? Elle ne savait plus quoi faire de moi. Elle n'avait plus la force de me faire la guerre ou de me maintenir en vie. De m'attendre jusqu'au petit matin lorsque je disparaissais en pleine nuit. De se rendre aux convocations du proviseur. De m'envoyer chez la psy. De retrouver des dessins surchargés sur mon oreiller et des bouteilles vides sous mon lit. Ma mère ne se sentait plus capable de cohabiter avec mes démons, de m'empêcher de me détruire.

En réalité ? Elle devait à tout prix protéger sa seconde fille – Apolline. *La réussie.*

Voilà pourquoi *la ratée* se retrouve seule au monde, moite et crevée, à Adélaïde, au sud de l'Australie, à attendre que ses foutues valises daignent enfin se pointer sur ce tapis roulant à la con. Elles non plus, elles n'avaient pas envie de venir ici.

J'aime ma vie.

Et plus que tout, j'aime celui qui s'apprête à venir me chercher. Enfin, s'il se souvient que j'existe.

Bailey Farrow : mon père. Ou plutôt mon géniteur. L'homme marié qui, dix-huit ans en arrière, s'est accouplé à ma mère lors d'une nuit de déroute – une seule – pour me créer, moi, hélas. Les proverbes ont parfois tort : le hasard fait aussi mal les choses, quand il veut. Il fait des enfants non désirés, mais gardés quand même. Un accident, voilà ce que je suis. Une surprise qui ne fait plaisir à personne. Un aléa de la vie. Voilà pour mon départ dans ce monde. J'ai rencontré ce type une seule fois depuis ; c'est à peine s'il sait prononcer mon prénom, et je m'apprête à devoir vivre chez lui.

Mon téléphone vibre dans ma poche arrière ; je vois s'inscrire le prénom de mon « meilleur Amir ».

– Besoin d'un rapatriement d'urgence ! plaisanté-je en décrochant.

– Tu sais combien ça me coûte, de te *call* chez les kangourous ? lâche sa belle voix familière.

– Amir, tu m'appelles sur WhatsApp. C'est gratuit.

– *Nope* ! Émotionnellement, rien n'est jamais *free* !

– Arrête de faire ton Amirican !

Je souris en prononçant ce surnom qui lui va tellement bien et repère enfin l'une de mes valises à quelques mètres de là.

– Tu vas me manquer, lui glissé-je. Tu me manques déjà…

– Alors, *come back* !

– OK et je vis où ? ironisé-je. Chez ta mère ?

Amir a beau fantasmer sa vie et s'imaginer partir à l'aventure, seul ou avec moi, pour vivre son rêve américain… il habite un petit appart parisien. Avec cinq frères et sœurs. Et une mère célibataire *légèrement* despotique, qui se démène pour garder ses six enfants adolescents dans le droit chemin. Autant dire que je ne suis pas la bienvenue chez les Naciri. Une histoire de « mauvaise influence », paraît-il.

– Céleste, si tu n'avais pas fait cette énorme *mistake*… murmure mon seul ami.

– Je dois y aller, Amir, mes bagages arrivent.

– Tu n'aurais pas dû fuir !

– Je n'ai pas eu le choix !

– Reviens et regarde-les *in the face*…

– Ça ne se dit pas comme ça en anglais, soupiré-je. Et je dois vraiment te laisser.

Je raccroche avant qu'il n'insiste, m'empare de ma première valise et la soulève avec difficulté. Un trentenaire souriant s'avance vers moi et me propose son aide pour la suivante. Je sursaute, l'envoie balader en français et extrais du tapis roulant le bagage d'une tonne et demie en lâchant un cri de bête.

Je n'ai besoin de personne.

Personne.

2
DIX-HUIT ANS DE RETARD

– Bonjour, Céleste. Je suis… ton père.

Il parle bien français, mais il est à la masse niveau humour.

Le type en face de moi se marre dans sa barbe avant de s'apercevoir que sa réplique est à peu près tout sauf drôle. Je plisse les yeux. Il fourre ses mains dans les poches de son treillis beige et se balance d'un pied sur l'autre. Aussi mal à l'aise que moi, sur ce parking d'aéroport, sauf que ses 48 ans et son rang paternel l'obligent à faire semblant de maîtriser la situation.

Je hais les adultes.

– Comment est-ce que tu veux m'appeler ? Bailey, ça te va ?

Je vois bien « Pauvre-Type », moi…

Et des tas d'autres options viennent fourmiller derrière mes lèvres. Mais je les ravale en me mordant la joue.

Pas de vagues, on a dit.

– Je vais réfléchir, réponds-je simplement en anglais.

– OK, reprend-il dans sa langue. On a presque une heure de route jusqu'à la maison. On va avoir le temps de faire un peu connaissance.

– C'est vrai qu'on a quelque chose comme dix-huit ans à rattraper : une petite heure devrait suffire.

Pauvre-Type ignore ma dernière réflexion, se penche pour se saisir de mes deux valises et les jette dans le coffre de son 4x4 monstrueux. Je ne m'interpose même pas. Mais je resserre ma main sur la bretelle de mon sac à dos pour qu'il ne soit pas tenté d'y toucher. Il se contente d'aller m'ouvrir la portière. Sa chemise kaki affiche une légère auréole de sueur dans le haut du dos. Et me rappelle que je crève de chaud. Il doit être dans les cinq heures de l'après-midi, mais le soleil australien forme encore une sorte de buée au-dessus du bitume brûlant. Ça grouille, ça bout, là comme sous ma peau. J'ai des boots, des chaussettes, un jean épais, un sweat à capuche et mon manteau en boule sous le bras, reliques de l'hiver parisien que j'ai quitté hier.

Dans une autre vie.

– Tu veux peut-être te mettre à l'aise ? me propose-t-il en me voyant hésiter.

– Je ne vois pas comment ce serait possible, grommelé-je avant de m'installer sur le siège passager.

Ma mauvaise humeur ne lui fait ni chaud ni froid. En fait, je le vois même esquisser un petit sourire amusé en venant reprendre sa place derrière le volant – à droite. Malgré les dix-huit années de rancœur que je traîne contre lui, je dois bien avouer qu'il a une dégaine cool, pour un père. Lunettes rectangulaires à monture foncée, cheveux bruns mal coiffés, barbe qui commence à se la jouer grisonnante, fringues décontractées et attitude qui essaie d'avoir l'air sympa. Tout le contraire de mon beau-père rigide. Que ce soit bien clair : je les déteste autant l'un que l'autre. Mais je comprends mieux pourquoi ma mère a craqué pour Bailey Farrow il y a dix-huit ans. Et pourquoi elle parle de lui comme d'un connard séducteur, capable de faire *tomber* n'importe quelle femme sous son charme, sans se soucier une seconde de comment elle va réussir à se relever.

Moi, je l'ai rencontré une seule fois jusque-là. J'avais 10 ans, et mon enfance commençait tout juste à prendre un mauvais tournant. J'ai supplié ma mère de m'emmener en Australie pour mettre un visage sur le type qui m'envoyait une lettre par an pour s'excuser, en anglais, de ne pas m'élever, avant de me souhaiter un *Happy Birthday* quand même. À l'époque, je trouvais ça fascinant. La langue étrangère que je devais apprendre pour communiquer avec lui. Son continent lointain, tout en bas de la carte. Son métier incroyable. Notre histoire secrète. J'adorais être la fille illégitime d'un brillant vétérinaire de réserve animalière, avec ses airs d'acteur et son accent australien. Et ça me semblait normal de passer après les lions, les chimpanzés et les quatre enfants qu'il avait eus avec sa « vraie » femme.

Aujourd'hui, je le hais de m'avoir laissée pourrir à Paris, avec une mère qui ne m'a jamais comprise, un beau-père qui n'a jamais voulu m'adopter, une demi-sœur qui m'a pris le peu que j'avais et une adolescence qui a ressemblé à un supplice.

Mais ça ne veut pas dire que je suis heureuse qu'il ait enfin changé d'avis.

– Je sais que je n'ai pas été présent pour toi, *Cileste*, commence-t-il en quittant le parking de l'aéroport.

Ça me fait bizarre de le voir rouler à gauche. D'entendre mon prénom avec l'accent australien. Et de parler si vite des sujets qui fâchent.

– On dit Céleste. Et on n'a pas besoin de parler de ça, le coupé-je.

– Si, insiste-t-il doucement. Je ne connais pas tous les détails, mais ta mère m'a dit que tu avais beaucoup souffert. Et si je peux te redonner goût à la vie, je vais le faire. Je suis sûr que tu vas être bien, ici, au grand air. C'est un nouveau départ pour toi. Et je suis content d'en faire partie.

– C'est faux, soupiré-je. Tu n'as pas eu le choix de m'accueillir. Et je n'ai pas eu le choix de venir. Mais on va faire avec, juste pour un an.

Je hausse les épaules et me tourne vers la vitre pour clore la discussion. Pauvre-Type n'a pas l'air de vouloir en rester là.

– Puisqu'on se parle franchement, ajoute-t-il en tentant d'attraper mon regard.

– Pitié, non…

– J'ai été un peu pris de court quand ta mère m'a annoncé que tu arrivais. Pour simplifier, j'ai dit à ma famille que tu étais la fille d'une vieille amie française qui souhaitait faire un an d'études en Australie. Et que nous allions t'héberger pour une année.

– C'est une blague ?

J'écrase mon front contre la fenêtre fraîche avant de me forcer à tourner mon visage vers mon géniteur. « Pauvre-Type », c'est encore trop gentil pour lui. Il se gratte la joue du bout de l'index, à un endroit où ça ne le gratte évidemment pas, avant de s'expliquer.

– Ma femme sait qui tu es, bien entendu. Mais mes fils ignorent que j'ai aussi une fille… et je voulais attendre le bon moment pour le leur dire, tu comprends ?

– Tout ce que je comprends, c'est que non seulement tu es un mauvais père pour moi depuis dix-huit ans, mais que tu mens aussi à tes vrais enfants.

– Vous êtes tous mes *vrais* enfants, précise-t-il. Si j'ai menti, c'est pour te protéger…

– Je ne vois pas qui ça protège, à part toi, le coupé-je.

Et, à un feu rouge, Bailey sourit de nouveau en me fixant.

– J'aime les caractères forts, francs et entiers, lâche-t-il en accélérant. L'un de mes fils est comme ça. Ce n'est pas loin d'être mon préféré.

Il essaie de plaisanter et m'a chuchoté cette fausse petite confidence pour m'amadouer. Mais je sais très bien ce qu'il se dit. Que je n'ai pas froid aux yeux, pas ma langue dans ma poche, pas l'air docile, pour une fille. Tout ce qu'on croit savoir de moi quand on me rencontre pour la première ou la deuxième fois. Il ignore tout du feu qui brûle dans ma poitrine. De ma colère toujours prête à exploser. De tous les cris étouffés devenus cette boule dans ma gorge qui m'empêche de respirer normalement. De mes cicatrices invisibles. Et de mon cœur brisé tellement de fois qu'il ne sait plus battre autrement qu'en tambourinant n'importe comment.

– Je leur dirai la vérité bientôt, je te le promets, souffle Bailey. Je te demande seulement un peu de temps. Je veux faire les choses en douceur pour mes garçons. Mais aussi pour toi, Céleste.

Il a prononcé mon prénom correctement, cette fois. Il parle beaucoup, mais il faut croire qu'il écoute un peu aussi.

– Je sais que les gros durs cachent toujours les plus grandes fragilités…

– Tu ne sais rien, grogné-je en lui coupant encore la parole. Et tu fais ce que tu veux avec tes enfants, je m'en fous. Je ne les ai jamais considérés comme mes frères, de toute façon. Je n'attends rien d'eux. Ni de toi.

Cette fois, je crois que le message est clair. Et que je vais pouvoir regarder le paysage en serrant mon sac à dos contre moi jusqu'à la fin du trajet. C'est tout ce que je demande. Peu à peu, les petites rues bordées d'arbres et de maisons basses laissent place à de grandes routes se frayant un chemin entre des dunes caillouteuses.

– Moi, j'attends de toi que tu suives les règles de la famille, annonce quand même mon géniteur. Aller au lycée et réussir ta dernière année. Travailler à la réserve pour donner un coup de main aux soigneurs. Et enfin, participer aux tâches quotidiennes de la maison. Même mon plus jeune fils handicapé n'est pas exempté. Donc ça vaut pour toi aussi. Ma femme est souvent absente, elle est très prise par ses déplacements professionnels. Alors, tout le monde met la main à la pâte.

– Pourquoi, si elle était là, c'est à elle que reviendraient les corvées ? sifflé-je sans réfléchir.

Bailey se marre dans sa barbe, encore. Ça m'énerve de le divertir. Mais il a la bonne idée de se taire un moment. De l'autre côté de la vitre, les voitures se raréfient, le vert roussit, le bitume recule et la nature gagne tranquillement du terrain. Un immense horizon s'ouvre devant moi, de l'herbe sèche, des roches plates et du silence à perte de vue. C'est à peu près aussi effrayant qu'apaisant.

– J'ai monté le plus grand parc animalier d'Australie, Céleste, tu sais ? Je sauve chaque année les animaux les plus blessés, les plus traqués, les plus menacés. J'aime les causes perdues. Les bêtes les plus sauvages. Et je ne cherche pas à les dompter ou à les changer. Je les prends comme elles sont.

Nos regards se croisent une seconde.

– Juste avec dix-huit ans de retard, lui rappelé-je.

3
MOITIÉ DE FAMILLE

Aller vivre chez son père, c'est une chose. Un truc bien connu des enfants de divorcés quand ils veulent faire payer l'un ou l'autre, à tour de rôle. Mais c'est autre chose que de débarquer chez son père qu'on connaît à peine et qui vit de l'autre côté de la planète au beau milieu d'une réserve animalière. Pas un zoo ou un refuge pouilleux pour animaux. Non, un gigantesque safari-parc, qui maintient les bêtes sauvages en liberté et permet aux visiteurs de les découvrir dans leur environnement brut, au plus proche de la nature. Les brochures parlent aussi d'un programme de reproduction en captivité pour protéger les espèces rares en voie d'extinction. Et d'une clinique vétérinaire à la pointe pour assurer les sauvetages les plus périlleux.

Ce décor ferait rêver n'importe quel enfant.

Sauf que je déteste les bestioles, la poussière, la campagne et tout ce qui se rapporte de près ou de loin à la faune et à la flore. Je n'ai jamais eu ni chat ni chien, jamais rêvé d'un hamster à cajoler, à baptiser Noisette ou Caramel, à observer couiner et tourner dans sa roue. Jamais. Je suis née et j'ai grandi à Paris. Dans une rue sans arbre et un immeuble si haut qu'il m'a toujours caché le ciel. Pour moi, les rares apparitions de la nature ont toutes la même forme, le même bruit et la même odeur : des pigeons stupides qui viennent se cogner contre les fenêtres et repartent en déféquant sur le balconnet où personne ne va jamais.

– Bienvenue chez toi, me lance Bailey en ouvrant grand les bras.

Et la porte de sa villa. Elle s'étend sur un seul niveau, mais forme un L colossal, aussi vaste qu'isolée. Autour, pas un voisin, pas une maison, pas un magasin, pas de cage ni d'enclos comme je l'imaginais. Pas même une odeur lointaine ou un bruit d'animal. Pas une trace de présence humaine. Je suis sûre que mon cri me reviendrait en écho si je hurlais mon effroi d'être là. On se croirait littéralement seuls au monde. Sous un ciel sans nuage, au milieu d'un désert d'herbe et de terre, prêt à vous engloutir si vous ne décidez pas de rompre vous-même le silence.

– Il n'y a personne ? bredouillé-je en passant la porte.

– Oh si, ne t'inquiète pas… Il y a de la vie, par ici.

Et Bailey glisse son pouce et son index dans sa bouche pour émettre un puissant sifflement, qui me résonne dans toute la tête. Quelques secondes plus tard, un troupeau de garçons et de chiens déboule dans le hall d'entrée en courant, boitant, roulant ou jappant. Et je me prends une énorme claque en découvrant cette moitié de famille qui est censée être la mienne. Ces demi-frères qui sont si loin de moi. Et soudain si près.

– Les gars, je vous présente Céleste Hardy, dont je vous ai parlé.

– Salut.

– Hey !

– Yo.

– Céleste, je te présente mes fils. L'aîné, Asher. Le troisième, Jagger. Et le petit dernier, Kasper. Il manque le deuxième, qui ne devrait pas tarder, River.

Le temps que j'enregistre toutes ces informations et que je bredouille un *Hello* à peine audible, le plus vieux me tend la main, le plus jeune me sourit et le troisième me tourne autour en se dandinant sur son skate. Ils doivent avoir approximativement entre 12 et 20 ans. Tous des sourires incroyables, des gestuelles cool, une assurance que je n'ai jamais vue chez des adolescents en France, le tout dans un joli camaïeu de teints hâlés, de cheveux dorés et de regards bleutés.

Amir rêverait d'être l'un d'eux.

Je rêverais d'être loin d'ici…

Pendant qu'ils découvrent mon *bun* roux, mes yeux sombres, mes traits tirés et mon mal-être caché sous mes fringues d'hiver, j'observe ces étrangers. Ces moitiés de frères que j'ai si longtemps imaginés. Et je n'ai pas l'impression d'avoir le quart d'un millième de chose en commun avec eux.

– Si tu as besoin d'aide pour quoi que ce soit, n'hésite pas, me glisse gentiment le premier.

Asher a les cheveux longs, très longs pour un garçon, blond foncé, et des yeux doux, très doux pour un garçon aussi. En tout cas, pour ceux que je connais. Un chien très poilu est sagement assis entre ses jambes écartées. Son maître se penche pour le caresser longuement sous la gueule et le visage du blond se retrouve recouvert par ses cheveux.

– Si tu as envie de t'amuser, c'est plutôt par là que ça se passe, m'apprend Jagger avec un sourire.

Le garçon du milieu se pointe lui-même du pouce et arrête enfin son skate en le relevant du bout du pied. Il a les cheveux plus courts et les gestes plus nerveux, mais les mêmes beaux yeux gris-bleu que son frère. Et un chien au poil ras, aux oreilles tombantes et à la langue pendante, qui tournoie sans cesse entre lui et moi.

– Si tu as des questions, conclut le petit dernier, c'est moi qui ai toutes les réponses.

Kasper doit avoir 12 ou 13 ans, et je découvre sous son bermuda une prothèse métallique noire à la place de sa jambe droite. Du même côté, son bras me semble atrophié, inerte, rangé dans sa poche et incapable d'en sortir. Je me demande ce qui lui est arrivé, mais j'essaie de ne pas m'y attarder. Son énorme chiot labrador, couleur chocolat, renifle avec insistance la poche avant de mon sac à dos.

– Tu as de la drogue là-dedans ? me demande Kasper, l'air suspicieux.

– Non, bien sûr que non ! me défends-je.

– Dommage ! se marre Jagger en tirant la langue.

– Kasper plaisantait, on voulait juste entendre le son de ta voix, m'explique Asher, amusé. Tu parles bien anglais, tu comprends tout ce qu'on dit ?

J'acquiesce bêtement, avant de prendre conscience que j'aurais dû prétendre le contraire pour échapper à cette discussion.

– Et River, qu'est-ce qu'il fabrique encore ? s'impatiente le père de famille.

– On n'est pas obligés de faire ça, tenté-je d'une petite voix pour mettre fin à ces présentations interminables.

– Oh que si ! insiste le jeune Kasper. Tu vas voir, c'est le moment le plus marrant.

De son bras valide, il me désigne son frère aîné, qui est en train de s'attacher les cheveux dans une queue-de-cheval négligée.

– Asher a 21 ans, il est passionné d'animaux et veut devenir soigneur, vu qu'il n'est pas assez ambitieux pour finir vétérinaire comme notre père.

– Commence pas, toi ! grogne l'aîné. Je veux bosser auprès des animaux, pas les ouvrir en deux pour les charcuter.

– Son chien est un berger australien qui est plus intelligent que tous les autres êtres vivants présents dans cette pièce.

– Et plus obéissant aussi, ajoute Bailey en souriant.

– Jagger a 17 ans, poursuit Kasper en pointant son autre frère, un QI très inférieur à la moyenne, qu'il compense par une somme astronomique de conquêtes féminines.

– Ferme-la, tu ne sais même pas de quoi tu parles, se marre le principal intéressé.

– Et son chien est un beagle totalement indiscipliné et à peu près aussi pénible que lui.

– On ne « discipline » pas les animaux, précise Bailey à mon intention.

– Et moi, Kasper, finit le petit, j'ai 13 ans et demi, deux membres sur quatre hors service, mais un cerveau qui carbure à deux cents pour cent. Et un labrador censé être mon chien d'assistance, mais, pour l'instant, c'est plutôt moi qui tire ce gros boulet vers le haut…

Le garçon en bermuda glisse son pied métallique et sa vraie Converse sous les fesses du chiot empoté pour le relever. Mais le bébé labrador s'affale encore un peu plus pour profiter de cette gratouille à un endroit apparemment sensible.

– Dans notre famille, tous les enfants reçoivent un chien à leur treizième anniversaire, me raconte le bavard. C'est une façon de nous responsabiliser et de nous accompagner dans l'adolescence. Pour avoir quelqu'un avec qui devenir adulte, quoi. Un compagnon de route pour notre future vie. C'est nous qui les avons choisis.

– Cool, réponds-je, faute de mieux.

J'ai plutôt envie de m'enfuir et qu'on arrête de me parler.

– Je crois que tu la saoules, intervient le rigolo.

– Le voyage depuis la France a dû être fatigant, tente de m'aider le gentil.

– Et toi, t'as eu quoi pour tes 13 ans ? insiste le plus petit.

– Principalement des emmerdes, soufflé-je avec un regard vers Bailey.

Mon géniteur se gratte nerveusement la joue, puis me glisse à voix basse :

– Ici, on essaie de ne pas dire de gros mots.

J'ai envie de lui faire avaler son sourire faux, mais le quatrième frère se pointe à ce moment-là en traînant des pieds. Un casque enfoncé sur ses cheveux ni courts ni longs, ni bruns ni blonds, un air mauvais au fond de ses yeux plissés et un chien musculeux collé à sa jambe, avançant avec une démarche de jaguar prêt à bondir. Je ne sais pas lequel des deux me fait le plus peur. Ou me fascine le plus.

– River, cinq minutes de retard, gronde son père.

– Je ne suis pas un chien qu'on siffle, grogne le fils.

– Juste le deuxième de la fratrie, 19 ans, pas d'avenir, pas d'amis et un amour immense pour la vie, résume le petit frère, ironique.

– Un mot de plus et je donne ton chiot à bouffer à mon chien, le menace River.

– Ah oui, j'ai oublié les présentations canines, ajoute Kasper en se tapant la tête. Lui, c'est Lynx, un bâtard croisé boxer et husky qui allait droit à l'euthanasie, et que ce sauveteur au grand cœur a sorti d'un refuge en pleine nuit, en fracturant une porte et deux fenêtres. Ça lui a valu son premier passage chez les flics et un an de punitions de la part des parents.

– Mais tu as eu le chien…

J'ai prononcé ces mots sans y penser, avec une voix enrouée qui a eu du mal à sortir et une sorte d'admiration que j'aurais préféré retenir. River pose pour la première fois son regard sur moi. Des yeux noisette, brillants, méchants, encore un peu plus plissés qu'avant. Puis il retire lentement son casque et l'abandonne autour de son cou. Ses cheveux châtains mal rangés lui retombent sur le front ; il les chasse d'un petit coup de tête sur le côté, qui ressemble autant à un tic nerveux qu'à un geste d'agacement.

– J'ai eu le chien, confirme-t-il en laissant son regard planté dans le mien.

J'ai un coup de chaud, aussitôt suivi d'un frisson qui me glace le sang. Je fuis et tombe sur les yeux gris perçants de Lynx qui me dévisagent aussi. Je voudrais partir en courant mais je demeure figée. Ce garçon a une beauté animale, troublante, des traits fins, aiguisés, un menton qui reste relevé, tout le temps, comme s'il cherchait de l'air pour respirer… ou quelqu'un à défier.

– C'est bon, je peux y aller maintenant ? demande River sans attendre la réponse.

Il glisse de nouveau son casque sur sa tête, claque deux fois des doigts et tourne les talons, son chien flippant collé à ses basques.

– Dîner dans dix minutes ! lance Bailey d'une voix forte en direction de son deuxième fils, qui ne réagit pas.

Heureusement pour moi – et l'ambiance générale désastreuse –, le quatrième continue à meubler en me présentant maintenant les chiens.

– Le berger australien d'Asher s'appelle Fox, rapport à son côté rusé. Et il ressemblait vraiment à un petit renard quand il était bébé. Le beagle mal élevé de Jagger, c'est Monkey, parce qu'il a toujours sauté partout comme un singe enragé. Et pour ma chienne, j'ai longtemps hésité avec Otarie, mais j'ai fini par choisir Bear ; il suffit de la regarder pour savoir pourquoi.

Le labrador chocolat aux allures de nounours pataud se dresse péniblement sur ses pattes arrière et grimpe au cou de son jeune maître, le déséquilibrant au passage.

Bailey retient Kasper d'une main, Asher fait descendre le chiot grassouillet et Jagger se marre, pendant que mes yeux continuent à suivre River. Au loin, en laissant sa main courir le long du mur, il finit par disparaître dans l'embrasure d'une porte. Qui claque. Et je trouve de nouveau le courage de parler.

– Je voudrais aller me reposer. Est-ce que vous pouvez me montrer ma chambre ?

Des bruits de pas pressés martèlent le sol derrière moi et

une femme apparaît dans un courant d'air froid. Belle, blonde, un carré effilé, un maquillage soigné, un tailleur classe et des escarpins à petits talons qui lui donnent une allure d'hôtesse de l'air ou de femme d'affaires. Elle pousse une petite valise rouge à quatre roulettes et se glisse entre Kasper et moi. On s'est déjà rencontrées il y a huit ans et elle sait pertinemment qui je suis puisque je sais pertinemment qui elle est : Georgia Farrow, la femme de Bailey, la mère de ses quatre *vrais* enfants. Sans un regard dans ma direction, elle embrasse bruyamment son plus jeune fils, comme si je n'existais pas.

– Céleste est arrivée, lui dit bêtement Bailey, comme si elle était aveugle.

– J'ai vu ça… Bonjour, lâche-t-elle du bout des lèvres.

Je ne sais pas si elle sourit ou grimace puisqu'elle me tourne toujours courageusement le dos.

– Tu ne dînes pas avec nous ? lui demande son mari.

– Oh, tu repars déjà, maman ?

– Je dois être à Sydney ce soir pour attraper mon vol en correspondance tôt demain matin, explique-t-elle en frottant la trace de rouge à lèvres laissée sur la joue de Kasper.

– OK…

– Prenez soin les uns des autres, d'accord ? lance Georgia en allant poser sa main sur l'épaule d'Asher puis dans les cheveux de Jagger. Où est River ?

– Dans sa chambre.

– Dites-lui au revoir pour moi, je dois y aller, décide-t-elle en regardant sa petite montre dorée. Je rentre dans une semaine. Faites attention à vous, mes garçons.

Et je prends cette petite phrase pour moi, ou plutôt contre, comme si j'étais clairement la menace.

– Ne t'inquiète pas pour nous, on va se débrouiller ! répond Bailey sur un ton qui se veut léger.

Mais je ne suis pas certaine qu'il était inclus dans les « garçons » dont parlait Georgia avec amour. Son mari lui glisse une main dans le dos et se penche pour un baiser d'au revoir, qu'elle esquive subtilement en allant attraper la poignée de sa valise. J'ignore si les frères sont dupes de ce petit manège dansant, fuyant, faussement souriant, mais ils saluent simplement leur mère, qui quitte la maison. Sans plus me saluer maintenant que tout à l'heure.

Et je comprends que la femme de mon géniteur est clairement opposée à ma présence sous son toit. Je me demande même si elle a vraiment eu le choix. Et je décide dans ma tête que Pauvre-Type est donc marié à « Belle-Pouf ». Ça ressemble à « belle-mère », mais en plus vrai.

– Dîner dans cinq minutes ! rappelle Bailey à haute voix.

Ses fils acquiescent, sourient ; Jagger tournoie de nouveau sur son skate en excitant son chien ; Kasper demande à son père ce qu'on mange ; Asher propose de me faire visiter la maison, et ma jauge de bruit, de gens, de tensions et d'émotions est sur le point de déborder. La crise d'angoisse me guette.

– Juste ma chambre, s'il te plaît. J'ai *vraiment* besoin d'être seule.

– Au bout du couloir, avant-dernière porte à gauche, annonce rapidement mon père pour m'empêcher d'exploser.

– Merci. Désolée pour le dîner.

Demi-frères, belle-mère, pseudo-père… Même cette moitié de famille, c'est déjà trop pour moi.

4
COMME UN ÉCHO

En apnée, je remonte mon sac à dos sur mon épaule, j'abandonne mes valises dans l'entrée de la villa et j'emprunte le long couloir aussi vite que je peux marcher sans avoir l'air de courir. Ce n'est qu'une fois la porte refermée que je m'autorise enfin à respirer. Je trouve une chambre soignée, spacieuse, aux grandes baies vitrées donnant sur le parc. Je m'assieds contre le mur le plus proche, à même le sol, dans un recoin à l'abri de la lumière, puis je vide mon sac et en sors mon ordinateur portable. Je me connecte au wi-fi comme une junkie, les mains tremblantes, pas de mot de passe requis, mon cœur fait des bonds à chaque son, chaque fenêtre qui s'ouvre, mes doigts pianotent dans le vide pendant que Skype démarre, m'identifie, plus long que d'habitude, pas normal, ah si, j'y suis. Je lâche un lourd soupir. À cet instant, je descendrais bien une plaquette de n'importe quel médoc contre l'anxiété, mais je me rue sur l'unique remède auquel j'ai droit : mon indéfectible lien vers la France et vers ma vie d'avant. Mon unique confident.

Mon meilleur Amir.

Pas le temps pour la webcam, le son, le micro… L'écrit suffira. Pour ce soir. Pour vider mon sac et ma jauge trop pleine.

[Amir, t'es là ?]

[Je te vois connecté !]

[Merde, réponds-moi !]

Je consulte mon portable, qui s'est mis tout seul à l'heure d'ici. Le traître. Il est neuf heures trente de plus qu'à Paris. Dix-neuf heures ici, donc neuf heures et demie là-bas. Merde et re-merde. Amir n'est pas du genre *geek* accro aux jeux vidéo, qui joue au foot en ligne ou tue des zombies en réseau. Mais c'est bien un *cyber addict* qui passe à peu près tout son temps libre devant un écran, ordi ou téléphone, tous les matins, tous les soirs, tous les week-ends, tous les intercours et une bonne partie de ses nuits, à discuter avec ses amis virtuels, vu qu'il n'en a pas dans la vraie vie.

À part moi… Qui suis partie.

[Qu'est-ce que tu fous,
j'ai besoin de te raconter !]

[T'es là ou pas ?]

[Bon, tant pis,
tu liras quand tu pourras !]

[Je suis tombée dans une maison
de fous, au milieu d'une sorte
de désert, sauf qu'il y a l'air
d'avoir de l'eau. Et Internet.
Dedans, c'est le grand luxe,
genre hôtel cinq étoiles.
Mais entre les gens,
c'est plutôt ambiance camp
de redressement.
La mère est horrible,
elle déteste mon père.
Et moi, encore pire.
Elle n'a même pas fait semblant
d'être polie. Et elle est déjà repartie.
Lui, il la joue cool et nonchalant ;
il sourit tout le temps,
mais c'est le chaos là-dedans !
Il siffle ses enfants pour
qu'ils rappliquent, y en a un
qui a failli en cogner un autre
et lui, il n'a même pas de jambe !
Enfin si, une. Et ils ont tous
des chiens, tous ! Qui ont des noms
d'animaux, c'est du délire !
Pas Médor, Rex, Chipie
ou je ne sais quoi,
des noms d'AUTRES animaux.
Les mecs ont appelé leur chien
Renard, Lynx, Singe et Ours,
tu suis ? Bref...]

[What the fuck ?
Céleste, t'as pris quoi ?
Je comprends rien !
Mais j'adore ! Continue !]

[Ouf, t'es là !]

[Et les quatre brothers,
ils sont comment ?]

[Tous beaux gosses,
comme le père.
On dirait des acteurs
dans une série pour ados.]

[No way ! Même celui
qui est sans jambe ?]

[Ouais, c'est le plus petit.
Lui, il est du genre surdoué,
il parle bien, il fait des blagues,
il est mignon. Touchant.
Mais saoulant. Kasper, il s'appelle.
Sinon, il y a Asher, l'aîné,
avec de longs cheveux blonds
et des traits parfaits, l'air gentil,
genre Ken déguisé en Barbie.
Et puis Jagger, l'agité,
sûrement sympa mais fatigant.
Et le pire, c'est River,

qui m'a fusillée du regard
et qui est reparti
avec sa bête féroce de clébard.
C'est le plus beau des quatre,
mais il a l'air de haïr
la terre entière…]

[Ça vous fait un point commun.]

[Non, rappelle-moi
de le garder à distance,
celui-là.]

[OK, donc Asher le perfect,
Jagger le fun, River le bad boy
et Kasper le genius handicapé…
Je me fais des fiches
sur les sept nains
pour essayer de suivre.]

[C'est pas le bon ordre.
Asher, River, Jagger, Kasper.
21, 19, 17 et 13 ans.
Fox, Lynx, Monkey et Bear,
les chiens. Et j'ai choisi
Pauvre-Type et Belle-Pouf
pour les parents. Ça te va ?]

[J'ai plus besoin de mater Netflix,
c'est toi et ta vie,

ma new série préférée !
Moi aussi, je voudrais un autre père
et plein de demi-frères inconnus…]

[C'est pas mes frères, Amir,
je les connais même pas.
En plus, ils ne savent rien de moi.
Pauvre-Type ne leur a rien dit…]

[What ? Et s'ils tentent de te…]

Mon meilleur ami m'envoie un GIF un peu obscène, puis des tonnes de smileys qui pleurent de rire. Moi, j'ai des tonnes de souvenirs amers qui me remontent dans la gorge et me brûlent les yeux. Des histoires de garçons que j'ai laissées à Paris et que j'aimerais effacer de ma mémoire, de mes cauchemars, de ma vie.

[Pardon, Céleste,
je suis trop con,
c'est pas ce que je voulais dire.]

[Pas grave.]

[Il ne va rien t'arriver,
je te le jure !]

[C'est bon, je te dis.
Je dois y aller, en plus.]

[OK!]

Mon Amirican est encore en train d'écrire mais je lui envoie nos smileys habituels de fin de discussion – un type qui montre ses fesses, une petite tête de diable et deux poings qui se cognent – avant de refermer le capot de mon ordinateur. Ma tête roule en arrière, rencontre le mur. Je tente de contenir les larmes qui affluent et la douleur qui se réveille sous ma peau. Je ferme les paupières et fais cogner mon crâne contre le plâtre si dur. Quatre fois. Juste ce qu'il faut pour chasser le plus gros de mon cerveau.

De l'autre côté du mur, des coups me reviennent. Comme un écho. Quatre coups, tapés au même rythme que les miens.

Je sais très bien qui est là. Je l'ai vu entrer tout à l'heure. Le rebelle au regard brillant. Suivi de son chien aux yeux perçants. River et Lynx. Le frisson et son ombre glacée.

5
EN TERRE SAUVAGE

– Debout, là-dedans, il est six heures !

J'étais en train de rêver d'*eux*. De leurs yeux glaçants, leurs mains brûlantes et leurs rires cruels. À peine sortie de mon cauchemar, je plonge la tête la première dans un autre, bien plus réel, bien plus bruyant et remuant.

Bailey entre dans ma chambre sans y avoir été invité et cherche à m'appâter.

– La machine à café t'attend à la cuisine ! lance-t-il. À moins que tu ne sois plutôt thé... ? Chocolat chaud ? Jus de fruits ? Ta mère n'a pas mentionné tes préférences.

Je roule dans mon lit en grommelant, m'allonge en travers, soupire rageusement et cherche la position, l'angle, l'axe qui me permettra de fuir cette voix que j'ai si peu entendue durant dix-huit ans... mais qui n'a plus l'air de vouloir se taire et résonne sans cesse dans ma boîte crânienne depuis douze heures. Mon géniteur s'écoute parler en me déroulant le programme de la journée. Je bloque les mots, les sons, refusant de quitter mon lit. J'ai dû dormir trois heures. Entre le manque de sommeil et le décalage horaire, je suis complètement à l'ouest. Et sur les nerfs.

– On ne frappe pas avant d'entrer dans ce pays de sauvages ? grogné-je en fixant l'homme au treillis beige.

– Charmante, dès le matin, se marre mon géniteur. J'ai frappé dix fois.

– La rentrée, c'est dans un mois ! râlé-je en enfonçant mon visage dans l'oreiller.

– Il n'y a pas que le lycée dans la vie. Ici, on se lève tôt et on bosse dur. Plusieurs centaines d'animaux comptent sur nous…

Je coupe de nouveau le son en balançant ma couette par-dessus ma tête mais, immédiatement, deux mains robustes agrippent la couverture. Ma cape d'invisibilité glisse sur moi et m'abandonne lâchement pour atterrir au pied de mon lit. Je tire sur mon débardeur Arctic Monkeys et sur mon bas de pyjama avant de m'asseoir tout en haut du lit, les bras resserrés autour de mes genoux repliés.

– Ça s'appelle un abus de pouvoir, ça ! m'écrié-je, enragée, en direction de mon père biologique.

– Diane m'avait prévenu que tu étais une dure à cuire…

Ma réticence à coopérer et mon humeur de chien semblent l'amuser. Ce type ne ressemble à aucun adulte ayant eu affaire à moi jusque-là. C'est… déconcertant. Horripilant.

– Ma mère peut aller se faire voir ailleurs. Et t'envoyer une invitation !

– Tu as quinze minutes pour te préparer, chantonne Bailey. Après ça, le petit déjeuner te passera sous le nez…

Avant de décamper, le maître des lieux se rend jusqu'à

la grande fenêtre, écarte les rideaux d'un geste brusque et me sourit tandis que la lumière du jour achève de m'aveugler.

Sale type.

– Je savais que j'aurais dû fermer à clé, marmonné-je au moment où il s'éloigne enfin.

– Pas de clé ! m'apprend-il depuis le couloir.

– Et mon intimité ?

– Tu auras ta clé quand tu auras gagné ma confiance, *Cileste* !

– Mon prénom, c'est « Céleste » ! Avec un *é* !

– OK, Cileste.

Je lâche un cri de rage, puis sursaute lorsque deux grands coups retentissent de l'autre côté du mur.

– Vous allez la fermer, oui ? intime une voix rauque.

River.

Apparemment, je ne suis pas la seule à ne pas être du matin.

***

Ma mère m'avait bien vendu le truc. Tellement bien que je pourrais lui intenter un procès pour « publicité mensongère ». Sans pour autant me laisser le choix de déménager en Australie ou pas, en prenant toutes les décisions à ma place, elle a quand même essayé de me dépeindre un tableau idyllique : « Un mois de vacances, de repos et de farniente dans un endroit paradisiaque. » Voilà ce qu'elle m'a fait miroiter. Exactement ce dont j'avais besoin, selon elle, avant de faire ma rentrée dans mon nouveau lycée. Elle m'a promis un beau soleil d'été et des plages sublimes, pas cette canicule moite et ce désert sans fin. Et elle a clairement oublié de mentionner le tortionnaire qui allait me servir de père et les travaux d'intérêt général auxquels j'allais devoir m'adonner dans son foutu parc animalier.

Elle m'a menti de A à Z. Et je ne sais même pas pourquoi ça m'étonne.

– C'est un peu douloureux, les premiers jours, mais on s'y fait vite…

J'avale ma gorgée de café de travers et me retourne vers le grand blond, que je n'ai pas entendu arriver. Il me tend un bagel.

– Quoi ?

– Se lever avant le reste du monde, se marre l'aîné des frères Farrow. Tu vas t'habituer.

Son chien débarque à son tour dans la grande cuisine aux couleurs beige et inox, et s'assied sagement à ses pieds. Je refuse le bagel mais me fais couler un deuxième café noir. Contrairement à moi, Asher n'a pas l'air de tomber du lit. Barbie-Ken arbore une mine radieuse ; sa tignasse rassemblée dans une sorte de *man bun* lui va bien, et ses fringues – polo noir et treillis kaki – sentent bon la lessive et le garçon propre sur lui. À côté, je dois ressembler à une souillon. Mes cheveux cuivrés sont indomptables, mes cernes creusés et je me suis contentée d'enfiler un vieux jean et le premier haut déniché dans ma valise. Un tee-shirt gris tout simple, qui, par le plus grand des hasards, se trouve être décoré d'un beau gros doigt d'honneur au milieu.

Céleste Hardy, ou comment se faire des amis en dix leçons.

– Alors, comme ça, on fait équipe aujourd'hui ? me balance Asher en souriant à mon tee-shirt.

– Bailey est censé me montrer…

– Déjà parti au bloc, me coupe son fils.

– Au bloc ?

– On vient de nous apporter un wallaby en sale état, ramassé sur le bord de la route. Mon père va tenter de le sauver.

Le blond me fixe de son regard bleu doux et je me surprends à ne pas le fuir. Pas tout de suite, en tout cas. Ce garçon est charmant. Rassurant.

– Ça va lui prendre longtemps ? demandé-je.

– Je crois qu'il a deux autres opérations prévues derrière. On ne le verra pas avant le déjeuner.

Un sourire m'échappe, cependant qu'une fabuleuse idée me traverse l'esprit.

– Merci pour la proposition, dis-je en allant poser ma tasse dans l'évier. C'est tentant de bosser avec toi, mais je vais plutôt retourner au lit !

Asher fixe ses pieds un instant, puis lâche un rire guttural.

– Quoi que je dise, tu ne vas pas changer d'avis, hein ? devine-t-il.

Je hausse les épaules et me rapproche lentement de la sortie.

– Tu sais que j'aurais pu te montrer des trucs cool ? Des animaux rares, des espèces en voie d'extinction, des…

– Désolée, je ne comprends pas bien ce que tu me dis, rétorqué-je en m'éloignant à reculons.

– Céleste, tu parles anglais aussi bien que moi, soupire-t-il.

On échange un sourire, puis je me retourne pour quitter

la cuisine. Sauf que quelqu'un se trouve en travers de mon chemin.

– Une fois que tu as réveillé la terre entière, tu retournes tranquillement te coucher, c'est ça ?

Un visage en colère. Des cheveux châtains en désordre. Deux yeux noisette défiants, magnétiques, qui transpercent. Un casque autour du cou et des manches de sweat retroussées sur des avant-bras bronzés. Voilà ce que je vois.

Voilà ce que je ne peux m'empêcher de fixer.

– River, fous-lui la paix, c'est son premier jour, souffle l'aîné.

Le rebelle me contourne, suivi par son ombre à quatre pattes. Contrairement à son maître, le chien ne m'adresse pas même un regard. Si je résume, ça fait au moins deux membres de cette famille qui se croient trop bien pour moi. Arrivé face à une étagère, le sauvage attrape un paquet de céréales, y plonge la main et en sort une poignée, qu'il verse directement dans sa bouche, avant d'en balancer quelques-unes à son molosse.

– Oh, salut ! s'écrie alors Kasper à ma droite.

Le petit dernier se pointe, jovial, son ours dodu au bout d'une laisse.

– Qu'est-ce que tu fous là ? s'étonne Asher. Tu pouvais faire la grasse mat', aujourd'hui, Kas !

– Je voulais voir notre nouvelle recrue, riposte l'ado.

– C'est bon, tu m'as vue, je peux retourner me coucher…

Je me force à lui sourire, et surtout à ignorer les deux iris bruns et brillants qui ne me quittent pas, de l'autre côté de la pièce. Bêtement nerveuse, je glisse une mèche de cheveux derrière mon oreille – vieille habitude d'enfance dont je n'arrive pas à me défaire. Puis je m'éclipse et vais m'enfermer dans la chambre dont je ne possède pas la clé. Je cale une chaise derrière ma porte, espérant avoir réussi à bloquer la poignée, puis me glisse sous la couette.

Je suis épuisée, mais le sommeil ne revient pas.

***

Le deuxième jour, Bailey a compris à qui il avait affaire : il me réveille de nouveau aux aurores mais, cette fois, il ne me lâche pas d'une semelle. Je passe ma matinée à bord d'un vieux 4x4 défoncé, à balancer de la nourriture dans les enclos géants de la réserve. Je croise des tonnes de petites et grosses bêtes à poils, à plumes et à écailles. Je ne fais pas semblant de me passionner, j'exprime ouvertement mon manque d'intérêt, mais mon géniteur s'obstine à me bassiner de tout ce qu'il sait sur la faune et la flore du coin.

On parcourt des dizaines de kilomètres ainsi, lui et moi, comme si de rien n'était. Comme si Bailey Farrow n'était pas la plus grosse blague au monde, niveau devoir paternel.

– Je sais que tu ne m'apprécies pas beaucoup et je comprends pourquoi, avoue le vétérinaire en garant son Land Cruiser. Mais laisse une chance à tes frères…

– Je n'ai pas de frères, rétorqué-je en sautant du 4x4.

J'étais censée accompagner Asher pour une virée courses, cet après-midi-là, mais je me retire dans ma chambre pour n'en sortir qu'à la nuit tombée, trahie par ma faim. Les garçons ont déjà dîné ; je trouve à la cuisine une assiette de pâtes qui m'est sûrement destinée et la dévore dans mon coin. Lorsque je retourne me coucher, River a mis sa musique à fond dans la pièce d'à côté.

Je donne deux coups dans notre mur commun ; il me répond par trois. Quatre coups de mon côté, et il augmente le volume. Je laisse tomber.

***

Le troisième jour, je fais équipe avec Jagger. L'excité de service m'emmène en quad dans l'enclos des suricates qu'il faut nettoyer, en roulant sur toutes les bosses qu'il trouve. Le taré tente des dérapages hasardeux et fait ronfler son moteur. Je m'accroche à lui, à deux doigts de mordre la poussière, ce qui le fait marrer.

– N'insiste pas, je ne sors pas avec des nanas plus vieilles que moi !

– On a à peine un an d'écart, grommelé-je avant de me rappeler que je m'adresse à mon demi-frère et que cette discussion n'a pas lieu d'être.

– T'es plutôt mignonne, mais j'ai déjà du mal à jongler avec mes trois meufs, tu comprends ?

– Jagger, ferme-la avant que mes ongles ne s'enfoncent dans tes yeux…

En plus d'être laids et totalement débiles, les suricates sont dégueulasses. Ce qu'ils ont laissé derrière eux dans leur abri de nuit nous occupe une bonne heure. Soixante minutes pendant lesquelles je dois ramasser des trucs innommables et me coltiner l'autre Casanova, ses yeux de voyeur et ses blagues de cul.

À part ça, Jagger est plutôt sympa. Il est le seul à se

comporter naturellement, comme si ma présence chez lui ne changeait rien à sa vie. Il ne se plie pas en quatre comme Asher. Ne cherche pas à me plaire comme Kasper. Ne semble pas me haïr comme River.

***

Le quatrième jour, c'est Asher qui me récupère après le déjeuner. Je viens de m'envoyer un énorme *« BLT »*, comme ils l'appellent ici – un copieux sandwich bacon-laitue-tomate –, et une sieste me tente bien plus qu'un tour en voiture avec le meilleur ami des animaux. Mais si je veux qu'on me foute la paix, je dois me plier au programme. Au volant de sa camionnette pleine de tags colorés – l'œuvre de Jagger, apparemment – le grand blond entreprend de me transmettre sa passion. Il s'arrête pour aller réparer un bout de grillage abîmé ; je le suis, me pose dans un coin et griffonne les croisillons dans mon carnet à dessins. Asher me parle des espèces en voie d'extinction qu'ils essaient de préserver ici : des diables de Tasmanie, des marsupiaux, des rats-kangourous et de nombreuses autres bestioles qui ne m'attirent pas vraiment et dont j'ai déjà oublié le nom.

Mais Asher est calme, serein, facile. Il émane de lui une assurance tranquille, une lumière douce, quelque chose de simple et de naturel qui m'apaise sans que je m'en rende compte. Petit à petit, au fil des heures passées avec lui, j'en viens presque à me sentir bien en sa présence.

– C'est normal que tu aies besoin de temps pour t'acclimater, me glisse-t-il une fois notre tâche terminée. Je peux t'aider. Te sortir d'ici quand tu en as besoin. T'emmener en ville ou ailleurs, si ça te dit.

– Non, merci.

Le garçon au chignon n'insiste pas, referme son coffre rempli de matériel, puis se réinstalle derrière le volant.

– Attends ! lâché-je soudain. Il y a un Starbucks dans le coin ?

– C'est de la saloperie, ces trucs, me rétorque-t-il en souriant. Je connais un endroit bien mieux !

Vingt minutes plus tard, après avoir parcouru des pistes désertes de poussière orange, on se gare dans un patelin, devant une drôle de façade multicolore.

– Le meilleur café de toute l'Australie se cache derrière ces murs ! se vante l'aîné des Farrow.

– Asher…

– Oui ?

– C'est un muffin que je voulais…

Je me contente d'une part de *cherry pie* et me détends enfin, sur la banquette tiède de ce café perdu au milieu de nulle part.

– C'est surréaliste, soufflé-je.

– Quoi donc ?

– Que je sois ici. Que j'aie atterri là.

– Si tu pouvais, tu rentrerais chez toi ? m'interroge le blond.

– Oui, affirmé-je avant de changer d'avis. Enfin, non.

Mon demi-frère me fixe d'un air amusé.

– Je ne sais pas, avoué-je.

– On a tous une histoire, un passé. Tu as dû laisser des trucs pas terribles derrière toi…

– On peut dire ça, murmuré-je avant d'enchaîner. Et tes parents ? C'est quoi leur problème ?

– Tu as senti le malaise ? devine-t-il.

– Il était plus que palpable…

Asher soupire, joue avec la soucoupe qu'il fait tourner sous sa tasse, puis me révèle enfin :

– Ma mère vit pour son boulot, elle est presque toujours absente. Je crois que ça lui permet juste de prendre ses distances, d'exister loin de mon père. Il est fou d'elle, mais il n'a pas toujours été fidèle. Elle lui fait payer, à sa manière…

Il l'ignore, mais je sais déjà tout ça. Je suis bien placée pour savoir que Bailey a trompé sa femme – c'est comme ça que je suis née. Pauvre-Type n'a pas dû s'arrêter à une liaison d'une nuit avec ma mère. Mais Belle-Pouf aurait pu partir, au lieu de fuir sans cesse et de toujours revenir. Je ne comprendrai jamais les adultes. Mais je suis reconnaissante à ce grand gaillard aux cheveux longs de se confier à moi, sans se demander si je suis digne de ses révélations. Il me questionne sur mes parents, en retour… et je fais en sorte de ne pas lui mentir, tout en gardant mon secret.

– Moi, je n'ai pas de père. Juste un beau-père, qui me connaît depuis ma naissance, mais qui n'a jamais voulu m'adopter…

– Merde, souffle-t-il.

Je balaie le sujet d'un revers de la main, mais Asher n'est pas dupe.

– J'espère que tu te sentiras bien chez nous, Céleste…

– Avec toi, Jagger et Kasper, ça devrait aller, lui dis-je en souriant.

– River est…

– Un serial killer ?

– Non, se marre-t-il.

– Cannibale ?

– Non plus !

– Un loup-garou ?

– Toujours pas.

– Alors, juste asocial ?

– Un peu…

J'attends de voir si Asher m'en dit davantage sur le frère qui m'intrigue le plus, mais le sujet dévie de nouveau sur les petits protégés du grand blond. En particulier sur le wallaby accidenté, qui devrait s'en remettre, d'après un texto de Bailey envoyé à son fils aîné.

– Cache ta joie ! me balance Asher en me faisant signe qu'il est temps de rentrer.

On ne croise pas âme qui vive de tout le retour, mais River arrive en même temps que nous devant la grande villa. Il descend de vélo, le laisse tomber par terre, retire le casque de ses oreilles et fixe son frère d'un sale œil. Avant de grimacer en me dévisageant, les yeux plissés, comme il le fait souvent.

– Tu veux un *hug*, Riv ?

– Lâche-moi, Ash.

J'ai l'impression que notre rapprochement n'est pas du goût du rebelle, qui disparaît à l'intérieur de la maison en quelques enjambées.

– Tu m'expliques ? demandé-je à son frère. Pourquoi il me déteste à ce point ?

– Si seulement je savais, soupire-t-il.

***

Le cinquième jour, Asher m'emmène faire quelques courses le matin dans la ville la plus proche, histoire que j'agrandisse ma garde-robe *canicule friendly*. On annonce encore une montée des températures dans les jours qui viennent, et je manque cruellement de shorts. J'opte pour un modèle kaki – un peu court à mon goût, mais la mode australienne a l'air minimaliste – et un autre en jean noir. Un lot de trois débardeurs, des tongs, et j'ai ce qu'il me faut pour survivre. Au retour, Kasper m'accueille en sautillant sur sa prothèse, pressé de m'emmener voir les crocodiles.

– Tu verras, il y en a deux à qui il manque une patte, comme moi !

Le petit dernier des Farrow grimpe sur un vélo et me fait signe de prendre le rouge qui est à côté. De sa seule main valide, il redresse son guidon et nous conduit environ deux kilomètres plus loin, au bord d'un grand étang. Avec deux membres sur quatre, il fait bien mieux du vélo que moi. De loin, on observe les énormes reptiles se prélasser près de l'eau. Je demande douze fois à Kasper si l'on ne risque rien. Il se moque de moi, me montre sa prothèse de plus près, me dit qu'elle vaut une fortune et m'explique pourquoi il préfère une merveille de technologie en titane et carbone plutôt qu'une fausse jambe censée ressembler à une vraie, mais qui l'empêcherait de courir, sauter, pédaler, vivre. Les yeux brillants, il me raconte que, un jour, son handicap le rendra riche, puisque, à 13 ans, il crée déjà des prothèses, les dessine puis les fabrique, les essaie et les améliore. Il veut devenir ingénieur, inventeur, et je ne sais plus quoi encore. Je l'écoute, admirative. Je n'ose pas lui demander s'il a eu un accident ; je me retiens de trop fixer son bras invalide, qui s'échappe parfois de sa poche ; je fais un effort pour me montrer joviale et positive avec lui. Ce gosse a plus de courage qu'un paquet de gens que je connais. Dont moi.

L'heure tourne et l'on finit par aller faire notre boulot : nettoyer les cages des crocos. En fin d'après-midi, on rentre enfin à la maison et je file sous la douche. J'enfile mon nouveau short vert et réunis mes cheveux mouillés dans un chignon, seule façon de les dompter. En sortant de la salle de bains, je ne fais pas attention et percute un dos musclé, emprisonné dans un tee-shirt noir un peu élimé.

– Désolée…

River se retourne, me fusille du regard, fixe ma chevelure mouillée puis mes jambes nues, et je me retrouve à glisser bêtement une mèche échappée derrière mon oreille, de mes doigts fébriles. Puis le sauvage chasse ses propres cheveux bordéliques d'un petit mouvement de tête nerveux, m'engueule silencieusement avant de passer son chemin.

River le torturé. Le bad boy. Le secret.

River l'insaisissable. Le sexy. L'interdit.

C'est ton frère, espèce de tarée !

6

TROUVER SA PLACE

Il est six heures vingt quand je rejoins la cuisine, le lendemain. À l'exception de Georgia, toujours en voyage, tout le monde est là. Toute la famille réunie autour de la table, comme dans une pub débile qui vend le bonheur à prix d'or, avec des mugs de café, des bouteilles de lait, des assiettes vides, des sourires complices et des regards pleins d'amour.

Bonjour, la nausée.

– Bonjour, Céleste, me lance Bailey.

– Papa a fait des œufs, ce matin, m'apprend gaiement Kasper, comme si c'était la meilleure nouvelle de la journée.

– Il en reste, si tu veux, ajoute doucement Asher.

– Sympa, le débardeur Mickey ! se moque Jagger.

River reste silencieux, mais ses yeux noisette embrumés atterrissent sur moi. Bouffée de chaud et froid. Je croise les bras sur ma poitrine, sans prendre la peine d'expliquer que ce truc appartient à ma demi-sœur de 12 ans, qui a bien moins de seins que moi et qui s'amuse à mélanger nos affaires comme si l'on pouvait avoir quoi que ce soit à partager.

Je la tuerai dès mon retour à Paris.

Je me fais couler un café, marmonne un « hey » collectif pour me dédouaner d'avoir à parler à quiconque en particulier, puis tourne autour de la table jusqu'à trouver une chaise vide. Lynx, le molosse croisé husky, est allongé pile à cet endroit, sous les pieds de la chaise. Je tente de déplacer celle-ci, elle résiste. Sans bouger d'un centimètre, le chien me fixe de ses yeux perçants. Je relève la tête pour chercher de l'aide et tombe sur le regard de River. Qui ne bronche pas non plus.

– Tu peux dire à ton clebs de dégager ? siffle le frère aux cheveux longs.

– Elle ne peut pas le faire elle-même ? réplique le bad boy aux paupières plissées. Ah, c'est vrai que c'est devenu ta petite protégée.

– Attendez, je prends du pop-corn si vous devez vous battre ! se marre Jagger en s'affalant sur sa chaise.

– Laissez tomber, soufflé-je en m'éloignant.

Mais mon géniteur me retient de sa voix grave.

– Si tu arrivais à l'heure au petit déjeuner, tu trouverais une place.

– Il est six heures vingt-deux. Je ne me suis jamais levée aussi tôt de toute ma vie, protesté-je en soutenant son regard.

– C'est six heures et quart pour tout le monde, insiste Bailey. Il y a des règles.

– Joue au père autoritaire avec tes fils, si ça t'amuse, mais pas avec moi, rétorqué-je en claquant mon mug sur la table.

Un peu de café se déverse, jusqu'à couler par terre, et cinq paires d'yeux me dévisagent. Pauvre-Type agacé, Kasper inquiet, Jagger curieux, Asher tendu, River insondable. Mon cœur tambourine et mon pouls perd le rythme. Mais la boule de feu dans ma gorge me fait trop mal pour rester coincée.

– Ma place, je ne l'ai jamais trouvée, ce n'est pas ici que je la trouverai, lâché-je dans un grognement rauque. Je n'ai pas demandé à venir. Pas demandé à naître, non plus.

Je m'arrête avant d'en dire trop. Avant que ma colère ne devienne chagrin. Et que mes mots blessants n'atteignent des innocents. C'est aux adultes que j'en veux à mort. Je quitte la cuisine et la scène de bonheur matinal que je viens de ruiner juste en existant. Au moment de franchir la porte, j'entends un claquement de doigts derrière moi, un bruit de chaise, de pas et de pattes sur le carrelage. River me dépasse dans le couloir, son chien sur les talons, laissant un frisson dans ma nuque. Devant moi, ses doigts courent le long du mur, et je ne peux pas m'empêcher de me demander s'il m'a suivie dans un élan de solidarité. Ou parce qu'il regrette d'avoir fait barrage entre sa famille et moi. Ou juste parce qu'il ne la supporte pas.

Devant la porte de ma chambre, j'attends une seconde, espérant qu'il se retourne, qu'il me parle, m'adresse simplement un regard que je puisse enfin comprendre. Mais sa porte claque et sa silhouette disparaît.

Je me faufile dans mon antre et me laisse glisser le long du mur. Attrape mon carnet de dessins, mon téléphone, mon ordinateur : mes trois meilleurs amis du moment. Je griffonne au crayon noir un garçon de dos, des cheveux en désordre. Je n'arrive pas à rendre le mouvement, le courant d'air, la démarche nonchalante et la présence pourtant si intense. Je gribouille tout et envoie valser mon carnet. Enfonce mon crayon dans mes cheveux réunis en chignon. Découvre trois appels manqués de ma mère sur mon portable. À quoi bon lui répondre ? Elle pense que si j'ai atterri ici, c'est par ma faute. Que ce que j'ai subi là-bas, à Paris, c'est en partie ma faute aussi. Qu'est-ce qu'il y aurait d'autre à dire ? Je me contente de me venger sur ma demi-sœur.

[Comment tu expliques
ton stupide pyjama Mickey
dans ma valise ?
Tu me dois un débardeur.
Achète-toi une vie
et ne touche pas à mes affaires.]

Apolline me répond par un smiley de peste qui tire la langue, et je calcule rapidement que, malgré l'heure matinale ici, il est dans les vingt et une heures en France. Ce qui signifie qu'Amir doit être connecté. Je me rue sur mon ordi. Cette fois, je règle la webcam et le micro pour l'appeler en vidéo. Besoin de parler. De le voir et de l'entendre. De me sentir juste un peu moins seule.

– Allô, l'Amirican ?

– *Hello, you !*

Sa voix familière, son sourire franc, la pénombre de sa chambre, la seule lumière de l'écran qui éclaire son visage un peu joufflu, son teint mat, son air tendre : j'aime tout chez mon meilleur ami. Tout sauf la distance entre nous. Tout sauf le lycée où il va, le lycée où j'allais et les souvenirs de ces trois dernières années de malheur.

– Alors, la prépa ? lui demandé-je pour ne pas parler de moi.

– Comme la terminale, en pire. Je ne sais pas ce qui m'a pris de rester dans ce bahut. Ah si, ma mère…

– Et les gens ?

– Les mêmes trous du cul que l'année dernière. Ceux que t'as fuis et que je me coltine encore. Comment tu dis, en anglais ?

– *Assholes*.

– Y en a aussi par chez toi ?

– Mon pauvre type de père en prend le chemin. Et un des frères sur les quatre aussi, je crois.

– Lequel ?

– Le deuxième, River. Je ne sais jamais ce qu'il pense. Soit il ne dit rien et me mate fixement de son regard bizarre. Soit il ouvre la bouche pour grommeler des trucs méchants. Le reste du temps, il se contente d'être beau, sous son casque, perché sur un vélo ou un quad. Ou alors il joue tout seul au basket ou au foot devant la villa, jusqu'à avoir les cheveux trempés de sueur et les yeux brillants de je ne sais pas quoi.

– Un sportif, tout ce que t'aimes, ironise Amir de l'autre côté de l'écran.

– Peu importe, il est rarement dans les parages. Vu comme il s'échappe tout le temps, il doit avoir des démons à fuir.

– T'es encore plus tordue que je le pensais, se moque mon meilleur ami. Tu te barres à l'autre bout de la terre et tu te retrouves à jouer la psy de ton demi-frère, qui ne sait même pas ce qu'il est pour toi.

Je proteste pendant qu'il rigole. Une de ses sœurs lui jette un truc à la tête et lui demande de la fermer. Amir bougonne et la traite d'*asshole* avec un terrible accent français.

– Bien fait, ris-je à mon tour.

– Bon, Céleste, OK pour que tu t'attaches à eux… mais t'as pas intérêt à me remplacer ! Je suis toujours *alone*, moi, ici. Et je te rappelle que j'ai fait une prépa scientifique juste pour être dans le même lycée que toi pendant que tu redoublais ta terminale.

– Je sais… Mais je ne pouvais pas rester.

– I know…

– Et c'est aux bébés kangourous que je suis en train de m'attacher, à personne d'autre !

Cette rectification me semble importante. Et arrêter de parler de River, aussi… Je m'oblige à décrire Barbie-Ken le gentil parfait, Jagger le don Juan excité et Kasper le surdoué attachant, mais j'entends la mère d'Amir s'énerver, menacer de débrancher Internet, son fils lui dire que même si elle le voulait, elle ne saurait pas le faire. Et puis plus rien. Un écran noir à la place de mon seul ami.

Les mères savent toujours comment vous pourrir la vie.

7
LA VÉRITÉ CRUE

Georgia est enfin rentrée. Avec ses talons qui claquent, sa valise qui roule, son regard qui juge et son sourire qui ment. Son tailleur strict qui tient tout le monde à distance. Ses doigts longs qui s'enroulent autour des cous de ses fils, comme des caresses ratées qui ont l'air de griffer, d'étrangler, d'étouffer. Moi ? J'ai eu un geste du menton. Son mari, un dos tourné.

Avant le retour de ma belle-mère, j'ai eu le temps d'apprendre par Asher que son métier consistait à tester des hôtels de luxe dans toute l'Australie et à rendre le verdict le plus intransigeant qui soit. Ça lui va tellement bien que ce boulot à la con devrait porter son nom. Le « belle-poufisme » professionnel.

Chez moi, en France, je fuyais déjà les dîners de famille autant que je pouvais. Mais je redoute celui-ci plus que tous les autres réunis. J'ai bien pensé à rester enfermée dans ma chambre, mais Bailey m'a prise entre quatre yeux pour me rappeler ma présence obligatoire, ponctuelle et souriante, ce soir. Et j'ai compris que ce n'était pas pour asseoir son autorité auprès de moi. Mais plutôt parce qu'il craint sa femme. Le brillant vétérinaire, séduisant et cool, a peur de la perdre. Et besoin de lui montrer qu'il contrôle la situation.

J'ai encore cinq minutes devant moi avant que mon géniteur ne siffle entre ses doigts pour rappeler son troupeau. Allongée sur le ventre, je dessine la vue déserte de ma fenêtre dans mon carnet de croquis. Et mon esprit se met à rembobiner. Loin en arrière. Tout au début du cauchemar. Mon beau-père se désintéressait de moi depuis qu'il avait une fille à lui. Je fantasmais mon vrai père au point de raconter des bobards sur lui à toute l'école. C'est à ce moment-là que j'ai commencé à me faire des ennemis, à m'attirer des ennuis. À passer ma vie entre le bureau du directeur et le cabinet d'une psy. Ma mère s'est dit que la solution serait peut-être de m'emmener en Australie rencontrer Bailey. Elle n'imaginait pas que Georgia Farrow ferait aussi partie du lot.

Ce jour-là, j'avais 10 ans et des émotions qui coulaient de mes yeux à torrents, mais la blonde en tailleur m'a serré froidement la main et dévisagée de la tête aux pieds. Incapable d'empathie, de tendresse, d'un peu de bonté. D'oublier un instant sa souffrance pour penser à la mienne. Dans l'avion qui nous ramenait à Paris et dans l'interminable discours de ma mère, je me souviens de cette phrase en particulier : « Je n'ai peut-être pas très bien choisi ton père et je ne ressemble pas à la maman parfaite que tu souhaites, mais je suis bien contente que tu n'aies pas été élevée par cette peau de vache. » C'est peut-être la seule fois du voyage où j'ai ri.

Sur l'horizon désert que je viens de dessiner, par-dessus

les roches plates et les étendues d'herbe et de terre, j'ajoute des immeubles haussmanniens tout serrés, une longue tour Eiffel toute maigre, les courbes rebondies du Sacré-Cœur, la pointe triangulaire de la pyramide du Louvre, les deux tours majestueuses de Notre-Dame. Un peu de relief dans ce paysage lisse, infini, vertigineux de vide. Un peu de vie sur cette page blanche, difficile à remplir. Comme si je superposais les deux *skylines* de mon existence. Je voudrais montrer ça à Amir ; je sais qu'il comprendrait sans avoir à lui expliquer, mais le sifflet retentit.

Et déjà, le couloir se remplit. Les pas, la cavalcade de chiens, le skate de Jagger, le boitillement de Kasper, la porte de River qui ne peut pas se refermer sans claquer. J'attends qu'ils soient tous sortis pour suivre le cortège, planquée derrière la mêlée.

Pour une fois, le dîner n'a pas lieu à la cuisine. C'est dans la salle à manger qu'on reçoit la reine mère, déjà assise au bout de la table, à la place qui préside. Un verre de vin rouge à la main, assorti à son rouge à lèvres trop sombre. Son harem de garçons s'installe autour d'elle, Bailey et Kasper au plus près, suivis d'Asher et Jagger au milieu. Je me retrouve excentrée en bout de table, face à l'autre intrus de cette famille : River. À peine assis, il étend ses jambes devant lui en soupirant, et ses pieds rencontrent les miens. Je sursaute, me retrouve à m'excuser, à reculer ma chaise tout en rangeant mes cheveux derrière mes oreilles.

– Pas la peine d'en faire des tonnes, je t'ai à peine touchée, grommelle-t-il.

C'est vrai, mais ses yeux noisette, eux, me percutent. Et me laissent muette.

– Il y a de la place pour tout le monde, non ? tente de plaisanter le père de famille, en ouvrant grand les bras pour désigner son immense villa.

– On est plus serrés que d'habitude, commente Georgia avec un faux sourire aux lèvres.

Et le regard intense de River passe de sa mère à moi, deux fois.

– Céleste, tu as déjà goûté à ça ? me demande Asher pour détendre l'atmosphère.

– Je ne crois pas...

– J'ai fait des *meat pies*, annonce joyeusement Bailey. C'est le plat qu'on a partagé, Georgia et moi, la première fois qu'on a dîné au restaurant tous les deux, il y a vingt-cinq ans...

– On connaît cette histoire par cœur, se moque Jagger en faisant signe qu'il va vomir.

– Ce sont des tourtes à la viande, recouvertes de sauce tomate, qu'on mange toujours avec une montagne de frites ! m'explique Kasper en se léchant les babines d'avance.

– Tu as « acheté » des *meat pies* que tu as fait réchauffer, siffle Georgia en direction de son mari. Les « faire », c'est autre chose.

Puis Belle-Pouf cache son sourire méprisant dans son verre de vin rouge, qu'elle sirote longuement pendant que les garçons échangent des regards gênés. Bailey, lui, fait bonne figure et remplit les assiettes. Je crois qu'il est prêt à tout pour que ce dîner ne soit pas raté. Si ce n'était pas si pathétique, je trouverais ça presque touchant. Et je me demande vraiment ce qui l'a empêché de quitter sa femme pour de bon durant toutes ces années.

– Maman, tu sais que Céleste dessine ? se lance le plus jeune des frères avec son enthousiasme habituel.

– Hum, répond distraitement sa mère.

– Non, mais, genre super bien ! Des paysages, des bâtiments, des gens, c'est vraiment ressemblant ! Elle a même dit qu'elle me donnerait des cours pour améliorer mes maquettes de prothèses. Hein, Céleste ?

– Oui, acquiescé-je, amusée, en échange de cours pour apprendre à reconnaître les animaux.

– Elle m'a demandé si les bilbis étaient des gros rats ou des petits lapins ! se marre l'ado.

– Mange, Kasper, lui souffle sa mère pour le faire taire.

Georgia ne m'adresse toujours pas un regard, mais je sens à son sourire las et son air songeur qu'elle n'apprécie pas beaucoup que je sois au centre de la discussion. Et que certains de ses fils se soient rapprochés de moi.

– Et toi, Asher, qu'est-ce que tu as fait de spécial, cette semaine ? tente de s'intéresser sa mère.

– J'ai fait équipe avec Céleste à la réserve pour lui montrer les rudiments du boulot. Et je l'ai emmenée en ville pour…

– Toi, River ? coupe Georgia.

– Rien d'intéressant, lâche-t-il en envoyant balader ses cheveux sur le côté.

Avant de planter son regard brun dans le mien. Je ne sais pas si je dois y lire « désolé pour ce dîner désastreux » ou plutôt « c'est encore pire depuis que t'es là »… mais je sais qu'il déteste ce moment au moins autant que moi. Et je détourne les yeux avant lui, incapable de supporter cette intensité, cette énigme perpétuelle.

– Jagger ? poursuit Belle-Pouf en finissant son tour de table.

– J'ai eu envie un millier de fois de couper les cheveux d'Asher, la langue de Kasper et la teub de River, mais je me suis dit que ça ferait désordre et que tu ne serais pas très contente à ton retour, plaisante l'agité de service.

– Sage décision, confirme son père.

– Mauvais langage, mais bon garçon, lui répond sa mère.

– On m'a déjà coupé une jambe, c'est pas mon tour ! ricane le plus jeune.

– Touche à mes cheveux et je te rase les jambes avec la tondeuse vétérinaire, le prévient l'aîné.

Tout le monde attend une dernière intervention du rebelle en bout de table, mais il se contente d'un son guttural et d'un haussement d'épaules.

– Je crois qu'il voulait dire « Approche-toi d'une paire de ciseaux et je te fais bouffer ton skate », décrypté-je spontanément.

Et les rires fusent autour de la table, jusqu'à arracher un sourire au bad boy, à la fois surpris, amusé et piqué dans son orgueil.

– Tu réponds à ma place, maintenant ?

– J'essaie juste de traduire tes grognements…

Face à ma repartie, ses paupières se plissent et ses iris noisette se mettent à briller. On se défie du regard quelques secondes qui me paraissent une éternité, pendant que les garçons continuent à se marrer. Georgia sape aussitôt l'ambiance avec l'une de ses petites interventions amères, censées donner l'impression qu'elle s'intéresse aux autres.

– J'ai entendu dire que tu avais des problèmes en France, Céleste ? J'espère que tu ne les as pas apportés dans ta valise.

J'hésite entre hurler, m'enfuir et pleurer, mais je reste

interdite, scotchée par cette intervention passive-agressive. Bailey s'étrangle avec une frite et River repose bruyamment ses couverts sur son assiette. D'une voix grave, il lance :

– C'est bon, maman ? Tu as fini ? Tu as peur de quoi, exactement ?

– Je dis ça comme ça, pour le bien de toute la famille, se justifie-t-elle d'une voix détachée.

– Personne ici n'a attendu Céleste pour avoir des problèmes, si ça peut te rassurer.

La reine mère se renfrogne en vidant son verre de vin ; je bredouille un « merci » en direction du seul Farrow assez courageux pour prendre ma défense. Mais après avoir rembarré durement sa mère, River s'attaque à moi.

– Pas la peine de me remercier. Ne crois pas qu'on soit amis ou quoi que ce soit d'autre. Tu n'as rien à faire ici, dans notre famille. Pourquoi tu ne retournes pas dans la tienne ?

– On se calme, intervient la voix rauque et ferme de Bailey.

Cette fois, les larmes me montent aux yeux. En l'espace de quelques secondes, ce garçon insaisissable m'a fait passer par toutes les émotions. Je quitterais la table sur-le-champ si je n'avais pas cette petite fierté mal placée et la certitude que Belle-Pouf n'attend que ça.

– Et pourquoi tu n'irais pas promener ta mauvaise humeur ailleurs ? propose Asher à son frère.

– Grande idée ! concède River en se levant de table.

– J'ai l'impression que l'un d'entre nous a un *crush* sur la petite nouvelle… et ne sait pas comment le gérer, se moque Jagger en tirant la langue.

Le bad boy énervé se rue sur son cadet, fait tomber sa chaise en arrière et aboyer son chien inquiet. Mon cœur bat n'importe comment. Mon géniteur s'interpose entre ses deux fils avant de calmer tous les esprits.

– Tout le monde se rassied et respire un grand coup. Je ne veux pas de ça sous mon toit. Les frères, ça ne se bat pas.

– C'est déjà allé beaucoup trop loin, gémit sa femme en faisant non de la tête.

– Georgia, non, la supplie Bailey.

– Si… Tu ne m'obligeras pas à mentir à mes fils.

Cette fois, mon cœur s'arrête. Autour de la table, les corps se crispent et les souffles se retiennent, les yeux s'écarquillent et se pendent aux lèvres de la blonde. Sa bouche bordeaux avoue enfin, sans aucune autre forme que la vérité crue :

– Céleste n'est pas la fille d'un ami de votre père. C'est encore un mensonge. Elle est sa fille, à lui.

– Quoi ?

– Putain…

– Papa, c'est vrai ?

– Écoutez, je voulais vous l'apprendre autrement, quand ce serait le bon moment…

– Est-ce qu'il existe un bon moment pour accueillir sous son toit l'enfant de sa maîtresse, la fille illégitime qu'on n'a jamais eu le courage de reconnaître ou d'élever, ni même de mentionner l'existence ? Et de l'imposer à sa famille en secret ? Je ne suis pas sûre, siffle Georgia.

Elle se ressert un verre de vin pendant que les quatre garçons encaissent le choc. Je voudrais disparaître sous terre. Ne pas exister. N'être jamais venue ici. Ou même jamais née. Mais ma belle-mère choisit d'enfoncer le clou au lieu de me laisser respirer.

– Voilà la vérité, Céleste est votre sœur. Votre demi-sœur.

Son verre plein à la main, Belle-Pouf semble attendre l'explosion après la bombe qu'elle vient de lâcher. Moi, j'ai l'impression d'avoir été jetée du haut de la tour Eiffel, avec un parterre d'étrangers assistant à ma chute… mais qui ne vont pas tarder à courir plutôt que me rattraper. Alors, je fuis en premier.

Les joues trempées, le ventre retourné et le cœur ratatiné, je vais me réfugier dans cette chambre qui n'est pas vraiment la mienne. Premier réflexe : appeler ma mère. Celle qui m'a pourtant envoyée dans ce trou, propulsée dans cet enfer pour échapper au mien, celle par qui tout ce cauchemar a commencé. Mais elle est injoignable. Tout comme Amir, mon deuxième réflexe, mais pas connecté sur Skype. Un rapide calcul du décalage horaire – vingt heures passées ici, dans les onze heures à Paris – et ma solitude me frappe de plein fouet. Le travail, les cours, les horaires, les cases de l'agenda bien remplies : les gens ont une vie et mieux à faire que de m'écouter pleurer pendant leur pause déjeuner.

Avant, je faisais partie de leur vie aussi.

J'ai juste le temps de sécher mes larmes en dessinant un verre ballon à moitié vide, dont le contenu se déverse goutte à goutte dans une mare de sang noir. Puis on frappe à ma porte et je referme d'un coup sec mon carnet à dessins.

– Je peux entrer ? me demande Asher en passant seulement la tête.

– Si tu veux…

Je m'assieds au bord du lit pendant qu'il reste planté debout, à réunir à l'infini ses cheveux longs dans une queue-de-cheval qu'il n'a rien pour attacher.

– Écoute, je suis désolé, Céleste. Je ne sais même pas si

je suis en colère, déçu, choqué… ou même pas tant que ça. Mon père et ma mère se sont séparés plusieurs fois et j'ai toujours plus ou moins su pourquoi. Je pensais que c'était du passé, mais…

– Mais me voilà, bredouillé-je, gênée.

– Oui… Et tu n'y es pour rien, me rappelle le garçon aux yeux doux.

Il vient s'asseoir près de moi sur le lit et sa force tranquille me fait un effet immédiat. Si j'avais dû avoir un grand frère, un vrai, je l'aurais imaginé à peu près comme ça.

– Je comprends mieux pourquoi les animaux sauvages sont en confiance avec toi, murmuré-je. Tu es un tranquillisant à toi tout seul.

Asher sourit à ma plaisanterie. Jagger nous rejoint en virevoltant, bouche grande ouverte, regard incrédule, gestes nerveux.

– C'est quoi, ce bordel ? s'écrie l'agité en passant ses mains mille fois dans ses cheveux courts.

– Parle moins fort, lui dit l'aîné.

– Les parents sont en train de se hurler dessus dans leur chambre, de toute façon !

– Désolée pour tout ça, soufflé-je d'une petite voix.

– Tu plaisantes ? Je ne t'en veux pas à toi, Céleste ! Mon père est un con d'avoir menti pendant tout ce temps… Ma mère est invivable et ils ne se supportent plus depuis trop d'années ! Au moins, il se passe enfin quelque chose !

Jagger se marre puis se jette à plat ventre sur mon lit.

– Et puis, j'ai enfin une sœur, ça change !

Je lui souris à mon tour ; l'excité me demande si je lui donnerai des conseils pour les *meufs*. Son frère aîné le fait taire en lui enfonçant la tête dans le matelas, jusqu'à ce que Kasper arrive. Avec ses joues rouges et ses yeux bouffis, il ressemble à un petit garçon plein de chagrin, qui a 3 ans plutôt que 13. Ses frères l'accueillent et le consolent jusqu'à ce qu'il soit en état de parler.

– J'étais trop content que tu sois là, Céleste, je te promets…

– Je sais, lui chuchoté-je.

– Mais je ne les ai jamais entendus se disputer aussi fort. J'espère qu'ils ne vont pas divorcer.

– Peut-être qu'ils devraient, suggère Asher.

– Ça nous ferait des vacances à tous ! enchérit Jagger.

– Tu es née entre River et Jagg ! calcule soudain le plus jeune.

Ses yeux humides s'éclairent et s'agrandissent : les interrogations fusent dans son esprit vif, dont je peux imaginer les rouages s'emballer. Et sa liste de questions traverse à toute allure la barrière de sa bouche :

– Comment mon père a connu ta mère ? Les parents étaient séparés à ce moment-là ? Et toi, Céleste, tu savais qui était ton père ? Vous étiez en contact, toutes ces années ? Vous vous êtes déjà vus avant ? Tu savais qu'on existait ? Pourquoi…

– Kas, laisse-la respirer ! le coupe Jagger.

– Je ne suis même pas sûr de vouloir savoir, soupire Asher.

– Et moi d'en parler, confirmé-je à voix basse. Pas ce soir.

Kasper acquiesce et renonce. Soudain épuisée, je m'étends doucement sur le lit en laissant mes jambes pendre dans le vide. Les trois garçons assis autour de moi me fixent sans parler. Un petit malaise s'invite dans le silence et une absence se fait remarquer.

– Et River ? demandé-je spontanément. Comment il a réagi après que je suis partie ? Où il est passé ?

– Sûrement en train de faire une connerie, suppute l'aîné.

– C'est vraiment un con, lui aussi ! confirme le cadet.

– Il reste toujours dans son coin, loin de l'orage, dès que ça pète ! explique le benjamin.

– Pourquoi il est si différent de vous trois ? Si... à part ?

Ma question reste un moment sans réponse. Un à un, les garçons m'imitent et se renversent en arrière sur le matelas. Allongés sur le dos, en étoile, on fixe tous le plafond jusqu'à ce que les explications douteuses arrivent.

– Parce qu'il ne supporte pas d'avoir la plus petite, invente Jagger.

– Parce que, le sport à haute dose, ça tue les neurones, propose Kasper.

– Parce qu'il a du sang de buffle dans les veines, grogne Asher.

– Et qu'il est jaloux qu'on ait tous les yeux bleus sauf lui.

– Depuis qu'il est petit, il n'en a toujours fait qu'à sa tête...

– Quel genre de conneries ? essayé-je de creuser.

Et les frères énumèrent tout ce qui leur revient en mémoire : les cours séchés, les bagarres, les nuits blanches, les fugues, les exclusions du lycée, les cœurs de filles brisés, les accidents de vélo, de skate, de quad ou de scooter, les punitions jamais respectées...

– Mais il s'était assagi, cette année ! précise Kasper l'optimiste.

– Oui, depuis qu'il a trouvé sa voie et commencé ses études d'ostéo, explique Asher le pragmatique.

– Ouais, on s'ennuie presque depuis qu'il s'est calmé, avoue Jagger le fougueux.

– C'est vrai qu'il a l'air d'être devenu un amour, ironisé-je, perplexe.

Le nez au plafond, leurs têtes près de la mienne, mes trois demi-frères éclatent de rire. Et s'empressent de me demander en rafale :

– Dis, tu vas rester ?

– Putain, oui, je t'en supplie !

– Reste, s'il te plaît, Céleste…

8
PRISE AU PIÈGE

Cinq garçons. Une fille.

Ils me prennent en photo. Je cache mes seins nus, mon intimité nue, je n'ai plus assez de mains. Je suis dos à un mur rugueux, aveuglée par leurs flashs. Nue, frigorifiée, prise de spasmes et couverte de tatouages étranges. Ils viennent d'écrire sur ma peau nue au marqueur. J'ai la tête qui tourne, je les regarde, sans comprendre, sans savoir comment j'ai atterri là. Ma voix groggy leur demande ce qu'ils veulent, ce que je leur ai fait pour mériter ça. Ils rient. Je pleure. Ils m'insultent. Je supplie la seule fille de m'aider, de me prêter son sweat, de cacher ma nudité, de me ramener chez moi… Elle se marre et me traite de tous les noms.

Dans leurs yeux cruels, dans leur monde sans pitié, je suis la proie idéale. Adolescente solitaire, un peu trop rousse, avec trop de formes, beaucoup trop émotive, impulsive. Et tellement mal dans ma peau. Pathétique.

Plus je réponds, plus je lutte et plus ils s'acharnent. Plus je m'effondre, plus je cède, et plus ils jubilent. Quoi que je fasse, j'ai perdu. Je suis *perdue. Acculée, cernée par une meute de hyènes déchaînées. Prise au piège.*

Au-dessus de mes seins, les mots « pute » et « salope » se battent en duel. Sur mon ventre, je peux lire la phrase « j'aime ça » écrite en majuscules. Le long de mes cuisses, se détachent les lettres rouge vif « sale truie » d'un côté, « tuez-moi » de l'autre.

Pour la première fois de ma vie, j'ai envie de mourir.

Alors je cours. Je cours dans la nuit, comme une dératée, à m'en arracher la peau des pieds, sans plus m'arrêter. Ils me suivent, me talonnent. Ils se rapprochent. Je traverse une route, zigzague entre les voitures lancées à pleine vitesse, me fais klaxonner, insulter. Personne ne s'arrête pour m'aider. Je vois le pont, au loin. Je me lance, toujours poursuivie par la meute excitée par l'odeur du sang.

Mon sang.

L'arrivée n'est plus qu'à cent mètres. Cinquante. Vingt. Dix. Je grimpe sur le rebord. Nue, toujours. Mais j'ai perdu toute pudeur. Je ferme les yeux et je saute. Dans le vide.

« Tuez-moi. »

Je me réveille en atteignant le sol avec fracas. Ce n'est pas la première fois que je fais ce cauchemar, si loin de la réalité et si criant de vérité. Pas la première fois non plus que je panique, m'agite et rue dans mon lit au point de tomber plus bas que terre. Sauf que je ne suis pas chez moi. Que mes nouveaux colocs n'ont pas l'habitude de mes angoisses nocturnes… et déjà bien de quoi occuper leurs songes. Je prie pour n'avoir réveillé personne.

Assise par terre, essoufflée, des frissons plein le corps, je tente de me concentrer sur le silence. Je l'étudie. L'apprivoise. Le capture. Je le laisse couler sur moi, en moi, en espérant qu'il m'apportera la paix. Une paix fugace, capricieuse, mais si précieuse. Elle revient, mais jamais pour longtemps. Mon souffle se calme, ma température corporelle redescend, je reprends le contrôle. Jusqu'à la prochaine crise qui balaiera tout sur son passage.

Le mal du pays me monte à la gorge. La solitude que j'aime tant me semble soudain insupportable. Je déverrouille mon portable, ouvre WhatsApp et clique sur le numéro d'Amir. Ça sonne dans le vide. Il est plus de quatre heures du matin ici, donc pas loin de dix-neuf heures à Paris. Mon meilleur ami est probablement en train de réviser ou retranché dans sa chambre, privé de technologies. Je tombe trois fois sur son répondeur, fais une dernière tentative avant de renoncer.

Un peu désespérée, terriblement seule, je saute de nouveau dans le vide : j'appelle ma mère. Diane. Celle qui m'a envoyée ici parce qu'elle avait trop peur que je ne commette l'irréparable et qu'elle ne puisse pas, ne sache pas m'en empêcher. Au moins, en Australie, je ne suis plus son problème. Elle n'est plus la coupable.

Si je ne la détestais pas autant de ne rien comprendre, je la comprendrais presque.

– Réponds, maman, soufflé-je dans ma paume.

J'ai une soudaine envie de l'entendre. De lui demander de me laisser rentrer. De ne pas m'abandonner. De croire en moi, juste un peu. De me donner une dernière chance.

– Je ne boirai plus jusqu'à m'évanouir, récité-je à moi-même. Je ne disparaîtrai plus en pleine nuit. Je ne prendrai plus de saloperies, je ne me détruirai plus juste pour exister…

Raté. Personne à l'autre bout du fil, si ce n'est le message robotique de son répondeur.

– Allez tous vous faire foutre, murmuré-je avant de raccrocher. J'existerai comme je veux.

Je saute sur mes pieds, descends la petite bouteille d'eau presque vide qui trônait sur ma table de nuit et sors de ma chambre pour aller la remplir. Le couloir est plongé dans le noir. J'avance à tâtons, longeant le mur, jusqu'à atteindre la cuisine.

Je trouve une grande bouteille d'eau fraîche dans le frigo, mais opte finalement pour quelques gorgées volées de jus de pomme. Envie de sucre. De réconfort. De courage pour affronter la nuit en cours et l'année qui m'attend dans ce trou. La lumière du frigo américain s'éteint lorsque je referme les deux portes, replongeant la cuisine dans l'obscurité.

Soudain, je discerne une lueur discrète émanant de la petite pièce d'à côté. J'entre dans la réserve et trouve River assis sur un plan de travail, en tee-shirt blanc et boxer noir, son portable allumé dans une main, une tablette de chocolat noir dans l'autre. En me voyant débarquer, le rebelle hausse un instant les sourcils… avant de les froncer.

– Désolée, murmuré-je en reculant. Je…

Je ne sais même pas pourquoi je m'excuse. Parce qu'on est liés par le sang, que ce n'est plus un secret et que je veux devenir sa confidente, sa meilleure amie, sa petite sœur chérie ?

Sûrement pas.

Cet enfoiré ne m'a pas épargnée quelques heures plus tôt et je suis là, à me retenir de respirer son air. Qu'est-ce qui me prend ?

– Je ne voulais pas te faire pleurer, lâche-t-il doucement.

– Quoi ?

– Tu m'as entendu.

Nos regards s'affrontent ; le sien descend rapidement le long de mon corps, puis remonte sur mon visage pour me défier. Je ne sais pas si je dois lui dire merci, pour une fois qu'il se montre gentil, ou juste humain. Hier soir, ça ne m'a pas très bien réussi. Et le bad boy au sang de buffle semble avoir déjà changé d'humeur.

– Mais je ne voulais pas non plus que tu débarques dans nos vies pour tout foutre en l'air…

Sa voix grave fend l'air et mon armure, atteignant ce que j'ai de plus précieux. Je reste bouche bée. Interdite. Mon « demi-frère » quitte son perchoir, mord dans sa tablette, me frôle sans le vouloir et disparaît dans le couloir. En laissant une odeur douce-amère planer derrière lui.

Chocolat intense et insolence.

9
UNE CHANCE

Je suis arrivée plus de deux heures en retard à la réserve. Étonnamment, personne n'a rien trouvé à redire à mon manque de ponctualité, ce matin. Depuis la volière, Asher m'a fait un petit signe de la main. En passant près de moi sur son skate, Jagger m'a demandé si j'avais bien dormi, si c'était moi qui étais tombée de mon lit cette nuit. Et avec son petit sourire de don Juan, il a proposé de m'attacher… avant de se rappeler qu'il était mon demi-frère. L'agité s'est excusé, m'a dit que cette nouveauté allait mettre un peu de temps à rentrer, et il est reparti en se tapant le crâne du poing pour y enfoncer cette phrase :

– Céleste, demi-sœur. Céleste, pas meuf. Céleste, demi-sœur. Céleste, pas meuf.

Ce crétin a presque réussi à me faire rire.

Je ne fais équipe avec personne et je ne sais pas ce qu'on attend de moi aujourd'hui, ni même si je suis censée rester là. Alors, je me contente de m'asseoir contre un grillage et de dessiner les bilbis, ces petits marsupiaux bizarres dont j'ignorais l'existence jusque-là. Ça me fera au moins un truc bien à raconter à mon retour en France. Un corps de lapin, une queue de rat, une tête de chauve-souris, de grandes oreilles de lapin et un museau de rat aussi : cet animal en voie d'extinction a tout l'air d'un accident de la nature. Un raté. Et me rappelle vaguement quelqu'un.

Peut-être qu'on devrait me laisser m'éteindre, moi.

– Céleste, je peux te parler ?

Je n'ai même pas entendu sa jeep arriver. Bailey descend de voiture et se plante devant moi, en treillis gris foncé et chemise blanche aux manches retroussées. Je lève la tête vers lui, de la sueur perle sur ses tempes et fait glisser ses lunettes sur son nez. Il les repousse avant de se lancer.

– Je voudrais m'excuser pour ce qui s'est passé au dîner. Je ne voulais pas que ça sorte comme ça… Ni pour eux ni pour toi.

– Je m'en doute.

– Je suis venu frapper à ta porte, tard hier soir… mais tu n'as pas répondu. Et je n'ai pas osé entrer.

– C'est bien la première fois, lui rappelé-je.

– Je sais que je fais des erreurs, en tant que mari et en tant que père, mais j'essaie de m'améliorer, tente-t-il, souriant.

Il hésite et finit par venir s'asseoir à côté de moi, à une distance raisonnable, en laissant échapper un soupir.

– Si tu en as envie, j'aimerais que tu restes. J'en ai parlé aux garçons, c'est ce qu'ils veulent aussi.

– Tous ? demandé-je spontanément, en repensant à l'aveu nocturne de River.

– Je crois…

– Et Georgia ?

– Je vais jouer franc jeu avec toi, m'annonce calmement mon géniteur. Parce que tu es en âge de comprendre tout ça. J'ai raté ton enfance, mais je crois qu'on peut se dire les choses, maintenant, entre adultes.

Je sais qu'il dit ce que j'ai envie d'entendre. Qu'il essaie de me traiter différemment, avec respect, pour avoir une chance avec moi. Je n'aime pas trop sa démagogie, mais, au moins, il essaie. Et c'est peut-être le seul à essayer, désormais.

– Comprendre quoi ? demandé-je en continuant à dessiner.

– On a toujours eu des relations tumultueuses, ma femme et moi. C'est comme ça qu'on fonctionne, ça ne changera pas. Mais c'est avec moi qu'elle a des comptes à régler. Pas avec toi. Avec le temps, elle finira par t'accepter, je le sais. Et River aussi, il a le même côté intransigeant que sa mère… Ils peuvent faire peur, de prime abord. Mais avec ces caractères forts, ces têtes dures, ces cœurs un peu inaccessibles, on finit toujours par tisser les liens les plus profonds. Il faut seulement s'accrocher.

La mine de mon crayon se casse sur ma feuille, à force de m'acharner sur les petits yeux sombres du bilbi. Je referme mon carnet à dessins pour fixer le profil de Bailey.

– Et moi, j'ai décidé de m'accrocher à toi. De ne pas te tourner le dos, cette fois. Si tu es d'accord pour me laisser une chance.

Mon père vient attraper mon regard et je lis dans le sien un peu de courage, un peu de sincérité, un peu de repentance et beaucoup de remise en question. Tout ce qui manque tellement aux adultes que je connais.

– Est-ce que Georgia va bientôt repartir en voyage ? espéré-je à haute voix.

– Oui, dit son mari en rigolant. Elle reste rarement plus de quelques jours.

– Alors, je devrais pouvoir supporter le reste des sauvages qui vivent ici…

– Merci pour eux, acquiesce Bailey avec un sourire. Merci de donner une chance à ma famille.

– Je n'ai pas vraiment d'autre option, de toute façon. La mienne a l'air bien disposé à m'oublier.

Le vétérinaire saute de nouveau sur ses pieds et me tend une main pour me relever.

– Ça tombe bien, on a largement de quoi t'occuper, nous, ici !

Il saisit un talkie-walkie dans la poche de son treillis et appelle Asher et Jagger.

– Fils 1, fils 3, vous êtes au quartier des chimpanzés ?

– Affirmatif.

– Yep !

– Je vous amène du renfort ! les prévient leur père dans le combiné.

Il m'ouvre la porte de la jeep et me fait grimper à bord.

– Je suis quel numéro, moi, alors ? lui demandé-je pendant qu'il conduit à travers la réserve.

– « Fille unique », ce sera ton petit nom de guerre ! énonce-t-il fièrement.

Je lève les yeux au ciel, pas dupe de son manège pour me plaire.

– Tu n'as pas envie de savoir quel surnom je t'ai trouvé, moi, grommelé-je.

– Pauvre-Type ! Je t'ai entendu le dire à ton petit copain français. Je m'en sors un peu mieux que Georgia… mais je trouve ça quand même assez mal choisi, si je peux donner mon avis.

– Tu ne peux pas, réponds-je en m'empêchant de sourire. Et ce n'est pas mon petit copain. Ce que tu peux faire, en revanche, c'est arrêter d'écouter aux portes. Et de rentrer dans ma chambre aux aurores. Et d'ouvrir les rideaux en beuglant. Et de tirer sur ma couette. Et de me siffler quand on doit venir manger. Et de rappeler les horaires toutes les cinq minutes comme si l'on était dans un camp militaire.

– Ce sera tout ?

– Pour l'instant…

– Je vais voir ce que je peux faire.

Pauvre-Type-un-peu-mieux-que-prévu me dépose devant le quartier des chimpanzés et m'explique la manœuvre délicate que je vais devoir effectuer avec mes « frères ». Je ne me fais toujours pas à cette appellation, mais je suis contente de pouvoir enfin penser à autre chose, parler d'autre chose, faire autre chose que ressasser.

Il va falloir isoler un jeune singe dans l'enclos de nuit, sans avoir à l'endormir, en attirant tout le reste du groupe à l'extérieur avec des fruits. Bailey semble prendre cette affaire très au sérieux et me rappelle solennellement que c'est une preuve de confiance qu'il me fait.

– Elle n'a pas assez d'expérience, bougonne Asher en arrivant près de moi.

– Il y a trois soigneurs professionnels dehors, précise son père.

– S'il y a un accident, faudra pas venir pleurer…

– Je sais ce que je fais, contente-toi de suivre les instructions, gronde le vétérinaire.

– Ça fait un quart d'heure qu'on les attend. Nous, on est prêts.

Le blond resserre son *man bun* au sommet de son crâne et repart se mettre en position. Je n'avais encore jamais vu l'aîné des frères Farrow perdre son calme et son sourire. Je me demande si c'est par simple souci des animaux ou si sa soudaine froideur a un rapport avec la révélation d'hier.

– Quelqu'un s'est levé du mauvais pied, grimace Jagger, perché au-dessus de ma tête sur le plafond grillagé de l'enclos.

– On a tous mal dormi, rappelle Bailey, ça ne nous empêche pas d'être fidèles au poste, prêts à bosser.

– Tous ? se marre l'excité avec un geste perplexe.

– Kasper avait un rendez-vous médical, maman l'a emmené.

– Il en manque toujours un…

– Jagg, pas maintenant.

Le père de famille coupe court aux provocations de son fils ; personne ne prononce le prénom de River et le silence qui suit me semble pesant. L'air lourd, moite, brouillé. Quelque chose a définitivement changé. Dans les regards, dans les gestes, dans l'atmosphère chargée en électricité.

– Tout le monde est en place ? demande le vétérinaire dans son talkie-walkie.

Je suis censée le suivre de très près et faire exactement comme lui, sans mouvement brusque ni bruit. J'entends les singes s'agiter dehors, les soigneurs les appeler ; Jagger tape sur le grillage intérieur à l'aide d'un bâton, Asher prononce indéfiniment le nom du jeune mâle à isoler, et je marche dans les pas de Bailey en sentant mon cœur s'emballer. Le chimpanzé arrive en faisant des bonds et en poussant des cris stridents. J'ai le réflexe stupide de passer devant mon père, comme si j'étais poursuivie et qu'il allait me servir de bouclier. Nos pieds s'emmêlent, je me retrouve déséquilibrée, le primate change de direction en percevant l'agitation de mon côté, et Bailey doit me plaquer violemment contre une barrière en fer pour fermer l'enclos avant que le singe énervé ne s'échappe ou ne me saute dessus. Je n'ai rien compris à ce qui vient de m'arriver.

– Désolé, c'était ça ou il t'emmenait à l'intérieur ! lâche la voix essoufflée de mon géniteur.

– Putain, qui a merdé ? peste Asher, en courant vers nous.

– Moi, ment Bailey, j'ai bousculé Céleste sans la voir. Ça va ?

– Bien sûr que non, ça va pas ! éructe le garçon aux cheveux longs.

– Je crois qu'elle a le souffle coupé, commente Jagger en nous rejoignant d'un saut par terre.

– Où tu as mal ?

– Essaie de ne pas bouger !

Je reprends mes esprits et ma respiration, mais je ne peux toujours pas parler. Je montre mon dos en me demandant si je viens de me casser la colonne vertébrale. Ou si c'est la peur qui me paralyse.

– River, rapplique ici ! braille mon père dans le talkie-walkie. On a une blessée.

– Céleste ? Fais chier… J'arrive !

10
LE DOUX SAUVAGE

Malgré mes protestations, on m'a transportée sur une civière dans une des pièces de la clinique. Mon vétérinaire de père m'a examinée sous toutes les coutures et devant un public nombreux, angoissé, avant de décréter que je n'allais pas mourir ni perdre l'usage d'aucune faculté.

– Tu devrais t'en sortir avec un gros hématome et quelques jours de douleurs.

– Devrais ?

– Mais River va arranger ça.

– Quoi ?

– Tout le monde dehors, on va la laisser se reposer. Toi, fais ta petite magie avec tes doigts.

– Hein ? Qui ? Les doigts de qui ? Sur qui ?

J'ai beau balbutier, contester, résister, personne ne m'entend ou ne m'écoute. Je me retrouve enfermée avec un sauvage aux yeux bruns et au visage fermé.

– Je fais des études d'ostéo, m'apprend sa voix grave.

– Je sais…

– Je suis plutôt doué.

– Peut-être, mais…

– Je ne vais pas te faire craquer les os, si c'est ce qui t'inquiète…

– Pas vraiment, non.

– Ni te demander de te déshabiller.

Je respire. Il regarde ailleurs.

– Si tu peux juste te rallonger sur le ventre… Je vais t'aider.

– Je vais me débrouiller ! bredouillé-je en refusant la main qu'il me tend.

Je grimace de douleur et ça semble l'amuser.

– Si tu peux juste éviter de sourire, grommelé-je.

– Pour que les choses soient claires, annonce River en s'asseyant sur un tabouret qui roule jusqu'à moi.

– Hum ?

– Je ne fais pas ça pour obéir à mon père ou être sympa avec toi. Parce que je me sens redevable ou que je ne sais quel lien sorti de nulle part m'oblige à prendre soin de toi.

– Tu le fais pour quoi, alors ?

– Juste parce que ça me donne une occasion de m'exercer, lâche-t-il avec un haussement d'épaules. Et que je n'aime pas trop voir les gens souffrir.

– Petit con au grand cœur, résumé-je en soutenant son regard.

Il sourit de nouveau, à peine une seconde, mais assez longtemps pour que ses yeux noisette s'éclairent. D'un petit mouvement de tête, il chasse ses cheveux sur le côté et me montre une fois encore son visage dur, cadenassé.

– Si tu veux que je te brise une vertèbre, c'est encore

possible, fait sa voix grave, faussement menaçante.

Mais son premier geste est doux, léger, presque gracile. Je réprime un frisson et tente de me concentrer sur ma respiration. Je repose ma tête sur mes mains croisées, pour garder un œil sur le sauvage aux doigts apparemment civilisés. River s'approche un peu plus et laisse courir sa main sur ma colonne, par-dessus mon tee-shirt. Son autre main rejoint la première, et ce que je ressens dans mon dos ressemble plutôt à des caresses qu'à des massages. Je suis soulagée de ne pas avoir mal. Mais pétrifiée de me sentir si bien.

À la dérobée, j'observe ses traits aiguisés, la ligne droite de ses mâchoires et de son nez, la courbe de ses lèvres fermées, les deux amandes parfaites de ses paupières plissées par la concentration, et les deux noisettes prisonnières à l'intérieur, à la fois brillantes et sombres, dures et tendres.

Mon regard accroche le sien ; soudain, mon cœur rate un battement et River choisit de fermer les yeux plutôt que de les détourner. Je ne comprends pas ce qui me fait réagir ainsi. Pas à fleur de peau, pour une fois. Pas une seconde, je ne pense à fuir. À briser le silence. À dégager ses mains de moi. Je me sens en confiance. J'oublie tout en sa présence. Tout, sauf que je ne connais personne d'autre comme lui. Personne d'aussi intense, d'aussi mystérieux, d'aussi profond et insondable. Aucun garçon aussi brut capable de se révéler si doux.

– J'aurais juste besoin de voir, hésite-t-il en se redressant.

Son souffle tiède a balayé mon visage. Son pouce est resté logé entre deux de mes vertèbres. Et sa carrure me surplombe maintenant. Je me surprends à ne pas avoir peur. Je m'entends lui dire doucement :

– Tu peux.

Et ses doigts délicats soulèvent lentement mon tee-shirt le long de mon dos, jusqu'à dévoiler l'agrafe de mon soutien-gorge. Pas nue, mais pas loin. Et toujours pas de sursaut, de gêne, de pudeur, pas le moindre signe de crise d'angoisse. Pire, j'aime la sensation de ses mains sur ma peau. Et je me maudis aussitôt pour cette perception étrange et irrépressible, cette chaleur anormale, ce petit bouillonnement monstrueux, délicieux.

– Pourquoi ostéo ? lancé-je pour m'interdire de penser.

– …

– Ah, tu ne sais pas faire deux choses à la fois.

– …

– Masser et parler, c'est vrai que ça fait beaucoup pour…

– Tais-toi, Céleste.

Même sa façon de me rembarrer m'envoie des picotements de bien-être un peu partout. J'hésite à me taire. À le relancer. Mais je ne peux pas rester seule avec ces idées dégueulasses. C'est mon demi-frère. Je ne devrais pas ressentir tout ça. Ni la sérénité qui ne me ressemble pas. Ni l'excitation qu'il fait naître chez moi. Je continue à voix basse, pour le pousser dans ses retranchements et sortir des miens.

– On n'a pas reparlé d'hier soir, soufflé-je.

– Non, et on ne va pas le faire.

Sa voix profonde roule dans ma poitrine comme une pierre chaude et me rappelle ces grandes roches plates, ocre et soyeuses, que j'ai découvertes à l'horizon en arrivant ici. Apaisantes et effrayantes. Solides, lointaines, intouchables, mais ouvertes sur l'infini.

– Pourquoi tu es si différent de tes frères ? tenté-je encore, malgré moi.

– …

– Pourquoi tu as l'air tout le temps en colère ?

– …

– Pourquoi même ton chien fait peur ?

– …

– Pourquoi tu me détestes sans même me connaître ?

– …

– Aïe !

– C'était juste là, murmure River, qui me fait taire.

Un frisson chaud me parcourt. Son silence m'enveloppe comme un cocon. Le doux sauvage se rassied sur son tabouret et ses yeux tombent dans les miens. On se regarde beaucoup trop longtemps, beaucoup trop fort, beaucoup trop bien. Sa main quitte soudainement ma peau et reste en l'air, semblant en suspens. Mon cœur se retourne dans ma poitrine et River en fait autant sur son tabouret. Une seconde plus tard, il a franchi la porte, quitté les lieux. En me laissant là, presque terrassée.

J'ai un peu moins mal au dos. Mais affreusement mal au cœur.

***

Bailey m'a ramenée dans ma chambre en me soutenant et s'excusant encore. Il m'a autorisée à rester couchée jusqu'au lendemain matin, en précisant que c'était un ordre. Il a ajouté des coussins dans mon lit, m'a laissé le choix des rideaux ouverts ou fermés, m'a apporté mon portable, mon carnet à dessins, mon ordinateur, puis il est revenu avec de quoi boire et manger pour que je n'aie pas à me lever. Il en faisait trop.

Mais je ne me souviens pas que ma mère m'ait à ce point cajolée, même quand j'étais au plus mal.

J'ai un vague sourire aux lèvres quand mon père quitte enfin ma chambre après avoir fait un cinéma pas possible pour me demander si j'avais tout ce qui me fallait.

Mon sourire disparaît à la seconde où je repense à River et à mes émotions tordues. Il y a vraiment quelque chose qui ne tourne pas rond chez moi. Qui a merdé à ce niveau-là.

Je me connecte à Skype en espérant y retrouver enfin mon meilleur Amir.

– Qu'est-ce que tu fous encore au lit ? Ce n'est pas le matin, chez vous ?

– Si ! Mais première blessure de guerre…

– *Oh God* ! Ils ont déjà réussi à te casser ?

– Non, toujours entière…

– Qu'est-ce qui s'est passé ?

– Juste une bousculade avec un chimpanzé, un peu mal au dos, rien de grave.

– *Fuck*… Même tes bobos sont classe, maintenant que tu vis en Australie. Je peux venir ?

– Quand tu veux, Amir ! Mais t'as l'air bien occupé, t'es jamais connecté !

– *Sorry, sorry*… Faut bien que j'aie une vie, maintenant que t'es partie en me laissant pourrir ici tout seul.

– Ne me dis pas que t'es devenu pote avec les trous du cul du lycée…

– *No assholes for me* ! improvise-t-il dans un anglais approximatif.

– Ta mère t'a rendu Internet, en tout cas, remarqué-je.

– Chut… Elle ne sait pas que j'ai rebranché la box ailleurs.

Et le visage joufflu de mon ami s'illumine dans la pénombre de sa chambre.

– T'as une sale tête, quand même.

– Merci, Amir. Je m'apprêtais à te dire que tu me manques.

– Rien de croustillant à me raconter, aujourd'hui ?

– Si...

– Ah ! Un nouvel épisode de ma *new* série préférée !

– Belle-Pouf a pété les plombs hier soir et balancé la vérité à tout le monde.

– *No way* ? Comment ils ont réagi ?

– Pas trop mal... Trois sur quatre sont venus me consoler. Pas si surpris que ça, je crois. Mais ce matin, l'ambiance avait changé. Je crois qu'ils ont encore du mal à digérer.

– Si j'apprenais que t'étais ma *sister*, moi aussi je ferais la gueule ! plaisante Amir.

– Pauvre-Type s'est révélé un peu moins con que prévu, en fait.

– C'est un adulte, Céleste. Il finira par être con quoi qu'il arrive, te fais pas avoir.

– Possible... Et le bad boy est plutôt moins *bad* que ce que je croyais. Peut-être plus doux, moins sauvage.

– Ah bon ? Ils t'ont droguée ou quoi ? Qu'est-ce qui te prend à aimer les gens, je te reconnais pas !

La réaction d'Amir, censée me faire rire, me met plutôt mal à l'aise. Je réfléchis à toute vitesse et choisis de taire l'épisode du massage et les regards échangés avec River. C'est bien la première fois que je ne dis pas *tout* à mon confident. Et c'est troublant. Je n'ai pourtant rien à cacher. Rien fait de mal. On ne contrôle pas ses sensations, ses émotions, ses sentiments.

Alors, pourquoi je trouve les miens inavouables ?

– Allô, Céleste, t'es toujours là ?

– Oui, désolée, dans mes pensées.

– T'as pas l'air dans ton état normal, toi…

– Juste fatiguée, la nuit a été dure.

– Cauchemars ? demande celui qui me connaît par cœur. Ils sont revenus ?

– Celui où je saute, oui.

– Tu veux en parler… ?

– Non, Amir, soupiré-je bruyamment. Si je suis venue ici, c'est justement pour oublier.

***

Finalement, ce sont deux jours entiers que je passe terrée dans ma chambre. Moins pour soulager ma douleur que pour éviter River. Sur les quatre frères Farrow, trois sont venus me voir brièvement. Chacun à leur façon.

Asher a passé ses cheveux longs dans l'embrasure de ma porte pour me demander si ça allait et est reparti aussitôt que j'ai répondu oui. Je pensais qu'il serait le plus compréhensif, le plus indulgent de tous, mais l'aîné perfectionniste a encore besoin de temps pour accepter notre soudain lien de parenté. Ça m'attriste, mais il n'y a plus que de la cordialité et de la distance entre nous, en ce moment. C'est plutôt déconcertant.

Jagger, lui, a grimpé sur mon lit pour me demander si j'avais déjà participé à un plan à trois… et comment il pourrait subtilement suggérer l'idée à sa copine et sa meilleure amie. Je lui ai balancé un oreiller à la tête. Il m'a dit que j'avais l'air plus que guéri. Et je lui ai rappelé que ce n'était vraiment pas son fort, la subtilité. Entre lui et moi, pas vraiment de grande connexion… mais pas de tensions, non plus. Et c'est assez reposant.

Kasper, enfin, m'a rendu visite six fois, avec toujours une conversation différente et qui ne pouvait pas attendre. Une histoire de nouvelle coiffure en crête qu'il voulait me montrer avant de se faire charrier par ses frères. Un dessin de prothèse à retoucher. Une spécialité australienne à me faire goûter. Un gros mot à traduire en français pour échapper aux règles de Bailey. Une liste de questions étonnamment précises sur la puberté des filles comparée à celle que vivent les garçons. Et enfin, le récit détaillé de son accident, qu'il a eu envie de me livrer, soudainement, parce que je le « méritais ». Le cœur serré, j'ai donc appris qu'un troupeau de buffles échappé d'un enclos l'avait piétiné, quand il avait 5 ans, et qu'il avait failli y passer. Quelques semaines dans le coma, la moitié du corps paralysé et, pour finir, une amputation qui lui a sauvé la vie. Malgré le traumatisme, Kasper a l'air d'aimer sa prothèse, sa différence, ce qui le rend unique et si mûr pour ses 13 ans. Je l'ai remercié pour ses confidences et je lui ai promis que je prendrais exemple sur lui pour sortir bientôt de ce lit et me remettre sur pied.

Mais ce que j'ai compris, pendant ces deux jours avec lui, c'est que ce petit génie hypersensible s'était déjà attaché à moi. On a beau ne se connaître que depuis peu, tous les deux, on ressemble à s'y méprendre à une grande sœur et un petit frère. C'en est presque perturbant.

Je pensais être tranquille une dernière soirée, une dernière nuit, avant de devoir affronter une nouvelle fois ce truc étrange qu'on appelle « famille », mais je me trompais. L'heure du dîner est largement passée quand le sifflement caractéristique de mon père retentit dans la villa.

– Rassemblement ! exige de loin sa voix forte.

Et son ton indiscutable m'oblige à quitter ma couette-cocon, ma chambre-abri, ma précieuse cachette. Je parcours lentement le couloir pendant que tous les chiens et les garçons se ruent dans l'entrée. Même River, sous son casque de musique et son masque d'arrogance.

– Quoi, encore ? grommelle-t-il en direction de son père.

– Georgia voulait vous dire au revoir.

– Tu repars déjà ? geint Kasper.

Et la blonde en tailleur bleu nuit sort de la cuisine avec une petite bouteille d'eau fraîche, qu'elle fourre dans son sac à main en cuir rouge.

– J'ai avancé un peu mon départ, ça vaut mieux pour tout le monde, explique-t-elle de sa voix trop douce.

– OK, bon voyage, soupire River en retournant d'où il vient.

Deux claquements de doigts, son boxer croisé husky sur les talons, un regard perçant de Lynx pour moi, un autre troublant du bad boy… et sur ma peau, un nouveau chaud et froid. Le sauvage plisse ses yeux noisette, comme pour chasser mon image de son champ de vision. Et s'en va.

– Salut, m'man ! lance Jagger, apparemment indifférent.

Et il s'excuse avant de partir en skate pour le *date* qui l'attend. Georgia enlace son plus jeune fils, puis caresse les cheveux du plus grand, qui penche la tête en arrière pour lui échapper, sans le faire vraiment. Bailey me sourit, un peu gêné, se gratte l'endroit habituel sur la joue. Et Belle-Pouf s'éloigne avec sa valise avant de revenir faire un crochet vers moi.

– Ta place n'est pas ici, Céleste, me chuchote-t-elle en penchant la tête sur le côté. Tu ne pourras pas rester là indéfiniment.

À côté de nous, les deux frères restants discutent et ne nous écoutent pas. J'hésite à balancer des horreurs à Georgia, sur le même ton calme et doucereux qu'elle. Mais elle enchaîne déjà :

– Dès la fin de l'année scolaire, tu rentreras chez toi, comme prévu. Dans *ta* famille. Il faut que tu comprennes : celle-ci n'est pas la tienne.

– Inutile d'être cruelle, intervient Bailey en se glissant entre sa femme et moi.

C'est la première fois que je le vois prendre mon parti plutôt que le sien. Mais je ne supporte pas d'être au centre de leurs stupides querelles d'amoureux.

– Pas la peine de jouer les pères héroïques, lâché-je sans réfléchir, un peu trop fort. J'ai grandi sans toi pour me défendre, sans toi et sans vous tous, et je n'ai besoin de personne. Juste de survivre à cette putain d'année et me barrer d'ici.

Je ne sais pas pourquoi je m'en prends à tout le monde plutôt qu'à elle seule. Je ne contrôle pas ma colère, ma rancœur, la rage qui me brûle de nouveau la gorge. Cette vague de solitude qui me broie le cœur et me chauffe le sang. Je voudrais faire mal à Georgia. Un peu à Bailey. Mais c'est Kasper qui prend.

Ses yeux pleins de larmes et ses lèvres tremblantes demandent :

– Pourquoi tout le monde veut toujours s'en aller… ?

11
LE VENT TOURNE

Georgia a débarrassé le plancher et l'ambiance chez les Farrow s'est aussitôt allégée. À la place, c'est ma mère qui tente de m'appeler et me laisse des messages à la fois inquiets et agacés. Elle ne le reconnaîtra jamais, mais elle n'a pas vraiment envie de prendre de mes nouvelles. Elle se sent obligée. On ne s'est pas parlé depuis mon arrivée ici, et je suis certaine que cette distance lui fait encore plus de bien qu'à moi. Elle a juste besoin de savoir si je suis toujours vivante pour ne pas culpabiliser.

[J15. Toujours en vie. C.]

Elle devra se contenter de ça. Aujourd'hui, j'ai un autre monstre à affronter que celui qui représente la parentalité. Le monstre lycée. La rentrée n'a lieu que dans un peu plus de deux semaines, mais je dois rencontrer la proviseure pour finaliser mon inscription à la Willunga High School. Je déteste déjà son nom étrange. Je déteste que l'année commence en janvier. Je déteste l'idée de porter un uniforme. Je déteste devoir me plier à cet entretien individuel qui donnera la chance à un adulte de plus de me juger, de faire semblant de me comprendre et de me coller dans la case « cas désespérés ». Enfin, je déteste mon père, qui devait m'y emmener, qui a été retenu par une urgence à la clinique et qui a dépêché Asher à la dernière minute pour m'accompagner dans cet enfer.

Ah, et je déteste cette foutue pluie qui tombe à verse, aujourd'hui. Ce vent qui souffle jusqu'à l'intérieur de mon crâne et fout tout à l'envers.

– J'aurais pu y aller toute seule, lâché-je au Barbie-Ken silencieux.

– Comment ? Tu n'as pas le permis.

– Il n'y a pas de bus ?

– Pas pendant les vacances.

– Ça ne te gonfle pas de rendre toujours service à tout le monde ?

– On se serre les coudes, en famille, c'est comme ça, philosophe le blond en haussant les épaules.

– Je sais que ça te gonfle, de devoir t'occuper de moi. D'avoir appris qui j'étais. On s'entendait mieux avant que tu ne saches tout ça.

– J'avais juste du boulot à la réserve, élude-t-il.

C'est sûrement vrai. Mais pour le reste, il ment. Mon complice d'avant est devenu tiède, un peu distant, toujours dans la retenue, maintenant. Juste cordial, parce qu'il a le sens du devoir et que sa gentillesse le perdra. N'empêche que les liens qu'on avait tissés, presque naturellement, ressemblent à de la vieille corde de mauvaise qualité, toute neuve mais déjà élimée.

Alors, on reste silencieux, tous les deux, la suite du trajet. Le 4x4 roule à gauche et ça me fait toujours aussi bizarre. Rien n'est vraiment normal, par ici. À travers la vitre balayée par la pluie, le paysage sauvage s'efface peu à peu et l'on retrouve la civilisation : bitume, bâtiments, rues, maisons, gens. Cet environnement plus familier devrait me rassurer, mais mes nerfs se nouent quand on s'arrête sur le parking du lycée. Boule dans la gorge, boule au ventre, boule de flipper qui joue à cogner contre mes tempes.

– Ça va ? me demande Asher en m'ouvrant la porte de l'établissement.

Bien sûr que non. Mais je passe devant pour lui cacher mon visage décomposé. On arpente les couloirs déserts et je me concentre sur ma respiration, sur les lignes du carrelage, sur les rangées de casiers bleu nuit, sur les photos d'élèves souriants affichées un peu partout, sur les vitrines remplies de coupes et de médailles, sur les banderoles au logo de Willunga. Ce lycée ne ressemble à rien de ce que j'ai connu en France. Il y a l'air d'avoir de la vie, des clubs et des groupes de toutes sortes, des salles de danse, de sport, de chorale, de sciences, de théâtre, et même des adolescents heureux entre ces murs. Mais je ne me fais aucune illusion : l'école est un monde cruel. J'en ai bavé à Paris, il n'y a aucune raison que ce soit différent en Australie.

– Bonjour, Céleste !

Une femme brune m'accueille en français avec un accent chantant. Même mon prénom était correctement prononcé. Elle me tend la main, arbore un sourire radieux et poursuit en anglais :

– Je suis Susan Lee, principale de la Willunga High School. Au nom de toute l'équipe, bienvenue parmi nous !

– Merci.

On dit donc « principale » et pas « proviseure », ici. Et l'on déroule le tapis rouge aux nouveaux, comme s'ils étaient des présidents en visite officielle.

– Si Asher t'a déjà fait faire un petit tour des lieux, on va pouvoir passer dans mon bureau. Je suis toujours ravie de voir d'anciens élèves revenir ici. Comment ça va, à la réserve, Ash ? Tes parents sont toujours bien occupés ? Tes frères ont hâte de reprendre les cours ? rit-elle de bon cœur.

– Ça roule, Mrs Lee, merci !

Ah, donc la principale connaît la vie de tout le monde. Et se permet des petites blagues. C'est encore plus différent que ce que je pensais. Le grand blond dit qu'il va faire un tour et me laisse en tête à tête avec « Mrs Lee ». Elle est bien en chair et elle le porte bien – ça change de toutes les femmes filiformes que j'ai croisées jusque-là, Georgia en tête. Elle a le teint mat et des traits métissés, mais je n'arrive pas à savoir s'ils sont d'origine asiatique ou africaine, peut-être aborigène. Son attitude me semble avenante et son regard franc, mais je me méfie quand même. Assise derrière son bureau, elle me propose une petite bouteille d'eau avant de s'en ouvrir une. Et je ne comprends plus si je suis au café ou au lycée. N'empêche que mon début de crise d'angoisse est redescendu.

– Entrons tout de suite dans le vif du sujet, si tu le veux bien, Céleste.

– Ah…

– J'ai beaucoup échangé avec tes parents depuis la France et…

– Juste ma mère, rectifié-je.

Et la vérité de ma situation me revient en pleine face : tout le monde ici ignore que je suis la fille de Bailey Farrow. Et la demi-sœur d'Asher, River, Jagger et Kasper. C'est sans doute mieux ainsi. Mais le secret, la sensation d'être une erreur, une honte, un petit détail de l'histoire à cacher, ça fait toujours un peu mal.

– Je sais que tu as redoublé ta terminale, reprend Mrs Lee. Et que tu as vécu une année très difficile à Paris. Mais ce n'est pas ton passé qui m'intéresse. C'est comment t'aider à réussir l'année à venir. Je vais donc te suivre de très près, ma porte te sera toujours ouverte. Mais ne t'attends pas à un quelconque traitement de faveur.

J'acquiesce en silence, j'aime bien sa façon de voir les choses. Cependant, je reste sur mes gardes.

– Ici, tu n'es ni en prison ni en vacances. La Willunga High School va t'offrir un maximum d'occasions, il en suffit d'une pour atteindre le succès. À toi de la trouver et de la saisir. C'est la devise de ce lycée.

– Compris, marmonné-je.

– Mais pour ça, tu vas devoir travailler dur et t'investir… Je vois que tu n'as choisi que les matières principales et que tu n'as pris aucune option. C'est ton choix, ta liberté, commente-t-elle en observant mon emploi du temps.

Et je sens que le vent tourne. Que les problèmes arrivent.

– Je te conseille fortement de rejoindre un de nos clubs étudiants. Pour t'intégrer, te faire des amis plus rapidement. Tu as une passion ?

– Le dessin.

– On a quelques associations artistiques, chant, danse,

photographie, théâtre, mais pas encore de…

– Ce n'est pas grave, je trouverai autre chose.

Je la voyais d'ici me demander de monter moi-même un atelier d'art et me ridiculiser en attendant d'hypothétiques participants, dans une salle vide avec un tas de feuilles blanches et un autre de crayons noirs. Plutôt mourir.

Et mourir, j'ai déjà essayé. Même ça, ça n'a pas marché.

– Je peux t'emmener au gymnase, si tu veux. Les équipes sportives se réunissent aujourd'hui pour préparer la rentrée. Tu seras peut-être attirée par…

– Si vous voulez.

Je veux juste qu'on en finisse. Remonter dans le 4x4 d'Asher et me terrer à la réserve, là où personne n'attend rien de moi. Je ne pensais pas que ce parc animalier sauvage et cette villa luxueuse plantée au milieu de nulle part seraient un jour mon refuge. Tout change.

Et tout finit toujours par partir en vrille.

Cette fois, Mrs Lee m'abandonne à un certain Mr Calloway, entraîneur de basket et coordinateur sportif du lycée, ou quelque chose du genre. Il porte un curieux mélange de fringues : jean large, tee-shirt blanc, blazer bleu et casquette au logo de la Willunga High School.

Une solide poignée de main plus tard, il me montre du doigt l'équipe féminine de volley, celle de basket, le regroupement de pom-pom girls et un autre de majorettes. Il m'apprend qu'il y a encore des options à l'extérieur, athlétisme, rugby, cricket et même un club d'horticulture. Mais je ne l'écoute déjà plus.

En jean brut et sweat bleu marine à bandes blanches, River se tient debout face à une quinzaine de filles assises par terre, au milieu de ballons orange, en train de s'étirer selon les mouvements qu'il recommande. Je tombe de haut. Crois d'abord à une mauvaise blague. Lui, ici, ça n'a aucun sens. Sa voix porte mais je n'entends pas les mots qu'il prononce. Ses cheveux châtains lui retombent sur les yeux quand il se penche vers une blonde pliée en deux, dont il corrige la position. Ses mains à lui sur son dos à elle me renvoient aussitôt les images de notre massage. Je tremble. Je bous. Je réfléchis. Je ne comprends pas ce que le sauvage fait là. Je ne comprends pas pourquoi il porte l'uniforme de Willunga. Je ne comprends pas pourquoi je le trouve si sexy dans ce stupide sweat bleu à bandes blanches. Il a fini le lycée, qu'il a détesté, l'année dernière. Il fait des études d'ostéo, et ça le passionne. Rien n'a de sens. Rien n'est à sa place. Moi encore moins que tout le reste.

– Tu aimes le basket ? demande Mr Calloway en voyant où porte mon regard.

– Euh…

– River Farrow sera mon assistant, cette année. Après les séances, on va mettre en place un suivi ostéo pour les joueurs et les joueuses qui le souhaitent. Préparation physique, blessures, récupération, ça peut être un vrai plus au niveau des performances individuelles. Et c'est toujours bien d'avoir d'anciens élèves investis dans le lycée. Ils peuvent montrer le chemin. Même quand ils n'ont pas été des modèles d'excellence en leur temps. Ça montre que tout est possible.

L'entraîneur se marre et ses mots s'entrechoquent dans mon cerveau.

Tout est possible, même le pire. Je le sais. Surtout le pire.

Je vois bien que toutes ces filles regardent River. Les yeux fuyants dès qu'il pose son regard plissé sur elles. La bouche un peu ouverte, paraissant manquer d'air en sa présence. Les corps qui sursautent dès que ses mains approchent. Les ventres qui se rentrent par réflexe, les cuisses qui tentent de s'affiner dans une position plus favorable, les cheveux qui s'agitent bêtement, les joues qui rosissent malgré elles. Et les sourires qui s'échangent en secret quand il s'éloigne.

Je vois tout ça et ça me tue. Et ça me tue que ça me tue.

À ce rythme, je vais me tuer combien de fois ?

– Alors, ce sera basket, m'entends-je annoncer.

Et mon cœur en feu se met à cogner, à l'instar de ces dizaines de ballons orange qui rebondissent en rafale sur le sol du gymnase. Les filles se sont mises à courir, à dribbler. Le coach en casquette me sourit et me gratifie d'une brève accolade de côté, comme si je venais de prendre la meilleure décision de ma vie.

En réalité, c'est certainement la pire.

River se retourne et m'aperçoit. River le sauvage, River le danger, River l'aimant. Mon demi-frère River. Il me fixe, fronce les sourcils et se fait craquer les doigts.

En moi aussi, quelque part, ça craque.

12
LE PRESQUE PLUS BEAU JOUR DE MA VIE

Le lendemain matin, garçons et chiens s'agitent dans l'entrée de la villa. Je sirote mon café à la cuisine en tentant de faire abstraction de tout ce bonheur bruyant, de toute ma mélancolie sourde et de la nuit blanche que je viens de passer à ressasser toutes les nouveautés de ma vie : vrai père, belle-mère, demi-frères, River, réserve animalière, inscription au lycée, équipe de basket, River, Mrs Lee, Mr Calloway, crises d'angoisse, apaisement, dos bloqué, débloqué, River.

Bientôt, d'autres étrangetés encore : un premier Noël loin de ma famille, l'autre, la vraie, ou la première, je ne sais plus comment je dois l'appeler. Et puis, un Noël au soleil, un hiver caniculaire, ce côté du globe marche vraiment sur la tête. J'ai perdu tous mes repères.

– Hey ! lance Jagger en courant dans la cuisine. T'es debout de bonne heure. C'est dimanche, tu pouvais dormir.

– Je sais… C'est toujours quand on peut qu'on n'y arrive pas, non ?

– Je ne me pose pas tant de questions ! se marre l'excité.

Puis il ouvre le frigo américain pour en ressortir deux petites bouteilles de boisson énergétique d'un bleu bien chimique. Il se met à jongler avec, tout en s'écriant :

– Alors, viens avec nous ! On s'apprêtait à partir, mais on peut t'attendre.

– Qui, nous ?

– River et moi. Kasper a rendez-vous chez le jambiste...

– On dit prothésiste, crétin ! s'écrie le benjamin de loin.

– Et Asher a trop de cheveux pour la plage, il risquerait de se faire prendre pour une sirène...

– Je t'entends, petit con ! braille l'aîné, agacé.

– Plage ?

– Ouais ! On va surfer à Moana Beach. C'est un super endroit, il faut que tu voies ça !

Me mettre en maillot de bain. Avoir chaud. Passer du temps avec cet énergumène survolté. Me faire mater par des étrangers : tout me pousse à dire non. Tout sauf River.

– Jagg, on y va ? râle-t-il depuis l'entrée.

– Attends, je convaincs Céleste !

– Putain, t'es chiant...

– Mais si ! Il faut toujours avoir une fille avec soi sur la plage. Quand on est entre mecs, on fait fuir les meufs. Là, on aura l'air cool !

Plus j'entends River soupirer et grogner, plus j'ai envie de venir. Et plus je trouve ça dangereux d'avoir envie. J'abandonne mon mug à la cuisine et je rejoins l'entrée. Les trois frères me dévisagent en souriant. Le sauvage me fusille du regard. Chaud et froid.

– Laissez-moi deux minutes, j'arrive ! bredouillé-je avant

de courir vers ma chambre.

J'enfile un maillot de bain, un short, un débardeur, je fourre une serviette et une tenue de rechange dans mon sac à dos, ajoute des crayons et mon carnet à dessins, deux tubes de crème solaire, je claque un élastique autour de mon poignet, attrape mes tongs et reviens pieds nus dans le hall d'entrée. Asher et Kasper ont déjà disparu, River et Jagger m'attendent dans le 4x4 garé devant la villa.

– On va s'éclater ! lâche le frère agité en sautillant sur le siège passager.

– T'emballe pas trop non plus, grommelle le frère tourmenté, derrière le volant.

Et dans le rétroviseur, ses yeux noisette attrapent les miens. En l'espace de quelques secondes, ils semblent leur dire des milliers de choses contradictoires : « Change d'avis ! », « Rentre chez toi ! », « Tu as osé venir… », « Pourquoi tu fais ça ? », « Soutiens mon regard, si tu l'oses », « Tu es sûre de vouloir me défier ? », « Qu'est-ce qui nous arrive ? », « Lâche-moi ! », « Je te parie que tu détournes les yeux en premier », « Qui es-tu, fille étrange… ? », « Pourquoi je t'aime bien, alors que je te déteste ? », et surtout : « Toi aussi, tu as chaud à en crever ? »

River prend une grande inspiration, baisse les yeux puis les vitres, actionne le toit ouvrant et démarre pour avoir de l'air. Ça me fait un bien fou. Même si lui me fait tant de mal, sans le savoir.

Dans le coffre, les deux chiens halètent. À l'avant, Jagger pousse un grand cri quand le 4x4 accélère sur la route qui quitte la réserve. Il sort son bras par la fenêtre ouverte et s'amuse à résister au vent. River conduit d'une main, concentré, les cheveux qui volent et lui battent le front, et ne regarde plus jamais dans son rétro intérieur. Je n'existe plus. Il a choisi de penser ça. Je devrais peut-être essayer. Je me penche sur le côté pour mettre ma tête dehors et me laisser griser par la vitesse. La sensation de liberté. Celle provoquée par le danger. L'air me fouette le visage et fait couler des larmes pressées le long de mes tempes. Je reviens à ma place, découvrir mon reflet décoiffé dans le miroir, mes joues rosies et mon regard mouillé. Puis le sien. Deux iris sombres et brillants, intenses et perplexes.

J'existe, River. Que tu le veuilles ou non, je t'intrigue autant que tu me fascines.

Je secoue la tête. Me détourne. M'engueule en silence.

Demi-frère, demi-frère, demi-frère, demi-frère, demi-frère. Stop. C'est ton demi-frère.

Après une demi-heure de route, le 4x4 ralentit et emprunte une petite allée entre un club de surf et un bar de plage : on roule sur le sable, presque jusqu'à l'eau, et ça me fait une drôle d'impression. Une sorte d'interdit bravé. Une autre habitude australienne bizarre. Un truc pas possible qui le devient, seulement ici.

River se gare, Jagger jaillit de la voiture et va libérer les chiens, qui courent comme des dératés. Monkey, le beagle déchaîné, fait des bonds en aboyant contre les vagues. Lynx, le molosse croisé husky, revient coller son maître, langue pendante et regard fiévreux. Le sauvage va farfouiller dans le coffre, en sort un frisbee qu'il lui lance aussi loin qu'il peut. Et j'enfonce à mon tour mes pieds dans le sable chaud. Il doit faire dans les trente degrés. De grands pins bordent la petite dune qui surplombe la longue plage. De l'autre côté, le ciel et l'eau se confondent dans un bleu intense. Mais ce joli paysage ne fait pas le poids face au spectacle discret qui se joue sous le coffre ouvert.

River retire son tee-shirt, ses baskets, son jean, et se retrouve en boxer gris, tous muscles dehors. Mes yeux accrochent sa peau bronzée, tendue, soyeuse. Cette vision me foudroie. Je n'ai jamais trouvé la nudité plaisante jusque-là. Jamais vu dans le corps d'un garçon quoi que ce soit d'attrayant, de désirable, de charmant, d'autre chose que stupide, hostile ou menaçant. Je m'empêche de regarder plus longtemps et observe Jagger qui joue avec son chien comme un enfant. Derrière le 4x4, celui qui ressemble tant à un homme enfile un long short de bain, formant un dégradé du bleu ciel au bleu foncé. Peut-être même du noir. Puis il déroule sur son torse nu un tee-shirt de surf en lycra blanc. Un truc tellement moulant que je l'aurais trouvé ridicule sur n'importe qui d'autre. Mais sur ses épaules larges, sa taille fine, ses biceps et ses pectoraux dessinés, tout serait beau.

– Si tu espérais continuer à me mater, le spectacle est fini, siffle River en refermant soudain le coffre.

– Non, je…

– Si tu comptes te baigner, tu devrais mettre ça. L'eau doit être à dix-huit.

Il me balance une boule de lycra noir, puis passe tout près de moi, entre la tôle brûlante du 4x4 et mon corps, qui doit avoisiner les quarante de fièvre. Il avait toute la plage pour passer. Il a choisi de me frôler. Mon stupide sang bouillant déferle par vagues dans mes veines. Mon imbécile de cerveau réfléchit une seconde à creuser un trou dans le sable pour y plonger la tête. Voire le corps tout entier.

Les deux frères se retrouvent dans l'eau et plongent. Ils ressortent pour mieux se chercher, s'arroser, se battre, se couler. Puis Jagger, dans une combinaison short gris foncé, revient en courant sur la plage pour récupérer les planches laissées contre la voiture.

– Alors, c'est pas le plus beau jour de ta vie ? me demande l'excité en secouant ses cheveux mouillés.

– Hum… Presque. On va dire, dans le top 100 des jours les moins pires.

L'ado se marre, une planche sous chaque bras.

– Essaie de profiter un peu de la vie, Céleste. Nage, bronze, trouve-toi un mec, je sais pas… Mais fais quelque chose de cool, pour une fois !

– Je vais essayer, lui dis-je en souriant.

– Si tu sais faire du bodyboard, il doit y avoir d'autres planches dans le coffre.

Jagg repart, les chiens sur les talons, pendant que ses conseils font de l'écho dans mon cerveau. J'hésite à retirer mon short kaki, mais je me contente d'étaler ma serviette pour m'asseoir dessus. Je réfléchis encore un moment, puis profite de l'absence des garçons pour enlever mon débardeur. C'est maintenant ou jamais. La plage n'est pas bondée, quelques surfeurs dans l'eau, des familles sur le sable, aucune menace en vue. J'ajuste mon maillot de bain noir sur mes seins, me tartine d'écran total pour protéger ma peau de rousse et laisse mes cheveux longs masquer un peu mon décolleté. Je tente de « profiter » de Moana Beach durant dix longues minutes. J'envoie une photo de la plage à Amir, je crayonne les dunes et les pins dans mon carnet de dessins et je ne vois pas River remonter sur le sable et se planter devant ma serviette.

– Tu fais quoi ?

Là ? Je fais n'importe quoi. Je me liquéfie, je ne peux plus respirer, je ne sais pas où regarder, je ne sais pas comment m'empêcher de trouver sexy ses cheveux trempés en bataille, sa peau hâlée dégoulinante, ses muscles bandés, son torse essoufflé, sa main magique qui tient sa planche, ses lèvres entrouvertes qui ne disent plus rien et ses cils bordés d'eau qui font de l'ombre à ses yeux incandescents.

Sous ma peau, le feu. Dans mon crâne, la tempête. Et le regard noisette a la délicatesse de ne pas loucher sur mes seins, mes jambes, ma peau laiteuse, mes taches de rousseur, de ne pas me trouver à son goût. Ou à son dégoût. On ne sait jamais, avec lui. Je ne veux même pas savoir, je veux juste que ça s'arrête, retrouver mon assurance, ma repartie, ma température normale. Je veux seulement ne pas céder à la folie. Ne pas succomber pour lui, ne pas le détester pour rien, ne pas craquer sur tout. Mais m'accrocher à quoi, si toutes les lignes sont floues ? Si tout mon monde est sens dessus dessous ?

« Nage, bronze, trouve-toi un mec… »

Tout à coup, je lâche mon carnet, enfile le tee-shirt en lycra noir qui était resté en boule à mes pieds, puis me remets debout. Au moins, je suis couverte. Au moins, il ne me surplombe plus.

– Tu connais le bodyboard ? demande River en plissant les paupières.

Et la lueur de défi dans ses yeux allume une étincelle en moi. Je soutiens son regard, mets ma main sur sa planche pour répondre au challenge. Il me la cède. Me tourne autour et se plante dans mon dos. Ses doigts frais dégagent les cheveux dans ma nuque et frôlent ma peau chaude. Sa main remonte lentement la fermeture Éclair du tee-shirt de surf. Une goutte d'eau de mer glisse de son corps au mien, le long de ma colonne, pour aller se cacher sur mes reins. Il y a tellement de tensions, de vibrations dans cet échange silencieux, que j'en ferme les yeux. Que j'en ai le tournis et le souffle coupé.

– Vous venez ? crie Jagger depuis l'eau.

Je fais signe que oui. J'attache mes cheveux en un *bun* serré au sommet de mon crâne. M'élance sur le sable et me jette dans les vagues. Les deux frères se regardent et s'étonnent de mon aisance dans l'eau. J'attends le bon élan, le parfait moment, pour m'allonger sur la planche et me faire propulser jusqu'au sable. Je me roule dans l'écume en riant. J'entends Jagger qui crie un « waouh » impressionné. J'attends les garçons qui me rejoignent en nageant et s'allongent près de moi sur le sable mouillé. Je remercie silencieusement ma mère de m'avoir envoyée de force en colonie de vacances, année après année, toujours au bord de l'Océan.

Et je remercie le ciel, l'Australie ou je ne sais qui, de m'offrir le tout premier sourire de River. Le plus beau que je n'aie jamais vu de ma vie.

***

En rentrant à la villa, les cheveux mouillés et la peau salée, le cœur étonnamment léger, c'est moi qui ne peux réprimer un sourire béat. Le turbulent raconte mes exploits à ses frères, le plus jeune pose une avalanche de questions, le plus âgé se détend enfin un peu et trouve que j'ai bronzé. Même le doux sauvage ne fuit pas, pour une fois. Les quatre chiens tournoient gaiement autour de nous et Bailey finit par nous rejoindre, un verre de vin à la main, pour nous demander ce qui vaut ce soudain accès de joie.

– Je suis content de vous voir heureux tous ensemble, lâche mon père sans pouvoir se retenir.

Les garçons le charrient, le rembarrent, se moquent de son émotivité et refusent d'une seule voix sa tentative de câlin collectif. Ça me fait rire.

– À la vôtre, ajoute une voix glaciale derrière moi.

Et jamais mon sourire n'a disparu si vite de mon visage. Le rictus faux s'étire sur les lèvres bordeaux de Georgia. Belle-Pouf est rentrée. Le cauchemar peut recommencer.

13
TOUS CES « POURQUOI »

– Ça me fait du bien d'entendre ta voix…

Ma mère vient de chuchoter dans le combiné, comme si elle avait peur qu'on la surprenne en plein aveu de tendresse. Aux sons que je perçois, je devine qu'elle marche jusqu'à sa chambre pour s'isoler, mais, derrière elle, deux voix familières me parviennent encore. Apolline et Renaud. Sa vraie famille.

Leurs éclats de rire me font mal.

– Je suis désolée d'avoir raté tes appels, souffle de nouveau ma mère. Mais je t'ai rappelée quelques jours après. Pourquoi tu n'as jamais décroché ?

– Tu sais très bien pourquoi, maman…

Je suis rarement d'humeur à parler à celle qui m'a expédiée en classe éco à l'autre bout du globe. Alors, depuis que je vis ici, je n'ai pas cherché le contact – à part dans mes instants de faiblesse – et me suis contentée de lui signaler par SMS que je n'étais toujours pas morte.

– Céleste, je n'en peux plus, lâche-t-elle tout bas. Pourquoi est-ce que c'est si dur de te parler ?

– Parce que tu ne sais pas écouter.

– Tu me manques, mais cette distance est bénéfique pour nous deux.

– Si tu le dis…

– Apolline ne pouvait plus assister à tout ça…

– Elle est sauvée : la menace a été neutralisée et expédiée chez les sauvages ! ironisé-je sans la moindre trace d'humour.

Diane soupire, à deux doigts de capituler. De raccrocher. De faire demi-tour. De prendre sa petite tendresse et sa grande indifférence avant de me tourner le dos pour aller jouer à la maman avec quelqu'un d'autre. Quelqu'un qui en vaut vraiment le coup. Elle n'était pas armée pour avoir une enfant comme moi. Pleine d'ombres, de reliefs escarpés et de terreurs enfouies.

– Profitez bien de votre Noël sans la ratée, asséné-je d'une voix sans émotion.

– Tu veux dire un mot à ta sœur ? Je ne sais pas si c'est une bonne idée, mais…

– Non. On ne sait jamais : même à distance, je pourrais déteindre sur elle.

Nouveau soupir.

– Ne fais pas de bêtise, hein ?

C'est moi qui mets fin à ce coup de fil avant qu'il ne tourne davantage au supplice. Les « bêtises », c'est tout ce qui me définit, selon ma mère. Elle ne sait rien de moi. De mes joies, mes douleurs, mes talents, mes lacunes, de ce qui peuple mes dessins et surtout mes cauchemars.

Elle n'a jamais rien compris.

Jamais vraiment essayé.

En soutif-culotte à cause de la chaleur, face au miroir en pied accroché à la porte de ma penderie, j'observe mon reflet qui me mate d'un sale œil. Je me trouve toujours trop rousse, trop blanche, trop pulpeuse. Mes seins sont trop lourds pour une fille de mon âge, ma taille est fine mais mes hanches se prennent pour une bouteille d'Orangina, ma peau est parsemée de taches de rousseur foncées qui ressemblent à de la crasse, et mon regard semble si dur que c'est une torture de le poser sur moi. Je n'ai jamais su charmer qui que ce soit. Jamais su m'aimer.

J'aimerais bien, pourtant.

Le raffut provenant de la cuisine me ramène à la réalité. À la villa des Farrow. J'entends Bailey aboyer joyeusement sur ses fils, des bruits de vaisselle, des portes qui claquent, des chants de Noël et de belles voix. Puis le rire faux de Georgia.

– Sans moi, grommelé-je en allant griffonner sur une feuille.

Je colle le message « Ne pas déranger » sur ma porte, la referme et cale ma chaise sous la poignée. J'enfile mes écouteurs, passe le long tee-shirt de Franz Ferdinand qui me sert de pyjama et vais m'asseoir dans le fauteuil près de la baie vitrée. Je m'évade en dessinant.

Un visage, ma sœur. Ses contours fins à la peau si douce, ses yeux dorés, sa mine gracieuse, engageante, ses cheveux blonds qui ne tirent même pas sur le roux. Elle a échappé à tout. Tout est plus clair, plus délicat, dans ce visage. Tellement différent de moi. J'aime ma petite sœur mais, depuis des années, j'envie sa lumière.

Alors, je tourne une nouvelle page et crayonne l'obscurité. Un visage ambitieux et viril, une crinière châtain en bataille, des yeux noisette brillants, des lèvres ourlées, des lignes aiguisées, un sourire absent et un charisme sans précédent. Je dessine River. Je le trace, le dresse, le profile, le détaille. Je le croque jusqu'à ce que ma mine se casse.

– Céleste, viens au moins manger du dessert ! retentit la voix de mon géniteur, depuis le couloir.

J'avais presque oublié le cirque qui se tenait dans la maison. Cette fête de Noël hypocrite, qui voudrait rassembler à la même table une famille bordélique mais unie et une fille qui n'y a pas sa place.

– Je dors ! protesté-je en espérant le faire fuir.

Miracle. Ça fonctionne.

Nouveau crayon, nouvelle esquisse. Debout sur son vélo, le garçon-lynx traverse le désert. Je passe du temps sur les roches plates et leurs reliefs, puis reviens à mon sujet de prédilection. Je retravaille les muscles du sauvage qui hante mes dessins. Ses biceps, que je me surprends trop souvent à admirer. Les contours de ses avant-bras, tendus et bronzés. Ses mains puissantes et minutieuses, un peu magiques. Poignantes. Et j'efface sa bouche pour redessiner son sourire à peine visible, mais bien là.

Un peu avant minuit, alors que j'ai gagné mon lit, Kasper est le premier à s'annoncer derrière ma porte. Il s'invite dans ma chambre malgré mon refus, une part de gâteau enrobé de chocolat et noix de coco entre les mains.

– On l'a fait pour toi avec Ash, m'apprend le petit dernier en se posant sur mon lit. C'est un Lamington, une spécialité australienne.

– Ah bon ? demandé-je en prenant l'assiette qu'il me tend. C'est fourré au kangourou ?

Asher entre à son tour dans ma tanière, suivi de Jagger.

– Personne ne vous a appris à lire, à ce que je vois, marmonné-je en faisant référence au message pourtant explicite placardé sur ma porte.

– Joyeux Noël, petite sœur, me balance l'aîné en me souriant enfin.

C'est la première fois qu'il m'appelle ainsi. Et pour être tout à fait honnête, j'ignore si ça me plaît ou non.

– Goûte, c'est une tuerie ! ajoute Jagger en pointant le gâteau du doigt.

Une nouvelle silhouette apparaît dans l'embrasure de la porte. River. Il ne vient jamais, normalement. Et mon stupide cœur a du mal à le supporter. Mon pouls s'emballe d'un coup. Je soutiens un instant son regard intense, puis me redresse dans mon lit, range mes cheveux derrière mes oreilles, comme une putain d'écolière modèle, et le contemple lorsqu'il se fraie un chemin jusqu'à mon fauteuil préféré.

Il y a trente minutes à peine, c'est à cet endroit même que je le croquais de la tête aux pieds. Je crois que je le préfère sur le papier… Il me fait moins flipper qu'en vrai.

– Alors ? m'engueule à moitié Kasper.

Je mords dans son foutu Lamington et lâche un gémissement de bonheur qui fait rire tous les frères Farrow – sauf celui qui me tourmente. Et ne sourit plus jamais.

– On a un petit truc pour toi, m'indique Jagger en me tendant une boîte en carton.

– « On » ? répété-je, touchée.

– Ça vient de nous quatre, affirme le plus jeune.

– Ce n'est pas très abouti, on a manqué de temps, complète l'aîné et le plus perfectionniste de tous.

Je suis habituée à recevoir toujours la même chose à Noël. Ma mère gribouille quelques chiffres sur un chèque, tandis que ma sœur se contente de m'offrir un de ses bijoux, sacs ou autres accessoires qu'elle ne porte plus ou regrette d'avoir achetés. Je ne me plains pas, je ne réclame jamais plus et je ne fais sûrement pas de cadeaux mieux que ceux-là, mais, aujourd'hui, je suis touchée. Alors, je souris aux trois frères, puis fixe River, me demandant s'il a vraiment participé à l'élaboration de ce cadeau de Noël auquel je ne m'attendais pas. Mais le rebelle se contente de balancer ses cheveux d'un mouvement de tête nerveux et de fuir mon regard.

– Je suis nulle, je n'ai rien pour vous, avoué-je, contrite.

– Ouvre ! insiste Jagger en me secouant par le bras.

J'obéis, retire le couvercle du carton et découvre toutes leurs petites attentions, plus émouvantes et drôles les unes que les autres. Une mini-boîte à pharmacie, un CD de musique aborigène australienne, un polo au logo de la réserve, dédicacé par les quatre frères, une photo de nous cinq – prise par un employé du parc, le seul jour où nous étions tous au même endroit, au même moment, et… un camembert coulant.

– Une idée du génie de la famille, évidemment, soupire Asher en éloignant le fromage et son odeur.

Jagger se marre, très fier de son coup, puis me tapote l'épaule.

– C'est pas simple, tout ça, une nouvelle vie, quatre frères d'un coup… Mais on est là.

– Merci, lui soufflé-je avant de répéter la même chose en direction de chacun de mes « demi-frères ».

Ce mot me dérange toujours, en particulier lorsque mes yeux croisent ceux du spécimen distant et orageux qui occupe mon fauteuil.

– Et si on passait aux choses sérieuses ? lâche soudain la voix profonde de River.

C'est la première fois qu'elle résonne depuis qu'il est arrivé, et je dois dissimuler les milliards de frissons qui me parcourent la peau. Je ne sais pas de quoi il parle. Je crains le pire.

– Depuis quand tu sais que notre père est aussi le tien ? lance doucement Asher.

Et je comprends que l'heure de l'interrogatoire a sonné. Je ne peux plus reculer. Fuir ou esquiver. Ils ont droit à leurs réponses, eux aussi. À leur vérité.

– J'avais 10 ans, commencé-je avant d'être assaillie de questions.

– Si tard ?

– Tu savais pour nous ?

– Vous vous êtes rencontrés ?

– Du calme, les gars, grogne River.

– Je l'ai rencontré une fois en dix-huit ans, raconté-je.

– Une seule fois, répète Kasper, éberlué.

– Et oui, je savais vaguement que vous existiez, mais je n'avais aucun détail, continué-je.

Ils semblent sonnés. Asher fixe le plafond, Kasper se concentre sur sa prothèse, Jagger sifflote en se balançant d'avant en arrière, et River se perd dans l'obscurité de la nuit, tourné vers la baie vitrée.

– Qui est ta mère ? demande soudain l'aîné. Par rapport à papa, je veux dire.

– Personne, avoué-je amèrement. Une aventure d'un soir.

– Putain, quel blaireau, siffle Jagger.

– Ta gueule, Jagg. Sans cette « erreur », Céleste n'existerait pas.

Les larmes aux yeux, Kasper vient de balancer cette vérité en nous condamnant tous au silence. Finalement, au bout de longues secondes, c'est River qui brise enfin le néant :

– Qu'est-ce que tu es venue faire ici ? murmure-t-il. Pourquoi tu es là, Céleste ?

Sa voix qui s'assombrit. Son regard qui s'embrase. Le léger tremblement de sa mâchoire. Tout chez lui me coupe le souffle. Mais on n'est pas seuls, dans cette chambre surpeuplée. On est entourés. Observés. Cernés. Asher, Jagger et Kasper n'ont pas la moindre idée de la lutte intérieure qui fait rage en moi.

Mais j'ai l'impression que lui le sait. Que River lit bien trop clair en moi.

– Parce qu'on ne m'a pas laissé le choix, rétorqué-je d'une voix égale.

La lumière pâlit, le feu s'éteint, dans ses iris. Il est déçu. River attendait une autre réponse. Plus franche. Plus vraie. Il sent que je cache un tas de choses, de secrets, de blessures. Que je garde pour moi les réelles raisons de ma présence ici.

Mon cœur bat à tout rompre. Je meurs de chaud, de honte et d'envie. Moi qui n'y connais rien aux garçons, au désir, aux jeux d'adultes ou aux émois d'adolescents, j'ai l'impression de lire dans ses yeux tourmentés qu'il ressent lui aussi ce truc indicible qui nous dépasse. Ces sensations interdites qui nous font nous sentir coupables, sans même avoir commis la moindre faute. Cette attirance impossible. Ces pulsions inacceptables.

Cet endroit devait me sauver. Ce garçon sera ma perte.

14
UN MILLIARD D'ÉTINCELLES

La semaine qui suit Noël passe à une vitesse folle. Un matin, Bailey m'emmène à Adélaïde pour rencontrer un fournisseur, et je retrouve enfin le bitume, le béton, le bruit et l'odeur de la ville. Après un rendez-vous interminable auquel je n'ai pas le droit d'échapper puis un rapide déjeuner, je me retrouve à faire les magasins de force. Mon père, l'homme le plus têtu de la terre, est décidé à m'acheter le cadeau de Noël qu'il n'avait pas réussi à me trouver jusque-là et dont je me contrefous totalement. En retour, la tête à claques que je suis refuse obstinément tout ce qu'il me propose. Tout, jusqu'à ce qu'il me traîne dans une boutique de bric-à-brac comme je les aime et que je tombe folle amoureuse d'un grand carnet à dessins vintage à la reliure en cuir cognac.

Alors, oui, j'ai cédé. Je n'avais jamais vu un si bel objet de toute ma vie.

Dans le même magasin, je trouve une collection de cadres

qui me tape dans l'œil. J'achète le tout pour une poignée de dollars australiens et rentre à la réserve, le sourire aux lèvres. Je passe la journée suivante à dessiner. Le soir même, j'offre à chacun des frères Farrow le portrait encadré de son animal totem : un renard pour Asher, qui lui trouve immédiatement une place sur son bureau, un singe pour Jagger, qui se marre et m'embrasse sur la joue, un ours pour Kasper, qui le compare direct à son chien pour évaluer le degré de ressemblance. River n'est pas là pour recevoir le sien, mais je dépose le portrait d'un lynx devant la porte de sa chambre.

Un lynx aux yeux perçants et au corps puissant.

Les trois jours précédant le jour de l'An, je suis réquisitionnée à la réserve. De nombreux employés – dont les soigneurs qui vivent sur place – ont posé des congés pour se rendre dans leurs familles. Bailey a donc besoin de renforts. Même River, qui est généralement trop occupé pour rendre service, est prié de rappliquer. Je fais équipe avec Jagger chez les fauves ; je me glisse avec Kasper dans la volière ; je me joins à Asher pour surveiller la naissance d'un petit koala blanc. Le dernier jour, je suis censée accompagner River dans l'enclos des wallabies, mais on m'apprend que mon binôme a trouvé quelqu'un pour me remplacer.

Sans broncher, sans exprimer la moindre émotion, je retrouve les autres employés, je balaie, je remplis, je vide, je frotte, j'ouvre, je ferme, je surveille, je scrute, j'alerte, je cours, en bon petit soldat, toute la journée. Comme une fille qui commencerait presque à s'intéresser à toutes ces bestioles. Et comme une fille qui n'en a rien, mais *vraiment* rien à faire qu'un certain rebelle ne veuille pas faire équipe avec elle.

C'est… ton… frère !

***

Dire que les Australiens sont *fous* de leur barbecue, c'est léger. Dans cette famille, en tout cas, la grillade a quelque chose de sacré. Pour fêter le passage à la nouvelle année, entouré d'une cinquantaine de junkies de la bidoche, Bailey fait rôtir, fumer ou rissoler une tonne de viande devant la maison.

En sortant sur la terrasse qui mène au jardin, j'ai une pensée pour Amir. Mon meilleur ami rêverait d'être là, à mes côtés, pour assister à ce spectacle… fumant. Des mecs à chapeau, des filles en maillot, des gosses excités, des parents hilares et des grands-parents déjà éméchés : tout le monde se mélange, une bière, un thé glacé ou un jus de fruits à la main, sous le soleil encore chaud de cette fin de journée.

– C'est la soirée de l'année à ne pas louper ! beugle Jagger en sautant de son skate.

Posté derrière moi, il me pousse en direction du jardin.

– Tu peux me lâcher ? Et t'adresser à moi à un volume raisonnable, comme une personne normale ?

– La normalité, c'est chiant, se marre mon demi-frère en matant ma tenue. Dis donc, t'as sorti le grand jeu ?

– Non, juste une robe, riposté-je.

– Une robe courte.

J'ai beau tenter de m'éloigner, la sangsue ne quitte pas mes semelles.

– Jagger, va voir ailleurs.

– Et moulante…

– Tu as vu comme je suis foutue ? Même un sac-poubelle serait moulant sur moi !

– Pauvre chérie. Je connais environ une tonne et demie de meufs qui voudraient avoir ce que tu as en haut… et en bas.

– Jagg, t'as fini ? s'élève soudain une voix rauque.

Je me retourne et croise le regard sombre de River, assis sur un muret, en jean brut et tee-shirt bordeaux, une bière à la main. Tout mon corps fourmille. Je sens ses iris dorés me scanner de la tête aux pieds et ça ne me fait pas le même effet sordide que les autres regards masculins. C'est presque… bon. Alors que c'est mal, très mal. Son frère, qui n'a aucune idée du tsunami qui fait rage en moi, le rejoint d'un bond. Installé à ses côtés, il lui vole sa bouteille brune et boit une longue gorgée de bière.

– À ton avis, Riv, qui elle cherche à impressionner ?

– Fous-lui la paix.

– Allez, joue avec moi !

Mais le rebelle récupère déjà sa bouteille et abandonne l'excité. Je peux enfin respirer en voyant le garçon qui m'obsède s'éloigner de sa démarche nonchalante.

Et manquer d'air de nouveau, lorsqu'il se retourne vers moi. Juste une seconde. Mais une seconde qui compte et qui arrête le temps.

***

On s'installe le long des grandes tablées entourées de bancs vers vingt-deux heures. La nuit est tombée, l'air s'est un peu rafraîchi et, après avoir discuté avec pas mal de gens en me surprenant moi-même, je dévore les *ribs* que me sert Asher, mon voisin de table. En face de moi, je découvre que Kasper et son labrador dodu se délectent de crocodile mariné, que Jagger s'envoie un steak de kangourou quasiment cru, et mon appétit ne tarde pas à s'envoler.

– Vous trouvez normal de manger *ça*, alors que vous protégez leurs congénères dans ce parc ?

– Ça fait partie de notre culture, lâche Jagger en haussant les épaules.

Puis il siffle son chien pour lui balancer un os. Le beagle aux yeux exorbités l'attrape au vol et s'éloigne pour aller rogner la viande.

– Et c'est délicieux ! enchérit Kasper. Il n'y a qu'Asher qui n'aime pas ça.

– Je suis le seul que ça dérange, reconnaît l'aîné.

– Trop sensible, se marre Jagger.

– Je vais te casser quelques dents et on va voir qui est sensible, grogne le blond.

Je rigole en les écoutant se chamailler, puis promène mon regard sur cette joyeuse assemblée. L'attention n'étant pas portée sur moi, Bailey et Georgia paraissant occupés à l'autre bout de la table, je dois me rendre à l'évidence : je passe une bonne soirée. Jusqu'à ce que mes yeux tombent sur River, collé à une jolie brune au décolleté affolant.

– Sa copine ? demandé-je discrètement à Asher.

– Son plan cul, répond Jagger à sa place.

Je fais mon maximum pour éviter de grimacer, ravale ma jalousie et vais me chercher une bière. En revenant à table, je trouve le garçon-lynx et la fille-pétasse assis à ma place.

– Pardon, laissé-je échapper un peu sèchement.

– Il y a des places libres partout, marmonne River sans même me regarder.

– Et donc vous avez choisi la mienne pour quelle raison, exactement ?

– Ce banc t'appartient ? me balance soudain la brune.

Mauvaise réponse.

– Pourquoi ? Tu veux qu'on règle ça ? Tu es prête à y laisser un œil ? sifflé-je en m'emparant d'une fourchette.

– Waouh, Céleste, ce n'est peut-être pas la peine de… s'interpose Asher.

– Putain, attendez, je sors mon portable ! s'excite Jagger. C'est bon, je suis prêt !

Mais River les fait taire en se levant d'un bond. Tout en intensité, il me jauge de son regard le plus noir.

– Céleste a besoin de prendre l'air, déclare finalement le rebelle en m'attrapant par le bras.

Je récupère d'un geste sec le membre qui m'appartient mais daigne le suivre à l'écart, ma fourchette toujours à la main. On marche plusieurs minutes dans l'immense jardin sauvage avant de s'arrêter au milieu de nulle part.

– Tu comptes faire quoi, avec ça ?

– Je ne sais pas, grommelé-je. Tu as une préférence ?

– C'est quoi, ton problème, putain ?

River fait un pas vers moi, je recule. Instinct de survie. Dans la nuit noire, à l'abri des regards, mais bercée par les cris de la fête, je me laisse enfin aller. Mes yeux dévisagent follement le garçon qui me fait face. Le garçon qui m'est interdit.

Mon demi-frère.

– J'ai décidé d'intégrer l'équipe de basket, lâché-je soudain en balançant ma foutue fourchette.

J'ignore pourquoi c'est sorti maintenant. Peut-être parce

que j'espère une réaction de sa part. Parce que j'ai envie de l'emmerder. Le bousculer. Le troubler. Et ça marche. River se fait craquer les doigts, passe rageusement les mains dans ses cheveux, se penche en avant pour émettre un cri de bête, puis me crache ces mots :

– Tu veux quoi, au juste, à part me rendre dingue ?

– Je…

– Réponds !

– River…

– Tu veux *quoi*, Céleste ? insiste sa voix cassée. Parce que si tu veux ce que je crois, il va falloir que tu viennes le chercher.

Mon cœur palpite dangereusement. Je soupire d'impatience, d'angoisse, de désir ; je lève les yeux vers le ciel rempli d'astres plus ou moins lumineux et tente d'y puiser le courage qui me manque.

– Tu sais ce que je veux, murmuré-je en le contemplant.

Le lynx fait un nouveau pas vers moi. Cette fois, je ne recule pas lorsqu'il me susurre :

– Céleste. On ne devrait pas…

– Non, on n'a pas le droit, appuyé-je.

– Alors, barre-toi, intime-t-il durement.

– Je ne peux pas, gémis-je. Je n'y arrive pas.

Son corps tendu à l'extrême n'est plus qu'à quelques centimètres de moi. River me bouffe du regard, tantôt en colère, tantôt perdu. Il glisse ses mains désœuvrées dans ses poches, se mordille la lèvre, secoue sa tignasse rebelle, fait demi-tour, quelques pas pour s'éloigner, lutte de toutes ses forces, puis revient en lâchant un grognement rauque.

Je ne sais pas qui se jette sur qui en premier. Nos lèvres se percutent en faisant s'envoler un milliard d'étincelles.

River m'embrasse comme je n'ai jamais été embrassée. En fait, je n'ai jamais embrassé aucun garçon de mon plein gré. Toujours détesté ceux qui ont essayé. Mais ce baiser... Irrépressible. Indescriptible. Irrésistible. Il presse ses lèvres chaudes et charnues contre les miennes, puis introduit sa langue dans ma bouche. Je le laisse faire. J'aime ça plus que je ne l'aurais jamais imaginé. Mon esprit quitte mon corps. Je me retrouve paralysée, tétanisée, les bras plaqués contre les flancs, les jambes qui tanguent et me portent à peine. River sent ma peur, ma faiblesse, il se fait plus tendre, ses mains se referment délicatement dans mon dos et me soutiennent, m'encouragent à me libérer. À m'ouvrir. À m'abandonner.

Petit à petit, j'y parviens. Je prends de plus en plus goût à ce baiser qui me rend folle. À ses lèvres, meilleures que dans mes rêves. À sa langue sur laquelle je goûte la bière et le miel. Je me fais plus entreprenante, glisse mes mains contre son torse, sens son cœur battre si fort, je caresse son cou, frôle ses mâchoires, me perds dans ses cheveux.

– Arrête ça, grogne le sauvage. Ne m'approche plus, putain !

Ses lèvres. Ses mains. Son goût sucré et ses caresses volées. Tout disparaît. Tout m'est arraché brutalement. J'en veux encore, mais je sais que j'en ai déjà trop eu.

15

CRAZY GIRL

Matin de rentrée. Dans mon uniforme trop grand pour moi – polo bleu marine, pantalon informe –, je vais prendre mon petit déjeuner en traînant des pieds… et constate que je ne suis pas la seule à détester ce jour avant même qu'il n'ait commencé.

– Passe-moi les œufs, magne-toi ! balance Kasper, d'ordinaire si pacifiste, à son aîné, qui garde la poêle en otage.

– Ouais, Ash, arrête de jouer au con. Et toi, dis à ton ours débile d'aller pisser ailleurs que devant ma porte ! rétorque Jagger, lui aussi de mauvais poil.

Il fusille son petit frère du regard, plonge dans son mug de café, puis remarque enfin ma présence.

– Prête à te tirer une balle ? marmonne-t-il en guise de bonjour.

– Ferme-la, Jagg, soupiré-je en attrapant un bagel.

Je m'installe à table à l'instant précis où River fait son entrée dans la cuisine. Mon palpitant s'emballe. Je fixe immédiatement le sol, mais rien que la vue de ses pieds me fait rougir. C'est la première fois que je suis confrontée à lui depuis… le baiser. L'impensable. L'indicible. L'erreur irréparable. Je suis une tordue. Une malade mentale. J'ai embrassé mon demi-frère. Et j'ai aimé ça. C'était il y a deux jours et, l'un comme l'autre, on a fait en sorte de ne plus se croiser depuis.

Jusqu'à ce foutu matin.

– Céleste ?

Asher, qui nous explique que Bailey est retenu par une nouvelle urgence vétérinaire, propose ses œufs brouillés à la ronde. Je refuse sans lever le nez mais accepte le toast à l'avocat qu'il me tend. Je me force à sourire au cuistot, qui me regarde étrangement.

– Tu as changé quelque chose ?

– Non.

J'ai embrassé un garçon pour la première fois.

Ton frère.

Qui est aussi un peu le mien…

– Tu es sûre ?

– Ash, demande plutôt à River ce qu'il a foutu le soir du Nouvel An ! intervient Jagger, la bouche pleine.

– Tu nous as abandonnés ! Tu n'étais pas là au moment des douze coups de minuit ! renchérit le plus jeune, l'air fâché.

– J'ai une vie, les mecs, se contente de marmonner le rebelle.

Je le regarde enfin et repère des écorchures sur ses avant-bras, sa pommette, son menton. Mais lui m'ignore, sachant si bien le faire, concentré sur son manuel d'anatomie.

– Genre ? lâché-je sans réfléchir.

River l'insaisissable me dévisage enfin, l'air surpris. Il semble estomaqué que j'ose lui demander des comptes. Je n'en reviens pas moi-même. Et pourtant, je continue. Sur un ton plus léger, pour ne pas attirer l'attention :

– En quoi consistait ta « vie », ce soir-là ?

– À me mêler de mes affaires, grommelle River en plissant ses yeux félins.

Jagger se marre, Asher lève les yeux au ciel mais le petit génie de la fratrie insiste lourdement.

– Et tu ne pouvais pas faire ça avec nous ?

– Kasper, laisse tomber, lui répond l'aîné. Il a préféré aller se bourrer la gueule tout seul dans un de ses bars à la con et rentrer à vélo dans la nuit. Il a dû tomber sur la route comme un idiot et s'est écorché partout...

– Mon héros, complète Jagger, l'air admiratif.

– Tout ça pour avoir des cicatrices de bad boy, soupire Kasper en nous faisant signe qu'il est temps de bouger.

– Et sinon, je vous ai déjà dit de bien tous aller vous faire foutre ? balance l'accusé d'une voix rugueuse.

Je quitte ma chaise en m'interdisant de le chercher du regard. Trop tentant. Trop dangereux. Trop interdit.

Est-ce qu'il a bu pour oublier, ce soir-là ?

Est-ce qu'il se sent aussi monstrueux que moi ?

***

Le collège-lycée se trouve à vingt minutes environ de la réserve. Asher nous dépose et repart en nous souhaitant une bonne première journée, avec le sourire qui dit qu'elle sera forcément ratée. En descendant du 4x4, on a l'air bien con et coincé, tous les trois dans notre uniforme, Jagger, Kasper et moi. Le plus jeune nous quitte rapidement pour se rendre dans l'aile ouest, qui abrite le collège, tandis que son grand frère et moi marchons vers l'est. Ma tête se croit dans un étau et mon cœur commence à tambouriner dans mes tempes.

Ici, tout sera différent.

Rien ne va m'arriver.

Impossible que ça recommence.

– Willunga High School, récite le cancre sans enthousiasme. Bienvenue dans la prison de briques qui bouffe notre jeunesse et nos rêves les plus fous !

– C'est juste un lycée, Jagg…

– Ouais, c'est ça. On en reparle à la fin de la journée.

Lui et moi faisons notre rentrée en dernière année, mais la principale a déjà prévenu Bailey que nous ne serions pas dans la même classe. Juste pour me donner « la chance » de m'intégrer, d'exister par moi-même. Ou juste histoire de me mettre en difficulté dès la rentrée. Je ne sais pas à quoi m'attendre, j'ignore si je me jette ou non dans la gueule du loup, si je vais le regretter, mais je bloque mes angoisses et serre les dents. Comme un félin. *Badass*, sauvage, obstiné. Je trouve assez vite ma classe, reconnais mon nom sur la liste à l'entrée de la salle vide, m'installe à une table au deuxième rang et fixe droit devant moi, sans chercher à provoquer l'attention de qui que ce soit.

– Salut, la place est libre ? me lance une grande et jolie black.

– Oui, m'entends-je à peine murmurer.

– Je suis Jamie. Elle, c'est Brianna. Et Vee.

– Vee comme… ?

– Veronica. Tu viens d'où ? demande-t-elle en découvrant mon accent.

– De France.

– Sérieux ?

J'acquiesce.

– Cool.

Et juste comme ça, je me retrouve entourée de filles qui n'en ont rien à faire que je vienne d'ailleurs. Que je sois rousse. Pulpeuse. Bizarre. Torturée. Et terrifiée d'être la cible facile d'un nouveau lycée.

La classe se remplit peu à peu ; je dessine en attendant l'arrivée du prof, pour ne pas avoir à affronter de nouveaux regards. Chaque chose en son temps. J'ai déjà parlé à trois nouvelles têtes, je ne me suis encore mis personne à dos : je tiens à profiter de l'exploit. Sauf qu'une fille en uniforme customisé – polo moulant et jupe archi-raccourcie – arrive en marche arrière en répétant des mouvements de pom-pom girl, qu'elle bute dans ma table et me regarde de travers, comme si j'étais responsable de sa maladresse et de la famine dans le monde.

– Fais gaffe, Red, siffle la peste brune.

À Paris, on m'appelait « Rouquine », « Pamplemousse » ou « Boule puante ». Ici, ce sera donc « Rouge ». Je crois que c'est le moins pire de tous. Autour de son cou, je déchiffre les lettres qui pendent à sa chaîne en or blanc, entourées de petites couronnes scintillantes. *Becca*. Rien que son prénom me met sur la défensive. Ainsi que ses cheveux d'un noir trop noir, ses sourcils tellement épilés qu'elle semble toujours étonnée, son teint plâtreux de poupée de cire et son corps beaucoup trop parfait. Celle qui se prend apparemment pour la reine du lycée me contemple longuement, puis me glisse, un sourire cruel aux lèvres :

– Je peux t'apprendre à te maquiller, si tu veux…

Derrière elle, une blonde aux yeux de chouette lui chuchote :

– C'est la sœur de River…

– Tu es une Farrow ? s'écrie Becca.

– Comment tu sais ça ? demandé-je soudain à sa copine.

– Je *follow* Jagger sur Instagram, il a posté un selfie de vous deux, lâche-t-elle le plus innocemment du monde.

– Et ?

– Et la légende disait un truc du genre : « Nouvelle demi-sœur : le clan Farrow indestructible ! »

J'en déduis que, dans une heure à peine, tout Willunga High saura qui je suis. La demi-sœur des frères les plus connus du coin. Les plus convoités, aussi, apparemment. Tout à fait ce qu'il me fallait pour une intégration en douceur…

– Finalement, on pourrait devenir amies, murmure Becca juste avant l'arrivée du prof.

River Farrow, être ta sœur s'annonce être un supplice.

***

J'ai tout juste survécu à cette première journée. Épuisée, le cerveau en vrac et les émotions à fleur de peau, j'ai à peu près envie de tout sauf d'écouter le message vocal que m'a laissé ma mère. Je repousse l'inévitable jusqu'à l'heure du coucher, puis clique enfin sur ce maudit écran.

« J'ai pensé à toi, aujourd'hui, ma fille. J'ai prié pour que tout se passe bien. Je t'aime. »

Sous le choc, je balance un SMS à Amir, à qui j'ai déjà raconté ma rentrée sur Skype une heure plus tôt.

[Tu le crois, ça ?
Elle m'a dit « je t'aime » !]

[Becca ? La chouette ?
Jamie ?]

[Ma mère.]

[Moteur-fusée.]

[Comme quoi,
rien n'est jamais perdu…]

[Elle veut juste se donner
bonne conscience.]

[Peut-être,
mais c'est mieux que rien.]

[Je me contente très bien
de « rien ».]

[On a tous besoin d'être aimé,
petit cœur de pierre.]

[Pas forcément
par ses parents.]

[Par qui d'autre ?
Un mec en particulier ?]

[Non.]

[Tu me caches des choses ?]

[Non.]

[I know you…]

[Tu crois me connaître…]

[Céleste, tu me fais flipper.]

[C'est bizarre avec l'un
de mes… stepbrothers.]

[Hein ? Lequel ?
Et bizarre comment ?]

[River.]

[OK…]

Qu'est-ce que je fous, putain ?
Je ne peux quand même pas avouer ça ?

[Je crois qu'il est
moitié homme, moitié lynx.]

[OK. Donc on va aller consulter
le plus vite possible, hein ?]

[Bonne journée,
meilleur Amir.]

[Bonne nuit, crazy girl.]

16
DANS UN SOUFFLE

Dès le lendemain, après les cours de l'après-midi, j'ai droit à mon premier entraînement de basket. Je ne sais pas ce que je redoute le plus : devoir enfiler la tenue officielle de l'équipe, partager des vestiaires avec un groupe de filles que je ne connais pas ou retrouver River en tant que « coach assistant ». Bien sûr que le plus grand danger est là. Mais c'est aussi à peu près la seule raison pour laquelle je ne me suis pas encore « désinscrite ».

Ça et le fait que Mrs Lee, la principale, m'a à l'œil.

– Hey, Céleste ! Tu fais du basket aussi ?

C'est avec un immense soulagement que je découvre Jamie. La jolie black est déjà en train de s'échauffer sur le bord du terrain.

– J'en ai fait quelques années en France, quand j'étais plus jeune… Ça fait un moment que je n'ai pas touché à un ballon.

– Ça revient vite ! tente-t-elle de me rassurer.

Et elle y parvient sans même le savoir, quand je la vois

flotter dans son short et son débardeur bleu nuit aux inscriptions blanches, d'un tissu fluide et brillant qui ne souligne pas les formes.

– C'est plutôt long, pas trop moulant, commenté-je, satisfaite.

– Demande une ou deux tailles de plus au coach, me conseille-t-elle en chuchotant.

– Noté ! D'autres tuyaux ?

– Oui, les jumelles Maddison et Mackenzie sont plutôt du genre hargneux sur le terrain, évite-les tant que tu peux. Zoey, Taylor, Brianna, tu peux y aller les yeux fermés.

– Compris…

– Et ne te laisse pas déconcentrer par les pom-pom girls qui s'entraînent de ce côté du gymnase. Elles sont surtout là pour critiquer tout ce qu'elles voient.

– Et merde.

Si je dois me coltiner la garce Becca en plus du sauvage River, ça risque de faire beaucoup pour mes nerfs.

Après avoir enfilé ma toute nouvelle tenue en taille L, je rejoins les filles et Mr Calloway. Cette fois, l'entraîneur a laissé tomber le jean et le blazer, il porte un survêtement aux couleurs du lycée, un sifflet autour du cou et regarde sans cesse sa montre. Alors qu'il fait les présentations et énumère les règles de fonctionnement de l'équipe, River arrive enfin, en courant, les cheveux dans tous les sens et son casque accroché autour du cou. Le coach nous donne à faire dix tours de terrain et prend son assistant entre quatre yeux. J'ignore tout de ce qu'ils se disent mais je peux aisément deviner : le rebelle est en retard, il ne porte pas l'uniforme réglementaire et il vient de rater l'occasion de faire bonne impression.

Je ne le quitte pas des yeux et l'air me manque au bout du quatrième tour. Je m'arrête subitement, terrassée par un point de côté. Pliée en deux, les mains sur les cuisses, je vois les pom-pom girls qui commencent à émettre des rires gras en pointant leurs doigts manucurés vers moi. La fameuse Becca me siffle, une moue chagrine sur sa face de rat :

– Tu veux peut-être rejoindre l'équipe de handisport ?

Son ton faussement bienveillant et ses mots humiliants me donnent envie de lui sauter à la gorge. Je me contente de lui brandir mon plus beau doigt d'honneur, mais River se précipite vers moi et l'attrape au vol.

– Évite ce geste, le coach Calloway n'aime pas ça.

– Évite de courir à mon secours, répliqué-je sans savoir pourquoi. Et rends-moi mon doigt.

En fait, le contact de sa paume m'a envoyé une vague de chaleur dans tout le corps. Il me lâche mais sa voix profonde continue à vouloir m'aider.

– Tu as un point de côté ?

– Oui… Pourquoi tu es arrivé en retard ? Tu as hésité à renoncer ?

– Appuie sur la zone douloureuse et respire par la bouche.

– C'est comme ça que tu comptes me faire taire ?

– C'est comme ça que j'essaie de t'éviter de te ridiculiser.

Nos regards se percutent, se défient, se détournent. Il jette un œil au reste de l'équipe, qui continue vaillamment ses tours de terrain. Puis il prend ma main et me l'enfonce dans le flanc gauche.

– Aïe !

– Appuie, je te dis. Et étire-toi du côté opposé en soufflant. C'est ton diaphragme qui…

– River… Je n'ai pas besoin d'un ostéo ou d'un coach personnel.

– Tu as besoin de quoi ?

Sa voix s'est faite plus grave, ses yeux plus intenses. Il fait craquer ses doigts pendant que je range derrière mes oreilles les mèches échappées de ma queue-de-cheval. Je ne sais pas comment répondre à cette question, à part en le suppliant de m'embrasser encore, de me prendre dans ses bras, de poser ses mains sur moi et de me faire du bien. Comme lui seul sait le faire.

– River, j'ai mal ici ! glousse une pom-pom girl en montrant un point entre ses seins.

Je lève les yeux au ciel et vois un demi-sourire s'esquisser sur le visage du bad boy.

– Vraiment ? lui demandé-je, irritée.

– J'ai encore le droit de sourire à d'autres gens que toi, se défend-il en plissant les yeux.

– Tu as aussi le droit de me foutre la paix, rétorqué-je, vexée.

Et je rejoins en courant le cortège formé par mon équipe. Mon point de côté a disparu. Mon envie d'être ici aussi.

Mr Calloway distribue les ballons et énonce la consigne d'un premier exercice tout simple : passe puis double pas. Je fais de mon mieux mais je rate la plupart de mes paniers et réussis à envoyer une passe trop appuyée dans la tête de Jamie.

– Désolée ! C'était dans le nez ?

– Bien visé, Céleste ! se marre-t-elle en pleurant. Tu as la rage, non ?

– Un peu, mais pas contre toi.

Je laisse mes mains sur ses épaules, le temps qu'elle reprenne ses esprits, et m'excuse une dizaine de fois. Jamie finit par me donner une accolade puis une tape sur la fesse pour m'encourager :

– Allez, on s'y remet !

– Allez, les lesbos, on se papouille et on se met la main au panier ! ricane Becca sur le bord du terrain.

Toutes ses copines éclatent de rire et j'ai vraiment envie de lui faire bouffer ses pompons.

– Tu as quelque chose à me dire ? demandé-je solennellement à la reine du lycée.

– Oui. On t'a déjà dit que, avec tes rondeurs et ta couleur orange, tu ressemblais *vraiment* à un ballon de basket ?

Elle rit pendant que je bous. Elle provoque l'hilarité dans son public ; Jamie me crie de l'ignorer. Je prends sur moi pour ne pas l'agresser physiquement et je repars en courant.

– C'est ça, rebondis bien ! conclut Becca en guise d'au revoir.

Et je me retrouve au milieu du terrain, à hisser mon bras pour lui adresser le plus beau, le plus grand, le plus féroce des doigts d'honneur qui soient. Un sifflement strident retentit.

– Céleste, vestiaire ! braille le coach Calloway en me montrant la direction du doigt.

Je cours m'y réfugier et il me suit pour venir m'expliquer ce que je sais déjà. Que mon comportement est inacceptable. Que je dois mettre ma rage ailleurs. Que si je ne suis pas capable de me maîtriser, je n'ai rien à faire dans un sport d'équipe. Que la Willunga High School a une tolérance zéro envers la violence physique et verbale. Et que l'entraînement est terminé pour moi, cette sanction faisant office de premier avertissement.

Je jette ma tenue dans mon sac, file prendre une douche express – bien contente de ne pas avoir à partager ce moment impudique avec les membres de mon équipe. Et je quitte les vestiaires quand une main s'enroule autour de mon bras et me plaque contre le mur du couloir.

– Qu'est-ce que tu fous, putain ? gronde River à voix basse.

– Je me suis fait virer de l'entraînement, balbutié-je, tremblante.

– Non, qu'est-ce que tu fous *ici*, Céleste ?

Il lâche mon bras et recule jusqu'au mur d'en face, le poing comprimé dans son autre poing. J'ai de nouveau le souffle court, le cœur serré et le corps perclus de douleurs, sans avoir fourni le moindre effort.

– Pourquoi tu as intégré l'équipe de basket ? Pourquoi tu es venue t'installer chez moi ? Pourquoi tu es partout où je vais ? enchaîne-t-il.

– La seule vraie question, rectifié-je, c'est pourquoi on s'est embrassés. Alors que…

– Chut, me fait-il taire d'une main en l'air.

– Tu ne veux pas l'entendre, mais…

– Je veux savoir ce qui t'est arrivé à toi, pour que tu sois comme ça.

Sa voix s'est radoucie. Son corps un peu détendu. Je respire presque, enfin. Mais je le trouve toujours insolemment beau.

– « Comme ça » ?

– Méfiante, intense, à fleur de peau, tout le temps. Impulsive, farouche, hostile à tout ce qui t'entoure.

– On dirait que tu te décris, toi.

Il chasse ses cheveux d'un mouvement de tête, et son petit sourire s'étire une nouvelle fois sur son visage à la beauté sauvage. Je n'ai pas besoin de plus pour vider mon sac devant ce garçon vraiment pas comme les autres.

– Harcèlement scolaire, annoncé-je simplement. Rackets, insultes, menaces, humiliations. Périodes de dépression. Phobies. Autodestruction. Et puis l'alcool, la drogue, pour tenter d'oublier. Les soirées, pour essayer de m'intégrer. Les nuits de black-out dont je n'ai aucun souvenir, les mecs qui abusent, les filles qui se taisent, les rumeurs et les photos qui circulent le lendemain. Je croyais être amoureuse de l'un de ces connards, Alexis. Il a fait de moi ce qu'il voulait. Manipulée, saoulée, dénudée, violentée.

– Violée ? lâche douloureusement River en plissant les yeux.

– Non.

– Je le tuerais quand même, si je le croisais.

Cette phrase, sans doute lancée en l'air, est la plus gentille qu'on m'ait dite depuis longtemps. J'en pleurerais, si je n'avais pas envie de me montrer forte, détachée, guérie.

– J'ai essayé de me tuer moi-même, c'était plus simple. Ma mère m'a envoyée ici après ma tentative de suicide ratée. Voilà, tu sais tout.

River acquiesce lentement de la tête, toujours adossé au mur, semblant recoller les morceaux de mon puzzle. Comprendre qui je suis. Ou décider ce qu'il va faire de moi. Dans ce silence étrange, suspendu, je prends conscience que je viens de lui avouer sans hésiter ma tentative de suicide, alors que je n'en ai jamais parlé à personne d'autre que ma mère et mon meilleur ami.

– Et tu vois, je suis tellement détruite, tellement foutue, tellement détraquée… Ces garçons ont tellement réussi à me briser… que je suis follement attirée par toi. Toi, mon demi-frère.

J'ai murmuré ces derniers mots d'une voix presque inaudible. Et River fonce sur moi. Sa main se plaque contre le mur près de ma tête. Sa bouche charnue s'approche beaucoup trop près de la mienne et murmure :

– Arrête de dire que je suis ton frère. Je suis tout sauf ça.

Ses mots résonnent dans tout mon corps mais je ne les comprends pas. Et ses lèvres s'emparent de mes lèvres. Et sa langue s'invite sur ma langue. Et ce baiser au goût d'interdit est peut-être meilleur encore que le premier. Intense, passionné. Aussi fou que nous. Son corps se presse contre le mien et j'ai l'impression de prendre feu. Je m'accroche à ses épaules, à sa nuque, il glisse ses mains sur mon visage, les enroule autour de ma taille. Il me serre au point que j'ai cette sensation merveilleuse de lui appartenir. Le monde pourrait s'écrouler que je continuerais à l'embrasser.

Mais un bruit de pas résonne dans le couloir. Quelqu'un approche. Et déjà, ses mains, son corps et ses lèvres me quittent. Dans un souffle, River s'échappe. M'échappe, encore.

Et le monde s'écroule pour de vrai.

17
PAS COUPABLES

Deux baisers en quatre jours.

Deux baisers interdits. Monstrueux. Incestueux.

Je devrais me dégoûter. Le détester. Ne vouloir qu'une chose : rentrer en France pour ne plus jamais avoir à croiser le chemin et le regard de River Farrow. Sauf qu'il est à peu près la seule personne qui me donne envie de respirer. Qu'il est en train de devenir mon unique obsession.

Jusque-là, je n'avais jamais compris ces filles stupides qui semblaient prêtes à tout risquer, tout oser, tout transgresser, à se trahir et à s'oublier pour un mec – probablement infidèle, insensible et pas assez bien pour elles. Aujourd'hui, je comprends. C'est douloureux. C'est flippant.

Être attirée par mon demi-frère fait de moi tout ce que je déteste. Et ça m'a redonné goût à la vie.

– Lui non plus, il n'assume pas, murmuré-je en voyant le paysage défiler à travers la vitre du bus.

« Arrête de dire que je suis ton frère. Je suis tout sauf ça. »

River n'accepte pas plus que moi ce que nous sommes. Des monstres. Des détraqués. Et je donnerais cher pour être, moi aussi, capable d'occulter nos liens de sang pour m'abandonner à un troisième de ses baisers.

À un milliard de ses baisers.

***

– Un rendez-vous secret aux aurores ? me demande mon géniteur, tout sourire, en me voyant débarquer très tôt dans la cuisine.

– Non.

– Dommage, ça aurait été romantique…

– Ou complètement débile, le rembarré-je. Je me lève tôt parce que j'ai des trucs à faire, pas besoin d'un mec pour exister.

Pauvre-Type ne trouve rien à redire à ça.

J'ai pris le premier bus tous les matins, cette semaine. Je me suis levée avant la meute et me suis éclipsée de la maison pour éviter le garçon-lynx et ses trois frères. Bailey m'a proposé plusieurs fois de m'emmener au lycée avant d'aller bosser, j'ai refusé. Il a d'abord cru que je voulais m'intégrer en rencontrant plus de monde de cette manière mais, depuis ce matin, il semble persuadé que je fais tout ça pour un garçon.

– Je devrais peut-être le rencontrer pour vérifier qu'il est assez bien pour ma fille, insiste-t-il, agaçant au possible.

– Il n'existe pas, je te dis !

Je prends la sortie, excédée, en me retenant de lui balancer ses quatre vérités. En commençant par celle-ci : avec sa pimbêche de femme toujours absente, et insupportable quand elle est là, c'est logique qu'il fantasme sur la vie des autres. Au moment de quitter la cuisine, je me cogne à une silhouette sombre.

River.

– Regarde où tu vas ! sifflé-je en lançant mon sac à dos sur mon épaule.

Je tire sur ma jupe bleu marine qui s'amuse à remonter, enfile mes Converse blanches à toute vitesse et sans faire les lacets. En dépassant celui qui me hante, j'ai juste le temps de croiser ses iris dorés, tourmentés, avant qu'il ne se détourne. Juste une seconde. Une seconde de trop. Et en claquant la porte de la villa derrière moi, je crois entendre sa voix rauque soupirer *« putain de supplice... »*.

Je ressasse cette rencontre imprévue durant tout le trajet en bus, arrive au lycée trente minutes en avance, patiente en dessinant, puis m'installe à côté de ma nouvelle « copine » Jamie pour le cours de littérature anglaise, puis pour celui de sciences naturelles. Lorsque la sonnerie de l'heure du déjeuner retentit, Becca vient se planter face à ma table et remue ses microscopiques sourcils crayonnés devant moi.

Je me prépare mentalement à une nouvelle attaque vicieuse de sa part, mais pas à ce qui suit :

– Je voulais m'excuser pour avoir manqué de tact, l'autre jour, lance la *Queen B*. On recommence tout ?

– Pas la peine, lâché-je en me levant. Toi et moi, ça ne marchera jamais...

Jamie se marre tout bas, apparemment ravie que je ne me laisse pas manipuler. Moi, je regrette presque immédiatement l'affront que je viens de lui faire. J'en ai trop bavé pour prendre ce genre de risques.

– Donc tu préfères qu'on soit ennemies ? siffle la brune en colère.

– Non.

– Alors, viens déjeuner avec moi. Il faut que je te présente à plein de monde.

Ma voisine et seule amie jusque-là lève les yeux au ciel en me faisant signe de la suivre, mais j'hésite un instant. Ce genre d'instant qui fait tout basculer. À ma gauche, Jamie me regarde, se disant que je suis maso de vouloir copiner avec la peste de service, qui m'a traitée comme une moins-que-rien. Et lorsque j'accepte la proposition de la pom-pom girl, la basketteuse se barre, furieuse.

J'aurais fait pareil à sa place.

Elle ignore ce que j'ai vécu dans mon ancien lycée. La solitude, les brimades, l'impression de ne pas exister… ou alors juste pour souffrir. Elle ne sait pas que j'ai failli en crever.

Je joue le jeu tout le reste de la journée. Je dénoue mes cheveux, ne cherche plus à redescendre ma jupe à tout bout de champ, souris à celle que j'exècre, à ses copines plus superficielles les unes que les autres, aux mecs qui leur tournent autour. Je réponds aux questions incessantes qu'on me pose sur Asher, River et Jagger. Je me retiens d'épiler quelques restes de sourcils à mains nues, pour finir le boulot. J'arpente les couloirs, entourée de ma « clique », et j'ai l'impression d'avoir atterri dans un mauvais rêve. Un *chick flick* à la con.

Je suis le mouvement. La masse. Je fais semblant d'être à ma place. J'évite de m'attirer des ennuis. Je deviens un putain de mouton roux, qui bêle à l'unisson mais hurle à l'intérieur.

***

Avec toutes ces conneries, j'ai loupé le dernier bus. Becca et ses groupies se sont barrées au volant de leurs cabriolets il y a quelques minutes ; je suis retournée au lycée pour récupérer mon carnet à dessins oublié dans mon casier et, en revenant, l'endroit était vide. Assise sur un bout de trottoir du grand parking désert, j'essaie de ne pas éclater en sanglots. Je ne sais pas qui appeler à la rescousse.

Bailey ou Asher ?

J'ai trop de fierté pour demander de l'aide au premier. Trop de gêne pour déranger le second.

– Besoin que je te ramène ?

La voix grave s'insinue sous ma peau. Je sursaute, me retourne et dévisage River, en tenue de sport aux couleurs de l'école. Je devine qu'il vient de terminer sa journée de boulot. Le rebelle déverrouille les portières de sa voiture à distance, sans attendre ma réponse, et s'en approche. Je n'ai pas d'autre choix que d'accepter sa proposition et sauter sur mes pieds pour le rejoindre. C'est ça ou moisir dans cette fournaise.

On ne parle pas pendant dix bonnes minutes. River fixe obstinément la route, ses deux mains posées haut sur son volant. Et je refuse de laisser notre proximité me monter à la tête. Je pense à des trucs désagréables. Je ne quitte pas la fenêtre des yeux. Je m'empêche de respirer son odeur.

– Je t'ai vue traîner avec Becca, finit-il par lâcher.

– Et ça te pose un problème ?

– Ça dépend. Tu as décidé de vendre ton âme au diable ?

Nos regards farouches se percutent pour la première fois. Je ne cède pas. Le sien retrouve la route.

– Je n'ai pas de comptes à te rendre, River.

– Pas à moi, non.

– À qui ?

– À toi-même.

– Garde tes conseils pour toi, murmuré-je.

– Je le ferai le jour où tu arrêteras de te foutre dans la merde.

Sa voix était presque… douce. Prévenante. Et dure à la fois. Implacable. Je ne lui adresse plus la parole de tout le trajet. Je me mure dans un silence assourdissant jusqu'à ce qu'il se gare devant la villa et éteigne le moteur.

– Mon âme est déjà foutue !

Les mots sont sortis tout seuls.

– Qu'est-ce que…

– Et c'est ta faute, insisté-je en le dévisageant avec hargne.

– Arrête ça, Céleste, gronde River.

– J'ai perpétuellement envie de te toucher, de t'embrasser ! L'enfer, j'y suis déjà destinée !

Sa paume se pose brusquement sur ma bouche pour me faire taire, son visage se rapproche du mien et sa voix profonde se met à rugir tout bas :

– Tu ne t'arrêtes jamais, putain !

Je le repousse, me libère, le fusille du regard, sens mon cœur tambouriner, menacer d'exploser… et je plonge en avant. Mes lèvres goûtent à sa bouche, ma langue se fait entreprenante et part à la recherche de la sienne. River répond à mon baiser dans un grognement rauque et m'attire à lui. Je me retrouve plaquée contre son corps tendu, son volant dans le dos. La position est inconfortable mais je l'embrasse de plus belle, jusqu'à manquer d'air, prise d'une folie furieuse. Je glisse mes mains dans ses cheveux en bataille, remue contre lui, sens ma poitrine s'écraser contre ses pectoraux, mes cuisses frotter contre une zone… sensible.

Et je prends soudain conscience de ce que je suis en train de faire. Ce que je risque. Ce baiser est sur le point de déraper. On pourrait nous voir. Nous surprendre. Nous traiter de tous les noms les plus atroces, les plus répugnants.

Et ce serait mérité.

– Non ! m'écrié-je en échappant à ses lèvres. On est malades ! Des putains de monstres !

Je me jette sur le siège passager, ouvre la portière et m'enfuis en courant comme une dératée. La honte m'étreint, glaciale et terrifiante. J'ai oublié mon sac à dos dans la voiture mais je continue sur ma lancée, me rue à l'intérieur de la villa et vais m'enfermer dans ma chambre. Je bloque de nouveau ma chaise sous la poignée ; River apparaît à cet instant précis… en entrant par la baie vitrée qui donne sur le jardin. Il la pousse de toutes ses forces et s'invite dans ma chambre.

– Dégage !

– Écoute-moi, fait-il d'une voix autoritaire.

Il dépose mon sac à dos dans un coin et s'approche de moi. Je lui échappe en contournant le lit, mais me retrouve rapidement prise au piège, dos au mur. Je n'éprouve ni angoisse ni panique. Juste une excitation, une euphorie, un trouble dont je ne connais même pas le nom.

– River, s'il te plaît, tremblé-je. Sors avant qu'on ne regrette vraiment…

– Je ne regrette rien.

– Alors, tu es encore plus taré que moi ! sifflé-je en grimpant sur mon lit pour m'échapper.

– Calme-toi ! grogne-t-il en me retenant par le bras.

L'élan me ramène brusquement à lui et, l'instant suivant, nos corps se heurtent, nos souffles se mélangent tant nos visages sont proches. Et j'ai tellement envie de lui que c'en est douloureux.

– Tu t'en vas ou je hurle, le menacé-je tout bas.

– Je ne suis pas ton frère.

– Prends-moi pour une conne…

– Je ne suis pas ton frère, je te dis !

Il ne ment pas. Son regard ne ment pas. Je n'ai jamais reçu une telle claque. Je suffoque. Cherche mes mots. De l'air. Tout s'écroule et, à la fois, dans la même seconde, tout devient possible.

Je suis très en colère.

– Et tu me dis ça maintenant ? éructé-je en tambourinant contre son torse.

Le rebelle emprisonne mes mains, les remonte de chaque côté de mon visage et me force à le regarder.

– Bailey n'est pas mon père biologique, souffle-t-il en me fixant droit dans les yeux. Ma mère a voulu se venger de ses infidélités et s'est retrouvée enceinte de moi. Par un autre homme. On n'a aucun lien de sang, toi et moi.

Je me débats, récupère mes mains et le repousse. Il ne résiste pas, fait un pas en arrière, sans pour autant me laisser m'échapper. À l'issue de ce duel sans violence, j'atterris dans ses bras, contre son torse, contre son cœur qui cogne.

– Tu sais ça depuis quand ? demandé-je.

– Depuis que je suis gosse. Je n'en ai jamais parlé à personne. Mes frères ne savent rien, et ma mère et Bailey ne se doutent même pas que je connais la vérité.

– Mais lui, il est au courant que tu n'es pas… ?

– Oui. Et ça ne l'a jamais empêché de me traiter comme son propre fils. Il n'a jamais fait de différence…

Dans sa voix un peu cassée, je perçois de la reconnaissance, de l'amour, quelque chose de simple et de vrai. Mais je distingue aussi une douleur bien enfouie, tout au fond de ses yeux dorés, brillants d'émotion. Lui non plus, il n'est nulle part à sa place. Jamais complètement.

– On n'est pas des monstres, Céleste, susurre-t-il en m'arrachant un frisson. On n'est ni déviants ni malades. Coupables de rien. On est juste… je ne sais pas… un peu fous ?

Cette fois, lorsque mes lèvres s'entrouvrent pour emprisonner les siennes, lorsque sa langue m'arrache un gémissement, je n'ai plus peur de l'univers. Plus peur de moi. Juste de lui, de son cœur rebelle, de son corps sauvage. De l'effet qu'il me fait. Pour la première fois, je l'embrasse sans avoir l'impression de déchirer mon âme. Ou que quelque chose d'atroce va nous arriver.

Je l'embrasse parce que j'en ai envie. Et parce que j'en ai le droit.

Tant que personne ne nous voit.

18
AVEC LUI

Le bad boy aux yeux de lynx me fait reculer jusqu'à la fenêtre. Il m'embrasse, m'embrasse encore, m'embrasse comme si nos vies se jouaient, maintenant, ici. Plus rien n'existe autour de moi. La villa des Farrow, ma famille à Paris, celle d'Australie, mes problèmes et mes angoisses, tout s'évapore comme par magie.

Ce qui existe : River. Ses bras autour de moi constituant un refuge, chaud, calme, infranchissable. Ses yeux posés sur moi, tel un cocon qui m'enveloppe, doux, tendre, rassurant. Sa bouche, si près de la mienne que je respire son air, sucré, tiède, énergisant. Ses doigts qui cherchent ma peau sans jamais la malmener, légers, délicats, magiques. Ses baisers qui reviennent par vagues, me réchauffer, m'attiser, m'envoûter. Jamais encore je n'ai été étreinte comme ça, regardée comme ça, touchée comme ça, embrassée comme ça.

Jamais je n'aurais cru que ça existait.

Ressentir un tel désir, une telle chaleur, une telle sérénité.

Son corps contre mon corps, ses lèvres sur mes lèvres, c'est à la fois la chose la plus folle que j'aie jamais faite et la plus évidente. La plus puissante et la plus paisible. La plus intense et la plus facile. Plus rien ne me retient, ni la pudeur, ni la peur, ni la honte de ce que je suis ou de ce que je ressens.

Et mon corps comprend. Il s'ouvre, il se détend, il s'abandonne. Debout face à lui, je me surprends à enlacer le garçon sauvage pour réduire encore l'espace entre nous. Je l'attire à moi et presse mes seins contre son torse musclé. Je joue avec ses cheveux pendant qu'il caresse les miens. Je glisse mes mains sur sa taille alors qu'il agrippe mes hanches. Je le laisse m'empoigner les fesses et je découvre que j'aime ça. La bosse qui durcit dans son jean ne me menace pas : elle frotte contre moi, au parfait endroit, à la parfaite mesure, jusqu'à me faire gémir.

J'en veux encore. Un roulement de hanches et je nous fais tourner tous les deux. Jamais décollés. C'est le dos de River qui cogne contre la baie vitrée, cette fois. Et le petit sourire qui naît sur sa bouche charnue m'envoie une flèche qui pétille d'abord dans mon cœur, rebondit ailleurs et vient se loger entre mes cuisses. Où ça explose.

– Tu es une fille imprévisible, Céleste Hardy.

J'aime tout chez lui. Ses mots, ses yeux qui se plissent sur cet aveu, sa voix qui roule telle une pierre chaude à mes oreilles, le fait qu'il ait retenu mon nom de famille, qu'il prononce mon prénom correctement, son accent australien charmant, sa façon d'aimer qui je suis, de l'avouer sans hésiter.

– Tu es un doux sauvage, River Farrow, lui susurré-je en retour.

Appréciant cette manière d'être qualifié, il fonce dans mon cou et y dépose de langoureux baisers. Je sens ses lèvres s'ouvrir, sa langue goûter ma peau, ses dents hésiter à me mordiller. Des frissons me parcourent, de la nuque jusqu'aux reins. Je soupire en regardant à travers la fenêtre : le soleil commence tout juste à aller se coucher sur les roches plates à l'horizon. Encore plus ocre que d'habitude. Presque flamboyantes.

Dans ses iris à lui aussi, le noisette prend feu.

– Est-ce que je peux te toucher, là… ? murmure-t-il en descendant ses doigts à la lisière de ma jupe.

Il remonte à peine le tissu et atteint la peau de mes cuisses.

– Je crois que oui, avoué-je sans hésiter.

– Et là… ?

River joue avec mes nerfs, avec ma peau, tout en appréhendant mes limites. Je le désire encore plus pour ça. Alors, je ne sais pas pourquoi, mais je tire lentement sur son tee-shirt et le dénude un peu. Mes mains tremblent. Il m'aide et se retrouve torse nu. Je ne sais pas ce que je préfère dans cette vision sublime, ses cheveux en bataille, le grain de sa peau douce et bronzée, l'odeur merveilleuse qui s'en dégage, le dessin indécent de ses pectoraux, ses biceps ou ses abdominaux. C'est à peine si j'en crois mes yeux.

Grisée par mon désir pour lui, je le caresse partout, sans retenue. Puis je vais entrelacer mes doigts aux siens et je remonte de nouveau sa main sous ma jupe. Là où ça me brûle. Là où j'ai besoin de lui. Là où je n'ai jamais laissé qui que ce soit me toucher.

– Tu es une fille déroutante, continue-t-il à voix basse. Farouche… Étonnante… Effrontée… Impulsive… Mystérieuse… Excitante.

À chacun de ses mots prononcés, il remonte un peu plus haut. Me caresse plus près. J'ai adoré le dernier. Et j'adore sa main juste posée entre mes cuisses. Contre le tissu de ma culotte. Je ne sais pas ce qu'il va faire après, ce que je suis censée faire, moi, mais je m'en délecte déjà.

Je me sens brûlante, humide, impatiente, là où il presse sans se presser.

– Est-ce que je peux t'embrasser, là ?

Et River glisse son autre index entre mes seins, à la limite entre mon polo et ma peau. Tous les boutons sont ouverts, il ne peut pas aller plus bas. Pourtant, je voudrais lui en offrir plus, lui en montrer plus.

En confiance, en ébullition, je remonte mon polo sur mon ventre et dévoile mon soutien-gorge noir à celui qui recule un peu, comme pour mieux voir. Sa main têtue ne quitte jamais mon entrejambe. Ses yeux brillants ne lâchent plus ma peau laiteuse, mes seins lourds que j'ai tant de mal à accepter. Mais le rebelle leur sourit avant de se mordre les lèvres. Et de révéler sa vérité à lui.

– J'ai envie de voir ça depuis que tu as mis les pieds ici… Et je crois que tu as les plus beaux seins que j'ai vus de ma vie.

Nouvelle explosion dans mon cœur. Dans tout mon corps. Je sens que je rougis. River se penche pour déposer un baiser sur mon sein gauche, puis le droit. Ma culotte s'embrase encore. Il approche ses doigts et caresse ma peau nue, si sensible. Il franchit la barrière du tissu et frôle mon téton, qui prend vie dans l'instant. Il durcit sous son pouce qui l'attise.

– Je crois qu'ils sont contents de te voir, eux aussi, soupiré-je pour en redemander.

Et River saisit mon sein en entier, un peu plus fort, il le pétrit, le sort de sa prison et le caresse encore. Passe à l'autre et recommence son petit manège. C'est bon à gémir. C'est doux, c'est fort, c'est inédit. Je ne savais même pas que des seins pouvaient faire ça. Ce sont ses mains magiques. Je ne vois pas d'autre explication.

Je vais plaquer les miennes sur son visage et l'embrasse à pleine bouche. J'ai encore envie de ses lèvres charnues, de sa langue habile, de ses baisers fougueux qui me font décoller. Mais River fait mieux encore. Il mordille ma lèvre inférieure et m'initie à cette chose que je ne peux pas expliquer, seulement ressentir. Un étrange mélange de douleur et de plaisir. Une sorte de fausse chamaillerie qui donne envie de s'ouvrir, de s'offrir. Pas de mourir.

Je réponds à sa douce morsure en collant ma main sur son sexe. C'est dur, chaud, étranger. Intéressant. Je n'en ai jamais touché avant. Je ne sais pas vraiment ce que je suis censée faire, alors je serre un peu plus fort.

Tout contre ma bouche, River émet un grognement viril qui me plaît. Et son autre main se remet à me caresser en me coupant le souffle. Je cesse toute action. Je ne peux plus me concentrer. Tout ce que je ressens, c'est cette boule de feu qui s'anime entre mes cuisses, cette paume qui appuie là où ça fait tant de bien, ces doigts qui montent et qui descendent sur le tissu de ma culotte trempée.

– J'ai envie de te toucher… toi… pour de vrai, susurre-t-il à mon oreille.

– Et j'ai envie que tu le fasses, réponds-je en haletant.

Aussitôt, ses doigts m'obéissent et s'immiscent sous l'élastique, glissent contre mes lèvres et les écartent un peu, juste un peu, pour se frayer un chemin jusqu'à mon clitoris. Je meurs de chaud, de plaisir, de surprise. Je m'abandonne à ces sensations nouvelles, délicieuses, divines. Je m'entends lâcher des gémissements dont je ne me serais jamais crue capable. Je vois bouger mon corps au rythme de ses caresses. Je sens ma timidité, ma pudeur et mes barrières s'envoler au contact de ce garçon si doux, si sûr de lui. Je laisse le sauvage me faire un bien fou, de sa main habile, de ses baisers passionnés. Je laisse la magie opérer et mes sens tourbillonner. Je laisse celui que je désire, qui m'est encore interdit mais plus tout à fait, me faire toutes ces choses insensées, ne jamais s'arrêter.

Debout contre cette baie vitrée, à moitié déshabillée, je m'agrippe à ses épaules solides, à ses cheveux emmêlés, à ses yeux tendres et perçants qui voient tout au fond de moi. Je me nourris de son air, de sa force, de sa fougue. Je le suis comme un guide, un repère, un aimant. Les yeux fermés. Le corps tremblant. Tous mes muscles se paralysent et mes sens explosent sous cette caresse, comme une tempête. J'ai les jambes coupées, les reins cambrés et le souffle affolé par le seul pouvoir de ses doigts magiques sur moi. Dans un frisson fou, un élan qui n'en finit pas, je jouis sans comprendre ce qui m'arrive et River m'enlace. Me retient. M'embrasse et pose enfin son regard caressant sur mon visage défait. Son front contre le mien. J'entends nos cœurs battre l'un contre l'autre. J'écoute mon esprit déchaîné comprendre enfin : je viens de vivre, de connaître, de ressentir cette chose inouïe, le premier orgasme de toute ma vie.

Et c'était avec *lui*.

***

À moitié nus, serrés l'un contre l'autre, on reste un moment dans notre bulle, dans cette étreinte si parfaite que la rompre serait un crime. Je me sens incapable de bouger. Et River a l'air de ne vouloir aller nulle part. Je le savais intense, profond, coriace, vibrant ; je le découvre patient, câlin, charmant, peut-être même romantique, à sa façon. Je me love dans ses bras et me perds dans le coucher de soleil à l'horizon.

Je me demande ce qui pourrait arriver. Si je me suis déjà sentie plus heureuse, plus vivante, plus invulnérable qu'à cet instant. Avec un garçon-lynx pour armure. Et puis, un regard d'ours effrayé apparaît de l'autre côté de la baie vitrée. Me fixe sans savoir s'il meurt de trouille ou s'il va me tuer. Je mets une seconde à reconnaître Kasper. Une autre seconde à m'extirper des bras de River. Une seconde encore à redescendre ma jupe, mon polo. Ce sont trois secondes de trop. Mon cœur s'arrête et mon corps tétanise. Derrière la fenêtre, le plus jeune frère crie d'effroi, pleure, trépigne, appelle son père et nous regarde comme deux bêtes de foire en cage.

River réagit plus vite et plus fort que moi. Torse nu, tendu à l'extrême, il s'agite. Il tente d'ouvrir la porte-fenêtre, mais elle lui résiste. Du plat de la main, il cogne sur la vitre et demande à son frère de se taire, de ne pas tout foutre en l'air.

– Kasper, regarde-moi ! Respire ! Kas, tout va bien. Tais-toi, je t'en supplie. Ne me fais pas ça, putain !

Il hurle, gronde, tempête et je n'entends plus rien qu'un bourdonnement. L'angoisse monte, m'aveugle, m'assomme. River arrive enfin à sortir mais Kasper a déjà pris la fuite.

Dans notre dos, c'est la porte de la chambre qui s'ouvre

avec fracas, comme si l'on venait d'y mettre un puissant coup de pied. Je sursaute. Bailey fait irruption dans la chambre, essoufflé. D'abord inquiet, puis affligé. Je panique. Dans l'instant qui suit, Asher et Jagger arrivent à leur tour en courant, en criant, en demandant ce qui s'est passé. Je suis mortifiée, incapable de bouger, de réfléchir, de parler. Et puis ils s'arrêtent net en nous découvrant. Mes cheveux sans doute emmêlés, sa tignasse décoiffée, mon polo ouvert, son tee-shirt absent, nos regards coupables, foudroyés. Brillants d'avoir cédé à la tentation. Hagards d'être pris la main dans le sac.

Deux iris sombres et tourmentés balaient mon visage. Insondables. Quatre paires d'yeux bleus effarés nous jaugent et nous jugent. Impitoyables.

Ils nous regardent tous comme si nous étions deux monstres. Deux fous furieux.

Comme un frère et une sœur qu'ils croient que nous sommes.

II

TROUVER SA PLACE

19
MONSTRES

– Tu n'étais jamais tombé aussi bas, River…

La voix d'Asher n'a jamais été aussi sévère, aussi tranchante, aussi… « adulte ».

– Ça ne te suffit pas de foutre ta vie en l'air, il faut aussi que tu bousilles celle de tes proches ? s'acharne le frère aîné.

À côté de lui, son père secoue rageusement la tête en fixant le sol. Les bras crispés et croisés sur son torse, le chef de famille souffle comme un bœuf en se retenant de hurler sa colère. Bailey garde le silence mais ses yeux pourraient tuer.

Je ne l'avais jamais trouvé effrayant. Jusqu'à aujourd'hui.

– Il n'est pas le seul responsable, murmuré-je soudain, sans pouvoir me contrôler.

Adossé au mur d'en face, River lève une main et me fait taire d'un regard. Le rebelle enfile son tee-shirt et laisse les mots assassins de son frère rebondir sur son armure invisible. Plutôt que de contre-attaquer, il a choisi de faire profil bas, d'accepter les coups, en attendant que nos juges en aient fini avec nous.

Je ne comprends pas son silence. Pourquoi ne nous défend-il pas ? Pourquoi ne crie-t-il pas la vérité ? Sa vérité. Celle qui nous libérerait de la honte.

Nous ne sommes pas frère et sœur.

Pas les monstres qu'ils s'imaginent.

Puis je devine, en croisant ses iris noisette qui me semblent éteints, que s'il révèle son secret, River blessera ceux qu'il aime. Que, peut-être, il aura le sentiment de ne plus avoir une vraie place dans cette tribu. De devenir l'indésirable. Celui de trop. Celui qui fait dérailler les plans, celui qui dépasse du cadre, celui qu'on met de côté pour que le portrait de famille ne soit pas gâché.

Je suis bien placée pour savoir ce qu'il ressent : ma famille à moi est en train de m'effacer.

Tous ces regards qui nous scrutent… Kasper, les larmes aux yeux. Asher, furieux. Jagger, paumé. Bailey, féroce. J'en ai le tournis. Des sueurs froides. Terriblement mal à l'aise, tremblante et prise au piège, je resserre le col de mon polo autour de mon cou. Je vis un mauvais rêve. Mes démons du passé se fraient un chemin sous ma peau. De grignoter ma chaleur, de comprimer ma poitrine.

– Vous savez que c'est de l'inceste ? grimace soudain le grand blond.

– Vous êtes malades ! sanglote le plus jeune.

– Putain, mec, t'as pas fait ça ? C'est notre sœur !

Jagger, qui a gardé le silence jusque-là, fixe son frère, totalement incrédule. Puis ses yeux écarquillés se posent sur moi.

– Céleste ? Vous n'avez pas…

– Dehors, tous les trois ! gronde soudain la voix de Bailey, le chef de meute.

Ses fils le regardent, sans comprendre.

– Dégagez ! Asher, emmène Kasper à la réserve et rendez-vous utiles. Jagger, va faire semblant de relire tes cours !

– Mais…

– Dehors, j'ai dit !

La tentative de rébellion des frères Farrow n'aura pas duré plus d'une seconde. Choqués par ce qu'ils croient être de l'inceste, par ce qu'ils ne peuvent pas comprendre, certainement un peu vexés d'être mis sur la touche, frustrés de ne pas avoir le fin mot de l'histoire, ils quittent ma chambre en traînant des pieds, après un dernier regard hostile dans notre direction.

Bailey referme brusquement la porte derrière eux et laisse son grand corps retomber contre le bois brut.

– Vous avez conscience que ce que vous venez de faire est interdit, monstrueux ? Que vous êtes en train de détruire cette famille ?

– Tu t'en es chargé bien avant nous, « papa », lâche River d'une voix hargneuse.

Bailey fixe étrangement son fils, tout à coup. Parce qu'il a insisté sur le mauvais mot. Celui qui blesse. Dans la pièce, la tension est à son comble. Je n'ose prononcer le moindre son, mais en moi ça gronde. Ça bout. Bailey est injuste ; il nous ment, nous manipule et cherche à nous accuser de tous les malheurs de cette famille. Ç'a assez duré.

– Épargne-moi tes leçons de morale, continue le rebelle. La vérité, tu la connais aussi bien que moi.

– Quelle vérité ?

– Tu n'es pas mon père. Je ne suis pas ton fils.

Pour Bailey, tout s'écroule. Ses épaules, ses lunettes sur son nez, tout son monde.

– Tu... Je...

– Ça fait huit ans que je le sais. Depuis le jour où ta « fille », Céleste, est venue te rencontrer. C'était un mardi. J'avais la crève, je suis rentré plus tôt de l'école, je vous ai vus et me suis caché pour vous observer, tous. Il ne fallait pas être un génie pour comprendre qui était cette gamine... Et quand Céleste est repartie avec sa mère, maman et toi vous êtes engueulés toute la nuit. J'ai tout entendu. Vous vous êtes balancé vos erreurs et vos horreurs à la gueule, vos aventures, vos enfants « illégitimes ». Un point partout !

– River, souffle l'adulte, désespéré.

– Vous essayez de me faire croire que Céleste est la seule exception dans cette famille parfaite, murmure le bad boy. Mais moi aussi, je suis un accident de parcours. Moi aussi, je ne suis qu'un « demi ». Je ne suis pas ton fils.

Bailey blêmit. Son visage change littéralement de couleur. Le patriarche ne trouve plus les mots. Il semble scié. Blessé. Clairement, il ne s'attendait pas à ça. Je crois qu'il ignorait totalement que River était au courant. Et je ne sais plus où me mettre. Je ne devrais pas être là. Tout me fait mal, les silences, les mots prononcés, les souffrances tues.

River affiche une indifférence froide, terrible. Peut-être forcée. Mais cruelle. Les deux hommes ne se quittent pas du regard. Et c'est Bailey qui craque en premier. Ses sanglots le submergent. Il glisse les doigts sous ses lunettes pour empêcher les larmes de couler mais son grand corps est secoué. Comme terrassé, il quitte la chambre en ne prenant pas la peine de refermer derrière lui.

– Je suis désolé, Céleste, murmure soudain la voix cassée de River. Je ne peux pas dire la vérité à mes frères…

Et à son tour, le garçon-lynx disparaît sans un regard.

***

Le sommeil s'est joué de moi une bonne partie de la nuit, jusqu'à ce que je sombre enfin vers quatre heures du matin. J'ai rêvé de choses improbables : de deux yeux dorés qui incendiaient le désert, de géants de pierre qui se muaient en fontaines ruisselantes, d'une cour de tribunal présidée par des chiens savants et des arbres aux visages de vieux sages. Après toutes ces émotions, je n'ai évidemment pas réussi à me lever assez tôt pour attraper le premier bus du vendredi.

Et c'est la mort dans l'âme que je retrouve toute la tribu autour de la table du petit déjeuner.

– Céleste, on t'attendait, m'apprend Bailey en me faisant signe de m'asseoir.

Mon géniteur me tend un verre de jus d'orange ; Kasper caresse la grosse tête de son ours grassouillet ; Jagger, assis à l'envers sur sa chaise, fixe l'écran de son portable ; Asher avale furieusement ses céréales et River m'évite soigneusement du regard. Cette conversation s'annonce… merveilleuse.

Heureusement pour tout le monde, Belle-Pouf n'est toujours pas rentrée de sa mission cinq étoiles et n'est pas là pour envenimer la situation.

Qui, disons-le, est déjà suffisamment merdique.

– Vous oubliez ce que vous avez vu, lance Bailey. On oublie

tout. On n'en parle plus. Jamais. Et personne ne raconte quoi que ce soit à votre mère. Georgia ne saura *jamais* ce qu'il s'est passé. C'est compris ?

– OK, mais qu'est-ce qu'il s'est passé, au juste ? grogne soudain l'aîné en direction de River.

– Plus de questions, Asher ! l'engueule son père. Je ne le répéterai pas.

Exaspéré, Pauvre-Type quitte la table et nous apprend qu'il part au bloc. Il laisse derrière lui une pièce plongée dans un silence pesant, électrique. Je crois entendre mon cœur qui bat à tout rompre sous mon uniforme.

Tandis que ses frères attendent des explications, les yeux rivés sur nous, River refuse toujours de me regarder en face.

Je ne sais pas s'il est prisonnier de ce silence, lui aussi. S'il voudrait me parler, mais ne peut pas. Pas devant ses frères. Si c'est pour protéger son secret, pour préserver sa famille, qu'il m'ignore. Si la honte le pétrifie. Mais j'accepte mon sort.

– Il faut qu'on aille en cours, soupire Kasper en se levant à son tour. Ash, tu nous emmènes ?

– Tant que je n'ai pas à trimballer ce taré, grommelle l'aîné en pointant River du doigt.

– Arrête ça, Asher, s'interpose Jagger. On t'a dit d'oublier.

– Pas si facile. J'ai un cerveau, moi.

L'agité lui balance un beau doigt d'honneur et me tend la main pour que je l'accompagne vers la sortie. Jusque-là, aucun de mes demi-frères n'avait fait le moindre geste dans ma direction. Ni hostile ni amical.

Jagger est celui qui me juge le moins durement. Je n'aurais pas forcément parié sur lui, mais il semble être le cœur tendre dans cette meute de sauvages.

J'attrape la main qu'il me tend et, en me levant, jette un dernier regard à River. Toujours assis, le rebelle vêtu de noir fixe obstinément la table en se mordant la lèvre.

– Salut, Riv, lâché-je d'une toute petite voix, pour le faire réagir.

Riv.

C'est comme ça que ses frères l'appellent. Et je regrette immédiatement d'avoir prononcé ce mot.

Mais ses iris dorés trouvent les miens et, pendant une seconde qui me paraît une éternité, il me caresse du regard. Les larmes me montent aux yeux quand je m'aperçois que je suis en train de sombrer, de plus en plus profondément, de craquer pour un garçon qui n'est pas pour moi.

Et soudain, des tonnes de questions me taraudent. Pourquoi leur dégoût n'agit-il pas sur moi ? Pourquoi est-ce que je m'attache de plus en plus à River, alors qu'ils ne nous laisseront jamais en paix et qu'il serait plus facile de renoncer ? Et plus que tout : est-ce que je lui aurais permis de me toucher si je n'avais pas su la vérité ? Est-ce que je l'aurais désiré de la même manière, si l'on était vraiment frère et sœur ?

Et est-ce que j'aurais regretté ?

C'était tellement bon… Bon au point de transgresser toutes les règles.

– Allez, Juliette, on y va, chuchote Jagger en me tirant derrière lui.

– Juliette ?

– Contrairement à ce que pensent mes connards de frères, je sais lire, me rétorque l'insolent en souriant. Et même du Shakespeare.

Les conversations sont au point mort dans la voiture qui

nous mène à la Willunga High School. Le furieux conduit, le fragile change sans cesse de station radio, l'excité textote trois filles à la fois, et je me perds dans le paysage.

– On savait que River était tordu, balance soudain le grand blond aux cheveux longs. Mais pas toi, Céleste. Toi, on te pensait normale.

Je serre les dents, me mords les joues, ne quitte pas ma vitre des yeux. Je refuse d'entrer dans son jeu. De me justifier. De révéler des secrets qui ne m'appartiennent pas.

Asher peut me juger. Le monde entier peut me juger. Je dois protéger River. Respecter son choix.

Même si je dois encore passer pour la dégénérée de service.

– Céleste !

J'ai sauté du véhicule à quelques mètres du lycée, avant même qu'il soit complètement à l'arrêt. Besoin de sortir, de m'échapper. De respirer un nouvel air. Dans mon élan, je manque de percuter Jamie, qui m'évite de justesse.

– Tu me veux du mal ou quoi ?

– Désolée, soufflé-je.

On est un peu en froid, elle et moi, depuis que j'ai fraternisé avec Becca et sa bande. Ma seule amie ignore toujours pourquoi j'ai accepté de traîner avec la plus garce des pom-pom girls. Elle ne sait pas que j'ai été la victime numéro un de mon ancien lycée et que, ici, je veux juste la paix, rentrer dans le moule, me fondre dans la masse et ne pas me faire d'ennemis.

Surtout pas la *Queen B*.

– Ça ne va pas, toi ? devine la black en combinaison en jean.

– Pas trop, non.

– Allez, viens, on va affronter la trigonométrie ensemble, me lance-t-elle.

Je la suis en ajustant mon sac à dos sur mes épaules. Et lui balance un petit coup de hanche pour qu'elle comprenne que j'apprécie sa compagnie et que, plus que tout, je lui suis reconnaissante d'être là pour moi.

– Au fait, Asher Farrow, chuchote-t-elle en fixant le 4x4 à l'arrêt, un peu plus loin.

– Hum ?

– Il est célibataire ?

– Ouais. Mais il est aussi sérieusement con, ces derniers temps…

– Pas grave, je lui demande juste d'être beau ! se marre-t-elle. Je n'ai aucune chance avec lui, mais on peut toujours rêver, non ?

J'acquiesce, mais je suis déjà ailleurs. Mes pensées s'aventurent de nouveau là où elles ne devraient pas. Je tente de les bloquer, en vain.

River.

Je ne vois que lui. Je ne sens que lui. Je le dessine dans mon esprit, le respire, le désire.

On ne peut pas toujours rêver, non. Moi, il est temps que j'arrête.

20

MÊME SI JE LE VOULAIS

C'est uniquement grâce à Jamie et à ses imitations de Robert De Niro que j'ai réussi à supporter cette journée, les cours interminables, le déjeuner trop cuit, les questions indiscrètes des unes et des autres sur mes… demi-frères. Et l'ombre de River, l'empreinte de ses lèvres, l'intensité de son regard qui me suivaient à la trace malgré son absence.

Ma seule amie n'a pas insisté pour savoir ce qui n'allait pas aujourd'hui, elle m'a simplement dit qu'elle serait tout ouïe quand je serais prête à en parler… et s'est de nouveau renseignée deux ou trois fois sur Asher, l'air de rien. Dans tout ce bordel qu'est ma vie, dans tout ce brouillard qui m'empêche d'avancer, Jamie est le petit flambeau qui m'éclaire et m'aide à retrouver mon chemin. Alors, sur les coups de seize heures, lorsque la grande black aux longues tresses prend la direction opposée à celle du gymnase, je panique à moitié.

– Tu vas où ? L'entraînement va commencer !

– Pas de basket pour moi aujourd'hui, j'ai rendez-vous chez le dentiste.

– Tu veux que je meure ? laissé-je échapper dans un gémissement.

– Tu veux qu'on échange ? rigole-t-elle.

– Détartrage ?

– Maxi carie !

Je capitule et lui souhaite bon courage avant de courir jusqu'aux doubles portes orange du gymnase de Willunga High School. Je suis à la bourre et le coach Calloway ne plaisante pas avec ça. Aucune envie de faire dix tours de terrain supplémentaires.

Je fonce aux vestiaires, y retrouve mes coéquipières, qui ont un peu d'avance sur moi, et me change le plus vite possible.

– J'arrive ! lancé-je à Zoey et Brianna.

– T'inquiète, on te couvre, me rassure la première.

Je souris à Zoey, la meilleure joueuse et capitaine de l'équipe. Cette grande perche aux épaules carrées et aux cheveux platine, rasés d'un côté mais pas de l'autre, m'a toujours impressionnée. Un peu masculine, très sûre d'elle, belle dans son genre. J'ignorais qu'elle pouvait aussi se montrer sympa.

– Quand le coach te saoule pour cinq minutes de retard, il suffit de lui dire que tu es « indisposée », me confie-t-elle. Tu verras qu'il te foutra immédiatement la paix !

– Tous ces mecs qui ont peur d'un pauvre Tampax ! ricane Brianna. Pathétique !

Les deux filles se marrent et s'en vont vers le terrain, tandis que je me bats encore avec mon maillot bleu nuit bien trop grand. Lorsque je les rejoins et commence enfin l'échauffement, le coach ne remarque même pas mon retard, trop occupé à engueuler Becca et sa bande à pompons, assises au premier rang des gradins pour écouter le sermon. Peut-être au sujet de leurs uniformes qu'elles ont encore raccourcis. De la musique de poufiasses qui fait « boum boum » dans tout le gymnase, et qu'elles nous imposent à longueur d'entraînements. Ou de leurs sourcils désormais en voie de disparition.

Lorsqu'elle me repère, Becca m'envoie un petit signe de la main depuis les gradins, ce qui a le don d'exaspérer Calloway. Le quadra à l'allure jeune et au corps athlétique soulève sa casquette, se lisse les cheveux en arrière, la replace et hausse encore un peu plus le ton.

– Ta *best friend* va avoir besoin de plus qu'un Tampax pour se sortir de là, me glisse Zoey en s'apprêtant à shooter à trois points.

Je rigole, intercepte son ballon au vol et shoote à sa place. Je marque mon panier et récolte un pouce levé de la part de la capitaine. Je n'ai jamais su comment me faire accepter dans un groupe. Mais je comprends en tout cas que, entre les basketteuses et les pom-pom girls, il faut choisir son camp. Ça, non plus, je n'ai jamais trop su.

Mon plus grand talent ? Faire les mauvais choix.

– Dangers publics ! s'écrie Brianna pendant que les jumelles piquent un sprint vers moi.

Je vois Maddison et Mackenzie, les deux tornades rouges, suantes et déchaînées, se rapprocher de moi, leurs quatre jambes puissantes et musclées sur le point de me piétiner, mais les miennes refusant de coopérer. Jugeant qu'il est déjà trop tard pour fuir, je ne bouge pas d'un millimètre.

– Zéro réflexe, zéro tonus ! siffle la première jumelle en freinant avant de me percuter.

– Si vous étiez un peu moins molles, on aurait des chances de gagner le championnat ! grommelle son double en m'évitant de justesse.

– Elles ont raison ! lâche soudain River, qui apparaît derrière moi.

Coup de chaud. Je me retourne et dévisage l'assistant du coach un peu trop longtemps. Dans son polo bleu marine, qui contraste avec la peau bronzée de ses bras et son cou, il est beau à crever.

– Course rapide, c'est parti ! Cinq tours !

Son charisme et son autorité naturelle les font détaler. Toutes les basketteuses obéissent. Sauf moi.

– Fais ce que je dis, Céleste, grogne le lynx en plongeant son regard intense dans le mien.

Je ne bouge pas d'un millimètre.

– Tu ne nous entraînes jamais le vendredi, remarqué-je.

– Aujourd'hui, si.

– Pourquoi ?

– Garde tes questions pour toi. Va courir.

– Donc j'existe, de nouveau ?

– Arrête de me chercher, Céleste…

Ses yeux noisette étincelants me scrutent et me fusillent. J'adore le provoquer. C'est excitant. Risqué. Interdit. Dans mon ventre, des papillons dorés battent des ailes dans tous les sens.

– Dix tours pour toi ! lâche le rebelle de sa voix rauque et puissante. C'est ça ou les vestiaires !

Je démarre à reculons en le fixant droit dans les yeux,

le défiant tant que je peux. Lorsque je suis trop éloignée de lui pour distinguer les expressions de son visage, je me retourne et enchaîne les dix tours en y laissant un poumon. Je n'aurais jamais craqué avant la fin : question de fierté.

Cet entraînement est un enfer. River est partout. Sa tignasse en bataille, ses bras musclés et ses yeux de lynx me poursuivent. Quoi que je fasse, il est systématiquement dans mon champ de vision. Je rate tous mes tirs, manque de précision dans mes passes, fais des fautes, m'attire les foudres des jumelles, quelques rires du côté des Sans-Sourcils.

Au bord du terrain, River s'interdit de me regarder et ça me rend dingue. Au milieu de la séance, il manipule l'épaule de Taylor et j'ai des envies de meurtre. Il inspecte le genou d'une pom-pom girl et j'en ai des frissons de jalousie.

Il faut que ça s'arrête.

– Merde ! m'écrié-je en m'effondrant sur le sol.

J'entoure ma cheville d'une main et prétends souffrir le martyre. Au loin, le coach Calloway fait signe à River de s'occuper de moi sans attendre. Zoey tente de m'aider à me relever, mais le sauvage débarque dans la seconde et lui ordonne de ne pas me toucher. Ses mains se placent autour de ma taille et me redressent d'un coup. Mon cœur s'emballe, de nouveau.

– Appuie-toi sur moi et ne pose pas ton pied par terre, fait sa voix grave. Viens, il y a des poches de glace dans le bureau du coach.

Je claudique en traversant le terrain, troublée par la proximité de nos corps, par nos flancs qui s'épousent, par nos peaux qui se retrouvent, par son bras qui m'entoure et me soulève un peu à chaque pas. Je ne veux que ça. Être proche de lui. Avoir le droit de le toucher. Sentir qu'il désire la même chose que moi. Mais une petite voix intérieure me souffle que notre histoire, aussi insignifiante soit-elle pour lui, aussi vitale pour moi, est déjà terminée.

Et cette idée m'est insupportable.

Une fois à l'intérieur du bureau, à l'abri des regards, je le repousse brusquement et m'éloigne de lui.

– Tu… Tu marches ? grogne le bad boy.

– J'avais besoin de te parler.

– Céleste, tu te fous de moi ? siffle-t-il en refermant la porte derrière lui.

– Tu aurais dû me le dire plus tôt ! m'écrié-je soudain.

– Quoi ?

Une rage incontrôlable m'étreint. River passe la main dans ses cheveux, les frotte énergiquement, puis me contemple en soupirant.

– Tu aurais dû me dire qu'on n'avait pas le même père ! J'ai cru devenir folle. Et on n'aurait pas perdu tout ce temps et…

– Et on n'aurait eu aucun frein ! lâche-t-il, lui aussi en colère.

– Et alors ? On ne faisait rien de mal !

Le garçon-lynx tourne sur lui-même et balance un coup de pied dans une chaise.

– Tu as entendu mon père ? On oublie tout !

– Bailey n'est pas ton père, lui rappelé-je froidement.

– Pourquoi est-ce que tu tiens à me torturer, putain ?

Agité, le bad boy fait craquer ses phalanges et se laisse tomber contre le mur le plus près. Et le plus loin de moi.

– Tu regrettes ? lui demandé-je soudain d'une voix tremblante.

– Je ne sais pas…

– Si, tu sais, riposté-je. C'est oui ou c'est non.

Son iris doré disparaît derrière ses paupières baissées.

– On ne peut pas regretter ce qu'on n'a pas eu, souffle le garçon qui me hante.

– Toi et moi, ç'a existé, murmuré-je en retenant mes larmes. Tu ne peux pas dire ça…

– On doit tout oublier, Céleste.

– Impossible…

– Même sans lien de sang, on vit sous le même toit, dans la même famille. Bailey reste ton père et le mien aux yeux de tous.

– Tes frères pourraient savoir la vérité, eux, tenté-je, prudemment.

– Non !

Un cri du cœur, contre lequel je tente quand même de lutter.

– Pourquoi leur mentir ? ajouté-je en me rapprochant de lui. Pourquoi, si ça nous empêche d'être libres ?

– Tu ne comprends pas ? Je ne veux pas qu'ils en chient à cause de nous ! s'emporte soudain le rebelle. Et puis, ils ne m'aiment que parce qu'ils n'ont pas le choix ! S'ils apprennent que je ne suis pas leur vrai frère, ils me lâcheront !

– Tu les sous-estimes, dis-je, peinée.

– Et tu ne sais pas ce que je leur ai fait vivre…

Incapable de rester à distance, je m'approche encore de quelques pas ; River ne bouge pas. Dos au mur, il pourrait se décaler, d'un côté ou de l'autre, il reste là. La tête baissée, il me laisse venir à lui. Je colle doucement mon front contre le sien, glisse une main dans ses cheveux en bataille. C'est plus fort que moi, j'ai besoin de le toucher.

– River, regarde-moi, le supplié-je presque.

Il résiste, se renferme un peu plus, alors je me hisse sur la pointe des pieds et colle ma bouche à la sienne. Comme une évidence. La seule chose à faire. Juste deux ou trois secondes. Pour sentir de nouveau sa chaleur. Lui donner un peu de la mienne.

Ma langue rencontre la sienne, je lâche un petit gémissement malgré moi, tout mon corps se contracte au souvenir de nos derniers baisers. À la force et à la tendresse de celui-là. Mais River me repousse brusquement, me tourne autour et me plaque au mur, une lueur féroce dans les yeux.

– Qu'est-ce que tu crois, Céleste ? gronde-t-il. Ce n'est pas parce que tu n'es pas ma sœur que tu vas devenir ma petite amie… même si je le voulais. Tout le monde nous traiterait de tordus. Je n'ai pas besoin d'un nouveau problème dans ma vie. Pas besoin de toi ni de qui que ce soit !

– Tu mens ! tenté-je de le retenir.

– Lâche-moi !

– Tu n'as peut-être pas besoin de moi ! m'enflammé-je. Mais tu as besoin de savoir d'où tu viens et qui est ton père !

– Qu'est-ce que tu en sais, bordel ?

– Parce qu'on est les mêmes, toi et moi !

Il tente de m'échapper, je m'accroche à lui.

– Je suis bien placée pour savoir qu'on n'avance pas dans la vie quand on ne sait pas d'où on vient, quand on se voile la face, se ment à soi-même, joue les indifférents alors qu'on souffre ! J'ai vécu dans le silence, dans le mensonge et la solitude, et j'ai failli en crever !

– Tu n'as aucune idée de ce que je ressens, de ce que je

veux vraiment. Arrête de te faire des films. Tu ne me connais pas, Céleste.

Il inspire profondément, je sens son haleine mentholée balayer mon visage, tandis que mon cœur tambourine dans ma poitrine. Nos visages se touchent presque de nouveau, comme aimantés malgré la guerre qui fait rage entre nous.

– Peut-être que si tu m'en laissais la chance… murmuré-je.

– Va sauver quelqu'un d'autre et fous-moi la paix, siffle-t-il en s'arrachant à moi.

La porte du bureau claque violemment derrière lui. Je marque un temps d'arrêt, encore sous le choc de cette confrontation, de mon baiser volé, de ses mots cruels. Puis je réagis. Je me mets en mouvement, cours en direction du terrain, me souviens que je dois boitiller.

Je découvre River, planté sous un panier de basket, face au coach Calloway.

– Je démissionne, émet la voix profonde de l'assistant.

Je suis soufflée.

Déçue.

Mes coéquipières et toutes les pom-pom girls se ramènent pour être aux premières loges. Des murmures montent d'un peu partout, autour de moi. Je vois River rendre son sifflet, un chronomètre, puis un carnet qu'il conservait dans sa poche. Il lâche tout par terre, sans se soucier de rien, puis fourre les mains dans ses poches.

– On a besoin de quelqu'un comme toi ici, fiston, insiste le coach.

– Et j'ai besoin d'être ailleurs, rétorque le garçon qui me file encore entre les doigts.

River intercepte un ballon perdu qui arrivait juste sur la

tête de Zoey. Il dribble rageusement sur quelques pas puis l'envoie de toutes ses forces de l'autre côté du terrain. Sans même considérer le résultat de son shoot désespéré, il quitte le gymnase à petites foulées, sous le regard affolé de ses admiratrices. Et le panier rentre. J'en ai le souffle coupé.

– S'il démissionne, je quitte aussi l'équipe, marmonne Taylor en se laissant tomber sur les gradins.

– Ce mec était ma raison de vivre, soupire une fille à pompons.

– À vos postes ! beugle Calloway. Je ne veux pas voir un seul fessier assis ! On se bouge !

L'homme à la casquette agite les bras dans tous les sens, puis me fixe d'un sale œil. Il évalue en quelques secondes l'état de ma cheville et m'ordonne de rejoindre le troupeau.

– Vous, les gosses Farrow, vous aurez ma peau, grogne-t-il en franchissant la ligne du terrain.

Que je le veuille ou non, River s'est glissé sous la mienne…

Et malgré l'interdit, malgré le rejet de River, malgré le malaise en entendant cet adulte me mettre dans le même sac que les frères Farrow… une toute petite voix me souffle que je n'ai pas tort. De ressentir ce que je ressens.

21
UN MINUSCULE ESPOIR

Ça fait neuf jours.

J'ai toujours pensé que neuf était mon chiffre porte-bonheur, puisqu'on est obligé d'en avoir un, dans ce monde qui ne tourne pas rond. À choisir, le neuf m'a toujours semblé le moins mauvais. C'est même celui que j'ai choisi sur mon maillot de basket – puisque j'ai décidé de continuer ce sport qui vide la tête et me fait du bien. « Neuf », symbole de renouveau. Un espoir, même minuscule, un début, peut-être un mieux. Un truc neuf, c'est intact, pas encore usé, abîmé, détruit, c'est une page blanche à écrire, ça promet quelque chose.

Pas là.

Neuf jours, c'est l'enfer. Des tonnes de silence et de regards fuyants. C'est sans espoir du tout. C'est le début qui ressemble déjà à une fin. Neuf jours à croiser River, ses sourcils froncés, ses lèvres serrées, ses doigts qui craquent, ses pieds qui traînent, ses oreilles enfermées sous son casque, ses cheveux qui ne se rejettent même pas sur le côté, comme un rideau baissé entre lui et moi. Fini. C'est déjà du passé. Il ne veut plus de moi, plus braver l'interdit pour nous. Neuf jours où le monde n'a même pas tourné. Neuf jours à noircir des pages de dessins monstrueux. Neuf jours à mentir à Amir. Neuf jours à contempler ce que j'ai déjà réussi à user, à abîmer, à détruire.

« On ne peut pas », c'est lui qui l'a dit. « On oublie tout. »

– Dîner dans cinq minutes ! braille une voix de l'autre côté du mur.

Après le sifflement stupide, j'entends comme tous les soirs la cavalcade familière dans le couloir. La ruée des quatre chiens. Les pas caractéristiques des garçons qui sont mes frères. La démarche souple et assurée d'Asher, le skate bruyant de Jagger, le léger boitillement de Kasper. Leurs voix, leurs souffles, leurs rires. Et l'allure nonchalante de River, qui arrive après tout le monde. Qui ne parle pas, qui ne rit pas, qui respire à peine.

Et qui n'est pas mon frère.

– Fils 1, fils 3, fils 4, au rapport ! s'amuse Bailey en les comptant. Fils 2, un peu plus d'entrain, merci ! On range les portables, la musique et les jeux vidéo. C'est un dîner de famille, pas une conférence sur les nouvelles technologies. Fille unique, on t'attend !

Mon géniteur tape dans ses mains, parle trop fort, avec ce sourire dans la voix pour essayer de faire croire que tout va bien sous ce toit.

Ce soir, je ne peux pas. Aller m'attabler avec eux, partager un repas, des récits ordinaires de lycée, de devoirs, de filles, des histoires merveilleuses d'animaux soignés, préservés, sauvés. Je ne peux pas faire semblant. Je refuse de sortir de ce lit-cocon.

– Toc toc… Céleste, je peux entrer ? demande Bailey en ayant déjà passé la tête.

– Je n'ai pas faim… et je ne me sens pas très bien, bredouillé-je pour le faire partir.

– Pas la peine d'inventer une fièvre ou une soudaine douleur. Je sais où tu as mal.

En jean et chemise kaki délavée, mon père fait le tour de mon lit pour s'asseoir tout au bout, juste au bord, face à la baie vitrée. À l'exact endroit où l'on a été surpris, River et moi, en flagrant délit de… je ne sais même pas quoi. De se toucher. De se découvrir. De faire ce qu'on n'avait pas le droit de faire.

– Je sais que c'est difficile pour toi, Céleste. Ça l'était déjà en arrivant. Ça l'est encore plus maintenant. Je ne cherche pas à te pourrir la vie, mais…

Bailey remonte ses lunettes sur son nez, se gratte longuement la joue, là où sa barbe commence. Je soupire. Je n'ai pas envie de reparler de ça.

– C'est bon, ma vie était déjà pourrie avant toi, tenté-je pour mettre fin à la discussion.

– L'adolescence est une période difficile pour tout le monde, tu sais ?

– J'ai 18 ans, je n'ai pas besoin d'un cours sur la puberté, les relations entre filles et garçons, les préservatifs et l'acceptation de soi. Merci quand même.

– C'est ce que tu ressens dont j'aimerais te parler.

Il me fait taire en plongeant son regard dans le mien,

profondément. Je me recroqueville tout en haut du lit, mes bras serrés autour de mes jambes repliées contre moi. Je suis une boule de nerfs planquée sous une armure de muscles tendus.

– Le flot de sentiments, d'émotions, ce n'est pas facile à gérer à vos âges. On s'attache vite, on s'attire fort, on se repousse, on se déchire, on ne sait plus si on veut ou si on ne veut pas, où sont les frontières entre amour, amitié, affection… Et même la haine n'est jamais loin ; je sais de quoi je parle.

Je ferme les yeux, enfonce mon visage entre mes genoux et ma tête entre mes bras. Je veux que ça s'arrête.

– Je n'ai pas franchement envie de discuter de ton mariage avec Georgia. De ton aventure avec ma mère. De mon beau-père. Et de la manie que vous avez tous, vous, les adultes, de vous détester cordialement. Je m'en fous. Ça n'a rien à voir avec moi…

– Non, me coupe-t-il sèchement. Toi, tu es ma fille. Et River est mon fils. Peut-être pas par le sang, mais il est ma famille. Comme les trois autres qui m'attendent à la cuisine. Ces quatre garçons sont toute ma vie.

– Alors, retournes-y ! sifflé-je en relevant la tête.

Bailey se redresse sur ses pieds et change de visage. Du père cool, souriant, ouvert à la discussion et capable de se remettre en question, il passe à l'homme mûr et autoritaire, aux avis bien arrêtés et aux bras bien croisés, censés donner l'impression qu'il maîtrise la situation. Tout ce que je déteste.

– Je souhaite que tu restes ici et que tu fasses partie de la famille. Je suis prêt à t'aider, à t'accompagner, à tout entendre et tout comprendre. Mais River et toi, c'est impossible. Immoral. Interdit. C'est compris ?

J'ai le cœur en lambeaux et les larmes au bord des yeux. Je les ravale encore juste quelques secondes.

– Tu as fini ? grondé-je en serrant les dents. Le dîner a déjà pris cinq minutes de retard.

– Tu es exemptée pour ce soir, annonce-t-il, comme si la décision lui revenait.

Puis Pauvre-Type quitte ma chambre avec, sans doute, la sensation du devoir accompli. Règles énoncées. Dégâts limités. Crise évitée. Pleins pouvoirs réaffirmés.

Tu parles.

De toute façon, River a été très clair : il ne veut plus enfreindre les règles avec moi.

Je balance mon carnet à dessins de toutes mes forces contre la porte refermée. Relâche mes larmes et mes cris de rage contre mon pauvre oreiller. Puis m'allonge sur le ventre et ouvre mon ordinateur portable pour me connecter à Skype.

– Ouf, t'es là ! chuchoté-je au reflet d'Amir dans l'écran.

– *What the fuck ?* C'est quoi, ce visage bouffi et ce chignon en vrac ? On dirait Donald Trump qui a bouffé Amy Winehouse.

– J'ai besoin de te parler…

– OK, mais je casse la gueule à qui d'abord ?

– Personne. Moi toute seule, je crois.

– Je t'écoute, *crazy girl.*

Je glisse les mèches échappées de mon chignon derrière mes oreilles, me racle la gorge et me triture les doigts.

– Céleste, tu n'as pas encore essayé de te… ?

– Non !

– Alors, *go* ! Je suis ton *meilleur Amir* ou pas ?

– Toujours…

– Vide ton sac, y a rien qui me fait peur !

– Même si j'ai embrassé… mon demi-frère ? Plusieurs fois ? Et qu'il n'est pas mon frère du tout ? Même si on a fait des trucs que je n'ai jamais faits avec personne ? Et qu'on s'est fait choper par mon père et tous les autres frères ? À moitié désapés ? Et que le petit a pleuré ? Et que tout le monde a gueulé ? Et que ç'a obligé River à révéler qu'il n'était pas le fils de son père et qu'il le savait depuis des années ?

– Wow, wow, wow, attends, là !

Le beau visage joufflu d'Amir s'éclaire. Il se rapproche de la webcam avec une moue hilarante, les yeux écarquillés et la bouche façon carpe. Puis son sourire s'étire et ça fait comme un soleil dans l'obscurité de ma chambre.

– C'est le meilleur résumé du meilleur épisode de ma *new* série préférée du monde entier !

– Parle moins fort ! murmuré-je.

– Bon, attends, je range tout dans ma tête… Tu as couché avec un mec ?

– Pas vraiment. Presque. Enfin juste un peu.

– OK, préliminaires. C'était bien ? C'était fou ? C'était… ?

– Mieux que ça, avoué-je tout bas.

– Et ce n'est pas le fils de ton père. Donc pas ton frère. Donc… c'est quoi, le problème ?

Sa tête de gros malin parvient à m'arracher un sourire.

– Ce n'est pas aussi simple que ça… Georgia a trompé son mari et l'a avoué à Bailey, qui a toujours su que River n'était pas de lui… Mais il le considère comme son fils quand même. Et personne d'autre ne connaît le secret. Pauvre-Type vient de me redire que c'était mort, il ne veut pas de ça chez lui.

– Et depuis quand on obéit aux adultes ?

– Depuis que… ils nous hébergent, nous nourrissent et nous gardent à peu près en vie…

– C'est leur job ! Le nôtre, c'est de repousser leurs limites !

– Je pourrais bien essayer de repousser quoi que ce soit… De toute façon, River ne veut plus de moi, murmuré-je.

– Déjà ?

– Il refuse de dire la vérité à ses frères, il a peur de les perdre, résumé-je. Et j'étais folle de croire qu'un mec comme lui se battrait pour moi.

– « Folle », on sait déjà que tu l'es. Pour le reste…

– Je devrais tout arrêter. Rentrer en France et…

– Attends !

Amir est interrompu par sa mère, qui lui demande « d'éteindre ce satané ordinateur », de « mettre le nez dehors, pour changer », ou au moins de se « rendre utile en vidant le lave-vaisselle ».

– Regarde ma *life*, Céleste ! Et regarde la tienne. Je suis coincé ici, à Paris, je fais une prépa avec les trous du cul qui ont failli avoir ta peau. Côté sexe, c'est le néant pour moi. Je t'assure que tu es mieux en Australie, entourée d'animaux sauvages et de gens civilisés, de mecs qui ressemblent à des acteurs et te donnent des orgasmes sans rien te demander en échange !

Je rougis et vérifie d'un regard, d'une oreille tendue, que le dîner bat toujours son plein, au loin dans la cuisine des Farrow.

– Ma mère me tuerait si elle savait tout ça, lâché-je dans un soupir. Elle pense que je revis ici, loin de tous mes problèmes.

– Non, ta mère veut juste que tu ne te suicides pas.

Mon cœur rate un battement.

– Je sais…

– Et que les mecs qui ont essayé de te faire du mal paient pour ce qu'ils t'ont fait.

Un autre battement manqué.

– Pas envie de parler de ça…

– On va pourtant tous devoir témoigner au procès. Faut que tu t'y prépares.

Un frisson glacé.

– Plus tard…

– Toi au moins, tu témoigneras à distance par visioconférence. Moi, je croise ces *assholes* tous les jours. Et je peux te dire qu'ils ont l'air serein, comme s'ils ne risquaient absolument rien.

– Amir !

– OK, OK, *sorry*, j'arrête.

Je secoue la tête. Ce procès, ces souvenirs, les visages de mes harceleurs et leur futur sort : je veux les laisser loin de moi. Depuis neuf jours, et peut-être même un peu plus, je ne fais plus de cauchemars. Ces mecs ne me hantent pas. Parce qu'un autre a pris toute la place. Un garçon-lynx aux yeux envoûtants, aux lèvres merveilleuses, aux doigts magiques. Même sa distance et son silence me semblent séduisants, fascinants. Tout m'attire chez lui. Interdit ou pas.

– *Fuck*, t'es en train de tomber amoureuse, reprend Amir en me regardant réfléchir.

– Non, je…

– Si, t'es *totally in love*, ma fille !

– Je ne peux pas faire ça.

– Pourquoi tu te prends la tête, Céleste ? Il n'y a aucun lien entre River et toi. Pas le même père, pas la même mère ! Pas le même sang, pas le même nom ! Et c'est la première fois qu'il t'arrive un truc bien depuis…

– C'est quand même de l'inceste au regard des autres, le coupé-je.

– Il ne te reste plus qu'à leur crever les yeux, un par un, alors ! Tu veux que je vienne t'aider ? Qu'est-ce que j'emporte, ciseaux, fourchettes, compas ?

– Putain, tu me manques, lui avoué-je subitement.

– *I miss you too,* Donald Trump ! Mais arrange-moi quand même ce chignon roux, on dirait Ginette dans *Les Visiteurs*, en fait.

– Tu as toujours su me donner confiance en moi, dis-je en riant.

– À ton service, mon laideron.

– Eh, Jacquouille ! Tu vas la trouver, ta Dame Ginette, tu sais ?

– Peut-être… En attendant, j'ai un lave-vaisselle à vider si je ne veux pas me retrouver à la rue avec mon baluchon.

– OK… À plus tard. Et fais gaffe aux fourchettes !

Amir louche exagérément devant son ordinateur puis coupe sa webcam. Reconnaissante que ce garçon veuille bien être mon ami, je souris bêtement face à l'écran noir. Amir ne me juge pas. Mon histoire avec River ne le dégoûte pas. Il est le seul à ne pas nous jeter la pierre.

Puis les pas nonchalants reviennent dans le couloir. Le frottement d'une main qui traîne contre le mur. Le claquement d'une porte. Un corps qui s'affale dans un lit, juste dans la pièce d'à côté. River. Même derrière l'épaisseur du plâtre, je peux deviner sa présence, sentir sa chaleur, percevoir cette petite étincelle qui me fait tourner la tête et qui fout tout mon monde à l'envers.

Pour lui, le dîner est déjà terminé. Pour lui aussi, peut-être que ces neuf jours ont été une torture.

Et pour nous deux, je me mets à rêver qu'il reste juste un minuscule espoir.

22
LOIN DE MOI

Le lendemain soir, je décide de ne pas sécher le dîner. Je réunis tout mon courage pour rejoindre la cuisine, les cheveux lâchés et coiffés, et même les yeux maquillés.

Affronter les Farrow : d'accord. Ressembler à Donald Trump, Amy Winehouse et Dame Ginette réunis : plus jamais.

Mais la cuisine est vide et toute l'ébullition semble venir du salon. Je m'y dirige sur la pointe des pieds : les cinq garçons sont rassemblés, apparemment euphoriques, affairés, d'humeur taquine et enjouée. Bailey et son plus jeune fils sont affalés sur le grand canapé, les trois autres frères debout, disséminés dans la pièce.

– Kas, vire ta jambe de bois ! plaisante Jagger en tournoyant sur son skate autour de la table basse.

– Papa, est-ce que je peux casser le nez de Jagg avec ma prothèse en titane ?

– Non, si tu lui retires sa belle gueule, il ne lui restera plus rien, enchérit Asher de loin.

– C'est la Saint-Valentin, bon sang ! s'amuse le père. Vous n'avez pas des filles à aller retrouver au lieu de rester ici à vous chercher ?

Il sirote sa bière et les garçons se marrent. Tous sauf River, debout face à la baie vitrée, son avant-bras reposant au-dessus de sa tête, contre la fenêtre, son regard porté au loin vers le soleil couchant. La beauté de son profil anguleux me subjugue, la dureté de son visage fermé me désarme. Je reste en retrait et me fais toute petite, entre le couloir et le salon. Là où j'ai l'impression de ne plus avoir ma place.

– Profitez de votre jeunesse et de votre insouciance, les gars, lance soudain Bailey de sa voix grave. Ça ne dure pas. Profitez de la vie et choisissez bien avec qui vous allez la partager.

– Pourquoi tu dis ça ? demande Jagger en arrêtant son skate du bout du pied.

– Tu as quelque chose à nous annoncer ? insiste Asher en venant s'asseoir sur le bras du canapé.

– Papa, bredouille Kasper, qui se redresse.

– Entre votre mère et moi, ç'a toujours été compliqué. Mais cette fois, je ne sais pas si ça s'arrangera.

Le patriarche remonte ses lunettes et fixe ses fils un par un, en leur souriant tristement.

– C'est ta faute, ça ! s'écrie le plus jeune en s'élançant vers River. S'ils se séparent pour de vrai, s'ils divorcent, si maman ne revient pas, ce sera à cause de toi !

Kasper a la voix qui se brise et les gestes anarchiques. Son bras inerte jaillit de sa poche, l'autre le remet à sa place. Puis il bouscule son frère, vacille, tente de le forcer à se retourner, enfonce comme un bélier sa tête dans son torse. Mais le bad boy reste pratiquement immobile. Il évite les coups sans desserrer les dents. Et finit par agripper la nuque de son petit frère pour contenir son chagrin, sa colère. Leur combat fraternel se termine en étreinte maladroite, et cette vision me serre le cœur. Puis Bailey se lève pour venir poser une main sur chacune de leurs épaules.

– Ce n'est la faute de personne, OK ? C'était inévitable. Et c'est mon problème, pas le vôtre.

Au loin, River m'aperçoit et son visage change. Ses muscles se tendent de nouveau et son corps se dérobe. Il se libère de l'emprise de son père, de son frère, puis recule encore plus loin de moi, à l'autre bout de la pièce. Les autres paires d'yeux me découvrent et mon géniteur continue son laïus comme si de rien n'était.

– Ce soir, vous allez oublier tout ça et passer une Saint-Valentin digne de ce nom. On enfile une chemise, on traite les filles avec respect, on ne boit pas si on conduit et on ne met personne enceinte, compris ?

Apparemment, pas de règle concernant les demi-frère et demi-sœur qui n'en sont pas.

– Chemise, respect, soda, capote ! récite Jagger en comptant sur ses doigts comme un idiot.

Asher lui envoie une petite tape derrière la tête.

– Céleste, tu as des plans ? me demande l'excité. Ash nous dépose où on veut.

– Non, merci, ça va.

– Tu peux rester avec nous regarder *Toy Story* si tu veux, me propose Bailey avec un petit sourire.

– C'est le 3, le meilleur ! précise Kasper en retournant s'installer sur le canapé.

Il prend sur la table basse l'énorme saladier rempli de pop-corn à ras bord et le soulève au-dessus de sa tête pour qui veut. Jagger va se servir d'une large poignée, en envoie un sur le sommet du crâne de River, et Asher s'éloigne de la joyeuse cohue pour se diriger lentement vers moi.

– Désolé si j'ai joué au con. J'avais besoin de temps.

– OK, réponds-je simplement.

– J'essaie d'oublier ce que j'ai vu, me dit-il d'un air un peu écœuré. Je veux te donner une seconde chance. On fait tous des erreurs ou des trucs bizarres, parfois. Et tu es ma sœur, je te dois bien ça.

– Merci, balbutié-je, faute de mieux.

Je ne peux rien lui répondre d'autre pour ma défense. Pas sans trahir River. Alors je me contente de son pas vers moi, de son regard franc et paisible qui m'avait manqué, de sa présence tranquille à mes côtés, même si le dégoût et la déception que je lis dans ses yeux continuent de me faire mal.

– Je crois que je sors avec une fille de ta classe, ce soir, m'apprend le grand blond.

– Ah ?

– Jamie Brown.

– Cool, je crois qu'elle t'aime bien.

– Tu en as trop dit ou pas assez, là, regrette l'aîné en souriant.

– Je ne sais rien d'autre, promis. Ah si, elle aime les milk-shakes à la cerise !

– Asher Farrow, 21 ans, pioche ses meufs dans les terminales du lycée et vient demander conseil à sa petite sœur de 18 ans… Désespérant ! le vanne Jagger, de retour sur son skate.

– Fox, attaque !

Le garçon aux yeux doux et aux cheveux longs siffle son berger australien, qui se jette aussitôt sur le frère turbulent et le déséquilibre. Jagg se marre, son beagle remuant se joint à la mêlée et Kasper compte les points de loin.

– Pas de jambe cassée, ce soir, s'il vous plaît ! s'exclame Bailey depuis le canapé.

– Pour moi, c'est trop tard ! blague le plus jeune en brandissant sa prothèse dans les airs.

Les rires fusent en même temps que les insultes fraternelles.

– Alors, un tuyau sur Jamie ? insiste Asher en rappelant son chien près de lui.

– Honnêtement, je n'ai aucun conseil à donner… Je suis nulle pour ça. Aucune expérience en premier rendez-vous.

– Vraiment, zéro ? s'étonne Jagger, de nouveau debout. Je pensais que les Français avaient la séduction dans le sang !

– Jamais trouvé un garçon qui en valait la peine, avoué-je du bout des lèvres.

Et mes yeux tombent dans ceux de River. Le regard noisette s'allume et me fusille. Mon cœur me tombe dans les talons, me remonte dans la gorge et se cogne partout dans ma poitrine.

– Bon, on y va ? lance l'excité en enfilant une chemise à carreaux sur son tee-shirt blanc. J'ai rancard à vingt heures avec Ruby et à vingt-deux heures avec Zara !

– On a dit « respect », Jagger, lui rappelle son père.

– Ben quoi ? Je me souviens de leurs prénoms !

– Bravo, crétin, gronde River en traversant la pièce.

– Et toi, tu n'as même pas de chemise !

– J'ai pas besoin de vos putains de règles pour aller à un rancard.

Le garçon aux yeux de lynx promène son regard partout, sauf sur moi. Sa démarche nonchalante accélère ; il force le passage entre Asher et moi, me frôle dans un courant d'air glacé et me laisse là, comme assommée. Pétrifiée. Il claque des doigts et son molosse s'arrête net. Tous les regards aimantés à son aura tourmentée le suivent dans le hall d'entrée, jusqu'à ce qu'il franchisse la porte de la villa sans même la claquer.

River est au-dessus de ça. Au-dessus de nous tous. Tellement loin de moi.

23
FAUVE

Je ne suis pas restée pour regarder *Toy Story 3* avec Bailey et Kasper. Je n'ai pas profité du trajet pour aller en ville avec Asher et Jagger. Je n'ai pas non plus passé la soirée sur Skype avec Amir. Je me fous éperdument de cette histoire de Saint-Valentin et je n'ai envie de partager de milk-shake écœurant avec personne. Mais savoir River à un rancard m'a tenue éveillée toute la nuit. J'ai attendu, dessiné, ressassé, attendu encore. J'ai passé en revue toute l'équipe de basket et les filles qui seraient susceptibles de lui plaire. Toutes les pom-pom girls qui auraient pu l'inviter à sortir entre le gymnase et les vestiaires, avant qu'il ne démissionne.

J'ai guetté et étudié toutes les photos postées sur les réseaux sociaux par mes *pseudo-amis*, les visages en arrière-plan dans les bars, les couples déjà enlacés dans la queue du cinéma, les passants anonymes au fond des selfies mal cadrés. Aucune trace de lui. J'ai attendu encore. Je me suis interdit d'écouter de la musique, pour pouvoir entendre sa démarche de fauve revenir dans le couloir, la porte de sa chambre s'ouvrir et se refermer, le matelas de son lit s'affaisser sous le poids de son corps fatigué. Rien. Il n'a pas dormi là. Et je n'ai pas dormi du tout.

C'est avec une tête de déterrée que j'arrive au lycée, le lendemain, par le premier bus.

– Hum… La nuit a été longue, se marre Jamie en découvrant mon visage. Ou courte ?

– Blanche. Insomnie. Seule.

– Je vois… On va parler en mots-clés aujourd'hui, c'est ça ?

– Désolée.

– Moi, rancard, Asher, cool !

La jolie black me sourit et passe son bras sous le mien.

– Tant mieux, lui dis-je en me forçant à me réjouir pour elle.

– Il savait que j'aimais le parfum cerise, tu t'en rends compte ? Ça veut dire que le mec s'est renseigné ! Ça veut dire qu'il s'intéresse vraiment à moi, tu vois ? Ça veut dire qu'il n'a pas juste les cheveux les plus brillants qui soient, les yeux les plus bleus, les lèvres les plus douces…

– Ah, vous vous êtes embrassés ?

– Il m'a raccompagnée chez moi, il est venu m'ouvrir la portière et il m'a embrassée juste là. Puis il a dit qu'il devait aller récupérer ses frères. Le premier rendez-vous parfait !

– Quel frère ? Il a dit qui il allait chercher ?

– Céleste, tu écoutes ce que je dis ou juste la moitié ?

– Désolée, fatiguée.

– OK. Toi pardonnée. Mais…

– Attends, Jamie, je dois y aller ! On se retrouve en biologie, OK ?

Je plante ma copine devant son casier à la seconde où j'aperçois Becca, alias celle-qui-sait-toujours-tout. C'est plus fort que moi. Il faut que je me renseigne. Je dois savoir.

– Tiens, la cinquième Farrow ! s'amuse la brune quand j'arrive à sa hauteur.

– Moi, c'est Hardy, précisé-je. Céleste Hardy.

– Et c'est censé m'intéresser parce que… ? commence-t-elle à ricaner.

– Parce que j'ai des infos pour toi si tu en as pour moi.

– Hum… Échange de potins, ça m'intéresse ! confirme-t-elle.

Et ses sourcils trop épilés dansent au milieu de son front comme deux pom-pom girls synchronisées. Jamie passe à côté de nous en levant les yeux au ciel, et je fixe lâchement le bout de mes Converse.

– Parle au lieu de rougir, Red ! m'encourage Becca avec une petite pique au passage.

– Bailey et Georgia Farrow… il y a de l'eau dans le gaz… et du divorce dans l'air.

– Mouais, rien de nouveau. Ma mère attend depuis dix ans qu'ils divorcent pour tenter sa chance ! Rien de plus croustillant ?

– Asher Farrow et Jamie Brown se sont embrassés hier soir, annoncé-je sans réfléchir.

– Pff… Il mérite mieux qu'une basketteuse en short qui fait des imitations et qui ne s'est jamais maquillée de sa vie !

– Jamie est cool, tenté-je de la défendre. Et elle a une beauté naturelle, elle n'a pas besoin de…

– Pourquoi tu balances ta copine, si tu l'aimes tant ?

comprend soudain Becca face à mon tiraillement.

– Parce que j'ai besoin de savoir où était River hier soir. Et avec qui.

La chef des pom-pom girls me regarde d'un air suspicieux. Je me demande jusqu'où je suis prête à aller pour obtenir cette information. Trahir Pauvre-Type et Belle-Pouf ne me pose aucun problème de conscience. Mais Jamie, c'est autre chose. Je me rassure comme je peux en pensant qu'elle ne m'a pas précisé que son baiser avec Asher devait rester caché.

– T'es bizarre, toi ! Qu'est-ce que tu veux vraiment ?

La soudaine question de Becca fait pulser mon cœur n'importe comment. Je suis disposée à prendre des risques pour moi… mais pas à mettre River en danger. Entre son secret, l'identité de son père, ce que je ressens pour lui et ce qui s'est passé entre nous, tout se mélange dans ma tête. Au fond de ma poitrine. Au creux de mon ventre. Mais je ne le trahirais pour rien au monde : c'est ma seule certitude.

– J'étais censée chaperonner mes demi-frères, inventé-je. Et je me suis endormie. Ash et Jagg sont rentrés à l'heure. Mais je ne sais pas où River a passé la nuit…

– Pas avec moi, malheureusement ! soupire la brune. River Farrow est vraiment canon mais il aime un peu trop faire des mystères, si tu veux mon avis… Tout ce que je sais, c'est qu'il n'a jamais eu de petite amie attitrée à Willunga High. Que toutes celles qui ont essayé d'être son « officielle » pendant le lycée se sont retrouvées avec le cœur brisé. Et qu'il fait déjà des ravages dans son école d'ostéo.

– Je vois, marmonné-je, dépitée.

– Je vais me renseigner auprès des mecs que je connais et qui connaissent des mecs qui connaissent des…

– Pas besoin d'aller jusque-là.

– Tu rigoles ? C'est moi que ça intéresse ! J'ai deux objectifs pour cette dernière année : en deux, décrocher mon diplôme, et en un, décrocher River.

Cette idée me débecte et me fait sourire faussement. Je sais qu'elle est le genre de filles à tout faire pour obtenir ce qu'elle désire. D'ailleurs, Becca rit tellement fort que tous les lycéens sortent la tête de leurs casiers pour nous regarder. J'ai un peu honte de participer à cette mascarade censée attirer l'attention sur elle, sa jupe trop remontée, son maquillage trop travaillé, son assurance et sa popularité. J'essaie de m'enfuir mais elle me retient par la bretelle de mon sac à dos.

– Tu sais, Céleste… Si tu acceptais de te coiffer et te maquiller un peu, tu pourrais être presque… jolie. Bon, tu ne peux pas t'attaquer aux mecs du niveau de River… C'est A+, hors catégorie pour toi ! Mais je pourrais t'aider à sortir avec un B ou un C. Qu'est-ce que tu penses de Lachlan ou Angus ? Peut-être Jesse ?

Elle pointe du menton un groupe de garçons qui nous regardent de haut en bas, sans la moindre discrétion. Un grand brun à lunettes, un Eurasien à la coiffure en crête et un blond avec des bagues transparentes sur les dents. Le premier a un sourire charmant, le deuxième de beaux yeux noirs, le dernier une carrure d'athlète et certainement des muscles dont il est fier. Mais tout ce que je vois en eux, ce sont leurs regards intéressés, leurs sourires menaçants, leurs mains dissipées et leurs bouches hostiles qui chuchotent probablement des horreurs. Tout ce que je vois, c'est le souvenir des garçons de Paris qui ont pourri ma vie, hanté mes cauchemars, saccagé mon peu de dignité.

Tout ce que je vois, c'est ce que je ne vois pas : ces trois-là n'ont pas les iris dorés de River, ensorcelants mais jamais dérangeants ; ils n'ont pas ses doigts délicats, aux gestes subtils ; ils n'ont pas ses lèvres fines capables des mots les plus durs et des baisers les plus tendres ; ils n'ont pas cette intensité qui me renverse, chaque fois. Et qui pourtant me fait tant de bien. Me ramène à la vie, sans que je sache comment ni pourquoi.

Ils n'ont pas ce pouvoir de se glisser dans mes rêves, sous mon crâne, contre ma peau, et de réparer un peu tout ce qui est cassé en moi.

– Hou, hou, Red, t'es là ? couine Becca en enroulant une mèche de mes cheveux roux autour de son doigt.

– Désolée, je dois retrouver Jamie en biologie !

Je claque la porte de son casier en oubliant que ce n'est pas le mien, plante la fille la plus populaire du lycée et pars en courant, pendant qu'elle me crie à quel point je suis bizarre, juste pour amuser la galerie.

***

Après les cours, je rentre directement à la réserve, en ne passant même pas par la villa. Je jette mon sac à dos dans un coin de l'accueil en demandant à Asher comment je peux me rendre utile. Et je passe mes nerfs sur les enclos à nettoyer, les kilos de fruits et légumes à découper, les abreuvoirs à remplir, les uniformes à lessiver, toutes les tâches ingrates que les soigneurs sont ravis de me confier, jusque tard dans la soirée.

Au moins, pendant ce temps-là, je ne pense pas à River.

Je recommence le lendemain, et tout le week-end, à peser les petites bêtes, nourrir les moyennes, dessiner les grosses. Je réponds au foutu talkie-walkie de Bailey quand il demande à « Fils 1 et Fille unique » de venir changer des pansements, à « Fils 3 et Fille unique » de décharger une livraison de granulés, à « Fils 4 et Fille unique » de prendre le relais au poste de surveillance, pour observer un wombat qui a du mal à se réveiller de son anesthésie.

Au moins, je ne pense presque pas à River.

À ce qu'il se passerait si l'on se retrouvait tous les deux ici, dans cette petite salle fermée sans fenêtre, avec un verrou à la porte et un lit de camp pour que les soigneurs de nuit puissent se reposer. À ce que feraient nos visages, collés au minuscule écran, bien trop proches l'un de l'autre. Au temps que mettraient nos yeux à se croiser, à se percuter, à oublier leur mission d'observation. Au temps que mettraient nos corps à se rencontrer, à s'aimanter, comme ils le font toujours.

Mais *bizarrement*, River a toujours l'air occupé ailleurs.

Et encore plus *bizarrement*, Bailey ne m'associe jamais à son « Fils 2 », ces derniers temps.

Pourtant, je pense à lui sans cesse. Je l'imagine quand je ne le vois pas. Je me souviens et je m'accroche à ça. Je l'ai juste croisé hier, en courant d'air, sur son vélo qui fonçait vers le désert. Je l'ai aperçu plus tard, assis tout en haut d'une roche qui domine la réserve, son chien à côté de lui. J'ai entendu son ballon de basket rebondir ce matin, ne sachant pas vraiment d'où venait le bruit. J'ai perçu plusieurs fois aujourd'hui sa voix grave qui marmonnait des gros mots à ses frères. Je l'ai regardé disparaître quand il s'est introduit par erreur dans la pièce où je me trouvais déjà – et où l'air est venu à manquer, à lui comme à moi.

Des poussières de River. Dorées et fugaces. C'est tout ce à quoi j'ai eu droit.

– Céleste, il bouge enfin ! me chuchote Kasper en fixant la caméra de surveillance.

– Tu crois qu'il est réveillé ?

– Ça peut durer encore longtemps.

– On va voir ?

– Pas encore, il faut le laisser faire à son rythme.

– J'ai besoin de bouger d'ici, Kas.

Traduction : *j'ai besoin de m'occuper l'esprit pour ne pas penser à ton frère. Qui n'est pas le mien. Qui refuse de t'expliquer la vérité. Que ton père m'empêche de voir. Et qui me fuit de lui-même, pour ne pas avoir à affronter ses choix.*

Tous ces mensonges et ces secrets me rongent. C'est une torture de ne pas pouvoir parler au petit génie de la tribu, qui voit bien que quelque chose cloche, mais qui ne comprend rien. Et qui déteste ça.

– Je t'aimais bien, Céleste, tu sais ? Vraiment bien.

– Et moi, je t'aime toujours bien, Kasper !

– Mais tu es devenue bizarre.

– Est-ce qu'on ne l'est pas un peu tous, par ici ? me contenté-je de suggérer.

L'ado me sourit.

– OK pour aller voir le wombat, décide-t-il. Mais il faut le déranger le moins possible.

– Promis.

On quitte notre poste d'observation pour rejoindre l'enclos

à quelques pas de là. La jolie lumière cuivrée de la fin de journée me rappelle les yeux noisette de River. Dorés quand ils s'illuminent. Ou peut-être sa peau bronzée. Ou la nuance brûlée de ses cheveux châtains. Ou l'étincelle qui se produit toujours entre nous. Même absent, le garçon-lynx arrive à me donner chaud. À me faire tourner la tête. À me rendre complètement bête.

– Céleste, ne le touche pas ! Il est nerveux, me souffle Kasper.

Mais ma main s'approche déjà de la fourrure fauve du marsupial de trente kilos. Qui bondit, lâche un cri, rebondit et va coller ses deux grosses pattes sur le torse de l'adolescent. J'essaie de le retenir mais j'attrape son bras atrophié qui ne peut ni bouger, ni répondre, ni s'accrocher. Kasper m'échappe. Il vacille ; son pied se coince dans le grillage auquel il se rattrape de l'autre main, et il tombe lourdement, dans un bruit d'os qui claque et de métal qui cède. Le cri suivant est le mien. D'horreur, d'effroi, d'impuissance.

– Kasper… Ça va ? paniqué-je.

– Oui, marmonne-t-il en se redressant. Appelle juste papa.

– OK, OK. Bailey ? Kasper est tombé dans l'enclos du wombat. Tu peux venir ? balbutié-je dans le talkie.

– Merde, il est au bloc ! répond Asher, affolé. Tout va bien ?

– Je crois que oui.

– Qu'est-ce que vous foutiez là-dedans ? beugle Jagger en retour.

– Sortez vite de là, j'arrive ! gronde l'aîné.

– Kas, tu tiens le coup ? demande le cadet.

– Putain, pas encore, résonne soudain la voix grave de River.

Et mon sang se glace. Se met à bouillir. Ne sait plus quoi faire. Comment circuler. Le talkie-walkie grésille à force de transmettre les mots alarmés des frères Farrow.

Qu'est-ce que j'ai encore fait... ?

– Arrêtez de paniquer ! J'ai juste pété ma prothèse ! braille Kasper pour faire taire tout le monde.

Le temps que les autres arrivent, je glisse l'ado estropié en dehors de l'enclos, ramasse sa chaussure abandonnée et referme la porte derrière nous.

– Je suis tellement désolée, Kas...

– C'est moi qui suis désolé, me coupe-t-il. Ils vont tous péter les plombs. Si on te demande, c'était mon idée, OK ? Sinon, ils vont te tuer !

J'essaie de comprendre ce qu'il raconte, mais les frères déboulent un par un. River, le plus rapide, m'ignore et se jette sur Kasper pour regarder sa jambe sous son bermuda. Asher me bouscule carrément pour prendre ma place. Jagger, enfin, observe les dégâts et choisit de dédramatiser, malgré son visage défait.

– OK, personne n'est mort, tout le monde respire ! T'es la reine des rebondissements, toi !

– Je...

– Le wombat ne se réveillait pas, j'ai voulu aller voir, ment Kasper.

– Non, c'est moi qui ai insisté, interviens-je pour rétablir la vérité.

– On se fout de vos histoires ! rugit River, qui me fusille du regard.

Je me tais. Ravale les larmes brûlantes qui menacent de jaillir.

– Tu as une vilaine plaie sur ta jambe amputée, explique-t-il plus doucement à son petit frère.

– Vilaine comment ?

– Ta prothèse a dû te blesser en se brisant. Je pense que c'est superficiel mais on file à l'hosto quand même, OK ?

– Ne les laisse pas couper plus haut, Riv, s'te plaît !

Je ne sais plus qui plaisante, qui angoisse pour de vrai, qui rassure pour de faux. Je devine que toute cette agitation a un lien avec l'accident qui a coûté sa jambe à Kasper, il y a des années. Mais j'ignore ce qu'il s'est passé cette fois-là. Et pourquoi tout le monde semble encore si traumatisé.

Au milieu du chaos, j'entends Asher tenter d'apaiser le wombat furieux, terrorisé, recroquevillé dans un coin. Jagger essaie de joindre son père, qui ne répond pas. River prend les choses en main avec une trousse de secours. Je me rue à ses côtés pour aider. Tiens le bermuda de Kasper pendant que son frère tente d'arrêter le saignement. Retire l'emballage d'une compresse qui fait de la résistance entre les doigts affairés de River. Découpe un bout de sparadrap qu'il tient entre ses dents pour ne rien me demander. Nos mains se frôlent et nos peaux produisent de l'électricité. Nos regards s'évitent mais tout le reste s'entrechoque. Je suis en apnée. Le souffle court du garçon-lynx balaie mon visage par à-coups. Ses gestes sûrs complètent les miens, saccadés. Sa force porte toute la tribu à bout de bras.

– On prend le pick-up ! finit-il par décider. Ash, tu conduis ? Jagg, laisse un message à papa pour qu'il ne flippe pas. On a récupéré la prothèse ? Kas, garde la jambe toujours en l'air.

River soulève son plus jeune frère et le transporte jusqu'à la voiture. Je suis en courant. Puis m'immobilise à un mètre du véhicule, n'osant plus approcher. Le rebelle installe le plus délicatement possible le blessé dans la benne arrière, allongé, la jambe surélevée sur son sweat qu'il a retiré et roulé en boule. Pendant ce temps, Asher grimpe au volant et Jagger sur le siège passager. Ils démarrent déjà. River saute à l'arrière du pick-up pour rejoindre Kasper et se tourne vers moi. Je fais un pas en avant, lui tends la prothèse brisée de son frère, avec la basket au bout. J'essuie d'un revers de bras les larmes qui ont envahi mon visage. Et murmure un « désolée » que personne n'entend.

– Tu veux venir ? me lance soudain River, ses yeux ambrés rivés aux miens.

Il y a quelque chose d'incandescent dans son regard. D'unique. D'urgent. Il me tend la main, les doigts grands ouverts, les mâchoires serrées à l'extrême. Je ne sais pas à quel point ça lui coûte. Si ça lui fait autant de mal qu'à moi. Autant de bien. Mais je n'hésite pas.

Je prends sa main et je le laisse me hisser dans le pick-up. Je m'assieds face à lui, en silence. Et je regarde le soleil couchant faire briller ses cheveux châtains qui volent dans le vent, sa peau hâlée tendue sur ses muscles secoués par la route, ses yeux de fauve plissés, brillants, qui ne quittent plus Kasper du trajet.

24
RIEN À FAIRE ICI

Ça doit faire deux heures qu'on attend aux urgences. Jagger, Asher et River sont assis côte à côte sur les chaises en plastique colorées soudées au sol. Kasper a été allongé de force sur leurs six genoux, sa jambe toujours surélevée par son frère le plus à droite. Je préfère rester debout. Loin d'eux quatre.

Mais là quand même.

Ça doit faire deux heures que je n'ai pas croisé le regard tempétueux du garçon-lynx. Immobile, fermé, comme tapi dans une bulle de rage impuissante, prête à exploser.

– Tu sais que tu commences à avoir de l'acné, mec ? se marre Jagger en observant de près le visage de son petit frère.

– Tu sais que tu pèses le poids d'un rhinocéros mort, mec ? soupire Asher, assis au milieu.

– Vous savez qu'on pourrait très bien rentrer à la maison et montrer ça à un médecin demain ? couine Kasper en espérant s'enfuir.

– Tu sais que t'as des égratignures sur le front et le menton ? Tu seras beau gosse quand on t'aura recollé ta fausse jambe ! continue l'excité de gauche.

– Tu sais que tu as le droit d'avoir un autre objectif dans la vie qu'être « beau gosse », Jagg ? s'exaspère l'aîné, au centre.

– Tu sais que tu as le droit de te couper les cheveux avant qu'ils ne traînent par terre, mon petit poney ?

– Tu sais que je pourrais t'enfoncer la prothèse de Kas dans la gorge avant que t'aies prononcé un seul autre mot, mon petit connard ?

– Arrêtez de me faire rire, j'ai mal aux côtes ! glousse Kasper en se tenant le ventre de son bras valide.

J'ai toujours détesté les hôpitaux. Et les services d'urgence plus que tout le reste. Mais je dois dire que le spectacle des quatre frères Farrow réunis dans deux mètres carrés est assez divertissant. Si je n'en avais pas gravement blessé un et que je n'étais pas follement troublée par un autre, je pourrais peut-être même passer un bon moment.

– Céleste, donne-nous un avis féminin. Les cheveux longs, c'est tout sauf sexy, avoue !

– À Asher, ça lui va bien, bredouillé-je rapidement.

– Jamie trouve ça cool ; le reste, je m'en fous, grommelle le grand blond.

– Non mais toi, Céleste, dis la vérité ! insiste Jagger, de plus en plus agité. Entre nous quatre, qui est le plus canon ?

– Putain, gronde subitement River, vous ne pouvez pas attendre en silence ?

Il se lève d'un bond, me fusille du regard un quart de seconde, repose la jambe blessée de son frère sur la chaise qu'il vient de quitter. Puis jette son sweat roulé en boule à la tête de Jagger.

– Faut toujours que tu sortes une connerie plus grosse que toi, marmonne l'aîné au gaffeur de service.

– C'est bon, j'avais oublié… Faut toujours qu'on fasse des drames de tout, dans cette famille.

– Sérieusement, on ne peut pas rentrer à la maison et attendre papa ? gémit Kasper en se redressant.

– Allonge-toi ! lui répondent les deux autres en chœur.

Je me fais toute petite, le temps que mon pouls redescende, pendant que River prend à partie une femme en blouse blanche qui passait sans nous regarder. Il la force à l'écouter puis lui parle dans des termes techniques qui font remonter mes angoisses.

– On ne peut pas prendre le risque d'une infection ou d'une lésion trophique sur un membre amputé. Tous les tissus situés sous son genou sont précieux pour son appareillage et sa mobilité.

– Votre frère a déjà été examiné par un infirmier, son cas n'est pas prioritaire pour le moment.

– Vous n'avez fait ni scanner ni IRM pour voir si les artères étaient touchées. Ça peut compromettre gravement la cicatrisation. Il a 13 ans, putain, on va le laisser risquer une autre amputation ? Il devrait au moins avoir un pansement compressif là-dessus !

Les biceps de River se contractent pendant qu'il désigne son frère d'une main, se frotte les cheveux de l'autre, croise les bras sur son torse puis se fait craquer nerveusement les doigts. Il a beau avoir 19 ans et un air de sale gosse, il semble parler d'égal à égal avec cette femme médecin d'une quarantaine d'années. Ça me fascine. Ça m'intimide. Et ça ne marche pas que sur moi. J'ignore si ce sont ses connaissances, sa persévérance ou son charme qui opère, mais la quadra capitule en soupirant.

– Amenez-le en salle 3, arrêtez de perturber mon service et sortez les deux autres zouaves de la salle d'attente.

– Merci. Si vous prenez un Farrow, vous en prenez quatre, lui répond le bad boy avec un petit sourire insolent.

L'heure suivante, je me retrouve seule, mais ça me soulage presque. Je n'ai plus à subir la colère contenue de River, les blagues de Jagger pour détendre l'atmosphère, les mensonges de Kasper pour tenter de me dédouaner ou le regard réprobateur d'Asher au cas où je ne serais pas déjà en train de culpabiliser à mort.

J'envoie quelques messages à Amir pour lui résumer la situation mais le décalage horaire fait que je ne reçois aucune réponse : il doit être en cours. Je choisis Jamie pour m'occuper les doigts et l'esprit, mais préfère ne rien lui raconter de cette soirée cauchemardesque. Je change de sujet.

[Je crois qu'Asher t'aime
vraiment bien…
Tu fais quoi ?]

[Merci pour l'info ! Je regarde
bêtement des photos de lui…
Tu me parles toujours ?]

[Oui… puisque tu me pardonnes
mes infidélités avec Becca.]

[Je le fais uniquement parce que
tu tolères mes imitations…
et que parfois, même, tu ris.]

[Tu fais super bien la fille
sans sourcils qui a un pompon
à la place du cerveau !]

[C'est toi qui lui as dit
pour Ash et moi… ?]

[Oui… Désolée, Jamie…
Je suis nulle avec les secrets.
Mais ça a rendu Becca
super jalouse !]

[Bien joué, alors !
Lachlan veut ton numéro.
Je lui donne ?]

[Non !]

[Oups…]

[IL A UNE CRÊTE !]

[Non, ça, c'est Angus.
Mais je croyais que les filles bien
ne jugeaient jamais
le physique…]

[Oups…]

[J'aime bien sa crête, moi!]

[Jamie, tu as un léger problème
avec les excentricités
capillaires masculines,
je crois…]

[Possible.
Un œdipe mal réglé avec
mon père chauve.
Tu me gardes quand même?]

[Si j'ai le choix entre toi
et Becca…]

[Je te laisse hésiter,
je dois refaire mes locks!]

[OK. Mais pas touche
à tes sourcils!]

Quelques smileys « mort de rire » plus tard, Jagger revient me chercher en salle d'attente.

– C'est bon, Kasper est entier! Enfin, il lui manque toujours un petit bout… Mais je crois que ça va aller!

Le trublion se marre et me tire par la manche.

– On doit patienter au cinquième maintenant. Ils vont le garder quelques jours en observation là-haut. Tu viens?

– Je ne sais pas si je…

– Écoute, Asher va sûrement jouer les rabat-joie en te rappelant les règles de sécurité dans les enclos. River va te faire son regard noir et sa punition du silence. Mais personne ne va te bouffer, je te promets ! Tu sais, c'est en affrontant les Farrow que tu te feras une place dans le clan. Pas en les fuyant…

– Facile à dire, marmonné-je en le suivant.

Dans une salle d'attente aux fauteuils un peu plus confortables, je retrouve le camaïeu de cheveux blonds à châtains, d'iris bleus à bruns, et la froideur qui va du tiède au glacial.

– Papa est arrivé, annonce Asher à la cantonade. Il est avec Kasper et les médecins. Maman a pris le premier avion, elle ne devrait pas tarder non plus.

– Tu as d'autres bonnes nouvelles ? essaie de plaisanter Jagger.

– Vous pouvez rentrer, on n'a pas besoin de tous passer la nuit ici, grogne River en se levant.

Son regard plissé me frôle et me délaisse. Revient puis repart. Mon cœur parcourt des montagnes russes, chaque fois.

– Toi non plus, Riv, souffle l'aîné.

– Je ne bouge pas de là, lâche le rebelle en allant se poster face à l'unique fenêtre de la pièce.

Dos à moi. Les mains enfoncées dans les poches arrière de son jean. Les muscles contractés et les cheveux en désordre. Même dans la pire des situations, dans un hôpital, par ma faute, au milieu de la nuit, mon stupide cerveau arrive à le trouver sexy.

– Je suis désolée pour tout ça, chuchoté-je.

– Tu l'as déjà dit cent fois, réplique durement River, sans même se retourner.

– Bon, je vais aller chercher du Red Bull pour tout le monde, propose Jagger. Et un peu de gaz hilarant pour celui-là.

Le temps que l'agité s'éclipse, Bailey nous rejoint dans la salle d'attente, avec un sourire qui se veut rassurant.

– Il n'y a rien au scanner, nous rassure le père. Les égratignures au visage laissent penser qu'il est tombé sur la tête, mais c'est du solide, ce petit gars ! Ils vont l'hospitaliser en orthopédie le temps que la plaie à la jambe cicatrise. Ils doivent encore évaluer les possibles atteintes musculaires, mais on a évité le pire.

– Non, le pire aurait pu arriver ! tempête River en se retournant. Il est déjà arrivé une fois !

– Oui, et ce n'est pas la peine de repenser au passé…

– Ce n'est pas parce que tu choisis de les ignorer que les choses ne sont pas arrivées ! siffle le bad boy en marchant droit vers son père.

– Et ce n'est pas parce qu'elles te torturent que tu dois torturer le reste du monde.

À cette réplique cinglante de Bailey, River se rue sur lui, et c'est Asher qui doit intervenir pour retenir son frère. Je fais un pas en avant, par réflexe, comme si je pouvais ou voulais le défendre. Comme si je devais faire front avec lui. Mais je me trouve ridicule. C'est à peine si mon père a remarqué ma présence. Georgia, en revanche, ne me rate pas quand elle entre dans la pièce en courant, suivie de Jagger et ses six canettes de soda.

– Vous n'êtes pas encore en train de vous déchirer alors que Kasper est… se lamente-t-elle.

– Il va bien, précise Bailey.

– Non, rien ne va ! sanglote la blonde, entre chagrin et colère. Qu'est-ce que tu as encore fait ?

Ses yeux humides et venimeux ne me lâchent plus. Sa bouche en arc de cercle me méprise. Et je ne trouve absolument rien à répondre pour m'excuser, me justifier, me faire oublier. C'est mon géniteur qui prend ma défense, contre toute attente.

– Les accidents arrivent, ce n'est la faute de personne.

– Si, intervient la voix rauque que j'aime tant.

Et qui me glace le sang.

– Céleste a merdé. Encore. Elle n'est pas apte à travailler dans la réserve. Et elle n'a rien à faire ici.

Le garçon-lynx me fixe sans la moindre indulgence. J'en ai le souffle coupé, je vacille. Je ne comprends pas pourquoi il s'attaque à moi. Pourquoi cette violence ? Est-ce qu'il pense vraiment ce qu'il dit ? Est-ce qu'il veut vraiment que je disparaisse de sa vie ? Sa cruauté me coule dans les veines à toute allure, comme un poison mortel. Je suis pétrifiée.

– Bailey, je crois qu'on est tous d'accord, ajoute Georgia. Fais ce qu'il faut pour arrêter ça.

La blonde en tailleur s'éloigne, comme si sa sentence finale venait d'achever mon procès. Asher la rejoint pour la réconforter. Et je me retrouve seule dans un coin de la pièce. Acculée. Déjà abandonnée. Je ne pleure même pas. J'attends qu'on me chasse d'ici, qu'on me colle dans un taxi puis dans un avion, direction la France. Je crois que je ne m'y opposerais même pas.

– Vous n'en avez pas marre de toutes ces histoires et

tous ces malheurs ? gémit soudain Jagger, les mains croisées au sommet du crâne.

– Jagg, ne craque pas, lui chuchote l'aîné de loin.

– Personne n'a jamais été normal dans cette foutue famille ! continue-t-il. Et c'est de pire en pire avec les années ! Vous vous en prenez à Céleste, alors que vous êtes tous cinglés ! Incapables de faire la paix avec toutes vos conneries. J'en ai marre de vous tous ! Je rentre à pied !

Jagger balance un coup de pied dans la porte et part en courant. Asher se précipite derrière lui en criant : « Attends ! » Et Georgia décide de les suivre.

– On devrait tous rentrer et aller se reposer, annonce calmement Bailey.

– Je reste ici, proteste River.

– Les visiteurs sont interdits à cette heure de la nuit.

– Faites ce que vous voulez.

– Céleste, tu viens ? soupire mon père.

Bailey n'a pas l'air de m'en vouloir, lui, mais ça n'allège pas le poids qui pèse sur ma poitrine. Je tente un dernier regard vers River mais le rebelle au visage tourmenté, aux paupières plissées, rejette ses cheveux en arrière d'un mouvement nerveux de la tête, puis tourne de nouveau son corps tendu vers la fenêtre.

– Je n'ai rien à faire ici, répété-je d'une voix blanche.

Et je suis mon géniteur, le sang glacé, le cœur broyé.

***

Il est quatre heures du matin quand je me réfugie enfin sous ma couette et que j'appelle ma mère au secours. Comme je lui ai promis de faire si ça dérapait. Bien sûr, elle ne répond pas. Bien sûr, je déverse mon désespoir sur son répondeur.

– Allô, maman ? Viens me chercher, s'il te plaît. Je n'ai pas envie de rentrer… mais je ne peux pas rester. C'est trop dur. Je ne suis à ma place nulle part. Je foire tout. Je dérange partout où je vais. Je casse tout ce que je touche. Je détruis toujours ce que j'ai… Je veux que ça s'arrête… Viens. Toi, au moins, tu es ma mère, ma vraie famille, tu es obligée de me garder. Tu ne le fais pas par charité. S'il te plaît, tu peux venir me chercher ?

Je raccroche en reniflant comme un bébé. Je me recroqueville en gardant mon portable sous ma tête, au cas où elle me rappellerait. Et je m'endors sans même m'en apercevoir.

25
PAS NORMAL

Mais quelle crétine ! S'il existait un féminin à « trou du cul », il serait parfait pour moi. Il faut toujours que je fasse des mauvais choix quand je touche le fond : appeler et inquiéter ma mère était la pire idée du mois. Voire de l'année.

Ce matin, les Farrow étaient plutôt de bonne humeur au petit déjeuner : Kasper a envoyé à toute la famille – moi incluse – des selfies marrants de lui avec son plateau d'hôpital et des photos de River en train d'écrire « NE PAS COUPER » sur la jambe entière de son frère. Je crois que ç'a déridé tout le monde. Bailey sifflotait devant son café, en donnant des nouvelles du wombat convalescent et apparemment pas traumatisé. Jagger avait des tas de trucs impudiques à raconter sur l'effet du Red Bull sur sa « vigueur matinale ». Georgia a eu la bonne idée d'être longuement occupée au téléphone dans le salon. Et Asher a proposé de nous déposer au lycée pour pouvoir croiser Jamie cinq minutes avant les cours.

Personne n'a reparlé de l'accident de l'enclos. De ma

responsabilité. Des coups de sang et des coups de gueule d'hier soir. Je crois que ces garçons sont comme ça, chacun à leur façon : extrêmes, émotifs, terriblement vivants, toujours intenses mais jamais rancuniers.

Peut-être à l'exception d'un.

– Range ton portable, tu vas te faire choper, me chuchote Jamie en cours de géographie.

– Ma mère me saoule avec ses milliers de textos, il faut que je la rassure avant qu'elle n'alerte le FBI.

– Tu te rends compte qu'Asher a fait toute la route depuis la réserve juste pour venir m'embrasser ?

– Je m'en rends compte, Jamie…

– Tu crois que c'est normal d'être aussi romantique ?

– Je ne sais pas, Jamie…

– « Romantique »… Ce mot ne fait pas partie de ton vocabulaire, hein ? se moque-t-elle.

– Non, c'est le mot « normal » que je ne maîtrise pas du tout.

Ma copine à tresses rigole un peu trop fort et le prof s'agace près du tableau. On se tait et l'on replonge le nez dans nos manuels – sans doute même pas à la bonne page, et pas pour très longtemps.

– J'ai entendu Becca dire à ses copines qu'Asher est sûrement gay, ronchonne encore Jamie à voix basse.

– Becca parle trop. Pomponne trop. Épile trop. Sourcille trop.

– Pas fiable ! confirme ma copine en pouffant de rire.

– Trop de bavardages, au fond ! s'énerve le prof.

J'affiche un air concentré le temps qu'il nous fiche la paix, Jamie crayonne sur sa feuille comme si elle prenait des notes ultra-importantes, et je peux enfin retourner à mon portable, caché sur ma cuisse.

[Tout va bien, maman,
c'était une fausse alerte.]

[Fausse ? Ça veut dire quoi ?]

[Pourquoi tu ne dors pas la nuit ?]

[Qu'est-ce que tu faisais
à cette heure-là ?]

[Il s'est passé quelque chose ?]

[Il faut que j'appelle ton père ?]

[Céleste, réponds-moi !]

[Bon, je prends un billet d'avion
et je viens te chercher !]

[NON !]

[Alors, explique-moi.]

[Maman, c'est rien…
J'avais juste le mal du pays,
cette nuit.]

[On te manque ?]

[Je n'irais pas jusque-là.
Pas la peine
de t'emballer non plus !]

[Tu prends de nouveau
de la drogue ? Tu bois ?]

[Non. Je mange du kangourou…
Et ça, c'est ta faute.]

[Je ne plaisante pas, Céleste.
Je m'inquiète.]

[Pas besoin. Je t'assure
que tout va bien.
Enfin, pas si mal.
Et c'est déjà un exploit.]

[Alors, tu veux rester ?]

[Oui… Et j'aimerais bien étudier.
Je suis en cours !
Merci de ne plus me déranger.]

[Ça ne me fait pas rire.]

[Dommage, tu devrais
essayer pour changer…]

– Céleste Hardy ! braille soudain le prof de géo. Portable confisqué. Cours terminé pour toi. Direction le bureau de la principale.

– Non, mais je…

– Sans discuter !

– Mais c'était un cas d'extrême urgence…

– Tu expliqueras ça à Mrs Lee.

– Vous ne cherchez jamais à comprendre, hein ?

– N'aggrave pas ton cas, me souffle Jamie. Tais-toi et vas-y !

Son regard doux et confiant m'apaise un peu. Puis la danse exagérée de ses sourcils m'arrache un sourire. Je me décide à ramasser mes affaires, déposer mon portable dans la main tendue du prof et rejoindre le banc des accusés devant le bureau de Susan Lee.

Un autre garçon viré de cours passe avant moi en traînant des pieds. J'attends toujours mon tour quand un troisième « rebelle » arrive dans le couloir. Tee-shirt blanc, jean brut, baskets montantes et casque sur les oreilles, autour d'une tignasse châtain mal coiffée. River Farrow a le don d'apparaître toujours au mauvais moment, au mauvais endroit.

À moins que ce ne soit le meilleur moment, le meilleur endroit. Je ne sais pas. Mon stupide cœur s'emballe. Mon stupide cerveau ne sait plus réfléchir. Mes stupides yeux le matent un peu trop longtemps. Ma stupide bouche reste entrouverte sans trouver quoi dire. Et River retire son casque pour l'abandonner dans sa nuque, en esquissant presque un sourire.

– Qu'est-ce que tu as fait de mal ? demande-t-il en s'adossant au mur face à moi.

– Tu veux dire « qu'est-ce que j'ai *encore* fait de mal » ?

– Je ne l'ai pas dit.

– Tu l'as pensé.

– On n'est pas obligés de se parler, sinon, capitule-t-il en fourrant ses mains dans ses poches.

– Tu n'en avais pas envie hier soir, lui rappelé-je sèchement.

– J'ai passé l'une des pires nuits de ma vie. OK ? Pourtant, elles sont toutes bien pourries, en ce moment.

Cet aveu de faiblesse, ce regard noisette qui se coule dans le mien, cette chaleur qui émane de lui sans rien faire, ça réussit à faire fondre ma carapace en une seconde à peine.

– J'ai juste utilisé mon portable en cours, réponds-je finalement.

– Petite joueuse, s'amuse-t-il.

– J'avais besoin de parler à ma mère.

Il se renfrogne. Acquiesce longuement du menton puis rejette nerveusement ses cheveux en arrière.

– Ouais, nuit difficile pour toi aussi, admet-il.

Puis il vient prendre place sur le banc, à ma gauche. Je crève de chaud. Il s'avance pour poser ses coudes sur ses genoux. Je respire à peine. Je distingue les muscles de son dos sous son tee-shirt blanc, la nuance ambrée de sa peau. Tout mon corps me pique, me brûle, me démange.

– Et toi, qu'est-ce que tu fais là ? bredouillé-je pour me donner une contenance.

– Apparemment, je n'ai pas le droit de démissionner comme ça. J'ai signé un contrat.

– Je vois…

– Et je n'ai pas envie de décevoir un des rares profs qui ait jamais fait attention à moi, dans ce putain de lycée.

Calloway m'a donné ma chance, malgré toutes mes conneries des années passées. J'imagine que je lui dois quelque chose.

– Tu devrais reprendre ton poste. Les filles de l'équipe t'aiment bien. Tu fais du bon boulot… Et les pom-pom girls ne s'en remettront pas si tu pars.

– Et toi?

J'essayais de faire de l'humour, de la jouer détachée, bienveillante. Mais je suis prise à mon propre piège. Et je ne sais pas comment traduire la question de River. Son regard en coin, par-dessus son épaule.

– Moi? Je vais sûrement me faire exclure du lycée. Ou alors ma mère va venir me chercher par la peau des fesses pour me ramener en France. Dans tous les cas, je ne serai sans doute bientôt plus là pour t'emmerder.

Le sauvage lâche un petit rire étouffé et se redresse, pour coller son dos au mur. Nos bras se frôlent. Je retiens mon souffle. Fixe mes Converse.

– Ça me manquerait… de ne plus voir ta tête brûlée dans les parages, avoue sa voix grave qui me colle des frissons partout.

– Faudrait savoir, je croyais que je n'avais rien à faire ici.

Il se livre un peu et j'attaque. Il s'adoucit et je m'endurcis. C'est bête, c'est contre-productif, c'est pénible et borné, mais je ne sais pas faire autrement. Pour me protéger.

River se lève de nouveau et se plante face à moi, m'obligeant à lever les yeux vers lui. Sa carrure, son aura, la beauté de son visage anguleux, la profondeur de ses iris dorés: tout me happe.

– Je ne m'excuse pas souvent mais… je suis désolé, lâche-t-il dans un souffle. Je me suis comporté comme un connard, cette nuit. Comme souvent. Je ne sais pas ce que je dis, je ne sais pas ce que je fais. Et, la plupart du temps, je dis et je fais n'importe quoi. Il va falloir t'y habituer.

– J'avais remarqué, répliqué-je à voix basse, sans pouvoir m'empêcher de sourire.

Les lèvres de River s'étirent aussi, malgré lui. Ça tempête sous mon crâne, dans ma poitrine, entre mes cuisses, au point de me donner le tournis. Nos stupides sourires restent accrochés l'un à l'autre, quelques secondes ; nos regards s'aimantent et il ne manque pas grand-chose pour que nos corps tendus les imitent. La sensation me revient : cette attirance irrépressible, ce magnétisme qui me met comme en apesanteur, ce temps suspendu quand il est là, cette étincelle entre nous qui ravage tout.

Et le moment de grâce s'arrête net. Mrs Lee sort de son bureau et jaillit dans le couloir, l'air débordé.

– River Farrow, dans mon bureau ! Céleste Hardy, je ne vais pas avoir le temps pour toi aujourd'hui. On va mettre ce petit dérapage sur le compte du décalage culturel franco-australien, n'est-ce pas ? Ici, pas de téléphone en cours, pas de gros mots et pas de rébellion face aux professeurs. Entendu ?

– Oui…

– Prends donc exemple sur Jamie Brown, bonne élève, sportive accomplie, c'est une très bonne idée de fréquentation. Je te félicite pour ce choix.

– Merci… Je peux retourner en cours, alors ?

– Pas si vite, me retient la principale.

Son beau visage potelé aux traits métissés me sourit en se moquant à moitié de moi. Ç'a l'air de beaucoup amuser River, qui se retient de rire en observant ma mine déconfite.

– J'ai prévenu ton père, qui va venir te chercher, m'apprend-elle. Il m'a dit qu'il serait ravi d'avoir une petite discussion avec toi.

– Mais…

– Tu pourras récupérer ton portable ici à la première heure demain matin. Et n'oublie pas de rattraper les cours d'ici là. River, je ne sais pas ce qui t'amuse à ce point, mais tu devrais déjà être dans mon bureau à me supplier de te rendre ton job. À nous deux !

Susan Lee me plante dans le couloir et me laisse face au garçon-lynx.

– C'est une coriace, me chuchote-t-il en passant.

– Pas autant que toi, rétorqué-je du tac au tac.

Il sourit de nouveau en coin, part à reculons, et le fauve lumineux de ses yeux me donne chaud. Très chaud.

***

– Je peux savoir ce qui te fait sourire ? me demande froidement Bailey après m'avoir récupérée sur le parking du lycée.

– Rien.

– Tu n'es pas censée être fâchée qu'on t'ait pris ton portable ? Et au moins penaude d'avoir été exclue ?

– Je m'en fiche, dis-je en haussant les épaules. J'ai gagné un après-midi sans cours.

– C'est censé être une punition, me rappelle mon géniteur.

– Je crois que « censé » est le mot le moins sensé de tout le vocabulaire.

– Pas faux… Mais moi, je viens de perdre un après-midi de boulot, bougonne-t-il.

Pour une fois, il n'a pas l'air de vouloir jouer les pères cool. Ses sourcils restent froncés derrière ses lunettes. Sa chemise beige est tachetée de gouttelettes de sueur. Et ses mains sont crispées sur le volant, pendant qu'il conduit… sportivement.

– Tu vas me renvoyer en France ? lui demandé-je sans détour.

– Écoute, soupire-t-il.

– Je sais, je suis le cadet de tes soucis, le devancé-je.

– Non, Céleste. Tu as le droit à l'erreur, toi aussi. L'histoire du téléphone en cours, ça ne doit pas se reproduire, mais ce n'est pas très grave. L'incident dans l'enclos du wombat, c'est un peu plus grave, mais pas impardonnable non plus. Je sais que tu ne voulais pas mal faire. Et j'aime te voir t'investir à la réserve. Appeler ta mère au secours au milieu de la nuit… c'est déjà plus embêtant.

– Elle te l'a dit ? le coupé-je.

– Oui. Et je l'ai rassurée. Mais c'est à moi que tu aurais dû t'adresser. OK ? Je ne suis pas qu'un Pauvre-Type. Tu oublies trop souvent que tu peux compter sur moi et que je suis là pour toi.

– Tu as d'autres trucs plus importants à gérer, lui rappelé-je.

– Être ton père, c'est quelque chose d'important.

On échange un regard de quelques secondes, dont je ne sais pas quoi penser. Je ne crois pas qu'il mente. Mais je sens bien que tout ça lui pèse. Moi. Mes conneries. River et ses tourments. Georgia et ses humeurs. Kasper à l'hôpital. Les secrets des uns et des autres. Il se racle la gorge et fixe de nouveau la route.

– Et pour te le prouver, je vais te punir comme un parent le ferait : tu es privée de sorties.

– Je ne sors jamais, marmonné-je.

– Tu es aussi privée de soirées, enfermée dans ta chambre à faire de l'ordinateur, du téléphone et je ne sais pas quoi d'autre de passionnant sur écran… Tu passeras tes soirées avec moi à la réserve. Je vais t'apprendre à t'occuper des animaux sans prendre de risques ni pour toi ni pour eux.

– Juste ce week-end ? capitulé-je.

– Pendant un mois !

– Une semaine ? tenté-je de négocier.

– Disons deux.

– Deal.

– J'ai aussi fait un deal avec ta mère, m'apprend Bailey. Elle ne va pas débarquer ici pour te ramener à Paris mais à une seule condition : tu l'appelles une fois par semaine pour lui dire que tu vas bien.

– Je vais me faire confisquer mon portable plus souvent, je crois, réponds-je par pure provocation.

Mon géniteur lève les yeux au ciel puis se gratte la joue. Sa barbe me semble plus longue, plus brune que d'habitude. Son visage plus soucieux. Je ne le reconnaîtrai jamais ouvertement, mais je lui suis reconnaissante de prendre du temps pour moi. Venir me chercher au lycée en pleine journée. Me faire son petit sermon. Se montrer indulgent, présent. Pas aussi con que la plupart des adultes face à mes démons.

Je me recroqueville sur la place passager, sors mon carnet à dessins et me mets à griffonner ce paysage apaisant, juste quand la ville s'efface et que les roches gagnent du terrain tout autour de la route. Il ne reste presque plus rien. Du désert, du silence, cette lumière dorée que je trouve si belle, si chaude, si riche. Et qui me rappelle celui que je trouve si beau, si vibrant, si complexe.

– Il y a une seule chose qui est grave, en revanche, résonne de nouveau la voix de mon père.

Et mon crayon se fige sur la page.

– Très grave, ajoute-t-il. C'est ce que tu as fait avec River. Ce n'est pas normal. C'est illégal. Indécent. Immoral. Incestueux. Interdit, tu m'entends ?

Je me prends une claque à chaque mot.

– Ça ne se reproduira pas. Jamais, conclut-il durement.

– Tu as déjà dit tout ça, répond ma voix robotique.

Mon cerveau n'en revient pas de son acharnement contre moi. Contre la seule chose qui compte à mes yeux. Contre le seul garçon sur cette terre qui m'ait jamais fait du bien. Ça n'a aucun sens. Et je m'entends me rebeller sans même l'avoir décidé.

– Tu n'es pas le père de River. Je sais que vous faites semblant depuis des années. Que tu tiens tellement à sauver les apparences, à ton image de père et mari respectable, à ton semblant de famille parfaite… mais ça ne change rien à la vérité. Il n'est pas ton fils biologique.

– Céleste…

– Non ! Quoi que tu en dises, River n'est pas mon frère ! On ne partage pas le même sang, on n'a pas le même nom, on n'a même pas été élevés ensemble, pas un seul jour ! On n'est rien ! Donc on n'a rien fait de mal ! Je ne vous laisserai pas mettre ça dans ma tête ni dans la sienne. C'est vous qui avez un problème !

– Georgia est au courant, lâche-t-il froidement. Elle avait le droit de savoir et elle est encore plus en colère que moi…

Mes mains tremblent, mon regard se voile et ma voix se déchire. Tout mon corps vibre à l'idée de défendre cette histoire d'amour qui n'en est même pas une. River a été clair : il ne brisera pas le silence pour moi. Il ne brisera son clan pour rien au monde. Alors pourquoi je me bats ?

Bailey conduit en silence et semble réfléchir. Il met un violent coup de volant à droite, vers la réserve, puis gare son 4x4 devant la villa. Le frein à main tiré brusquement nous fait rebondir tous les deux. Il retire sa ceinture et se tourne vers moi. Visage crispé, tempes luisantes, lèvres blanches :

– Je suis prêt à t'aider et te garder ici, Céleste, aussi longtemps que tu voudras. Si tu souhaites faire partie de cette famille, je te ferai une place et je serai le meilleur père possible pour toi. Mais si c'est la détruire que tu veux, si tu n'arrêtes pas immédiatement avec River… je te renverrai en France sans hésiter.

Sa menace semble venir droit du cœur. Ou plus profondément encore : elle sort de ses tripes. Et elle me terrifie.

26
MA MEUTE

Je ne pouvais plus respirer le même air que lui une seule seconde de plus. Après m'être échappée du 4x4 de mon géniteur en lui suggérant d'aller se faire foutre, je me rue jusqu'à la maison et referme discrètement la porte d'entrée derrière moi, en priant pour ne rencontrer personne.

Aucune envie qu'on me voie en larmes.

Mais ma colère redescend à l'instant où mes yeux se posent sur les quatre énormes valises entassées dans l'entrée. Je comprends avant même de repérer la silhouette gracile, les yeux rougis et le visage bouffi de Georgia, postée quelques mètres plus loin. Face à Asher et Jagger – qui a donc séché les cours –, elle a l'air décomposé. Abattu.

Inutile de me faire un dessin : je devine qu'elle part pour de bon. Qu'elle abandonne le navire. La villa Farrow. Son mari. Son sourire de façade l'a quittée, lui. Georgia ne veut plus jouer cette mascarade.

Tandis que je sèche mes larmes d'un revers de la main, je

l'entends expliquer à ses fils d'une voix tremblante que Kasper est déjà au courant, qu'elle lui a annoncé à l'hôpital, qu'il a été courageux et n'a presque pas pleuré. La blonde en tailleur gris perle caresse la joue de son aîné et embrasse son troisième en retenant un sanglot. Puis elle ajoute qu'elle a laissé une lettre sur le bureau de River et qu'elle espère qu'il ne lui en voudra pas trop.

– Mes garçons, il faut vraiment que je m'en aille, dit-elle avec difficulté.

La mère éplorée se détourne de ses enfants, puis s'aperçoit enfin de ma présence. Elle ne m'insulte pas, ne mentionne pas mon « coup de folie » avec River. Pour la première fois, celle qui me déteste n'a pas la force de me fusiller du regard. Et pour la première fois, elle me semble vraiment humaine, vraiment atteinte, vraiment elle-même. Elle s'éloigne vers la baie vitrée pour cacher ses larmes et peut-être regarder une dernière fois la vue.

Je n'ai même plus envie de la surnommer Belle-Pouf.

– Cette fois, c'est fini, me balance Jagger en haussant les épaules et en essayant de jouer les durs.

– C'est officiel : cette famille part en lambeaux, confirme Asher d'une voix tendue.

– Nos parents divorcent, souffle le brun, plus meurtri qu'il ne veut l'admettre.

Dans mon esprit, le brouillard se dissipe en même temps que la rage et la frustration. Tout s'éclaire, tout prend un sens : Bailey tient tant à protéger ses fils, sa tribu, les apparences, tout ce qu'il peut encore sauver. Ce qui lui reste de sa famille. Et pour ça, personne ne doit apprendre qu'il n'est pas le père biologique de River. *Personne*.

Bailey ment pour ne plus risquer de perdre une seule personne qu'il aime.

Et River fait la même chose – à croire qu'ils se ressemblent plus qu'ils ne veulent bien l'admettre.

– Les garçons, vous pouvez charger les valises dans le coffre de votre mère, résonne soudain la voix âpre du chef de famille.

Je me retourne et dévisage Bailey tandis qu'il fait claquer la porte d'entrée. Le visage fermé, les bras croisés, comme s'il essayait de se blinder pour ne pas craquer, il se rend dans la cuisine et évite soigneusement de croiser le chemin de celle qui est en train de le quitter.

J'en veux un peu moins à Pauvre-Type, tout à coup. L'injustice qu'il m'impose n'est pas effacée pour autant; ses menaces restent bien présentes dans mon esprit, mais sa souffrance me parle. Son sentiment d'abandon, je le connais trop bien.

Et pour la première fois, je le plains.

***

River n'a aucune idée que je l'observe. La lumière paresseuse de la fin de journée se reflète dans ses cheveux châtains. Il n'avait encore jamais laissé la porte de sa chambre entrouverte et je n'avais jamais osé venir frapper. Voilà plus de dix semaines que je vis sous le même toit que le garçon-lynx et je découvre son territoire pour la toute première fois. Une chambre aux murs sombres et aux meubles clairs, des livres et des disques partout, quelques fringues jetées sur un fauteuil, un grand panier de chien en cuir disposé au pied d'un lit deux places, un mini-panier de basket suspendu à une armoire en bois, un squelette articulé sur lequel il doit passer des heures à s'entraîner et un seul tableau au mur, qui représente le désert sous un ciel étoilé.

Toujours dissimulée dans l'embrasure de sa porte, je pose mes yeux sur le garçon qui m'est interdit et je le contemple, parcourant sa lettre en silence. J'imagine qu'il lit et relit les mots que lui a adressés sa mère avant de prendre la poudre d'escampette.

J'imagine que ces mots lui font mal.

Le sauvage me paraît immense, occupant tout l'espace dans la petite trouée d'où je l'espionne. Ses épaules carrées, sa taille fine emprisonnée dans un polo noir, ses bras nus et hâlés, ses longues jambes bien campées dans le sol : mes yeux passent tout en revue. Et je remarque son dos jusque-là fièrement dressé, qui semble se courber, tandis qu'il fixe longuement le sol.

Le rebelle chiffonne la lettre, la roule en boule, puis la balance dans le petit panier de basket. La boule de papier rate sa cible et échoue sur son lit aux draps gris. Il émet un profond soupir.

– Tu attends quoi, au juste, Céleste ? me lance-t-il sans se retourner.

– Je… On… Le dîner est prêt ! inventé-je en reculant d'un pas.

C'est faux. Une excuse bidon. Le seul prétexte que j'ai trouvé. Mais la chance est avec moi et, quelques secondes plus tard, le sifflement de Bailey retentit dans toute la maison. Des portes s'ouvrent brusquement dans le couloir. La villa s'agite et la terre se remet à tourner.

– Tu as le sens du timing, commente le garçon-lynx en me dévisageant.

– Et tu n'es pas obligé de cacher ce que tu ressens, murmuré-je lorsqu'il me rejoint et ouvre sa porte en grand.

Son regard aux paillettes dorées me happe, me scrute intensément. Je baisse les yeux, tente de garder la tête froide et m'explique :

– La lettre de Georgia, son départ soudain… Si tu as besoin d'en parler…

– Tu es psy, maintenant ?

River continue de me fixer, nullement gêné, avec cette assurance qui me désarme.

– Non, je suis juste bien placée pour comprendre ce que tu vis, lui soufflé-je.

– Parce que tu me racontes tout ce que tu as vécu, toi ?

– De quoi tu parles ?

– Comment tu as essayé d'en finir ? lâche-t-il froidement.

Je lutte pour ne pas détourner le regard. Pour ne pas céder. Pourtant, ça cogne dans mes tempes, j'ai les mains moites et je meurs d'envie de disparaître dans un trou. River ne pouvait pas ignorer l'effet que ses mots auraient sur moi. Il voulait me brusquer. Me faire mal. Ses yeux s'assombrissent, un sourire nerveux se dessine au coin de ses lèvres, avant de disparaître totalement. L'enfoiré s'aperçoit enfin qu'il est allé beaucoup trop loin.

– Désolé, murmure-t-il d'une voix gênée. Sale journée… Ça me rend con.

Le rebelle me contourne, m'adresse un dernier regard contrit, puis s'éloigne de sa démarche nonchalante pour rejoindre la cuisine. Je le suis, ne sachant pas trop ce que je ressens, où je vais ni ce qui m'attend.

Quatre chiens, quatre Farrow. Toute la meute est là, à part Kasper qui, selon son père, doit sortir de l'hôpital d'un jour à l'autre. Bailey dépose sur la table trois énormes pizzas, deux bouteilles de soda, puis s'ouvre une bière.

– La journée a été rude pour tout le monde, annonce le père de famille en gagnant sa place autour de la table. Ce soir, on ne parle plus des choses qui fâchent ! Ce soir, on mange, on boit, on reste soudés et on oublie que maman est partie. Vous la reverrez, OK ? La vie continue !

Asher garde le silence et s'attaque à la première pizza. Jagger décide d'y mettre du sien et chantonne du Jay-Z en remplissant nos verres de Coca-Cola au gingembre. River soupire et me tend une part de pizza à la sauce barbecue. Je croque dedans sans réfléchir, évitant le regard de celui qui vient de me servir.

– Il faudra aider votre petit frère au début, relance Bailey. Il va marcher avec une béquille, le temps de recevoir sa nouvelle prothèse.

– Je m'occuperai de lui, propose River en repoussant son assiette.

– Tu n'as pas des examens qui approchent ? se rappelle l'aîné.

– Si.

– On s'occupera tous de lui, décrète Jagger en grattant la tête du labrador – déprimé depuis que son jeune maître est parti.

River acquiesce, semble enfin se détendre, s'affale en arrière sur sa chaise et jette un bout de pizza à son molosse.

Je me déteste de le trouver à ce point sexy.

– Alors comme ça, on a une autre rebelle dans la famille ? se marre Jagger en me balançant un clin d'œil.

Bailey soupire, puis se rend jusqu'au frigo pour en sortir une autre bière.

– J'ai loupé quoi ? demande Asher, la bouche pleine.

– Céleste est passée dans le bureau de Lee, aujourd'hui, fanfaronne l'agité.

– Espèce de vendu, grommelé-je.

– Elle te voulait quoi, la proviseure ? insiste le blond.

– Me parler du beau temps… et de mon avenir radieux, ironisé-je.

– Tout est réglé, précise le patriarche en se rasseyant.

D'un signe de tête, en remontant ses lunettes, il fait comprendre à Asher que la discussion est close, puis il se tourne vers le vrai rebelle de la meute.

– River, il paraît que tu as récupéré ton poste d'assistant-coach ?

– Pas eu le choix, lâche l'intéressé.

– Fait chier, se lamente Jagger. Il me fait de l'ombre, ce con…

– Il y a suffisamment de filles à Willunga High pour vous deux, non ? riposte Asher.

– Ouais, d'ailleurs je suis en train de travailler au corps une jolie black à dreadlocks… Elle s'appelle Jamie, je crois.

Son frère le rembarre d'un regard qui tue et d'un bon coup de coude dans les côtes.

– Le premier qui touche à Jamie Brown, je lui coupe les couilles, menace l'aîné.

River se marre. Je croise son regard lumineux ; il s'accroche au mien et, alors que l'instant s'éternise, je dois me forcer à tourner la tête.

– Je vais me contenter des jumelles, alors, continue Jagger.

– Une seule à la fois, ça ne te suffit pas ? laissé-je échapper en soupirant.

– C'est moi, la victime ! surjoue le Casanova à deux balles. Maddison en veut à mon corps de rêve... Et Mackenzie est folle de ma gueule d'ange...

– Dis à ta petite gueule de fermer sa grande gueule, Jagg, ricane River.

– Pourquoi tu n'en fais pas autant ? grogné-je tout bas.

C'est sorti tout seul. Le regard du bad boy me percute de nouveau mais, cette fois, je ne me détourne pas. Au bout de longues secondes, le garçon qui n'est pas pour moi baisse les yeux et demande doucement à son père :

– Tu vas survivre, p'pa ?

Bailey lève brusquement la tête, surpris par la soudaine empathie de son fils indomptable.

– Ouais, ça va aller ? insiste Asher, qui se retenait clairement d'aborder le sujet depuis le début du repas.

– Il le faut bien, glisse « Triste-Type ».

– Quand c'est perdu d'avance, il faut savoir renoncer, lâche soudain River.

Je le prends pour moi.

Contre moi.

Contre nous.

– Je vous ai, tous les cinq, murmure Bailey, les yeux brillants. C'est tout ce qui compte.

Je me retiens de répondre à River. Je ne retire pas ma main lorsque celle de mon père l'emprisonne pour l'étreindre dans un geste d'affection. Je n'aime pas trop ça, mais ça semble lui faire du bien. Je serre les dents et je regarde tous ces Farrow qui s'aiment de manière inconditionnelle. Petit à petit, le moment de grâce me gagne, moi aussi.

Je me dis que je ne suis pas si mal tombée.

Cette meute, c'est aussi la mienne.

27
PAS COMME EUX

Le lendemain, Kasper fait son grand retour en fin de journée. Le petit dernier de la tribu revient de l'hôpital équipé d'une prothèse provisoire glissée dans sa basket Van's et d'une béquille à trois pieds pour plus de stabilité. Tandis que Bailey porte ses affaires, River l'aide à se déplacer jusqu'au salon.

– J'ai l'air complètement nase avec ce truc à tentacules ! maugrée l'éclopé en se laissant tomber dans le canapé.

Il balance sa béquille, qui percute malencontreusement le labrador endormi sur le tapis. D'un bond, l'ourson amorphe sort enfin du semi-coma dans lequel il était plongé depuis le départ de son maître et se jette sur lui en aboyant comme un fou.

– Bear, descends de là ! retentit la voix grave et autoritaire de River.

Le lynx en pantalon noir et chemise en jean repousse l'animal sur le sol, puis s'assied à moitié sur un bras du canapé.

On échange un regard fugace, lui et moi. Chaque fois, quelque chose se produit. Ma poitrine qui se serre. Mon sang qui se réchauffe. Comme une réaction chimique.

Indéniable.

Inévitable.

Je refais mon *bun* pour me donner une contenance et me concentre sur Kasper.

– Bon gros chien, chuchote le gamin en grattant la tête de son fidèle compagnon. Tu m'as manqué aussi.

– Ta prothèse est fragile, Kas, lui rappelle River. Il va falloir que tu sois prudent jusqu'à l'arrivée de la version définitive.

– Je peux quand même dire bonjour à mon chien, non ?

– Tu peux, tant qu'il ne t'écrase pas en posant son gros cul sur toi, se marre Jagger en débarquant dans la pièce sur son skate.

Sous le regard attentif de River, les deux plus jeunes Farrow se tapent dans la main deux fois, puis s'ébouriffent mutuellement les cheveux. Kasper me fait signe de les rejoindre sur le canapé. J'hésite un instant.

– C'est comme ça que tu m'accueilles ? râle-t-il.

– Je suis contente qu'ils t'aient libéré…

– Moi aussi. J'en avais plein le cul, de leur gelée à la fraise.

– Plein le quoi ? répète Bailey au loin, depuis la cuisine.

– Plein le fion, p'pa ! répond Jagger à sa place.

Le patriarche soupire et nous annonce qu'il doit retourner à la réserve.

– Tu n'es jamais revenue me voir à l'hosto, toi, commente Kasper d'une voix boudeuse.

– Elle se sentait coupable, devine Jagger.

Je déteste les interrogatoires. Mes mains s'affairent à ranger mes mèches rebelles derrière mes oreilles. J'essaie d'occulter tous les regards qui sont braqués sur moi. En particulier celui de River.

– Coupable de quoi ? lance Asher en nous rejoignant à son tour.

Il se penche sur son petit frère, le serre brièvement dans ses bras, puis va s'asseoir sur un gros fauteuil en cuir.

Et voilà un quatrième visage qui me fixe. Ô joie.

– Qu'est-ce qu'elle a encore fait, notre Céleste ? demande Barbie-Ken en souriant.

– Elle a cru que tout était sa faute, répond Kasper. Mon petit accident, le divorce de nos parents, l'élection de Trump, la faim dans le monde…

– Je n'ai pas été assez attentive.

– Et tu es humaine, me glisse Asher.

– Et on a tous merdé un jour, ajoute le garçon-lynx en me fixant droit dans les yeux.

Un milliard de frissons courent sous ma peau.

Par chance, Bear se remet à faire des siennes, à sauter sur son humain, à renverser un vase en remuant la queue, à beugler lorsque ce dernier se brise, et je ne pense pas que les trois frères remarquent le regard qu'on échange, River et moi. Un regard qui est tout sauf innocent. Tout sauf fraternel.

– Tu me tues, murmuré-je sans me contrôler.

La façon dont il me regarde. Son intensité. Le frémissement de ses mâchoires. Et ses phalanges qu'il fait craquer pour évacuer un peu de sa nervosité. De sa fougue. River me bouffe littéralement des yeux et mon cœur manque un battement. Ou dix.

– Céleste, tu fais quoi ? s'inquiète Kasper alors que je fais demi-tour et prends la direction du couloir.

– Je dois aller réviser.

– Depuis quand elle joue à la bonne petite élève, notre sœur rebelle ? s'étonne le cancre de service, alias Jagger.

– Depuis qu'elle te connaît et qu'elle ne veut pas finir comme toi ! le tacle Asher.

– Toi, tu vas te manger un coup de skate…

Le rire de Kasper s'envole dans toute la maison, tandis que la meute s'excite dans le salon.

Seul River ne décroche pas un mot.

Il est tout à fait possible que je devienne folle, mais j'ai la sensation que son regard me brûle le dos au moment où je m'éloigne et vais m'enfermer dans ma chambre.

***

On fait tous ce cauchemar au moins une fois dans notre vie : débarquer au lycée, au bureau, à une soirée ou une réunion de famille à poil. Complètement à poil. Totalement et irrémédiablement *à poil*. Pas un seul bout de tissu sous la main pour sauver votre dignité.

Sauf que, aujourd'hui, ce cauchemar, je le vis en live.

L'entraînement s'est bien passé, pourtant. Becca et sa bande ne m'ont pas cherchée ; Jamie et Zoey étaient dans mon équipe pour le match amical de fin de séance ; j'ai marqué mon premier trois-points sous les yeux de River, qui a lâché un long sifflement d'admiration. Puis j'ai été désignée par Calloway pour la corvée ballons, plots, chasubles et serviettes ; je les ai réunis, triés, rangés. J'ai sauté sous la douche en dernier, en ai profité pour me prélasser seule sous l'eau chaude et prendre mon temps sans avoir à cacher ma nudité.

De retour à mon casier dans les vestiaires, pas une seule coéquipière dans les parages et pas une fringue en vue.

– Putain de merde…

Dans un coin de mon esprit, une petite voix perverse me susurre « *ça recommence* ».

– Non, non, non ! gémis-je en cognant du poing sur la porte en fer.

Mon angoisse monte. Je resserre la minuscule serviette blanche autour de ma poitrine et tente de reprendre mes esprits. De lutter contre la crise d'angoisse, le poison du passé qui se répand dans mes veines. Comme avant.

Les démons reviennent taper à ma porte. Je ne supporterai pas que le mot « victime » soit de nouveau gravé sur mon front.

Qui a pu prendre tous mes vêtements ? Pour quoi faire ? Pourquoi moi ? Pourquoi encore ? Et en quoi c'est drôle, bordel ?

– NON ! rugis-je.

Je dégaine mon téléphone et envoie immédiatement un SMS à Jagger, en espérant qu'il soit toujours à son entraînement de cricket.

[T'es encore dans le coin ?
Besoin de toi !]

[Désolé, je suis occupé
avec une meuf… Et crois-moi,
elle a vraiment besoin de moi !]

Nouveau coup de poing dans mon pauvre casier. Je tente de joindre Jamie, en sachant pertinemment qu'elle ne répond jamais en conduisant.

Je refuse d'appeler Bailey. Asher s'occupe de Kasper ce soir.

Et je crèverai la bouche ouverte avant d'appeler River.

Merde.

Je m'assieds sur le carrelage blanc, me recroqueville et fixe l'horloge accrochée au mur. Dix-sept minutes s'écoulent avant que la porte des vestiaires s'entrouvre sur un visage familier. *Tellement familier.* Son regard affolé se pose sur moi, me passe aux rayons X. River m'étudie sous toutes les coutures avant de comprendre qu'il ne m'est rien arrivé de grave.

Pas physiquement.

Lentement, l'assistant du coach entre dans la pièce et me tend la main pour m'aider à me relever. Je fais « non » de la tête, trop pudique pour me mettre presque nue devant lui. Dans la position où je me trouve, la serviette cache à peu près ce qu'il faut.

– Je venais juste éteindre, me glisse-t-il en s'asseyant par terre à mes côtés.

– Je venais juste m'habiller…

– Tu as une idée de qui va morfler ? grogne sa voix rauque.

– Becca ou l'une de ses semblables, j'imagine. Et tu ne vas rien faire du tout, ça n'arrangera pas mon cas.

Le rebelle passe la main dans ses cheveux d'un geste brusque, renifle bruyamment, puis fixe ses baskets.

– Elles t'ont juste pris tes fringues ?

J'acquiesce. Un silence s'installe, jusqu'à ce que sa voix retentisse de nouveau, plus doucement cette fois :

– Ça va ?

– Ouais.

– Tu mens mal, Céleste.

– Je sais.

Je lui souris tristement, il me fixe intensément, puis retire son polo bleu marine et blanc.

– Tu fais quoi ?

– Je ne vais pas te laisser sortir d'ici à poil.

– Mais toi, oui ?

– Je survivrai, Red.

– Je déteste qu'on m'appelle comme ça.

– Et comment tu veux que je t'appelle ?

La proximité de son torse nu et musculeux me donne le tournis. Son intonation grave me couvre de frissons. Ses yeux me parcourent, survolent mes lèvres entrouvertes, mes épaules nues, mes seins à peine couverts, mes jambes dévêtues. Le bad boy se mord nerveusement la lèvre et se racle la gorge.

– Je voulais encore m'excuser pour… ce que je t'ai dit dans ma chambre, l'autre jour.

– Tu voulais savoir comment j'ai essayé de me suicider ? murmuré-je.

– Ça ne me regarde pas, souffle-t-il. Je n'aurais jamais dû…

– Une boîte entière de somnifères. Ma petite sœur m'a trouvée inconsciente, ma mère a appelé les secours juste à temps.

– Céleste…

Sa voix me transperce. Je pose délicatement mes doigts sur sa bouche et je la caresse, à défaut d'avoir le droit d'y goûter.

– J'ai tellement honte, continué-je. Mais pas avec toi.

– Tu n'as pas à avoir honte, rétorque River en emprisonnant ma main dans la sienne.

– Je ne sais pas pourquoi tu me fais ça, frémis-je contre lui.

– Ça me dépasse, moi aussi, avoue le rebelle, si près de moi.

Cette fois, nos lèvres prennent leur temps pour franchir la distance qui les sépare. River m'embrasse sans se précipiter, puis me renverse sur le sol dans le plus grand calme et s'allonge sur moi, pour cacher ma nudité. Je glisse ma langue dans sa bouche, il lâche un grognement sourd et approfondit notre baiser. La serviette s'échappe sur le côté, mes seins frottent contre son torse nu, je cambre les reins de plaisir et sens sa virilité se réveiller, se tendre contre moi.

Je ne suis jamais allée aussi loin. Je n'ai jamais autant désiré quelqu'un. Je suis encore vierge, totalement novice et inexpérimentée, mais mon corps s'anime délicieusement sous ses doigts, sous son poids, sous sa peau.

Dans mon ventre, un grand feu s'allume.

J'écarte un genou, le remonte sans réfléchir le long de sa jambe et l'embrasse de plus belle. River perd lui aussi le contrôle, ses gestes se font plus brusques, plus urgents, son souffle chaud parcourt ma peau, il me mordille les lèvres, le cou, et remonte pour s'en prendre au lobe de mon oreille. Lorsqu'il glisse sa main entre mes cuisses, qu'il me trouve et me caresse, j'en redemande. Je m'ouvre à lui comme une fleur.

Je gémis bruyamment, il couvre ma bouche pour me faire taire.

Et ce geste me paralyse, tout à coup. Me bloque. Me renvoie dans mes pires cauchemars.

Je me crispe, le repousse, dépassée par mon désir, mes émotions, les souvenirs de ces garçons qui profitaient de mes moments de vulnérabilité, de faiblesse, de faux amour.

– Céleste, tout va bien, me chuchote River. On peut tout arrêter.

Il se redresse pour me laisser respirer, replace la serviette sur moi et me contemple, l'air tourmenté.

– J'ai fait quelque chose de mal ? demande-t-il.

– Non, soufflé-je. C'est moi. Je…

– Je ne suis pas comme eux, Céleste.

– Je sais.

– Je ne te ferai jamais de mal. Pas comme ça. J'en serais incapable. Tu es… Tu es trop précieuse.

Les larmes aux yeux, je m'agrippe à ses épaules et le ramène à moi.

– On n'a pas le droit, River.

– Non, on n'a pas le droit.

En guise de conclusion, ses lèvres déposent un baiser aussi léger qu'une plume sur les miennes, puis ses mains me relèvent d'un coup malgré mes protestations. River se retourne après m'avoir balancé son polo et m'ordonne de l'enfiler. Il me fait une robe, très courte, mais assez longue pour pouvoir affronter le monde.

Deux minutes plus tard, on quitte ensemble les vestiaires, on traverse le lycée presque désert et on atteint le parking, sans prêter attention aux curieux qui se moquent ou se rincent l'œil sur notre passage.

– Tu crois qu'ils matent ton torse ou mon cul ?

– Ils seraient fous de ne pas apprécier ce qu'ils voient, lâche l'insolent en jetant un regard à ma chute de reins.

Je glousse et rougis comme une écervelée. Comme ces filles idiotes que je ne supporte pas. Tout ça parce qu'un garçon leur a accordé une minute d'attention et une once de considération.

Mais River n'est pas n'importe quel garçon.

Et ce qu'on vient de vivre restera à jamais gravé en moi.

– Merci d'être venu à mon secours.

– Quand tu veux, murmure-t-il en déverrouillant sa voiture à distance.

– Il me renverra en France s'il l'apprend.

Le bad boy s'immobilise avant de s'installer au volant. Il sait aussi bien que moi que Bailey sera prêt à tout pour protéger son maudit secret, sauver les apparences et assurer la pérennité de son clan.

– Alors, essaie de porter des fringues, à partir de maintenant, soupire le garçon-lynx. Histoire de ne pas me torturer trop souvent.

Le moteur démarre, les pneus du 4x4 crissent dans la poussière du parking et nous faisons le chemin du retour en silence. Je surprends plusieurs fois ses iris dorés frôler mes jambes nues. Je ne résiste pas et le bouffe du regard dès qu'il tourne la tête du côté de sa vitre.

Ce torse sculpté.

Cette peau bronzée.

Ce profil fier et racé.

Il n'y a strictement rien à changer chez River Farrow.

28
UN PEU DE DIGNITÉ

Ça fait déjà cinq jours que je suis punie et privée de « cocon » : plus le droit de rester enfermée dans ma chambre à dessiner, à échanger des messages avec Jamie ou discuter avec Amir jusque tard dans la nuit. À la place, je fréquente des soigneurs zélés et passionnés, des bêtes sales et bruyantes, ou mon géniteur bête et borné.

Tous. Les. Soirs.

Je crois que j'aurais encore préféré être privée de télé, de maquillage ou de portable, comme toutes les filles du lycée. La plupart ont interdiction de sortir : moi, je n'ai pas le droit de rentrer.

Heureusement pour moi, Bailey est très occupé à la réserve ce soir, avec une maman wallaby qui s'apprête à mettre bas. Il ne voulait pas de moi dans ses pattes. J'ai donc gagné une soirée de relâche. Et comble du bonheur, la villa semble presque déserte, étonnamment silencieuse depuis la fin du dîner.

Asher est allé au cinéma avec Jamie – je le sais puisque j'ai aidé le premier à choisir sa tenue et la seconde à choisir le film, à croire que je deviens experte dans l'arrangement de rancards. Jagger a décidé de profiter du trajet en voiture pour se faire déposer à un match de volley féminin au lycée – en précisant qu'il ne sait absolument rien de ce sport, mais tout des volleyeuses. Je n'ai pas la moindre idée d'où est River ni de ce qu'il fait, mais ça commence à devenir une habitude : je ne cherche même plus à savoir. Quant à Kasper, il a enfin reçu sa nouvelle prothèse définitive cet après-midi et il continue à l'étudier, la caresser, l'épousseter et la regarder comme une œuvre d'art, avant de se décider à l'installer. Affalé sur le canapé du salon, avec Bear allongé sur son pied valide, il a demandé à ne pas être dérangé.

J'attends vingt et une heures trente pour sortir de nouveau de ma chambre et aller me chercher des cochonneries à grignoter dans le garde-manger, ce que je n'ose jamais faire quand il y a du monde dans les parages. Je sais déjà très bien de quoi je vais aller me goinfrer en secret. J'ai mis un peu de temps à m'habituer à cette étrange spécialité australienne, mais je dois bien reconnaître que je suis devenue accro à la Vegemite. Ça a la texture du Nutella, la couleur du Nutella et la tête du Nutella… mais cette pâte à tartiner au petit goût salé est composée essentiellement de levure, je crois. Je ne mens pas quand je dis que rien n'a de sens, ici. N'empêche que c'est bon. Presque addictif. J'en tartine une fine couche sur deux tranches de pain de mie beurrées et m'apprête à retourner dans ma chambre avec mon assiette. Mais sa voix résonne dans tout mon être.

– Mais merde, je n'ai pas envie de parler de Céleste, putain !

Je me rattrape à un tabouret de la cuisine et empêche mes tartines de voler à travers la pièce. J'avance discrètement vers l'embrasure de la porte pour voir sans être vue : assis dans le grand canapé du salon, vêtu d'un jean gris délavé et d'un sweat noir aux manches relevées, River fusille du regard son petit frère assis à côté de lui. Pour une fois, ce n'est pas moi qui fais les frais du regard de lynx. Même si je suis encore dans sa bouche, entourée de gros mots et de colère.

– Pas la peine de t'énerver, je voulais juste savoir si tout allait bien, grommelle Kasper.

– Arrête de vouloir que les choses aillent bien, Kas. Ce n'est pas ça, la vie.

– Ça peut… Quand on décide de la voir du bon côté, philosophe le plus jeune des deux.

– Ferme-la un peu et laisse-moi faire, soupire le plus vieux.

L'aîné récupère la jambe amputée de son frère, la glisse sur ses cuisses puis se met à la masser, après avoir réchauffé je ne sais quel produit luisant entre ses mains. Je le regarde faire, visage concentré et doigts graciles, comme si River était deux personnes à la fois : un cerveau tourmenté, douloureux, prisonnier et des mains légères, libres, magiques.

Je connais bien les deux.

Je ne peux pas m'empêcher de repenser au pouvoir de ses doigts sur moi. Partout sur moi. À sa douceur, à sa patience, à sa sensualité.

Je ne connais aucun garçon comme lui.

Je ne connais pas d'être humain capable de faire à la fois tant de mal et tant de bien. De se montrer dur, froid, cruel souvent, puis délicat, tendre, aux petits soins parfois. Je ne connais pas de feu qui brûle si fort en dedans… mais dont les flammes viennent vous lécher la peau sans jamais vous brûler.

Cette idée m'obsède.

Ce garçon m'obsède.

Je regarde danser ses mains sur un autre corps que le mien et j'en viens à envier un ado de 13 ans estropié. J'observe leur complicité fraternelle et je me mets à détester ma mère, mon père, ces gens qui me lient à River alors que je voudrais n'être rien pour lui. Pour pouvoir devenir tout. Tout ce qu'il est pour moi.

Interdit. Immoral. Indécent. Incestueux. Illégal. Indigne.

Je les connais par cœur, tous ces mots. Insupportables. Plus le temps passe et moins je les accepte. Plus les jours filent et m'éloignent du garçon-lynx, plus je hais son secret. Il suffirait qu'il dise la vérité à ses frères. Qu'il sacrifie un tout petit peu de la dignité de son père pour me rendre la mienne. Qu'il arrête de vouloir protéger son clan à tout prix… et qu'il pense à lui. À moi.

Depuis ma cachette, je laisse mes yeux courir sur ses mains si douées, qui massent, glissent, apaisent, réchauffent, pétrissent. Je voudrais être là, dessous, dedans. Être celle qu'on caresse, qu'on soigne, qu'on guérit. Je voudrais que rien d'autre n'existe.

Et je me mets à parler toute seule, comme une folle qui répond à sa télé, qui se bat contre des fantômes, qui rejoue des scènes de dispute qu'elle va gagner, cette fois, quand elle aura trouvé ce qu'elle aurait dû dire alors.

– Ce n'est pas comme si j'avais débarqué dans une famille parfaite, papa, maman, le grand amour et les enfants bien rangés ! Ici tout le monde se ment, se trompe, se blesse.

Le mariage de Bailey et Georgia était foutu bien avant que je n'arrive. Non, rien n'est ma faute : les infidélités des uns, les lâchetés des autres, les erreurs qu'on s'est forcé à pardonner, les secrets qu'on s'oblige à garder, ce n'est pas moi. C'est vous qui gâchez tout !

– Céleste, c'est toi ? Viens voir !

Les mots enjoués de Kasper me font sursauter. Je n'avais pas mesuré que plus je m'emportais, plus je maugréais à voix haute. Je sors de ma cachette, avec mes tartines pour prétexte. Et je rejoins les garçons au salon.

– Regarde, River m'a installé ma prothèse. Ma jambe était prête… Normalement, on fait ça chez le prothésiste. Mais mon frère est un magicien !

Le plus jeune des frères Farrow a les yeux qui brillent et un sourire qui fait tout le tour de sa tête. Pourtant, mon regard ne voit que lui. L'autre. L'unique en son genre.

River est touché par les mots du benjamin, il esquisse une moue de modestie, un petit sourire en coin, juste de quoi retenir son émotion. Ses avant-bras tendus, hâlés, nerveux, ses doigts longs, gracieux, précis, travaillent avec la plus grande minutie autour de cette jambe hors de prix. Ce mélange de peau, de muscles, de veines, de titane, de carbone et d'acier, ça me secoue. Ce tourbillon de concentration, de douceur, de maîtrise et d'émerveillement débordant, ça me bouleverse. Ses paupières qui se plissent autour de ses iris dorés, si profonds, si absorbés ; sa langue qui sort juste un peu, figée à la commissure de ses lèvres, pour essayer de ne pas trembler ; ses cheveux châtains en désordre qui retombent sur ses sourcils froncés et qu'il ne pense plus à chasser : tout chez lui me plaît, me fait fondre, me donne chaud et me pétrifie dans la même seconde.

– Qu'est-ce que tu regardes comme ça ? demande soudain Kasper.

– Rien, je…

Ses yeux bleus s'assombrissent et comprennent. Ils passent de River à moi, de moi à River, de mon émoi à sa gêne, de ma honte à son trouble. Ce petit génie hypersensible comprend et perçoit tout, toujours, bien avant les autres.

– Vous recommencez ? Vous n'avez pas le droit ! Papa a dit que…

– Kas, tente de l'apaiser son frère d'une voix grave, mais calme.

– Non ! Elle doit s'en aller ! s'emballe-t-il en sanglotant déjà. Je ne veux pas de sœur si elle fait des trucs dégueulasses comme ça ! Céleste, tire-toi ! Laisse mon frère tranquille et…

– Kasper, écoute-moi ! le coupe River en haussant le ton.

Il lâche la prothèse et vient empoigner le visage de son frère entre ses deux mains. Il regarde autour de lui, comme pour faire le guet, et revient fixer Kasper. Mon cœur virevolte à l'intérieur.

– Tu es sûrement le plus intelligent de nous quatre, alors je sais que tu peux entendre ce que je vais te dire, continue le rebelle, un ton plus bas.

Qu'est-ce qu'il est en train de faire… ?

– Si je te l'ai caché, c'est parce que j'avais peur. Et que je ne voulais pas te faire souffrir…

Il va vraiment lui dire ce que je crois ?

– Et je veux que tu saches que ça ne change rien… Pour toi, pour moi…

– Mais accouche, putain !

Mais non !

Si !

– Je n'ai pas le même père que vous trois, Kas. Je ne suis pas le fils de papa... Maman a eu une liaison avec un autre homme et je sais depuis huit ans que je ne suis pas le fils biologique de Bailey. Il le sait. Céleste le sait.

– Quoi ? balbutie l'ado en se redressant sur le canapé.

River vient de révéler son secret... Je frissonne, passe de l'un à l'autre, tente d'ouvrir la bouche mais aucun son ne sort. Et c'est entre eux que ça se passe. Que c'est censé se passer.

– On n'a rien fait de mal, elle et moi, conclut River en lâchant son frère. Je sais que c'est difficile à comprendre pour toi. C'était un dérapage... mais ce n'était pas de l'inceste. OK ? Tu n'as aucune raison de lui en vouloir, de la rejeter ou de lui parler comme tu viens de le faire.

Un... « dérapage » ?

Mon cœur cogne n'importe comment, se soulève et retombe, comme emporté dans la course folle d'une roue des sentiments, qui tourne à toute allure et ne sait pas sur lequel s'arrêter : soulagement, incrédulité, reconnaissance, incompréhension, malaise. Cet aveu devrait me rendre un peu de ma dignité. Mais l'air ahuri de Kasper me dérange. Le regard intense du lynx me torture. Je ne sais pas quoi répondre.

Je me contente de poser mon assiette sur la table basse : mes doigts tremblants allaient finir par lâcher.

– On est tous les trois dans le secret, maintenant, insiste River en nous fixant l'un après l'autre. Kas, tu gardes ça pour toi. Et faites la paix, qu'on en finisse.

Le gamin me sourit et bondit sur ses deux pieds.

– Rappelez-moi de ne jamais devenir adulte, conclut-il simplement. Je vais tester ma nouvelle jambe !

Il quitte la villa et le *sauvage* s'effondre en arrière sur le canapé, les doigts croisés sur le front. Après un bref silence, il se remet debout, lentement, glisse ses mains dans ses poches et fait un pas vers moi.

Je recule.

River lâche un sourire qui m'affole le cœur. Puis marche encore jusqu'à moi, de son pas nonchalant. Je me fige. Il s'arrête mais les cordons de son sweat noir continuent à danser entre nous jusqu'à frôler ma poitrine. Il sourit un peu plus, je vibre tout entière. Le plus beau visage que j'aie vu de ma vie, le plus insolent, le plus fier et le plus troublant se penche vers le mien tout doucement. Il sourit toujours, je ne respire plus. Sa carrure me surplombe et son souffle m'enivre. Je meurs d'envie de le laisser m'embrasser. Je meurs de peur, de bonheur et de désir. Mais mes deux mains agrippent ses cordons et mon cerveau se souvient : que je ne suis pas qu'un corps, que j'ai des choses à dire. Que le peu de dignité qui me reste passe encore avant son charme fou et tout ce qu'il m'inspire.

– Merci d'avoir joué les héros, ironisé-je, tant que j'en ai encore le courage. Mais le « dérapage » va aller se coucher.

Je balance ses cordons noirs à travers son torse et je tourne les talons avant de regretter. Je le plante là, faussement sûre de moi. Mais digne.

C'est marrant, je crois qu'il ne souriait plus.

29
PREMIER SOUFFLE

Ça recommence.

Plus je cogne contre le mur, plus il monte le son. Depuis la chambre d'à côté, River a clairement décidé de m'empêcher de dormir. Sûrement sa façon de se venger et de me faire payer les derniers mots qu'on a échangés.

Je l'ai provoqué. Il n'a pas apprécié. Apparemment, son ego n'aime pas trop se faire rejeter ou traiter de « héros ». Ça tombe bien, je n'aime pas beaucoup être qualifiée de « dérapage » et surtout ne pas savoir ce que ça veut dire.

– Moins fort ! hurlé-je en enfonçant ma tête dans mon oreiller.

Le vacarme s'arrête. Environ dix secondes. Puis un solo de guitare retentit, et je crois entendre son rire insolent de l'autre côté.

Il est presque minuit quand l'écran de mon téléphone s'allume. Je me redresse dans mon lit en découvrant le SMS de ma demi-sœur. C'est la première fois qu'Apolline m'écrit depuis l'histoire du pyjama Mickey, la deuxième fois en tout depuis que je me suis envolée pour l'Australie il y a bientôt trois mois. Et c'est bête à dire, mais ça me fait quelque chose.

Qu'elle pense à moi. Qu'elle me parle, malgré ce qu'elle a vu. Ce que j'ai fait.

[Dis, ça t'embête pas
si je prends ta chambre,
vu que tu vas être partie
longtemps ? Papa et maman
sont d'accord…]

Prostrée dans la pénombre, je relis ces trois lignes à de nombreuses reprises, en sentant mon cœur se briser un peu plus chaque fois. Je ne m'attendais pas à une déclaration d'amour, certes, mais pas non plus à ce style de message purement intéressé.

Le genre de déclaration très claire qui m'éjecte un peu plus de leurs vies. Qui me donne l'impression qu'on veut effacer toutes les traces de mon passage et faire disparaître les maigres chances que je revienne, que je réintègre un jour ma famille.

Ce clan qui ne veut plus de moi.

Alors, entre les larmes amères, je me mets à taper frénétiquement :

[Je survis dans ce coin paumé,
merci de demander…]

[Cool. Alors, je peux ?]

Moins d'une minute s'écoule avant que mon téléphone ne se mette à vibrer. Cette fois, c'est un appel. Et il provient de ma mère :

– Céleste, il n'est pas minuit passé chez vous ? Tu ne dors pas à cette heure-ci ?

– Apolline t'a missionnée pour faire son sale boulot ? grogné-je.

Ma mère soupire et je comprends que j'ai visé juste.

– Vous me fatiguez, toutes les deux, lâche-t-elle. Je mets le haut-parleur.

– Je veux juste ta chambre, pas ton foie ! râle ma sœur de loin. Elle est plus grande et moins sombre ! Ce que tu peux être susceptible !

– Je compte rentrer un jour, tu sais ? lui rappelé-je.

– Dans longtemps !

– Un an, ce n'est pas si long ! Et il ne reste que neuf mois. À moins que mon exil ne soit définitif…

– Céleste, ne commence pas à tout dramatiser ! m'interrompt ma mère.

– Ma chambre, c'est tout ce qui me reste là-bas ! Et c'était mon refuge quand… quand ça n'allait pas.

– Arrête de ressasser. Il faut que tu avances, maintenant. Et très franchement, je n'ai plus le temps pour ces histoires…

Elle ne cherche pas à me comprendre, encore moins à me rassurer, et je m'en veux d'avoir confié mes états d'âme à cette… femme.

Blindée. Fermée. Intouchable. J'enfile de nouveau mon armure.

– Alors, c'est oui ? insiste sa fille parfaitement mielleuse et parfaitement fourbe.

– C'est non et ça ne changera pas ! m'écrié-je.

– Maman !

– Apolline, dis au revoir à ta sœur. Céleste…

Diane s'arrête net, avant de me glisser tout bas :

– Tu pourrais être un peu plus généreuse avec ta petite sœur. Après ce que tu lui as fait vivre…

J'en ai assez entendu. Je raccroche et pousse un cri de bête dans ce pauvre coussin qui en aura vu de toutes les couleurs, ce soir.

***

Dans le couloir, ça court, ça s'agite, ça pousse des grognements. Je me réveille en sursaut, dégringole de mon lit et jette un œil à mon réveil : il est trois heures neuf. Du matin.

J'entrouvre ma porte en tirant sur le tee-shirt qui me sert de pyjama et me retrouve nez à nez avec River.

– Sympa, ta tête au réveil, se moque le rebelle.

– Si tu tiens à ta vie, dis-moi que tu ne m'as pas réveillée juste pour te foutre de moi…

– Désolé pour le bruit. Une urgence à la réserve. Kasper n'est pas en état, toi tu es dispensée, mais Asher, Jagger et papa sont déjà sur place.

Sans réfléchir, je fais quelques pas en arrière, enfile un jean, mes Converse et balance au bad boy :

– Je t'accompagne.

– Si ça te chante…

– Retourne-toi.

– Pourquoi ?

– Une fille peut enfiler son soutif sans qu'on la mate, dans cette baraque de sauvages ?

Je vois se dessiner un sourire aux coins de ses lèvres effrontées ; je lui balance le fameux coussin en pleine figure et il daigne enfin faire volte-face. Je fais ce que j'ai à faire à toute vitesse et sors de ma chambre, prête à me rendre utile. Je suis River jusqu'à la cuisine, où il se sert un mug de café et en boit la moitié.

– Il en reste pour moi ? demandé-je en désignant la cafetière.

– Non.

– Sympa.

– Personne ne t'empêche de retourner te coucher…

– Dans tes rêves.

Je fais un pas vers lui, m'empare de sa tasse et avale le café noir sans lui demander son avis. Je lui rends son mug vide, puis lui souris insolemment en murmurant :

– Oups, j'ai tout bu…

Le rebelle me fixe intensément, l'air défiant, presque amusé. Des papillons viennent me chatouiller les reins, puis disparaissent lorsqu'il m'annonce d'une voix sombre :

– La maman wallaby est en difficulté. On reste là à se tourner autour et à se chercher comme deux gamins ou on agit ?

Cinq minutes plus tard, on arrive essoufflés et inquiets dans l'enclos réservé à la mise-bas. Je repère Bailey et son bras droit, en grande discussion près du grillage. Asher, lui, est à genoux dans la paille, les mains pleines de sang. Il parle tout bas à la wallaby qui gît là, haletante, les yeux fermés et la gueule entrouverte.

– Elle va y passer si on ne fait rien ! tempête le blond.

Jagger surgit de la pièce d'à côté, les mains chargées d'un gros carton, en annonçant :

– J'ai les substituts de colostrum, au cas où !

Asher caresse tristement la tête de l'animal. Il semble au bord des larmes.

– Pourquoi on ne tente pas une césarienne ? demandé-je soudain, touchée par la souffrance de la bête – et celle des humains qui l'entourent.

– Elle a déjà perdu trop de sang, elle ne supportera pas une anesthésie, me glisse River en s'agenouillant près de la wallaby souffrante.

– On va tout essayer ! s'entête l'aîné.

Le chef de famille nous rejoint, l'air épuisé. Dépité.

– Elle est jeune, c'est sa première fois et les deux petits se présentent de travers. J'enrage d'être aussi impuissant, nous confie-t-il en essuyant ses lunettes sur sa chemise.

– Il y en a deux ? s'inquiète River.

– Oui.

– Merde…

Un silence s'ensuit, que même Jagger ne vient pas troubler.

– Ça fait des heures qu'on essaie de l'aider, mais elle n'a plus de force. À part lui ouvrir le ventre, je ne vois pas de solution, nous explique Bailey.

– Même si on opère, elle ne survivra pas, comprend Asher.

– Probablement pas, non.

– Mais les petits auront une chance, ajoute le bad boy en se penchant de nouveau vers l'animal.

River pose délicatement la main sur le ventre rond et tendu avant de murmurer :

– Ça bouge encore, là-dedans.

– Je me doutais que ce serait compliqué, mais je n'avais pas anticipé ça, souffle mon père d'une voix triste. Allez, au boulot. Max, tu prépares la seringue ?

Pas le temps de rejoindre le bloc. L'anesthésiste endort l'animal sur place en quelques secondes, puis il rase la zone qui sera bientôt incisée. Jagger et Asher arrangent l'enclos en vitesse pour en faire un champ opératoire « à peu près stérile ». River et Bailey s'organisent et passent en revue le matériel tandis que je reste en retrait, impressionnée par ce manège parfaitement orchestré.

Lorsque le scalpel glisse sur la peau de la bête, je me détourne et utilise, pour m'enfouir, l'épaule de Jagger, qui se tient tout près de moi.

Au milieu de l'opération, la maman wallaby cesse de respirer. Deux bébés naissent dans la minute qui suit. Ils prennent leur première inspiration. Pour leur mère, c'était la dernière. Max récupère un des précieux nouveau-nés, River s'empare délicatement du second. À cet instant, les deux minuscules larves roses et nues ont l'air de représenter le monde tout entier.

– On aura au moins sauvé les petits, soupire Bailey après avoir refermé la petite wallaby. Et elle ne souffre plus.

– Tu n'auras pas fait tout ça pour rien, ajoute Asher, l'air abattu, en caressant la tête de sa protégée.

Je m'aperçois que je pleure à chaudes larmes. Que je commence à aimer les bêtes, quelles qu'elles soient, à apprendre de leurs combats, à éprouver de la compassion pour ce qu'elles endurent. Et à comprendre un peu mieux les Farrow.

– Les bébés vont survivre ? demandé-je.

– Ça, ça dépendra de nous, m'apprend mon père.

Max quitte l'enclos en emportant le corps sans vie, Bailey le suit pour aller se changer, tandis qu'Asher glisse quelques gouttes de colostrum dans la bouche des minuscules marsupiaux. River les installe dans une boîte, entre deux couvertures censées remplacer la poche de leur mère et, immédiatement, les petits orphelins se pelotonnent l'un contre l'autre.

À ma droite, Jagger se racle la gorge pour faire passer son chagrin, puis lâche une énormité, se sentant de nouveau obligé de détendre l'atmosphère :

– On pourrait les appeler Céleste et River, non ?

Je mets une seconde à comprendre.

– Bah quoi ? C'est une fille et un garçon, ils sont frère et sœur et ils…

– Ta gueule, Jagg ! grogne River de sa voix la plus grave, en lui envoyant un coup de coude dans les flancs.

– On t'a déjà dit que t'étais un blaireau ? ajouté-je en soupirant.

Deux mètres plus loin, Asher secoue plusieurs fois la tête, les sourcils froncés. Puis, tout en refaisant sa queue-de-cheval, il change soudain de visage et laisse échapper un grand rire qui fend l'air vicié et oppressant de cet enclos. En se tenant les côtes, le plus sérieux des Farrow se détend enfin et rit jusqu'à s'étouffer.

Bailey fait son retour à ce moment-là, pense que son aîné a pété les plombs et nous renvoie tous au lit avant qu'on craque nerveusement. Si ce n'est pas déjà fait. Cette nuit, le vétérinaire en chef veillera sur les nouveau-nés.

– Viens, fille wallaby, on retourne se coucher, me murmure River.

Son épaule pèse un peu contre la mienne, reste collée un court instant ; je sens sa chaleur, son parfum, sa présence, jusqu'à ce qu'il s'éloigne en souriant tristement.

J'ai le cœur lourd après tout ce qui s'est passé… mais les derniers mots du garçon wallaby viennent de l'alléger d'une tonne.

Rebelle. Lynx. Sauvage. Et maintenant wallaby.

River Farrow, qui es-tu vraiment ?

30
GO, GO, GO !

Malgré cette courte nuit peuplée de bébés wallabies et d'autres rêves non racontables, je suis fidèle au poste le lendemain : en tenue, sur le terrain de basket, pour le premier match officiel de l'équipe féminine de Willunga High.

En refaisant ma queue-de-cheval la plus serrée possible, j'observe le gymnase bondé avec une boule au ventre. Le monde, le bruit, la pression : trois ingrédients explosifs pour moi. Il y a quelques mois encore, je ne me serais jamais mise dans cette situation-là. Aujourd'hui j'essaie, de toutes mes forces, poussée par je ne sais quelle énergie nouvelle… Mais ça ne m'empêche pas de flipper.

– Tous les frères Farrow sont venus ! me glisse Jamie pendant qu'on s'échauffe les poignets.

– Toute l'Australie est venue, non ? ironisé-je en regardant les gradins remplis.

– C'est bien, tu vas avoir du soutien ! me répond-elle en souriant.

Ma coéquipière m'envoie deux tapes dans le dos censées me donner du courage. Puis un petit signe de la main à Asher dans les gradins. Le coach Calloway nous réunit juste avant le coup d'envoi du match et nous donne ses dernières consignes, pendant qu'on se tient toutes par les épaules dans un cercle soudé : oublier le trac de la première fois, transformer le stress en rage de vaincre et prendre du plaisir sur le terrain. Facile à dire quand vous avez deux iris dorés braqués sur vous qui vous collent la chair de poule. Que vous portez un short et un débardeur en jersey brillant, bleu marine et blanc, qui vous donne l'impression d'être à peu près nue sous le regard d'une centaine de supporters excités. Et que l'assistant-coach se trouve être le seul garçon au monde à vous mettre dans un état d'euphorie proche de l'évanouissement.

En polo marine, River m'envoie un petit signe presque imperceptible du menton. Du genre « ça va aller, je suis là ». Et je ne peux pas m'empêcher de lui sourire, malgré tous les regards susceptibles de percevoir mon trouble.

– Go, go, go, Willunga ! s'écrie le coach Calloway en tapant dans ses mains pour nous motiver.

Le cercle se désunit, les cinq meilleures joueuses entrent sur le terrain pendant que je vais prendre place sur le banc des remplaçantes. Et les pom-pom girls arrêtent enfin leur cirque et se replient derrière nous. Le match commence. J'entends l'une d'elles me chuchoter :

– Fais gaffe à tes fringues, cette fois, Red ! J'espère que tu as prévu une tenue de rechange.

Ça déclenche les gloussements de toute la bande, Becca incluse. Je me retourne en me demandant laquelle est responsable, si elles sont toutes complices ou juste complètement stupides. Je crois que je n'ai pas joué suffisamment les groupies avec Becca et que notre pseudo-amitié a été tuée dans l'œuf. Mais je ne regrette pas d'avoir choisi mon camp.

– C'est vrai que vous n'avez pas à vous en faire pour vos fringues, vous… vu que vous n'en portez pas, relancé-je pour ne pas me laisser faire.

Mini-brassière, shorty riquiqui, il n'y a même pas assez de tissu pour écrire Willunga High School en entier.

– Hou, mais c'est que la rouquine a de la repartie, maintenant ! raille la brune populaire.

– Ce n'est pas parce que tu portes du XL qu'on ne voit pas que tu as un gros cul là-dessous ! continue la copine de Becca.

– Maybeline a appelé, ils veulent récupérer les dix kilos de fard à paupières que tu t'es mis sur la tronche, rétorqué-je de plus belle.

– Céleste, concentrée ! m'engueule soudain River en se penchant depuis sa place sur le banc.

Mon cœur rate un battement et je glisse une mèche échappée derrière mon oreille.

– Tiens, va jouer, tu parleras moins ! décide Calloway en me faisant remplacer Taylor.

Le coach rappelle sa joueuse, qui me tape dans la main pour que j'aille prendre sa place sur le terrain. Je n'étais pas prête. Je ne connais même pas le score. La foule de supporters applaudit mollement mon entrée et Jagger, tout seul debout dans les gradins, décide de me faire une standing ovation.

– Numéro 9, c'est ma sœur ! braille-t-il pendant que son poing serré mouline dans les airs.

Asher le fait rasseoir, Kasper se fait tout petit et tout le monde se marre. Pendant les dix minutes qui suivent, je me crame les poumons à courir partout, je touche à peine la balle, j'envoie une passe à l'adversaire, je tente deux shoots qui n'atteignent même pas l'arceau, je tombe trois fois par terre en tentant de défendre sur une petite Asiatique hyper rapide, et je me fais engueuler à quatre reprises par Zoey. La capitaine de l'équipe me met la pression avec ses « Applique-toi ! », « Cours ! », « Reste sur ta joueuse », « Démarque-toi », et finit par se contenter de « Passe aux jumelles dès que tu as la balle ». Jamie m'encourage du regard mais on se prend vingt points dans la vue à la fin du premier quart-temps. Je retourne sur le banc un bon moment.

Quand le coach Calloway décide de me renvoyer sur le terrain, j'ai à peine retrouvé mon souffle et perdu toute confiance en moi.

– Trouve ta place et ne subis pas le match ! me glisse-t-il avant de m'envoyer au front.

Je ne sais même pas ce que ça veut dire. J'ai envie de lui répondre que ça fait environ dix-huit ans que je cherche où est ma place dans ce monde, mais je me contente de hocher la tête.

– Céleste, Céleste, Céleste ! scande Jagger en contractant ses biceps en rythme depuis les gradins.

Il se fait rembarrer par ses voisins, désespérés par mon niveau de jeu, et ma boule au ventre prend à peu près la taille d'un ballon de basket. Cette fois, je fais trois fautes en l'espace de cinq minutes, je vole sans faire exprès une super jolie passe aveugle que Maddison envoyait à Mackenzie, je m'en prends à l'arbitre qui siffle n'importe quoi et je réussis à faire manquer un tir facile à Zoey en tombant sur elle dans mon élan. La grande blonde aux cheveux rasés d'un côté demande même au coach à sortir pour aller récupérer.

Sans la capitaine sur le terrain, avec ma fatigue et la nervosité des jumelles, le match prend une tournure cauchemardesque. Même Jamie et sa détermination ne peuvent rien sauver. On perd maintenant de trente points, ma queue-de-cheval ne ressemble plus à rien, les supporters de Willunga se mettent à siffler et huer, certains quittent même le gymnase, les pom-pom girls font « cot cot cot » chaque fois que je touche la balle et me traitent de poule mouillée à voix haute pendant que Calloway s'agace. La mi-temps est enfin sifflée et je vois River se prendre la tête dans les mains sur le banc.

Je regagne les vestiaires avec la ferme intention de récupérer mes affaires et d'aller me terrer aux toilettes jusqu'à la fin de l'année scolaire.

– OK, c'est une catastrophe mais ça n'a aucune importance ! balance le coach. C'est votre premier match, vous devez trouver vos marques. Arrêtez de regarder le score et le chronomètre, en attendant que ça se termine. Et oubliez les crétins du public. Personne ne jette l'éponge, c'est compris ? C'est dans un match comme celui-ci qu'on apprend à être une équipe. On va jouer ensemble et perdre ensemble. Relevez la tête et jouez simplement au basket. OK ? Si vous avez des douleurs, parlez-en à River. Go, go, go !

Calloway quitte les vestiaires et la plupart des filles le suivent. Je me recoiffe dans mon coin, refais mes lacets en fixant le carrelage, sans oser affronter de regard. L'assistant-coach prend le temps de bander le genou de Zoey avec du strap bleu, de manipuler la nuque de Taylor, qui a l'air de n'avoir mal nulle part. Et je rejoins le terrain en traînant les pieds. Je ne sais toujours pas ce qui est préférable : risquer de faire une crise d'angoisse en plein match ou quitter le navire et perdre définitivement les rares « copines » que j'ai réussi à me faire ici ?

– Hey ! me glisse River en me prenant à part.

Le sauvage me tend une petite bouteille d'eau et je regarde autour de nous comme si l'on était en train de dealer de la drogue en public. Il y a un monde fou, mais personne ne semble s'intéresser à nous. Dieu merci, les filles à pompons dansent au milieu du gymnase pour occuper la mi-temps. Asher et Jamie flirtent sur le bord du terrain. Jagger se marre avec Maddison et Mackenzie, qui se chamaillent pour de faux pour lui.

– Regarde-moi, Céleste, insiste River.

– Je ne peux pas ! dis-je en le fixant quand même.

Juste une seconde, avant de poser mes yeux sur ses doigts, qui craquent entre ses mains.

– Je sais que c'est dur pour toi… Mais tous ces gens ne sont pas là pour te juger ou t'humilier.

– Ah bon ? Ils auraient raison, je suis bonne à rien.

– Bloque tes souvenirs de Paris, lâche-t-il calmement.

Et mon cœur rebondit violemment.

– River, tenté-je de l'arrêter d'une petite voix.

– Je sais ce que tu ressens, continue-t-il. Mais il ne va rien t'arriver ici. Ce sont juste des lycéens et leurs parents, qu'un match de basket excite un peu trop. Ils auront tout oublié demain.

– River…

– Personne ne te veut du mal. À part toi.

– Arrête, s'il te plaît.

Son regard doux, brun et chaud se coule dans le mien.

– Je sais aussi ce que tu vaux, Céleste. Tu ne vaux pas rien, tu sais jouer au basket. Tu as juste besoin que quelqu'un te le rappelle.

Ses mots me touchent et son aura m'enveloppe, me réchauffe partout. L'assurance dans sa voix apaise tout mon corps – à l'exception de mon pouls. L'attirance revient, magnétique, irrépressible. Mon esprit imagine une seconde l'impossible : je me hisserais simplement sur la pointe des pieds pour l'embrasser. Il glisserait ses immenses bras autour de moi, j'enfouirais mon visage dans son cou et il me serrerait un peu, juste ce qu'il faut, pour que son corps et le mien ne fassent qu'un. Et tout irait presque bien.

– Non, murmuré-je finalement. J'ai juste besoin que ce quelqu'un ne soit pas toi.

Autour de nous, les pom-pom girls sont revenues cancaner, les basketteuses se préparent à rejouer, Calloway frappe vigoureusement dans ses mains et tout ce petit monde inexistant vient briser notre bulle. River arrache son regard doré du mien. Je croise celui, inquiet, de Kasper, au loin. Je mesure tout ce qu'on risque à se parler comme ça, se regarder comme ça, se désirer comme ça. Et je retourne m'asseoir sur le banc, avec le cœur qui bat n'importe comment.

Juste avant la reprise du match, le coach s'empare d'un micro et fait taire la foule en tapotant dedans.

– Bonjour à tous. Merci d'être venus si nombreux pour ce premier match de la saison. Je rappelle simplement à tous les supporters de Willunga High que vous êtes ici pour « supporter ». Le lycée a une tolérance zéro vis-à-vis du harcèlement scolaire. Les sifflements, moqueries, cris d'animaux et autres imbécillités seront immédiatement sanctionnés. Merci de changer d'attitude ou de quitter le gymnase.

– Bien envoyé, coach ! s'époumone Jagger depuis les gradins.

– Oh, il est vraiment trop mignon, se pâment les jumelles en retour.

– Go, Willunga ! renchérit Asher, poing levé.

– Je crois que je suis amoureuse, soupire Jamie près de moi.

– Tu *crois* ? ironisé-je.

– Bande de rabat-joie, grimace Becca en levant les yeux au ciel.

La brune et ses semblables reviennent s'installer derrière notre banc en traînant leurs pompons derrière elles. Mais River les fait circuler.

– Suivez-moi, continuez à avancer, voilà, comme ça, encore un peu…

Ses belles mains bronzées poussent délicatement des bras, des épaules, des dos et des reins, qui se cambrent à leur contact. Son petit sourire guide la meute sans aucune résistance. Les filles gloussent et pavoisent jusqu'à ce qu'il les fasse asseoir à quelques mètres de là, dans un angle mort du gymnase.

– Votre place est ici, puisque vous ne voulez pas regarder le match. Si vous avez envie de les encourager, les seuls mots dont vous avez besoin sont « go » et « Willunga ». Si d'autres sortent de votre bouche, je me ferai un plaisir de vous foutre dehors sur les ordres de Calloway. Vous avez des questions ? Non ? Parfait.

– River… Pourquoi tu es si méchant ? minaude Becca avec une voix niaise et une moue chagrine.

L'assistant-coach l'ignore et revient prendre place sur le banc.

– Bonne initiative, le félicite l'entraîneur en collant son poing contre le sien.

Et les yeux de lynx viennent chercher mon regard. Je le soutiens quelques secondes. Je voudrais pouvoir soupirer d'admiration, souffler à mes copines à quel point je le trouve mignon, sexy, courageux, fort, incroyable, unique, murmurer à Jamie que je suis folle de lui. À la place, je me tais et je lui souris. Puis je regarde le match en priant pour ne pas me ridiculiser encore une fois.

J'ai un peu moins peur quand je fais de nouveau mon entrée sur le terrain. Je ne brille pas particulièrement, mais j'arrive à me rendre utile sans attirer l'attention sur moi. Je fais quelques bonnes passes à Zoey, qui marque. La capitaine de l'équipe vient me taper dans la main plusieurs fois, je me sens regonflée et trouve peu à peu ma place, tout en n'empiétant pas sur celle des autres.

Le coach me laisse un long moment sur le terrain, me sort et m'y remet, je trouve un second souffle et me défonce pour l'équipe. Dans les gradins, les supporters applaudissent nos plus belles actions collectives, nous poussent et s'en prennent à nos adversaires quand l'une de nous se fait malmener. À un moment, je récolte une petite claque sur chaque fesse de la part des jumelles qui me crient en chœur : « Bonne défense ! » Et il doit rester quelques secondes à jouer quand Jamie, qui pourrait aller au panier toute seule, choisit de me donner le ballon pour un shoot facile. Je marque mon unique panier du match mais, en moi, c'est un feu d'artifice qui explose comme si j'avais remporté le championnat NBA.

– Numéro 9, je vous l'avais dit ! crâne Jagger en écartant les bras en signe de victoire.

– Go, Jamie. Go, Céleste ! scandent Asher et Kasper.

Je leur souris de loin et vais serrer ma copine à tresses dans mes bras. On perd pourtant le match de quinze points mais on se félicite d'avoir recollé au score et retrouvé notre jeu.

– Très belle défaite, les filles ! conclut Calloway, amusé.

On échange tous des regards fiers, des étreintes amicales, des phrases bêtes qu'on dit quand on se sent soudain appartenir à un groupe, à un clan. Quand c'est tout à coup un peu moins difficile d'affronter le monde à plusieurs que tout seul. Ça fait longtemps que je ne me suis pas sentie si libre, si entourée, si accomplie.

– Pas mal, pour une bonne à rien, me glisse River en se retrouvant face à moi dans la cohue.

Je recule pour éviter le contact. Mais il s'avance encore, se penche et me prend dans ses bras.

– Ce serait bizarre que je ne le fasse pas, chuchote-t-il à mon oreille.

– Pas la peine d'en profiter, lui réponds-je à voix basse.

– C'est un calvaire, réplique-t-il dans un petit sourire.

Je glisse mes bras autour de sa taille. Et je sens son torse musclé se presser sur mes seins. Ses mains caresser mon dos. Mon cœur s'emballer au contact du sien. Et l'on se sourit encore en s'arrachant l'un à l'autre. Trop tôt, trop vite.

Go, go, go ! Vestiaires avant de lui sauter dessus devant la terre entière !

31
LA VÉRITÉ

Après le débriefing et la douche, je quitte les vestiaires avec le reste de l'équipe. Il ne manquait aucune de mes fringues. J'ai tous les muscles endoloris mais le cœur encore vibrant de ce match haut en couleur. Ce tourbillon d'émotions. Les joueuses s'éparpillent dans un joyeux pétillement et je retrouve mon autre clan sur le parking du lycée.

– Papa dit qu'il aurait aimé être là pour voir ça, raconte Kasper en lisant un texto sur son portable.

– Les petits wallabies vont bien, confirme Asher. Et tu as assuré, Céleste.

– Tu as défendu comme une hyène enragée, commente Jagger, qui tente de m'imiter.

– Putain, tu fais tellement mal la hyène, se marre River, apparemment de bonne humeur.

– J'ai juste marqué *un* panier après avoir fait perdre mon équipe pendant toute une mi-temps, rappelé-je à l'assemblée faussement impressionnée.

Je réunis mes cheveux mouillés d'un côté, histoire de m'occuper les mains. Jamie vient embrasser le grand blond sur la joue avant de repartir avec sa mère. Maddison et Mackenzie tournent autour de l'agité et le remercient pour son soutien bruyant. Kasper montre sa toute nouvelle prothèse au coach Calloway, qui évoque l'idée de monter une équipe d'athlétisme handisport. Becca fusille River du regard en passant près de nous, avant de s'éloigner, les hanches roulant dans une minijupe encore plus courte que son shorty. Puis le parking se vide peu à peu. On rejoint le 4x4. Et l'on tombe tous des nues en trouvant Georgia adossée au coffre.

– River, j'ai besoin de te parler.

– Qu'est-ce que tu fais là ? siffle le rebelle sans attendre.

– Tes frères répondent à mes appels et mes messages, pas toi.

– Je n'ai rien à te dire, maman.

Il rejette ses cheveux trop longs sur le côté et va ouvrir la portière. Sa mère court pour l'intercepter.

– Il faut qu'on se parle, chéri. On ne peut pas couper les liens comme ça.

– C'est ce que tu voulais, non ? C'est toi qui es partie, réplique-t-il durement.

– Il le fallait.

– Tu as sauvé ta peau, tant mieux pour toi.

La blonde encaisse les coups et son fils grimpe sur le siège passager, sans un regard pour elle.

– Riv, lâche Asher en allant le tirer par le bras.

– Quoi ?

– Accepte seulement de l'écouter.

– Pour quoi faire ?

– Pour pas être con, putain ! souffle Jagger.

– Ouais, ça changerait, insiste Kasper avec des larmes dans les yeux.

– Mais vous ne comprenez pas ?

River saute du 4x4 et se plante entre sa mère et ses frères.

– Vous ne le voyez pas ? Qu'on a une mère lâche, égoïste, qui se barre en laissant le bordel derrière elle ?

Il doit faire dans les trente-cinq degrés, ce samedi après-midi. Et mon sang bout. Le front tourmenté de River luit au-dessus de ses sourcils froncés. La peau hâlée de ses biceps tendue, le châtain cuivré de ses cheveux, la nuance fauve de ses yeux plissés : tout chez lui semble avoir pris feu. J'ai l'impression que le bitume fume autour de nous. Et je dois me retenir de toutes mes forces pour ne pas aller prendre son visage dans mes mains et lui dire que tout va bien. Ou que tout va mal, mais que je suis là, s'il a besoin.

– River, tente Georgia en penchant la tête sur le côté. J'ai essayé de vous protéger, tous les quatre, aussi longtemps que possible, du mieux que j'ai pu.

– Non, tu as menti pour te protéger, toi, comme vous le faites tous. Toi, papa, et même moi…

– Quoi ? s'étonne Asher.

– Qu'est-ce que tu racontes encore ? marmonne Jagger.

– Bailey et elle, ce sont les rois des menteurs ! gronde le sauvage en refermant violemment la portière.

Il se frotte vigoureusement le crâne, effleure mon visage de son regard enflammé, puis déballe tout.

– La vérité, c'est qu'ils ont tous les deux eu des aventures. Pas juste lui. Maman aussi.

Les réactions ne se font pas attendre.

– Hein ?

– Tu déconnes ?

– River, si c'est une putain de blague…

Le rebelle secoue lentement la tête en fixant ses frères, l'un après l'autre, puis murmure :

– Vrai de vrai.

– Quand ? lâche soudain Jagger en direction de leur mère.

– Il y a dix-neuf ans, répond River. Je suis né d'une de ces aventures.

Un silence glaçant s'abat sur notre groupe.

– Alors… Tu n'es pas le fils de papa ? demande finalement Asher, sans y croire.

– Et donc… pas le frère de Céleste ? déduit Jagger à haute voix.

– C'est pour ça que tu… que vous… bredouille l'aîné.

– Pourquoi tu ne dis rien, toi ? demande l'agité au plus jeune. Tu le savais ?

– Depuis peu, renifle-t-il.

J'ai le cœur dans un étau et la tête qui bourdonne. Je devrais être soulagée que la vérité éclate enfin. Qu'elle me disculpe. Mais voir River dans un tel état de nerfs, découvrir la réaction de ses frères muets, être impuissante face à sa souffrance, ça me tue.

– Il n'est pas le monstre ou le taré que vous croyez, essayé-je d'expliquer. Et ce que je ressens…

– Ça n'empêche pas qu'il est votre frère à tous les trois ! me coupe la blonde de son ton acide. Et qu'elle est votre sœur ! Et que Bailey n'aurait jamais dû laisser tout ça arriver.

Je tremble de la tête aux pieds. J'ai envie de lui arracher les yeux, mais River la fixe avec encore plus de haine que moi. Il glisse ses mains dans ses poches avant de grogner :

– Va-t'en, maman…

Kasper essuie les larmes qui coulent sur ses joues en laissant des traces sales sur son visage enfantin, et tente de sauver la situation.

– On ne peut pas juste arrêter de se battre ?

– C'est trop tard, assène River.

Il va de nouveau ouvrir la porte du 4x4 et s'apprête à grimper sur le siège.

– Ton vrai père est prêt à te rencontrer, lâche soudain Georgia d'une voix blanche.

Je retiens mon souffle et je vois River faire volte-face. Son beau regard se glace et s'assombrit, tout son corps et son visage se figent dans une expression de stupeur.

– Je peux te dire qui il est, continue sa mère. Tu n'as qu'une seule question à me poser… et tu sauras la vérité.

32
C'EST OUI

Un voile de douleur vient obscurcir davantage les iris dorés du garçon-lynx. Ses mâchoires se tendent, ses poings se ferment. Au milieu de ce parking presque désert, sous des rafales d'air chaud, River reste interdit, parfaitement droit et immobile. La tension monte en lui crescendo, il se raidit encore et son torse se soulève avec violence. Sous sa peau tendue, je devine que ça cogne. Dur. Très dur.

Je crève d'envie de le toucher, de faire un pas vers lui, le serrer contre moi pour le réconforter, l'apaiser, mais je n'ose pas. Pas devant les autres. Pas comme ça. Pas quand il semble sur le point d'exploser. Alors je m'empêche de bouger et reste simple spectatrice.

Asher pose la main sur l'épaule de son frère et, comme je m'y attendais, ce dernier se dégage d'un geste nerveux. Jagger comprend le message et fait signe à Kasper qu'il est temps pour eux de décamper. De laisser le rebelle en tête à tête avec sa mère. Celle qui vient de lui balancer une bombe en pleine face. J'hésite un instant à les suivre, mais n'y parviens pas.

Quelque part, j'espère qu'il a besoin de moi.

– Depuis tout ce temps, tu es restée en contact avec cet enfoiré ?

– Je n'ai jamais cessé de l'aimer, River… Et j'ai enfin décidé de vivre un peu pour moi. Et ça veut dire vivre avec lui.

Le bad boy encaisse, silencieux mais tendu à l'extrême. Moi, j'ai envie de hurler. Je n'en reviens pas qu'une mère puisse mentir à ce point à son propre fils. Elle n'a jamais fait entrer son père dans sa vie, mais elle s'envoie en l'air avec lui. River pensait probablement cet homme évanoui dans la nature, mort ou disparu, absent du tableau pour toujours. Ça change tout.

– Tu peux me demander tout ce que tu veux, lui lance de nouveau Georgia, d'un ton faussement assuré.

Ravie d'avoir attiré son attention mais clairement mal à l'aise, elle fixe le sol, joue avec la pointe de son escarpin, les bras croisés sur sa poitrine menue.

– Je ne veux rien savoir, retentit la voix rauque et assassine de son fils.

– River…

– *Rien*, j'ai dit.

Si un seul regard pouvait tuer, ce serait celui-là. L'intensité du sauvage impressionne sa mère, qui serre les lèvres, à court d'arguments.

– Je comprends que tu aies besoin de temps, mais…

– Non, j'ai *besoin* que, toi, tu comprennes une bonne fois pour toutes, l'interrompt-il sèchement. Que vous compreniez, tous.

Il s'adresse alors à ses frères, qui s'éloignaient lentement et se retournent tous en même temps.

– Je n'ai pas de père, lâche le garçon en fixant l'horizon, avant de viser sa mère. Celui que tu m'as caché toute ma vie n'existe pas pour moi. Celui qui m'a élevé a fait du mieux qu'il pouvait, mais c'est terminé : je ne veux plus subir vos mensonges et vos secrets de lâches, incapables d'assumer leurs erreurs. Parce que c'est ça que je suis : une putain d'erreur !

Georgia ouvre la bouche, outrée, et s'apprête à intervenir, mais son fils hausse le ton pour la faire taire.

– Je vais me démerder seul ! Parce que tu sais quoi, « maman » ? Je n'ai plus de mère, non plus. Elle n'existe plus pour moi. Je n'ai besoin de personne…

Ce discours grave, dur, fataliste, je le connais par cœur. C'est celui que je tiens depuis des années, ne me rendant pas compte que je m'enlise dans un trou noir, sans fin, sans espoir. River est en train de renoncer à ce qui lui est le plus cher : appartenir à un clan.

– Mec, ne nous rejette pas, nous, lui glisse Jagger d'une voix peinée.

River fixe ses trois frères, postés à quelques mètres de lui. Il les contemple l'un après l'autre, l'air perdu, puis leur balance un sourire qui me brise le cœur.

– Je suis un putain de fardeau, murmure-t-il. Vous n'avez pas besoin de ça…

Et ses yeux se posent sur moi, sans chercher à dissimuler quoi que ce soit. Mon cœur tambourine. Je lui souris comme je peux, tente d'établir une connexion. Le garçon qui me bouleverse me dévisage longuement, avec tendresse et douleur à la fois, en me retournant le cœur et les tripes, puis il se détourne. Je fais un pas vers lui, il recule. Je tente de le retenir en l'attrapant par la main, il esquive et part à reculons, son regard toujours bloqué dans le mien. Puis notre lien se brise, sa silhouette sombre se retourne et le torturé saute au volant du 4x4.

Il démarre en trombe et quitte le parking sous nos regards hébétés.

La poussière qui s'élève, brûlante et opaque, nous pique la gorge.

***

Ça gueule depuis une bonne heure dans la chambre de River. Bailey a débarqué comme un fou, alerté par le coup de fil d'Asher. L'aîné lui a tout raconté, alors qu'il conduisait pour nous ramener à la villa. Jagger était contre cette idée, il a tenté de subtiliser son téléphone, traitant le blond de « balance » mais, face aux menaces, il a fini par céder. Kasper, tourné vers la vitre, n'a pas voulu se prononcer. Il aurait peut-être souhaité repartir avec sa mère… mais il a fait front, malgré lui.

Moi, on ne m'a rien demandé. Et je n'ai rien dit : je sais rester à ma place et ne pas m'immiscer dans leurs histoires de frères.

– Tu es mon fils ! martèle mon géniteur, de l'autre côté du mur. Que tu le veuilles ou non, je ne te lâcherai jamais !

Je l'ai entendu répéter cette même phrase une bonne dizaine de fois. Les cris s'espacent dans la pièce d'à côté ; les voix se font peu à peu plus discrètes, plus apaisées. J'ignore ce qu'ils se disent mais j'aime à croire que la tempête est passée entre le père et le fils – si c'est encore ce qu'ils sont. Mais l'accalmie ne dure pas.

Dans cette famille, elle dure rarement.

– Ne t'avise plus de dire que tu n'as pas de père ! s'acharne de nouveau Bailey. Je vais te pourrir la vie s'il le faut, River. Si tu as besoin de ça pour comprendre que tu es mon fils, alors je suis prêt à tout !

– Laisse-moi vivre, putain ! rugit soudain le lynx. Laissez-moi respirer !

Soudain, le silence. Suivi d'une porte qui claque si violemment qu'elle fait trembler les murs. J'ignore qui des deux a pris la fuite : River ou Bailey ?

Quelques minutes plus tard, on frappe doucement à ma porte.

– Entrez ! lancé-je en espérant secrètement que ce soit River.

C'est Kasper qui fait son apparition. Puis Jagger. Asher vient compléter le trio.

– On peut ? demande l'aîné, alors qu'ils sont déjà tous installés sur mon lit.

Je hoche la tête et vais refermer la porte.

– Je crois qu'on te doit des excuses, souffle le blond aux cheveux longs.

– Parle pour toi, le rembarre l'excité en me balançant un clin d'œil. Moi, j'étais cool depuis le début. Roméo et Juliette, tout ça, ça ne m'a jamais dérangé…

– Il serait peut-être temps que tu relises le bouquin, grommelle le plus âgé. Parce que ça n'a rien à voir avec…

– Avec l'inceste, conclus-je d'une voix sombre.

Les trois garçons réagissent à leur manière. Asher baisse les yeux, penaud. Jagger s'esclaffe et se laisse tomber en arrière sur mon lit. Kasper regarde ailleurs, toujours songeur.

– Ouais, murmure Asher. Vraiment désolé… On aurait dû se douter que ce n'était pas vrai. On t'a jugée trop vite, Céleste.

– Et on aurait dû deviner pour River, ajoute Jagger. Comprendre que, depuis toutes ces années, sa colère venait de là…

– Il va se barrer, vous croyez ? demande soudain Kasper, les yeux de nouveau humides.

– Il vous aime beaucoup trop pour ça, soufflé-je en espérant ne pas me tromper.

– Il est encore notre frère, rappelle Asher. On est encore une famille. Une tribu. Une putain de meute.

– Inséparables, lâche l'agité en se redressant.

– Frères et sœur pour la vie, murmure Kasper en retrouvant le sourire.

Et de nouveau, je suis perdue, tiraillée. Cette fratrie si soudée, j'ai envie d'en faire partie, je ressens cette famille comme étant la mienne. Et le malaise m'envahit. Même si plus personne n'ignore que River et moi ne sommes pas liés par le sang, je me dis que rien n'est gagné. Que le clan passe en premier.

Et que, pour y appartenir, je devrai renoncer à lui.

***

Toutes les lumières s'éteignent quelques heures plus tard. La maison s'endort enfin, dans une ambiance morne et pesante. Je tente de me faufiler dans la chambre de River sur la pointe des pieds, en retenant mon souffle. Juste pour vérifier qu'il est toujours là. Toujours entier. Toujours un peu lynx et complètement rebelle. Toujours lumineux… et si sombre à la fois. Sa porte est fermée à clé. Le message est suffisamment clair pour que je n'insiste pas.

En me glissant dans mes draps, je dégaine mon téléphone. J'envoie un mail de trois pages à Amir pour lui raconter les derniers jours, replonge avec douleur dans ce que vit River, de l'autre côté du mur… et repense à ma sœur, de l'autre côté du globe.

Je prends conscience que nos liens, si fragiles soient-ils, ne doivent pas se briser. Jamais.

[C'est oui, Apolline.
Pour la chambre.
Mais interdiction de changer
le papier peint. Tu peux te servir
dans mon armoire, si tu veux…
J'ai laissé les bijoux
de grand-mère
dans le dernier tiroir,
derrière mes chaussettes d'hiver.
Tu les voulais, non ? Ils sont à toi.
Profite de la vie, petite sœur.
Mais fais gaffe à toi.
J'avais ton âge quand mon enfance
s'est transformée en cauchemar.
Mais tu es plus intelligente que ça.
Et plus forte que moi.
Tu devrais t'en sortir.]

Quelques secondes plus tard, sa réponse me parvient. Des tonnes de cœurs dans un SMS, suivis de ces quelques mots :

[Tu vas vraiment mieux ?]

[Je revis.
Ne t'inquiète plus pour moi.]

[J'ai eu tellement peur
que tu meures…
Ne me fais plus jamais ça.
Je t'aime.]

[Moi aussi. Pas touche
au papier peint…]

[Mais j'en ai trouvé un
à licornes !]

Je ris tout bas, capitule, balance mon portable et colle ma paume contre le mur. Pour être un peu avec *lui*, même à distance.

Même quand tout nous sépare.

33
NUIT BLANCHE

River ne refait pas surface le lendemain matin. Normalement, le dimanche, toute la meute se rassemble autour d'un petit déjeuner de morfales. On mange tout ce qui nous passe sous le nez, on boit des litres de café, on se chamaille, on se marre, on revient sur la semaine précédente, on planifie celle à venir. Bailey contemple fièrement ses fils, en oublie presque que sa femme l'a largué, me lance des regards complices, et je l'ignore – tout en appréciant ses efforts.

N'oublions pas qu'il arrive dix-huit ans en retard… et qu'il menace régulièrement de me renvoyer chez moi.

Mais pas ce matin. Ce matin, il manque un Farrow, et la cuisine est plongée dans un silence de mort. Bear le labrador couine en attendant que quelqu'un lui balance un bout de bacon ; Monkey le beagle lui grogne dessus et tout le monde s'en fout. Bailey annonce qu'il doit aller en ville et trace sa route, les garçons prennent leur petit déj « à emporter » avant de se déployer.

– Je devais faire équipe avec Riv pour m'occuper des wallabies, marmonne Kasper en quittant sa chaise.

– Tu devras te contenter de moi, ce matin, rétorque Asher en déposant son mug dans l'évier.

Jagger est le dernier à quitter la cuisine, sautant sur son skate après avoir volé mon toast beurré au passage. Je le traite de tous les noms, juste pour le principe. Je n'ai pas faim. Envie de rien.

Il manque quelqu'un.

***

Jagger s'est occupé des petits orphelins tout l'après-midi, pendant que je terminais ma dissertation d'histoire et lisais en diagonale le roman imposé par le prof de littérature anglaise. Pendant tout ce temps, River n'est jamais sorti de sa tanière.

Vers dix-neuf heures, je quitte la mienne pour préparer des spaghettis bolognaise pour tout le monde, et même l'odeur de ma sauce spéciale ne suffit pas à appâter le garçon-lynx. Juste avant qu'on passe à table, je dépose une assiette de pâtes devant sa chambre, en faisant glisser un bout de papier sous sa porte :

Mange-moi.

Sous ces deux mots, j'ai dessiné un spaghetti aux yeux perçants, aux cheveux en bataille, un casque vissé sur les oreilles et une petite langue sortie de la bouche, qui sourit.

Ma tâche accomplie, je retourne à la cuisine en traînant des pieds. Des poches sous les yeux, contrarié et épuisé,

Bailey ne décoche pas un mot de tout le repas. Asher et Kasper ne quittent pas leurs écrans de portable des yeux. Jagger engloutit trois assiettes de spaghettis à une vitesse record. Le dîner est vite expédié, personne n'ayant franchement envie de se raconter sa journée.

À vingt et une heures, je quitte la villa après avoir été briefée par Bailey et rejoins la réserve à vélo avec Jagger. C'est à notre tour de veiller et nourrir les bébés wallabies, et notre « garde » ne prendra fin qu'au petit matin. Je retire mes Converse à l'entrée pour éviter de contaminer la pièce, découvre les deux lits de camp qui ont été installés dans la pouponnière, les contourne et vais voir les petites bestioles endormies, bien au chaud dans cette pièce surchauffée.

– Ils ont déjà doublé de volume ! murmuré-je.

– Mon bide aussi ! soupire Jagger en s'effondrant sur son lit. Tu as mis quoi, dans tes pâtes, sérieux ? Du cyanure ? J'ai chaud ! Je vois trouble ! Je vais crever…

– Personne ne t'a obligé à te resservir deux fois !

– Putain, les toilettes sont à mille bornes ! gémit-il en se roulant en boule.

La porte de la pièce s'ouvre, tout à coup, et River apparaît.

– Jagg, tu peux y aller, annonce-t-il à son frère. Céleste aussi, si tu veux…

– Je reste, lâché-je sans hésiter.

Le garçon-lynx m'adresse un sourire discret, puis va s'asseoir sur le lit encore libre. Habillé tout en noir, il retire son sweat pour se mettre en tee-shirt. Gris clair, ça change. Je ne peux m'empêcher d'admirer ses avant-bras musclés, sa peau hâlée. Le mourant, lui, se relève péniblement et se traîne jusqu'à la sortie.

– Pas de conneries, tous les deux, hein ? nous balance-t-il.

– Va digérer ailleurs, marmonne River en se levant d'un bond pour lui claquer la porte au nez.

Il la verrouille, se rend auprès des wallabies pour vérifier qu'ils respirent, puis retourne s'allonger en me frôlant au passage.

Son petit jeu préféré…

Je scrute le moindre de ses gestes, sans vraiment le regarder en face. Nous sommes seuls pour la première fois depuis une éternité. Seuls dans cette bulle surchauffée et fermée à clé.

Danger…

– Merci pour les pâtes, me glisse le rebelle en croisant les bras derrière sa tête. Ton dessin était ridicule mais ça m'a fait du bien de manger. Et de sourire.

Je le fixe droit dans les yeux et lui souris en retour, simplement, en m'approchant de l'autre lit.

– Tu peux dormir si tu veux, propose-t-il. Je les nourris à vingt-deux heures, puis à minuit.

– Non, je préfère commencer.

Je m'assieds sur la couchette et recule jusqu'à m'adosser au mur.

– Pas confiance, hein ? murmure-t-il en souriant insolemment.

– Rien à voir.

– Alors quoi ?

– Tu es complètement lunatique, River Farrow…

Je soupire, il se marre en fixant le plafond.

– Tu disais qu'on était pareils, toi et moi, se souvient-il.

– Je retire, grommelé-je.

Il rigole de nouveau, de cette voix rauque qui me trouble.

– Kasper avait peur que tu te barres, ajouté-je pour changer de sujet.

– Seulement Kasper ?

Son regard noisette plonge dans le mien ; je me détourne au bout de longues secondes. Ça palpite sévère dans ma poitrine.

– Je n'ai nulle part où aller, lâche-t-il en haussant les épaules. Et il y a encore des choses que je n'ai pas réglées, ici…

– Ils ont besoin de toi.

– Céleste, tu ne veux pas savoir ce que j'ai à régler ? insiste le garçon qui m'est interdit.

– Non.

– Sûre ?

– Arrête de me chercher…

– Arrête d'être aussi belle.

Mes joues rosissent. Mes reins s'enflamment.

– Arrête d'être aussi farouche, gronde-t-il de nouveau. Imprévisible. Révoltée. Arrête d'être tout ce qui m'attire…

Je me lève, tremblante de la tête aux pieds.

– Tais-toi, soufflé-je en me plantant face à lui, toujours assis.

Ses mains s'emparent de mes hanches, ses doigts s'enfoncent dans ma peau, son visage s'enfouit dans mon ventre et sa voix étouffée répète mon prénom encore et encore.

– Céleste…

– Ferme-la, putain ! m'écrié-je, hors de moi. Tu ne sais pas ce que tu veux, River ! Et même si on voulait la même chose… On n'a pas le droit !

Je le repousse, il résiste, me retient, abandonne. Je recule de quelques pas, il se lève, me rattrape et me plaque contre son corps tendu à l'extrême. Je colle ma bouche à la sienne, l'embrasse avec hargne, puis lui mords la lèvre. Il gémit, grogne, m'échappe. On bataille, on se cogne contre le mur, je m'éloigne. Il reste à distance, cette fois, respectueux et à mon écoute. Son regard m'attise, j'ai envie de lui, de ses lèvres chaudes, de ses mains baladeuses, de sa force, de sa fougue.

Ça me dépasse.

Me consume.

– Tu me rends dingue, lâché-je, essoufflée.

– J'ai rêvé de toi, Céleste, murmure-t-il. J'ai besoin de savoir si c'est aussi bon en vrai… Tes seins dans ma bouche… Ma langue sur ta peau… Mon sexe en toi…

– Tu cherches quoi, là ? À me choquer ?

– Tu as envie de moi ? me demande-t-il. Parce que, moi, j'en crève…

– Je… J'ai peur, avoué-je soudain.

Voilà. C'est sorti. Les mecs aiment les filles sûres d'elles, bien dans leur tête, à l'aise dans leur corps. Je suis tout sauf ça.

– Laisse-moi être ta première fois, propose-t-il doucement.

Son regard me transperce.

Je suis tiraillée.

Déchirée. Je ne savais pas qu'il savait. Qu'il avait deviné.

Je suffoque. Il devine toujours tout, tout de moi.

Et je me jette sur lui, aussi excitée que terrifiée.

Son corps contre mon corps. Ses lèvres sur mes lèvres. Encore. J'en veux plus. Je n'en aurai jamais assez.

River Farrow est une drogue dure. Un délicieux poison

qui s'insinue, contamine chacune de vos cellules, jusqu'à prendre le contrôle de tout votre organisme. Il est un feu qu'on n'éteint pas. Une source qu'on ne tarit pas. Un animal qu'on ne dompte pas sans y laisser sa peau.

La mienne brûle au contact de ses paumes, de ses doigts, de son souffle. J'ai fait le premier pas sur un coup de tête, mais il a déjà repris le contrôle. Le rebelle m'embrasse sans me laisser reprendre ma respiration. Il me mène jusqu'au lit le plus proche, m'y pousse doucement et m'y allonge. Puis son corps me rejoint, me couvre, me surplombe. J'entoure son visage de mes mains, embrasse sa bouche, la goûte de nouveau, lèche sa lèvre supérieure, aspire l'autre, la mordille. Il grogne, recule une seconde et tient doucement mon menton entre ses doigts.

River me contemple longuement, une flamme ardente brillant au fond de ses yeux.

– J'ai l'impression de t'avoir attendue une éternité, putain…

Sa voix me couvre de frissons.

Mon corps est en ébullition. Lorsqu'il glisse ses mains sur moi, je lutte contre ma pudeur, dis adieu à ma timidité, mes doutes et mes peurs. Dans des gestes désordonnés, dans l'urgence absolue, pour ne plus avoir à penser, je retire son tee-shirt, me débarrasse du mien ; j'embrasse ses pectoraux, effleure ses tétons, plante mes ongles dans ses épaules ; il mord dans l'un de mes seins. Je me cambre, vais à la rencontre de son sexe bandé, emprisonné dans son jean noir. Je le touche à travers le tissu, le caresse, le presse, tout en embrassant le garçon qui gronde de plaisir entre mes lèvres.

– Tout doux, Ciel…

– Ciel ? répété-je.

– « Céleste », c'est bien ce que ça signifie, non ? demande-t-il.

– Tu parles français, maintenant ?

– J'ai cherché la traduction de *sky* juste pour tes beaux yeux, me répond l'insolent en souriant. Tu es belle à en crever, Ciel. Je te veux, Ciel. Je veux te sentir. T'entendre gémir. Crier. Jouir.

Ma bouche se referme sur la sienne, pour le faire taire. Je déboutonne son jean et découvre qu'il ne porte rien en dessous. Ça me transcende. River se débarrasse de son pantalon et m'observe, tandis que je vois son sexe pour la première fois. Le garçon qui me hante revient sur moi, écarte l'élastique de mon short kaki et le fait glisser le long de mes cuisses. Il découvre la culotte noire qui protège mon intimité, émet un grognement viril et remonte ses mains le long de mon corps pour frôler la dentelle de mon soutien-gorge.

– Il peut aller voir ailleurs, celui-là ? murmure le bad boy.

Je lui fais signe que oui et le sauvage dégrafe brusquement mon push-up pour l'envoyer valser. Mes tétons pointent fièrement vers lui ; il s'empare de mes deux seins, les embrasse, les malaxe, les suçote.

– Si tu savais, soupire-t-il en croisant mon regard.

Puis le rebelle m'embrasse de nouveau sur les lèvres, avant de me susurrer :

– Je peux te toucher ? Tout en bas… ?

L'air vient à me manquer, la peur s'insinue en moi, de nouveau, mais j'en ai envie. *Vraiment* envie. Un peu tremblante, sûrement maladroite, je m'empare de sa main, la glisse sous ma culotte et écarte les cuisses pour lui signifier que je suis prête.

Prête pour lui.

Ses doigts trouvent mon clitoris, le frôlent, l'apprivoisent, l'agacent. C'est encore meilleur que la dernière fois. Plus fort. Plus déroutant. Puis ils entrent en moi : un seul, puis deux. Je gémis contre son oreille, me tortille contre son corps tendre et tendu. On se retrouve de profil sur le matelas, l'un face à l'autre. On se sourit, il me touche de nouveau, je pousse un cri rauque et m'empare de son érection. Je l'entoure de mes doigts, le serre doucement, puis le caresse. J'ignore si je m'y prends correctement mais je me laisse porter par mon désir et le sien.

River lâche un râle qui m'électrise. Qui renforce mon désir. Mon envie de lui.

Je suis trempée. En confiance. Tout mon corps le réclame.

Mais j'ai peur que ce moment de grâce ne m'échappe.

Alors, sûrement trop impatiente, trop débutante, je le repousse sur le dos, grimpe sur lui et approche mon intimité de son sexe bandé. Lorsque je le prends en main pour le guider en moi, River se raidit et gronde doucement :

– Céleste, pas comme ça…

Je m'immobilise, gênée d'être allée si vite, trop vite, d'avoir agi sans réfléchir aux conséquences… et le vois se pencher vers son jean pour en sortir un emballage brillant. Le bad boy déchire l'enveloppe entre ses dents, déroule méticuleusement le préservatif sur son sexe, puis me contemple avec gourmandise.

Mon assurance s'est fait la malle. J'ai toujours atrocement envie de lui mais je ne sais plus comment m'y prendre. La vierge effarouchée est de retour.

Le lynx lit clair en moi. Lentement, une lueur sexy dans

le regard, River me ramène contre lui, presse son torse nu contre le mien, puis nous renverse. Il me surplombe de nouveau de son corps nu et sculptural, de ses yeux dorés, de ses muscles bandés, de son intensité hors du commun.

J'en frissonne.

– Céleste, tu me veux ? glisse-t-il à mon oreille, avant de la mordiller.

– Oui…

– Jusqu'au bout ?

– Oui…

– Tu as peur ?

– Pas beaucoup, murmuré-je.

Je lâche un gémissement sourd lorsqu'un doigt me pénètre, de nouveau. Je cambre mes reins, m'agite contre sa paume, en redemande. L'insolent sourit contre ma bouche, puis se décide enfin à assouvir mes désirs.

River entre en moi avec une douceur inouïe. Nos regards s'aimantent, se cherchent, ne se quittent plus. Je crie tout bas, me raidis. Une légère douleur me tiraille, il ne bouge pas, attendant que je m'habitue à sa présence. Lentement, nos sexes se familiarisent, s'apprivoisent, le plaisir remplace la brûlure. Le garçon tendre, sublime, patient et mille autres choses encore coulisse en moi. Il me demande tout doucement si j'ai mal, s'il peut continuer, si j'aime ça. Il me promet que ce n'est pas grave, si je veux arrêter. Mais je veux tout sauf ça. Je m'accroche à son regard, à ses épaules, à sa voix, en gémissant à chaque va-et-vient.

Puis je lui souris. Il me répond. Et je dois aller masquer cette émotion qui me submerge en enfouissant mon visage contre sa peau. J'embrasse son épaule, la mords, il grogne à mon oreille et me pénètre un peu plus fort. Ça ne fait plus mal, c'est toujours étrange, un peu effrayant, mais ça me plaît tellement. Son corps et le mien fusionnent lentement, parfois tendrement, parfois avec plus de vigueur, et j'adore ça. Nos peaux glissent l'une contre l'autre, nos bouches se retrouvent, se frôlent, se happent, se cherchent puis se quittent.

River me contemple en allant en moi. Ses yeux ne me quittent pas, sauf un instant, lorsqu'ils se baissent vers nos corps moites et emmêlés, pour admirer le spectacle. Ses mains sont partout : elles me caressent, me retiennent, m'excitent, m'apaisent, me touchent comme si elles m'aimaient. Je les laisse faire, j'ai confiance, comme si je les connaissais sur le bout des doigts. Nos respirations s'accélèrent, nos souffles s'emballent, je me cambre pour mieux l'accueillir, plante mes ongles dans ses fesses douces et fermes à la fois. La vision que j'ai de lui est d'un érotisme fou.

River est mon premier. Mon premier frisson. Mon premier amant. Mon premier orgasme.

Dans un ultime coup de reins, ma jouissance m'emporte, violente mais rapide. Le corps de River s'abat une dernière fois sur moi, son sexe s'enfonce dans ma chair et envoie un milliard d'étincelles à travers tout mon corps. Je me crispe, chuchote au garçon-lynx de ne plus bouger, il se laisse tomber sur moi et jouit en dégageant un gémissement animal.

Ce son, c'est la plus belle chose que j'ai jamais entendue.

– « Ciel », c'est exactement ça, lâche sa voix grave. Putain, on vient de s'envoler…

C'était la première fois que je faisais l'amour. La première fois que je m'abandonnais. Que je me sentais femme.

Que je me sentais moi.

34
TROP VITE

J'aurais pu dormir dans ses bras, je crois que River ne m'aurait pas chassée, mais j'ai eu peur qu'on soit découverts et que Bailey me renvoie en France par le premier avion. Le bad boy l'a très bien compris. Il a remis son jean, s'est levé et est allé déverrouiller la porte, pour que personne ne puisse suspecter ce qu'il venait de se passer.

Ma première fois.

Pendant que River nourrissait les deux petits orphelins, j'ai renfilé mes fringues et suis allée me coucher dans mon coin. Au bout de cinq minutes à peine, j'étais déjà en manque de sa chaleur, sa tendresse, son odeur. Ma peau était encore marquée de ses baisers, de ses caresses ; je sentais encore la légère brûlure de son passage en moi, les picotements que l'orgasme avait laissés dans tout mon corps.

Je me suis endormie en lui tournant le dos, pour me retenir d'aller le rejoindre. Deux heures plus tard, c'est moi qui me levais. Bindi et Bambam – ce sont les noms aborigènes choisis par les soigneurs de la réserve pour les deux bébés wallabies – ont tété toute la nuit. Chaque fois que c'était mon tour de veiller sur eux, j'en profitais pour contempler le rebelle endormi.

Le garçon qui vient de prendre ma virginité.

Et de le faire avec une douceur, une tendresse et une intensité inimaginables.

– Alors comme ça, le *frère prodigue* est de retour parmi nous ? résonne une voix masculine dans mon crâne endormi.

J'émerge, lance un regard haineux à l'horloge lumineuse située sur le mur d'en face et découvre qu'il est plus de sept heures du matin. Asher et Kasper viennent de débarquer dans la pouponnière et observent les deux lits occupés, l'air soupçonneux. Je jette un œil sur ma droite, vois River qui s'étire en bâillant, nonchalant à mourir, et tente de me recoiffer en vitesse en me redressant. J'accepte le mug de café que me tend le blond, un peu crispé.

– Jagg a gerbé toute la nuit, se marre Kasper en prenant le relais auprès des wallabies.

– Et vous ? demande soudain l'aîné.

Je lance un regard affolé à River, mais le rebelle de la famille ne semble absolument pas gêné par la question de son frère.

– R.A.S., annonce sa voix grave. Ils ont bien mangé, leur température est bonne, leur transit nickel et ils ont encore pris du poids.

– Ce n'est pas *ça* que je demandais, marmonne Asher.

– Lâche-nous, Ash. Il ne s'est rien passé et il ne se passera jamais rien, siffle River en se levant d'un bond.

J'essaie d'afficher une indifférence totale, de me faire à

l'idée que, lui et moi, c'est foutu d'avance, mais à l'intérieur, ça hurle. Face à moi, le bad boy se fait craquer la nuque, puis enfile son sweat. Il vide la tasse de café noir qui lui était destinée, puis me fait signe de me bouger.

– Nos travaux d'intérêt général sont terminés, *Ciel* ! On est libres, laissons bosser les deux nouveaux larbins.

Kasper lui balance un doigt d'honneur, Asher soupire, et River ajoute, un sourire de sale gosse aux lèvres :

– Bindi, Bambam, à la prochaine !

Deux minutes plus tard, je saute sur mon vélo, lui sur le sien. On roule un bon moment, mais pas en direction de la villa. J'ai un peu mal partout, mais je le suis, alors qu'il s'élance sur les petits sentiers de la réserve, en évitant la route principale. L'air est frais, le soleil encore doux ; la poussière rouge s'envole paresseusement sur notre passage, sans nous prendre à la gorge. Je me demande soudain si le Lynx ne souhaite pas être seul. Je freine et le laisse me distancer. River s'en rend compte, fait une boucle et revient me chercher. D'un signe de tête et d'un sourire de défi, il m'invite à l'accompagner.

Je m'élance de nouveau, il accélère et tente de me semer. Je recolle péniblement, roulant sur les mêmes bosses que lui, m'accrochant à mon guidon de toutes mes forces, pédalant jusqu'à m'en brûler les cuisses.

– River, tu vas trop vite !

– Je ne t'oblige pas à me suivre, se marre-t-il.

– Connard !

– Petite joueuse, répond l'insolent.

Debout sur ses pédales, puissant et sexy comme jamais, il tourne la tête pour me fixer et freine légèrement. Je reprends mon souffle sur quelques mètres, mais le répit ne dure pas.

Je râle en le voyant accélérer en pleine montée.

– J'ai mal partout !

– Oui, mais tu as aimé ça…

Je ne sais plus exactement de quoi il parle, là. De cette course endiablée en VTT au milieu des dunes ou de la nuit dernière. Son petit jeu m'agace au plus haut point, m'attise, et ma frustration me redonne la force de pédaler. Je le dépasse en proférant un cri de guerre, enragée. Il rit de plus belle et me rattrape. Côte à côte, on passe près du vaste enclos des koalas, on monte sur une butte et, au bout du chemin, on s'arrête. Je découvre un panorama à couper le souffle.

À nos pieds, quelques dizaines de mètres plus bas, s'étire l'immense étang qui accueille reptiles, bestioles aquatiques et oiseaux en tous genres.

– Si tu me cherches, je te jette là-dedans, proféré-je en direction de River.

Le rebelle lâche un rire rocailleux, puis s'assied sur une pierre plate pour admirer le paysage. Je descends de vélo et m'installe à ses côtés, sans le toucher.

Je ne sais plus où j'en suis.

Je ne sais pas ce qu'il attend de moi. Ce qu'il veut. Ce qu'il ne veut pas.

– Comment tu as deviné que c'était ma première fois ? murmuré-je soudain.

– Je l'ai senti, c'est tout.

Il repousse un caillou du bout de sa basket ; il ne tourne pas une seule fois les yeux vers moi.

– Tu… Tu as aimé ? demande-t-il doucement.

– Plus que ça, soufflé-je en sentant mon cœur pétiller. Et toi ?

– Tu me poses vraiment la question ? se marre-t-il tout bas.

River sourit un instant, les yeux dans le ciel, puis se renferme sur lui-même.

– Parle-moi, lui glissé-je.

– Je t'ai détestée pendant huit ans, gronde le bad boy. Depuis le jour où je t'ai vue ici, en cachette, quand tu es venue rencontrer ton père. Et que j'ai compris qu'il n'était pas le mien.

Il garde le silence, puis inspire douloureusement avant de reprendre.

– Et puis tu as débarqué et… je ne sais pas… tu as ce truc. Cette fragilité et cette force à la fois…

– Je ne sais pas non plus qui je suis, avoué-je. Je me cherche encore. J'ai vécu sans savoir d'où je venais. Avec un père qui existait, mais pas dans ma vie.

– Je connais…

– Ça va te ronger, River, lui murmuré-je. Si tu peux le rencontrer, apprendre à le connaître, fais-le. Ne laisse pas cette case vide.

Il soupire cette fois, fait craquer ses phalanges et me regarde enfin. Droit dans les yeux. Son iris doré me réchauffe, son intensité me trouble, me ramène à la nuit dernière.

– Je vais chercher qui est mon père, me confie-t-il soudain. Mais ce n'est pas ma mère qui me révélera quoi que ce soit. Je ne lui ferai pas ce plaisir. Je trouverai moi-même qui il est. Et je déciderai à ce moment-là de le rencontrer ou pas.

J'acquiesce, lui souris et m'oblige à détourner les yeux.

– Si tu as besoin d'aide, je serai là…

– Je vais me débrouiller seul, rétorque-t-il.

– Comme tu veux.

Je voulais jouer l'indifférente, c'est raté. La peine s'est entendue dans ma voix.

– Je ne veux pas te faire de mal, Céleste, ajoute-t-il tout bas. Mais tu sais comme moi que cette nuit ne change rien. Toi et moi, on ne peut être ni frère et sœur… ni amants… ni amoureux.

– Alors on est quoi ?

– Rien du tout, me répond-il tristement en souriant.

Je ne me relève pas en même temps que lui. Je l'écoute à peine lorsqu'il m'explique que la route principale est juste derrière nous, à gauche, et que je trouverai mon chemin facilement pour rentrer. Je ne le regarde pas, je me l'interdis, mais je l'entends monter sur son vélo, donner un coup de pédale et me laisser là.

Face à l'immensité du désert sous mes pieds.

Et à l'immensité du vide, en moi.

35
PLUS BAS QUE TERRE

Je ne suis pas le genre de filles à attendre près de mon téléphone qu'un garçon change ma vie. Ou change d'avis. Mais depuis une heure, allongée à plat ventre sur mon lit, avec la tête qui retombe dans le vide, je ne sais pas quoi faire d'autre que penser à River. River et son corps. River et son corps dans le mien. River et son corps dans le mien qui brûle et qui s'envole. J'en ai encore le tournis. Ma première fois avec lui. Le sublime souvenir que j'en ai déjà, assez fort, assez fou pour effacer tous les autres. Tous les garçons qui ont essayé de me faire mal. Quand lui m'a fait tant de bien, en une nuit, en une heure. Comme si je n'étais pas déjà assez folle de lui.

Dans son regard doré, brûlant, j'ai lu la même folie. Le même sublime tournis. Alors pourquoi il n'en veut plus ? Pourquoi il renonce ? À moi, à nous ?

Mon corps fourbu s'enfonce dans le matelas, le sang me monte à la tête, mes bras pendent mollement sur le sol, je me sens comme sans vie. Puis mon portable vibre sous moi et je fais un bond de kangourou, une roulade de bébé wallaby, une cascade ridicule que – Dieu merci – personne n'a vu et ne verra jamais. Mes mains fébriles attrapent mon téléphone, et mon esprit surchauffé imagine déjà le petit mot insolent de River qui va m'arracher un sourire et me faire fondre le cœur :

[Bon. OK. Il est possible qu'on
ne soit pas rien l'un pour l'autre…]

[Il est même possible
que je sois fou de toi, Ciel…]

Je divague.

À la place de ça, c'est un numéro inconnu qui s'affiche et un message en français qui me parvient. Mes yeux voilés ont du mal à revenir à la réalité, à changer de langue, à déchiffrer l'horreur que je pressens déjà. Du brouillard partout autour de moi. L'odeur du cauchemar qui vient me piquer le nez. La nausée qui monte et la vague d'angoisse qui ravage tout sur son passage. Je pensais que c'était terminé.

Je me mange le boomerang en pleine face. Glaçant, tranchant.

Sous le texte, une photo un peu floue mais pas tout à fait. Deux mains masculines immondes, blanches et osseuses, tiennent une plaquette pleine de somnifères et un petit pochon transparent rempli de poudre. Un sachet de drogue que j'ai déjà vu quelque part, quand je fréquentais les mauvaises personnes, les mauvaises soirées, juste pour ne pas être seule, pour ne pas crever. Alors que ce sont eux qui me tuaient.

En une seconde, tout me revient en mémoire, dans un flash-back amer et douloureux, presque intolérable. Les nuits de black-out, l'alcool à flots, qui me remonte dans la gorge, les mecs aux mains baladeuses et aux sourires crétins, leurs lèvres sur les miennes, mon corps déshabillé, mon humiliation constante, mon cerveau vaseux et mes luttes sans force.

Un torrent de larmes jaillit de mes yeux qui brûlent. Je colle le dos de ma main sur mes lèvres trempées pour retenir la lave qui voudrait surgir par là aussi. Mon regard en éruption frôle de nouveau les somnifères, la drogue, les doigts rongés qui les tiennent, et je me force enfin à lire les mots dégueulasses au-dessus de la photo :

[Ça ou ça ?
Qu'est-ce que tu préfères, cette fois ?
Dans tous les cas,
tu vas plonger, Rouquine…
Alors, décide-toi.]

Ce ne sont pas ses mains sur l'image, il n'est pas si con que ça. Mais ce sont ses mots, j'en ai la terrible certitude. Le même goût fétide sur la langue. Le même frisson immonde sur la peau. C'est son style. Sa signature. Alexis. Un de ceux qui me harcelaient à Paris. Le pire de tous. Le discret chef de bande. Le caïd blond à la coiffure à la mode et à l'orthographe irréprochable. Le fils de bonne famille à qui l'on donnerait le bon Dieu sans confession. Le bon élève qui se tient loin des problèmes et fait ses sales coups dans l'ombre. Le beau gosse qui m'a séduite pour de vrai, histoire de m'enfoncer encore plus loin.

Il n'a jamais voulu de moi, je ne l'intéressais pas. Ce qu'il souhaitait, c'était me détruire pour se sentir fort. Faire le beau devant son public, en me prenant pour son jouet.

Et je le laissais faire.

Ses baisers faux, ses chuchotements obscènes, ses yeux fourbes qui restaient toujours ouverts, son nez juste un peu dévié qui me hante, son haleine de clope et d'herbe, son goût de whisky-coca qui me tord encore le ventre : tout se réveille dans mes sens. Toutes ces images, ces odeurs, ces bruits, ces contacts occultés, enfouis, que River avait réussi à effacer pour de bon. Ils sont là, de retour. La vague monte et déferle. Je lâche mon téléphone, ma gorge brûle, je me rue sur la baie vitrée de ma chambre, mon estomac se soulève, je cours le plus loin possible de la villa, mon corps s'effondre dans la terre ocre et la lave jaillit de ma bouche. Je vomis mes souvenirs, ces horreurs.

Je laisse passer la tempête. Le soleil australien va apaiser mes sueurs froides. Je regagne mon cocon et mon lit, referme la porte-fenêtre, attache mes cheveux dans un *bun*, recroqueville mes jambes entre mes bras et me berce doucement. J'observe mon portable, à l'envers sur ma couette, écran face contre terre, et je prends une décision. Je ne lirai plus jamais ce message. Je ne regarderai plus jamais cette photo. Et je n'en parlerai à personne. Ça n'a pas existé. Alexis n'existe pas. Il ne m'envoie pas de menace, d'insulte, d'appel au suicide depuis Paris. Je suis en sécurité ici, à seize mille kilomètres de lui. Il n'aura pas la moindre prise sur moi. Il ne m'intimidera pas avant que son procès n'ait lieu, si c'est ce qu'il cherche. Il ne me fera pas taire, cette fois. Il ne jouera pas avec moi. Il ne m'enfoncera pas plus bas que terre. Il ne creusera pas le trou où je me laisserai mourir.

Cette terre, c'est la mienne.

36

MON CŒUR

Depuis trois jours, j'écoute en cours. Pas d'humeur à bavarder avec Jamie. Depuis trois jours, je rase les murs dans les couloirs du lycée. Pas la force de répondre aux provocations de Becca et sa bande. Depuis trois jours, je me défoule à l'entraînement de basket, et River est absent. Même pas envie de savoir pourquoi. S'il se fait porter pâle pour m'éviter, c'est un lâche. S'il a encore démissionné, c'est un idiot. Dans tous les cas, ça ne me regarde plus.

– OK, fin de séance ! braille Calloway après avoir sifflé. Vous rangez les ballons et vous allez à la douche. Céleste, rangement !

– Encore ? Mais c'était déjà moi la semaine dernière.

– C'est vrai, coach, je m'en souviens ! tente de me défendre Zoey.

– Ton nom est écrit sur ma feuille, vérifie-t-il. Et ça ne te tuera pas de le faire deux semaines de suite. À demain !

Je hausse les épaules, ça ne me dérange même pas. Et

le goût de la rébellion m'est un peu passé. J'ignore les ricanements des pom-pom girls qui me regardent pousser le chariot des ballons et tirer le sac en filet rempli de matériel. J'emporte tout ça à l'autre bout du gymnase et range les balles et les plots dans les casiers habituels. Je referme les cadenas, claque une dernière porte de placard d'un coup de fesse et me retourne sur River. Je sursaute comme face à un cambrioleur. Il porte un tee-shirt blanc, une casquette marine de la Willunga High School enfoncée sur ses cheveux châtains, et c'est à peine si je le reconnais.

– Qu'est-ce que tu…

– C'est moi qui ai inscrit ton nom sur la feuille de Calloway pour la corvée de rangement.

– Tu bosses encore ici ? ironisé-je.

– J'ai besoin de te parler.

– On vit ensemble, au cas où tu aurais oublié…

– Non, on vit dans une famille nombreuse, avec des oreilles qui traînent, des yeux qui observent et des mouchards partout.

Son regard noisette me semble sombre, sa voix sourde.

– J'en ai marre, River, avoué-je dans un soupir.

– De moi ?

– De tous ces mensonges, ces petites cachotteries débiles, ces magouilles pour se retrouver, ces changements d'humeur presque chaque jour… Je déteste avoir l'impression d'être manipulée.

– Ce n'est pas ce que je fais, me coupe-t-il sèchement.

Je glisse mes cheveux derrière mes oreilles et recule jusqu'au mur. Je donnerais cher pour ne pas porter ce short et ce débardeur brillants, ne pas avoir cette queue-de-cheval, sans doute échevelée, et ces joues rosies par l'effort. Il va croire que c'est lui qui me fait rougir. Il aura peut-être raison.

– Je voulais m'excuser, glisse-t-il doucement, comme si ça lui coûtait.

– Tu n'as pas besoin. On n'est *rien* l'un pour l'autre, tu te souviens ? sifflé-je pour le provoquer.

– Ouais… et je dis et je fais toujours n'importe quoi, tu te souviens ? répète-t-il, insolent.

Ça me tue, mais je sens que mon armure se fendille et que son foutu charme opère. Je choisis de ne pas répondre. Le fixe droit dans les yeux et le laisse trouver de quoi m'atteindre de nouveau.

– Sauf cette nuit-là, ajoute-t-il. Je ne regrette pas.

Mon cœur fait boum.

– Tant mieux pour toi, réponds-je du tac au tac.

– Dis-moi que toi non plus.

Mon cœur lutte.

– Je ne te dirai rien du tout.

– Arrête de jouer les coriaces, rétorque-t-il en penchant un peu la tête.

Mon cœur flanche.

– Arrête de jouer les tendres, lui renvoyé-je dans les dents.

Piqué au vif, River retire sa casquette et se frotte les cheveux, qui retombent en bataille sur son front. Il regarde ailleurs, glisse sa langue au coin de sa bouche et je le trouve encore plus beau, plus inaccessible, plus fascinant. Je lâche cette phrase pour m'en convaincre moi-même – et éviter de dire simplement le contraire, qui me brûle les lèvres.

– On ne peut pas être ensemble.

– Je le sais, Céleste.

– Je suis en train de tomber amoureuse de toi, ajouté-je sans réfléchir.

– Alors, arrête ! me supplie-t-il presque.

– Comment ?

– Je vais te dire qui je suis vraiment… Après ça, tu ne pourras plus m'aimer.

– River.

Je frissonne et fais un pas vers lui. Je devine sa gorge se serrer, à voir ses mâchoires se contracter et son beau visage se défaire.

Il m'arrête d'un geste de la main et enfonce sa casquette à l'envers sur son crâne. Avec son front dégagé, ses paupières plissées, ses lèvres charnues qui hésitent, je découvre l'enfant qu'il a dû être, son air sauvage mais fragile. Je fonds aussi pour lui.

– Il y a un autre secret qui me ronge, révèle-t-il alors.

Mon cœur s'emballe.

– C'est moi qui ai causé l'accident de Kasper. Quand mon petit frère avait 5 ans… J'ai ouvert l'enclos des buffles, pour faire chier mon père… J'ai fait craquer un pétard pour les effrayer et les regarder s'enfuir… Je ne savais pas que Kasper me suivait… Il s'est fait piétiner sous mes yeux et je n'ai rien pu faire. Je l'ai cru mort… C'est à cause de moi s'il a perdu sa jambe et l'usage de son bras. Je l'ai tué à moitié…

– Non, il a survécu, bredouillé-je face à son désespoir.

– Personne ne le sait, à part Georgia et Bailey. Ça aussi, ils ont choisi de le cacher.

– Pour te protéger, deviné-je.

– Je ne me le pardonnerai jamais, ajoute-t-il dans un souffle.

Et il me sera difficile de regarder Kasper en face pour lui dire la vérité.

Ses iris dorés disparaissent sous un nuage de larmes qui ne coulent pas. Qui restent là, comme pour le torturer. Je m'approche tout doucement et glisse mes mains autour de sa taille. Il ne résiste pas. Il fourre ses mains dans ses poches, comme pour s'empêcher de me toucher, puis pose ses yeux humides dans les miens.

– Tu comprends ? Ma famille a déjà traversé tellement d'épreuves. On a eu notre lot de drames. On est déjà tous un peu cabossés… Je ne peux pas en plus tomber amoureux de la fille illégitime de celui que je croyais être mon père. Ça n'a aucun putain de sens. C'est trop… pour tout le monde… Pour mes parents, pour mes frères… C'est impossible, Céleste.

Je pleure en silence et j'acquiesce, la mort dans l'âme. Non, je ne le comprends pas, mais, oui, je l'accepte. Tout mon corps me fait mal. Je pose mon front contre son torse, juste quelques secondes. J'enfouis mon visage dans son odeur, dans sa force, dans sa tendresse et son courage. Je me nourris de ce remède éphémère dont je serai bientôt privée. Je sens son cœur cogner et ses bras se refermer autour de moi. Puis je m'arrache à lui. Cours sans me retourner.

***

Je ne sais pas par quel miracle j'arrive en cours le lendemain matin. Les mots d'Amir ne m'ont pas aidée. La force tranquille d'Asher, les blagues de Jagger et la joie de vivre de Kasper non plus. Le 4x4 de l'aîné nous crache sur le parking du lycée. Je ne dis « bonne journée » à personne, pas même « salut » à Jamie. Je rejoins mon casier comme un robot, bouscule des épaules dans la foule, ignore le brouhaha matinal des lycéens. Jusqu'à cette phrase qui me transperce les oreilles.

– River, tu en as mis du temps !

Je reconnaîtrais cette voix mielleuse entre toutes. Becca qui minaude, couine et glousse à la fois, assez fort pour que tout le monde l'entende. Je relève le nez et aperçois la silhouette du garçon-lynx vêtu de noir. Son casque sur les oreilles, son visage fermé. Et la pom-pom girl qui empoigne son sweat pour coller River contre elle. Ses jambes nues qui se frottent aux siennes. Ses seins menus et moulés dans son top qui s'appuient contre le torse qui fut mon refuge. Ses lèvres peintes en rouge qui happent la bouche de River et l'embrassent en mettant la langue.

Mon cœur me remonte dans la gorge.

Je m'attendais à tout sauf à ça. Je ne comprends rien. Je tombe de haut. Je chute dans la fosse aux reptiles, dévorée toute crue.

Je ne savais pas que c'était possible, mais j'ai encore plus mal qu'hier. Mon chagrin d'amour, ce n'était rien à côté de cette colère dévastatrice, cette jalousie qui me mord la peau, cette douleur qui me terrasse. J'ai terriblement envie de pleurer. Je résiste de toutes mes forces pour empêcher mes larmes de couler.

– On y va, *boyfriend* ? lance Becca à voix haute pour être bien certaine que les choses soient claires.

Elle entrelace ses doigts à ceux de River. Elle fait danser ses sourcils fiers et son regard de vipère balaie l'assemblée médusée.

La brune populaire est donc arrivée à ses fins. Mais quand ?

Hier encore, River se confiait douloureusement à moi. Me racontait son autre secret. Me laissait le prendre dans mes bras et me blottir dans les siens. Quand est-ce que ç'a pu basculer ? Quand mon monde s'est-il écroulé sans que je le sache ? Quand et pourquoi ? Il y a juste trois jours, il voulait être mon premier. Je me suis donnée à lui, en pensant qu'il le méritait. Pas qu'il serait capable de jouer avec moi. Je n'arrive plus à voir clair : elle l'a séduit et il a simplement cédé ? Ou c'est lui qui a tout manigancé ?

Est-ce que River Farrow se fout de ma gueule depuis le début… ?

Que cette garce prête à tout lui mette le grappin dessus, c'est déjà insupportable. Qu'il l'ait voulu, incompréhensible. Mais que River m'ait balayée de sa vie, remplacée si vite, échangée contre *elle* – même si j'ai le droit de n'être rien du tout pour lui –, c'est bien la pire des trahisons.

Les yeux dorés du garçon que j'aime m'atteignent. Et se détournent.

Mon cœur meurt.

III

CONTRE LE MONDE ENTIER

37
PLUTÔT CREVER

Mon cœur est bien mort et enterré, sous une pierre tombale sur laquelle a été gravé : « Ci-gît la pauvre fille qui croyait être son Ciel. »

Les vacances d'avril ont débuté – deux semaines sans lycée, qui tombent à pic, mais j'ai un mal de chien à me sortir du lit tous les matins. Je dessine toutes les nuits, broyant du noir, ne trouvant pas le sommeil, hantée par la démonstration publique de River et sa *pom-pom girl-friend*. Par leur baiser, leurs mains qui se touchent, leurs langues qui s'emmêlent et leurs corps qui se répondent. Je ressasse, rumine, enrage. Je m'enfonce, en proie à mes démons. Ça me grignote, à l'intérieur.

J'essaie de tirer un trait sur lui définitivement, de me convaincre qu'il se joue de moi depuis le tout début, mais quelque chose en moi ne parvient pas à renoncer.

En attendant, je fuis le garçon-lynx comme la peste, incapable de lui faire face, de le regarder dans les yeux sans m'écrouler ou lui sauter à la gorge. Je le déteste. Je l'aime. Je le désire. Je le hais. Lui aussi m'évite, j'en suis certaine. On ne s'est croisés qu'une fois en plusieurs jours, quand il s'apprêtait à quitter sa chambre. Lorsqu'il m'a vue, le rebelle en noir a rebroussé chemin en refermant brusquement sa porte.

Le message était clair.

– Café ? Omelette ? Bacon ? Pancakes ? me balance joyeusement Bailey tandis que je pénètre dans la cuisine.

Aux fourneaux, le père de famille en treillis beige, aidé de son plus jeune fils, fait sauter ses pancakes aux myrtilles et remue ses œufs alors que je me traîne jusqu'à ma chaise. À leurs pieds, les quatre chiens ne quittent pas la nourriture des yeux. Sauf le gros labrador narcoleptique, qui finit par s'endormir en ronflant.

– Juste un *shot* de tequila, merci, grommelé-je.

À l'autre bout de la table, Jagger lève les yeux de l'écran de son portable et se marre.

– Même chose pour moi, mais un double ! blague mon demi-frère.

– Céleste, tu n'as pas souri depuis quatre jours, soupire Bailey en m'apportant une assiette bien pleine. Et toi, gros malin, bouge-toi ! Max t'attend aux dingos depuis vingt minutes !

Jagger s'enfile son verre de jus d'orange, lâche un rot tonitruant, mord dans la tranche de bacon grillée que lui envoie Kasper, puis se lève péniblement. Lui non plus n'a pas l'air d'avoir beaucoup dormi. Je le soupçonne d'avoir invité une fille en douce cette nuit. Si ça se trouve, elle est encore planquée dans sa chambre.

– Où est passé Asher ? râle-t-il en s'étirant. Et River ne devait pas bosser avec moi aujourd'hui ?

Ce prénom. Ce putain de prénom. Mon estomac se serre.

– Asher était de garde à la clinique cette nuit, une wombat a mis bas. Et River fait des heures sup à la maison de retraite toute la semaine, nous apprend Bailey. Vous ne le verrez pas beaucoup.

– Putain, il fait des massages à des vieux ? s'écrie l'ado.

– Jagger…

– Remarque, il va peut-être se trouver une cougar, ajoute l'obsédé. Le salaud ! Il paraît qu'elles sont…

– Jagger Farrow, tu vas parler autrement !

Bailey le fusille du regard, puis lui fait signe de dégager, l'air consterné par sa progéniture. Toujours hilare, le sale gosse s'éclipse en sautant sur son skate, tandis que Kasper vient s'asseoir à côté de moi et me demande de l'aider à dessiner un nouveau prototype de prothèse. Incapable de me forcer, je refuse et sors de table sans rien avoir avalé.

– Désolée, Kas, je suis fatiguée.

– Céleste, si tu as besoin de parler… ou de voir quelqu'un, me glisse mon père, clairement inquiet.

– Je vais bien, soufflé-je.

– Ta mère m'avait dit que ça arriverait sûrement, murmure-t-il.

– Que quoi arriverait ?

– Que tu déprimes et te laisses complètement aller ! lâche le plus jeune des Farrow, soudain en colère.

Prise au dépourvu, je ne trouve rien à lui répondre, ce qui l'agace encore plus.

– Réagis, Céleste ! Tu n'es plus toi-même !

Kasper se lève et quitte brusquement la cuisine en boitant légèrement. Je ne tente pas de le retenir ni de le rejoindre. Il n'y a rien à ajouter, il a tout dit. Je suis amoureuse du mauvais garçon. En train de sombrer et d'oublier qui je suis. Et je déçois tous ceux qui comptent sur moi, comme toujours.

Mais cette fois, je n'ai ni drogue ni alcool pour endormir ma douleur.

– Il est un peu à cran à cause de sa mère qui lui a posé un lapin, m'explique Bailey en s'asseyant en face de moi. Ça passera. Mais il n'a pas tort, il faut que tu te changes les idées.

– Je voudrais juste dormir…

– Je t'ai trouvé une voiture. Elle n'est pas toute neuve, mais elle roule. Tu pourrais faire plus de choses, tu serais plus libre si tu conduisais.

– Je n'ai pas le permis.

– Tu es en vacances, non ? C'est le moment idéal pour apprendre !

– Avec… toi ? demandé-je, mal à l'aise à l'idée de passer des heures en tête à tête avec mon géniteur.

– Non, je suis désolé, je n'ai vraiment pas le temps. Mais j'en ai déjà parlé à Asher, il est partant.

– Je…

– C'est réglé ! me dit Bailey en souriant. Tu commences cet après-midi.

En regagnant ma chambre, je croise une blonde dans le couloir, qui sort sur la pointe des pieds de la tanière de Jagger. Son maquillage a coulé, elle tire sur sa jupe courte, passe la main dans sa crinière en vrac et, en me découvrant, lâche un petit cri strident.

J'ai déjà vu cette fille au lycée. Tout à coup, quelque chose me pousse à lui venir en aide.

– Viens, lui chuchoté-je. Passe par ma chambre plutôt que par l'entrée…

Je referme ma porte derrière nous, puis vais ouvrir ma baie vitrée, qui donne directement sur l'extérieur.

– Lara, c'est ça ? lui glissé-je.

– Lana.

– Un petit conseil…

– Oui ?

– Ne tombe pas amoureuse d'un Farrow…

La fille me regarde, un peu perplexe, puis éclate de rire.

– Je ne suis pas maso ! Jagger est un collectionneur, Asher pas mon style et River déjà pris. Mais merci pour le conseil !

La blonde retire ses talons et se lance pieds nus sur la terre rouge pour faire le tour de la maison sans être repérée. Elle est étonnamment rapide. Probablement une athlète : c'est comme ça que Jagger les aime. Quelques secondes plus tard, j'entends le bruit d'un scooter qui démarre, puis s'éloigne.

***

Ma « nouvelle » voiture est une Ford Falcon vert sapin, modèle 1999, bien cabossée sur la portière avant, pleine de rayures et de caractère. Rien à voir avec les 4x4 de gosses de riches qu'on trouve garés sur le parking du lycée. Cette vieillerie, je l'aime instantanément, même si je garde ça pour moi. Bailey n'a pas besoin de savoir qu'il a visé juste et réussi à me faire plaisir. Je la surnomme mentalement la *badmobile*. Une voiture de *badass*, quoi.

– Elle ne paie pas de mine, mais c'est du solide, et elle t'amènera d'un point A à un point B sans problème, m'apprend Asher en tapotant sur le capot.

– Tu es sûr que tu as du temps à perdre avec moi ?

– Je ne perds jamais mon temps, Céleste, me rétorque l'aîné des Farrow. Une fois que tu auras le permis, je n'aurai plus à jouer les taxis, j'aurai plus de temps pour Jamie. Et tu pourras même me servir de chauffeur !

– Mais bien sûr…

Après avoir réuni ses cheveux dans un *bun* au sommet de son crâne, le grand blond me fait signe de grimper derrière le volant. Il déborde d'énergie, d'enthousiasme et de foi en ce projet. Moi ? J'ai deux de tension. Et goût à rien.

– Tu sais à quoi tu ressembles ? me glisse-t-il en attachant sa ceinture.

– À une gamine pourrie gâtée qui n'est même pas reconnaissante de recevoir une voiture ?

– Tu lis dans mes pensées…

– Désolée, mauvaise journée, résumé-je.

– Tu les enchaînes, non ?

– Un peu.

– Qu'est-ce qu'il s'est passé ?

– Rien.

– Je sais que j'ai mal réagi… Tu sais, pour toi et River… Mais ça fait partie du passé, c'est oublié et tu peux me parler de ce qui ne va pas, maintenant.

C'est du passé pour vous.

Certainement pas pour moi.

La colère revient et j'ai un soudain regain d'énergie, comme un nouveau souffle de vie. Je sors de ma léthargie. Je me remémore toutes les injustices qu'on a subies, River et moi. Tous les secrets qu'on a protégés, tous les crimes, les perversions dont on nous a accusés. Pour, finalement, ne rien gagner. Juste le droit d'être des étrangers.

Mon esprit divague un peu plus et je les imagine ensemble. Becca et River. La pouffe et le lynx. La fille que je hais et le garçon que j'aime.

Et qui s'est royalement foutu de moi.

– Prêt ? sifflé-je soudain, en allumant le moteur.

– Attends ! Tu sais sur quelle pédale…

Sans préciser à Asher que j'ai déjà pris des cours de conduite en France et que je maîtrise les bases, je démarre sur les chapeaux de roue. La terre ocre s'envole autour de nous, tandis que mon bolide vert se lance dans le désert. Je m'habitue rapidement à conduire à gauche, accélère et décide de m'amuser un peu. Asher s'accroche à son siège, saisit même la poignée au-dessus de sa tête, me demande de freiner puis me hurle de me ranger sur le côté. Je fais semblant de perdre le contrôle du véhicule, juste pour le plaisir de le voir paniquer.

– Tu te fous de ma gueule ? lâche-t-il en comprenant enfin. Tu sais conduire ?

J'acquiesce, rigole, puis regagne tranquillement la route déserte. Le soir même, malgré mes protestations et mes excuses, Asher m'inscrit en ligne pour que je passe le test théorique deux jours plus tard et l'examen de conduite le dernier vendredi des vacances.

– On a exactement dix jours pour t'entraîner, m'apprend-il. Tu n'as pas intérêt à te louper, petite sœur. Après ça, tu me conduis où bon me semble pendant un mois !

Je lui souris en me faisant la réflexion que ce challenge est exactement ce dont j'avais besoin : focalisée sur mon objectif, je ne vais pas avoir le temps de penser à *lui*. Au rebelle aux yeux dorés.

Et à l'absence insupportable.

Un peu avant le dîner, après avoir révisé mon code deux bonnes heures, je rejoins Kasper au salon, avachi sur l'un des canapés, le regard fixé sur l'écran géant de la télévision. En deux secondes, je reconnais la série qui passe à cette heure-ci et devine qu'il fait semblant de s'y intéresser.

– Kas ?

– Occupé, me répond-il.

– On dessine quand tu veux…

– Je regarde un truc, là, s'obstine le grognon.

– *Pretty Little Liars* ?

– Quoi ? Je sais qui a tué Alison. Je veux juste voir si j'ai raison, grommelle l'ado.

– Je suis désolée pour ce matin, j'aurais dû…

– Va t'enfermer dans ta chambre et laisse-moi tranquille.

Peinée, je le contemple un instant, puis murmure :

– Ça ne te va pas du tout, la méchanceté gratuite.

Je m'apprête à faire demi-tour quand sa main fine et fraîche agrippe mon avant-bras.

– Ma mère est partie, me rappelle-t-il d'une voix chevrotante. J'ai besoin que tu restes, Céleste.

Ma gorge se serre, je m'écroule à côté de lui sur le canapé et lui chuchote :

– Je ne te lâcherai pas, Kasper. Et je suis sûre que tu as raison pour Alison.

***

Deux jours plus tard, je réussis l'examen théorique sans difficulté.

Une semaine s'écoule sans que je parle à River une seule fois. Il se lève aux aurores et ne rentre du travail que tard le soir. Généralement devant un film avec Kasper, je le vois passer la porte d'entrée, aller se servir à boire dans la cuisine, puis gagner sa chambre pour ne plus en sortir jusqu'au lendemain.

Il ne me jette jamais le moindre regard.

Chaque fois, j'ai du mal à respirer. Je rugis intérieurement et je meurs d'envie de me mettre en travers de son chemin. De l'obliger à me parler, à m'expliquer, à me voir. Je voudrais lui hurler que j'existe. Que je ne vis plus, sans lui. Que je lui ai offert le peu d'innocence qu'il me restait, ma petite part de lumière et qu'il est en train de la piétiner.

Mais je n'en fais rien. Je passe mes nuits à penser à lui, mes matinées à me démener à la réserve et mes après-midi au volant. Asher me fait conduire tous les jours, il m'interroge pour vérifier que j'ai bien tout retenu, m'apprend à faire des créneaux, à démarrer en côte, à changer une roue ou vérifier le niveau d'huile. Le blond est tellement bon conducteur, patient et pédagogue, qu'il pourrait en faire son métier. Sauf la veille de l'examen, jour où il tombe soudainement malade. Intoxication alimentaire fulgurante : Asher est totalement hors service.

Je me résous à devoir faire l'impasse sur ma dernière leçon quand, depuis ma chambre, je reconnais le klaxon au son vintage de ma Falcon. Sans savoir ce qui m'attend, je sors de la maison, approche de la voiture et découvre River installé au volant.

– Asher m'a expliqué que tu passais le permis demain, me balance le mauvais garçon à travers la vitre baissée.

Il regarde droit devant lui, sans même se tourner vers moi. Je pourrais le gifler. Lui hurler dessus. Me jeter à son cou. Le supplier de m'aimer, juste un peu, juste une fois encore. Mais je me contrôle, je serre les dents, pose mes yeux sur son visage hâlé, sa tignasse rebelle, ses lunettes aviateur, son tee-shirt bleu aux manches retroussées haut sur ses épaules. Les muscles de ses bras sont tendus ; je suis leurs courbes jusqu'aux deux mains posées sur le volant.

– Sors de ma bagnole, lâché-je soudain d'un ton acide.

– Monte, Céleste.

Sa voix rauque, basse et animale résonne sous ma peau, mais je ne me laisse pas manipuler.

– Dégage, je conduis ! hurlé-je en ouvrant brutalement sa portière.

Cette fois, après avoir laissé échapper un long soupir, le lynx daigne me faire face. Lentement, il retire ses lunettes de soleil et me fixe, les yeux plissés.

– Je vais t'expliquer, mais pas ici, murmure-t-il.

– Plutôt crever.

– Tout doux…

– Je me fous de tes secrets, River, sifflé-je. Garde tes explications pour toi, ça ne m'intéresse pas.

– Céleste…

– *Tu* ne m'intéresses pas !

– Monte.

– Pas avec toi.

– Monte ou je te fous dans le coffre, putain ! s'emporte le rebelle.

– Va te faire foutre !

Je claque la portière en espérant qu'il la prendra en pleine face, puis m'élance en courant en direction de… nulle part. Je sprinte dans le désert et m'éloigne de la villa Farrow, les larmes aux yeux, la rage au ventre, tête baissée, sans savoir où je vais. J'ai besoin de me défouler. De laisser sortir tout ce qui m'oppresse, me ronge, me détruit. Ma colère, ma frustration, ma tristesse.

Je le déteste.

Je me déteste.

J'allais un peu mieux, je reprenais goût à la vie… Et il a fallu qu'il gâche tout.

Alors je cours. Cours encore. Et cours toujours. Soudain, alors que mes poumons brûlent depuis une éternité et que le soleil cogne sur ma peau, une main m'empoigne sauvagement par-derrière. River m'a rattrapée, il me retourne comme une poupée de chiffon et m'attire à lui.

– J'en ai ras le bol de te courir après sans arrêt, Céleste Hardy ! s'élève sa voix menaçante. Ras le bol de lutter contre toi et contre moi-même !

– Lâche-moi ou tu le regretteras ! riposté-je en me débattant.

Évidemment, le bad boy ne fléchit pas. Sa main de fer entoure mon poignet ; il me tient prisonnière. Je tente un coup de genou bien placé, il l'esquive facilement et gronde :

– Arrête tes conneries, putain !

– Tu… ne… me… contrôleras… pas ! rétorqué-je en le repoussant de toutes mes forces.

Il me lâche, je m'enfuis et fais quelques mètres de plus avant d'être projetée au sol. Je pousse un hurlement de rage, mais des bras musclés accompagnent ma chute. River et moi nous écroulons dans la poussière rouge et atterrissons près d'un buisson aride. Des épines se plantent dans mon bras, je gémis et sens le lynx s'allonger au-dessus de moi, en appui sur les mains. Sans réfléchir, je le gifle. Ses iris dorés s'enflamment, me fusillent, et l'enfoiré me maintient au sol.

– Tu vas m'écouter, oui ? grogne-t-il, déchaîné.

Soudain, mes dernières forces me quittent. Je capitule. Des sanglots me traversent le corps, et je le laisse me serrer dans ses bras et calmer la tempête qui me soulève.

– Je ne voulais pas te blesser, murmure le sauvage à mon oreille. Céleste, si tu savais comme je me déteste…

38
LE CIEL ET NOUS

L'alchimie opère.

J'ai du mal à le reconnaître, mais sa peau m'apaise. Sa chaleur m'envahit et son souffle saccadé me berce. Son odeur sucrée et virile m'enveloppe. Sa voix grave me répète sans cesse qu'il est désolé. Le ciel se dégage sous mon crâne, le calme revient peu à peu dans ma poitrine et cette étreinte me ramène à la vie.

Il m'avait tant manqué.

River s'écarte sur le côté puis retire doucement les épines qui se sont logées dans mon bras. Je ne sens presque rien malgré les gouttes de sang qui se répandent sur ma peau.

– Ne fais plus jamais ça, grogne le garçon-lynx en retirant la dernière.

– C'est ta faute si on en est là ! lui rappelé-je. Qui poursuivait qui ?

– Parce que traverser le désert en détalant comme une furie, en plein cagnard, sans eau, sans moyen de contacter qui que ce soit, tu penses que c'est une bonne idée ? siffle le bad boy.

Je lui tire la langue comme une gamine, faute de repartie. Il ne peut retenir un sourire, faute de résistance.

– Tu finiras par me rendre dingue, soupire-t-il.

Je me relève, essuie rapidement mes fringues recouvertes de poussière ocre et observe les alentours. Malgré ma main en visière pour contrer le soleil qui m'éblouit, je ne parviens même pas à retrouver la villa.

– J'ai couru longtemps ?

– Un bon kilomètre, répond River en faisant craquer son cou.

– Tant que ça ?

– Il y a du muscle, là-dedans, lâche-t-il en désignant mes jambes nues.

– Fais gaffe, je vais devenir le genre de fille qui plaît à Jagger…

Je me rends compte bien trop tard que cette blague est totalement inappropriée. Et de très mauvais goût. Gênée, je secoue la tête tandis que River se raidit.

– Je ne sais pas ce qui m'a pris, désolée, lui soufflé-je. J'ai encore du mal à me dire que j'ai trois demi-frères…

– Presque quatre, me rappelle le rebelle.

– Là, c'est toi qui déraillles, grommelé-je.

Il hausse les épaules, remonte son jean noir qui descendait trop sur ses hanches, puis me tend la main.

– Je sais encore marcher sans qu'on me guide, asséné-je en l'ignorant.

– Tu comptes résister toute ta vie ? soupire-t-il.

– Je ne sais pas… Tu comptes embrasser des pouffiasses toute ta vie ?

Touché. River émet un rire rauque et nerveux, passe la main dans sa crinière aux reflets brun doré, puis rétorque :

– Nous y voilà…

– Non, sifflé-je. Garde les détails pour toi, je ne veux rien savoir.

– Tu viens de me poser une question, non ?

– Non.

Le sauvage pousse un cri de frustration derrière moi, puis me rattrape à petites foulées.

– Elle a tout entendu.

Je me retourne et me trouve face à son visage grave, stupéfiant d'intensité et de beauté. J'en frissonne.

– Quoi ? Qui ?

– Becca. Elle a entendu notre conversation au gymnase, souffle River.

Je ferme les yeux pour digérer l'information et ne pas céder à la panique.

– Elle sait que j'ai causé l'accident de Kasper. Elle sait ce qu'on ressent, toi et moi… Ce qu'on a fait… Elle pourrait nous pourrir la vie, Céleste. Si ça se sait, si Bailey l'apprend, il te renverra en France. Et ce sera fini pour nous.

– Elle t'a menacé ? supposé-je en sentant mon cœur s'emballer. Cette garce te fait chanter !

River se mord la lèvre et regarde au loin, n'osant plus me fixer.

– Elle sait qu'on n'est pas vraiment frère et sœur, toi et moi ? demandé-je soudain.

– Non, grogne le bad boy. Je n'allais pas lui faire le plaisir de lui révéler un autre secret ! Et puis, à quoi bon ? Qu'on ait le même sang ou non, on forme une famille aux yeux de toute la ville, de tout le lycée ! On a des frères en commun, toi et moi. Ce sera toujours inacceptable…

Ses yeux trouvent les miens et plongent tout au fond de mon âme.

– La malédiction continue, murmuré-je.

– Ouais…

– Tu vas continuer à sortir avec elle ?

– Je n'ai pas le choix.

– Tu vas coucher avec elle ?

Il ne répond pas tout de suite, joue avec le bout de sa basket, puis me contemple de nouveau, l'air torturé. Beau à crever.

– Ce n'est pas Becca que je veux, Céleste…

Mon pouls s'emballe encore, ma peau s'embrase et je parcours en courant la distance qui nous sépare. J'embrasse River sauvagement, avec urgence, en gémissant. Je mords ses lèvres, je goûte à sa langue, je le respire comme je le désire. Je m'accroche à son cou, ma vie semblant en dépendre. Je le laisse me soulever contre lui pour que nos corps ne fassent plus qu'un et que, sous ce ciel, dans ce désert, à l'abri de tous les regards, nous puissions exister.

Juste un peu.

Juste le temps d'un baiser.

***

Le lendemain matin, Bailey me dépose au centre d'examen de conduite et me souhaite maladroitement bonne chance. Je profite de ce rare moment seul à seul avec lui pour le remercier de m'avoir offert une voiture.

– J'aurais dû te le dire bien plus tôt, avoué-je. Je ne suis pas très douée en politesse…

– Je ne te demande pas d'être douée en quoi que ce soit, Céleste, me dit-il en souriant. Juste d'être aussi heureuse que possible.

– J'essaie, lui glissé-je avant de quitter son 4x4.

Deux heures plus tard, c'est Asher qui vient me chercher dans ma Falcon sur le grand parking du centre d'examen. Je viens d'empocher mon permis de conduire du premier coup, et en un temps record. Pas mal, pour une fille qui a la mauvaise habitude de tout rater.

– Mesdames et messieurs, elle l'a fait ! clame mon frère aîné au teint encore un peu grisâtre.

– Je crois que mon examinateur était défoncé, lui confié-je. Il écoutait du Bob Marley à fond et n'a même pas vu quand j'ai grillé un stop…

Le blond se marre, puis quitte le volant pour sauter sur le siège passager.

– C'est parti, chauffeur ! Et on s'arrête aux stops !

Je le rejoins et m'attache tandis que sa main se pose sur le vieil autoradio et fait défiler les stations à la recherche d'une chanson du dieu du reggae.

– Merci, Bob, émets-je dans un sourire en fixant le ciel.

Je passe la première et ma *badmobile* s'élance sur le bitume.

39

C'EST BON

– C'est la fin des vacances, ici. Je reprends les cours demain matin, expliqué-je à Amir dans un soupir.

Il plonge son regard doux dans la webcam et lève un poing serré en signe de solidarité.

– *Be strong, sister* !

– Merci, *bro*. Mais la seule idée de les voir ensemble me rend malade. River et Becca, le nouveau couple populaire du lycée. Tout le monde ne va parler que d'eux !

– Dis que t'es malade ! Ou sèche carrément les cours, c'est plus simple… me suggère mon meilleur ami.

– Tu veux que mon père me renvoie en France ?

– Franchement ? *Sorry*, mais oui !

– Oui, mais non…

Tout, mais pas ça.

La photo reçue quelques semaines plus tôt revient me traverser l'esprit comme un flash. Les mains osseuses, les ongles rongés, la plaquette de médicaments et le sachet de poudre. L'invitation à me suicider de la manière que je choisirai. La menace signée Alexis, j'en suis toujours persuadée. Je n'ai rien dit de tout ça à Amir : pas envie de l'affoler. Ou qu'il se sente obligé de jouer les justiciers à Paris. Mais rentrer en France, ce n'est définitivement plus une option pour moi. Je préfère encore affronter une horde de wallabies enragés ici. Des cages crottées à récurer. Des dîners forcés en famille. Ou pire : le mec que j'aime collé à la fille que j'exècre le plus au monde.

– À quoi tu penses ? me relance le brun à l'écran.

– Au bonheur insolent qu'est ma vie, ironisé-je. Long fleuve tranquille, tout ça.

– M'en parle pas.

– Ça va, la prépa ?

– Ouais. Notes minables. Deux potes et demi qui continuent à m'appeler Samir. Et aucune meuf à l'horizon. Enfin si, peut-être une, mais…

– Qui ? le coupé-je en me ruant sur mon ordinateur.

– Trop près, Céleste ! Tu ressembles à une carpe collée au judas d'une porte.

Toc, toc.

– C'est qui ? lancé-je en direction de la porte de ma chambre.

– Ben, c'est moi ! me répond Amir.

– Non, pas toi, lui chuchoté-je.

– Ah, la meuf…

– Non, ici !

– Je capte rien !

– Laisse tomber.

River passe la tête dans l'embrasure et mon cœur tente de forcer le passage par ma gorge.

– Je ne t'ai pas dit d'entrer, sifflé-je en rabattant l'écran de mon ordinateur à moitié.

– Depuis quand je fais ce qu'on me dit ? me provoque-t-il en retour.

– Qu'est-ce que tu veux, River ? Je suis occupée.

– Tu parles à qui ?

– Mon mec.

– *What* ? s'écrie Amir, de l'autre côté de l'écran.

River esquisse un petit sourire amusé et s'invite un peu plus dans ma chambre. Il porte un débardeur blanc collé à son torse musclé, un long bermuda gris et sa satanée peau soyeuse, bronzée, luisante de sueur.

– Je te laisse, Am... shton, chuchoté-je à mon faux *boyfriend*.

– A-qui ?

Et je referme doucement mon portable avant qu'Amir-Ashton ne me trahisse.

– J'ai besoin de te parler, m'annonce le bad boy en entrant complètement sur mon territoire.

Un ballon de basket coincé entre le poignet et la hanche, les cheveux trempés qui lui retombent sur le front, la bouche encore humide de l'eau qu'il a dû aller boire direct au robinet, il s'essuie le menton d'un geste du pouce. J'ai du mal à le regarder. Et encore plus de mal à ne pas le faire.

– Je ne parle pas aux garçons en débardeur, c'est moche et ridicule, lui renvoyé-je, faute de mieux.

– OK.

Et l'insolent lâche son ballon, le coince entre ses baskets, puis retire sa fringue transpirante pour me la jeter à la tête.

– C'est mieux comme ça ?

Je ne sais pas ce qui est pire : son torse nu qui me rend folle, sa façon de se déshabiller qui me rappelle des souvenirs torrides, ou son petit sourire en coin, aussi sexy qu'exaspérant.

– Non, répliqué-je sans me laisser démonter. De toute façon, je ne parle pas aux mecs qui sortent avec des pom-pom girls stupides et sans sourcils.

– Becca est des tas de choses… mais elle n'est pas stupide, la défend-il.

– Pourquoi tu ne vas pas la rejoindre ? commencé-je à m'agacer.

– Parce que j'ai besoin de toi, Céleste.

Cette fois, sa voix rauque et son air grave me font taire. J'en oublie ses abdos qui m'aguichent, ses pectoraux qui m'appellent et ses biceps qui se contractent chaque fois qu'il fait craquer ses phalanges dans son poing. Je me laisse happer par son regard doré, si profond, si énigmatique, si vertigineux : il y a tout le bush australien, aride et sauvage, dans ces deux yeux merveilleux.

– Tu as dit que tu m'aiderais si je voulais… découvrir qui est mon père.

– Oui, soufflé-je sans réfléchir.

– Rendez-vous devant la villa dans cinq minutes. Je vais prendre une douche.

– D'accord.

– Et pas la peine de me mater quand je m'en vais… recommence-t-il à jouer en tournant les talons.

– N'oublie pas de t'habiller, à un moment… lancé-je à son dos.

– J'y penserai, lâche-t-il en faisant tournoyer son ballon de basket au sommet de son index.

– Et pas de débardeur ! crié-je une dernière fois, juste pour avoir le dernier mot.

***

Sept minutes plus tard, je retrouve River devant ma Falcon, en jean brut, tee-shirt gris chiné et casquette marine. Même habillé le plus banalement du monde, il me fait un effet fou.

– T'es en retard, râle-t-il.

– On va où ? soupiré-je.

– Tu conduis, je dirige.

– À tes risques et périls… Je te rappelle que j'ai mon permis depuis environ trois secondes.

– Ça te fera la main. Et on prend ta voiture.

– Ma Falcon est bien plus qu'une « voiture », c'est une *badmobile*. Et elle ne transporte pas n'importe qui…

Le rebelle se marre tout bas, puis me fait signe de bouger.

– Si on prend ton tas de ferraille, c'est uniquement parce que je ne veux pas qu'on reconnaisse mon 4x4. Allez, grimpe !

– Si je nous tue tous les deux, tu ne viendras pas te plaindre, ronchonné-je.

– Becca sera folle de rage que j'aie passé mes derniers instants avec toi, se marre le garçon-lynx en plissant ses beaux yeux.

– C'est bon, tu m'as convaincue.

Avec le cœur qui, bêtement, bat plus fort, je m'installe au volant.

Je me laisse guider par River, qui me donne ses instructions pour l'itinéraire, mais aussi des conseils de conduite. Ça nous évite sans doute de parler du reste. Ou pire, de laisser s'installer le silence qui nous crie « embrassez-vous ! » chaque fois que nos bouches n'ont rien de mieux à faire.

Avec sa voix calme et ses gestes sûrs, il a l'air de me faire confiance. Mais d'être là quand même, en cas de besoin. Personne n'a jamais su faire ça pour moi, avec moi. Le parfait dosage. Le soutien sans m'humilier. La protection sans m'étouffer. Son regard me porte, me pousse. Son petit sourire indique même qu'il a l'air de me trouver sexy quand je conduis. Je frissonne quand sa main s'abat sur la mienne pour tourner légèrement le volant et contourner une bestiole sur le bord de la route.

– Merci.

– Tu n'as plus besoin de moi, m'annonce-t-il au premier feu rouge, une fois qu'on a rejoint la ville.

– Qu'est-ce que tu… ?

Le rebelle défait sa ceinture, se contorsionne pour passer sur la banquette arrière et s'y allonge, un bras derrière la tête.

– C'est quoi, le plan, au juste ? Je suis devenue ton chauffeur privé ?

– Quelque chose dans le genre.

– Tu n'as pas douze frères, une petite amie et au moins trente prétendantes à qui demander ça ?

– Prends à gauche après le distributeur, me dit-il en regardant discrètement par la vitre. Kasper était au téléphone avec ma mère, j'ai entendu qu'elle se trouvait au café avec ses copines.

– River, tu ne m'envoies quand même pas en mission suicide auprès de Georgia ?

– Je suis tordu et complètement foutu, mais pas con à ce point.

– Alors, qu'est-ce qu'on fout là ? râlé-je en me tournant vers lui.

– Leçon de conduite numéro un : ne pas quitter la route des yeux, me lance l'insolent en souriant.

– J'ai envie de te faire du mal, soupiré-je. Beaucoup de mal…

– Je ne crois pas, non, réplique-t-il, sûr de lui.

Et ses iris dorés viennent frôler mes lèvres en y mettant le feu. Je détourne le regard, reprends doucement la route et me tortille sur le siège conducteur pour tenter de discipliner mes terminaisons nerveuses.

– Tu vois une devanture bleu ciel, genre salon de thé pour vieilles qui se croient encore assez jeunes pour boire des cocktails à cinq heures de l'après-midi en se racontant leurs derniers exploits sexuels ?

– Je déteste ta mère au moins autant que toi, River… Mais un peu de respect quand même.

– Arrête-toi un peu avant, continue-t-il en m'ignorant.

– Et maintenant quoi ?

– On attend que Georgia sorte. Et on la suit.

– Ça s'appelle du harcèlement, lui rappelé-je en défaisant ma ceinture.

– Non, juste une filature. Je veux simplement savoir où elle vit…

– … et avec qui, complété-je.

River opine et se tait. Il fuit mon regard, ne me l'avoue qu'à demi-mot, mais c'est son père qu'il vise. Il accepte enfin de chercher, pour savoir la vérité. Et même s'il ne veut pas en parler, ça me fait quelque chose qu'il franchisse cet immense pas avec moi. Ce saut dans le vide face auquel il recule depuis tant d'années. Cette fois, il est prêt.

Je m'assieds en biais, pour avoir à la fois le café bleu et le garçon sauvage dans mon champ de vision. On attend plusieurs minutes dans un silence pesant, peuplé des mots « sexuels », « respect », « harcèlement », qui résonnent en boucle dans mon pauvre cerveau. Le visage de Becca me vient aussi à l'esprit, sa bouche rouge collée à celle de River. Le rictus inquiet de ma mère s'y superpose. Puis le regard doux d'Amir et cette fille sans visage dont il ne m'a pas parlé. Un autre inconnu m'apparaît, mélange de mon père, de mon beau-père, du géniteur que River ne connaît pas encore. Et puis, c'est la photo atroce d'Alexis qui me passe douloureusement sous les paupières, cette nouvelle menace que j'ai choisi de cacher à tout le monde.

Je hais les secrets. Depuis toujours, ils me rongent. Et je me retrouve à en fabriquer moi-même, comme ces erreurs qu'on ne peut pas s'empêcher de faire, encore et encore. Comme aimer et désirer River. C'est plus fort que moi.

– Pour info, lâche la voix grave depuis la banquette arrière, je suis pour que les femmes se saoulent autant qu'elles veulent, à l'heure qu'elles veulent, après ou avant de coucher avec les mecs qu'elles veulent.

– C'est trop gentil à toi, acquiescé-je.

– La voilà, démarre ! me lance-t-il dans un cri chuchoté.

Je sursaute, boucle de nouveau ma ceinture, m'emmêle les doigts et ne sais plus dans quel ordre ni quel sens tourner la clé, desserrer le frein à main, appuyer sur les pédales. Mon coude actionne sans le vouloir les essuie-glaces. De désespoir, je laisse mon front aller contre le volant et un bref coup de klaxon retentit dans la rue.

– Respire, Céleste. Elle part à pied, on a le temps.

Le ton doux de River m'apaise. Je me reprends et réussis à démarrer sans autre incident. En robe rouge et escarpins noirs à talons aiguilles, Georgia remonte lentement le trottoir en flânant.

– Tu ne veux pas lui balancer un coup de lave-vitre, histoire de rester discrets ? plaisante l'insolent derrière moi.

– Continue comme ça et je m'arrête à sa hauteur pour lui demander combien elle prend.

– Oh, un peu de respect ! s'indigne-t-il pour de faux.

– Elle s'arrête, je me gare ?

– Oui, trottoir d'en face.

Sur la banquette, River se retourne pour s'allonger sur le ventre, fait pivoter sa casquette pour la mettre à l'envers sur son front et remonte son regard juste à la lisière de la vitre. Même dans cette position parfaitement ridicule, il parvient à rester sexy.

– Tu crois que c'est chez elle… ou chez lui ? demandé-je, tout bas.

– Sais pas.

– Il n'y a pas l'air d'avoir quelqu'un d'autre dans la maison, toutes les lumières sont éteintes.

– Bonne déduction, Sherlock.

– Qu'est-ce qu'on fait ? On attend qu'il rentre aussi ?

– On peut y aller, souffle la voix grave.

– Mais tu ne voulais pas…

– Tout ce que je voulais, c'est une adresse, me coupe-t-il doucement. Tu ne vas pas redessiner mon arbre généalogique aujourd'hui, Ciel.

La chaleur de son timbre et la tendresse de ce surnom me

coupent le souffle. Georgia disparaît et River bondit de nouveau sur le siège avant.

– On peut rentrer, Ciel.

– Tu n'es pas obligé de m'appeler comme ça. J'avais déjà entendu la première fois.

– Tu veux que je conduise, Ciel ?

– Tu es un putain de nuage noir qui annonce l'orage, tu le sais, ça ?

– Oui, Ciel, me répond le rebelle avec un sourire.

– Attache-toi et ferme-la.

Il s'exécute et je nous ramène à la villa.

En silence.

En ne manquant de nous tuer que trois fois.

***

Le lendemain, j'arrive au lycée par le bus. Je reste longtemps à l'écart pour m'éviter les scènes d'amour, de retrouvailles collées serrées et de baisers mouillés devant les casiers. Je rejoins ma salle de cours in extremis, juste après la sonnerie, sans avoir croisé ni River ni Becca, ni aucun autre visage hostile. En revanche, le professeur d'histoire me lance un regard noir en me voyant courir jusqu'à une place libre.

– En retard dès la rentrée, Hardy. Bravo ! me sermonne-t-il.

– C'est moi qui l'ai retardée, intervient un grand brun à lunettes. J'ai fait tomber tous mes livres dans le couloir, Céleste m'a aidé à les ramasser.

– J'en ai assez entendu, prenez vos manuels, décide le prof.

Et Lachlan – je crois, à moins que ce ne soit Angus ? – m'adresse un petit sourire charmant. Mais qui me met mal à l'aise. Jamie envoie un petit coup de pied dans ma chaise, suivi d'une moue entendue. J'ai déjà envie que cette première journée de lycée se termine.

Je tiens le choc toute la matinée, je fuis la cafétéria pour manger un paquet de chips et une pomme à la bibliothèque, en compagnie des autres âmes solitaires de Willunga High. C'est évidemment à l'entraînement de basket de l'après-midi que les choses se gâtent.

Pendant l'échauffement, je regarde Becca bouffer des yeux River, qui me mate par-dessus l'épaule de Calloway. Je connaissais le concept du triangle amoureux et celui du cercle vicieux, mais pas encore le mélange des deux.

Pendant les tours de terrain, j'écoute Jamie me vanter les mérites de Lachlan, grand, même si pas très musclé, peut-être un peu timide mais intéressant quand on lui laisse le temps, un regard de myope qui lui donne un air mystérieux et une réputation de « mec bien », ce qui semble assez rare au lycée pour être signalé.

Et pourtant, ça m'indiffère complètement.

Pendant l'exercice des shoots à trois points, je ne peux pas m'empêcher de comparer : la silhouette vive et athlétique de River, la nonchalance de son pas, la maîtrise de ses gestes, son assurance naturelle, son charisme sans forcer, ses yeux noisette pailletés d'or, plissés, insondables, qui n'ont pas besoin de faire des mystères pour vous happer tout entière, sa réputation de rebelle qui lui colle à la peau malgré son aisance dans le rôle d'assistant-coach. Je rate tous mes tirs à force de regarder ailleurs que vers le panier.

– Bas les pattes, vient me chuchoter Becca sur le bord du terrain.

Je l'ignore une première fois.

– Ton frère est à moi, me répète-t-elle de sa bouche couverte de gloss.

Je me déplace pour aller shooter ailleurs. Elle court à côté de moi en agitant ses pompons.

– Attends… ton frère ou ton mec ? Je ne sais plus, moi !

– Ferme-la un peu, sifflé-je en vérifiant que personne ne nous entend.

La brune aux sourcils dessinés au crayon continue à me suivre en faisant semblant de s'étirer.

– Qu'est-ce que tu veux, Becca ? dis-je en m'arrêtant net face à elle.

– Juste discuter, Red ! minaude-t-elle. Franchement, ça ne te dérange pas de te taper ton propre frère ?

Elle mime un haut-le-cœur en tirant la langue, et mon poing se serre tout seul, avec la ferme intention d'aller s'écraser sur sa moue de dégoût.

– On a changé d'exercice, ramène-toi ! me lance soudain Jamie en m'entraînant par le bras.

Je marche à reculons sans quitter la vipère du regard. La pom-pom girl ricane pendant que je fulmine.

– Qu'est-ce qu'elle te veut encore, celle-là ? râle ma copine.

– Aucune idée, m'entends-je mentir aussitôt.

– Alors, concentre-toi, Céleste. On doit passer en un-contre-un, attaque rapide, c'est River qui défend.

Les basketteuses font déjà la queue face au plus sexy des frères Farrow, qui repousse facilement la plupart des attaques. J'entends le coach Calloway conseiller ses joueuses à chaque passage, parler vitesse, ruse et explosivité. Et au lieu de foncer dans le tas, quand c'est mon tour, je me mets à dribbler longuement, dos au panier, pour forcer River à venir me coller. Il frôle mes bras en tentant de me voler le ballon, il suit mes déplacements en plaquant son corps au mien, il esquisse un sourire de défi quand je le feinte pour changer de direction, il se fatigue pendant que je m'amuse, ou peut-être le contraire, je sens son souffle chaud sur ma nuque et je vois bien qu'il me laisse faire.

– C'est trop long, Céleste ! braille l'entraîneur de loin.

– Peut-être… mais c'est trop bon, murmuré-je à en faire sourire River.

Et enrager Becca, qui ne rate pas une miette du spectacle, les deux pompons en berne sur les hanches. Quand mon petit manège a assez duré et que je vois les autres filles s'impatienter, je tente un tir de l'extrême, de dos et de très loin, en poussant un cri de rage. Le ballon entre dans le panier puis en ressort, ratant l'exploit de peu. Je récolte quelques applaudissements de mes coéquipières. La pom-pom girl tourne les talons pour vaquer à ses occupations et se trouver une contenance. Et le garçon aux yeux dorés, essoufflé, la langue coincée à la commissure des lèvres, me tape dans les deux mains avant de croiser ses doigts aux miens.

C'est dangereux.

C'est éphémère.

Mais qu'est-ce que c'est bon !

40
UN GOÛT D'ORANGE

Le jour suivant, au lycée, j'accepte d'affronter l'univers impitoyable de la cafèt', juste pour les bonnes notes et les beaux yeux du frère Farrow numéro trois. En espérant ne pas croiser ceux du numéro deux.

– Je n'étais pas censée t'aider à réviser, Jagger ?

– OK, pose-moi des questions de littérature, moi je te fais un *coaching swag* en parallèle.

– Un quoi ?

– Franchement, Céleste, t'es ma demi-sœur, alors je ne vais pas te faire la liste des trucs qui sont *hot* chez toi, mais j'ai déjà entendu des mecs dire que tu leur plaisais. Genre, vraiment. Tout ce qu'il te manque, c'est un peu de confiance en toi. Et de style.

– Hum… tout, quoi.

– Non, t'es une Farrow, on est tous beaux gosses, impossible de lutter contre ça !

– Si tu le dis… soupiré-je. Quel est le seul écrivain australien à avoir reçu le prix Nobel de littérature ?

– Patrick Black !

– White ! corrigé-je en tapant son front de mon index pour que ça rentre mieux.

– C'est pareil… Tu sais, c'est parce que tu penses que tu ne vaux « rien » que les autres se permettent de te marcher dessus. C'est ton attitude qu'il faut changer, pas ton look.

– Je veux juste être transparente, Jagger… Pas populaire. Qui a écrit *Les oiseaux se cachent pour mourir* ?

– Attends, je sais… Un truc du genre Matthew McConaughey…

– Colleen McCullough, crétin ! C'est l'écrivaine australienne la plus connue au monde.

– Pas assez *swag* pour être « vraiment » connue ! se marre-t-il en faisant non de la tête.

– Tu m'épuises, Jagger…

Mais je ne peux pas m'empêcher de rire. Jusqu'à ce que River nous rejoigne, son plateau-repas en équilibre sur une main, ses sourcils froncés à l'extrême.

– Putain, Jagg, ça fait une plombe que je te cherche, j'ai failli aller m'asseoir à la table des profs pour ne pas me retrouver tout seul comme un con. Tu veux ma mort ?

– Nan, mais je veux bien le numéro de la nouvelle prof d'espagnol, le provoque l'excité.

– Elle a 25 ans… et toi, 12 d'âge mental, soupire l'aîné.

– Je crois que je vais vous laisser, marmonné-je en commençant à me lever.

Mais la main de River attrape la mienne, par réflexe.

– Reste.

Il lâche mes doigts aussi vite que possible, mais nos yeux s'accrochent. Et c'est moi qui détourne le regard en premier, pour vérifier qu'on n'est pas observés.

– C'est peut-être moi qui devrais m'en aller… suggère Jagger en nous fixant l'un après l'autre.

– Qu'est-ce que tu racontes, toi ? grogne River en direction de son frère.

– Je sais que vous me prenez pour un crétin à cause de mes notes… mais j'ai l'intelligence du cœur, moi.

– Arrête tes conneries, Jagg.

Puis le plus jeune insiste et se penche en avant, pour chuchoter :

– Je vois très bien comment vous vous regardez et que vous êtes incapables de ne pas vous toucher. J'ai bien compris que ce n'était pas fini entre vous…

River pose sa fourchette et mâche furieusement en fusillant son frère du regard. Je retiens mon souffle en attendant la suite. Est-ce qu'il va nier ? Est-ce que Jagger pourrait nous balancer ?

– C'est bon, je ne dirai rien, lâche le trublion. Je m'en fous, moi. Faites ce que vous voulez… mais restez discrets, OK ? Je vous rappelle que je suis un mec populaire, dans ce lycée. Je n'ai pas envie de voir ma réputation ruinée par mon frère tordu et ma demi-sœur bizarre !

– Sympa… ironisé-je. Mais merci, Jagger.

– Ouais, merci, répond gravement River, reconnaissant.

Le regard noisette tourmenté passe sur mon visage, y reste un peu trop longtemps. Comme chaque fois, mon cœur tressaute puis redescend. Je me mords la lèvre. River réprime un sourire en coin et se force à détourner son attention. Je croque dans un quartier d'orange juste pour m'occuper les mains. Du jus d'orange gicle sur le visage du rebelle, qui récupère les gouttelettes du bout du doigt, au moment où je m'apprêtais à faire pareil. Nos peaux s'entrechoquent et se dépêchent de se quitter. River glisse son index dans sa bouche. Je rougis. Et Jagger se marre de plus belle.

– Putain, contrôlez-vous ou prenez une chambre, les gars !

Le déjeuner est apparemment terminé. River se lève et va ranger son plateau à peine entamé. En nous attendant, il vide une mini-brique de lait et va donner son brownie encore emballé à un élève de seconde attablé tout seul.

En quittant la cafétéria sur les talons des deux frères Farrow, je me demande si ça se voit tant que ça. Lui et moi. Notre attirance. Les sentiments qui nous lient et qu'on essaie pourtant de contenir. Et si Jagger a perçu tout ça, qui d'autre pourrait découvrir notre secret, au lycée ?

Sur le trajet qui nous ramène dans le hall du bahut, River fait réviser son frère pour son test de littérature. Je reste derrière eux et je ne la vois pas arriver... jusqu'à ce que le garçon que j'aime se retrouve plaqué contre une rangée de casiers. En une seconde, Becca a ses deux mains collées sur les pectoraux de River, et ses deux lèvres écrabouillées sur sa bouche. La nausée me guette.

– Je rêve ou tu as un goût d'orange, aujourd'hui ? ricane la brune en se léchant les lèvres.

– Possible, souffle River en me frôlant du regard.

– Je sais que tu en voudrais plus, mais je dois filer !

– À plus ! acquiesce-t-il pour s'en débarrasser.

La pom-pom girl dépose encore un baiser dans le cou de

son *boy-friend* et repart en courant, avec sa jupe patineuse qui s'agite dans tous les sens possibles sur ses hanches. Si mes yeux pouvaient tuer, cette garce ne sortirait pas de ce couloir vivante.

– Qu'est-ce que tu fous, mec ? demande soudain Jagger à son frère. Sortir avec une élève, ce n'est pas interdit dans le règlement, ça ?

– Je ne suis pas vraiment prof, aucune importance, dit-il en haussant les épaules.

– Ouais, mais quand même… Becca !

– Je n'aurais pas dit mieux, murmuré-je dans une grimace.

– Bon, elle sait un truc à la con sur moi, OK ? se justifie River. Je suis coincé avec elle pour l'instant. Le temps que je trouve une solution pour la dégager de ma vie… et de ma bouche qu'elle prend un peu trop pour un doudou en libre-service.

Je ne le trouve jamais aussi sexy que quand il grogne. Ah si, quand il grogne contre une fille que je déteste et qui croit pouvoir prendre ma place. Et quand il grogne en plongeant son regard doré dans le mien, pour allumer un feu en moi, là où j'ai toujours eu si froid.

– Je devrais pouvoir te sortir de là, annonce Jagger en frimant.

– Quoi ?

– J'ai une lettre d'amour ridicule que m'a écrite Becca, quand j'étais en seconde et qu'elle voulait sortir avec moi. Elle crache sur toutes les filles du lycée pour se faire bien voir… et elle dit que je suis de loin le meilleur des frères Farrow, puisque Asher est gay et que toi, t'es un psychopathe.

– Putain, lâche River en souriant. T'es sûr que tu l'as gardée ?

– En lieu sûr dans ma chambre, j'ai toujours su qu'elle me servirait un jour ou l'autre.

– Bien joué, Jagg.

Son aîné l'attrape par le cou pour lui frotter vigoureusement les cheveux et, dans un même élan de joie, je me hisse sur la pointe des pieds pour choper son visage et l'embrasser exagérément sur la joue.

– Je t'ai déjà dit que tu avais plus de *swag* que tous les écrivains australiens réunis ? ironisé-je.

– Et que tu étais tout sauf un crétin ? ajoute River.

– Gardez vos compliments pour vous, bande d'hypocrites ! Vous me revaudrez ça quand j'en aurai besoin. Et Riv, je te laisse t'arranger comme tu veux pour le numéro de la prof d'espagnol...

Jagger mime un téléphone avec son pouce et son auriculaire puis adresse un clin d'œil entendu à son frère en tirant la langue.

– Va plutôt réussir ton test de littérature ! dit River en lui envoyant une petite tape derrière le crâne.

– Patrick White et Colleen McCullough, lui rappelé-je. Tu t'en souviendras, ça ressemble à « culotte » !

– Patrick McCulotte, Patrick McCulotte, Patrick McCulotte... répète-t-il à l'infini en jouant les attardés.

Mon sourire finit par croiser celui de River. Qui se racle la gorge et rejette ses cheveux châtains sur le côté, de son petit geste nerveux de la tête.

– Tu as fini les cours, Ciel ? me demandent sa voix grave et ses yeux plissés.

– Je ne reprends pas avant une heure.

– Tu connais Aldinga Beach ? C'est la plage la plus proche d'ici.

Il énonce ces informations d'un ton parfaitement détaché, qui m'électrise encore plus au milieu du brouhaha des lycéens.

– Je pense qu'il est indispensable que tu me montres cet endroit, acquiescé-je doucement, en replaçant une mèche derrière mon oreille.

– Certaines zones sont très… préservées. On appelle ça « les sables argentés ».

– Ça doit être magnifique… Tu me racontes dans la voiture ? proposé-je sur le même ton faussement indifférent.

– Bonne idée, conclut-il en se mettant à marcher.

Puis courir.

En fait, on n'a pas le temps d'atteindre la plage ni le sable, de quelque couleur qu'il soit. Et les explications sont sommaires. On sait très bien où l'on va, l'un comme l'autre. Exister. Exulter. Être seuls, enfin.

Libres.

À la première route déserte, entre la ville et l'océan, au milieu d'une forêt de pins épars et de buissons secs, River pile et se jette sur moi. Il m'embrasse follement, puis s'arrête net et s'affale de nouveau contre son siège.

– Est-ce que c'est ce que tu veux ? me demande-t-il, le souffle court.

– C'est ce dont je rêve.

Cette fois, c'est moi qui bondis pour aller m'asseoir à califourchon sur lui.

Pendant que je l'embrasse, il fait coulisser le siège conducteur sur ses rails pour me laisser de la place et plaque ses mains sur mes fesses, mes cuisses, mes hanches. Il me pétrit de toute sa fougue. Je glisse mes mains sous son tee-shirt en laissant échapper des gémissements. Sa peau m'a tellement manqué.

Il redécouvre la mienne en se baladant sur mes reins brûlants. Tout mon corps se consume sur son passage. Et le sauvage est apparemment aussi impatient que moi : il soulève soudain mon top et enfouit sa tête dessous, colle son visage entre mes seins serrés puis mord dans mon téton en écartant rageusement le tissu. Je pousse un cri. Je souris. Je bous. Je sens la bosse dans son jean presser juste là où il faut, entre mes cuisses.

Je m'accroche à ses épaules et je ne sais plus si c'est le désir, le plaisir ou l'amour qui allume ce feu immense au creux de mon ventre.

– Dites donc, les jeunes !

Une voix d'homme, un petit rire, un *bam bam* contre la vitre. Je saute au plafond. River s'extirpe de mon haut et en ressort tout décoiffé.

– Putain de…

– Ce n'est pas un endroit pour faire ça, nous lance un papy en jogging, debout près du 4x4.

Le garçon-lynx couvre mes seins en tirant sur le tissu, et je me jette sur le siège passager, les joues cramoisies de honte.

– C'est la nature, vous avez raison d'en profiter ! ajoute le vieux en souriant. Mais pas dans une voiture, jeune homme… Cette demoiselle mérite mieux que ça. Ouste !

River acquiesce d'un petit geste du menton, démarre en fronçant les sourcils puis recule tout en bouclant sa ceinture.

– Je te ramène au lycée, lâche-t-il d'une voix enrouée.

– Tu le connais ?

– Non… Mais on prend vraiment trop de risques.

– Je sais, chuchoté-je avant de frôler mes lèvres du bout des doigts.

Je sens encore la morsure de ses baisers. Son petit goût d'orange mêlé à celui du danger.

Je ne connais rien de plus effrayant.

Et rien de meilleur au monde.

41
LA DENTELLE NOIRE

Kasper devait passer le week-end chez sa mère, mais Georgia a une fois de plus annulé leurs plans au dernier moment, prétextant encore un déplacement professionnel. De ce fait, le petit dernier des Farrow a broyé du noir toute la journée, refusant même d'aller rendre visite aux bébés wallabies. Il fallait agir. Ce soir, le chef de notre tribu a décidé de lui changer les idées.

Ce qui explique pourquoi je me retrouve réquisitionnée sur le canapé depuis une bonne heure déjà, face à la télé, un bol de nachos au fromage sur les genoux, entourée d'une horde de chiens et des cinq Farrow. Enfin, plutôt quatre, puisque Bailey ne cesse de quitter le salon pour prendre des appels.

– *Star Wars*, ce n'est vraiment pas mon truc, soupiré-je en enfournant une chips dégoulinante de cheddar.

– Tais-toi, femme. Laisse les hommes se divertir, me lance Jagger en ricanant.

– Kas, pizza ? propose Asher un peu plus loin.

– Pas faim, répond l'ado en lançant un bout de viande à son ours.

Coincée entre Kasper, qui fait la gueule, et le comique de service, qui me fatigue, je jette un regard désespéré en direction de River. Installé de tout son long à l'autre bout du canapé, Lynx couché contre lui, il affiche un sourire en coin insolent au possible.

– Ça te fait rire, toi ? grogné-je en lui balançant un coussin.

– Pas de mutinerie, femme ! rétorque le rebelle de sa voix grave, en interceptant le missile d'une main.

C'est à ce moment-là que Dark Vador apprend à Luke qu'il est son père et que le nôtre se ramène, un colis entre les mains.

– Il est arrivé à la réserve ce soir. Désolé, il est un peu abîmé, me dit Bailey en me tendant le carton, troué sur le côté.

Je réceptionne la boîte mystère et la fixe d'un sale œil. Sur l'étiquette d'envoi, je découvre bel et bien mon nom, suivi de l'adresse de la réserve. Au dos, un nom d'expéditeur et une adresse à Willunga complètement bidon : *Le Diable de Tasmanie, rue de Quelque-part-par-là.*

Je n'aime pas du tout les surprises de ce genre. Je découvre un cachet de la France tamponné dans un coin. Et l'angoisse monte. Ni ma mère, ni ma sœur, ni Amir ne se seraient amusés à cacher leur identité. Ou à inventer une adresse en Australie pour m'envoyer un paquet depuis Paris. Quelque chose me dit que ce colis vient du diable en personne. Qui d'autre ?

Le cœur battant, je dépose la bombe à retardement à mes pieds en espérant qu'elle se fera oublier. Mais c'est loupé : Jagger s'en empare, animé par son habituelle curiosité maladive.

– Un cadeau d'un admirateur secret, sœurette ? Ou alors tu as un nouveau mec ? Il est au lycée ? Je le connais ?

– Repose ça et mêle-toi de tes affaires, grommelé-je.

Je tente de lui arracher le carton, il résiste et le trou sur le côté s'agrandit.

– Fous-lui la paix, Jagg, retentit soudain la voix tranchante de River.

Désormais assis à ses pieds, Lynx grogne instinctivement. Je croise le regard intense du bad boy, qui a détecté la panique en moi.

– Céleste, tu as des choses à cacher ? lâche soudain Bailey en se postant face à moi, l'air soucieux.

– Non ! sifflé-je. C'est juste un cadeau, c'est personnel !

– Qu'est-ce que… chantonne Jagger, toujours aussi lourd. Oh ! Mais ! Il s'échappe !

L'indiscret parvient à tirer un bout de tissu à travers le trou du colis. Devant tout le monde, alors que je parviens à peine à respirer, il sort le « cadeau » secret.

Un ensemble de lingerie en dentelle noire.

Une vision qui me paralyse. Qui me fait faire un bond dans le passé. Qui me couvre de frissons et de sueur froide.

Un silence de mort règne dans la pièce, Bailey semble agacé, Asher gêné, River suspicieux, Jagger fier de lui et Kasper toujours ailleurs.

– Putain, Jagger, tu ne respectes rien ! m'écrié-je en lui arrachant la dentelle des mains.

– Du calme, c'était pour rire, se défend l'enfoiré.

– M'humilier, ça te fait marrer ?

L'excité comprend enfin qu'il m'a blessée et semble sincèrement désolé.

– Céleste, tout va bien. Je ne pensais pas que tu réagirais comme ça… Un mec t'envoie des trucs sexy, c'est cool, non ?

– Donc, tu as… Tu as un copain ? me demande soudain mon géniteur.

– C'est tout ce que tu as à dire ? rétorqué-je en le fusillant du regard. Tout ce qui t'importe ?

Plutôt que d'engueuler son fils qui a dépassé les bornes, plutôt que de chercher à se comporter en père de famille et à me protéger, Bailey se réjouit. Tout ce qui compte pour Pauvre-Type, c'est qu'entre River et moi, ce soit vraiment terminé.

À cet instant, je vois mon père comme un égoïste de plus, qui cherche seulement à préserver son sale petit secret.

– Vous êtes tous des putains de sauvages ! murmuré-je en quittant soudain le canapé.

Ça proteste un peu dans mon dos, Jagger s'excuse, Asher me demande de rester, Bailey me rappelle qu'il y a du dessert, et Kasper marmonne que les filles sont folles de porter des strings. Seul River ne dit rien et me laisse m'enfuir, me laisse respirer, me jeter sur mon lit et tenter de déchirer cette foutue dentelle noire.

Qui résiste.

Dix minutes plus tard, alors que mes sanglots ont laissé place à des larmes amères, on glisse un papier sous ma porte. Je quitte mon lit pour aller ramasser le petit mot. Sur le recto a été griffonné « Entre ». Sur le verso, « Va crever ». Et en tout petit, en bas, « À re-glisser sous la porte dans le sens souhaité ». Pas de signature, mais je reconnais l'écriture de River.

J'entrouvre ma porte, plonge mes yeux dans les siens et vérifie qu'il vient en paix. Lorsqu'un sourire timide se dessine sur ses lèvres, je baisse la garde et le laisse entrer.

– Bailey va se douter de quelque chose, lâché-je en retournant m'asseoir sur mon lit.

– Il m'a demandé où j'allais, je lui ai répondu un truc pas très correct…

Le rebelle se marre tout bas, puis reprend un air sévère en me contemplant depuis le mur où il s'est adossé. Dans ses fringues noires, la tête penchée sur le côté, le regard sombre, il est à tomber.

– Je n'ai pas de copain, soufflé-je soudain, en sentant la houle remonter dans ma poitrine.

– Je sais.

– Je pourrais en avoir un ! rétorqué-je, piquée au vif.

– Je lui casserais les dents s'il existait, grogne le garçon-lynx.

Mon cœur recommence à jouer aux montagnes russes, comme chaque fois que je suis en présence de celui qui m'est interdit.

– Il m'a envoyé ça pour me tourmenter, expliqué-je en désignant l'ensemble de lingerie et le carton jetés au sol.

– *Il* ?

– Alexis. Mon harceleur de Paris. Le pire de tous.

Tendu, River se redresse et fait craquer ses phalanges avant de s'adosser de nouveau au mur.

– Il ne lâchera jamais, ajouté-je tout bas.

– Qu'est-ce qu'il cherche ?

– Que je crève, conclus-je amèrement.

– Il… Il te veut ?

– Non. Il n'en a rien à foutre de moi. Tout ça, c'est juste un jeu pervers pour lui.

– Pourquoi t'envoyer ça ? s'interroge le rebelle en fixant la dentelle échouée.

– Parce que, cette saloperie, je l'ai déjà portée pour lui, avoué-je soudain.

Les yeux du lynx s'écarquillent un instant, avant de se plisser et de briller d'une lueur inconnue.

– Raconte-moi, implore River, troublé.

– C'était une nuit de black-out, débuté-je, fébrile. Ils m'ont saoulée, droguée et fait enfiler ces bouts de tissu. Et puis ils m'ont photographiée dans des poses… suggestives.

– Les fils de putes, siffle le lynx.

– Je retrouvais régulièrement des photos glissées dans mon sac ou mes livres de cours. Ils me faisaient du chantage, ils m'obligeaient à ressortir avec eux, à boire, à me droguer, et ils trouvaient toujours un nouveau moyen de m'humilier. J'étais leur jouet, c'était sans fin. Alors un jour, j'ai décidé de mourir. Pour qu'ils ne puissent plus jouer à me détruire. Pour le faire moi-même, une bonne fois pour toutes. Et gagner la partie… Mais ça aussi, j'ai foiré.

Mes larmes se sont taries. Les dents serrées, je contemple la dentelle noire et je sens le goût métallique du sang et de la haine dans ma bouche.

– Comment il t'a retrouvée ici ? me demande doucement River. À part ta famille, personne ne sait où tu vis, non ?

Je pense à Amir pendant un millième de seconde, puis lâche un cri rauque.

– Je l'ai conduit jusqu'à moi ! dis-je à voix haute. La semaine dernière, j'ai posté une photo de ma *badmobile* sur Instagram.

– Et ?

– Et on pouvait lire le panneau de la réserve, juste derrière, lancé-je en me maudissant.

J'enfouis mon visage entre mes mains, River me rejoint et s'assied à côté de moi.

– On peut en parler aux flics d'ici, si tu veux. Ou contacter la police en France.

– Non.

– Alors je peux brûler tout ça, murmure-t-il en désignant le carton qu'il a ramassé.

Rageusement, je m'empare du colis et le roue de coups. Je le frappe, le déchire, le broie entre mes mains, jusqu'à ce qu'une carte rose vif s'échappe du carton.

Sois moche et tais-toi.
Surtout, tais-toi…

– Te taire ? répète River. Pourquoi est-ce qu'il a peur que tu ne parles ?

– Parce qu'il va y avoir un procès… et que je vais devoir témoigner.

– Quoi ? s'étonne le rebelle en se relevant brutalement. Putain, Céleste, comment tu as pu me cacher ça ?

– Parce que ça me terrifie, avoué-je. En faisant comme si ce procès n'existait pas, j'arrive à peu près à respirer.

– Quand est-ce que…

– La date n'a pas encore été arrêtée, réponds-je sans attendre.

– Et ce taré prend le risque de t'envoyer des menaces ?

J'acquiesce, lasse de toutes ces manigances. Lasse de tout.

– Il fait ça bien. Alexis est un perfectionniste. Il n'a jamais merdé, lui. Ses attaques sont toujours parfaitement anonymes, non traçables.

– On foire tous un jour ou l'autre, lâche River.

– Reste en dehors de ça, proféré-je soudain en croisant son regard.

– Il faut qu'il paie, ce connard, s'entête le bad boy.

– Oui, mais tu ne feras rien, affirmé-je.

– Tu crois vraiment que je vais le laisser te…

– Non ! Il va réussir à te pourrir la vie, à toi aussi !

– Céleste…

– Tu te souviens de ce que tu m'as dit un jour ? « Va sauver quelqu'un d'autre ! » C'est valable pour toi aussi ! Je n'ai pas besoin de ton aide.

– Arrête ça, grogne le lynx.

– Tu n'es pas mon mec, dis-je sèchement. Tu n'es même pas mon frère.

Si un regard pouvait tuer, je serais déjà six pieds sous terre.

Je sursaute lorsqu'on frappe à la porte de ma chambre. River se retourne, lui aussi, prêt à affronter les suspicions des uns et des autres.

– Vous êtes décents ? se marre Jagger depuis le couloir.

– On vous attend pour l'épisode VI ! couine Kasper.

– Marre de ces conneries, je vais me coucher, soupire Asher.

Soudain, la porte s'ouvre et le regard furieux de Bailey se pose sur moi, puis sur River. Le patriarche, qui devait s'imaginer le pire, est probablement soulagé qu'on ne soit ni nus, ni transpirants, ni en train de nous grimper dessus.

Dans son esprit tordu, nous sommes des animaux…

Pauvre type.

– Les garçons, laissez-nous, gronde le chef de famille en direction de sa meute.

En faisant demi-tour, Kasper trébuche sur son labrador mais Jagger le rattrape in extremis et lui annonce que, puisque tout le monde les a lâchés, ils vont s'enfiler le brownie à deux.

– Rassure-toi : il ne s'est rien passé, ton honneur est sauf, lance insolemment River à l'adulte qui fulmine.

– Je vous ai prévenus…

– Quoi ? rétorqué-je. Tu vas me renvoyer en France, c'est ça ?

– Vous… ne… faites… plus… jamais… ça, articule lentement mon géniteur, méconnaissable.

La colère se lit sur chacun de ses traits, mais River ne se laisse pas impressionner.

– Tu n'en as rien à faire que ta fille ait essayé de se foutre en l'air ? Tu ne te demandes pas pourquoi ? Ce qui lui est arrivé ? Ce qui la hante encore aujourd'hui et la poursuit jusqu'ici ?

– River, arrête ! lui ordonné-je.

– Qu'est-ce que tu racontes ? riposte Bailey, complètement perdu. Qu'est-ce que je devrais savoir ?

– Ça m'appartient ! hurlé-je soudain.

Je recule à l'autre bout de la pièce, River s'approche de moi mais je le repousse.

– Non ! Laissez-moi vivre comme je l'entends, putain !

Tremblante de la tête aux pieds, je sens la crise d'angoisse monter.

– Sortez ! Tous les deux !

– Céleste… tente Bailey d'une voix plus douce.

– Dehors !

Le chef de famille ouvre la porte et fait signe au bad boy de passer avant lui. Après un dernier regard inquiet dans ma direction, River lui marmonne :

– Si ça peut te rassurer, tu n'es pas le seul à vouloir nous détruire…

Bailey fronce les sourcils, puis soupire longuement en fléchissant les épaules. Tout ça le dépasse. Nous dépasse tous. La porte se referme sur eux, et les mots du garçon que j'aime défilent encore et encore dans mon esprit.

« Nous détruire. »

Dans sa bouche, on est enfin un « nous »…

42
L'EXPLOSION

Le lendemain, je ne participe pas au petit déjeuner dominical ; personne ne vient me chercher et je passe la journée au calme, cloîtrée dans ma chambre, à dessiner près de ma fenêtre.

River ne glisse pas de mot sous ma porte, il n'essaie pas d'établir le moindre contact. Je m'en veux de l'avoir mis dehors ainsi, d'avoir réagi aussi fort, mais ce n'était pas à lui de raconter mon histoire, pas à lui d'alerter Bailey sur ce qu'il m'arrivait. Il fallait que je l'arrête avant qu'il n'aille trop loin.

En début de soirée, affamée, je sors de ma tanière et me rends dans la cuisine, où je retrouve Jagger et son beagle, partageant un sandwich.

– Chéleste ! lâche-t-il, la bouche pleine. Pour hier…

– On oublie. Il reste du pain de mie ?

– On en est réduits à ça, soupire-t-il en me balançant le sachet à moitié plein. Papa et Asher sont à la clinique, River doit être en train d'astiquer un vieux, Kasper dort chez un pote à lui… Et nous, on se contente de pain sec et d'eau. Cette famille part sérieusement en vrille !

L'excité se marre tout seul, amusé par son propre monologue, puis va jusqu'au frigo pour me sortir tous les ingrédients possibles et imaginables.

– Juste beurre de cacahuètes et confiture, lui précisé-je.

– Au fait, j'ai retrouvé la lettre.

– Celle de Becca ? deviné-je.

– Ouais. Je passe à l'attaque demain ! Cette garce ne va rien comprendre !

– Contente-toi de la mettre en garde, pas la peine d'aller plus loin…

– Plus loin ?

– Personne n'a besoin de savoir ce que contient cette lettre, expliqué-je. On veut juste qu'elle foute la paix à River, pas que la terre entière se mette à la haïr.

– Elle l'aurait bien cherché, non ? ricane l'ado en étalant une tonne de confiture de myrtilles sur une tranche de pain.

– Personne ne mérite de vivre ça.

– Elle n'a pas été tendre avec toi, pourtant.

– On ne sait pas ce que ça fait tant qu'on ne l'a pas vécu…

Jagger me fixe étrangement, comme s'il devinait enfin ce qui m'était arrivé. Avant de lui en dire plus, je m'empare du sandwich qu'il vient de me préparer et disparais.

***

Je ne mets pas longtemps à comprendre que Jagger a déconné. Dans le couloir où les élèves du lycée vident et remplissent leurs casiers, l'ambiance est électrique.

Généralement, le lundi matin, l'endroit est plutôt calme. Les corps en uniforme se traînent, les bouches bâillent, les esprits sont encore embrumés ; on se raconte paresseusement le week-end et l'on se rend à reculons jusqu'à la première salle de cours.

Pas ce matin.

Ce matin, un prénom est sur toutes les lèvres.

Becca.

– Cette salope me traite de gros tas ! s'écrie une fille derrière moi, la fameuse lettre entre les mains.

Merde…

De ce que j'entends et comprends, la lettre s'est retrouvée placardée sur le casier de la pom-pom girl ce matin, puis des imbéciles s'en sont emparés pour en faire des photocopies. Deux filles énervées sont même en train de les distribuer à l'angle d'un couloir. C'est moche. Et c'est grave. S'il a vraiment fait ça, Jagger vient de balancer l'unique monnaie d'échange qu'on avait, River et moi, pour protéger notre secret. Il n'y a que cette menace qui pouvait faire taire Becca. Mon demi-frère impulsif et immature a sans doute tout gâché. Et en pensant à sa petite victoire plutôt qu'aux conséquences sur les autres, il ne fait qu'envenimer les choses. Pour nous, qui risquons tout. Pour elle, qui devient victime. Je n'aime pas ça. Je ne voulais pas être dans le camp de ceux qui blessent, qui dénoncent, qui humilient.

Pas moi.

– Apparemment, j'en ai une toute petite, enrage un mec un peu plus loin.

Je m'éloigne de tout ça en attrapant un gros tas de feuilles pour les jeter dans la poubelle la plus proche. Je fuis cette agitation lugubre, cette excitation malsaine qui me rappelle trop de choses douloureuses et fait remonter mes angoisses. Je vais m'enfermer aux toilettes le temps que la crise passe. J'y retrouve Becca, prostrée face au miroir, des traînées de mascara dégoulinant sur ses joues.

– Je suis désolée pour ce qui t'arrive, lâché-je sincèrement sans réfléchir. On pourrait essayer de coexister sans se faire du mal, non ?

La pom-pom girl ne répond rien, renifle, se lave les mains en silence, tente d'arranger son maquillage, puis se tourne enfin vers moi.

– Je n'en ai rien à foutre de toi, de ta pitié, de River et de tous les Farrow ! siffle-t-elle d'une voix haineuse. Si tu crois que cette histoire de lettre va me mettre à terre, tu rêves. Et dire qu'à cause de toi, je vais devoir me trouver un autre mec pour m'accompagner au bal de promo en juin… Mais contrairement à toi, je ne suis pas encore assez malade ou désespérée pour inviter mon propre frère !

– Tu ne…

– Ne t'inquiète pas pour ton petit secret, ajoute-t-elle. Pour l'instant, je vais essayer de me faire oublier. De toute façon, personne ne me croirait, vu les conneries que j'ai racontées dans cette lettre ! Ça vous laisse un peu de temps. Mais crois-moi, je m'en servirai un jour ou l'autre…

La brune peigne sa crinière avec ses doigts, se tapote les joues puis sort des toilettes, la tête haute. Avant que la porte ne se referme derrière elle, j'ai juste le temps de l'entendre se faire insulter par toute une bande de filles.

Et j'ai mal pour elle.

Et j'ai peur pour moi.

***

Je l'ai vue en prendre plein la tête toute la journée, se faire siffler à la cafétéria, brimer en cours, injurier à tout va. J'ai failli m'interposer plusieurs fois avant de me rappeler que je n'avais pas grand-chose à dire pour la défendre.

J'ai cherché Jagger partout, ai fini par le trouver à la bibliothèque après le déjeuner – travaillant son *french kiss* plutôt que son français – et lui ai foutu la honte de sa vie en énonçant à voix haute une fausse liste de MST qu'il aurait contractées. Sa copine du moment a rapidement déguerpi. Et j'ai pu dire à Jagger ce que je pensais de sa connerie du matin.

– Je voulais juste vous aider… Te venger… Débarrasser mon frère de cette sangsue et sauver son honneur ! a-t-il simplement bougonné.

Raté.

Quand j'arrive au basket, River n'est pas là. Ce n'était pas prévu… et cette absence commence à m'angoisser. Tandis que Becca reste dans son coin pendant l'entraînement des pom-pom girls, je me défoule sur le terrain, bats Jamie au sprint, Mackenzie au un-contre-un, finis deuxième derrière Zoey au concours de shoots, puis m'écroule au milieu du terrain, épuisée. Le coach Calloway m'ordonne d'aller souffler dans les gradins.

– Ménage-toi, Céleste, me suggère l'entraîneur, que j'ai appris à apprécier. Tu progresses bien techniquement mais ton mental devient trop agressif… À force d'user ton corps, tu oublies le plaisir de jouer. Va te reposer.

Sur ses conseils, je quitte l'entraînement et file carrément dans les vestiaires pour aller me prélasser sous l'eau chaude.

À la sortie de la douche, face au grand miroir, je pousse un hurlement horrifié.

Mes cheveux mouillés sont rouge vif.

Je me rue dans les douches, mets la main sur mon shampoing et, à l'odeur puis à la couleur, je comprends qu'on y a glissé une coloration.

Trois. Deux. Un.

J'explose. J'enfile mon jean sur ma peau encore mouillée, mon débardeur rayé sans rien en dessous et m'élance en direction du gymnase. Je pousse les portes battantes, manque de percuter Jamie, l'ignore quand elle me demande ce qui m'arrive et fonce sur la garce qui vient de me teindre les cheveux à mon insu.

– Je sais que c'est toi ! m'écrié-je en la bousculant.

– Tu étais déjà laide ; maintenant, tu es immonde ! se marre Becca.

Ses doigts se referment sur ma tignasse et la tirent violemment. Je me défends comme je peux, enfonce mes ongles dans son bras en l'entendant gémir. Soudain, deux mains solides nous séparent, et le coach nous force à reculer en nous aboyant dessus.

– Je ne veux pas de ça ici ! Chez le proviseur, les deux furies !

Je passe vingt minutes en tête à tête avec Susan Lee. La proviseure de Willunga High n'est pas ravie de mon attitude et, bien que mes notes soient bonnes, m'annonce que je viens de jouer ma dernière carte *Chance*.

– Au prochain écart, tu devras quitter cet établissement, me prévient-elle.

– Vous lui avez dit la même chose ? grommelé-je en passant la main dans mes cheveux cramoisis.

– Oui. Mais j'ose espérer que tu n'es pas responsable de ce qui est arrivé à Becca ce matin…

Cette accusation me met profondément mal à l'aise, d'autant que je sais qui est derrière tout ça.

Mais je ne vais pas dénoncer mon propre frère.

– Je ne souhaiterais ça à personne, murmuré-je.

– Tu sais, Céleste, il arrive malheureusement que les victimes se transforment en bourreaux, continue la proviseure.

– Pas dans mon cas ! affirmé-je.

– Je ne parlais peut-être pas de toi…

Je ne suis pas sûre de bien comprendre, mais l'entretien touche à sa fin et je ne me fais pas prier pour quitter ce bureau. Elle aurait pu me virer sur-le-champ : ce sera « juste » un dernier avertissement.

***

J'essaie d'appeler River environ douze fois après les cours, il ne décroche pas. Quand, de retour à la villa, je demande à ses frères où se trouve le garçon-lynx, pas de réponse non plus. Personne ne sait où River est passé ni ce qu'il a fait de toute la journée.

***

Mon réveil affiche deux heures du matin. Plus de trois heures que je suis couchée et je n'ai toujours pas trouvé le sommeil.

L'effet River Farrow.

Je me tourne et me retourne dans mon lit, passe une jambe

par-dessus le drap, attrape mon portable, le balance sur ma table de nuit, rembourre mon coussin, cherche une meilleure position. Rien. Le sommeil joue à m'échapper, comme un certain lynx aux yeux dorés.

On cogne à ma fenêtre. Mon cœur tambourine, je me rue hors de mon lit, dans la pénombre, priant pour tomber sur River et non sur un détraqué perdu dans le désert. C'est bien lui. J'ouvre la baie vitrée mais n'allume pas la lumière, il trébuche, je l'aide à entrer et pose mon index sur ma bouche pour lui faire signe de parler tout bas.

Je ne mets pas plus de trois secondes à comprendre que le bad boy est bien éméché. Et qu'il s'est battu. À la lumière de la lune, je vois que sa lèvre supérieure est gonflée, qu'il a une égratignure sur la joue et d'autres sur les mains. Je le passe en revue, inquiète ; il se penche sur moi et tente de m'embrasser, je le repousse doucement.

– River, qu'est-ce que tu as fait ?

– Tu ne veux déjà plus de moi, Ciel ? rit-il en passant la main dans ses cheveux.

Il sent l'alcool et le tabac mais il me plaît toujours terriblement, en mauvais garçon.

– Tu t'es battu ? Avec qui ?

– Un connard qui n'a pas supporté que je l'éclate au billard.

– Tu sais ce qui s'est passé ce matin, au lycée ? murmuré-je.

– Ouais, mon frère a encore bien merdé, grogne le sauvage. Et Becca va nous balancer.

– Pas tout de suite… Elle doit se refaire une crédibilité, tenté-je pour l'apaiser.

– Je m'en fous, soupire-t-il, elle mérite tout ça, elle n'avait pas le droit de s'en prendre à toi.

– L'idée, c'était de la larguer, River. Pas de l'humilier.

– Je buterai moi-même le prochain qui te fait du mal, continue-t-il à divaguer.

– Oui, oui, bien sûr, soufflé-je en le guidant en direction de mon lit.

Je le pousse, il se laisse tomber en émettant un rire rauque qui me réchauffe au creux des reins. Je tamponne ses blessures avec un mouchoir imbibé d'eau, puis lui fais lever les bras et retire son tee-shirt blanc taché de sang.

– Je sais qui est mon père, lâche soudain le rebelle torse nu.

– Tu… QUOI ?

– Ce putain de saint de Calloway est mon père !

– Le coach ?

– Ouais. Lui-même !

– Attends un peu… Comment tu le sais ?

– Je les ai vus, ensemble, chez lui, enfin, chez eux.

– Calloway et Georgia, murmuré-je comme pour mieux en prendre conscience. Trent Calloway est ton père !

Le visage doux et massif de l'homme à la casquette me revient en mémoire. Et je ne peux pas m'empêcher de lui trouver quelque chose de touchant. River, lui, ne semble ressentir que de la haine, du dégoût, du mépris pour lui.

– Est-ce qu'il sait que tu sais ? tenté-je doucement. Et ta mère ?

– Non. Ce sont deux putains de menteurs. Je n'ai rien à leur dire.

– Je sais que tu ne t'attendais pas à le connaître, à ce qu'il fasse déjà partie de ton entourage, mais… C'est peut-être la seule façon qu'il a trouvée de rester près de toi toutes ces années.

– Rien à foutre ! Depuis tout ce temps, il me fait croire que j'ai du talent, que je vaux quelque chose, que j'irai loin si je le veux bien. Mais en vérité, il m'a seulement recruté en tant qu'assistant pour se racheter. Encore un blaireau qui veut se donner bonne conscience.

J'inspire profondément en regardant le visage blessé du lynx, son masque de douleur sur ses beaux traits égratignés.

– Il n'a peut-être pas trouvé le courage de…

– Un autre lâche ! explose le bad boy en s'enroulant dans mon drap. Depuis tout ce temps, il vit juste là, sous mon nez… On se côtoie presque tous les jours comme si de rien n'était… Il n'en a rien à foutre de la vérité. Rien à foutre que je sache ou non qui il est. Putain d'enfoiré !

– River, laisse-lui une chance, chuchoté-je en venant m'allonger contre lui.

– Pas ce soir, Ciel. Ce soir, je voudrais m'endormir auprès de quelqu'un que je ne hais pas…

Je caresse doucement ses cheveux brun doré, et le garçon que j'aime sombre en moins d'une minute. Malgré son état et toutes ses révélations du soir, je n'arrive pas à lui en vouloir. Le River vulnérable me plaît autant que tous les autres. Et sa chaleur, son odeur et sa présence agissent sur moi aussi fortement qu'une potion magique. En un rien de temps, je le rejoins au pays des songes.

43
CIEL DE FEU

– Céleste, debout !

Je reconnais la voix de Bailey avant même d'ouvrir les yeux. Ses coups contre la porte de ma chambre résonnent jusque dans ma poitrine. Je me redresse comme un *i* dans mon lit en m'apercevant que je ne suis pas seule. River dort sur le ventre, à côté de moi, la bouche si près du bras qu'il a l'air de s'embrasser lui-même. Et mon stupide cerveau le trouve sexy et tendre, au lieu de parer au plus pressé : le faire dégager de là.

– Je viens de recevoir une lettre d'avertissement du lycée, il faut qu'on en parle. Tout de suite ! insiste mon père furieux.

Mon réveil indique six heures quarante-neuf. Je me rue sur le corps endormi tout près de moi, apparemment dans un sommeil profond que rien ne pourrait perturber.

– River, réveille-toi ! lui crié-je à voix basse. Il faut que tu t'en ailles.

Le garçon-lynx saute sur ses pieds, l'œil vif, torse nu, les muscles tendus et les cheveux tout ébouriffés. Il jette un drôle de regard à mes cheveux, puis sourit. Je lui balance son tee-shirt et ses pompes en le bouffant des yeux.

Même cerveau, même constatation : il est follement beau. Je suis follement amoureuse de lui. Et encore plus follement stupide.

– Je tape à la porte encore une fois et j'entre ! menace mon géniteur, qui s'impatiente.

– Ça va, j'arrive ! dis-je en faisant semblant de râler. N'entre pas, je ne suis pas habillée…

Toujours pieds nus, River se contente d'enfiler son tee-shirt puis se jette sur la baie vitrée.

– Fais du bruit le temps que je l'ouvre, me souffle-t-il à toute vitesse.

Je tousse, bâille bruyamment en m'étirant pendant que le rebelle fait glisser la porte-fenêtre, suffisamment pour se frayer un passage. Avec l'agilité et la discrétion d'un félin traqué, il bondit dehors puis lâche un petit cri de douleur en se réceptionnant. J'ai juste le temps d'apercevoir son beau visage contracté : il referme derrière lui et s'éclipse dans le désert, où le soleil rouge se lève à peine.

– Céleste, si tu essaies de gagner du temps, ça ne sert à rien, fulmine Bailey, à qui je vais finalement ouvrir.

– C'est bon, je cherchais juste un sweat.

Mon père observe les petits tas de fringues disséminées un peu partout dans ma chambre et ne semble pas convaincu par mon explication. Mais il a un problème plus important à régler pour le moment.

– C'est quoi, ça ? demande-t-il en fixant mes cheveux rouges.

– Mes cheveux, mon corps, mes choix, récité-je en haussant les épaules.

L'homme en pantalon marron, chemise sable et lunettes écailles va s'asseoir au bout de mon lit en poussant un soupir las.

– Ç'a un rapport avec cette lettre du lycée ? devine-t-il en brandissant le bout de papier.

– Oui. Apparemment, personne ne supporte la différence dans ce pays, non plus.

– Céleste… Pourquoi es-tu obligée d'attirer sans cesse l'attention sur toi ? Tu ne reçois pas assez d'amour et de soutien, ici ? Tu n'es pas assez entourée ? Vraiment, je ne comprends pas…

– On ne peut pas tous vivre dans un parfait camaïeu de beiges, balancé-je en le regardant de la tête aux pieds.

Envoyer une pique vers l'autre quand c'est moi qui me fais sermonner : c'est l'unique technique que je connais pour détourner un peu le sujet.

– Tes cheveux, tes couleurs, tes choix, annonce Bailey en se relevant. Mais ce sont toujours mes règles qui priment. Pas de bagarres. Pas d'ennuis. Ni à l'école ni dans la famille. Dernier avertissement pour moi aussi.

– Ou sinon quoi ? tenté-je de le défier, vexée.

– Tu le sais pertinemment. Retour à Paris.

Sa voix grave et son regard dur mettent fin à la conversation. Aucune négociation possible. Alors que mon père rouvre la porte de ma chambre pour s'en aller, le chien de River s'y précipite et tourne en rond en reniflant partout.

Le traître.

Mon géniteur se retourne et m'adresse un regard mauvais derrière ses lunettes. Est-ce qu'il a compris que son fils a passé la nuit ici, avec moi ? Est-ce qu'il refuse de voir ce qui est juste sous ses yeux ? Je l'ignore. Comme il ignore tout de moi.

Ou presque.

***

Après trois shampoings d'affilée, la couleur rouge a un peu dégorgé, pour se fondre dans mon roux. Mais je suis bien obligée de retourner au lycée avec cette crinière flamboyante sur la tête, en attendant de trouver une solution. Au moins, ce matin, ils auront une bonne raison de m'appeler Red.

Je reçois des tas de remarques plus ou moins inventives pendant la matinée de cours. Je me fais traiter de Chucky, cette poupée joufflue de film d'horreur, puis de coquelicot fané et de M&M's rouge. Jamie m'assure que ça fait ressortir mes yeux et Lachlan pense me faire un compliment en venant me glisser à l'intercours que je ressemble à une version humaine et sexy de la Petite Sirène. Je rougis sans trouver quoi répondre. Et je vais me terrer à l'infirmerie en prétextant une migraine et un besoin urgent de me reposer dans le noir.

– La salle de repos est déjà occupée, mais tu peux t'allonger dans mon bureau si tu veux, m'explique l'infirmière du lycée. Je vais prendre ma pause déjeuner, de toute façon.

– Merci.

Seule ici, ça vaut toujours mieux qu'affronter la foule de lycéens à la cafèt' ou à la bibliothèque.

– Tu es partout, Ciel.

Son timbre chaud et rocailleux me fait l'effet d'un médicament surpuissant, immédiat, qui soulage toutes mes douleurs. River apparaît sur le seuil de la salle de repos, en tee-shirt gris et bermuda noir, dont l'une des jambes est relevée sur un genou gonflé. Il a une poche de glace à la main et un sourire incandescent sur le visage.

– Tu t'es fait mal, ce matin ?

– Rien de grave, mauvaise réception.

Mais c'est en boitant que le garçon-lynx s'approche de moi, dangereusement.

– Tu veux qu'on reparle de ta cuite ? De Becca ? De ton… père ? tenté-je d'une petite voix.

– Géniteur, rectifie-t-il. Et la réponse est non. J'ai besoin de temps pour y réfléchir.

Je respecte son choix, acquiesce sans parler tandis qu'il avance encore, ses doigts tendus vers les mèches de cheveux rouges échappées de mon chignon.

– Alors comme ça, tu es un ciel de feu, maintenant ? demande-t-il d'une voix suave, en penchant légèrement la tête.

J'ai du mal à déglutir. Toute la peau de mon cou frissonne alors qu'il ne me touche même pas. Sa main défait mon chignon, et ma crinière rouge me retombe sur les épaules.

– Soleil levant ou soleil couchant ? murmure-t-il en s'approchant si près qu'il me frôle.

– Je te laisse choisir, chuchoté-je contre ses lèvres.

Et je ne peux pas m'empêcher d'y glisser ma langue. Je goûte au garçon interdit, à mon clandestin de nuit, mon fugitif du petit matin ; et ce baiser a quelque chose de si sensuel, de si sexuel qu'il me donne le vertige. Je vacille et River me rattrape en m'embrassant plus profondément encore. Son corps brûlant se colle au mien et sa poche glaciale atterrit au creux de mes reins quand il m'enlace.

Je frémis, gémis, pendant que le sauvage lâche ce petit grognement que j'aime tant.

Malgré sa blessure, il me fait reculer contre le mur, de sa démarche lente et sexy, il plante ses yeux lumineux dans les miens, abandonne la poche de glace par terre et plaque subitement sa main entre mes cuisses.

– Dis-moi d'arrêter, Céleste.

– N'arrête pas, River.

Alors le bad boy faufile sa main dans mon uniforme et son doigt s'insinue entre mes lèvres. Je tressaille. Je me laisse aller à cette caresse interdite, merveilleuse, et une porte claque dans mon dos.

En un quart de seconde à peine, River se détache de mon corps et part à la poursuite de l'intrus. Je regarde partout, à travers les vitres, dans le bureau de l'infirmerie : personne. Si quelqu'un nous a surpris, il est déjà reparti. J'ai le cœur qui tambourine et la bouche sèche, les jambes qui me portent à peine.

En boitillant encore, River me rejoint quelques secondes plus tard, un masque de contrariété figeant les traits de son visage.

– Il faut qu'on arrête ça, maugrée-t-il.

– Tu sais comme moi que c'est impossible.

– Céleste, grogne le rebelle.

– Je sais, tu risques gros, tenté-je de me raisonner. Et moi aussi.

– Je ne veux pas que tu sois virée du lycée… ni renvoyée en France.

– Je ne veux pas détruire ta famille… et toute ta vie.

Les larmes me montent aux yeux et les siens s'assombrissent.

Je choisis de quitter l'infirmerie sans me retourner.

Un autre regard de River… et qui sait quel feu il pourrait rallumer dans mon ciel.

44
HURLER À LA LUNE

Le soir même, je rentre à la villa en regardant par-dessus mon épaule. Avec cette désagréable impression d'être épiée, suivie, sans cesse observée. J'espère pouvoir regagner ma chambre, mais les frères Farrow sont réunis dans l'entrée, en train de faire danser leurs chiens sur les pattes arrière, pour savoir lequel arrive le plus haut.

– Fox gagne haut la main, décide Asher devant la détente de son berger australien.

– Ça se joue entre lui et Lynx, commente Jagger. Riv, dis à ton molosse de rester en l'air !

– Je m'en fous, putain…

– Le mien a un centre de gravité trop bas, je crois, bougonne Kasper face à son labrador chocolat qui retombe lourdement par terre.

– Céleste, tu paries sur qui ? me demande l'excité.

– Bear. Il faut toujours miser sur les outsiders. Hey, Jagg, je peux te demander quelque chose ?

– Quoi ?

– Tu as entendu parler d'un truc spécial au lycée aujourd'hui ? Une rumeur particulière ?

Je tente de rester discrète pendant que l'aîné et le petit dernier font des marques au crayon sur le mur à hauteur de truffe.

– Tu veux dire autre chose que mon *swag* légendaire ? crâne Jagger. Sinon, non, pas de potins à partager. Pourquoi ?

– Comme ça, lâché-je en haussant les épaules.

Jagg voudrait bien creuser mais une rafale de textos le coupe dans son élan et le fait sourire bêtement. River me rejoint, l'air de rien, mains enfoncées dans les poches de son bermuda, et m'attire un tout petit peu à l'écart.

– Quelqu'un a parlé ?

– Non, murmuré-je. Monsieur-je-sais-tout ne sait rien.

– Tant mieux.

– Mais il y avait bien quelqu'un à l'infirmerie ! lui chuchoté-je, inquiète.

– Je sais.

– Ça fait deux fois qu'on nous surprend… D'abord Becca. Et maintenant qui ?

– Je vais essayer de me renseigner.

– On va dans le mur, River.

– Essayons juste de passer un week-end sans drame ni dérapage, OK ? suggère le lynx aux yeux intenses.

Il pose une main rassurante sur mon épaule, et mon regard ne peut s'empêcher d'aller se balader sur sa bouche. On est tout simplement irrécupérables.

– Arrêtez de vous mater et de vous toucher, bordel, marmonne Jagger entre ses dents serrées.

Puis il vient s'immiscer entre nous deux, ses bras entourant nos cous, avant de se suspendre dans les airs et de pousser un cri de karatéka. Parfaite diversion.

***

Je passe donc la plus grande partie du week-end à jouer les filles modèles : je fais mes devoirs, je révise mes cours, je range ma chambre, je bosse à la réserve, j'aide Asher en cuisine, je dessine avec Kasper, j'ignore cordialement mon père, je passe mon coup de fil hebdomadaire à ma mère, je lui raconte le plus inintéressant et lui cache le plus gros, je dessine encore, des forêts de pins et des plages aux sables argentés, des grands-pères en jogging et des mecs en bermudas, des filles en soutien-gorge et string, que je gribouille jusqu'à noircir complètement le papier.

Dans la villa : je rase les murs. À table : je m'empêche de croiser le regard doré. Au salon : je m'assieds le plus loin possible de River sur le canapé. Et plus je lutte, plus ça me semble ardu. Plus je l'évite, plus je le trouve sur ma route. Moins je le touche, plus j'en ai envie. Plus je fais semblant, moins j'y arrive. L'amour et la haine pourraient réussir à se ressembler. Mais jouer l'indifférence, c'est un supplice de chaque instant.

Et cette menace invisible me ronge. Chaque fois que mon téléphone vibre, j'imagine le pire. Mon secret révélé au grand jour, qui fait le tour du lycée. River rejeté. Moi exilée. Alors je scrute sans cesse les réseaux sociaux, comme si le pire allait forcément arriver.

Mais c'est encore pire que ça.

C'est un mail qui arrive sur mon ordinateur le dimanche soir, alors que je crois en avoir fini avec ce week-end de torture. Adresse mail inconnue, pas d'objet, pas de pièce jointe. Juste un lien dans le corps du texte. Je clique sans réfléchir. Ce n'est pas des spams ou des virus, dont j'ai peur. C'est d'une nouvelle surprise qui me soulève le cœur. Exactement comme ça.

L'adresse m'envoie vers un site d'hébergement. Et sur la page Web, une photo pixélisée s'affiche lentement à l'écran. Alexis et son nez dévié, son sourire arrogant, sa coiffure blonde à la mode, ridicule. Alexis et son bras autour d'une fille penchée en avant. Une fille jeune, une fille souriante, une fille innocente.

Ma petite sœur.

Quand je reconnais enfin Apolline, je vois flou, tout noir, tout blanc, je ne suis pas loin de partir.

Et je me reprends. Folle de rage et d'inquiétude, je saisis mon portable en tremblant, compose le numéro de ma sœur en parlant toute seule.

– Non, pas elle… Elle a 12 ans… Qu'est-ce que tu lui as fait, enfoiré ? 12 ans ! Allô ? Apolline, c'est toi ?

– Ben oui ! C'est toi qui m'appelles !

– Tout va bien ?

– Bah, ouais. Et toi ? T'as une drôle de voix.

– Écoute bien ce que je vais te dire, Apolline. Et promets-moi de ne rien raconter à maman. Je peux te faire confiance ?

– Tu me fais peur, là.

– Est-ce que tu as déjà été en contact avec Alexis ? Est-ce qu'il a essayé de s'approcher de toi ? Est-ce qu'il a pris des photos de…

– Alexis, le mec qui t'a… ? bredouille ma sœur sans finir sa phrase.

– Oui.

– Je ne l'ai jamais vu en vrai. Je ne lui ai jamais parlé. Et même s'il avait voulu, je ne l'aurais pas fait.

– Tu jures ?

– Mais oui !

– OK, alors je me suis trompée, annoncé-je sur un ton plus calme pour tenter de l'apaiser.

– Mais de quoi tu parles, Céleste ?

– Rien, une mauvaise blague. Pas un mot aux parents, d'accord ?

– C'est bon, je suis plus une gamine, râle-t-elle au bout du fil.

– Fais attention à toi, Apolline. Et ne te teins pas les cheveux, s'te plaît.

Je raccroche avant qu'elle ne proteste et cours tambouriner à la porte de River, mon ordinateur portable sous le bras.

– Ouvre-moi ! le supplié-je.

– Tu ne veux pas crier et taper plus fort pour alerter toute la villa ? bougonne-t-il en venant m'ouvrir.

– Bailey est à la clinique. Asher en ville avec Jamie. Kasper endormi au salon. Jagger occupé dans sa chambre, énuméré-je, essoufflée.

– Qu'est-ce qui se passe ?

Je m'invite dans l'univers du sauvage pendant qu'il enfile un tee-shirt. Une seule petite lampe de chevet éclaire cette chambre aux murs sombres. Dans le coin de la pièce, le squelette articulé appartenant à l'étudiant ostéopathe semble me regarder de travers. Au pied du lit, le molosse couché dans son panier en cuir me jette un coup d'œil torve sans rien bouger d'autre que les paupières. Mes tripes se tordent de peur.

– Je crois que c'est un montage, mais regarde la photo que j'ai reçue…

Je dépose mon ordinateur sur le lit, m'agenouille à côté et rouvre le mail d'Alexis. Je clique sur le lien menant à la photo… mais rien ne s'affiche. À la place de l'image pixélisée où a sûrement été superposé le visage de ma sœur, une phrase écrite en tout petit, tout là-haut :

« Tout ce que tu as à faire, c'est te taire. »

– Quoi ? Mais il y avait une image il y a encore cinq minutes ! D'Alexis et ma sœur, enlacés. Je te promets…

– Je te crois, Céleste.

– Je vais devenir folle, dis-je en commençant à paniquer.

– Clique encore, me souffle River avant de poser doucement sa main sur ma nuque.

Cette fois, l'adresse est introuvable. Le site Web n'existe même plus. Ni photo, ni phrase, ni aucune trace de tout ça. Je reste muette, interdite, tandis que le bad boy enrage dans mon dos.

– Il est fort, cet enfoiré. Il efface tout, il pense à tout… Il veut jouer au plus malin !

River éructe et balance un livre à l'autre bout de sa chambre. Puis un deuxième. Un troisième et tout ce qui lui passe sous la main. Je le regarde faire, impuissante, assise au milieu de sa chambre. Jusqu'à ce que Lynx quitte son panier et se mette à aboyer dans la pénombre, tel un loup qui hurle à la lune.

J'éclate finalement en sanglots, épuisée, vidée, et River se précipite derrière moi. Il m'enlace de ses bras, m'attire en arrière contre son torse, passe son menton sur mon épaule et me serre contre lui.

– On va trouver une solution, glisse-t-il à mon oreille.

– Il n'y en a pas…

– Si, il y en a presque toujours.

– Alexis va s'en prendre à ma sœur si je témoigne contre lui au procès. C'est aussi simple que ça. Et il continuera à me harceler tant qu'il n'aura pas ce qu'il veut. Le message était clair, non ?

– Il veut que tu craques sous la pression, Céleste. Et il est persuadé que tu le feras.

– Il a raison, ajouté-je en reniflant.

– Non. Ce qu'il ne sait pas, c'est que tu es plus forte que ça. Plus forte qu'avant.

– Ah bon ? Et pourquoi ?

– Parce que tu m'as, moi, maintenant.

Ces mots ont résonné comme un aveu. Presque une promesse. Mes larmes coulent encore, mais mon cœur s'apaise un peu. Je tourne mon visage vers lui. River plonge son regard profond dans le mien et y reste figé. Longtemps. Intense, imperturbable, tellement présent. J'y lis mille émotions, autant de sentiments. Et toujours ce vertige qui m'emporte.

Il se passe de longues secondes avant que je n'ose briser cette étreinte bienfaisante et cet instant suspendu.

– Amir… Il faut que j'en parle à Amir, décidé-je.

– Ton copain français ?

– Il est dans la même classe qu'Alexis, en prépa.

– Dis-lui de garder ce fils de chien à l'œil. Et de trouver quelqu'un dans le bahut de ta sœur pour veiller sur elle. On peut lui envoyer de l'argent, si ça aide. Il y a toujours un caïd dans une classe qui est prêt à rendre service contre un peu de thune.

– Ça pourrait marcher, acquiescé-je, songeuse.

– Tu ne préviens pas ta mère ? demande River pendant que je me connecte à Skype.

– Elle va paniquer.

– Ton père ?

– Il va faire chier. Et ils vont tous les deux décider de mon retour en France, ça ne va pas rater.

River approuve et se fait craquer nerveusement les doigts.

– On va se débrouiller sans eux pour l'instant. Il faut que je demande à un copain *nerd* s'il peut retrouver la photo d'après le lien dans l'e-mail. Ou l'adresse IP de l'ordinateur qui a envoyé cette saloperie. Ça laisse forcément des traces.

Pendant que le rebelle réfléchit à haute voix en anglais, Amir apparaît sur mon écran et s'extasie en français sur le décor de série télé qu'il a sous les yeux.

– C'est lui ? C'est sa chambre ? C'est son chien ? chuchote mon meilleur ami.

– Oui, lui avoué-je.

– Son accent est tellement cool. Ça rend pas du tout pareil quand c'est toi qui parles anglais.

– Merci, Amir.

– Il fait de la muscu, non ? me demande-t-il dans une grimace, tout en observant ses propres bras.

Je tente de le ramener vers le sujet qui me préoccupe et lui raconte toutes les menaces que j'ai reçues ces dernières semaines, sans doute en provenance de Paris, et probablement d'Alexis. Le visage joufflu de mon ami forme un immense *O* stupéfait. Puis River se rapproche de mon ordinateur.

– Demande-lui s'il est d'accord pour tendre un piège à ce trou du cul.

– *Asshole* ! Il a dit *asshole*, j'ai reconnu le mot ! s'exclame Amir, fier de lui.

– Oui, me marré-je avant de lui traduire la demande de River en entier.

– Vous ne croyez pas qu'on va s'attirer des emmerdes ? hésite mon pote. Je ferais n'importe quoi pour toi, Céleste, tu le sais, mais… On devrait peut-être prévenir les flics. Ou au moins ton avocate.

– Mais on n'a rien de concret, rien qui prouve que c'est lui, réponds-je, dépitée.

Sans comprendre tout à fait, River perçoit l'hésitation, s'agace et recommence à faire les cent pas dans mon dos, en se frottant les cheveux.

– Tout ce qu'il faut, c'est réussir à obtenir une preuve contre ce mec. Une trace des saloperies qu'il fait en toute impunité. Si Amir est au bon endroit au bon moment, il découvrira forcément un truc !

– OK, je vous aiderai. Dites-moi juste ce que je dois faire, dit le Français.

– Je vais réfléchir à un plan ! acquiesce l'Australien.

Je continue à traduire d'une langue à l'autre pour que tout le monde se comprenne. Et mon meilleur ami continue à faire des commentaires tout à fait « opportuns ».

– Même mon prénom a l'air cool quand c'est lui qui le dit. Pourquoi je suis né à Bagnolet, et pas en Australie ? soupire-t-il.

– Parce qu'il faut des héros aux quatre coins du monde pour sauver la peau de filles comme moi, lui rappelé-je avec un sourire triste.

– Franchement, Céleste ? Tu sais que je suis hétéro. Mais là, je comprends *vraiment* ce que tu lui trouves, m'avoue-t-il à voix basse en observant River. Le style beau gosse énervé, faudrait que j'essaie…

Amir fait une tête de méchant dans la webcam et ça me fait éclater de rire.

– Qu'est-ce qu'il dit ? me questionne le garçon-lynx en se penchant de nouveau au-dessus de moi, son menton en appui sur mon crâne.

– Rien d'intéressant, éludé-je.

– Pff, vous allez trop bien ensemble, conclut mon meilleur ami.

… Sans savoir que sa petite phrase vient de me toucher en plein cœur. Depuis que je suis arrivée ici, c'est la première fois que quelqu'un se range vraiment de notre côté. Et nous considère comme un couple normal, ni incestueux ni monstrueux. Juste amoureux.

Enfin… Je parle pour moi.

45
SURVIVRE

Ce nouveau lundi matin est de loin le plus effrayant depuis mon inscription à la Willunga High School. Après avoir garé ma *badmobile* vert sapin sur le parking du lycée, je ne me sens plus *badass* du tout.

J'ai l'impression que l'ancienne Céleste est de retour.

Mes jambes flageolent, mes doigts s'accrochent fébrilement aux bretelles de mon sac, mes yeux scrutent avec nervosité les lycéens que je croise ou les tableaux d'affichage qui pourraient me réserver des surprises.

Je m'attends à tout moment au pire : une photo de River et moi placardée partout, un tag insultant sur mon casier, des rumeurs chuchotées dans les couloirs, des moqueries sur mes cheveux rouges, une annonce humiliante au micro ou même une nouvelle convocation immédiate chez la proviseure. Qui sait quel nouveau sale coup Becca a pu me préparer ? Qui sait si celui qui nous a surpris à l'infirmerie ne nous a pas déjà dénoncés ? Qui sait si Alexis va oser m'envoyer des menaces jusqu'ici pour continuer à m'intimider ?

J'en suis réduite à raser les murs du lycée, à éviter de me retrouver seule aux toilettes, à m'asseoir près de la porte en cours pour pouvoir m'enfuir au plus vite, à sursauter au moindre bruit suspect ou au moindre contact physique.

Une vraie psychopathe.

– Tu es sûre que ça va ? me demande Jamie à la première coupure, une moue inquiète sur le visage.

– Oui, juste préoccupée, éludé-je.

– Par… ?

– Par… le mois de mai, inventé-je. Les exams du premier semestre qui arrivent, le bal de promo de juin, la mi-saison au basket, ça fait beaucoup à gérer.

– Tu te prends trop la tête, Céleste !

Ma copine hausse les épaules et clôt la discussion. Je crois qu'elle commence à en avoir marre de mes états d'âme et de mes humeurs maussades. Comment lui en vouloir ? Je ne suis pas la meilleure amie dont on puisse rêver à 18 ans. Je la suis jusqu'en cours d'anglais et la laisse respirer, en allant m'asseoir deux tables plus loin. Je tombe sur Lachlan et son sourire gêné, apparemment persuadé que je viens m'installer près de lui de mon plein gré.

– Hey, dis-je simplement.

– Hey, me répond le grand brun à lunettes.

Et notre conversation s'arrête là pour les deux heures à venir. Mais pas ses regards en coin, ses raclements de gorge, ses cliquetis de stylo et ses pianotages de doigts sur la table. Sa nervosité, ajoutée à la mienne, me donne des bouffées de chaleur. Suivies de sueurs froides. Je devrais me sentir flattée de son intérêt pour moi… mais ça me rend terriblement mal à l'aise.

Si seulement River était là.

Cette semaine, le garçon-lynx est en stage toute la journée dans une clinique de rééducation : il est donc relevé provisoirement de ses fonctions d'assistant-coach. Je le soupçonne d'avoir choisi pile cette semaine pour ne pas affronter celui qu'il a découvert être son père, Trent Calloway. Je le comprends, même s'il me manque terriblement. De toute façon, on n'aurait pas pris le risque de se retrouver quelque part pour un baiser furtif, une étreinte rapide ou même quelques mots susurrés.

Il faut que je me fasse à l'idée qu'il ne me serrera pas dans ses bras. Qu'il ne m'apaisera pas de sa voix grave et calme. Qu'il ne me fera pas tout oublier, même le temps d'une seconde, en plongeant son regard dans le mien ou en collant ses lèvres aux miennes. Je vais devoir me débrouiller sans lui.

À la pause déjeuner, je décline l'invitation de Jagger à réviser mon *swag* et sa géographie. En plus, je ne peux rien avaler : estomac noué. Alors je vais m'enfermer dans ma voiture, allongée sur la banquette arrière pour n'être vue de personne. Et pouvoir penser en paix : au dernier avertissement de Susan Lee, à celui de mon père, au procès de mes harceleurs qui se profile et dont je ne connais toujours pas la date, à ma sœur qui est peut-être en danger à Paris, puisqu'ils l'ont déjà approchée, et enfin à mon futur témoignage en visioconférence, qui me terrifie. Même de loin, je ne sais pas si je trouverai la force d'affronter Alexis.

Pendant quelques minutes, j'envisage d'appeler mon avocate et ma psy pour leur demander de tout annuler. Elles ont déjà réussi à obtenir du juge que je témoigne à distance, pour m'éviter un trop grand choc émotionnel. Il suffirait que je leur reparle crises d'angoisse, insomnies et idées noires pour qu'elles me déclarent inapte à participer au procès.

Mais River serait déçu.

Ma mère folle d'inquiétude.

Et ce « fils de chien » au nez dévié et au regard arrogant aurait tout gagné.

Alors je décide que non, je ne vais pas me défiler. Je ne vais pas laisser d'autres filles risquer le même calvaire que moi. De toute façon, je n'ai plus rien à perdre, ni de mon innocence ni de ma dignité. Je choisis de me concentrer sur l'essentiel, ce qui compte vraiment, ce que j'ai de plus cher et de plus précieux. De plus vital, en fait : le garçon aux yeux dorés, qui dort dans la chambre d'à côté. Notre secret. Notre histoire. Si j'ai ça, je peux tenir. Si je ne suis pas virée du lycée, renvoyée en France et séparée de lui, j'y arriverai. Si personne ne nous balance et ne nous détruit, je survivrai.

Et pour ça, je n'ai plus le droit à l'erreur.

Je me redresse et m'extirpe de ma *badmobile* pour arriver en avance à l'entraînement de basket. Gymnase, vestiaire, tenue, sang-froid. Ignorer Becca et ses groupies. Sourire à Jamie et mes coéquipières. Écouter Calloway et ne pas chercher dans son visage des traits communs à ceux de River. Me faire toute petite. Avoir l'air normal. Ne pas m'attirer d'ennuis.

Survivre.

En traversant le parking, je tombe sur les yeux noirs de Lachlan. Le haut de son visage dépasse juste d'un 4x4 gris anthracite. Et je ne vois pas s'il sourit. J'ignore s'il me suit ou si sa présence est une simple coïncidence, mais je trouve que ses regards appuyés et ses longs silences deviennent bizarres.

Un frisson me parcourt.

Et si c'était lui, le voyeur ? L'intrus de l'infirmerie ? Et s'il avait tout vu et décidé de s'en servir, lui aussi ?

Ces questions me font paniquer et accélérer le pas. Je lui souris pour me débarrasser de lui sans avoir l'air coupable de quoi que ce soit. J'hésite à prévenir River, à lui raconter mes soupçons… mais je ne veux pas l'inquiéter.

– Tu peux te débrouiller toute seule, me murmuré-je à moi-même. Tu peux survivre.

***

J'ai survécu à l'entraînement de basket. À cette journée de lycée. Personne ne m'a volé mes fringues, teint les cheveux, insultée, menacée ou convoquée dans son bureau, aujourd'hui. Un exploit. J'ai même reçu un message gentil de ma sœur prenant de mes nouvelles. Sans rien me demander en échange. Et un autre de River, aussi brut, énigmatique et sexy que lui.

[Kit de survie
de cette belle journée de merde :
Respirer. Se souvenir
qu'on n'est pas seuls.
Regarder le soleil se coucher…
Putain, je crois que tu as encore
foutu le feu au ciel.]

Je souris en regardant l'horizon se teinter d'orange. Je vibre à la simple idée que le garçon-lynx voit le même paysage que moi, en ce moment. Et que ça lui fait penser à la même chose. Ces secondes incandescentes partagées dans le secret de l'infirmerie. Sa façon de m'appeler « Ciel de feu », en découvrant ma tignasse rouge et en plissant les yeux comme si je l'éblouissais. Sa façon de me demander si je suis un soleil levant ou un soleil couchant, de sa voix grave qui me réchauffe toujours instantanément.

Et sa façon de m'embraser en m'embrassant.

Je souris de plus belle en pensant qu'on n'a pas besoin de se trouver côte à côte pour être ensemble. En fusion. Et je rougis de l'effet qu'il me fait, même de si loin.

Au lieu de rentrer à la réserve, ma *badmobile* s'arrête en ville : je me sens pousser des ailes. Je fais quelques courses dans l'idée de concocter un dîner typiquement français aux Farrow, ce soir. Je ne sais pas ce qu'on fête. Peut-être juste ma survie. Et je sais que c'est pour River que je cuisinerai, même s'ils seront cinq à en profiter.

Dans mon élan, j'entre dans un magasin de fringues et en ressort avec trois hauts sans même les avoir essayés. Presque tout mon argent de poche y est passé, mais j'avais envie de nouveauté. D'un peu de couleur et de féminité. Enfin, dans un dernier coup de folie, je pousse la porte d'un salon de coiffure pour confier ma tête à un grand type tatoué et rasé. Pas très encourageant, pour un coiffeur, mais je suis d'humeur à oser. Le tout pour le tout.

Cette parenthèse avec Sebastian est un peu surréaliste. Sans rien lui dire de moi, j'apprends qu'il est lui aussi expatrié, qu'il devait rester six mois et que ça fait dix ans qu'il habite ici, qu'il est tombé amoureux de l'Australie et qu'il a aussi trouvé l'homme de sa vie. De confidences en éclats de rire, de coups de ciseaux en coups de pinceau, je me retrouve à accepter de sacrifier la moitié de ma tignasse et d'intensifier ma couleur : je ressors de là avec un carré aux épaules dans un rouge « Rihanna ». Pas sûre que ce soit une nuance de teinture homologuée, mais je dois reconnaître que ç'a de la gueule.

– Faire les choses à moitié, c'est comme sauter dans une flaque à un pied. Ça salit quand même, et ça gâche tout le plaisir !

Je ne suis pas certaine que ce proverbe existe vraiment, mais Sebastian m'a convaincue que, quitte à faire le grand saut, il fallait se mouiller. Et assumer.

***

C'est avec cette coiffure et dans un débardeur satiné vert émeraude que je sers aux cinq Farrow un bœuf bourguignon à ma façon, trois heures plus tard. J'ai dressé la table dehors plutôt qu'à la cuisine, pour changer. J'ai prétexté une simple envie de les remercier pour leur hospitalité. Et ce dîner français remporte un franc succès.

Il a beau ne rien me dire, s'empêcher de sourire, River a un regard brillant qui ne trompe pas. Et qui me grise. Même le père de famille se déride un peu, pas mécontent de pouvoir relâcher la pression.

– Il faudra que tu m'apprennes à faire ça, Céleste, dit-il dans un sourire.

– Je peux finir ? demande Asher, la bouche encore pleine.

– Sérieusement, je n'ai jamais aussi bien mangé, commente Jagger. Ah si, une fois, mais ça compte pas, c'était sur le corps de…

– Jagg ! le coupent ses frères en chœur.

– Papa, est-ce que je peux boire une bière ? tente soudain Kasper du haut de ses 13 ans.

Tout le monde rit, Bailey dit non, l'ado insiste, et c'est River qui finit par voler la bouteille ambrée de son père pour la tendre à son plus jeune frère.

– Une gorgée pour le petit rebelle, susurre sa belle voix chaude.

Le paternel capitule d'un geste du menton, Jagger virevolte autour de la table, surexcité, Asher se marre d'avance, et je les observe tous avec affection. Peut-être même plus que ça.

C'était prévisible, mais Kasper recrache brusquement sa gorgée de bière amère et arrose ses trois frères en poussant un grand cri dégoûté. Jagg s'essuie la joue au tee-shirt d'Asher, qui se débat. Bailey tape gentiment dans le dos de son fils. River observe en râlant son bras nu tout éclaboussé, avant de découvrir mes yeux posés sur sa peau en secret. Nos regards se détournent vite, mais j'ai les joues qui chauffent et le cœur en feu.

Et au milieu des vannes et des éclats de voix, des chiens qui sautent et qui aboient, je m'entends rire fort. Je me surprends à être heureuse. À ma place dans ce joyeux bordel, importante même.

Vivante.

Quitte à survivre, autant vivre vraiment.

46
LE CHOIX

Deux jours plus tard, toujours pas de nouvel incident au lycée. Ni de nouvelle menace en provenance de Paris. Je suis toujours aussi stressée, sur le qui-vive en cours, sur mes gardes à la villa, persuadée que tout peut s'effondrer. Mais River et moi tenons le choc, dans nos rôles parfaitement détachés, superbement indifférents l'un à l'autre. On passe nos jours à s'éviter. Et nos nuits à discuter par messages interposés, parfois à la webcam, en chuchotant, alors qu'un seul petit mur nous sépare. Sa bouche, ses mains, sa peau me manquent. Mais je ne me sens plus jamais seule.

Il est plus de vingt-trois heures, ce mercredi soir, quand la villa s'agite soudain. Des pas, des voix et deux petits coups derrière ma porte.

– Céleste, tu dors ? Quelqu'un est là pour toi…

L'annonce grave de Bailey me tord le ventre. Le regard du garçon-lynx dans l'écran tente de me transmettre sa force. Et je referme mon ordinateur en tremblant, je chancelle jusqu'à la porte de ma chambre et vais à la rencontre de ce visiteur nocturne comme si je me rendais à l'échafaud.

Qui ?

Pourquoi si tard ?

Ma mère. C'est ma mère qui arrive de l'aéroport sans avoir prévenu personne. Les vingt-quatre heures de voyage se lisent sur son visage, mais pas seulement. Je la trouve différente. Plus petite, plus pâle que dans mon souvenir. Ou c'est peut-être moi qui ai grandi, bronzé sous le ciel de l'Australie.

– Maman… ? bredouillé-je. Qu'est-ce que tu fais là ?

Mais la première question que je me suis retenue de prononcer était plutôt :

Tu n'es pas venue jusqu'ici pour me ramener, hein ?

– Oh, Céleste ! lâche-t-elle dans un soupir avant de se jeter contre moi.

Elle me serre et je reste les bras ballants, peu habituée à ce genre d'effusions.

– J'aurais dû venir avant, je suis désolée, sanglote Diane.

Mon père reste à l'écart et se gratte la joue du bout de l'index, en faisant crisser sa barbe dans le silence.

– Venez à la cuisine, je vais faire du thé, propose-t-il au bout d'un moment.

Je suis le mouvement sans rien comprendre.

– Je peux savoir ce qui se passe ? finis-je par demander clairement.

– Apolline m'a tout raconté, crache enfin ma mère. Ton appel, ta peur qu'Alexis ne s'en prenne à ta petite sœur. Je ne pouvais pas rester sans rien faire.

Mes tripes se tordent de nouveau. J'ai la gorge terriblement sèche et le thé n'y changera rien.

– Je voudrais que tu rentres à la maison, Céleste.

Ça y est : la sentence que je redoutais le plus est lâchée. Je ferme les yeux pour ravaler mes larmes, et le regard lumineux de River s'affiche sous mes paupières rougeoyantes. Ça ne peut pas être la dernière fois que je le voyais, sur cet écran minable, dans la pénombre de sa chambre, juste de l'autre côté du mur. On ne peut pas me séparer de lui : je crois que j'en mourrais. Je préférerais l'aimer en cachette pour le reste de ma vie, renoncer à le toucher, l'embrasser, l'avoir… Tant que je peux le voir, tous les jours.

Tant que je vis sous le même ciel que lui.

– Pourquoi tu pleures, ma fille ? souffle Diane en venant glisser sa main sur la mienne. Je ne supporte plus de te voir souffrir. Si je suis venue, c'est pour être près de toi. Je pensais que nous éloigner nous ferait du bien, à toutes les deux, à tout le monde. Mais le procès va bientôt commencer, ma chérie. Je connais la date et ça fait des semaines que je n'arrive pas à te le dire. J'ai tellement peur que ça te brise… Et de ne pas être là pour pouvoir veiller sur toi. Je ne veux pas que tu traverses ça toute seule. Je ne veux pas être cette mère qui t'abandonne quand tu as besoin de moi. Je suis désolée, Céleste.

Elle craque, pleure, et j'en fais autant. Mais pas pour les mêmes raisons.

– Je ne veux pas rentrer, maman… Pas maintenant, balbutié-je en la suppliant.

– Je ne te forcerai pas à retourner au lycée, je te le promets. Tu pourras prendre des cours par correspondance, passer le bac en candidat libre à la fin de l'année. Ou même arrêter les études, si c'est ce que tu veux vraiment. On pourrait partir en vacances en famille, avec Apolline et Renaud. Ou juste toutes les deux, si tu préfères. On n'est pas obligées d'assister au procès. On peut se contenter d'être représentées par notre avocate. Tout ce que je veux, c'est te protéger.

– Mais pourquoi maintenant ? Qu'est-ce qui a changé ? tenté-je de comprendre.

Diane renifle et replace ses cheveux derrière ses oreilles. Ça me frappe, comme si je découvrais de qui je tiens ce tic.

– Entendre ta sœur me raconter cette histoire de photo, alors qu'elle a promis de ne rien dire. Toi, ta façon de prendre soin d'elle, de loin, de vérifier qu'il ne lui arrive rien… Je me suis rendu compte que je n'étais pas à la hauteur de mes filles. Que je manquais de courage, contrairement à vous. Je t'ai envoyée ici parce que je n'en pouvais plus de lutter contre toi, Céleste. Mais j'ai enfin compris que je me trompais de combat. C'est à tes côtés que je dois livrer bataille, c'est toi, la victime. Et si ce garçon cherche encore à t'intimider, à te blesser, il va avoir affaire à moi. Ce procès, c'est le combat qu'on doit mener ensemble.

Mes larmes coulent par vagues sur mes joues, sans pouvoir s'arrêter. Ces mots dans la bouche de ma mère, ce sont ceux que j'attends depuis des années. Quand je me trouvais pathétique, moche, bonne à rien, stupide, et que je rêvais d'entendre le contraire. Quand je me sentais nulle part à ma place, seule au monde… et prête à tout pour qu'on s'intéresse à moi. Quand je faisais les mauvais choix et que c'était un appel au secours que personne n'entendait. Quand j'espérais qu'elle me prenne comme j'étais, compliquée, au lieu de tout me reprocher.

– Il n'est pas trop tard, intervient soudain mon père, d'une voix enrouée. Il s'est passé dix-huit ans avant qu'on arrive à nouer des liens, tous les deux. Entre vous, tout est réparable.

– Je ne suis pas sûre qu'on puisse comparer, ironisé-je en bougonnant.

Et ma mère sourit au milieu de son visage défait, trempé.

– Pas vraiment, confirme-t-elle.

Elle va piocher une dizaine de mouchoirs dans une boîte, un peu plus loin dans la cuisine, m'en tend quelques-uns et se sert des autres pour se tamponner les yeux et le nez.

– Ta nouvelle coiffure te va bien, glisse-t-elle en souriant. Tu ne fais plus petite fille.

– Merci. Les cheveux rouges, c'est ma façon de rester discrète. Ne pas faire de vagues, ça me connaît.

Mes deux parents rigolent, et je me demande pourquoi je fais de l'humour, à ce moment-là. Pourquoi je me cache de nouveau d'eux. J'hésite une seconde à tout leur balancer : les autres envois d'Alexis, la photo des cachets et de la drogue, la lingerie en dentelle envoyée jusqu'ici, les invitations à me taire ou à me suicider. Mais je garde tout ça pour moi. Parce que me livrer un peu, ce serait exposer mon autre secret. Celui qui compte plus que tout. Et que personne ne comprendrait.

Ma mère a beau m'avoir ouvert son cœur, River et moi, elle ne l'acceptera jamais.

« Irrécupérable ! Ma pauvre fille ! Incapable de mener une vie simple, sans drame, sans monstruosité, même à l'autre bout du monde ! »

Je l'entends d'ici, recommencer à m'enfoncer. Je ne peux pas tout risquer.

– À quoi tu penses, Céleste ? me demande-t-elle doucement. Tu veux bien rentrer en France avec moi ?

Je la regarde droit dans les yeux, avec le cœur qui se brise un peu. J'aurais aimé lui dire oui. Accepter la main qu'elle me tend enfin. Resserrer les liens avec elle, ma sœur et mon beau-père… maintenant que je sais ce que « famille » veut dire.

– Je ne peux pas, maman. Je dois rester ici.

Je choisis l'Australie.

Je choisis River.

Il se passe quelques secondes à peine entre ma pensée et son apparition. Pieds nus, en pantalon de survêtement gris et tee-shirt blanc, les mains dans les poches et le visage tourmenté, le garçon-lynx se tient sur le seuil de la cuisine, à moitié dedans, à moitié dehors.

– Je voulais juste savoir si tout allait bien, prononce sa voix grave.

Mon sang bouillonne et mon cœur ne sait plus s'il a chaud ou s'il a peur. Bien sûr que j'aime son courage, de venir jusqu'ici, d'affronter ma mère, son père, et de penser à moi avant lui. Mais je suis pétrifiée à l'idée que mon corps ou mon regard puisse trahir notre secret. Que Diane comprenne ce qui se passe entre nous. Que Bailey ait l'idée ou l'envie de tout lui raconter. Et que mon retour à Paris soit précipité.

Par instinct de survie, je m'entends prononcer ces mots :

– Maman, je te présente l'un de mes frères, River.

Je n'ai pas eu le choix, ça me fait un mal de chien de prononcer ces mots, mais je dois à tout prix protéger notre histoire. Ses mâchoires se serrent et ses yeux dorés virent au noir. Il est en train de me détester, je le sais. Mais je le fais aussi pour lui, pour nous.

– Enchantée, je suis Diane.

– Et moi Asher, ajoute l'aîné en passant à son tour la tête par l'embrasure de la porte.

– Jagg, et lui, c'est Kasper, continue le plus agité en s'invitant carrément dans la cuisine.

– Je n'ai rien d'intéressant à dire, mais j'aime bien être là quand même, conclut le petit dernier dans un sourire gêné.

– Les voilà tous au complet, commenté-je.

– Désolé, on a entendu du bruit, s'excuse Asher, qui attache ses cheveux longs.

– Et quand vous avez un Farrow quelque part, vous en avez toujours trois ou quatre autres qui traînent dans les parages, explique Jagger en souriant.

– Je vois que vous avez l'esprit de famille, commente ma mère. Et que vous savez aussi entourer ma fille comme des frères.

Elle semble sincèrement touchée. Et je ne sais plus où me mettre. Un nouveau coup d'œil à River qui frotte nerveusement ses cheveux déjà ébouriffés et refuse de me regarder.

– Fils 3 et fils 4, il y a école demain, vous allez vous coucher, annonce fermement Bailey. Fils 1 et fils 2, vous faites ce que vous voulez, mais vous déguerpissez aussi. Diane et Céleste ont besoin de se parler.

Ce rejet supplémentaire met le sauvage hors de lui. Sans prononcer un mot, il force le passage entre ses frères d'un coup d'épaule et quitte la cuisine. Asher, Jagger et Kasper lui emboîtent le pas en traînant des pieds.

– Je crois que je vais y aller aussi, décide soudain ma mère. Le voyage a été long et les émotions fortes. J'ai pris une chambre d'hôtel pas très loin d'ici… Je vais rester quelques jours. Céleste, on reparle de tout ça demain, à tête reposée ?

– Oui, émets-je dans un soupir.

– Je sais que je ne te ferai pas changer d'avis, me chuchote-t-elle avec un sourire triste. Ça n'empêche pas d'essayer de se parler… pour voir si on y arrive encore.

Elle m'embrasse longuement sur la tempe, une main sur ma joue et l'autre sur son cœur. J'ai un peu de mal à la reconnaître, mais je crois que j'aime bien cette nouvelle version de ma mère. Puis je me retrouve seule avec Bailey dans cette cuisine parsemée de mouchoirs, encore remplie de mes larmes, des mots forts de Diane et de la tension laissée par River.

– Tu es sûre d'avoir fait le bon choix ? demande mon géniteur en me tournant le dos.

Il rince nos mugs de thé dans l'évier et ça semble bien l'arranger.

– Tu aurais pu prendre un nouveau départ avec ta mère, régler tes problèmes à Paris, fuir ceux d'ici… Ç'aurait été plus simple pour tout le monde, tu ne crois pas ?

– Non, juste pour toi, sifflé-je de tout mon courage. Pour que tu puisses continuer à faire l'autruche. À ne pas divorcer de ta femme, au cas où elle reviendrait encore une fois. À vivre dans le mensonge, au lieu d'aider tout le monde à affronter la vérité. À tenir ton fils en otage, puisqu'il t'aime et te respecte trop pour imaginer une seconde tisser des liens avec son autre père.

Toujours face à l'évier, Bailey ne bouge plus, mais l'eau continue de couler. Il étend ses mains mouillées le long du plan de travail et se fige, telle une statue. Sa façon d'encaisser les coups. Je continue, puisqu'il m'en laisse la chance et que mes larmes sont encore sous contrôle.

– Et quand ta fille, qui a été seule et malheureuse presque toute sa vie, trouve enfin sur cette terre quelqu'un qui la comprend, qui la prend comme elle est… tout ce que tu souhaites, c'est la renvoyer d'où elle vient pour sauver ta peau plutôt que la sienne. Je ne te comprendrai jamais.

Bien sûr que je parle de River. Bien sûr que je pleure, maintenant. Mais mon père choisit de rester sur ces non-dits. D'éteindre le robinet en même temps que mon flot de paroles. Et de me laisser seule avec mes mouchoirs.

47
COMPLICATIONS

Le lendemain, je tente d'oublier le futur procès, mon père qui me sort par les yeux et River qui m'évite pour éviter de me voir l'éviter. Je fuis la réserve pour passer tout mon samedi en tête à tête avec ma mère. Elle me laisse prendre le volant, en gloussant nerveusement à chaque virage et, ensemble, on va voir l'océan, s'acheter tout un tas de trucs inutiles dans les boutiques d'Adélaïde, puis manger une énorme pizza en prenant des selfies pour les envoyer à Apolline.

Je ne vais pas la suivre à Paris, mais ça me fait du bien d'être avec elle ici. De ne pas me sentir rejetée ni incomprise. J'ai l'impression de retrouver ma mère. D'être la fille de quelqu'un de nouveau.

– Je vais voir mes cousins à Melbourne avant de rentrer à Paris, m'apprend-elle. Je reste jusqu'à mardi. Tu veux m'accompagner ?

Je fais non de la tête.

– Je ne peux pas rater un seul cours, je risque de me faire virer.

Diane fronce un instant les sourcils, avant de se détendre.

– Je t'ai rarement connue aussi assidue en classe, plaisante-t-elle. Si ça peut te rassurer, je n'ai pas envie d'aller les voir non plus. Je n'y vais que pour faire plaisir à Momma.

– Elle n'est plus là, tu sais ? dis-je en repensant au visage lugubre de ma défunte grand-mère.

– Je suis sûre qu'elle me surveille de là-haut. J'ai trop peur qu'elle ne me jette des sorts…

Je me souviens alors que ma mère n'était pas très proche de la sienne. Pas très chanceuse, non plus. Momma avait sans doute du sang de dragon. Imprévisible et bruyante, c'était une femme au coup de griffe facile, dénuée d'humour et de tendresse, que Diane a fuie dès qu'elle a pu.

– Tu vas me manquer, maman, lui glissé-je alors.

– Tu le penses vraiment ?

J'acquiesce en souriant ; elle semble émue mais n'ajoute rien. Chez nous, la pudeur se transmet de mère en fille. Je lui tends une autre part de pizza et croque dans la mienne.

– Ils vont payer pour ce qu'ils t'ont fait, lâche soudain Diane, dents serrées. Je vais m'en assurer.

– Je veux juste mettre tout ça derrière moi, avoué-je tout bas. Et ne plus avoir à y penser…

Toute ma vie. J'y penserai toute ma vie. Je n'oublierai jamais. Mais ma mère n'a pas besoin de le savoir. Alors, pendant les quelques heures qu'il nous reste, je me force à être joyeuse. Je la laisse me tenir la main dans la rue, lui offre un chapeau ridicule en souvenir de cette journée, nous prends en photo pour immortaliser la première *vraie* journée mère-fille de toute notre vie. Et la remercie une dernière fois d'être venue.

Au moment de me quitter, devant la villa des Farrow, ma mère est de nouveau en larmes.

– Merci de ne pas être un dragon, murmuré-je en la voyant monter dans sa voiture de location.

***

Lundi matin, dans les couloirs du lycée. Son regard me suit à la trace depuis dix bonnes minutes, comme si je portais une cible derrière la tête et qu'il hésitait à faire feu. Lachlan me colle et ça me met sur les nerfs. J'ai été bien naïve de penser qu'il me draguait… Je suis de plus en plus persuadée qu'il est l'intrus qui nous a surpris à l'infirmerie. Je me retourne, lui fais face et soutiens le regard du grand brun, mais il se détourne aussitôt.

Et d'un coup, je pète les plombs.

– Tu comptes me mater comme un détraqué jusqu'à la fin des temps ou tu as quelque chose à me dire ? sifflé-je soudain en fonçant sur lui.

Les autres élèves s'écartent autour de moi et s'éloignent au petit trot, craignant que ma folie ne soit contagieuse. Déstabilisé, Lachlan considère ses pieds, s'agite, se met à bégayer, déchausse et rechausse ses lunettes sur ses yeux noirs fuyants, puis me balance d'une voix tremblante :

– Je… Je voulais juste savoir si…

Si je couchais avec mon demi-frère ? Oui ! Enfin, non… Enfin, bref.

– Si quoi ? m'impatienté-je.

– Si tu voulais m'accompagner au bal de promo, en juin, lâche enfin le grand timide.

Je tombe des nues face au garçon qui sourit bravement, soulagé d'avoir enfin vidé son sac. J'avais tout faux. Je me sens terriblement stupide et range mon carré rouge derrière mes oreilles, encore et encore.

– Je… C'est très gentil, mais je…

– Tu peux réfléchir ! s'écrie Lachlan. Je dois y aller, mais tu as le temps ! Je ne demanderai à personne d'autre, de toute façon. Bye, Céleste !

Le grand brun à lunettes, plutôt beau garçon et carrément touchant, s'éloigne à grands pas en manquant de percuter une petite blonde auprès de laquelle il s'excuse dix fois.

– Encore en train de briser des cœurs, Ciel ? résonne un timbre grave dans mon dos.

Je me retourne et pose les yeux sur River, en uniforme de coach, ses bras musclés croisés sur son torse, un sourire narquois au coin des lèvres. Je me retiens de lui sauter au cou et me contente de décrire l'évidence :

– Tu es revenu…

– Ouais, l'équipe masculine doit s'entraîner dur avant le prochain match de qualif, murmure-t-il. Je ne peux pas éviter Calloway toute ma vie, mais rien ne m'oblige à lui dire que je sais…

– C'est ton père, River. Tu crois vraiment que vous avez encore du temps à perdre ?

– Il te voulait quoi, ce mec ? gronde le rebelle pour changer de sujet.

Le lynx fait signe à un autre lycéen qui venait vers nous de foutre le camp et me dévisage intensément.

– Tu parles de Lachlan ? demandé-je.

– Prénom débile…

– Tu ne serais pas un peu jaloux, Farrow ?

– Dans tes rêves.

Je ris tout bas, me mords la lèvre pour l'agacer un peu plus et ajoute :

– Je pensais que c'était lui qui nous avait vus à l'infirmerie. En fait, il voulait juste m'inviter au bal de promo.

– Et tu as refusé, évidemment.

– Je n'ai rien dit…

– Ouais, ben, c'est non, tranche le bad boy.

– Ne me donne pas d'ordres, riposté-je.

– Et ne me présente plus jamais comme ton frère à qui que ce soit ! grogne soudain le sauvage.

River me fusille de son regard doré. Ses iris incandescents s'arrêtent un instant sur mes lèvres, me chatouillent les reins, puis son grand corps se met en mouvement et me plante là.

Pendant de longues secondes, des papillons aux ailes d'or et de feu s'ébattent dans mon ventre.

Je suis complètement folle de ce mec.

***

Je passe le dernier cours de la journée à côté d'une Jamie étrangement silencieuse, qui s'intéresse plus que je ne l'aurais imaginé aux ambitions mondiales du Japon et de la Chine. Alors que le prof récite son cours sans grand entrain, je tente d'attirer l'attention de ma voisine :

– Jamie, chuchoté-je. Tu vas au bal de promo en juin ?

– Peux pas parler, lâche-t-elle sans me regarder. On va se faire griller.

Je change de tactique et me mets à gribouiller sur un coin de ma feuille encore vierge.

Bal de promo, oui ou non ? Et avec qui ?

J'oriente mon cahier vers elle ; la jolie black lit rapidement mon message et répond d'une voix lasse :

– Sais pas. J'espère avec Asher, si on est toujours ensemble.

– Tu comptes le quitter ? m'étonné-je. Parce qu'il est dingue de toi…

– Pas tant que ça, apparemment, marmonne-t-elle.

Je croise le regard suspicieux du prof de géo, fais l'innocente et prétends prendre des notes. Une fois la menace passée, je mitraille Jamie de questions.

– Quoi ? Tu déconnes ? Qu'est-ce qui te fait dire ça ? J'ai loupé un truc ?

Ma voisine soupire et se met, elle aussi, à écrire dans un coin de son cahier :

Lui et moi, on n'a toujours pas… Tu sais…

– Et ? lui soufflé-je.

– Et il ne me met même pas la pression !

– Ce mec est un saint, concédé-je en apposant mes deux mains l'une contre l'autre. Il veut juste y aller doucement pour ne rien faire foirer.

– Ou alors il est gay, gémit sa petite amie.

– Depuis quand tu écoutes les rumeurs de Becca, toi ?

grondé-je un ton au-dessus. S'il l'était, il assumerait !

Jamie m'envoie un bon coup de coude dans les côtes pour me faire taire, je relève la tête en lâchant un cri de douleur et constate que tous les regards sont braqués sur nous.

– Désolée, marmonné-je en direction de l'enseignant, qui plisse les yeux en tapotant du pied.

– La prochaine fois, c'est dehors, fait mollement l'homme en reprenant sa leçon.

La brune aux sourcils fantômes me sourit faussement, depuis le premier rang où elle tente de se faire passer pour une élève modèle et de se racheter auprès de l'opinion publique. La pom-pom girl s'est déjà rabibochée avec certaines de ses « victimes collatérales », mais elle n'a pas encore retrouvé son trône de *Queen B*.

Les quinze minutes qui nous séparent de la sonnerie s'écoulent avec une lenteur infernale. Jamie prend des notes sans plus jamais se laisser déconcentrer. Je me demande ce qu'il va se passer entre elle et Asher, et si le fait qu'elle rompe avec mon demi-frère peut nuire à notre amitié.

Et très franchement, je me demande si je vais être capable de gérer une seule complication de plus.

Les menaces d'Alexis.

Le procès qui approche.

Mon secret avec River.

Becca, qui pourrait nous balancer.

Bailey qui pourrait me foutre dehors.

– Et toi ? lâche mon amie à la seconde où la sonnerie retentit.

– Moi, quoi ?

– Tu vas y aller avec qui ?

– Au bal ? Tu m'as bien regardée ? ris-je amèrement. Il faudrait m'y traîner par les cheveux pour que j'accepte de participer à cette mascarade.

En réunissant ses tresses d'un côté de sa tête comme elle le fait souvent, Jamie hausse les épaules, se lève de son bureau et rassemble ses affaires.

– Jamie ?

– Hum ?

– Tout va bien entre nous ?

– Tout roule, confirme-t-elle dans un sourire que je trouve faux.

Complication numéro six…

***

Aujourd'hui, début du procès de mes harceleurs.

La bande d'adolescents qui a fait de ma vie un enfer comparaît au tribunal pour « harcèlement moral », « violences en réunion », « mise en danger de la vie d'autrui », « provocation au suicide », « menaces de mort », et j'en passe. D'après mon avocate, Alexis et ses complices risquent sérieusement la prison.

Et moi, je panique encore plus sérieusement à l'idée de retomber en dépression.

À choisir, j'aurais voulu que ce procès n'ait pas lieu. Que mes souvenirs s'effacent, que mes bourreaux disparaissent et que plus jamais je n'aie à revivre ces jours et ces nuits de cauchemar. Mais la réalité est tout autre : il ne suffit pas de cligner des yeux pour que le passé s'évapore. Et lorsque ma mère m'appelle en Facetime vers vingt et une heures pour me raconter cette première matinée d'audience, je me mords les lèvres jusqu'au sang pour retenir mes sanglots.

– Ton témoignage est très attendu, ma chérie, me rappelle-t-elle doucement. Dans vingt heures, ce sera ton tour de faire entendre ta voix, tu pourras enfin tout raconter…

– Je ne sais pas si j'en suis capable, soufflé-je, angoissée.

– Ils vont payer pour ce qu'ils t'ont fait endurer, Céleste, dit-elle en se mettant à pleurer.

– Maman…

– Et je devrais moi aussi être sur le banc des accusés ! lâche-t-elle entre deux sanglots, en écartant l'écran pour que je ne la voie pas. Je n'ai pas su te protéger ! Je n'ai rien vu, rien compris !

– J'ai tout dissimulé, expliqué-je, le cœur serré. J'ai tout fait pour que ça ressemble à une grosse crise d'adolescence.

– Tu es mon bébé, pleure-t-elle de plus belle. Je n'aurais pas dû laisser ces choses t'arriver. Ils t'ont droguée, ils t'ont humiliée… Tu as voulu mourir !

– Maman, tu n'y es pour rien, murmuré-je. Et en m'envoyant ici, tu m'as sauvé la vie.

Soudain, je me sens plus légère. Plus courageuse. Combative. À l'autre bout du fil, j'entends ma mère renifler bruyamment, puis je vois son visage apparaître de nouveau à l'écran.

– Tu es tellement plus forte que tu ne le crois, me dit-elle soudain. Je suis fière de toi, ma fille. Tellement fière de toi. Ils ont voulu te détruire mais ils ont échoué. Et demain, tu vas leur montrer !

– Alexis essaie encore de me faire taire… Il y a des choses

que je ne t'ai pas racontées. Il m'a envoyé des menaces, un colis, des messages codés.

– Jusqu'en Australie ?

– Oui.

– On va tout communiquer à ton avocate, il faut ajouter ça au dossier ! Ce gosse est un psychopathe qui mérite la prison à vie ! enrage-t-elle.

– Je n'ai aucune preuve contre lui, il protège bien ses arrières. J'espère juste qu'il finira par se trahir.

– Ne te mets plus en danger, Céleste. Plus jamais…

– Je ne suis pas seule, maman. River va m'aider.

Diane me contemple un long moment à l'écran. Je me demande si je suis allée trop loin, si j'ai bien fait de mentionner le garçon que j'aime en secret, mais ma mère ajoute d'une voix émue :

– Ce River… Ce n'est pas d'un père dont tu avais besoin finalement, mais de quatre frères !

Soudain, alors que je me sentais tant en confiance, je meurs d'envie de raccrocher.

Entendre que River est mon frère, je ne le supporte plus.

48
TOUT REDEVIENT POSSIBLE

La juge, d'une voix calme et posée, m'explique que mon témoignage en direct va être retransmis sur un écran de la salle d'audience et que les accusés et toutes les parties présentes vont pouvoir m'entendre et me voir. À l'issue de ce témoignage, je ne serai pas soumise aux questions des avocats – ça non plus, ma psychiatre parisienne ne l'a pas autorisé, et je lui en suis reconnaissante.

– Tout ce qu'on attend de vous, mademoiselle Hardy, c'est que vous nous racontiez ce qui vous est arrivé, résume la magistrate sur un ton encourageant. Vous pouvez stopper ou demander à faire une pause à tout moment.

Je ne suis pas allée au lycée aujourd'hui. Au petit déjeuner, déjà, j'ai raconté à mes frères le calvaire de mon ancienne vie, dans les grandes lignes. Kasper a pleuré, Jagger a insulté la terre entière et Asher a soupiré tristement. River, qui savait déjà tout, n'a même pas pris la peine de paraître étonné, il s'est contenté de serrer les mâchoires en me tenant secrètement la main sous la table. Bailey a contacté la proviseure et lui a expliqué ce qui m'attendait le soir même. J'ai passé la journée dans ma chambre, à dessiner, cogiter, ressasser, raturer, angoisser et préparer mon discours.

Au moment de me lancer, je suis prête. J'imagine ma mère assise dans la salle d'audience et je vide mon sac comme si je me confiais à elle. Pendant près d'une heure, je raconte mon histoire en essayant de respecter scrupuleusement le fil des événements. Je cite beaucoup Alexis Deauville, mais n'épargne pas les autres. Je raconte les humiliations, les cris, les rires, les menaces, les soirées de tous les excès, la drogue, l'alcool, les photos volées, les défis pervers et le cercle vicieux dans lequel ils m'ont enfermée pendant des années. Jusqu'à mon passage à l'acte. Ma tentative de suicide.

Lorsque, enfin, les mots s'arrêtent, lorsque tout a été dit, la juge me remercie et me demande si j'ai une dernière chose à ajouter.

– Hier encore, je ne voulais pas que ce procès ait lieu, avoué-je. Je préférais tout oublier, ne surtout rien remuer. Mais j'ai changé d'avis. Je ne veux plus me taire. Je veux qu'on m'entende et je veux porter ce message : personne ne peut me détruire. Personne ne me fera croire que je ne mérite pas de vivre.

***

J'ai pleuré longuement, une fois la connexion rompue avec le tribunal. Pas de tristesse, mais de soulagement. Ma mère m'a envoyé un SMS débordant d'amour, Amir m'a balancé un GIF musclé du film *Million Dollar Baby* et j'ai ri en sanglotant.

J'ai ressenti pour la première fois que le poids s'amenuisait dans ma poitrine. Que mes démons ne m'avaient pas totalement quittée, mais que j'étais sur le chemin de la guérison.

Lorsqu'on frappe à ma porte vers minuit, j'hésite à aller ouvrir. Je sais pertinemment que deux yeux de lynx m'attendent dans le couloir, mais je ne suis pas sûre d'être capable de les affronter.

Rencontrer River Farrow m'a sauvée. Mais notre histoire, notre secret pourrait aussi me faire replonger…

Ce matin, il m'a proposé de rester à mes côtés pendant tout le témoignage, mais j'ai refusé. Je me devais de faire ça seule, je voulais être fière de moi.

Le bad boy frappe de nouveau. Je me rends jusqu'à la porte mais l'entrouvre à peine. Ses iris dorés me happent instantanément. Tout chez ce garçon n'est qu'intensité.

– Ça s'est bien passé ?

– Autant que possible.

– Raconte-moi, Ciel.

– J'ai besoin de dormir.

– Je fais un très bon oreiller, si jamais…

– Pas cette nuit, River, lui soufflé-je.

Il tente de le cacher, mais mon refus le surprend autant qu'il le blesse. Quand j'ouvre la bouche pour me justifier, ses lèvres douces viennent étouffer mes mots. Juste une caresse de sa main sur ma nuque. Juste un baiser en coup de vent. Et le rebelle est déjà reparti à l'autre bout du couloir.

Mon cœur bat tellement fort pour lui que je me demande ce qui m'a pris de le chasser.

Encore tout habillée, je m'écroule sur mon lit et m'enroule dans mon drap rose pâle. Je suis épuisée mais bien trop nerveuse pour fermer l'œil. Je m'empare de mon téléphone, déverrouille l'écran grâce à la reconnaissance tactile et me mets à regarder les dernières photos que j'ai prises.

Sur les dix plus récentes, huit sont des photos de River.

Mon vibreur se réveille soudain, un appel me parvient, je décroche et vois s'afficher le beau visage souriant de mon meilleur Amir.

– *Hey, dude*, lui dis-je avec un accent d'Amerloque.

– *My hero* ! s'écrie Amir.

– Moi ?

– Oui, toi, Mylène !

C'est comme ça que ce doux crétin – pas vraiment fan de Mylène Farmer – me surnomme depuis que j'exhibe une crinière rouge.

– J'étais à l'audience ! Ton témoignage m'a pris aux tripes, si tu savais ! Ça n'a pas été trop dur ?

– Non, ç'avait besoin de sortir.

– Ils vont prendre cher !

– Tant qu'ils prennent quelque chose, soupiré-je.

Mon meilleur ami tente ensuite de me changer les idées en me parlant de sa mère, de ses cours, de la fin d'année scolaire qui approche en France. Puis il me demande en chantant faux si « Je, je suis libertine… » et si « Je suis une catin ». Et il aborde enfin le sujet qui lui brûle les lèvres.

River Farrow.

– Laisse tomber, jamais personne n'acceptera notre histoire, lâché-je, de nouveau défaitiste. Même pas ma propre mère, qui veut pourtant mon bonheur coûte que coûte, maintenant. C'est foutu, je devrais faire une croix sur lui.

– Peut-être que tu devrais… murmure Amir.

J'accuse le coup.

– Où est passé le grand rêveur qui me dit toujours que « tout est possible » ?

– Il a arrêté le crack.

– Amir, qu'est-ce qu'il y a ?

– Rien. Je suis désolé, je dois y aller.

– Quoi ? Depuis quand tu as quelque chose de plus important à faire que de passer ton temps derrière ton écran avec moi ? ironisé-je.

– Sûrement depuis que je peux passer du temps avec quelqu'un qui est vraiment là… à côté de moi… que je peux toucher… et embrasser.

Je me redresse brusquement sur mon lit, un immense sourire aux lèvres.

– Amir ? Tu as une copine ?

– Ça se pourrait bien, avoue le cachottier.

– Et tu ne me dis ça que maintenant !

– Je suis à la bourre !

– Son prénom ! Elle est en prépa ? Tu l'as vraiment embrassée ? Elle prend soin de toi ?

– *Ciao*, Mylène !

Excitée par cette révélation, heureuse pour mon meilleur ami, mais attristée qu'il ne croie plus en River et moi, je m'échappe de ma chambre et vais taper discrètement à la porte du bad boy.

– Je suis désolée, je sais que je suis folle ! chuchoté-je en le voyant m'ouvrir, torse nu, les sourcils froncés et l'air perdu. Je sais que je t'ai foutu à la porte alors que tu voulais juste ne pas me laisser seule… et que je reviens à la charge dix minutes plus tard !

– Céleste, tu veux quoi ? lâche-t-il sans sourire.

– Te piquer ton oreiller, lui murmuré-je.

J'entre sans y être invitée et je m'allonge sur le lit défait du rebelle.

– Si Bailey se doute de quoi que ce soit… grogne-t-il en enfilant un tee-shirt noir.

– Je ne suis *jamais* venue dans cette chambre, votre Honneur ! formulé-je d'un ton théâtral.

River soupire, je lui souris innocemment ; il se marre en passant la main dans ses cheveux, puis se laisse tomber sur son matelas. Sur le ventre, le futur ostéo attrape un manuel d'anatomie et se met à le feuilleter, tandis que je le bouffe du regard, allongée de profil.

– Arrête de me fixer comme ça, je dois réviser, souffle sa voix grave.

– Toute la nuit ?

– Mes exams approchent.

– Je peux t'aider ?

– Tu y connais quelque chose en enfants amputés ou paralysés ? Parce que c'est dans ce domaine que je vais me spécialiser.

– Non. Mais je peux tout à fait servir de cobaye, si besoin.

– Céleste ?

– Oui ?

– Arrête de m'allumer.

Ses yeux dorés, ses cheveux en bataille et son sourire en coin me font craquer, mais je garde mes envies interdites pour moi. Je m'endors rapidement contre son corps chaud et, au milieu de mes songes, à une heure très avancée, je sens ses lèvres douces se poser sur les miennes, avant de me rendormir d'un sommeil profond.

Cette nuit-là, je me remets à y croire. Tout redevient possible. Je dors comme je n'ai plus dormi depuis dix ans.

River Farrow veille sur moi, les démons ne s'y risquent pas.

49
DU BLEU CIEL AU BLEU FONCÉ

On roule un peu plus d'une heure jusqu'à Cape Jervis pour ce week-end à la mer dont les garçons parlent depuis longtemps : les examens de River sont passés, Asher a daigné quitter ses animaux pour deux jours, Jagger a accepté d'annuler ses rancards du samedi soir et Kasper tourne en boucle sur sa nouvelle prothèse aquatique, qu'il va pouvoir essayer dans l'eau.

L'aîné est au volant, le garçon-lynx à l'avant, et je suis coincée sur la banquette arrière entre deux frères Farrow surexcités… et quatre chiens aussi envahissants qu'odorants. Deux dans nos jambes, un sur mes genoux et le dernier tapi sur la plage arrière.

– On va prendre le ferry. Dites à vos clebs mal élevés de ne pas gerber dans la voiture, prévient l'aîné.

Entre ciel et océan, du bleu partout autour de nous, j'en prends plein les yeux. L'heure de bateau se passe dans une relative propreté, mais l'excitation va crescendo.

– Céleste, prête à découvrir Kangaroo Island ? me demande l'agité en sautant sur son siège, tel un demeuré.

– L'île Kangourou, sérieusement ? Tu viens d'inventer ce nom juste pour moi ?

– Non, c'est une île classée zone protégée, m'explique River en se tournant vers moi. Beaucoup d'espèces y vivent à l'état naturel : kangourous, wallabies, opossums, koalas…

– Tu comprends mieux pourquoi papa a choisi cet endroit pour acheter une maison de vacances, ajoute le conducteur dans le rétroviseur.

– Ouais, sauf qu'il ne vient jamais puisqu'il n'a pas pris de vacances depuis dix ans, bougonne Kasper. Bref, tu sais qu'on va sûrement croiser des lions de mer sur la plage ?

– Et des otaries à fourrure. Des cacatoès. Des dauphins, énumère le plus vieux.

– Et une autre espèce en voie de disparition : les filles qui font du topless ! s'emballe Jagger en ouvrant grand ses yeux brillants.

Mais ils peuvent tous plaisanter, me regarder, me raconter, tenter de m'émerveiller, je ne vois plus que les iris dorés plantés dans les miens. Et qui ont l'air de contempler en silence la même perspective que moi : deux jours ensemble, isolés sur une île sauvage, sans parent inquiet ni lycéen curieux pour nous empêcher de vivre. Juste trois frères à semer pour profiter l'un de l'autre, on devrait pouvoir y arriver.

On roule encore presque une heure pour rejoindre Vivonne Bay, au sud de l'île, où se cache la résidence secondaire des Farrow, montée sur pilotis et pratiquement les pieds dans l'eau. Tout en parquet, poutres et terrasses en bois, elle a des airs de cabane dans les arbres… en mille fois plus grande, plus moderne et plus luxueuse.

Les garçons n'y restent pas longtemps : sacs balancés dans l'entrée, baskets abandonnées, gamelles d'eau pour les chiens, et les voilà qui courent vers l'océan en semant leurs fringues sur le sable. Je les regarde en souriant et vais me changer avant de les rejoindre. Cette grande plage en U a les eaux les plus turquoise, le ciel le plus bleu vif et le sable le plus blanc que j'aie vus de ma vie. Asher et Jagger sont déjà en train de rivaliser de plongeons et de sauts périlleux depuis un ponton en bois qui se jette dans l'océan. River aide son petit frère à installer sa prothèse aquatique sur sa jambe amputée, le relève d'une main, puis le balance dans les vagues du bord de l'eau en riant.

Il revient vers moi en tirant son tee-shirt d'une main par-dessus sa tête.

– Si tu comptes te mettre en maillot de bain, je vais devoir t'ignorer pour le reste de la journée, m'annonce sa voix grave et joueuse.

Mais son regard lumineux, lui, fait tout le contraire de m'ignorer. Les reins en feu, je retire mon débardeur sans le quitter des yeux.

– J'imagine que je vais devoir m'étaler cette crème solaire toute seule, alors.

Les iris noisette se baladent sur la peau de mes épaules parsemée de taches de rousseur, sur mon haut de bikini bleu marine que je replace sur mes seins, pas habituée à porter autre chose que des maillots une pièce. J'ai acheté celui-ci juste pour l'occasion, coachée par ma mère et ma sœur à distance, photos de cabine à l'appui. Le petit sourire en coin du sauvage confirme que j'ai bien choisi.

Lui porte son long short de bain dégradé du bleu clair au bleu foncé, bas sur ses hanches. Il noue le cordon et je louche sur ses abdominaux, sa peau bronzée qui semble tendue sur son torse et la pointe du V qui court se cacher sous le tissu.

– Tu n'as pas le droit de me regarder comme ça, Céleste, gronde-t-il tout bas.

– Si je suis ton ciel… tu es mon océan tout entier, annoncé-je en remontant du bleu clair au plus foncé.

– Attends un peu que le soleil soit couché, Ciel de feu.

Le bad boy profère ces menaces en fixant ma bouche, et je n'ai jamais autant aimé être menacée. Il court se jeter à l'eau, semblant avoir lui aussi, quelque part, un incendie à éteindre.

Le reste de la journée se déroule paresseusement, dans une ambiance légère, pétillante ou lascive selon les heures. Asher fait du kayak, River du bodyboard, Jagger marche sur les mains dans le sable mouillé, puis peaufine son bronzage à côté de moi, Kasper nage comme un poisson en éclaboussant partout autour de lui et en engueulant sa prothèse. L'apprenti ostéopathe lui donne des conseils pour fluidifier ses mouvements, le don Juan excité râle contre le réseau pour ainsi dire inexistant, l'aîné romantique écrit Jamie dans le sable avant de prendre une photo dont tous les frères se moquent. Ils se balancent des algues et des insultes à la tête, s'affrontent en duel par équipes, les deux cadets montés sur les épaules des deux aînés. J'arbitre et commente en riant, donnant des notes artistiques aux chutes les plus spectaculaires. Puis, les cheveux mouillés, les peaux salées et les cœurs légers, on observe longuement le soleil décliner sur la baie, le bleu ciel passer au bleu foncé, tous les cinq assis face à l'océan. C'est beau, apaisant, époustouflant.

La nuit est maintenant bien tombée sur Vivonne Bay et tout le monde s'est rhabillé. Pendant que Kasper tente d'approcher une colonie de lions de mer débarqués sur le sable, que Jagger décide de s'initier à la pêche depuis la jetée, Asher se dévoue pour aller nous chercher des sandwiches, des limonades et des marshmallows à faire griller. River m'apprend à allumer un feu de camp sur la plage et, chaque fois que nos peaux se frôlent, que nos doigts se trouvent, que nos regards se rencontrent, c'est tout mon corps qui s'allume.

Le manque de lui devient infernal. L'attente insupportable. Mais les frères Farrow continuent d'étirer la nuit, de boire, manger, rire et crier. La conversation tourne autour du sexe et Kasper se bouche les oreilles avec deux chamallows blancs à moitié grignotés.

– J'ai sauté le pas avec Jamie, annonce soudain Asher. Je vous le dis, les gars, ça vaut le coup d'attendre parfois.

Le grand blond aux cheveux longs sourit aux flammes devant lui. Et le regard doré du rebelle me caresse.

– Je ne sais pas comment vous faites pour attendre un seul jour… ou même pour vous contenter d'une seule meuf ! déclare Jagger en faisant non de la tête.

– Commence par respecter un peu plus les filles, toi, réplique River en lui envoyant son poing dans l'épaule.

– Je les respecte ! C'est juste que je les aime toutes ! se marre l'excité.

– Quand elles vont organiser une mutinerie contre toi pour te couper les couilles, tu l'auras bien mérité !

– J'écouterai tes conseils quand, toi, tu auras les couilles de savoir ce que tu veux. Et avec qui tu veux.

Et le regard intense du garçon-lynx me réchauffe.

– Pourquoi il dit ça ? demande l'aîné en fronçant les sourcils.

– On est vraiment obligés de gâcher cette journée ? soupire Kasper, qui a déjà compris.

– C'est Céleste que je veux, avoue soudain River à ses frères. Céleste et personne d'autre.

Ce n'est plus le feu qui me chauffe les joues. Mon cerveau fume et mon sang bouillonne.

– Attendez, vous êtes… tous les deux… ensemble ? Encore ? balbutie Asher sans y croire.

– On ne compte pas arrêter, déclare le rebelle. On n'est pas frère et sœur, c'est tout ce que vous avez besoin de comprendre.

– Mais, papa… hésite le petit dernier.

– Vous n'allez rien raconter à Bailey ni à qui que ce soit d'autre, OK ? Si je vous le dis, c'est parce que j'ai confiance en vous.

Asher fixe son frère, puis moi, apparemment sous le choc. Sans rien répondre, il balance son bout de bois dans le feu, laisse son chamallow cramer et quitte la plage pour regagner la maison. Kasper le suit de près. Jagger finit par les imiter en lâchant :

– Ça, c'est fait.

River glisse alors sa main sur la mienne dans le sable. Je me laisse aller sur le côté, pour poser mon bras nu contre le sien et ma tête sur son épaule. Ça fait du bien. Je pourrais rester là des heures, sous le ciel bleu marine, à côté du garçon que j'aime. Mais je sais très bien ce qu'il va me dire. Et il le dit :

– Il faut que je les rejoigne, murmure sa voix chaude près de mon oreille.

– Je sais. Ce sont tes frères. Vas-y.

Et mon lynx s'éloigne pour retrouver sa meute.

50
LE VACARME, PUIS LE SILENCE

Je crois que les quatre frères ont essayé de se parler. Mais ça n'a rien donné de bon. J'attends que les éclats de voix et les portes claquées se taisent. Que tout le monde aille se coucher, fâché. Que les lumières s'éteignent et que mon courage revienne.

Le vacarme, puis le silence.

Je me faufile sur la pointe des pieds jusqu'à la cuisine pour boire un verre d'eau. Me cogne contre une première poutre en bois, puis une deuxième, pas très discrète. River se tient là, dans le noir, face au frigo ouvert.

– Je t'attendais, me souffle-t-il.

Je sursaute.

– Ici ? Pourquoi ?

– Parce que tu as toujours soif quand tu es inquiète, répond-il en me souriant tristement.

Le sauvage referme le frigo, me tend une bouteille d'eau et décide de rallumer une lumière douce sur le mur, qui éclaire faiblement la cuisine. Je m'approche lentement.

– Comment ça s'est fini ?

– Mal.

– Et toi… tu te sens comment ?

Il saute sur le plan de travail derrière lui pour s'y asseoir. Je reste debout, à un mètre de lui.

– Je sais que je fous le bordel partout où je passe, murmure-t-il. Mais cet aveu, ça m'a libéré. Je fais semblant d'encaisser, depuis tout ce temps. Mais tous les mensonges dans la famille, les secrets que je dois garder, ça me ronge. J'y pense tous les jours…

– Qu'est-ce que tu veux ? demandé-je d'une petite voix.

– Peut-être que je devrais aller voir mon vrai père, lui dire que je sais et lui demander de répondre à mes questions.

– Je crois que oui.

– Et peut-être que je devrais raconter la vérité à Kasper, lui dire que tout est ma faute, lui expliquer ce qui est vraiment arrivé.

– Ça va peut-être faire beaucoup de révélations en un week-end, non ? hésité-je. Je sais que tu en as besoin, mais…

– Céleste.

– Parfois, ce qui nous fait du bien risque de faire du mal aux autres, s'ils ne sont pas prêts.

– Ciel… insiste River de sa voix grave.

Il se penche en avant, glisse sa main sur ma nuque et m'attire à lui, entre ses jambes écartées.

– Ciel, c'est de toi que j'ai besoin. C'est toi qui me fais du bien.

Ses mots me touchent en plein cœur et son regard habité me bouleverse. Il descend de son perchoir en sautant sur ses pieds, entoure mon visage de ses mains, prend une inspiration et la laisse suspendue, évaporée. J'en frissonne.

– Je ne suis pas un grand romantique comme Asher. Un beau parleur comme Jagger. Ou un petit génie comme Kasper.

– Tu es toi, soufflé-je, tremblante.

– Je ne sais pas vraiment qui c'est, ça… Mais il y a une chose que je sais que je suis, Ciel. C'est amoureux de toi.

Cette fois, mon cœur s'ouvre en deux et se déverse en moi. Les larmes me montent aux yeux. Je ne le pensais pas capable de se livrer à ce point. Je me noie dans ses iris remplis de feu et je me rue sur sa bouche pour m'empêcher de répondre quoi que ce soit. J'enfouis mes doigts dans ses cheveux soyeux, je blottis mon corps chancelant contre le sien, solide et fort. River me serre dans ses bras. M'embrasse passionnément et me donne le tournis.

– Moi aussi, River, glissé-je entre ses lèvres. Moi aussi, je t'ai dans la peau.

Nous tourbillonnons ensemble dans cette cuisine qui n'est même pas une cachette. Je goûte à sa peau qui sent encore le soleil et le sel. Il caresse la mienne en commençant déjà à me déshabiller. Nos gestes sont hachés, impatients. Nos bouches affamées. River retire mon haut et je glousse sans pouvoir m'en empêcher.

– Tes frères… haleté-je entre deux baisers. Mes frères…

– Ils dorment. Ils ne vont pas bouger. Ils ne veulent plus me voir, de toute façon.

Et le bad boy retire de nouveau son tee-shirt d'une main en ébouriffant ses cheveux. Son torse musclé, sa tignasse en bataille, ses yeux allumés : ça suffit à me convaincre. Je me pends à son cou en gémissant pendant qu'il me mordille l'épaule. Je le laisse jouer avec le cordon de mon bikini qu'il fait claquer sur ma nuque. Et c'est moi qui le dénoue pour lui offrir mes seins à regarder. À toucher. Il n'y a que lui qui me fait les aimer.

River fait lentement glisser le lycra bleu marine pour découvrir mes tétons. L'un d'eux se retrouve dans sa bouche, l'autre sous sa main. Il m'embrasse et me caresse. Me suçote et me titille. Le feu s'allume entre mes cuisses et je pousse des soupirs indécents. Le garçon-lynx revient m'embrasser et me fait reculer jusqu'à un autre plan de travail, un peu plus loin, un peu plus caché. Sa langue se fait joueuse sur la mienne, il a un goût de chamallow et d'interdit. Le meilleur mélange qui soit.

– J'ai tellement envie de toi, Ciel, grogne-t-il en passant son pouce sur ma bouche.

Je le mords au passage. Il sourit.

– Ce bikini m'a rendu fou toute la journée, soupire-t-il.

Et River ouvre mon short en jean, bouton après bouton, pour poser lentement sa main sur le lycra bleu marine. Par-dessus mon sexe trempé. Je me cambre. Puis, sous le tissu. Je m'embrase. Ses doigts entre mes lèvres, sa bouche sur ma bouche, mes mains s'enfonçant dans la peau douce de ses reins, mes tétons attisés qui frôlent ses pectoraux musclés : tout me provoque un plaisir fou.

Je caresse la bosse qui déforme son jean. Je tente de me concentrer sur lui. Mais ma main s'arrête chaque fois que mon corps s'anime. Il me fait trop d'effet. C'est trop bon. Il gagne à tous les coups. Cette méthode pour me déconcentrer semble l'amuser. Le rebelle sourit en coin en se mordant la lèvre.

– Tu n'es pas obligée de me faire ce que je te fais, murmure-t-il près de mes lèvres.

– Si tu savais tout ce que j'ai envie de te faire, réponds-je sans réfléchir.

Et je rougis en m'entendant prononcer une telle phrase.

– Dis-moi plutôt ce que tu voudrais que je te fasse, insiste le sauvage.

Et il immobilise sa main plaquée entre mes cuisses.

Je n'ai jamais joué avec un garçon. Jamais de mon plein gré. Mais son regard rempli de défi et de désir, sa voix chaude et envoûtante, ses gestes sûrs, son charisme et sa douceur : tout me pousse à lui faire confiance. À me livrer à lui. À vouloir jouer le jeu sans même connaître les règles.

– Je voudrais que ce short s'en aille, chuchoté-je à son oreille.

River s'agenouille devant moi, fait doucement descendre le jean le long de mes jambes, en profite pour embrasser la peau sensible de mes cuisses, de mes hanches. Et relève son menton fier vers moi. Je croise les bras sur ma poitrine pour cacher mon plus gros complexe. Mais le garçon aux yeux dorés et au cœur pur pousse délicatement mes mains jusqu'à ce que mes seins se révèlent de nouveau à lui. Il leur sourit. M'embrasse sur le ventre, tout autour du nombril. Enfouit son visage dans ma peau blanche. La respire. Toujours à genoux, toujours avec cet irrésistible sourire qui me fait fondre, il demande à voix basse :

– Et pour ce putain de bas de bikini qui me provoque depuis tout à l'heure… on fait quoi ?

– Il a mérité d'aller se faire voir, confirmé-je en frissonnant.

– C'est ce qui me semblait.

Le bad boy aux jolies manières tire doucement sur les nœuds de chaque côté de mes hanches. Je frémis à l'idée de me retrouver totalement nue. Vulnérable. À sa merci. Mais je n'ai pas le temps de paniquer : deux lèvres chaudes embrassent mon intimité. Une langue habile s'insinue partout, autour de mon clitoris, dessus, dessous. Je gémis. J'ondule. Je caresse ses cheveux, ses épaules, j'adore ce qu'il me fait. Je m'accroche à je ne sais quel meuble près de moi. Je ferme les yeux et je m'envole.

Un craquement de bois et tout s'arrête. River se dresse sur ses pieds et plaque son corps sur le mien pour me cacher. Il m'entoure de son bras et regarde partout autour de lui. Ma température passe du brûlant au glacé. Ma peau se couvre de chair de poule. Mon cœur bat à tout rompre. On respire à toute vitesse, peau contre peau, peur contre peur. On guette, on se tapit dans le coin de la cuisine, on attend encore, en retenant nos souffles. Jusqu'à ce que le sourire insolent revienne dans la partie.

– Je crois que c'était juste une chauve-souris.

– Quoi ?

– Il y en a plein sur l'île.

– C'est vraiment un pays de sauvages, bougonné-je pendant qu'un frisson me parcourt.

– Et moi qui croyais que tu aimais ça, me provoque-t-il.

Torse nu dans son jean, les cheveux en bataille et la langue coincée à la commissure des lèvres, le garçon-lynx part à reculons, comme s'il était vexé et que tout était terminé. Je n'y crois pas une seule seconde. En fait, il atteint la porte de la cuisine et la verrouille dans son dos, sans me quitter du regard. Il nous met à l'abri, encore. Et le simple bruit du loquet fait sauter en moi une dernière barrière. Nue, impatiente, je quitte mon recoin et cours pour me jeter sur lui. J'écrase mes seins contre son torse, je pends mes bras à son cou et je colle mon bassin au sien.

– J'en veux plus, avoué-je d'une petite voix. J'en veux encore.

– Ah bon ?

L'insolent m'embrasse avec fougue et m'entraîne de nouveau dans un tourbillon sensuel à travers la cuisine. Ses baisers me réchauffent. Ses mains effleurent ma peau, malaxent mes fesses et soulèvent mes cuisses. Il me porte à califourchon sur lui, me fait tournoyer, me cogne contre un placard qui s'ouvre au-dessus de ma tête. Un paquet de farine en tombe et s'écrase par terre, éparpillant sa poudre blanche et crayeuse partout. Le parquet, les plans de travail, la peau de River, ses cheveux et ses cils : tout est soudain recouvert d'une fine couche blanche et merveilleusement poétique.

– Quand tu ne fous pas le feu, Ciel, tu arrives à faire tomber la neige sur l'océan, lâche-t-il dans un petit rire rauque et sexy.

Après notre petit vacarme, un nouveau silence hypnotisant. Il me porte toujours et finit par me déposer sur un plan de travail tout proche. Je le trouve tellement charmant, séduisant, envoûtant… que ça me reprend. Ce désir brut, cette faim de lui, cette flèche qui me transperce jusqu'au plus profond, cette envie presque animale, ce besoin vital de son corps dans mon corps.

Je l'embrasse en plongeant ma langue dans sa bouche, je le goûte, le mordille, l'excite. Je resserre mes jambes autour de sa taille. J'enfonce mes doigts dans ses muscles durs. Je prends tout ce que je peux prendre de son odeur, son goût, sa force, son audace. Et je laisse faire le reste. L'alchimie entre nous. L'étincelle qui s'allume toujours.

La bosse revient tendre le tissu de son jean et j'y pose ma main pour l'entendre grogner. River défait lui-même son bouton, sa braguette, je l'aide en descendant un peu le pantalon autour de sa taille, suivi du boxer. Ses fesses se dénudent et je les caresse, fermes, bombées, soyeuses. Deux perfections. Son sexe brandi entre nous m'impressionne. M'attise. Je le touche sans trop savoir comment. Et le bad boy recule pour plonger la main dans sa poche arrière de jean, en sortir un petit portefeuille noir, un étui argenté, un préservatif qu'il déroule sous mes yeux. Sans honte ni pudeur. Une autre de ses façons de prendre soin de moi, sans hésiter.

– Tu me veux, Ciel ? me demande-t-il en frôlant mes lèvres.

– Plus que tout…

River m'embrasse doucement et me soulève de nouveau. Il m'allonge avec tendresse sur le sol recouvert de farine. Il pousse d'une main le paquet éventré et une nouvelle vague de poussière blanche s'élève autour de nous. Je souris tellement c'est beau. Le garçon que j'aime souffle sur ma peau blanchie puis dessine du bout du doigt sur mes seins des volutes infinies, des boucles et peut-être des cœurs, des labyrinthes dont lui seul connaît le sens. Ça m'électrise.

Je l'attire à moi en écartant les jambes. Je sens son érection me frôler, son grand corps tendu à l'extrême me surplomber. Et son regard doré me happe quand il glisse dans mon intimité, si lentement, si sensuellement que je pourrais en pleurer. River repart et revient et je me donne à lui, la bouche entrouverte, la respiration coupée. Tout mon corps vibre et s'enflamme quand il s'y fait une place.

Je passe mes mains dans ses cheveux soyeux, une pluie de farine s'abat entre nous. Je pose mes mains sur son fessier, qui me rend folle, et je suis les mouvements de ses reins. Je cambre les miens pour mieux l'accueillir. Ça me brûle et ça me remplit de plaisir. Je soupire, je gémis, trop fort peut-être. Alors River pose son doigt sur ma bouche pour me rappeler de me taire. Je songe à l'interdit qu'on est en train de braver. À notre désir plus fort que tout ce que les autres pourraient bien penser. Au monde entier qui pourrait s'écrouler. Mais rien ne me ferait arrêter.

Le rythme s'intensifie, sa peau fusionne avec la mienne, mon plaisir grandit, m'étourdit. Mon cœur tambourine et mon intimité prend feu. Tout mon corps tremble et je me mords les lèvres pour ne pas faire de bruit. Je sens l'orgasme poindre au creux de mon ventre ; c'est comme si je planais au-dessus de tout, de l'océan et de la neige, plus haut que le ciel encore. Je jouis dans un silence rempli de vacarme.

Le garçon-lynx se fige en étouffant un grognement dans mon cou. Il s'envole à son tour et s'abandonne tout contre moi, tel un animal sauvage, enfin apaisé. Apprivoisé. Épuisé, essoufflé, mais serein.

Pendant de longues et merveilleuses minutes, je reste blottie contre lui, dans ses bras, sous sa peau. L'endroit que je préfère sur terre. Il me regarde en souriant, il me susurre à l'oreille « mon Ciel, mon Ciel » ; il sourit encore et je retombe follement amoureuse de lui, mille fois.

Un petit claquement brise notre bulle de silence, je croise le regard doré, incandescent, qui me fait signe de fuir. Je déverrouille la porte, inspecte à droite et à gauche, aperçois River qui se marre en remontant son jean sur ses fesses, puis je pars en courant sur la pointe des pieds. Et en lui souriant de tout mon cœur.

51
LE DROIT

C'est River qui est au volant du 4x4 pour faire la route du retour, le dimanche, de Vivonne Bay à la réserve des Farrow. Jagger fait l'idiot à l'avant, avec son beagle entre les jambes qui ne cesse de se dresser sur le siège passager. À l'arrière, à ma gauche, Asher garde le visage tourné vers la vitre et caresse son berger australien, sagement assis, la gueule reposant sur la cuisse de son maître. À ma droite, Kasper dessine, rature et griffonne sur des dizaines de feuilles remplies de maquettes de prothèses. C'est la large tête de son labrador endormi qui lui sert de table.

Je déchire un petit bout de papier, lui emprunte son crayon et note rapidement « Désolée », avant de glisser le message à Asher. Parfois, écrire est plus simple que parler. L'aîné attache ses cheveux en *bun* puis vole une feuille entière à son petit frère.

« Je ne peux pas l'accepter », écrit-il tout en haut.

Chacun à notre tour, on griffonne une réponse, en silence,

pour tenter de communiquer malgré l'incompréhension, le malaise, la distance. River devine notre petit manège et me lance des regards intenses dans le rétroviseur.

« C'est mon frère, on porte le même nom, juridiquement, c'est le tien aussi ! », me soutient le blond.

« Mais ce n'est pas de l'inceste », réfuté-je à toute vitesse.

« Je suis quand même contre. C'est mal, c'est ce que je ressens. »

« Tu as le droit… Mais laisse-nous le droit de ressentir le contraire. »

« Je ne trahirai pas votre secret. C'est tout ce que je peux faire. »

Je me contente de cette promesse et roule la feuille de papier en boule. Asher me la prend des mains, déchire soigneusement notre échange et fait voler les minuscules morceaux dans les airs en descendant sa vitre.

– La nature, putain ! s'énerve Kasper. C'est pas une poubelle.

Le reste du trajet se fait dans un silence pesant, tendu, interrompu seulement par les pets des chiens qui ne font plus rire personne. Et par le vibreur incessant de mon téléphone. Je choisis d'ignorer les appels de ma mère : ça semble important, mais je ne me vois pas discuter avec elle au milieu des quatre frères Farrow sur les nerfs, prêts à s'entre-tuer.

Au bout d'un moment, mon répondeur indique un nouveau message vocal. Je l'écoute en baissant le son de mon téléphone au minimum.

« Céleste ? C'est maman. J'aurais préféré te parler de vive voix… mais je veux que tu apprennes tout ça par moi. Le procès s'est terminé plus rapidement que prévu. Le verdict est tombé très vite. Je veux que tu te souviennes que les peines prononcées ne disent rien du calvaire que tu as enduré, ma chérie. Dans ce tribunal, ta voix a été entendue. Donc voilà… Le juge a décidé d'une mesure d'éloignement pour la totalité des accusés : ils sont exclus de la prépa et ne pourront plus mettre les pieds au lycée ou à proximité. Les deux qui sont majeurs ont écopé de travaux d'intérêt général. Et tous doivent participer à un groupe de parole sur le harcèlement sexuel et les relations hommes-femmes. Bon… La très mauvaise nouvelle, c'est qu'Alexis Deauville a bénéficié d'un non-lieu. C'est le seul. Pas assez de preuves contre lui, un très bon avocat… Je suis vraiment en colère et j'imagine l'injustice que tu dois ressentir. Mais ne t'inquiète pas, on ne va pas en rester là. Notre avocate va sûrement faire appel. Je te laisse, ma chérie, je suis encore au tribunal. On se rappelle vite. Je t'embrasse. Ah… Eh, Céleste ? Je t'aime. »

Je coupe ma messagerie en sentant mon sang se glacer, comme s'il arrêtait subitement de circuler. Je suis au bord du malaise. Envie de vomir, de crier, de déverser ma rage d'une façon ou d'une autre. Après mon témoignage il y a quelques jours, je pensais que le procès était joué, que la suite ne serait que de simples formalités et la justice forcément de mon côté. Je me trompais.

Dans le rétroviseur, River plisse les yeux et contracte les mâchoires. Je m'accroche à son regard noisette, si doux, si chaud. Aux traits de son visage si fins, si aiguisés, qui lui donnent cette beauté animale, cette présence si intense.

Je tiens le coup pour lui.

Et j'envoie à ma mère les premiers mots qui me viennent.

[Merci d'avoir fait
ce que tu pouvais.
Et de t'être battue pour moi.
Je t'aime, maman.]

C'est court, mais c'est l'essentiel. Et ce sont des choses que je ne lui dis jamais.

***

Quand le 4x4 s'arrête enfin devant la villa des Farrow, le dimanche soir, pour déverser son flot de garçons et de chiens, je bouscule tout le monde et me rue dans ma chambre. Je veux rappeler ma mère, qui ne me répond pas. Me connecter sur Skype pour parler à Amir. Faire le point avec mon clan de Paris. Mais quand mon portable vibre de nouveau dans ma main, c'est le prénom d'Alexis qui s'affiche à l'écran.

Vision d'horreur.

Je décroche quand même sans réfléchir. S'il a des choses à me dire, j'en ai à lui répondre. S'il croit pouvoir triompher, frimer de sa petite victoire, je vais le recevoir.

– Allô ?

– C'est Alex, dit sa voix traînante que je reconnais aussitôt.

Il n'a jamais pris la peine d'articuler : ni moi ni personne ne vaut cet effort pour lui.

– Tu ne sais toujours pas t'exprimer clairement, sifflé-je. Même ta propre langue est dégoûtée par toi.

Il rit au bout du fil, ça ne lui fait ni chaud ni froid.

– Tu ferais mieux de m'écouter, Rouquine. Ça devrait t'intéresser.

– Ne m'appelle pas comme ça.

– Je t'appelle comme je veux, Pamplemousse. J'ai balancé à tout le monde que tu n'es qu'une salope qui baise avec son frère. Maintenant, tout le monde sait que j'ai eu raison de te traiter de pute. C'est tout ce que tu es. Une nympho tordue qui cherche à se faire prendre par n'importe qui. Même son propre frère, putain. Maintenant, tu peux être sûre que je ne te toucherai plus. T'es un putain de pamplemousse pourri de l'intérieur. Même ta mère en a eu la gerbe !

Je raccroche pendant que mes doigts tremblants peuvent encore le faire. Mon portable glisse et tombe par terre. Je m'effondre à côté, recroquevillée sur moi-même, secouée de sanglots. Dévastée. Incapable de réfléchir. Je laisse la haine et le dégoût sortir par vagues de larmes brûlantes qui me tordent les tripes. J'étouffe mes cris de désespoir contre ma couette, que j'attrape dans mon poing. Et je sens les questions s'entrechoquer dans mon cerveau.

Comment Alexis sait-il tout ça ?

Pourquoi veut-il me détruire encore ?

Comment a réagi ma mère face à ces horreurs ?

Est-ce que c'est pour ça qu'elle ne décroche plus ?

Est-ce que, cette fois, je suis vraiment foutue ?

Je reprends peu à peu mes esprits, m'assieds par terre, adossée à mon lit, récupère mon téléphone, essaie d'appeler ma mère, encore et encore, attrape mon ordinateur, l'ouvre sur mes genoux, trouve Amir connecté et sèche mes joues trempées, le temps que la webcam nous mette en relation.

– Tu es au courant de ce qu'a dit Alexis ? reniflé-je.

– Oui, j'étais là, dit sa voix gênée.

– C'était où ? Quand ? Pourquoi il a fait ça… ?

– Au tribunal, juste après le verdict, ta mère venait de te laisser un message. Avec ton avocate, elles sont allées le voir pour lui dire qu'elles ne le lâcheraient pas, qu'il allait payer… Et il a balancé tout ça en lui montrant je ne sais quoi sur l'écran de son téléphone.

– Mais comment il peut savoir ? paniqué-je. Et il lui a montré quoi ? Une photo de River et moi ? Il m'a fait suivre jusqu'ici ? Quand ? Comment ?

– Aucune idée, soupire Amir, l'air épuisé.

– Ma mère ne me répond pas, il faut que je lui dise la vérité, que je lui explique… Tu ne lui as rien dit, toi ?

– Non, ce n'était pas mon rôle. Et puis, elle est vite partie.

– Il faut qu'on arrive à coincer ce chien d'Alexis… River va trouver une solution… Il faut que tu m'aides, Amir…

Je pars dans tous les sens, je pleure, je rappelle ma mère, j'enrage… Et dans l'écran, un mur. Impassible, éteint, distant. Je ne reconnais plus mon meilleur Amir.

– Qu'est-ce qui se passe ? Tu ne parles plus anglais, tu ne dis rien, tu ne donnes même pas ton avis, m'inquiété-je.

– J'en ai un peu marre de tout ça, Céleste, m'avoue-t-il dans un soupir.

– De moi ?

– Non, c'est pas ça… Mais j'espérais qu'après ce procès, on pourrait tous tourner la page et passer à autre chose.

– Mais c'est lui qui essaie de me briser, encore et encore ! me défends-je.

– Je sais… Mais je voudrais juste penser à moi, pour une fois.

Je le fixe sans rien comprendre. Mon esprit en ébullition tente de recoller les morceaux. Je me mets à sa place, m'efforce de ne pas faire l'égoïste, la victime. Mais son beau visage rond reste fermé, ses yeux bruns me fuient.

– Qu'est-ce que tu me caches, Amir ? Ç'a un rapport avec ta nouvelle copine ?

– Non !

– Bien sûr que si…

– Je ne veux pas que tu croies que…

– Que quoi ? commencé-je à flipper.

– Je ne sais pas comment te le dire… Mais ça n'a rien à voir avec toi, avec tout ça.

– Alors quoi ? m'impatienté-je.

– Je sors avec Salomé.

Je mets quelques secondes à resituer. Ce prénom. Ce visage. Ces cheveux blonds. Une fille plus jeune qui était au collège avec nous, qui doit avoir deux ans de moins, sans doute en seconde ou en première, maintenant.

Salomé… Deauville.

– Ta copine, c'est la sœur d'Alexis, exprimé-je à voix haute ce que je viens de comprendre.

– Céleste…

– Comment tu peux me faire ça ? bredouillé-je, immobile, incrédule. Tu n'avais pas le droit…

Je referme l'écran de mon ordinateur sans lui laisser le temps de me répondre. Et je m'allonge de nouveau par terre, au milieu de ma chambre. Me recroqueville en position fœtale et attends la nouvelle vague de larmes. Celles au goût de trahison.

52
C'EST COMME ÇA

En me réveillant ce matin, je ne sais vraiment plus sur qui compter. J'ai essayé d'appeler ma mère une bonne partie de la nuit, elle n'a jamais décroché. Amir aussi a filtré mes nombreux appels et ignoré mes messages. Puis il a fini par m'envoyer ces quelques mots qui m'ont fait taire :

[Je ne cherche pas à te faire du mal.
Je veux juste vivre ma vie et, pour ça,
j'ai besoin que tu me laisses respirer.]

C'est la première fois qu'il me laisse tomber. J'aurais pu lui répondre tout un tas de choses : que j'étais désolée de lui imposer tous mes problèmes, que j'avais conscience de ne pas être un cadeau tous les jours, que j'espérais qu'il ne m'avait pas trahie et que Salomé ne se servait pas de lui… Mais j'ai ravalé mes larmes, ma fierté, et j'ai gardé tout ça pour moi. Pour le laisser respirer.

En me rendant à la cuisine, je croise les quatre chiens déchaînés dans le couloir, Bailey, qui crie à ses deux plus jeunes de se bouger, puis Kasper et Jagger, qui se battent pour l'ultime *poptart* et se ruent vers la sortie. Pas de River dans les parages, mais je retrouve Asher assis à table. Imperturbable, le blond lève à peine les yeux sur moi et boit son café en lisant un magazine sur la vie sauvage.

– Salut, lui lancé-je en allant me presser un jus d'orange.

– Tu n'es pas à la bourre ? marmonne mon demi-frère.

– Un cours annulé, ce matin.

Je m'assieds face à lui et lui tends un deuxième verre de jus. Pour tenter d'acheter la paix.

– Non merci, se contente-t-il de répondre.

– Asher, tu vas me faire la gueule combien de temps ?

Il referme brusquement son magazine, me regarde d'un sale œil et soupire.

– J'ai besoin de toi, Ash, insisté-je. Tu es mon frère, tu te souviens ?

– Justement, lâche-t-il sèchement. C'est pour ça que je peux me permettre de te dire que tu déconnes, Céleste ! Toi et River…

– Je l'aime ! m'écrié-je soudain, au bord des larmes. Je ne l'ai pas choisi, il m'est tombé dessus et je ne peux plus vivre sans lui !

– River en chie depuis dix-neuf ans, gronde l'aîné des Farrow. C'est un écorché vif, un ultrasensible, cette histoire va juste être une blessure de plus pour lui. Elle pourrait le détruire. Parce qu'on sait tous les deux que ça va mal se terminer.

– Mais pourquoi ? murmuré-je douloureusement. Pourquoi est-ce que le monde entier s'acharne contre nous ?

– Parce que, vous deux, ça n'aurait jamais dû exister ! Parce qu'on est une famille, bon sang ! Une tribu, un clan. River n'est pas ton frère de sang, mais c'est tout comme !

– L'amour, ça n'est pas toujours facile… riposté-je.

Asher se lève d'un bond, tel un diable sortant de sa boîte, et se penche vers moi, l'air furieux.

– Vous allez faire souffrir tous ceux que vous aimez avec vos conneries ! Et vous en premier !

– Je suis prête à prendre le risque, m'obstiné-je.

– Un premier amour, on croit toujours que c'est plus fort que tout, mais ça tient rarement la route, Céleste. Tu finiras par rentrer en France, River restera ici. Et tu l'auras détruit… en foutant en l'air la réputation de cette famille.

En pleurs, je le regarde partir à grandes enjambées et, quelques secondes plus tard, j'entends la porte d'entrée se refermer violemment.

À moi toute seule, j'ai réussi à dépeupler toute cette villa.

J'attrape un mouchoir, essuie mes larmes et tente pour la centième fois de rappeler ma mère. Il est presque minuit en France, mais j'essaie encore et encore de la joindre. Pour lui dire qu'Alexis a tout faux. Que je ne suis pas détraquée, pas perverse, pas bonne pour l'asile, que River n'est pas mon frère et que notre amour a le droit d'exister. Mais quand je tombe de nouveau sur son répondeur, je n'ai pas la force de prononcer ces mots. Alors je raccroche et laisse mon front retomber sur la table.

Je doute.

Et si le monde entier avait raison, finalement ?

Et si l'amour ne suffisait pas ?

***

Juste avant neuf heures, je reçois un SMS de River qui m'indique qu'il m'attend devant la maison, dans son 4x4. Mon premier cours n'est qu'à onze heures mais je m'habille et me maquille en vitesse, le cœur battant à l'idée de le retrouver. Lorsque je rejoins le lynx dans sa voiture, je tente de cacher toutes les émotions contradictoires qui me submergent. L'amour. Le doute. L'envie. La peur.

Il démarre au quart de tour pour ne pas prendre le risque qu'on nous voie ensemble.

– Je n'ai pas cours tout de suite, lui indiqué-je.

– Je sais, mais on doit faire un arrêt avant d'aller au lycée.

– Où ça ? me méfié-je.

– Tu verras…

Le rebelle fait craquer sa nuque, tire sur le col de son polo bleu marine, puis accélère.

– Je n'aime pas les surprises, avoué-je en fixant ma fenêtre.

– Et je n'aime pas savoir que tu as pleuré.

– Quoi ?

– Tu croyais vraiment que ça allait m'échapper ?

Je me tourne vers lui et suis happée par sa lumière, sa beauté farouche, son intensité. River stoppe son véhicule, plonge ses yeux dorés dans les miens et ne me laisse pas d'autre choix que lui dire toute la vérité.

Le regard planté dans le paysage du bush qui nous entoure, je lui raconte le coup de fil d'Alexis, ma mère qui refuse de me parler, Amir qui fraternise avec l'ennemi et Asher qui nous accuse de tout détruire.

– C'est tout ? me demande l'insolent à ma droite, une fois la liste terminée.

– Tu trouves ça drôle ?

– Non, mais je les emmerde. J'en ai marre qu'on nous empêche de vivre.

– Est-ce que je te fais du mal ? lui demandé-je soudain, au bord des larmes.

River me fixe longuement, comme s'il lisait tout au fond de mon âme, puis il se penche sur moi et lâche d'une voix rugueuse :

– Tu es la pièce manquante, Céleste.

– Je…

– Tu as changé ma vie. Tu as élargi mon putain de ciel, tu comprends ?

– Tu es sûr ?

– Ils n'ont rien compris. Toi et moi, c'était écrit. On était dans les abysses, au fond du trou, perdus dans le désert, mais, ensemble, on se relève, on s'envole.

– On s'envole, répété-je en sentant mon cœur battre à tout rompre.

Ses lèvres déposent un baiser brûlant dans mon cou, ses dents croquent ma lèvre inférieure, je gémis, le repousse en riant, et le sauvage relance son 4x4 sur la piste de terre ocre. Vingt minutes plus tard, River se gare devant une drôle de boutique, dans une petite ville paumée où je n'ai jamais mis les pieds.

– C'est quoi, ce plan ? lui demandé-je en sautant du véhicule.

– Le bal de promo, ça te dit quelque chose ? me répond le garçon que j'aime.

– Tu veux dire cette soirée ringarde et rétrograde qui force les filles à se transformer en princesses Disney, puis à perdre leur virginité, au pire dans les chiottes, au mieux dans une chambre d'hôtel à quarante dollars, payée par leur cavalier qui ne cherche qu'à tirer leur coup ?

– Ma meuf est tellement romantique, se marre le bad boy en me contemplant depuis le trottoir.

– Ta quoi ?

J'en ai des frissons partout.

– Allez, viens, *La Petite Sirène*, faut qu'on se magne, ajoute River.

– Comment tu as deviné que c'était mon Disney préféré ?

– Les cheveux rouges, peut-être... Ou parce que c'est elle qui sauve le stupide prince Éric de la noyade pendant une tempête.

– Bien vu.

– Bon, puisque tu n'as pas de jambes, mais une putain de queue de poisson qui ne sert à rien, c'est moi qui vais te sauver, pour cette fois, rugit-il en me soulevant du sol.

Il me jette sur son épaule, je me débats, lui rappelle qu'on est censés être discrets et le supplie de me reposer, avant de le suivre à l'intérieur de la boutique vintage. Une vieille femme maquillée comme une voiture volée nous salue mollement depuis son comptoir, avant de retourner à l'écran de sa minuscule télévision.

– Au fait, aucune chance que j'aille au bal de promo, balancé-je à River en passant en revue tout un rayon de robes immondes à strass et sequins.

– Je ne te demande pas ton avis, Hardy.

– Arrête de te croire tout-puissant, Farrow.

Je me tourne vers lui et le défie du regard, sans trop savoir ce qu'il manigance.

– *Moi*, je n'ai pas le choix, j'y serai en tant que surveillant, grogne-t-il en me faisant reculer jusqu'au rideau violet de l'unique cabine d'essayage. Mais toi, je veux que tu y ailles, que tu t'amuses, que tu danses et trémousses ton cul en sachant que je n'aurai d'yeux que pour toi.

Ses mots crus embrasent mes reins.

– Je vais être obligée de demander à un gentil garçon de m'accompagner, alors, minaudé-je insolemment.

– Fais ça et tu verras de quoi est capable *Stupide Éric*, menace le lynx, une lueur sombre dans le regard.

– Donc, je vais y aller seule ?

– Tu n'es plus seule, Céleste. Et tu n'as plus besoin d'un gentil garçon puisque tu m'as, moi.

– Un très mauvais garçon, murmuré-je en me mordant la lèvre.

– Ouais, un très mauvais garçon qui ne va pas te sauter dessus dans cette cabine d'essayage, bien qu'il en crève d'envie.

Après m'avoir collé un baiser aussi brusque qu'excitant, River va faire le tour du magasin et revient avec trois robes longues calées sur son épaule.

La dernière que j'essaie est la bonne. Sobrement noire, assez près du corps, avec un joli dos nu.

– Crinière de lionne, robe de pin-up et corps de rêve, soupire le rebelle. Putain, ça va être un supplice de ne pas pouvoir te toucher.

Dans les yeux du bad boy, je me sens belle. Je me sens femme. Je n'ai pas besoin de perdre une taille ou deux, de cacher ma poitrine, de gommer mes taches de rousseur et de ressembler à une autre.

River Farrow me veut, il me désire. Exactement comme je suis.

Et, alors que je suis tentée de lui prouver à quel point je le veux moi aussi, je vois approcher la vendeuse, qui a délaissé son émission pour venir fouiner dans notre coin. Je quitte cette cabine à regret, des fantasmes de lui et moi plein la tête.

***

Après mon dernier cours de la journée, je sors du lycée et m'isole dans un coin désert en attendant le bus. Je tente de nouveau d'appeler ma mère et lâche un gémissement de bonheur quand, à la troisième sonnerie, on décroche enfin.

Mais je reconnais rapidement la voix de ma petite sœur.

– Maman ne va pas bien, m'apprend Apolline. Toi, ça va ?

– Elle est malade ? Qu'est-ce qu'elle a ?

– Ça doit être à cause d'Alexis.

– Alexis ? paniqué-je.

– Tu sais, le non-lieu, soupire-t-elle.

Je respire. Apolline ne sait donc pas ce que mon harceleur a dévoilé à ma mère, elle ignore qu'on m'accuse d'inceste.

– Tu peux essayer de la convaincre de me parler ? demandé-je à ma sœur. Juste cinq minutes.

– Elle est enfermée dans sa chambre depuis hier soir, elle pleure… Elle t'appellera bientôt, Céleste, elle a juste besoin de se remettre.

J'imagine ma mère au fond du trou par ma faute et, soudain, les mots d'Asher me reviennent.

« Vous allez faire souffrir tous ceux que vous aimez. »

C'est déjà le cas.

– Prends soin de toi, me glisse ma sœur. Tout ça, tout ce qui t'est arrivé… C'est injuste. Et ton message était très fort.

– Maman te l'a dit ? soufflé-je, émue.

– Oui, le jour où tu as témoigné, elle était tellement fière, elle avait l'air sereine. Mais depuis le verdict, ce n'est plus la même…

– Je suis désolée de tout foutre en l'air, Apolline.

– Tu n'y es pour rien. Reste forte, tout va s'arranger.

Je me mords les joues pour ne pas pleurer et ajoute :

– Quoi qu'il arrive, quoi qu'on te dise, n'oublie pas que je t'aime, OK ?

Avant d'entendre la réponse de ma petite sœur, je raccroche. Assise sur le trottoir, je laisse passer un premier bus, un deuxième et tous les suivants. Les lycéens rentrent chez eux par flots, puis par petites grappes. Moi, je reste là sans savoir où aller.

Sans savoir où est ma place.

À un moment, une petite voiture rouge s'immobilise à mon niveau. Une portière s'ouvre et le visage de Jamie apparaît. Un visage assorti d'un regard doux, confiant, qui me réconforte. Mais je me détourne, persuadée que je ne la mérite pas. Cette fille ne devrait pas m'offrir son amitié. Je lui mens depuis des mois.

– Monte, je rejoins Asher à la réserve ! me balance-t-elle en me contemplant curieusement.

– Merci, mais je vais attendre encore un peu ici.

– Monte, Céleste, insiste ma seule amie. Je sais tout.

Quelque chose dégringole, dans ma poitrine. J'hésite un instant à fuir dans la direction opposée, puis mesure à quel point ce serait ridicule. Puéril. Alors je me relève péniblement, ramasse mon sac à dos et grimpe dans la voiture.

– Asher t'a tout dit ?

– Oui, acquiesce-t-elle en fixant la route. Toi et River, les amants maudits, tout ça…

– Je suis désolée, soufflé-je, abattue. Je comprendrais que tu ne gardes pas le secret.

– Je le savais déjà, Céleste.

– Quoi ?

– Je vous ai surpris, à l'infirmerie.

Je laisse tomber ma tête dans mes mains et me frotte le front comme une folle en pleine crise de démence.

– Et tu ne m'as pas réclamé d'explications ? Pendant des semaines, tu as cru que je sortais avec mon frère et tu n'as rien dit ?

La jolie black réfléchit un instant, toujours concentrée sur sa conduite. À un feu rouge, elle se tourne vers moi et me lance d'une voix apaisée :

– Ouais, c'était bizarre. Mais je me suis doutée que je ne connaissais pas toute l'histoire… Je n'aime pas juger les gens avant d'avoir eu leur version des faits.

– Tu sais tout, maintenant. Et tu ne me détestes pas ?

– Non, affirme-t-elle. Moi, je sors avec un mec aux cheveux plus longs que moi, qui préfère la compagnie des wallabies à celle des humains. On ne choisit pas de qui l'on tombe amoureux. C'est comme ça…

53
JE SUIS CÉLESTE HARDY

Le lendemain, je me pointe au lycée et rejoins Jamie devant son casier pour lui offrir les « cookies de l'amitié » que j'ai confectionnés la veille.

Banane-chocolat-guimauve, ses préférés.

– Ils sont faits maison ! s'extasie-t-elle. Le sucre, tu sais que c'est ma drogue !

– Kasper m'a bien aidée, avoué-je en me souvenant que je me suis contentée de casser les œufs et surveiller la cuisson.

– Qu'est-ce que j'ai fait pour mériter cette attention ? demande la junkie en enfournant un gâteau.

Je m'approche d'elle et lui chuchote :

– Maintenant que je sais que c'est toi qui nous as vus à l'infirmerie, je respire un peu mieux.

– J'imagine.

Elle croque dans un deuxième cookie et lâche un râle d'extase.

– Et tu es restée mon amie malgré tout, ça en dit long sur

la personne que tu es, murmuré-je.

Jamie me fixe, arrête de mastiquer pour se fendre d'un sourire ému, puis me serre dans ses bras dans un rire joyeux. Becca, qui passait par là avec son nouveau *boyfriend*, choisit cet instant pour nous pointer du doigt et s'écrier :

– Mais tu es sur tous les fronts, Red ! Tu te tapes la copine de ton demi-frère, maintenant ? Ça ne te suffit pas de coucher avec River Farrow ?

La garce.

Mon sang se fige, un vertige me gagne et je dois m'adosser au casier de Jamie pour ne pas m'écrouler. Un silence de mort s'est abattu dans le grand hall du lycée. Je n'ai jamais vu ça : on entendrait une mouche voler.

Tous les regards sont rivés… sur moi.

– Ferme-la, Becca, tu ne sais pas de quoi tu parles ! grommelle ma seule alliée.

– Toi, décide-toi entre le blond à queue-de-cheval ou la rousse aux gros seins, la rembarre la pom-pom girl.

– Tu n'es qu'une sale…

– Vous voulez toute la vérité ? crie Becca en m'ignorant. Cette tordue couche avec son propre frère, River Farrow ! Je les ai surpris plusieurs fois ! Et c'est pour me faire taire que Jagger a créé de toutes pièces cette lettre bidon !

Des murmures outrés s'élèvent, partout autour de moi. Je me sens cernée. Prise au piège. Même pour me défendre, je n'ai pas le droit de révéler que River n'est pas mon frère, ce secret ne m'appartient pas.

Ce foutu secret qui, une fois encore, m'entraîne vers le fond.

Jamie réagit, elle me tend la main en me faisant comprendre qu'il faut qu'on dégage de là au plus vite, avant que la situation ne s'envenime, que les choses ne dérapent, mais mon cerveau et mes pieds ne répondent plus. Je ne peux que contempler la brune venimeuse qui continue à cracher son venin :

– Quand je pense que je l'ai laissé me toucher… River Farrow est complètement taré, comme elle ! Ce n'est pas dans ce lycée qu'ils devraient passer leurs journées, mais dans un hôpital psychiatrique !

S'en prendre à moi, passe encore, j'ai l'habitude. Mais le garçon que j'aime est sacré. Intouchable. En un millième de seconde, tout mon corps se contracte.

Je vois rouge.

Je bondis sur elle.

Mes mains se referment sur sa chevelure soyeuse et je tire de toutes mes forces, en espérant lui faire tellement mal qu'elle ne pourra plus jamais prononcer le moindre mot. Jamie tente de s'interposer, je lui crie de rester en dehors de ça, la repousse sans lâcher ma prise. Becca me traite de tous les noms, m'envoie des coups de talon dans les tibias ; je perçois à peine la douleur. Je suis dans un état second. On me prend en photo, on me filme, on me traite de tous les noms, et je m'en fous. Le mec de Becca, qui joue à la crosse dans l'équipe du lycée, vient au secours de la pom-pom girl, je le frappe lui aussi avant qu'il ne me touche. Il fait deux fois mon poids, trois têtes de plus que moi, mais je ne me laisse pas impressionner.

Dans le couloir, ça hurle dans tous les sens. Jamie se démène pour me sortir de là, mais je ne lâche rien, je mène mon combat, je donne des coups, en reçois ; je me comporte comme un chien enragé.

Du sang coule de ma lèvre, le goût métallique me parvient.

Je ne sais pas qui m'a porté ce coup, probablement le petit ami de mon ennemie jurée. Liam Je-ne-sais-plus-quoi. J'ai soudain la tête qui tourne, je commence à vaciller, l'adrénaline redescend et je sursaute en entendant un cri de douleur strident.

Jamie.

À terre, mon amie se tient l'épaule en gémissant. Morte d'inquiétude, j'abandonne Becca pour me rendre auprès de la blessée. Dans la foule de spectateurs, quelqu'un dénonce la grosse brute de Liam de l'avoir écrasée contre un casier, et je perds de nouveau mon sang-froid. Je me jette sur le responsable, prête à lui faire la peau. Je lui balance un coup de genou bien placé, qui le fait se plier en deux, puis un coup de poing violent dans le nez quand il arrive à ma hauteur. Du sang gicle de Liam. C'est à ce moment que je sens deux mains me ceinturer brusquement et me soulever du sol pour me faire reculer. J'émets un cri de bête.

– Arrête ça, je suis là ! gronde la voix profonde de River.

Je me débats, il me secoue sans douceur.

– Tu vas te faire virer, c'est ça que tu veux, bordel ?

Ses mains m'entourent, me serrent. Je sens leur chaleur et leur force se répandre sous ma peau et je retrouve mes esprits. Je constate que, dans ce hall, la terre entière nous observe comme des bêtes curieuses, nous juge, nous prend pour des monstres.

– Lâche-moi, River.

– Non.

– Lâche-moi, je t'ai dit !

Je joue des coudes et me détache du lynx, qui résiste puis finit par capituler en grognant. Je vois à ses mâchoires serrées, ses poings fermés et son regard de feu qu'il est prêt à tuer qui que ce soit qui osera me toucher. Je le rassure comme je peux en lui soufflant que je n'ai rien, puis mes yeux tombent sur Becca : la brune décoiffée est sortie de la mêlée et caresse la joue de son petit ami en sang, tout en affichant une moue dégoûtée.

– Ça va, Liam ? Mon Dieu, qu'est-ce qu'elle t'a fait ? Elle va le regretter, crois-moi…

Elle me fixe, l'air menaçant, puis sort son portable pour appeler je ne sais qui au secours. Je l'entends pleurnicher et j'ai des envies de meurtre, mais je me concentre sur Jamie, toujours au sol. Je tente de l'aider à se relever mais, à cet instant, le coach Calloway nous ordonne de ne pas bouger. Il se précipite auprès de sa joueuse pour évaluer les dégâts.

– Tu crois que tu peux marcher ?

Mon amie acquiesce en retenant ses larmes.

– Stevenson, accompagne-la à l'infirmerie ! ordonne le coach à l'un de ses joueurs présents dans l'attroupement.

On observe en silence la blessée qui se relève douloureusement, puis disparaît à l'angle du couloir. Là, les murmures reprennent.

– Dégagez tous ! aboie Calloway en matant la foule. Céleste, Becca et Liam, avec moi ! Vous faites le moindre écart et je vous colle tous au sol !

Je ne l'ai jamais vu dans cet état-là. Aucun de nous n'ose se rebeller face à son autorité. On suit le coach et son assistant en direction du bureau de la proviseure, et je devine que, dans cet établissement, ma dernière heure a sonné. Je n'arrive plus à regarder River en face, mais je vois qu'il suit le mouvement, un peu en arrière. Je tente aussi un regard en coin vers Becca, contemple ses cheveux ébouriffés et les griffures qui marquent ses joues, observe Liam et son nez qui pisse toujours le sang et… je m'aperçois enfin que je boite sur tout le chemin.

Ils m'ont plus salement amochée que je ne croyais.

Soudain, les doubles portes du bout du couloir s'entrouvrent et deux flics en uniforme bleu marine et gilet jaune fluo, entourant la proviseure, avancent à grands pas dans notre direction. Tous les élèves s'écartent sur leur passage et attendent la suite du spectacle. Mrs Lee me pointe clairement du doigt en chuchotant quelque chose. Paniquée, je me tourne vers River, qui se poste devant moi dans un réflexe de protection.

– Messieurs, inutile d'intervenir, la situation est sous contrôle ! leur balance Calloway.

Les deux agents ne s'arrêtent pas pour autant et viennent se planter devant moi – et devant River, qui fait barrière entre nous.

– Céleste Hardy ? lance le premier uniforme.

– Qu'est-ce que vous lui voulez ? siffle le bad boy.

– River, laisse-les faire leur job ! gronde le coach.

– Monsieur, veuillez vous décaler, lui ordonne le deuxième uniforme.

River se tend, se contracte. Je le sens au bord de l'implosion et mesure avec douleur qu'il est prêt à tout pour moi. À tout risquer. À tout perdre. Alors, bien décidée à l'épargner, à ne pas le laisser m'accompagner dans ma chute, je contourne le garçon que j'aime et m'avance vers le premier flic.

– Je suis Céleste Hardy.

– Vous êtes en état d'arrestation, récite le policier. Veuillez nous suivre au poste.

J'acquiesce, les larmes aux yeux.

– Il ne fallait pas t'en prendre à mon mec, Red, me glisse Becca. Liam est le fils d'un juge. Il a suffi d'un coup de fil pour nous débarrasser de toi…

Je la maudis toujours autant, mais ça n'a plus d'importance. Alors que je m'éloigne de lui, escortée par les policiers, River tourne en rond quelques mètres derrière moi, il s'agite, donne un coup de poing dans un casier, semble devenir fou de rage et d'impuissance. Je l'entends crier mon prénom plusieurs fois d'une voix déchirée, mais Calloway le retient comme il peut, en lui rappelant qu'il ne fait qu'empirer les choses pour moi.

Je passe les doubles portes et grimpe dans le véhicule de police, sous les yeux de dizaines de lycéens.

Passer inaperçue, on avait dit ?

***

Derrière son volant et ses lunettes rectangulaires, Bailey fulmine.

– Si je suis venu te chercher au poste, c'est uniquement parce que River m'a supplié de le faire ! enrage mon père. Si ça ne tenait qu'à moi, tu y serais restée toute la journée !

J'ai passé environ quatre heures chez les flics. J'ai dû raconter en long, en large et en travers la scène de pagaille que j'ai créée, les coups que j'ai portés aux uns et aux autres. Ceux que j'ai reçus. Mais Becca et Liam, eux, n'ont jamais été mis en cause. C'est moi qui ai lancé les hostilités, paraît-il.

Moi qui ai donné les premiers coups, moi qui serai bientôt convoquée pour passer devant un juge.

– Je ne t'aiderai pas, cette fois, Céleste. Je n'assumerai pas tes conneries à ta place. Tu étais censée m'écouter, faire profil bas, mettre fin à ton histoire avec River, pas ruiner ma réputation et rouer de coups d'autres élèves du lycée ! Tu es en train de semer la zizanie autour de toi, comme tu l'as fait à Paris. Il serait peut-être temps que tu rentres chez toi.

– Chez moi ? répété-je d'une voix lasse. Je croyais que c'était ici, chez moi.

– Tu ne fais rien pour.

Je ne vois plus aucune issue pour m'en sortir. Tout ce que je sais, c'est que ma mère n'a pas encore raconté à Bailey que mon histoire avec River avait fuité jusqu'en France. Et c'est déjà ça.

Quand tout vous paraît noir, vous vous accrochez au moindre rayon de lumière.

– Cette décision ne m'appartiendra peut-être pas, soupire mon géniteur. Ils m'ont dit que tu risquais d'être interdite de séjour.

– Pour avoir cassé le nez d'un sale con ? m'écrié-je.

– Pour avoir cassé le nez du fils d'un juge, grommelle mon père. Tu ne fais rien à moitié, toi, hein ?

Expulsée d'Australie. Plus de frères. Plus de nouveau départ.

Plus de River.

Et moi qui croyais avoir déjà vécu le pire des cauchemars.

– Je crèverai, sans lui ! lâché-je soudain dans un élan de désespoir.

– Il m'a dit exactement la même chose, me confie alors Bailey, l'air terriblement malheureux.

J'ai l'interdiction formelle de le voir ou de lui parler en rentrant à la maison. Je suis confinée dans ma chambre jusqu'à nouvel ordre. Bailey m'a déjà confisqué mon ordinateur et me tend la main pour que je lui confie mon téléphone portable.

– Je te le rendrai demain. Aujourd'hui, je ne veux *aucun* contact entre vous.

Je sors l'iPhone de ma poche et découvre la bulle sur mon écran.

– J'ai un message de maman, soufflé-je.

– Lis-le et donne-moi ton portable, insiste mon père.

Je m'écarte de lui et, un peu tremblante, découvre les quelques mots glacials que m'a enfin adressés ma mère :

[Je croyais t'avoir retrouvée…
Mais coucher avec ton frère,
c'est tout ce que tu as trouvé
pour t'autodétruire ?
Tu comptes nous faire vivre
le même enfer que toi
jusqu'à quand ? Tu vas tous
nous perdre, si tu continues,
Céleste…]

Un pas en avant. Mille en arrière.

IV

MON CLAN

54
MA SEULE CHANCE

Bailey m'a traînée chez l'un de ses amis avocats. Je n'arrive toujours pas à savoir si c'est vraiment pour m'aider ou juste pour tenter de sauver sa réputation. Mais River m'a conseillé d'y aller, avant de disparaître dans son désert. Aller camper seul dans le bush australien, voilà de quoi mon sauvage avait besoin après le cataclysme que j'ai créé au lycée.

Quoi qu'il en soit, ni mon père ni son copain ne pourront faire grand-chose pour moi : je passerai devant le juge d'ici quelques semaines et je risque bien l'expulsion du territoire.

Retour à Paris, la pire des cases départ.

Après réflexion, casser le nez d'un fils de juge – même si ce n'est pas celui qui s'occupera de mon cas –, ce n'était pas une grande idée. Me faire arrêter par les flics au beau milieu du lycée, non plus. Mais désormais, la vérité a éclaté. Explosé, même. Tout le monde est au courant pour River et moi : Becca a balancé notre secret à tout Willunga High et même ma mère le sait, en France, grâce à cet enfoiré d'Alexis. J'ignore toujours comment mon pire ennemi a appris tout ça. Et ma propre génitrice ignore toujours que River n'est pas mon frère. Mais après l'odieux message qu'elle m'a envoyé pour me traiter d'abominable créature incestueuse, en gros, sans même chercher à comprendre, j'ai renoncé à lui expliquer.

Je ne lui parlerai plus jamais, c'est bien plus simple.

Tout ce qu'il me reste à faire, c'est me tenir à carreau au lycée jusqu'au bal de promo de la mi-année. Après ça, on sera en vacances pour trois semaines… puis le jugement aura lieu et je saurai à quelle sauce dégueulasse la vie a encore décidé de me manger.

– Ça va aller ? me demande mon père en me déposant sur le parking de l'école.

– Ouais, soupiré-je. Je me suis battue avec la moitié du lycée et l'autre moitié a pitié de moi. Des photos et des vidéos de la baston ont circulé tout le week-end sur les réseaux sociaux. Et grâce à toi, absolument personne ne sait que je n'ai pas la moindre goutte de sang en commun avec le garçon que j'aime. Mais à part ça, ça va aller super ! Merci, *papa* ! Et bonne journée à toi aussi…

Je claque la portière sans attendre sa réaction.

– Essaie juste de rentrer vivante, OK ? me lance-t-il par la vitre ouverte.

Mais je lui tourne déjà le dos et j'entends son 4x4 qui redémarre. J'ai dû lutter très fort pour ne pas lui adresser mon plus beau doigt d'honneur.

« Pas de vague jusqu'au jugement », a dit l'avocat. « C'est ta seule chance. » Alors, je me le répète en boucle et je rase les murs jusqu'à mon casier, évite les regards et ignore les chuchotements sur mon passage.

– Je t'attendais ! lâche Jamie en me retrouvant dans le couloir.

Ma copine a le bras en écharpe, ses longues tresses ramassées en un épais chignon et un sourire chaleureux greffé sur le visage.

– Je suis tellement désolée, murmuré-je. Tu as mal ?

– C'est bon, Céleste ! Tu t'es excusée tout le week-end. Une luxation de l'épaule, ça fait tellement *badass* ! Moins que ta lèvre fendue, mais j'adore quand même ! Et Asher me traite comme une reine…

– Mais quelle drogue tu prends pour être aussi positive, Jamie ?

– Antidouleur, ça marche du tonnerre !

– Tu en as pour moi ? chuchoté-je en me rapprochant d'elle avec l'air d'une junkie.

Elle se marre et pose sa main valide sur mon épaule.

– Je ne serai pas ton dealer, Céleste, mais ton porte-drapeau. Cette bagarre générale, ça a réveillé tout le lycée. Ça suffit de se faire emmerder par les filles populaires et les mecs musclés ! Tout le monde a le droit de vivre heureux, d'être qui il est et de s'exprimer. Je suis #TeamCece, OK ? Au fait, c'est moi qui ai créé ce hashtag, ça te plaît ?

Elle prononce « Cece » comme Sissi, l'impératrice. En plus de son soutien sans faille, ce petit détail arrive à m'arracher un sourire. Le premier depuis au moins deux jours.

– Tu vois, tu commences déjà à positiver, toi aussi !

– Si tu le dis… Tu vas devoir arrêter le basket ? demandé-je en grimaçant, à la vue de son épaule immobilisée.

– Pour l'instant, oui. Mais t'inquiète, je serai toujours dans les gradins pour te protéger de Becca et compagnie.

– Je ne mets plus un seul pied au gymnase jusqu'aux vacances, ordre de mon avocat, lui apprends-je. Je vais en cours, je rentre chez moi, je n'adresse la parole ni à Becca ni à Liam jusqu'à mon passage devant le juge.

– Et le bal de promo alors, t'y vas avec qui ?

– Moi vivante ? Personne, jamais.

Jamie éclate de rire, mais son expression change dans la seconde qui suit. Sa mâchoire se décroche, alors je me retourne pour voir quelle image d'horreur elle a perçue avant moi. Je crois que je le sais déjà. Becca vient de se planter près de nous, son visage zébré de griffures plus ou moins longues, plus ou moins rouges et plus ou moins profondes.

Si c'est mon œuvre, je n'en suis pas fière.

– Tu m'as défigurée, crache-t-elle dans ma direction. J'espère que tu profites bien de tes derniers jours en Australie. Pour toi, c'est fini, ici !

– Ne la menace pas ! grommelle Jamie pour me défendre.

– « Céleste l'inceste », siffle la brune avec un petit rictus de jubilation.

C'est l'autre hashtag qui a cartonné sur les réseaux sociaux ce week-end. Celui qui me fait le plus mal. Je tente de tenir ma langue, de contenir ma colère, de respecter le secret de River et la consigne de l'avocat. Mais c'est plus fort que moi.

– Désolée pour ta face de rat, Becca. Maintenant, au moins, tu as des traits qui ressemblent à des sourcils.

– Cece, ne rentre pas dans son jeu, me souffle Jamie à l'oreille.

– Je sais que ça ne doit pas être facile d'articuler avec ta lèvre ouverte, persifle la pom-pom girl en souriant, mais répète après moi : « Céleste l'inceste, Céleste l'inceste, Céleste l'inceste… »

– River et moi, on n'est pas frère et sœur ! lâché-je enfin, tremblante, à bout de nerfs. En revanche, on est vraiment ensemble, alors…

– Peu importe, ne t'inquiète pas pour lui, me coupe Becca. Je serai là pour lui remonter le moral quand tu auras été expulsée d'Australie. Au revoir, River, au revoir, River, au revoir, River…

Sa bouche peinte en rouge martèle exagérément ces mots pendant que la garce les répète à l'infini. Jamie me sent bouillir, glisse son bras sous le mien et m'éloigne de force avant que je ne pète de nouveau les plombs.

Pas de vague. Pas de violence. C'est ma seule chance. Mais je viens de trahir son secret…

55
LA TÊTE HAUTE

Moi, Céleste Hardy, 18 ans et demi et premier bal de promo de ma vie. Sans aucun doute le dernier. Je m'étais juré de ne pas y foutre les pieds, mais River Farrow est passé par là.

– La tête haute, glisse-t-il à mon oreille.

Et toute ma peau se couvre de frissons.

Je porte cette robe noire à dos nu que le lynx a choisie pour moi… et qui me donne l'impression d'être entièrement déshabillée.

– Ils me regardent tous, dis-je en me tournant vers lui.

– On les emmerde tous, m'assure-t-il en plongeant ses yeux dans les miens.

– J'ai déjà lâché ton secret une fois.

– Et tu ne le feras plus, dit-il tout bas. Même s'ils te provoquent…

– Tu me détestes, ça y est ?

– Toujours pas.

Je lui ai tout avoué le soir même, en larmes, en rentrant

du lycée, mais River s'est contenté de me serrer contre lui. Il a compris. Il a pardonné. Et pendant les trois jours qui ont suivi, il n'en a plus jamais reparlé.

– Tu te souviens ? Tu as promis que tu me ramenais si je voulais partir, lui rappelé-je.

Il acquiesce.

– Alors, ramène-moi, River.

– Pas avant d'avoir dansé avec toi.

Son petit sourire en coin provocateur illumine son visage et toute la salle. Je balaie la foule du regard : le long des murs, des profs un peu gênés jouent aux chaperons en essayant d'avoir l'air cool. Au milieu du *dance floor*, les lycéens populaires frétillent, rient, se trémoussent, échangent des secrets et des baisers dans une insouciance insupportable – et certainement surjouée. Sur les côtés, les intellos, les gothiques, les théâtreux, les membres de la chorale et les autres minorités invisibles forment des petits cercles, assis, et tuent l'ennui en vidant des verres de soda et en levant les yeux au ciel face à tant de joie.

Je me demande bien quel salaud d'adulte a inventé les bals de promo pour réunir en un même lieu et un même endroit toutes les angoisses et les calvaires de la fin de l'adolescence, en leur collant des robes de soirée et des costards bon marché pour cacher la misère.

– Toi aussi, tu es en train de te dire que tu passes la meilleure soirée de ta vie ? vient me crier Jamie par-dessus la musique.

Je lui souris.

Elle porte une robe bustier jaune pâle, qui met en valeur sa peau foncée… et l'écharpe à scratch qui maintient son épaule blessée. Derrière elle, Asher lui tient son sac à main et son gobelet en carton, tout en sirotant le contenu du sien. Il m'adresse une petite moue crispée, entre le salut cordial, le souhait inavouable que je disparaisse de sa vie et l'envie viscérale de se tirer d'ici.

Jagger arrive vers nous en sautillant en rythme sur la musique. Il a déjà fait tomber la veste, retroussé ses manches de chemise et ouvert deux boutons du col. Il entoure River d'un bras, Asher de l'autre, se penche en avant pour former une sorte de mêlée autour de notre clan, puis se met à brailler :

– OK, les chansons sont nulles, il n'y a pas d'alcool et beaucoup trop de profs pour pouvoir tripoter qui on veut, mais voyez les choses du bon côté : Liam-le-beau-gosse a le nez pété et un pansement qui lui recouvre toute la tronche, les pom-pom girls ont décidé de boycotter le bal pour faire une contre-soirée et c'est peut-être la seule fois de l'année où vous serez à peu près tous bien sapés. Éclatez-vous, merde !

L'excité ouvre grand les bras et pousse un cri enjoué en regardant le plafond. Jamie cède à son appel et se met à danser, tellement bien qu'on en reste tous bouche bée. Asher l'observe avec des yeux amoureux et se lâche à son tour, pour entamer une chorégraphie un peu *old school*. Jagg se moque de son manque de *swag*, Jamie embrasse son *boy-friend* pour l'encourager, et même River se met à rire, spontanément, sincèrement. Ça me réchauffe le cœur.

Peu à peu, tous oublient les regards, les malaises, les soucis de la vraie vie, pour un temps. Les basketteuses et leurs cavaliers rejoignent la petite troupe, suivis de quelques joueurs d'échecs et de trompette, ainsi que d'autres lycéens dont j'ignore les complexes, les démons, les combats. C'est presque beau à voir, ces corps maladroits qui se libèrent, ces visages inconnus qui se sourient, ces fardeaux qui s'allègent comme par magie, parce qu'on est plusieurs à les porter ensemble, tout à coup.

River sort discrètement du cercle et recule jusqu'au mur, où il s'adosse, mains dans les poches. Ancien élève, pas vraiment prof, mais censé jouer les surveillants, ce soir. Jamais vraiment à sa place nulle part.

Comme moi.

Je l'observe, attendrie, subjuguée : c'est le seul garçon de toute la soirée qui n'a pas l'air déguisé dans son costard. Les manches de sa veste sont relevées sur ses avant-bras bronzés. Un pan de sa chemise blanche s'est échappé de son pantalon. Ses cheveux, qu'il avait tenté de discipliner, sont de nouveau dans tous les sens. Et ses yeux cuivrés brillent comme deux cailloux précieux sous les lumières de la fête. Deux pépites d'or au milieu de la boue.

Deux joyaux qui me sourient à en fendre leurs paupières.

Deux iris qui me transpercent.

Ils auront beau tous chercher, se battre pour me le voler, ce trésor-là, il est à moi.

Soudain, le garçon-lynx se met en mouvement et se dirige vers le prof de musique, qui joue les – mauvais – DJ, ce soir. Ils échangent quelques mots, et un vieux slow vient remplacer les *boum boum* sans aucune transition. La piste de danse se vide. Le sauvage la traverse pour s'avancer vers moi. Lentement. J'hésite à partir en courant. River me tend sa main, je tremble. Il penche sa tête sur le côté, je reste. Il m'attire vers lui, j'avance. Son visage est si près du mien que je pourrais pleurer. Mais son corps est si présent, si solide, que sa carapace semble me protéger, moi aussi.

Sa voix chaude se glisse entre mes lèvres, comme une potion magique :

– S'ils nous regardent tous, Ciel, c'est parce qu'ils te désirent et qu'ils m'envient. Ils voudraient avoir le quart de notre courage et de notre liberté. Et parce que tu es une bombe dans cette robe noire. Et parce qu'ils craignent que tu n'exploses autant qu'ils en meurent d'envie. Danse avec moi, Céleste Hardy.

Le rebelle me sourit. Mon cœur s'emballe.

– Becca a raison, murmuré-je. C'est peut-être les derniers moments que je passe avec toi. Autant les vivre vraiment.

– Vivre… C'est tout ce qu'il nous reste à faire, confirme le garçon que j'aime.

Je lui rends son sourire et me jette dans le vide. Colle mon corps au sien, mon bras autour de son cou, ma joue contre la sienne. Ce qu'on est en train de faire devrait me faire mourir de honte, de peur. Mais tout ce que je ressens, c'est ce bonheur intense qui me fait vibrer à l'intérieur. Cette sensation d'être à ma place uniquement dans ses bras. D'être enfin moi-même, juste quand River est là, tout contre moi. À cet instant, plus rien d'autre ne compte. Sa main au creux de mes reins, son cœur battant contre le mien, on danse en silence, seuls sur le côté de la piste, sous les regards curieux, hostiles ou amusés. Je les ignore. Je ne sais pas vraiment ce qu'on risque. Je ne sais pas ce que ça signifie pour River, de s'exposer aux yeux de tous avec moi, de mettre son secret en danger, de faire un pas de plus dans cette direction-là, celle où il n'est pas le fils de son père, plus un frère Farrow. Je ne sais rien. Tout ce que je crois savoir, pendant ces quelques minutes du plus beau slow de ma vie, c'est ce que je suis prête à faire pour lui.

Tout.

Jagger est le premier à nous rejoindre : il fait l'idiot et nous enlace tous les deux, avant de se faire éjecter par son frère. Sa petite blague a le mérite de détendre l'atmosphère et de nous témoigner enfin du soutien. Cette merveilleuse indifférence face à notre couple qui dérange. Puis il se met à danser collé-serré avec une blonde chanceuse. Jamie attire à son tour Asher sur la piste pour un slow. D'autres duos se lancent, plus ou moins hésitants. Le bal de promo reprend son cours et le garçon que j'aime me fait frissonner de nouveau :

– On partira tous les deux, s'il le faut.

– Quoi ?

– Je ne te lâcherai pas, Céleste. Ils ne peuvent rien contre nous.

– Je crois que si, murmuré-je.

Les mots outrés de ma mère, les insultes odieuses d'Alexis, les menaces bien réelles de mon père, mon futur passage devant le juge : tout me revient en mémoire comme autant de claques en plein visage.

– Emmène-moi loin d'ici, River.

– Tu veux partir ?

– Oui, soufflé-je, les larmes aux yeux.

Sans hésiter une seconde, le lynx me prend par la main et me fait quitter le bal. Il m'ouvre la portière de son SUV et roule en direction de la réserve. Il conduit en silence, semblant réfléchir à une issue possible. Une échappatoire.

– Dis-moi de prendre n'importe quel virage et je le ferai, lâche soudain sa voix grave. On n'est pas obligés de rentrer.

On peut aller se cacher n'importe où. Vivre de rien, être ensemble et c'est tout. Tu n'as qu'un mot à dire, Céleste. Droite ou gauche.

Des milliers de papillons de nuit s'envolent dans mon ventre. Je le regarde en retombant follement amoureuse de lui. Pour la millième fois peut-être. Mais je l'aime tellement que pour rien au monde je ne voudrais gâcher sa vie. Ni l'obliger à fuir son clan.

– Ramène-moi juste à la maison, sauvage. Pense à sauver ta peau.

– J'ai envie de rouler un peu, me souffle sa voix grave. On a jusqu'à minuit, non ?

– On prend des risques, lui rappelé-je.

– J'ai juste envie d'être avec toi, Céleste.

Il fronce les sourcils, serre les dents et se tait. Je pose ma main sur sa cuisse et lui murmure que moi aussi. Mon portable vibre à de nombreuses reprises et je découvre tout un tas de notifications : les premières photos de notre slow circulent déjà sur les réseaux sociaux. Les hashtags #TeamCece et #Célestelinceste reprennent du service, selon les légendes.

Je raconte ça à River, qui hausse les épaules. Il conduit toujours, le regard planté dans le bitume, les doigts serrés sur le volant. Je remonte ma robe, enlève mes escarpins et étends mes jambes sur le tableau de bord. Le bad boy me mate un instant, puis m'adresse ce petit sourire insolent qu'il ne peut réprimer. Je me mords la lèvre en le contemplant à mon tour. À un feu rouge, il retire sa veste et la balance à l'arrière du SUV. Il meurt de chaud, lui aussi. Ses cheveux sont encore plus décoiffés et sa chemise blanche déboutonnée au col est un appel au crime. Il pense à la même chose que moi, je le sais. Ça tempête sous nos crânes, ça brûle sous nos peaux.

Sauf que Bailey ne plaisante pas avec le couvre-feu, que « minuit, c'est minuit, et pas minuit une », que mon cerbère m'attend dans treize minutes précises et que c'est Asher qui devait jouer les taxis. Je ne suis d'ailleurs pas censée adresser la parole à River ou me trouver dans la même pièce que lui.

Pas le temps de faire un détour. Ni de contourner les règles, ce soir. Et mon téléphone vibre de nouveau.

[Je ne t'ai pas trahie, Mylène.
Dis-moi que tu me crois.]

Voilà ce que je lis en déverrouillant mon écran. Je souris malgré moi et réponds à mon meilleur Amir :

[Toi, non…]

[Salomé, non plus.
Elle n'est pas comme ça.]

Mon sang se glace en découvrant qu'il n'a pas fait une croix sur elle. Mon seul allié pactise toujours avec l'ennemi. Si des choses ont fuité, c'est forcément par Salomé, la petite sœur d'Alexis. Et si cette ordure arrive encore à m'atteindre, à me nuire, à tenter de me détruire, c'est par la faute d'Amir.

[Attends… Tu es toujours
avec elle ? Tu as conscience
qu'elle pourrait recommencer ?]

[Je suis désolé
que tu sois encore la cible
de ce malade,
mais je n'y suis pour rien.
Je dois y aller.]

Son dernier message est suivi d'un type qui montre ses fesses, d'une petite tête de diable et de deux poings qui se cognent. Nos smileys habituels. Sauf que, cette fois, ils me laissent un goût… amer. Un goût d'inachevé.

Comme toute cette soirée.

56
RIEN FAIT DE MAL

Il ne s'est écoulé que quelques heures entre le plus incroyable slow de ma vie et cette convocation subite dans le bureau de la proviseure. Un samedi matin, alors que tout Willunga High est en vacances. Bailey, River et moi attendons dans le couloir des condamnés, après une courte nuit et un début de matinée déjà rempli de cris. Même Georgia a été conviée par Mrs Lee et nous rejoint en courant sur ses escarpins.

– Quand est-ce que toute cette histoire va s'arrêter ? lâche sa voix essoufflée.

– Je me pose la même question ! déclare la proviseure, qui vient d'ouvrir la porte de son bureau.

Elle nous y fait entrer et asseoir, tous les quatre face à elle. On s'emmêle les corps et les jambes pour choisir nos sièges et l'on se retrouve étonnamment disposés, moi à une extrémité, le lynx à une autre, les parents au milieu, comme si Bailey était mon avocat et Georgia celui de River. À une exception près : il n'a jamais été question de divorce pour les deux principaux intéressés.

– Je suppose que je n'ai pas besoin de vous montrer les photos des derniers dérapages du bal de promo ? demande Susan Lee en fixant l'écran de son ordinateur.

– Non, bougonne mon père. Vous m'en avez assez dit au téléphone.

– Je préfère ne pas savoir, soupire la blonde en tailleur.

– Garde tes œillères, maman, ça vaut mieux, ironise le bad boy à voix basse.

Il s'affale en arrière sur sa chaise et je recule un peu pour découvrir son si beau profil, ce menton fier qui n'a peur de rien, ce regard plissé qui est prêt à en découdre, ces traits aiguisés aussi intenses que lui. Ça me fait presque mal de l'aimer autant.

– Je ne vous ai pas convoqués pour évoquer vos problèmes de famille, continue la proviseure, agacée. Tout ça ne me concerne pas. En revanche, je vais vous demander de régler ces histoires *en dehors* du lycée. Les bagarres, les règlements de comptes, les coups d'éclat, c'est terminé. Les parents d'élèves commencent à s'inquiéter. Je reçois des mails et des appels téléphoniques dont je me passerais volontiers. Je vous invite à profiter de ces trois semaines de vacances pour réfléchir très sérieusement à votre avenir. Céleste et River, vous avez été suffisamment avertis. Mr and Mrs Farrow, je pense que je me suis montrée très patiente. C'est à vous tous de prendre les choses en main, désormais.

Son corps bien en chair et son visage métissé se tournent vers chacun de nous, lentement. Elle nous dévisage un par un et, malgré son discours intransigeant, je perçois de l'empathie dans ses yeux. Susan Lee ne prend pas parti. Ne choisit pas le camp des adultes par principe. Je crois même qu'elle compatit un peu plus face à ce qu'on traverse, River et moi, sans pour autant savoir de quoi il s'agit. Même si elle doit commencer à s'en douter.

– Croyez-moi, je suis aussi affligée que vous, couine Georgia en collant sa main sur son cou.

– On n'a rien fait de mal, chuchoté-je enfin.

– Je ne sais même pas ce qu'on fait là, soupire le rebelle.

Il se penche en avant, pose ses coudes sur ses genoux et son visage sur sa paume. Nonchalant, presque indifférent, terriblement sexy.

– Tu es mon fils, River, et je m'inquiète beaucoup pour toi, gémit sa mère.

– Moi aussi, enchérit Bailey, juste pour dire quelque chose.

– Sauf votre respect, Mrs Lee, je n'en ai rien à foutre, riposte le sauvage. Je ne suis le fils de personne, je suis majeur, je danse et je sors avec qui je veux.

Silence de mort.

River tourne la tête, attrape mon regard et ne le lâche plus. C'est la première fois que je l'entends révéler son secret à une personne extérieure à la famille. Mon cœur se serre et mon ventre se noue. Je ne sais pas si je dois lui sourire ou l'empêcher de faire plus de dégâts. J'ignore ce que la proviseure comprend. Et je n'ai toujours pas prononcé un seul mot. Rien ne sort. Tout se mélange.

– Nous allons régler ça à la maison, intervient Bailey pour sauver les apparences. Merci pour votre temps, Mrs Lee.

Tout le monde se lève et se dirige vers la sortie dans un même élan, la même confusion. Une fuite en avant.

– Ça devrait être réglé depuis longtemps, marmonne Georgia. Si tu avais renvoyé cette fille chez elle comme je te l'avais demandé.

– « Cette fille », c'est *ma* fille, lui rappelle mon père au passage.

– Oui, et c'est *ton* fils qui est en train d'en payer les conséquences, siffle la blonde, amère.

– Pourquoi tu ne rentres pas voir ton amant pendant que je gère mes enfants comme je l'entends ? Et comme je l'ai toujours fait.

C'est aussi l'une des premières fois que j'entends Bailey s'opposer fermement à Georgia. Et presque prendre notre défense. Pendant que les mots fusent, que les regards fusillent et que la tension monte, dans cet étroit couloir, River frôle ma main de la sienne, et nos deux petits doigts s'emmêlent. Juste une seconde. Mais une seconde qui fait exploser mon cœur.

Cette fois, je lui souris vraiment. Son sourire à lui me renverse. Nos regards se percutent et se happent, nos esprits se connectent et on laisse les adultes s'écharper pendant qu'on continue à s'aimer en silence, malgré tout.

Et de moins en moins cachés.

La blonde vexée regagne sa voiture en maugréant et part en faisant crisser ses pneus. Bailey nous ramène à la réserve sans un mot. Et convoque un conseil de famille à la seconde où il franchit la porte de la villa. Il siffle pour rameuter les troupes ; River soupire.

– Dans la cuisine ! bougonne-t-il, une fois ses fils réunis dans l'entrée.

– Bons chiens, commente le bad boy face à ses frères.

Asher le bouscule d'un coup d'épaule, Jagger se marre et Kasper affiche son air désemparé.

– Tout ce merdier, ça doit s'arrêter maintenant, beugle le père.

– Je croyais qu'on ne disait pas de gros mots, dans cette famille, tente de blaguer le fils numéro trois.

– Ferme-la, Jagg, souffle l'aîné.

– Je suis très sérieux, continue Bailey. River, Céleste, vous stoppez tout immédiatement. Tous, vous vous concentrez sur vos études, sur la réserve, sur ce qui est bon pour cette famille. Est-ce que je suis assez clair ?

– De quelle famille tu parles, au juste ? demande le garçon-lynx en défiant son père.

– Et dire que j'ai cru une seconde que tu étais de notre côté, murmuré-je en regardant dans le vide.

– Tu vas bientôt passer devant le juge, Céleste ! Tu comprends ? C'est grave, c'est très grave ! Je dois prévenir ta mère…

– S'il te plaît, non ! le coupé-je.

– Tu pourrais te faire expulser ! Je suis censé l'appeler quand ? Au moment où tu atterris à Paris ?

– Bailey, ne fais pas ça, le supplié-je.

– Si elle part, je pars aussi, déclare soudain River.

Les voix des frères s'emmêlent dans un brouhaha incompréhensible. Asher râle, Jagger s'excite, Kasper s'inquiète.

– Ça suffit ! s'énerve le paternel. Prenez vos responsabilités et arrêtez les conneries ! Conseil de famille terminé. Je dois réfléchir…

Il glisse son pouce et son index sous ses lunettes pour se les enfoncer dans les yeux. Les frères se dispersent en traînant des pieds, suivis de leur chien respectif. Bailey quitte à son tour la cuisine, sans un regard pour moi. J'entends toutes les portes des chambres claquer et je reste seule, quelques minutes, avec ce terrible sentiment d'impuissance.

À travers les baies vitrées, j'aperçois River, qui marche avec son molosse et s'enfonce dans le bush, met des coups de pied dans des pierres ocre et se penche pour ramasser un large bâton et le jeter le plus loin possible devant lui. River, qui s'écarte de moi sans jamais quitter mon esprit. À distance, je me nourris de sa révolte, de sa colère et de son intensité. Et je m'interdis de me résigner.

Alors, sur la pointe des pieds, je me dirige vers le bureau de mon père et colle mon oreille à la porte. Je veux savoir. Je veux tout tenter. J'entends qu'il est là-dedans, mais pas ce qu'il y fait. C'est la voix de ma mère qui me parvient en premier.

– Bailey, tout va bien ? Attends, je me rapproche de la fenêtre, ma connexion est mauvaise. Tu as une sale tête.

– Il faut qu'on se parle, Diane.

Juste après ça, les voix s'étouffent un peu et je comprends que mon père a baissé le son de son ordinateur. Je ne savais même pas qu'ils discutaient via Skype. Je me rapproche de la serrure pour tenter de percevoir leurs échanges. C'est flou. Je devine qu'ils se racontent tour à tour les épisodes manqués, mon père prononce les mots « slow » et « bal de promo », ma mère dit plusieurs fois « Alexis », « River ». Mes oreilles ne peuvent pas passer à côté de ces prénoms-là. Elle éclate en sanglots et Bailey est obligé de hausser un peu la voix pour l'apaiser. J'apprends qu'il a tout suivi de mon procès, à Paris, et qu'il a même réglé les frais de mon avocate. Ce détail me touche plus qu'il ne le devrait. Mais moins que ce qui suit. Il se racle la gorge et semble se forcer à prononcer cette phrase de la voix la plus claire, la plus sûre et la plus intelligible qui soit.

– Écoute, Diane. River est mon fils… mais pas mon fils biologique.

Cet aveu fait tomber mon cœur au fond de mes talons, avant qu'il ne me remonte dans la gorge. Je n'entends pas la suite, les questions de ma mère, les réponses de mon père, mais je perçois qu'ils pleurent tous les deux. Et je m'effondre, assise, dos à la porte, pendant que les larmes noient mes joues.

Il se passe quelques secondes, peut-être quelques minutes, avant que je ne reçoive un appel de ma mère sur mon portable. Je décroche au dernier moment, après être allée m'enfermer dans la salle de bains la plus proche et avoir tenté de recouvrer mes esprits.

– Allô ?

– Ton père m'a tout dit.

– Dit quoi ? feins-je de ne pas comprendre.

– River et toi… Que vous n'êtes pas vraiment frère et sœur.

– On n'a rien fait de mal, sangloté-je.

– Je sais, tout n'est pas tout noir ou tout blanc.

– Pourquoi tu ne le crois que quand les autres te le disent, maman ? soufflé-je d'une petite voix.

– Je suis désolée, Céleste. J'aurais dû te demander des explications avant. J'ai été tellement choquée par ce que m'a raconté Alexis, ce qu'il m'a montré… Après le procès, tout ça, c'était difficile à encaisser.

Je reste silencieuse et je me fixe dans le miroir de la salle de bains, le téléphone collé à l'oreille, le visage défait, trempé, ma couleur rouge qui commence à dégorger, tirant sur le vieux rose délavé. Je me regarde pleurer et j'entends ma mère déblatérer sur la difficulté du rôle de parents, sur les erreurs que font les adultes, eux aussi, sur le recours déposé contre Alexis pour qu'il soit de nouveau jugé, sur le courage qu'il a fallu à Bailey pour affronter la vérité, sur tout ce qu'ils font, dans l'ombre, pour me protéger, et sur le temps qu'il va falloir à chacun pour accepter, digérer, avancer.

– Je vais y aller, murmuré-je pour mettre fin au coup de fil. Je suis tellement fatiguée.

– Oui, va te reposer, ma chérie. On se reparle bientôt.

– Merci de m'avoir appelée.

– Merci… de ne pas avoir fait… ce que j'ai cru que tu faisais… Même si je ne suis pas certaine de ce que tu es en train de faire.

Ma mère s'embourbe et je soupire. Épuisée, choquée, vidée.

– Je vais raccrocher, OK?

– D'accord, à très vite, Céleste. Et je t'aime, tu sais?

– Oui… Tu me manques, maman.

Je clos la discussion avant qu'elle ne reparte de plus belle. Puis je me faufile dans ma chambre, en entier sous ma couette, pour arrêter de penser. À ce qu'a avoué mon père, à ce que vient de comprendre ma mère, à ce que ça signifie pour River… qui n'est même pas dans la chambre d'à côté.

Je sombre dans un sommeil profond, sans rêve, et je me réveille trois heures plus tard, comme engourdie, assommée. Je m'aperçois que ce n'est pas mon corps qui est revenu seul à la réalité : c'est cette vibration maudite qui annonce un nouveau mail arrivé sur mon portable.

Mes doigts paresseux déverrouillent, cliquent, ouvrent. Mes yeux ensommeillés clignent, s'ajustent, s'écarquillent. Une nouvelle adresse inconnue, un nouveau message anonyme et ces quelques lignes terribles :

« Ça ne t'a pas suffi, petite pute ? À qui d'autres tu veux que je raconte que tu te tapes ton frère ? À Apolline, peut-être, pour qu'elle sache quels gros pervers vous êtes ? Dis à ta chienne de mère de lâcher l'affaire. Ou je balance ça dans toutes les boîtes aux lettres de Paris. »

Sous ses menaces, un lien. Je voudrais attendre River avant de cliquer. Je sais que tout va encore disparaître. Qu'aucune trace ne restera. Qu'Alexis s'en tirera encore et encore, sans que rien puisse être retenu contre lui. Cette fois, il ne fait même plus l'effort de parler à mots couverts. Les chiens sont lâchés. Enragés.

Je clique, impossible de me retenir. Je tombe sur une capture d'écran floue, l'extrait d'une conversation Skype, des lignes et des lignes de texte entrecoupées de smileys. Je reconnais d'abord celui qui montre ses fesses, puis la petite tête de diable et les deux poings qui cognent l'un contre l'autre en signe d'amitié. Mon cœur rate un battement. J'essaie de zoomer mais rien ne se précise. Je plisse les yeux pour déchiffrer les pseudos colorés qui se répondent. Je les devine enfin : celui d'Amir, le mien.

Et je comprends. Qu'Alexis a tout lu, tout volé. Encore une fois violé mon intimité. Et que c'est le dernier moyen qu'il a trouvé pour me faire taire, me convaincre d'abandonner les poursuites, pourrir ma vie jusqu'au bout. Je n'ai touché à rien, mais la fenêtre de la capture d'écran s'actualise en direct sous mes yeux et le contenu s'efface, remplacé par un message de virus détecté.

Le fantôme a encore frappé. L'ordure a gagné.

Je balance mon portable à l'autre bout de la chambre et replonge sous ma couette. Tremblante de rage. Morte de peur. De nouveau lessivée.

57
TROP À PERDRE

Un seul coup. Léger, fugace, presque une caresse. River frappe à peine à ma porte et je sais déjà que c'est lui.

Ça doit faire une bonne heure que je me retourne dans mon lit en me demandant comment je vais rejoindre le garçon-lynx sans que personne le sache. Depuis mon arrestation, le bal de promo et la dernière convocation chez la proviseure, Bailey ne nous lâche plus. Il est partout. Il voit tout. Il sait tout. Quand le chef de famille est de garde à la réserve, il envoie l'un de ses assistants à la villa, sous un prétexte futile, pour nous surveiller discrètement.

C'est dire s'il est désespéré…

En tee-shirt noir et jean élimé, la crinière châtain encore humide de sa douche, River se faufile dans ma chambre, l'index droit collé à ses lèvres pour me faire comprendre de garder le silence. Assise au milieu de mon lit, en tailleur, je scrute le bad boy qui me fait perdre la tête, je le dessine dans mon esprit, capture ses contours, ses lignes, ses reliefs.

Son profil racé. Ses larges épaules, sa taille fine. Ses sourcils légèrement froncés. Et ses lèvres qui esquissent ce fameux sourire en coin qui me réchauffe à l'intérieur.

– Tu sais ce qu'on risque ? lui murmuré-je.

Il grimpe sur mon matelas, me vole un baiser de mauvais garçon – qui me fait gémir –, puis s'allonge à côté de moi, replie son bras et appuie sa tête sur sa paume. Sans dire un mot, pendant de longues secondes, River me fixe. Il me contemple. Me bouffe des yeux. M'emprisonne dans ses iris aux éclats dorés.

Son regard descend sur mon corps et m'électrise, ses incisives mordent dans sa lèvre inférieure, je joue nerveusement avec une mèche de cheveux qui s'est échappée de mon *bun*.

– J'ai l'impression de ne t'avoir jamais touchée, Céleste, lâche soudain le garçon qui m'obsède.

– Je… Quoi ?

– C'est complètement fou, ça ne m'a jamais fait ça avec aucune autre, continue sa voix grave. Tu me rends dingue. C'est comme si tu m'échappais, chaque fois. Comme si ça n'était jamais gagné.

Je ne sais pas si c'est une bonne chose. J'ignore où va nous mener cette conversation mais, soudain, la peur de le perdre m'étreint. Mes yeux descendent sur ses lèvres ; les miennes s'entrouvrent à leur tour mais aucun son ne sort. Je suis paralysée.

– J'adore ça, avoue alors River en me caressant l'épaule. Je ne me suis jamais senti aussi vivant.

Je ferme brusquement les yeux en laissant échapper un soupir de soulagement. Lorsque je les rouvre, sa bouche est venue se coller à mes lèvres, sa langue s'enroule autour de la mienne, ses mains se posent sur mes hanches pour me presser contre lui.

– J'ai cru que tu cherchais déjà une porte de sortie, soufflé-je entre deux baisers.

– Plutôt crever, grogne-t-il contre moi. En revanche, ce débardeur doit dégager.

Ses mains se faufilent sous mon top ; je m'empare de ses poignets en gloussant.

– River !

– Moins fort, chuchote le bad boy. J'ai aussi des comptes à régler avec ce short.

– C'est trop risqué !

– Je m'en fous, grommelle le lynx en basculant sur moi. Personne ne me privera de mon Ciel.

Son souffle chaud et sucré, son corps tendu allongé sur le mien, l'intensité qu'il dégage : tout me couvre de frissons. Mais, alors que ses lèvres impatientes se perdent déjà sur mon cou, je parviens à murmurer :

– Et si le juge me renvoie en France ?

Son doré vire au noir, avant de retrouver ses nuances chaudes. Ses mâchoires se crispent, puis se détendent. Et je perçois que sa beauté me subjuguera toujours.

– Je viendrai avec toi.

– Quoi ?

– J'ai tout prévu, ajoute-t-il nonchalamment.

– River, arrête tes conneries !

Je le repousse et son grand corps se laisse retomber sur le côté. Son regard, lui, ne quitte pas le mien une seule seconde. River Farrow est plus que sérieux.

– J'ai trouvé une bonne école d'ostéopathie à Paris, s'obstine-t-il. Et j'ai commencé à apprendre le français…

– Tu… Je… Non !

– Céleste, ouvre tes oreilles, ferme ta jolie bouche et écoute-moi bien.

– Quoi ?

– Je suis prêt à tout quitter pour toi, lâche soudain le garçon que j'aime, dans ma langue natale.

Je ne rêve pas. Il vient bien de prononcer ces mots en français. Son accent australien est marqué, tellement sexy. Et je perds un peu plus pied.

– Arrête ça, murmuré-je, le cœur serré.

Je ne sais pas ce qui provoque cette réaction en moi. Pourquoi je lui en veux d'avoir dit ces mots-là ? Pourquoi ils me heurtent au lieu de me faire du bien ?

– Tu as trop à perdre, River !

– Je n'ai rien d'autre à perdre que toi.

– C'est faux et tu le sais ! Cet endroit, cette terre sauvage, ton clan, tes frères, ta liberté, tes projets… Tout ça fait partie de toi ! Je refuse que tu sacrifies ta vie pour moi.

– Ce n'est pas à toi que revient ce choix, riposte le lynx.

Sa voix a changé. Son regard s'est durci. Je l'ai blessé.

– Tu ne comprends pas ? gronde-t-il soudain. Je t'aime, Céleste. Tu prends toute la place, là-dedans !

Sa voix se brise, il frappe son torse, et mon cœur se met à palpiter frénétiquement. D'amour, de joie, de douleur, de terreur. De toutes les émotions contradictoires que ce garçon extraordinaire fait tourbillonner en moi.

– L'amour, ça ne suffit pas toujours, ajouté-je, les larmes aux yeux.

Je tends ma main pour la poser sur sa joue, River s'échappe et va s'asseoir au bord du lit, dos à moi. Je me relève à mon tour, viens me coller contre son dos, enroule mes bras autour de lui ; le rebelle ne bouge pas et lâche un long soupir.

Je m'en veux tellement de lui faire du mal.

– Je suis désolée de ne pas être plus forte, glissé-je à son oreille.

Le lynx secoue la tête, comme s'il n'était pas d'accord avec moi, puis sort le portable qui vibre dans sa poche. Par-dessus son épaule, je découvre le SMS de son père biologique en même temps que lui :

[Ta mère m'a dit
que tu avais des soucis.
Je dois être la dernière personne
avec qui tu as envie de parler,
mais sache que je comprends
que tu sois prêt à tout
pour la fille que tu aimes.
On n'est pas si différents,
toi et moi. Si je peux vous aider,
Céleste et toi,
tu sais où me trouver. Trent]

J'en ai des frissons.

– Donne-lui une chance, murmuré-je à River. Une seule.

Le garçon-lynx ignore mon conseil, prend sa tête entre ses mains et lâche un grognement sourd. Puis son grand corps se déplie, se lève et se rend jusqu'à la sortie sans se retourner.

– Parce que tu nous laisses une chance, toi ? gronde-t-il avant de quitter ma chambre.

***

Samedi, en fin de soirée – le début de l'après-midi à Paris –, je me connecte à Skype pour mettre les choses au clair avec Amir. J'ai besoin de savoir qu'il est toujours mon meilleur Amir. Qu'il n'a pas totalement basculé de l'autre côté de la force.

– Besoin d'un rapatriement d'urgence ! m'écrié-je lorsque son visage apparaît sur mon écran.

– C'est la première chose que tu m'as dite il y a sept mois, en débarquant chez les kangourous, remarque-t-il avec un sourire.

– OK, donc c'est bien toi, lâché-je, satisfaite. Je vérifiais juste qu'une créature maléfique ne s'était pas approprié ton corps.

– C'est bon, j'ai passé le test ?

– Ça dépend.

– Céleste, je sais ce que tu vas me demander.

– Et ?

– Oui, je suis toujours avec elle, soupire mon ami.

Les larmes me montent aux yeux ; je les retiens et me racle la gorge.

– Je ne sais pas quoi dire, avoué-je, abattue.

– Laisse-moi te raconter. Essaie de comprendre, Céleste.

– Vas-y.

Amir ne m'épargne aucun détail. Pendant vingt minutes, il se lance dans un monologue enflammé, qui m'arrache plus d'un sourire, plus d'un grognement. Mon confident m'explique qu'il est tombé amoureux de Salomé par hasard. Que ce n'était pas prévu. Qu'il l'a contactée il y a quelques mois en se faisant passer pour quelqu'un d'autre et en espérant en apprendre plus sur Alexis.

– Je voulais coincer ce connard ! enrage Amir avant de continuer son récit. Je voulais t'aider, mais sans te donner de faux espoirs. Alors, je ne t'ai rien dit.

L'histoire est plutôt banale. Et romantique, aussi. Il s'imaginait l'utiliser, il est tombé sous son charme et s'est retrouvé à penser à elle jour et nuit. Apparemment, Salomé est la douceur incarnée. Intelligente et mature. Différente des autres. Et veut devenir ingénieure informatique.

– Parfaite pour moi, non ? me souffle Amir, une fois son speech terminé.

– Un peu trop, peut-être…

– Ce qui veut dire ?

– Qu'elle avait sûrement les mêmes intentions que toi, Amir…

À son regard et à la manière dont il croise les bras sur son torse, je devine que mon copain est vexé.

– Impossible, rétorque-t-il froidement.

– Et si elle t'avait approché pour obtenir des informations sur moi ? insisté-je. Pour aider son frère à me faire taire.

– Elle n'est pas comme ça ! s'emporte-t-il.

– Ouvre les yeux, Amir ! Alexis a réussi à mettre la main sur nos conversations privées ! Tout ce qu'on s'est dit, toi et moi, sur River et sur tout le reste ! Ça ne peut venir que d'elle !

Roméo accuse le coup. Pour la première fois, sa Juliette lui paraît peut-être un peu moins innocente…

– Nos… Nos conversations ? répète-t-il.

– Il m'a envoyé un passage entier pour me menacer, confirmé-je.

À l'écran, Amir s'agite, semble douter, puis retourne s'enfoncer dans le déni :

– Non, Salomé ne ferait jamais ça, il y a forcément une autre explication !

– L'amour te rend aveugle.

– Et tu la juges sans la connaître ! Tu ne penses qu'à toi, Céleste !

On se dévisage durement, pendant de longues secondes. Notre amitié si forte et si sincère semble soudain ne tenir qu'à un fil. Un long fil fragile, usé, étiré entre Paris et l'Australie.

– Je donnerais un rein, un poumon, un milliard de dollars, tout ce que tu veux pour que tu sois heureux, Amir, murmuré-je tristement. Mais que tu veuilles l'admettre ou non, cette fille n'est pas celle que tu crois.

Son visage en colère s'approche de l'écran… puis plus rien.

Mon « meilleur ennemi » s'est déconnecté.

58
VINGT ET UN JOURS

Si je devais résumer la situation en un seul mot, je dirais « merdique ».

Je passe devant le juge dans deux semaines. Amir est un traître et, malgré ça, m'engueuler avec mon meilleur ami me donne l'impression de suffoquer. Bailey est en permanence sur mon dos. Asher me fait la morale dès qu'il en a l'occasion. Jagger m'a plantée à l'enclos des wombats et j'ai dû me taper le nettoyage toute seule.

Pire que tout : River m'évite depuis que mes mots l'ont blessé.

En rentrant à la villa juste avant le dîner, je n'imagine pas une seule seconde que les choses sont sur le point d'empirer. Pourtant, ils sont bien là, tous les trois. Ma mère, mon beau-père et ma demi-sœur. Sur le porche de la maison, un verre de thé glacé ou une bière à la main, en pleine conversation avec mon père biologique.

– Surprise ! se force à déclamer ma mère en m'ouvrant les bras.

Totalement prise au dépourvu, je me tourne vers Bailey, qui hausse les épaules pour signifier qu'il n'a rien à voir avec tout ça.

– Tu n'es pas contente de nous voir ? lâche Apolline en m'observant de la tête aux pieds. T'as maigri, non ? C'est beau, ce rouge, ça ressort bien sur ton bronzage.

Elle tire sur une mèche de mes cheveux – comme on s'est toujours amusées à le faire, pour se taquiner –, je lui donne un léger coup d'épaule, puis la serre dans mes bras.

– Tu m'as presque manqué, petite sœur, lui glissé-je.

Elle rit tout bas, je m'écarte pour aller embrasser timidement ma mère, puis Renaud. Ce dernier remonte ses lunettes de soleil sur son crâne chauve et me gratifie d'un début de sourire. Je lui retourne et m'empare du verre de ma sœur pour le vider d'un trait.

C'est beaucoup trop d'émotions, tout ça.

– Ça vous dit, un steak ? lance alors Bailey en français, en tapant dans ses mains comme un chef de camp de vacances.

– Si c'est du koala, je passe mon tour, murmure ma sœur en refaisant sa queue-de-cheval.

– Ça en fera plus pour nous, ricane Renaud dans un anglais approximatif.

– Viens, Apolline, je vais te présenter mes garçons !

Je n'y comprends vraiment plus rien. Complètement dépassée, je suis la petite troupe dans la maison, puis m'arrête net lorsque ma mère se retourne brusquement vers moi, dans l'entrée. Elle laisse les autres s'éloigner, vérifie que nous sommes seules, puis se racle la gorge pour se donner du courage.

– On est venus te chercher, ma chérie, m'apprend-elle soudain. On est ici pour trois semaines, dans un hôtel pas loin. On va régler tes problèmes avec la justice, t'aider à faire tes adieux à tout le monde et rentrer en France.

C'est comme si je venais de me prendre un troupeau de buffles en pleine face.

– Maman ! gémis-je, abasourdie.

– C'est fini, la « colo des animaux », décrète-t-elle. Je n'aurais jamais dû t'envoyer ici. Ta place est avec nous. Tout est réglé à Paris, plus personne ne te fera de mal. Tu finiras ta terminale par correspondance, à la maison.

– Ce n'est pas ce que je veux.

– Tu es mon enfant, murmure soudain ma mère, les larmes aux yeux. C'est à moi de te guider dans la vie. Je ne l'ai pas fait correctement jusque-là, j'ai commis des tas d'erreurs, mais je vais me rattraper.

Elle tente de me prendre dans ses bras ; je la repousse.

– Je suis majeure ! Je suis libre de vivre où je veux !

– Il faut que je te rappelle que tu as tenté de te suicider il y a moins d'un an ?

– Et tu comptes te servir de ça pour m'obliger à rentrer, deviné-je soudain.

– Tu es immature, Céleste, riposte-t-elle calmement. Tu as tellement souffert que tu refuses de grandir.

– Tu ne sais même pas qui je suis ! enragé-je soudain. J'ai changé, je me suis trouvée, j'ai une vie, ici !

– C'est ce que tu crois… Mais tu es trop fragile pour te rendre compte que tout ne peut pas tourner autour d'un garçon.

Il y avait un mélange de pitié et de mépris dans ses derniers mots. Mon cœur bat à tout rompre. J'ai l'impression qu'elle a sali River. Mon River. Notre histoire. Et tout à coup, j'entre dans une colère noire.

Prête à me battre.

– Ce « garçon », comme tu dis, c'est lui qui m'a sauvée ! sifflé-je en la contournant.

– Céleste…

– C'est grâce à lui si je ne me suis pas foutue en l'air ! Sans River, je serais morte !

– Si c'est le cas, je lui en suis reconnaissante, soupire-t-elle en m'attrapant par le poignet. Mais votre histoire s'arrête là. Tu as vingt et un jours pour te faire à cette idée…

***

Asher et Jagger mettent le barbecue en marche, dehors, sur la terrasse ; Kasper et son labrador Bear tiennent compagnie à Apolline dans le salon ; Bailey propose à ma mère et à Renaud d'aller faire un tour à la réserve et m'invite à les accompagner. Je décline cette offre en prétextant le fait d'avoir besoin d'une douche et fuis le regard implorant de Diane. Ça ne marche pas. Une fois seule, je pars aussitôt à la recherche de River.

Question de vie ou de mort.

Je retrouve mon bad boy dans sa chambre, allongé sur son lit, en pleine lecture d'un manuel d'anatomie. En sweat gris et jean noir, il mâchonne un crayon sans me quitter des yeux.

– Je ne t'ai pas dit d'entrer, lâche-t-il alors que je referme doucement sa porte derrière moi.

– Je suis une rebelle, pas besoin de ta permission.

– Je ne sais pas exactement ce que tu es, Céleste Hardy,

soupire-t-il en refermant son livre, mais tu me déranges.

– Je dois te parler.

– Non.

Son regard n'a rien de tendre. Il est intense. Combatif. Défiant. Je sais qu'il m'en veut encore de l'avoir… repoussé. De lui avoir interdit de tout plaquer pour moi. Je l'ai déçu et il me le fait payer. Pire : il m'a dit qu'il m'aimait et je n'ai rien répondu. Ça fait deux jours que le lynx m'évite et qu'il respecte à la lettre les foutues règles de Bailey : « Pas de contact physique, pas de discussion prolongée, chacun dans sa chambre. »

– Tu n'as pas entendu tout ce cirque dans la maison ? demandé-je soudain.

– Si.

Juste un mot. Un souffle indifférent. La nonchalance personnifiée.

– Tu ne te demandes pas ce qui se passe ? insisté-je en triturant mes cheveux.

– Ta mère, ton beau-père et ta sœur ont débarqué alors qu'on ne leur avait rien demandé, répond-il, blasé. Mes frères les ont accueillis comme des bons petits soldats, pas moi. Je ne suis pas du genre à me forcer, tu me connais.

– Tu ne veux pas savoir pourquoi ils sont là, River ? Ça ne t'inquiète pas ?

Il me fixe avec une telle force qu'il me brûle la peau, tout à coup.

– Qu'est-ce que tu veux, Céleste ? gronde soudain le sauvage en quittant son lit.

Son corps élancé se redresse et se déploie, face à moi. Le ténébreux s'approche à grands pas, je recule, incapable d'affronter son intensité. River me coince contre le mur et plaque une main à quelques centimètres de mon visage.

– Tu ne veux pas que je me batte pour toi, pour nous, murmure-t-il d'une voix râpeuse. Alors, dis-moi, je devrais en avoir quelque chose à foutre qu'ils soient là ?

– Ils veulent me ramener en France…

– Et ?

– Et je crèverais plutôt que m'en aller d'ici, gémis-je soudain, avant d'éclater en sanglots.

Un long soupir s'échappe de son torse tendu, ses yeux dorés se plissent, ses bras se referment sur moi et le garçon que j'aime me serre contre lui pendant de longues minutes. Le temps d'apaiser la tempête qui fait rage en moi.

– Je ne peux plus vivre sans toi, River, murmuré-je contre sa peau.

– C'est tout ce que j'avais besoin d'entendre, Ciel.

Une heure plus tard, j'ai séché mes larmes, pris ma douche, enfilé un jean et un pull blanc confortable, et préparé une énorme salade pour accompagner les grillades. La nuit est tombée. On passe à table dehors, à la lumière des bougies et des guirlandes, on se force tous à parler anglais (c'est parfois comique). Je m'installe entre ma mère et ma sœur. Le sauvage se pointe quelques minutes après tout le monde et s'assied en face de moi.

– Et voilà River l'insaisissable ! balance le chef de famille en présentant son dernier fils.

Le bad boy ignore son père, sourit à ma petite sœur et salue ma mère et son mari d'un hochement de tête. Impressionnée par le charisme du lynx, Apolline rougit et plonge le nez dans sa pièce de bœuf, tandis que ma mère et mon beau-père le fixent avec attention.

– C'est donc toi, conclut Renaud en essayant d'avoir l'air à l'aise.

– C'est moi, se contente de répondre le rebelle.

Personne n'est dupe. Tout le monde autour de cette table sait que River et moi sommes ensemble, qu'on brise quotidiennement les règles qu'on tente de nous imposer, qu'on s'aime, qu'on ne l'a pas choisi et qu'on n'est pas près de s'arrêter.

– Quelqu'un veut de la salade ? demandé-je soudain, pour rompre le silence.

– Il est canon, me glisse Apolline en tendant les mains vers le saladier.

– Oui, mais il lui manque une ou deux cases, la prévient Kasper.

– Et il en a une petite, ajoute Jagger avant de se prendre une claque derrière la tête.

D'un regard qui tue et d'un sifflement strident, Bailey fait comprendre à ses fils de se tenir correctement, puis se tourne vers ma mère – qui n'a pas touché à son assiette.

– Diane, tout va bien ?

– Peu importe qu'il ne soit pas ton frère, il n'est pas pour toi, lâche-t-elle soudain à haute voix, en me toisant, bien en face.

Silence de mort. Les frères Farrow se fixent les uns les autres, l'air assommé. Renaud et Bailey soupirent lourdement, Apolline pose sa main sur la mienne. Moi, j'étouffe. Je la déteste. Elle a osé dire ça devant tout le monde. Devant lui.

Je jette un regard en direction de River, il fixe son steak, les paupières plissées, le visage dur et fermé.

– Tu ne sais rien de lui, rétorqué-je en tentant de contenir ma colère.

– Tu as déjà trop souffert, Céleste.

– Mais c'est toi qui me fais du mal ! m'écrié-je, hors de moi. Tu veux me briser ? Me donner de nouveau envie de mourir ? Parce que c'est ça qui m'arrivera si tu nous sépares.

– Ma chérie, tu es trop jeune, trop vulnérable. River n'a pas une bonne influence sur toi. Je n'ai rien contre lui, il n'est juste pas pour toi. Je ne peux pas te laisser vivre ici et faire cette connerie…

Ma chaise crisse sur le sol puis se renverse. Je me lève brutalement et frappe la table de toutes mes forces.

– C'est une connerie d'aimer quelqu'un ? hurlé-je encore, le cœur battant.

– Céleste…

– C'est une connerie de se sentir enfin vivante, enfin à sa place quelque part ?

– Tu ne sais pas de quoi tu…

– Je n'aimerai jamais personne d'autre comme je l'aime lui ! m'obstiné-je.

Soudain, le garçon aux yeux de feu me scrute avec une intensité qui me donne des ailes. Du courage. La force de dire *non*, une bonne fois pour toutes.

– Essaie de nous séparer, tu verras… Tu ne seras pas la première.

De l'autre côté de la table, Bailey lâche un rire sans joie, puis se gratte le crâne.

– On devrait tous essayer de se calmer, tente-t-il.

– Quand est-ce que vous allez accepter ? soupire River. Et nous foutre la paix ?

– J'ai trouvé ma raison de vivre, murmuré-je soudain en plongeant dans les flammes dorées de celui que j'aime. River, si je respire, si mon cœur bat, c'est pour toi.

Sans sourire, sans prononcer le moindre mot, River se lève d'un bond, fait le tour de la table et me tend la main. Je la prends. Me rapproche de lui. Son parfum, son souffle, son regard : je suis déjà ailleurs.

– Céleste, cette discussion n'est pas terminée !

– Laisse-les, Diane, l'interrompt alors son mari.

Tout comme elle, je me tourne vers Renaud, abasourdie.

– On ne choisit pas qui on aime, insiste mon beau-père en prenant ma défense. Ce garçon a sauvé ta fille, c'est évident, non ?

Les lèvres de River se posent sur les miennes. Le bad boy qui m'est interdit m'embrasse pour la première fois en public. Devant sa famille, devant la mienne. Et je ne le repousse pas. Ce baiser, c'est l'évidence même. C'est ce qu'ils ont tous besoin de voir, de comprendre, d'affronter.

Jagger se met à siffler, tel un fou furieux ; Kasper et Apolline se tapent dans la main en criant ; Asher laisse échapper un sourire gêné ; les adultes, eux, regardent ailleurs, impuissants. Dans ce brouhaha, j'entends à peine la belle voix grave de River qui me chuchote :

– Pars avec moi.

– Non, lui glissé-je à l'oreille. Toi, pars avec moi.

Son éclat de rire viril, rauque et sexy, m'électrise. River entoure ma main de la sienne et s'élance en direction du désert. Sans réfléchir, je le suis, tête baissée, jambes en coton, cœur trépidant, effervescent, battant pour lui à tout rompre.

À peine cent mètres parcourus dans le bush et je trébuche déjà. Le garçon-lynx n'hésite pas une seconde : il vient se coller à moi à reculons et me hisse sur son dos.

– Je peux marcher !

– Non, je ne te laisserai plus jamais m'échapper.

Je ris tout bas, émue, serre mes jambes autour de sa taille, laisse tomber mes bras sur ses épaules et promène mes lèvres sur sa nuque. Je le sens frissonner, puis le rebelle reprend sa course dans la poussière de l'*outback* australien.

– Cette nuit, Ciel, je t'offre les étoiles, murmure le garçon que j'aime.

Je lève les yeux et ne vois plus que ça. Des milliers d'astres lumineux qui scintillent dans l'immensité obscure et brillent juste pour nous.

59
TOUS FOUS

Je n'oublierai jamais cette nuit.

On a juste pensé à nous. On ne s'est pas demandé qui nous attendait à la villa, quel parent s'inquiétait de nous savoir dans le désert en pleine nuit, quel adulte avait envie de nous enfermer à vie ou quel frère rêvait de nous botter le cul. River et moi, on a pris le temps de compter les étoiles. Le lynx a accepté de me reposer au sol et l'on a marché main dans la main, sans but, pendant une éternité. Au milieu de la nuit, un peu fous, complètement libres, on s'est prouvé à quel point on s'aimait, à quel point nos corps étaient faits pour fusionner. Ensuite, on est allés dormir à l'abri du froid et de la nature sauvage, sur la banquette arrière de ma *badmobile*.

Enfouie dans son cou, noyée dans son odeur, j'étais exactement à ma place.

***

Au petit matin, on est accueillis par une bande d'aigris. La maison dans laquelle on pénètre embaume le café et l'inquiétude, les visages sont marqués et les mines grisâtres. On a à peine franchi la porte d'entrée que les missiles fusent dans notre direction :

– Vous êtes deux irresponsables ! crache Bailey en nettoyant nerveusement ses lunettes.

– Des grands malades ! Vous auriez pu crever, dehors ! enchaîne Asher.

– Céleste, ça va ? s'inquiète ma sœur en français.

– Vous avez dormi où, bon sang ? attaque ma mère.

– On allait appeler les flics ! se marre Jagger.

– Tu trouves ça drôle, toi ? ronchonne Kasper en lui filant un coup de prothèse.

Je ne sais plus où donner de la tête, tout va trop vite.

– Du calme ! résonne soudain la voix grave de River. Il ne s'est rien passé, on va très bien.

– Vous étiez où ? fulmine encore ma mère.

– On a dormi dans ma voiture, avoué-je.

– Dans ta… quoi ?

– Vous étiez juste là ? constate Bailey.

J'acquiesce, tandis que River, totalement indifférent à la panique générale, va se servir un mug de café noir et s'adosse à un plan de travail pour le siroter.

– Bien joué, vous avez pourri la nuit de tout le monde, soupire Asher en direction de son frère.

– On ne vous a pas demandé de vous inquiéter, riposte le lynx.

– Tu vois, Renaud ? siffle ma mère, estomaquée. Tu trouves toujours qu'il est bien pour Céleste ? Ils découchent, vont faire je ne sais quoi dans le désert, se mettent en danger et reviennent à la maison, comme si de rien n'était !

Clairement las et en manque de sommeil, le grand chauve quitte sa chaise et va se servir un autre café.

– Ce qui est certain, c'est que votre petite fugue ne va pas aider votre cause, maugrée mon beau-père en me fusillant du regard.

– Je suis désolée, soufflé-je. On voulait seulement… être libres.

– Roméo et Juliette aussi étaient incompris, philosophe Jagger en me tapotant le dos.

– Tu nous saoules, Jagg, avec l'unique bouquin que t'aies jamais lu ! râle Kasper.

– Et vous savez comment ça se finit, pour eux ? bougonne l'aîné des frères Farrow.

– Dans moins de trois semaines, tu rentres à la maison avec nous, point barre ! me balance soudain ma mère. Et en attendant, tu viens passer quelques jours à l'hôtel avec nous !

– Je… Quoi ?

– Céleste, fais ce qu'elle te demande, me conseille ma sœur.

Je fixe tous les visages présents dans cette cuisine bondée, l'un après l'autre, jusqu'à tomber sur celui de River. Les sourcils froncés, l'air concentré, il me contemple longuement, avant de hocher la tête.

– Fais-le, murmure-t-il.

J'acquiesce, soulagée qu'il comprenne que nous n'avons pas d'autre choix, rassurée qu'il ne s'en prenne ni aux miens ni aux siens.

– Attends-moi, lui chuchoté-je avant de l'embrasser dans le cou.

Sa main glisse dans mes cheveux, son regard s'accroche un instant au mien, avant de se détourner. Je devine que cette séparation va être un supplice, pour lui aussi.

– Je t'ai préparé quelques affaires, on peut y aller, me signale ma mère.

J'embrasse Kasper sur la joue, échange un petit coup de hanche avec Jagger ; Asher et Bailey me tournent le dos tandis que, le cœur lourd, pleine d'incertitudes, je quitte la cuisine en suivant mon clan français.

Au moment où je monte dans la voiture de location, je reconnais la Mini de Georgia qui se gare devant la villa. En tailleur archi-moulant et talons de douze, la blonde longe notre véhicule, m'adresse un regard plein de mépris et me lance :

– Il serait *vraiment* temps que tu songes à rentrer chez toi, Céleste.

– On est bien d'accord, soupire ma mère, à l'avant.

Renaud démarre, la poussière rouge s'élève et je vois la villa Farrow disparaître peu à peu dans le rétroviseur central.

***

Le Frog Song se trouve à environ vingt minutes du territoire des Farrow. L'hôtel est cosy, confortable, doté de jolis jardins et d'une piscine chauffée. Depuis deux jours, les journées passent au ralenti. Apolline et ses 13 ans se baignent à longueur de journée, dans une insouciance qui fait plaisir à voir. Ma mère espère bronzer en restant à l'ombre. Renaud ne sort pas la tête de ses polars. Et je pense à River. Sans cesse.

Demain, on part en excursion sur la côte. Renaud veut aller visiter un musée de la pêche, Apolline attend la balade à cheval qu'on lui a promise, ma mère rêve probablement de me jeter dans l'océan, une brique d'une tonne attachée à mes chevilles.

Je n'ai eu aucun contact avec le garçon duquel on m'a éloignée de force. J'ai tenté de l'appeler hier, il n'a jamais décroché. Mes SMS sont aussi restés sans réponse.

Ne joue pas trop avec mes nerfs, bad boy…

Seule dans la chambre que je partage avec ma sœur, je fixe pour la millième fois l'écran de mon téléphone, espérant y voir apparaître son prénom, mais c'est celui de Jagger qui se met à clignoter.

– Il est vivant ? m'écrié-je en décrochant.

Pour toute réponse, je reçois un rire rauque et sexy.

– River ?

– Je suis vivant, mais mes parents ont cru que j'avais 10 ans et demi et qu'ils pouvaient me confisquer mon putain de portable… Bailey l'a carrément piétiné pour que je ne puisse plus l'utiliser.

Je comprends mieux… et me sens stupide d'avoir douté de lui.

– Je croyais que…

– Que quoi ?

– Que tu prenais tes distances, avoué-je.

Le rebelle soupire avant de lâcher :

– Heureusement que tu es une bombe, Ciel, parce que tu n'es pas une lumière, me provoque-t-il au bout du fil.

– Tu me manques, sale gosse.

– Tu n'as pas idée, petite peste.

Je souris en devinant ses sourcils froncés, ses mâchoires serrées et son regard intense.

– Ça valait le coup, susurré-je. Cette nuit, seuls au monde, était magique.

– Ouais, enfin, reviens vite quand même.

– Ferme les yeux.

– Quoi ?

– Ferme les yeux, je te dis.

– OK.

– Compte jusqu'à trois.

– Céleste, soupire-t-il.

– Tu peux faire ce que je te demande, une fois dans ta vie ? m'impatienté-je. Ferme les yeux et compte jusqu'à trois.

Le lynx lâche un grognement sourd, puis obtempère :

– Un… Deux… Trois…

– Je suis là, murmuré-je. Tu sens ma main sur ton visage ?

– Céleste…

– Fais un effort, imagine !

– OK. Tu me caresses la joue.

– Je me hisse sur la pointe des pieds et je t'embrasse.

– Je mordille ta lèvre inférieure, continue le bad boy. Et ma langue…

La porte de ma chambre s'ouvre brusquement sur ma mère, je sursaute et bredouille bêtement :

– Merci d'avoir appelé, Jagg ! On se reparle plus tard !

Diane Hardy est beaucoup de choses… mais pas stupide. Agacée que sa fille ne puisse pas passer plus de quarante-huit heures sans prendre des nouvelles du garçon qu'elle aime, elle m'arrache mon téléphone, retire la carte SIM, me rend mon portable et m'annonce d'une voix guillerette qu'on va dîner dans trente minutes.

Ils sont tous fous…

River et moi, on est les seuls sains d'esprit dans ces deux familles de cinglés.

60
PAR AMOUR

Le lendemain, alors que nous prenons le petit déjeuner en silence, un employé en uniforme s'approche de notre table au restaurant de l'hôtel.

– J'ai une lettre à remettre à Mlle Céleste Hardy. Un certain Bailey Farrow vient de la déposer pour vous à l'accueil en pensant que c'était peut-être urgent.

Mon sang se glace et je songe aussitôt à Alexis. À un autre de ses envois morbides, odieux ou menaçants. Je n'ai pas envie de découvrir ça face à ma sœur, mon beau-père et surtout ma mère. Mais ils me scrutent tous d'un œil inquiet et attendent, la bouche pleine et la fourchette en suspens.

– On ne peut vraiment avoir aucune intimité avec vous trois !

Je râle pour le principe et décachette l'enveloppe. Je parcours rapidement des yeux la lettre manuscrite, qui ne ressemble pas aux autres. Je découvre la signature de Salomé, tout en bas, et je respire un peu. Ce n'est pas *lui*. Mon pire ennemi.

– Ce n'est pas River, si c'est ce que vous croyez ! balancé-je aux trois curieux. C'est une fille. Une copine de Paris.

Je leur plante la lettre sous le nez puis recule sur ma chaise pour prendre le temps de la lire.

Céleste,

On ne se connaît pas et tu dois sans doute me haïr. Je te comprends.

Mais si je prends la peine de t'écrire, c'est d'abord pour te dire que je suis désolée. De tout ce que tu as vécu, subi, traversé. Du comportement ignoble de mon frère. De ce procès à l'issue injuste. Et de tout ce qui t'arrive aussi en Australie. Amir m'a tout raconté. Je ne crois pas qu'une seule personne pourrait supporter tout ce que tu endures. Alors je voudrais essayer de t'aider, si je le peux. En t'expliquant ce qui s'est vraiment passé.

Quand j'ai commencé à sortir avec Amir, j'étais très jalouse. De toi, de votre relation fusionnelle, de vos conversations interminables. C'est mon premier petit copain et, si tu me connaissais, tu saurais que je n'ai pas très confiance en moi. Je voulais juste m'assurer qu'il n'y avait rien de plus entre vous que de l'amitié. Et que tu n'essayais pas de nous séparer… Alors j'ai fait ce que je n'aurais jamais dû faire. J'étais dans la chambre d'Amir, un soir, et il s'est absenté. J'en ai profité pour prendre en photo tout l'historique de vos discussions avec mon téléphone. Pour pouvoir les relire tranquillement quand je serais chez moi. C'était stupide. J'ai vite compris que tu étais quelqu'un d'honnête, de vrai. Et que j'avais dépassé les bornes en lisant vos échanges. J'en suis convaincue maintenant : votre amitié est exceptionnelle et je ne voudrais à aucun prix la gâcher.

Mais c'est après que les choses m'ont échappé. Je l'ai compris trop tard. Mon frère a trouvé le code de mon téléphone et a découvert les photos. Il a enregistré toutes vos conversations, à mon insu, et a décidé de s'en servir contre toi. De les montrer à ta mère. Tu connais la suite.

Pour tout ça aussi, je voudrais sincèrement m'excuser. Je ne sais pas comment je pourrais me rattraper, mais j'espère qu'on fera connaissance un jour, pour de vrai, et que tu comprendras que je n'ai rien à voir avec Alexis. C'est mon frère, mais il représente tout ce que je déteste. Je ne l'ai pas choisi.

Je sais que c'est difficile à croire, mais je suis de ton côté, Céleste. Et je suis vraiment amoureuse de ton « meilleur Amir ». Il n'est pas facile à vivre tous les jours… tu le sais encore mieux que moi… mais tu lui manques beaucoup. Peut-être que, un jour, par amour pour lui, toutes les deux on arrivera à être amies.

Si je peux faire quoi que ce soit, écris-moi.

Salomé

D'un revers de main, je chasse les larmes dans mes yeux. Je replie la lettre, la range dans son enveloppe et dicte un texto à ma sœur après lui avoir donné le numéro d'Amir :

[OK, je crois que
je me suis trompée.
Ta Salomé est une fille bien.
Elle, dans quelques années,

tu auras ma bénédiction
pour l'épouser.
En attendant,
faites attention à vous.
Mylène]

– Pourquoi tu ne signes pas « Céleste » ? me demande Apolline en grimaçant.

– T'occupe ! Et préviens-moi quand il répond !

– Maman, tu ne peux pas lui rendre sa carte SIM ? C'est chiant ! couine ma sœur.

– Arrête de te plaindre. Et finis tes céréales.

– J'en veux pas. Elles sont molles et tièdes… Comme toi !

Elle jette sa serviette par terre et quitte la table du petit déj. À tout juste 13 ans, ma petite sœur parfaite entame sa crise d'adolescence. Et je ne peux m'empêcher d'esquisser un sourire face aux yeux ronds de Renaud et Diane.

– Vous n'avez pas fini d'en baver, soufflé-je, presque désolée pour eux.

– Pas la peine de jubiler, réplique durement ma mère en reposant sa fourchette.

– Prévenez-moi quand vous vous serez décidés à m'autoriser à reprendre ma vie là où je l'ai laissée. Moi, je vais m'occuper de ma sœur, déclaré-je simplement.

Avant d'aller rejoindre Apolline à la piscine.

***

C'est la fin de l'après-midi quand un *toc toc* vient briser le mortel ennui de cette énième journée sans lui. Allongée sur le lit à côté du mien, ma sœur écrit dans son journal intime, pendant que je crayonne des pages et des pages de carnet à dessin. On sursaute à l'unisson. Le bruit vient de la chambre d'à côté, celle des parents, qui communique avec la nôtre par une porte commune restée entrouverte.

– Céleste n'est pas là, assène froidement ma mère, de l'autre côté du mur.

Mon cœur s'arrête et Apolline se dévisse la tête pour me regarder.

– C'est vous que je venais voir, annonce la voix grave que je reconnaîtrais entre mille.

Mon cœur repart et ma petite sœur bondit sur mon lit. Je lui plaque la main sur la bouche et lui fais les gros yeux pour qu'elle n'émette plus le moindre bruit.

– C'est River? articule-t-elle en silence.

J'acquiesce.

– Dis ce que tu as à dire, suggère Renaud à l'invité surprise, dans un anglais presque correct.

Il referme la porte et le fait sans doute entrer dans leur chambre d'hôtel. Je me surprends à détester mon beau-père un peu moins chaque jour.

– C'est tellement simple que ça va avoir l'air très con, commence River pendant que je retiens mon souffle.

Je l'entends d'ici faire craquer ses phalanges, comme chaque fois qu'il est nerveux.

– Je suis amoureux de Céleste, lâche-t-il dans un soupir rempli de désespoir.

Apolline me sourit et je sens mes joues devenir cramoisies.

– Je n'aime pas beaucoup parler de ce que je ressens, continue le garçon-lynx de loin. Mais c'est la première fois que ça m'arrive. La fille que j'aime sera peut-être renvoyée en France dans quelques jours, par vous ou par le juge. Mais avant ça, il faut que vous sachiez quelque chose. Je n'aimais presque rien ni personne avant de rencontrer Céleste. Je détestais la vie à peu près autant qu'elle. Et tout ça, ç'a miraculeusement changé. Juste quand on s'est rencontrés.

Les larmes me montent aux yeux et j'hésite à me précipiter dans la chambre d'à côté pour me jeter dans ses bras. Mais River n'a pas fini.

– Et vu comme on est brisés de l'intérieur, tous les deux… cette rencontre, c'est peut-être notre unique chance de trouver quelqu'un dans ce monde qui nous comprenne. Notre seule putain de chance de ne pas finir seul et profondément malheureux.

Cette fois, mes larmes coulent et Apolline les essuie avec l'angle d'un drap. Puis elle me caresse longuement le bras pour que je ne craque pas.

– Il n'y a encore pas si longtemps, poursuit le rebelle à la voix éraillée, je ne croyais ni à ces histoires de coup de foudre ni à ces conneries d'âmes sœurs. Mais j'ai bien été obligé de changer d'avis.

– Ce sont des bêtises d'adolescents, soupire ma mère, qui trouve enfin quelque chose à répliquer.

Ma sœur lève les yeux au ciel et River lui répond sans attendre.

– Non, c'est aussi grâce à Céleste que j'ai compris toutes vos erreurs d'adultes. Vos épreuves, vos regrets, vos impuissances face à nous, vos enfants. C'est elle qui m'a amené à voir les choses différemment. Sans colère.

– Je crois que tu mélanges tout, River, dit ma mère d'une voix chevrotante.

– Et moi, je crois qu'on peut trouver un sens à tout ça. Mon père qui m'a élevé toute ma vie en me mentant, parce qu'il m'aimait et craignait que je ne le rejette. Mon autre père qui m'a regardé grandir de loin, sans oser s'approcher, parce qu'il aimait ma mère et respectait son choix. Ma mère, qui n'a jamais su choisir, parce qu'elle les aimait tous les deux et ne voulait renoncer à rien. Vous, qui avez tellement eu peur de perdre votre fille, à force de ne pas savoir comment l'aimer. C'est toujours par amour qu'on fait les plus grandes erreurs. Parce qu'on craint de perdre ceux qu'on aime le plus…

Dans sa chambre, j'entends ma mère hoqueter, renifler, et la voix basse de Renaud essayer de l'apaiser. Je ne retiens plus mes propres larmes et Apolline a les yeux trempés.

– Et moi, je ne veux pas attendre là, à avoir peur, et à perdre Céleste sans rien faire ! s'écrie River, à bout de souffle. J'ai besoin d'elle ! J'ai des gens à pardonner, j'ai de l'amour à rendre, j'ai des erreurs à réparer. J'ai un petit frère qui doit savoir la vérité et que je dois emmener vers sa vie d'adulte, le mieux possible, après avoir ruiné son enfance. J'ai un père biologique à aller retrouver, pour lui donner une chance. J'ai une mère et un père avec qui j'ai tout à reconstruire. Mais tout ça, je n'aurai jamais le courage de le faire sans elle.

Sa voix meurt dans un sanglot étouffé, avant de renaître :

– C'est mon Ciel, vous comprenez ? Sans elle, tout s'écroule. Et je crois qu'elle aussi, elle a besoin de moi pour la porter. Bien plus haut que vous ne pourriez l'imaginer.

Cette fois, je bondis sur mes pieds nus, qui chancellent

sous mon poids, et je me rue dans la chambre d'à côté. Je saute au cou du garçon que j'aime plus que tout. Je me blottis contre sa peau, son odeur, sa force, son amour fou.

Et je prends tout.

61
REVIVRE

Dans cette chambre d'hôtel suffocante, sous les yeux humides de Diane, Renaud et Apolline, je noie mes larmes à celles de River. Je colle ma bouche à la sienne. Je respire son air et je revis.

– Tu es là, toi ? me demande-t-il en plissant ses yeux dorés.

– Oui ! Et oui à tout, aussi ! Oui pour t'aider à aller voir ton père. Pour parler à Kasper. Pour réparer, pour pardonner, pour reconstruire. Oui à tout ce que tu veux !

– Tu as tout entendu, c'est ça ?

Il sourit en coin et se demande si c'est une bonne chose.

– Oui aussi pour être ton Ciel, ton coup de foudre, ton âme sœur, ajouté-je sans pouvoir m'empêcher de sourire.

– J'ai dit des conneries pareilles, moi ?

Mon sauvage joue les innocents et parvient à faire rire Renaud. Le grand chauve regarde longuement sa femme, qui essuie ses joues et tente de prendre la bonne décision, en nous fixant les uns après les autres. Soudain, elle va farfouiller dans sa table de chevet et revient avec ma carte SIM.

– Tiens, reprends ça. Obligation de répondre à mes messages et mes appels ! prévient-elle.

– Ça veut dire que je peux partir ?

– Pour l'instant, oui. Jusqu'à ton jugement. Après, on verra.

– Merci, maman !

Je me rue sur elle pour la serrer brièvement dans mes bras, mais ma sœur nous rejoint et fait durer le câlin. On ricane toutes les trois, gênées, puis je vais réunir mes affaires avant de repartir avec River. Quatre ou cinq autres recommandations plus tard, on quitte enfin le Frog Song, presque sans y croire.

– Alors comme ça, on écoute aux portes, Cece ? lâche-t-il avec un sourire de défi.

– Alors comme ça, on est un grand romantique, Riri ? répliqué-je avec le même sourire de peste.

– Première et dernière fois que tu m'appelles comme ça !

– Ou bien quoi ?

– Ou bien je t'embrasse à t'en étouffer, me menace-t-il en se rapprochant de moi.

Le baiser fougueux qui suit a un goût de revanche, de passion, de folie.

Le goût du ciel et de la rivière réunis.

– Attendez ! crie Apolline derrière nous.

Mon ado de sœur court dans notre direction et me glisse dans la main un bout de papier plié en douze mille.

– Donne ça à Kasper, s'te plaît. Et si t'en parles à maman, t'es morte.

– OK, obtempéré-je en souriant.

À côté, River se marre et Apolline le fusille du regard.

– Quoi, t'as jamais eu 13 ans ? lui balance-t-elle dans les dents.

– Désolé, se reprend-il. Si je peux juste dire un truc… Je crois que tu lui plais aussi.

Le visage renfrogné de ma sœur s'illumine et elle disparaît dans l'hôtel.

C'est définitif : Diane et Renaud ont du souci à se faire.

***

C'est sur un vélo pour deux qu'on parcourt le trajet jusqu'au centre-ville. River sur la selle, moi sur le guidon ; on manque de mourir une dizaine de fois dans la circulation. Mais on rit à s'en faire mal au ventre et aux joues. On finit par changer de stratégie : je m'assieds sur la selle pendant qu'il pédale, debout, en équilibre. Je m'accroche comme je peux et je contemple le spectacle fascinant de sa force, son agilité, ses muscles en plein effort. De notre liberté retrouvée. J'ai le cœur qui bat et tout le corps qui vibre. Je repense à son coup d'éclat dans la chambre de mes parents. À la plus belle déclaration d'amour que j'ai entendue de ma vie. Et au fait qu'elle m'était destinée.

Je vis un rêve éveillé.

Je sais que le bonheur insolent ne dure jamais longtemps. Alors je grave ce souvenir dans ma mémoire, ce moment suspendu, cette balade à vélo, à deux, et cet amour fou que je ressens pour lui. Et qui me donne envie de crier.

– Je t'aime ! hurlé-je dans le vent à m'en briser la voix.

Les cheveux en bataille et les lèvres entrouvertes, River se tourne vers moi, en ralentissant un peu.

– Quoi ?

– Rien, réponds-je en souriant.

Il fronce légèrement les sourcils, me balance un sourire de sale gosse et reprend sa course folle.

– Tu sais où on va ? me demande-t-il de dos.

– Oui, je crois.

Son vélo s'arrête quelques rues plus loin, juste devant la maison de Georgia… et de Trent Calloway. Sa mère et son père.

– J'espère qu'elle n'est pas là, grogne-t-il avant de sonner.

J'attrape sa main et y entrelace mes doigts.

– Moi, je suis là, susurré-je à son oreille. Je lui pète les dents à ton signal.

Le rebelle émet un rire rauque, puis la blonde vient ouvrir, tout sourire en découvrant son fils.

– River, je suis si heureuse de cette visite, annonce-t-elle en m'ignorant totalement.

– Ce n'est pas toi que je viens voir, rétorque-t-il aussitôt. Trent est là ?

***

Le coach Calloway est en train de tailler ses haies, dans le jardin de derrière, quand Georgia nous mène jusqu'à lui. C'est assez étrange de le découvrir ici, dans son quotidien, ailleurs que dans le gymnase du lycée, autrement qu'en survêtement. En jean un peu grand, polo rempli de brins d'herbe et gants de jardinage, il ressemble à… un papa. Mais il porte sa sempiternelle casquette et la retire à la seconde où il nous aperçoit.

– Tu avais dit que je pouvais venir te trouver, en cas de besoin, lâche River en glissant ses mains dans ses poches.

– Tu as bien fait, acquiesce son géniteur. La porte est toujours ouverte.

– Je crois que je n'ai pas envie de parler du passé, prévient le fils.

– Comme tu veux. Le futur, ça me va aussi.

– Le présent, ce sera déjà bien, ronchonne le sauvage. Tu n'y connais rien en arbres, hein ?

– Pas grand-chose, admet Calloway avec un sourire. Un coup de main ?

Le coach retire ses gants, les tape contre son jean et les tend à River. En replaçant la casquette sur son front, il m'adresse un petit sourire.

– Céleste, tu veux boire quelque chose ? Georgia a de la citronnade au frais.

– J'en ai, confirme la mère de son air pincé.

On laisse les garçons discuter dans le jardin, sans doute de pas grand-chose d'important, mais c'est toujours mieux que le néant entre eux depuis plus de dix-neuf ans.

Pendant qu'ils s'éloignent vers les haies, Georgia m'invite à contrecœur sur le porche arrière de la maison. Elle va chercher des verres, une carafe remplie de citronnade fraîche et revient prendre place à côté de moi. Je m'assieds sur les marches plutôt que dans le fauteuil jouxtant le sien. On reste longtemps silencieuses, toutes les deux, à observer Trent et River rattraper un tout petit peu de leur temps perdu.

– Je suis contente pour eux, murmuré-je enfin.

– Moi aussi. Mais tout ça ne te concerne pas.

– Je sais que vous préféreriez que je n'aie jamais existé. J'ai souvent pensé la même chose… Mais pourquoi vous avez besoin de faire ça ? lui demandé-je sincèrement.

– Faire quoi ?

– Tout rendre compliqué.

– Tu ne sais pas ce que j'ai vécu, siffle Georgia d'un air méprisant.

– J'ai vécu des choses aussi, lui rappelé-je.

– Tu ne connais rien des sentiments d'une mère, de ses tiraillements entre son enfant et sa vie de femme.

– Non, avoué-je. Mais je ne vous demande pas de comprendre ce que je ressens pour River. Juste de l'accepter.

Elle me dévisage avec un regard absent et un petit sourire cynique.

– Il n'y a qu'une seule chose que je n'accepterai jamais, Céleste. Que tu fasses partie de ma famille.

À ces mots cruels, la blonde quitte le porche et rentre se terrer dans sa jolie villa. J'accuse le coup. Au loin, dans le jardin, River taille un arbre sous l'œil admiratif de Trent, qui semble attendre le bon moment pour donner une accolade à son fils. Je vois sa main hésiter, rester longtemps dans le dos du garçon que j'aime, sans oser le toucher. Calloway finit par se lancer et River se raidit. Puis ils se marrent à l'idée qu'un coup de cisaille serait vite arrivé.

Je décide de les laisser tous les deux et quitte la maison sans recroiser Georgia. J'ai laissé un petit mot sur le porche, coincé sous mon verre de citronnade, pour dire à River que je rentrais en bus. Chez lui. Enfin, chez moi. Rature. Clin d'œil. « Là », suivi d'une flèche vers un dessin de ciel étoilé, tout en haut du papier. Cœur, cœur en bas. Barré, barré, faut pas abuser.

Le pire petit mot qui soit, mais je sais qu'il le fera sourire. Et rien qu'à cette idée, je revis.

62
CHEZ MOI

Le lendemain, je me réveille dans *mon* lit, dans *ma* chambre, dans cette villa que je ne connaissais pas il y a encore quelques mois. Dans cette région reculée du sud de l'Australie dont je ne soupçonnais même pas l'existence. Et je mesure ce matin à quel point tout cela m'a manqué. Même en quelques jours seulement, j'ai eu l'impression de tout perdre. Un amour, un foyer, un clan.

C'est avec un certain plaisir que je retrouve la table du petit déjeuner et les quatre frères Farrow installés tout autour. Asher lit un magazine sur la vie sauvage en tournicotant une mèche de ses longs cheveux blonds. Jagger l'imite en lui demandant si son article sur les « dix façons de faire un chignon » est intéressant. L'aîné envoie un Miel Pops à la tête du troisième, qui le gobe au vol. River se marre sous son casque, avant de mordre dans un toast. Kasper, lui, tente de faire s'asseoir son chien en échange d'une croûte de pain de mie. Le gros labrador, Bear, qui ne bouge pas de la position allongée, alors que Fox le berger australien, Lynx le croisé boxer au regard perçant, et Monkey le beagle à la langue pendante sont déjà tous au garde-à-vous, en attente de la récompense.

– Salut, tout le monde, lancé-je en allant me servir un café.

– Salut, l'étrangère, répond River en retirant son casque.

Sa voix grave, son regard brillant et son air insolent arrivent encore à me coller des frissons.

– Salut, la revenante ! s'amuse Kasper, étonné.

– Salut, la reine du bal de promo ! blague Jagger, content de lui.

– Salut, Céleste, prononce sobrement Asher.

C'est tout ce qu'il faut à ces trois-là pour m'accueillir de nouveau chez eux, *chez moi*, dans cette petite routine du quotidien, sans poser davantage de questions. C'est Bailey qui vient mettre les choses au point dans la cuisine.

– J'ai discuté avec ta mère. Tu peux rester ici jusqu'à nouvel ordre.

– Merci.

– Mais à plusieurs conditions, ajoute mon père.

– J'écoute, déclaré-je avec un petit salut militaire pour amuser les garçons.

– Tu bosses à la réserve le matin. Tu vas voir ta mère tous les après-midi. Et pas de vagues jusqu'à ton passage devant le juge.

– Noté.

– C'est dans trois jours, la convocation est arrivée ce matin.

– OK, grimacé-je en sentant mon ventre se nouer.

– Ça va aller, souffle la voix calme et chaude de River de l'autre côté de la table.

Il n'en sait absolument rien… mais ça me fait du bien de l'entendre.

– J'oubliais ! relance Bailey. Chambres à part obligatoires !

– Dommage, les gars, vous y étiez presque ! plaisante Jagger, plié de rire sur la table.

– Ferme-la, obsédé. Tu n'as pas une Ruby ou une Pearl à aller peloter dans un ciné ? rétorque le garçon-lynx.

– On a le droit de faire ça au cinéma ? demande sérieusement Kasper, qui déclenche les rires de tous ses frères.

– Je t'expliquerai, Kas, lui dit l'aîné en lui ébouriffant les cheveux.

– Je suis très sérieux, conclut Bailey avec un sourire au coin des lèvres. Je ne veux voir personne filer en douce en pleine nuit ou s'introduire où que ce soit, chez qui que ce soit, dans quoi que… Bref, vous m'avez compris !

– Message reçu, p'pa ! se bidonne Jagger.

Le père de famille se mord les lèvres pour ne pas s'esclaffer, pendant que le plus jeune des frères murmure qu'il n'a pas compris.

Et le fou rire gagne tout le clan : Ash se déride, Jagg s'écroule en pleurant de rire, les chiens tournoient et aboient pour se mêler à l'explosion de joie, River m'adresse des regards qui me donnent chaud et Bailey bat en retraite pour aller ricaner ailleurs. Avant de partir, il tend un téléphone tout neuf à mon sauvage, qui a juste le temps de dire :

– Merci… papa.

***

Après une matinée à nettoyer des enclos et nourrir des bêtes affamées, une douche express et un baiser volé à mon bad boy très occupé, je rejoins ma mère, Renaud et Apolline pour un déjeuner suivi d'une mission shopping. Je rentre à temps à la villa pour croiser River, un sac de sport sur l'épaule, en partance pour un match de basket amical avec sa promo d'ostéopathes.

– Tu n'as pas intérêt à masser qui que ce soit, le menacé-je en riant. Si une fille dit qu'elle a mal quelque part, elle ment !

– Je vois, s'amuse-t-il à me narguer. Et si elle a une cheville foulée ?

– C'est du cinéma !

– Une articulation démise ?

– Elle se débrouille !

– Un traumatisme crânien ?

– Elle va aux urgences comme tout le monde !

River laisse échapper son petit rire guttural et sexy avant de m'embrasser. Asher nous interrompt sur le pas de la porte, en retard pour son rancard avec Jamie. Et Jagger braille depuis le salon :

– Céleste, un mec qui parle très mal anglais au téléphone pour toi ! Il a appelé dix fois, j'ai été obligé de décrocher ! Mais je ne comprends rien à ce qu'il dit, à part *asshole*. S'il me traite encore une seule fois de trou du cul, je raccroche !

– Amir, j'arrive !

J'abandonne River et son sourire irrésistible et vais me planquer dans ma chambre en compagnie de mon meilleur Amir.

– Quoi de neuf, l'Amirican ?

– C'est qui ce mec qui crie *like crazy* ?

– Tu sais, Jagger, fils numéro trois. Insupportable, mais gentil.

– *Fuck*, je pensais que c'était ma spécialité, ça.

– Vous partagez sans problème la définition !

– Bon, j'ai du nouveau, enchaîne le Français au bout du fil.

– Sur ?

– Salomé est allée fouiller dans la chambre de son frère. Elle a du cran, hein ?

– Oui, elle est géniale, Amir : intelligente, mignonne, elle te supporte et tu veux lui faire douze gosses. Et donc ?

Il se marre, lâche un soupir enamouré et reprend d'une voix… gênée :

– Elle a trouvé des choses intéressantes sous le matelas d'Alexis. Des photos de toi plutôt compromettantes, où tu as l'air en sale état et où ils t'ont écrit des trucs dessus.

– Je…

Je me crispe en repensant à ces anciennes soirées où Alexis et ses copains me poussaient à boire, me droguaient, me déshabillaient et me faisaient faire ce qu'ils voulaient, dans une semi-conscience. J'en ai de vagues souvenirs, que j'essaie à tout prix d'oublier. Et j'ignorais qu'il en restait des traces indélébiles.

La nausée monte.

– Quoi d'autre ? demandé-je d'une voix voilée.

– Plusieurs vieux téléphones portables. Il n'y en avait qu'un seul sans code d'accès. Et Salomé a trouvé dedans une vidéo d'Alexis, bien bourré, au petit matin, filmé par un de ses potes à qui il raconte ses exploits de la soirée. Il ne cite pas ton prénom, mais ce qu'il dit a bien l'air de ressembler à ce que tu…

– Amir, elle les a laissés sous le lit ? le coupé-je.

– Quoi ?

– Les photos, le téléphone… Elle a tout remis à sa place ?

– Oui, pour qu'il ne se doute de rien. Mais elle dit qu'elle peut aller les porter aux flics. Ou les remettre à ton avocate ou ta mère, comme tu veux.

– Je ne veux rien, soufflé-je soudain.

– *What* ?

– J'ai changé d'avis, je n'ai pas envie de tout remuer de nouveau, murmuré-je. D'étaler tout ce qu'il m'a fait. De vivre un autre procès.

– Mais…

– D'infliger ça à ma famille, encore et encore. Ils sont venus jusqu'ici pour me chercher. Pour m'aider.

– Je sais, mais, Céleste…

– Pas maintenant, Amir. Je n'en ai pas la force. Plus tard, peut-être. Je viens juste de retrouver River, tu sais ?

– Ma mère gueule, je dois y aller ! m'interrompt-il en soupirant.

– Je suis désolée. Dis merci à Salomé… et protège-la de son taré de frère ! me dépêché-je d'ajouter avant qu'il ne raccroche.

Mais mon meilleur ami grogne quelque chose avec des tas de « trous » et de « culs » dedans.

Ici, c'est un grand cri qui résonne dans toute la villa, depuis la chambre de Kasper. Jagger s'y précipite plus vite que moi et je l'y retrouve, à bout de souffle, en pensant déjà au pire.

– Kas, ça va ?

– Ce crétin est content, putain ! commente Jagg en me montrant son frère du doigt.

L'ado est en train de sautiller sur sa jambe valide au milieu de sa chambre.

– Quand il est content, il fait le même bruit que si on l'égorgeait, ce débile !

– Tu m'as fait peur aussi, Kasper !

– Écoutez ça au lieu de geindre : vous avez devant vous le plus jeune inventeur sélectionné pour le prestigieux concours de Brisbane !

– Jamais entendu parler, lâche Jagger en faisant non de la tête.

– Le grand concours qui récompense les inventions les plus innovantes, les plus utiles, les plus ingénieuses de toute l'Australie. Ça pourrait être ma super prothèse ! s'enflamme-t-il.

– Félicitations, Kas ! dis-je en souriant au petit génie. Tu vas relever le niveau de cette famille.

– Dis-leur plutôt de te greffer un cerveau normal ! bougonne son frère en repartant dans le couloir.

– T'inquiète pas, Jagg ! Si je gagne, je te fabriquerai une prothèse de super pénis !

Fils numéro trois se retourne, envoie un double doigt d'honneur à fils numéro quatre avant de se coller la main sur l'entrejambe en tirant la langue.

Grande classe.

– Tu m'aideras à dessiner un super logo, Céleste ?

– Promis.

– Au fait ? Je crois que je kiffe ta sœur.

– Ah oui… Je peux te donner son numéro, alors.

– Tu ferais ça ? bouillonne l'ado, qui se remet à sauter de joie sur place.

– Ouais… Si tu ranges ton super pénis et que tu te sers de ton super cerveau.

– Promis, Cece ! Je te laisse, faut que j'aille raconter tout ça à papa ! Et à River ! Et à maman ! Et à mon pote Jo. Et à Asher. Et à…

Kasper continue sa litanie en tournant en rond dans sa chambre, sans savoir par où commencer.

Cette fois, c'est sûr et certain : ils sont vraiment tous fous, dans cette famille. Mais bon sang, que ça fait du bien d'être chez soi… entourée de tous ces cinglés.

63
AFFAIRE CLASSÉE

Mon audience commence par la liste des faits qui me sont reprochés. Je les écoute d'une oreille distraite, concentrée sur ma respiration.

Mon destin se joue aujourd'hui.

Dans la salle aux bancs en bois laqué et aux lustres tombants, pas de procureur ni de jury. Juste un comité très restreint qui va décréter si oui ou non, j'ai le droit de continuer à fouler le sol australien. À ma gauche, mon avocat en costume marine et cravate fine. Face à moi, le juge en robe noire, la cinquantaine, visage lugubre et voix traînante. Plus à droite, les avocats des plaignants – Becca et sa brute de *boy-friend*, Liam, qui n'ont même pas fait le déplacement. Derrière nous, ma mère et Bailey, qui ont fait la route avec moi jusqu'à Adélaïde pour être là quoi qu'il arrive.

J'ai refusé que River m'accompagne, ce matin. Je lui ai demandé de me laisser régler mes comptes et assumer mes conneries seule. Ça ne lui a pas plu, il a grogné, malmené sa crinière de sauvage, fait craquer ses phalanges, mais il a respecté mon choix. Alors que je devrais être attentive à ce qui se dit sur moi dans cette salle d'audience, je ne pense qu'à lui. Je l'imagine tournant en rond dans son désert, son molosse sur les talons, courir après le vent, pédaler jusqu'à perdre haleine ou frapper dans un mur de poussière. Il ne l'admettra jamais, mais le garçon que j'aime est aussi terrifié que moi par l'issue de cette journée.

L'ami de Bailey, qui fait son possible pour plaider ma cause, me souffle de me tenir droite et d'arrêter de regarder le juge de façon aussi hostile. Je ne me rendais pas compte que c'est ce que j'étais en train de faire. Mauvaise habitude. Je baisse la tête, tente de me radoucir, d'écouter les uns et les autres, d'avoir l'air civilisé et pleine de remords. Les avocats de la partie adverse me traitent de « danger public » et de « bombe à retardement ».

Je ne leur saute même pas à la gorge – preuve qu'ils ont tout faux.

Finalement, le magistrat en robe noire me fixe à son tour, en plongeant ses yeux clairs dans les miens. Sa voix lente s'élève :

– Je suis censé juger les faits, pas la personne. Pourtant, je ne peux pas ignorer ce qui vous est arrivé, jeune fille. La violence est injustifiable, elle n'a pas sa place dans l'enceinte d'un établissement scolaire ni nulle part ailleurs dans cette société. Mais je vous trouve de solides circonstances atténuantes, étant donné le harcèlement dont vous avez été victime en France, et probablement ici même. Je prends ce sujet très au sérieux, j'ai vu des vies détruites par ce fléau qu'est le harcèlement scolaire. Les victimes sont toujours des cibles faciles, à un âge délicat et dans un état d'esprit fragile, qui se taisent trop souvent par peur des conséquences. Et il faut que cela change. Mais s'en prendre physiquement à ceux qui vous ciblent n'est pas la solution, mademoiselle Hardy.

Je me retiens de respirer, alors que ça grommelle et soupire, de l'autre côté de l'allée.

– Je n'aime ni les privilèges ni les inégalités, continue le juge. Je ne veux pas savoir si vous avez levé la main sur le fils d'un collègue, d'un ami ou d'un parfait inconnu. C'est mal dans tous les cas. Mais personne ne fera pression sur moi dans cette salle et je continuerai à exercer mon métier librement et justement. Je veux simplement vous mettre en garde : cela ne doit plus jamais arriver.

Je hoche la tête, touchée par son discours. Liam a beau être le fils d'un juge, d'un puissant, ça ne lui servira pas aujourd'hui. Il y a des jours où les faibles font entendre leur voix. Les mots du magistrat me renvoient soudain à l'autre procès, celui qui s'est tenu à Paris et qui n'a pas assez durement puni mes bourreaux. Alexis a été innocenté ; ma peau se révulse, rien que d'y penser. Et cette ordure qui continue à vouloir me faire chanter…

Je prends conscience que je m'égare et me force à réintégrer le présent. Celui qui se joue devant moi, à cet instant.

– Vous n'êtes pas seule fautive, dans cette dispute qui a dégénéré, mais vous êtes la seule présente face à moi, résume le juge. Je crois que c'est une erreur et que vous n'avez rien à faire ici. Cette procédure va s'arrêter là. Céleste Hardy, il vous reste un bon nombre de combats à mener afin de rentrer dans la vie adulte. Faites en sorte qu'ils ne vous traînent plus jamais devant une cour de justice. Vous êtes relaxée.

– Je peux rester en Australie ? m'étranglé-je, au bord des larmes.

– Tu n'es pas censée t'adresser directement au juge ! me souffle mon avocat, à ma gauche.

Mais le verdict est déjà tombé, l'audience est levée et l'affaire classée sans suite. Le juge a d'autres adolescents à fouetter. Je tombe dans les bras de ma mère, Bailey me frotte affectueusement les cheveux et je pleure hystériquement pendant un bon quart d'heure.

***

Je passe le reste de la journée au Frog Song, à discuter avec ma mère, à barboter avec ma sœur dans la piscine chauffée et à sourire comme une idiote. J'ai eu brièvement River au téléphone, sur le chemin du retour, et le cri de victoire qu'il a poussé m'a donné envie de l'embrasser jusqu'à en mourir d'asphyxie.

– Ne reste plus qu'à convaincre ta mère de te laisser vivre ici, m'a glissé le lynx avant de raccrocher.

Je tente d'en parler avec elle à plusieurs reprises, mais Diane évite soigneusement le sujet. Dans la voiture, tandis qu'elle me ramène à la villa Farrow en fin de journée, j'insiste une dernière fois.

– Je n'ai pas pris de décision, Céleste. Laisse-moi encore quelques jours. Je veux le mieux pour toi.

– Je ne rentrerai pas, maman.

– Tu feras ce que je te dirai de faire ! s'emporte-t-elle.

Plutôt que la confrontation, je choisis le silence. Quelques kilomètres plus loin, au moment de la quitter, je glisse ma main dans la sienne et la force à me regarder. Au bord des larmes, elle se livre à moi :

– Ce n'est pas inné d'être une bonne mère, tu sais ?

– Et ce n'est pas évident d'être la fille que tu rêverais d'avoir.

On pleure toutes les deux, avant de partager un sourire humble, discret, sincère.

– Je viens te chercher demain après-midi.

– Tu sais où j'habite.

– Insolente.

– Je ne suis pas la fille de n'importe qui, ris-je tout bas.

Je retrouve la horde de chiens en train de s'ébattre dans l'entrée, à la poursuite d'une balle rebondissante. Bailey, lui, se lève du canapé dès qu'il me voit arriver et demande à Kasper et Jagger d'aller mettre la table. Le plus jeune obtempère, son frère saute sur son skate et va faire un tour dehors au lieu d'obéir.

– Je t'attendais ! me lance le chef de meute.

– Qu'est-ce que j'ai encore fait, Bailey ? soupiré-je en me laissant tomber sur un fauteuil.

– Rien, pour une fois, plaisante mon géniteur.

On se fixe droit dans les yeux pendant de longues secondes et je me déride petit à petit.

– Tu penses que, un jour, tu m'appelleras papa ? lâche-t-il soudain.

Je reste interdite, déstabilisée par sa question.

– C'est ce que tu voudrais ?

– J'ai un cœur, Céleste.

– On dit « Cileste », lui souris-je.

Il se marre tout bas, passe la main sur sa barbe sombre et fixe le sol.

– Peut-être bientôt, soufflé-je.

– Quoi ?

– Je crois que je serai bientôt prête.

– Moi aussi.

Je me tourne vers l'homme à lunettes et l'interroge du regard.

– Je suis prêt pour River et toi, répond-il. À vous donner votre liberté. Vous n'avez pas tous les droits, vous vivez sous mon toit, mais j'ai décidé de ne plus vous faire la guerre.

Mon cœur s'interrompt un instant, puis repart en battant un peu plus fort qu'avant.

– Il est venu me parler tout à l'heure, m'apprend Bailey. D'homme à homme. Il s'est vraiment confié à moi pour la première fois. Sur toi… et sur tout le reste.

– Alors, tu nous crois ? Qu'on ne fait rien de mal. Qu'on s'aime sans l'avoir choisi. Qu'on s'aime au point de ne plus pouvoir vivre sans l'autre.

Il acquiesce, l'air tourmenté.

– Ça m'inquiète de vous voir aussi amoureux. Je sais à quel point l'amour peut briser… Mais c'est votre vie. Votre choix.

– Alors j'ai le droit de l'aimer ? récité-je à haute voix, en savourant chaque mot.

– Tu n'as pas attendu d'avoir *le droit* pour ça, soupire mon père.

Je lui souris et me lève pour l'embrasser sur la joue. Bailey en profite pour bondir, m'attirer dans ses bras et me serrer jusqu'à me priver d'air.

– J'ai loupé dix-huit ans de ça… Laisse-moi en profiter un peu, dit-il avant de m'embrasser dans les cheveux.

– À table ! gueule Kasper depuis la cuisine.

– Papa, évite de la casser en deux, lâche Asher en débarquant dans le salon.

Je m'échappe des bras de l'un et demande à l'autre :

– Où est River ?

– Il bosse au centre de rééducation, me répond l'aîné.

Le ventre de Bailey gargouille ; il nous plante pour aller manger.

– Et au fait, tente Asher.

– Quoi ?

– Moi aussi, je…

– Tu ?

– Jamie ne me lâche pas avec ça, soupire le grand blond.

– « Ça » ? m'impatienté-je. Asher, fais des phrases entières !

– River et toi, articule-t-il dans la douleur. Vous n'êtes pas frère et sœur. Alors on va dire que…

– Que ?

– C'est bon pour moi. Vous avez ma bénédiction.

– Ça n'aura pris que six mois, lui souris-je.

– Désolé, je suis un peu long à la détente. Jagger a été moins con que moi, sur ce coup-là. Et c'est bien la seule fois que ça arrivera !

Je rigole, attrape l'avant-bras qu'il me tend et me rends avec lui à la cuisine. Autour de la table ronde, on découvre Kasper et Bailey, l'air sidéré, fixant une grande assiette vide.

– J'ai tourné le dos trente secondes, murmure le plus jeune. Et je crois que Bear vient de bouffer le poulet entier.

***

Ce soir-là, j'ai l'impression d'avoir un tout petit peu le droit de contourner les règles. Alors je me faufile dans la chambre de River et me glisse dans son lit en attendant qu'il rentre de son boulot. Impatient du retour de son maître, Lynx me tient compagnie en mâchouillant un vieux ballon de rugby. Un peu avant vingt-deux heures, je déverrouille mon portable en m'apprêtant à envoyer un message à mon bad boy en retard, quand une notification s'affiche sur mon écran. « River Farrow vous a mentionnée sur Instagram. » Je clique sur le lien sans savoir à quoi m'attendre, puis découvre une photo de nous publiée sur son compte, ou plutôt de nos deux mains qui se tiennent, de nos doigts emmêlés, entrelacés, sur un fond ocre et poussiéreux du désert.

Sous ce joli cliché, le garçon-lynx a rédigé la légende : « *Pas ma sœur. Mon âme sœur.* »

J'en ai les larmes aux yeux et des frissons plein le corps. Dès ce soir, je sais pertinemment que cette photo va circuler de portable en portable. À la rentrée, plus aucun élève de Willunga High n'ignorera que River n'est pas mon frère. Que je ne suis pas sa sœur.

Que tomber amoureux l'un de l'autre est la chose la plus belle, la plus pure et la plus intense qui ne nous soit jamais arrivée.

Et que River vient définitivement de renoncer à son secret pour moi.

Pour nous.

64
À LA SAUVAGE

Pour leurs trois derniers jours en Australie, Bailey a décidé d'arracher ma mère, ma sœur et mon beau-père de leur hôtel de « touristes coincés » pour les accueillir à la villa. Le programme : leur faire découvrir la terre rouge, les animaux sauvages et les étoiles australes de l'*outback*.

– La réserve est fermée au public pour les deux prochains jours, nous apprend le vétérinaire en chef au petit déjeuner.

Apolline se chamaille avec Kasper pour le dernier toast ; Jagger règle le problème en le fourrant en entier dans sa bouche ; ma mère tente de me convaincre sans aucun tact de repasser au « roux doux » ; River et Asher se défient au lancer de céréales et Renaud refuse d'abandonner son Stephen King.

– On va faire un petit safari ! annonce Bailey en attirant enfin l'attention sur lui. Et camper tous ensemble. Vous avez trente minutes pour vous préparer. Deux 4x4 équipés vous attendront dehors.

– On va… quoi ? répète ma mère en s'étranglant.

– Prévoyez des vêtements chauds pour la nuit. On se les gèle, sous la tente.

– Sous la… quoi ? s'écrie Renaud.

Les quatre frères Farrow sont déjà debout, prêts à rassembler leurs affaires pour aller se frotter à la nature. Ma mère et mon beau-père finissent par suivre le mouvement. Bailey a bien fait de ne pas les prévenir trop tôt : Diane et Renaud n'auraient jamais accepté cette aventure s'ils avaient eu le temps d'y réfléchir. Et moi, je souris toute seule en devinant ce que mon père est en train de faire : essayer de nous rassembler, de ne former qu'un seul et unique clan. Pour moi.

– River, soufflé-je en rejoignant le rebelle dans le couloir. On va tous revenir vivants ?

– Ouais. Enfin, si on ne tombe pas sur une araignée mortelle, un taïpan ou…

– Un taï… ?

– Le serpent le plus venimeux au monde.

Je le fixe, la bouche entrouverte et les yeux exorbités ; l'enfoiré se marre en me prenant dans ses bras.

– Fais-moi confiance, je ne laisserai aucune bébête t'approcher.

– C'est ça, ouais. Tu sauveras ta peau avant la mienne, espèce de…

– De quoi ? grogne le lynx en m'embrassant dans le cou.

Quelqu'un se racle la gorge dans notre dos. J'ai la surprise de voir Jamie. Elle me lance un sourire complice dès que je me retourne vers elle. La belle black a toujours le bras en écharpe, mais ses mouvements sont moins raides qu'avant.

– Tu viens camper avec nous ? deviné-je en étudiant son look « safari chic ».

– Tu crois vraiment que je porterais un treillis beige pour une autre occasion ? se marre-t-elle. Ce truc me fait des grosses cuisses, mais Asher a insisté pour que je le mette.

– Les frères Farrow ont des goûts douteux, ironisé-je en la regardant tourner sur elle-même.

– Ouais, faut voir les meufs qu'ils se tapent !

– Vous allez bientôt comparer la taille de nos… ? commence River.

– C'est bon, fin de la discussion ! m'écrié-je en lui couvrant la bouche.

Vingt minutes plus tard, alors que le soleil tape furieusement sur la carrosserie, je monte en voiture à l'avant avec River. Asher, Jamie et Jagger s'installent à l'arrière. Au volant, mon bad boy suit le 4x4 de Bailey, qui quitte rapidement la route goudronnée pour s'enfoncer au plus profond de la réserve, dans des recoins sauvages où personne ne vient jamais. Je redécouvre le vrai désert, le bush hostile, sa terre ocre, ses grandes roches plates, ses broussailles arides. On longe des lits de rivière et des dunes, là où aucun touriste n'oserait s'aventurer sans guide et artillerie lourde.

On fait de nombreux arrêts, pour observer les animaux qui tolèrent paisiblement notre présence ou la fuient, selon les espèces. Apolline comprend vite qu'elle doit cesser de pousser des cris stridents, Kasper se fait un plaisir de la prendre dans ses bras dès que quelque chose l'effraie. Renaud les regarde d'un sale œil et ne les quitte pas d'une semelle, ma mère s'émerveille de tout et je ne lâche pas mon lynx une seule seconde, le sentant tellement vivant, vibrant à mes côtés, chaque fois qu'on descend de véhicule pour fouler la terre.

– C'est ici que le ciel est le plus beau, me glisse-t-il en entourant ma taille de ses bras puissants.

– Je veux rester.

– Alors, reste.

On reprend la route, je dessine à l'arrière, collée à River ; Asher et Jamie ont pris place à l'avant. On traverse une grande plaine jonchée de bosses et de cratères, ça secoue et je me retrouve malgré moi sur les genoux de Jagger.

– Tu la touches, t'es mort, gronde le garçon-lynx.

– C'est ma sœur, gros dégueulasse !

River se marre, m'attire à lui et ne me quitte plus. Quelques minutes plus tard, on se gare près du 4x4 de Bailey, qui nous annonce par sa fenêtre ouverte qu'on s'arrête là pour la nuit.

Bailey et ses fils montent les deux immenses tentes pendant que ma mère, Jamie et moi tentons d'allumer un grand feu. Apolline est chargée d'aller chercher des brindilles avec Renaud, mais ni l'un ni l'autre n'est assez courageux pour s'éloigner de plus de dix mètres. Asher s'en occupe, River vient souffler sur les braises et, assez rapidement, une belle flambée réchauffe nos visages et nos corps fatigués.

On fait cuire de la viande et des légumes sur une grille. Jagger file dans la voiture et revient les bras chargés de bouteilles. Je me laisse tenter par une bière, sous l'œil amusé de ma mère. C'est bien la première fois qu'elle ne m'interdit pas de boire de l'alcool.

– Tu as grandi, murmure-t-elle soudain en me fixant. Tu es… différente.

– Je suis moi, maman. Celle que je ne pouvais pas être là-bas.

Elle me sourit, émue, puis le charme est rompu. De l'autre côté du cercle que nous formons, Apolline mord dans la saucisse de Kasper, Jagger fait une blague déplacée, Diane devient écarlate, Renaud s'étouffe et défend l'honneur de sa fille en franglais, avant que tout le monde n'éclate de rire.

– On forme une drôle d'équipe, non ? lâche Bailey en essuyant ses lunettes contre sa chemise.

– Vous êtes officiellement autorisés à revenir, balance Asher en fixant ma mère et mon beau-père.

– Et à rester plus longtemps ! ajoute Kasper en coulant un regard niais vers Apolline.

– Et à nous laisser notre Ciel…

Tout le monde se tourne vers River, qui vient de prononcer ces quelques mots de sa voix grave et troublante. Je crois que mon cœur a littéralement explosé dans ma poitrine.

– Diane, ne la forcez pas à rentrer. Je la protégerai, je ne laisserai rien lui arriver.

Soudain, on n'entend plus que le crépitement des flammes et le chant du vent. Tous les yeux sont braqués sur les deux personnes qui m'aiment le plus au monde. River la contemple de son air intense, déterminé. Ma mère s'agite, cherche ses mots, fixe ses chaussures, chasse une mèche invisible de son front, puis s'exprime enfin.

– C'est dur à admettre pour une mère, mais ma fille semble plus à sa place ici qu'avec moi.

J'ai du mal à déglutir, mais je pose doucement ma main sur la sienne pour lui montrer que je suis avec elle. Que je l'estime et l'admire de prononcer ces mots qui la blessent.

– J'ai fait la paix avec ça, Céleste, me rassure-t-elle. Grâce à River. Grâce à vous tous.

Elle se tourne vers River, Bailey, Asher, Jagger, Kasper, Jamie ; elle les regarde chacun à leur tour, des larmes plein les yeux.

– Merci d'avoir redonné de l'espoir à ma fille, pleure-t-elle doucement. De lui avoir offert une place dans ce monde.

En larmes, moi aussi, le corps secoué de sanglots, je me penche sur elle et la serre contre moi. Tellement fort que quelque chose craque.

– Maman, chuchoté-je. Tu as compris…

– Oui.

Apolline vient se joindre à nous, dans ce cercle d'amour infini. On laisse le bonheur et la douleur s'entremêler, les larmes couler et le passé s'en aller. On s'observe toutes les trois, on se sourit, on ricane et l'on se serre de nouveau.

***

On a survécu – de justesse – à cette nuit sous la tente et au deuxième jour de notre aventure dans le désert. Je suspecte Apolline et Kasper d'avoir échangé leur premier baiser et ne plus réussir à se regarder en face depuis. Puis on est tous rentrés à la villa, le cœur un peu plus léger, mais crasseux et courbaturés.

Le lendemain matin, je raccompagne mon clan français à l'aéroport. Je fais la route seule avec eux, pour permettre à ma mère et ma sœur d'exprimer tout ce qu'elles ont sur le cœur. Étonnamment, dans le grand hall des départs, c'est Renaud qui semble le plus attristé par nos adieux imminents.

– Je t'ai ouvert un nouveau compte bancaire, m'apprend mon beau-père. J'y ai transféré pas mal d'argent pour que tu puisses venir nous voir au moins trois fois cette année ! Mais à toi de gérer ton budget !

– Je vais trouver un boulot et je pourrai me les payer.

– Céleste, on se fout du fric ! me rembarre-t-il. Ta maison, c'est là que sont les gens qui t'aiment. Ici en Australie, avec nous à Paris.

– Je sais, Renaud. Je t'aime aussi.

C'est la vérité mais, jusque-là, j'étais trop brisée pour m'en rendre compte et le lui dire en face. Ces mots-là ne sont jamais sortis. Ému, il me serre dans ses bras, puis me tapote maladroitement l'épaule avant de s'éloigner de sa démarche raide. Apolline m'embrasse douze fois et me chuchote un merci à l'oreille, qui a tout l'air de contenir un secret. Ma mère, elle, se mouche avant même de me dire au revoir. Je décide de prendre sur moi, de ne pas pleurer, de rendre ce moment aussi joyeux que possible.

– Je te promets de redevenir rousse, de manger des légumes, de ne pas tomber enceinte avant dix ans, de finir ma terminale…

– Si tu redoubles encore, je te déshérite !

– M'en fous, Renaud me transférera des sous ! lâché-je en riant.

– On t'aime tous, tu sais ? gémit ma mère. Tu es mon Ciel, à moi aussi…

Et les sanglots reprennent. Dans sa poitrine… et dans la mienne.

65
ENTRE LE CIEL ET L'EAU

– On a réussi, soufflé-je, encore sous le choc. Le juge ne m'a pas renvoyée en France, ma mère ne m'a pas jetée dans la soute de l'avion, Bailey ne nous fait plus la guerre.

– Tu ne sais toujours pas te taire, par contre, gronde River en couvrant ma bouche de sa paume.

Je ris contre sa peau, puis sens qu'il s'apprête une nouvelle fois à m'époustoufler, me surprendre, rendre ma vie plus folle encore avec lui. Grâce à une clé qu'il a obtenue je ne sais comment, le rebelle vient de nous faire entrer en pleine nuit dans l'enceinte de la piscine publique de Willunga.

– Qu'est-ce qu'on fait là ? On n'y voit rien !

Le bad boy se penche sur moi, frôle mes lèvres, me taquine avec sa langue, me force à poser mon sac au sol, puis m'attrape par la main pour me guider jusqu'au bassin.

– En ce moment, je bosse avec un physiothérapeute qui rééduque les patients dans l'eau, m'apprend-il. C'est comme ça que j'ai eu cette clé.

– Et tu comptes me rééduquer, c'est ça ? Je dois le prendre comment ?

L'insolent se marre, cherche longuement sur un tableau de bord puis appuie sur un interrupteur qui allume le bassin uniquement sous l'eau. Ensuite, il se tourne vers moi, une lueur joueuse dans le regard.

– J'ai toujours rêvé de…

– De ?

– De faire ça.

Je lâche un cri de bête et atterris dans l'eau tout habillée. River me rejoint d'un plongeon, je me jette sur lui et m'accroche à ses larges épaules en essayant de le couler.

Évidemment, il a pied.

– Tu tiens vraiment à mourir si jeune ? sifflé-je en plantant mes ongles dans son dos.

– Non. Je n'ai pas fini de t'entendre, de te voir, de te toucher.

Sa voix râpeuse me happe, me met sous tension, m'électrise. Je ne suis plus en colère mais en apnée.

– Céleste, toi et moi, ça ne fait que commencer, me confie le lynx en me poussant doucement jusqu'au rebord le plus proche.

– Tu avais vraiment besoin de me jeter à l'eau pour me dire ça ?

– Non, c'est juste un plus.

Son sourire de mauvais garçon me rend dingue. Mon dos rencontre la pierre fraîche et j'enroule mes jambes autour de sa taille.

– « River, si je respire, si mon cœur bat, c'est pour toi… », répète le garçon aux yeux dorés.

J'arrête de respirer.

– Tu te moques de moi ? murmuré-je, déstabilisée qu'il reprenne mes mots.

Son visage tendu, fin et sublime se penche lentement sur moi, ses iris en feu plongent plus profondément dans mon regard.

– Je n'ai jamais rien entendu de plus beau, émet sa voix grave, tremblante.

Je prends une longue inspiration, le contemple et lâche en frissonnant :

– River, si je respire, si mon cœur bat, c'est pour toi… Je t'aime.

Ses lèvres s'abattent sur ma bouche, folles, incontrôlables et entreprenantes. Sa langue s'emmêle à la mienne et, dans ce bassin éclairé, entre le ciel et l'eau, je pousse le soupir le plus indécent au monde.

Soudain, une voix hargneuse s'élève.

– Il y a quelqu'un ? C'est fermé, vous n'avez rien à faire là !

En un éclair, River se hisse hors du bassin, frappe l'interrupteur du poing pour éteindre les lumières et revient me chercher. Dégoulinants, le feu au corps, on échappe au gardien en fuyant comme deux voleurs. Deux fous. Deux amoureux transis. Et trempés.

Ma *badmobile* démarre en trombe et, au premier feu, River m'observe étrangement :

– Putain, ce n'est pas passé loin. Je suis trop con de te faire prendre ce genre de risques.

– Si ça peut nous séparer, peut-être… Mais si ça doit t'empêcher de vivre à fond, non. N'arrête jamais. Avec toi, je me sens vivante, courageuse, invincible.

– Ce que j'ai dit à ta mère, murmure le sauvage, je le pensais.

Ma priorité dans la vie, ça va être de te protéger, Céleste.

Tout en redémarrant, il ébouriffe ses cheveux humides. Les yeux rivés sur lui, sur sa beauté, sa puissance, son intensité, je m'entends lui balancer la seule chose que je lui ai cachée.

– Salomé m'a dit qu'elle avait de quoi incriminer son frère… Elle voulait m'aider à prouver sa culpabilité, mais j'ai refusé.

– Pourquoi ?

– Parce que je ne veux plus être une victime.

River ne quitte pas la route des yeux, mais pose sa main sur ma cuisse pour la serrer légèrement.

– C'est ta décision, dit-il, respectueux.

– Tu ferais quoi à ma place ?

– Je ne suis pas à ta place.

– River, j'ai besoin que tu m'aides à être forte.

– Alors, envoie-le en taule, ce taré ! gronde soudain le sauvage. Reprends le contrôle une bonne fois pour toutes, affronte tes démons, fais-le plonger. Je serai à tes côtés tout du long. Et plus personne ne sera sa victime !

Je regarde le ciel bleu marine par la fenêtre et je me dis que oui, il est temps.

66
L'ALIGNEMENT DES PLANÈTES

C'est étrange comme, parfois, les choses ont l'air de se remettre en place toutes seules après le chaos, comme si l'univers bordélique avait soudain envie de ranger sa chambre.

Ma mère, son mari et ma sœur sont bien rentrés à Paris, pour retrouver leur vie citadine qu'ils aiment tant. Le merci que m'a chuchoté Apolline en partant a pris tout son sens quand j'ai appris par Kasper qu'ils avaient échangé « au moins dix baisers » pendant le safari. Et une promesse de se revoir, de s'attendre, malgré la distance. Ma petite sœur nie en bloc, mais maman me dit qu'elle passe des heures, le nez sur son téléphone, à tapoter des textos en souriant bêtement.

Ici, Asher et Jamie ont l'air plus amoureux que jamais, elle l'appelle « bébé » et le grand blond arbore dorénavant un chignon de dreadlocks qui lui va plutôt bien – mais qui n'empêche pas les blagues de Jagger sur celui qu'il surnomme désormais BBB. Pour « Black Blonde Barbie ». Kasper passe toutes ses soirées et tous ses week-ends à fignoler son prototype de prothèse aquatique pour le futur concours à Brisbane. Je lui ai dessiné un logo qu'il adore, mélange de lion de mer noir et de sirène à la large queue multicolore, rappelant une palme de plongée. Georgia ne veut toujours pas de moi dans sa vie, mais c'est désormais Trent qui vient rendre visite à River à la villa pour des parties de basket ou des balades à VTT dans le bush. Je vois bien comme Bailey les regarde, parfois, de loin, en souriant tristement.

– Tu as eu quatre fils et même une fille cachée, lui soufflé-je un soir dans la cuisine. Il peut bien avoir deux pères.

– Il peut, souffle-t-il en regardant toujours par la fenêtre.

Devant la maison, son fils est en train de dire au revoir à Calloway en lui donnant une accolade musclée.

– Il pourrait en avoir dix, si ça le rendait heureux, ajoute Bailey en essuyant une larme naissante sous ses lunettes.

Avant de se remettre à la vaisselle.

– Je me suis toujours dit que je n'aurais jamais d'enfant, tellement les parents sont nuls, chuchoté-je à mon père.

– Je comprends, acquiesce-t-il avec un petit sourire.

– Mais je crois qu'à vous tous, vous m'avez donné envie de changer d'avis.

– Ah oui ?

– J'espère juste que je ne serai pas une mère trop lamentable.

– Tu feras simplement de ton mieux, Céleste. Comme nous tous.

Et c'est ainsi que les vacances se sont terminées, avec les planètes à peu près alignées et le ciel presque bien rangé.

Le lendemain matin, le retour au lycée promet un peu plus de désordre. Jagger se fait larguer en direct sur le parking, après s'être trompé trois fois de prénom en saluant sa copine. Tara, Lara, Zara, je n'ai toujours pas compris lequel était le bon. River sourit, mais je vois bien que son visage est tendu, ses yeux plissés habités par mille questions et appréhensions.

Déjà, les têtes se tournent et les chuchotements naissent sur notre passage. « Sœur », « frère », « âmes sœurs » sont les mots qui sifflent jusqu'à mes oreilles, comme des acouphènes, pas vraiment douloureux, mais bien énervants cependant.

Mon bad boy me dépasse, attrape ma main et continue à avancer en regardant droit devant lui. Jagg remonte à sa hauteur et les deux frères font front devant moi, spontanément, sans que j'aie rien eu à demander.

Mais avant même d'arriver dans le hall du bahut, Zoey, la capitaine de l'équipe de basket, vient m'agresser en me disant que le groupe n'est plus au niveau depuis que Jamie est blessée. Que tout est ma faute et que j'ai intérêt à m'entraîner deux fois plus dur pour compenser.

– Oui, je vais essayer, m'entends-je balbutier sans me reconnaître.

– « Pas de vagues », ça ne veut pas dire te laisser marcher sur les pieds ! se marre Jagger en se tournant vers moi.

– *Team Cece* plus que jamais ! me balance Jamie en nous retrouvant dans le couloir.

– Pourquoi tu dis ça ? grimacé-je.

– Tout le monde ne parle que de toi et des frères Farrow, m'avoue-t-elle. Mais je suis prête à me battre à une main s'il le faut.

Son bras toujours en écharpe, ma copine brandit son autre poing serré, qui me rappelle la bagarre générale ici même. Pitié, pas de nouveau chaos. Je double les garçons et fonce tête baissée jusqu'à mon casier, suivie de ma meute. Et les blagues et les insultes ne tardent pas à pleuvoir.

– Salut les « âmes-demi-frères » !

– Tiens, les dégénérés de Willunga sont de retour.

– Retournez dans votre réserve de sauvages.

– En cages, les animaux !

– Ouais, vous n'êtes pas en taule, vous deux ?

Jamie et Jagger tentent de leur répondre, mais je n'entends déjà plus rien. Soudain, ce sont les souvenirs de mon lycée parisien qui remontent à la surface. Les commentaires murmurés, les sifflets, les humiliations et les petits rires narquois renouvelés chaque matin. La nausée, la peur, le goût métallique dans la bouche.

Je plonge dans mon casier ouvert pour cacher ma crise d'angoisse qui monte. Mais River claque violemment la porte de mon casier du plat de la main. Le bruit sec résonne dans tout le couloir et fait taire la foule de lycéens.

– Vous avez encore des choses à dire ? Allez-y ! On vous écoute.

Face à la voix grave de River, l'intensité de son regard, le charisme fou qui émane de son corps en tension, tout le monde nous observe mais personne ne bronche.

– Rien ? C'est bon ? Alors Céleste et moi, on est ensemble, que ça vous plaise ou non. Foutez-vous ça dans le crâne et vivez vos putains de vie.

Il a suffi de quelques phrases à mon sauvage pour réaligner les planètes de son ciel : la marée humaine se disperse, ses yeux dorés se plantent dans les miens et ses lèvres charnues sur ma joue. Puis il repart dans le couloir, démarche nonchalante et casque sur les oreilles, comme si l'affaire était close.

Moi ? J'ai le cœur encore en vrac de son baiser sur ma peau, de son éclat de voix parfaitement dosé et du choix de ses mots. J'aime tout chez ce garçon-lynx, qui me sauve la vie chaque jour.

J'ignore soigneusement Becca en cours, mais je remarque que ses griffures ont toutes disparu de son visage, et je la trouve changée, sans trop savoir pourquoi. Ses sourcils sont peut-être un peu moins épilés, son eye-liner moins épais, son expression moins insupportable. Après les cours, la brune ne va même pas faire son show habituel à la cafétéria, elle disparaît de la circulation.

Je la retrouve au gymnase, l'après-midi, pendant qu'elle s'entraîne avec les pom-pom girls et moi avec les basketteuses. Elle fait étonnamment profil bas. River et le coach Calloway s'évitent, eux aussi, comme s'ils ne savaient plus comment se parler ou se comporter l'un à côté de l'autre. Mais je crois que je suis la seule à le remarquer. Et c'est vers nous que tous les regards se tournent. Alors je fuis l'assistant-coach, m'arrange pour ne pas me retrouver dans son groupe, ignore ses remarques sur mon jeu et esquive ses questions sur mes douleurs musculaires. Après plus d'un mois d'arrêt, la reprise est difficile, mais je serre les dents. Les jumelles, Maddison et Mackenzie, me trouvent trop lente. Zoey me choisit en dernier pour faire partie de son équipe. Et je croise régulièrement le regard en coin de Becca.

– Si tu cherches un plan pour récupérer River, ma chérie, il va falloir me passer sur le corps, marmonné-je tout bas.

– Si tu veux te faire des copines, *ma chérie*, commence par arrêter de parler toute seule, chuchote une voix dans mon dos.

Je sursaute, me retourne et trouve le garçon que j'aime avec un léger sourire insolent greffé sur le visage, sa langue coincée à la commissure des lèvres. Je lui balance une passe bien forte, qu'il intercepte dans un petit grognement, et je pars en courant pour m'empêcher de lui faire d'autres choses, tout aussi physiques, mais bien moins acceptables.

Pendant trois heures, je m'entraîne dur, je me défoule sur le terrain, j'essaie de montrer à mes coéquipières que j'en veux, encouragée par Jamie, qui fait ses devoirs dans les gradins. J'appréhende le retour aux vestiaires, mais le nouveau scandale lycéen éclate ailleurs. Et en beauté. Alors qu'on termine nos étirements et que le coach Calloway ramasse les ballons, la capitaine de l'équipe quitte le groupe et court après Becca et sa minijupe.

– Eh, toi, attends !

La grande perche aux épaules carrées et aux cheveux platine, rasés d'un côté mais pas de l'autre, se plante devant la pom-pom girl, de son allure masculine et sûre d'elle. La brune fait un pas en arrière mais Zoey la retient par la taille. Et l'embrasse à pleine bouche au beau milieu du terrain. Certaines filles en font tomber leurs pompons. Les basketteuses et les volleyeuses se mettent à crier, siffler, applaudir ou huer. Les entraîneurs tentent d'apaiser les esprits, et la grande blonde nous pointe du doigt, River et moi, avant de s'écrier dans le silence du gymnase qui résonne :

– S'ils peuvent être ensemble, ces deux-là, alors pourquoi pas nous, hein ?

Je vois Becca qui rougit à devenir écarlate, sans savoir comment se sortir de là. Visiblement tiraillée entre une histoire naissante avec Zoey et sa réputation à tenir. Elle n'avait apparemment pas prévu de révéler son nouveau secret comme ça. Et je comprends des choses, tout à coup.

– Qu'est-ce que vous regardez tous ? lancé-je sans réfléchir d'une voix qui porte. Vous n'avez jamais vu une fille sans sourcils ?

Quelques rires fusent et la pom-pom girl en profite pour me renvoyer dans les dents :

– T'as encore pris du cul, Red, pendant les vacances, non ?

– Ne t'inquiète pas, renchérit Jamie depuis les gradins, Céleste saute encore assez haut pour péter le nez de qui tu veux !

Les petites piques classiques se transforment vite en joute verbale générale et l'on se fait toutes renvoyer aux vestiaires avant que les esprits ne s'échauffent.

– Merci pour la diversion, vient me souffler Becca dans la cohue.

– De rien. Tu peux coller ton rouge à lèvres sur des mecs, sur des filles, sur qui tu veux, répliqué-je. Tant que ce n'est pas sur River Farrow.

Elle acquiesce du bout du menton et disparaît de nouveau. Pendant que je repense à cette phrase collée sur une affiche dans le bureau de la proviseure : « Derrière chaque être humain se cache un combat dont vous ne savez rien. » Becca ne sera sans doute jamais ma meilleure amie… mais elle mérite d'être elle-même, sans devoir se battre pour ça.

***

Le soir, au dîner, c'est un Jagger surexcité qui rejoue à toute la famille la scène du gymnase à laquelle il n'a pas assisté, mais que tout le lycée a déjà racontée, déformée et amplifiée. Kasper demande ce qu'il y a de si intéressant là-dedans. Bailey écoute en soupirant qu'il ne comprendra jamais les adolescents et leur conception de la vie privée. Jagg fait passer mon intervention en faveur de Becca pour un sauvetage héroïque de bébé animal en détresse. River me sourit avec une pointe de fierté qui illumine ses yeux noisette. Et Asher tente de rétablir la vérité.

– Ce n'est pas du tout ce que Jamie m'a raconté. Becca et Zoey sont ensemble depuis bien avant les vacances.

– Donc elle a trompé Liam ? demande Jagger en jubilant.

– C'était juste sa couverture, crétin !

– Ça veut dire qu'elle s'est aussi servie de toi, Riv !

Il hausse simplement les épaules. Et ne me quitte pas du regard.

– Kas, pas de téléphone à table ! lui rappelle son père.

– Apolline va bien ? demande l'excité de service. Vous vous roulez des pelles imaginaires ou tu veux que je t'apprenne les bases du sexto ?

– Jagg ! braillent en chœur Asher et River.

– Toi, occupe-toi de tes tresses, Black Blonde Barbie !

– Et toi, apprends les noms de tes meufs par cœur si tu ne veux pas te retrouver à faire des sextos tout seul ! se marre le lynx.

– Et toi… tente Jagger, coupé par Bailey.

– Et vous tous, mes enfants, lance-t-il solennellement. Merci, merci, merci… de ne pas avoir été au centre des drames aujourd'hui ! Pas de bagarre, pas d'exclusion, pas d'appel de la proviseure, je suis fier de vous ! Surtout, continuez comme ça, ma vie est tellement reposante.

Son ironie finit par nous faire rire, et le dîner se termine comme il a commencé. Dans la douce joie des planètes pas tout à fait alignées… mais presque.

Juste avant de me coucher, j'envoie un message groupé à Amir et Salomé.

[Hello, les Salamir !
Je viens de changer d'avis
(oui, encore). Je crois qu'il faut
retourner chercher les preuves
que vous avez contre Alexis.
Je pense qu'il devrait
se faire soigner
et que personne
ne devrait plus jamais
se faire humilier, terroriser
ou harceler au lycée.
Il faut que ça s'arrête.
Vous voulez bien donner tout ça
à ma mère ? Elle saura quoi faire.
Merci !]

Smiley cœur. Poing contre poing. Petit diable, petit diable, petit diable. Effacé, effacé, effacé. Tête d'ange, tête d'ange, tête d'ange. Et type qui montre ses fesses, bien sûr, puisqu'on ne change pas une équipe qui gagne – parfois.

67
LE MIRACLE

À la fin du mois d'août, Asher, Jamie, Jagger, une fille sans prénom, River et moi nous réunissons sur les canapés de la villa pour une soirée un peu spéciale. Ce soir, en direct à la télévision, lors du grand concours des inventeurs d'Australie, les prix des plus belles innovations de l'année seront remis. Parmi la foule de participants anonymes : Kasper Farrow, 14 ans, amputé de la jambe et prothésiste en herbe. Le petit génie a d'ailleurs accompli un autre miracle : il a réussi à convaincre ses parents de l'accompagner à Brisbane pour cet événement majeur, et Jagger de lui prêter une veste de costard juste pour l'occasion.

– Je n'en reviens pas que papa ait accepté de quitter la réserve deux jours, souffle Asher.

– C'est la première fois depuis… toujours, non ? demande Jagg.

– Au moins, confirme River.

En tant que « plus jeune inventeur de cette édition », le petit dernier des frères passe régulièrement devant les caméras et, chaque fois, la villa Farrow s'emballe.

– C'est lui ! Ils vont l'interviewer ! s'écrie l'aîné.

– Beau gosse ! admire le troisième.

– Il est pété de trouille, murmure mon rebelle contrarié.

– Fermez-la, il va parler !

En tee-shirt à imprimé *Comics*, veste de costume noir, bermuda en jean et Vans aux pieds, Kasper se présente comme « l'inventeur de la seule prothèse aquatique au monde réunissant performances, confort et *swag* ». Il sourit.

– Bien joué, mec ! applaudit Asher. On a répété cette phrase mille fois !

– Nan, c'est moi qui lui ai tout appris ! rectifie Jagger. Regarde-moi ce sourire à la caméra… Il ira loin, ce petit !

– Mais vous ne voulez pas la fermer ? grogne River.

Le spectacle est autant sur l'écran que dans le salon.

– Tara, tu peux me passer les pop-corn ? demandé-je doucement à la blonde silencieuse.

– C'est Mara ! corrige l'excité en m'en lançant un sur le crâne.

– Touche encore un seul cheveu de Céleste… le menace mon bad boy.

– Et quoi ?

– Et elle te pète les dents ! conclut-il en nous faisant tous éclater de rire.

Je l'embrasse sur la bouche et me blottis un peu plus contre lui. Je le vois répondre à un texto de Trent sur les résultats sportifs du week-end et lui souris. Il semble étrangement heureux, lui aussi.

Dans un autre canapé, Jamie – qui a enfin récupéré l'usage de ses deux bras – s'installe derrière son grand blond pour entretenir ses dreads et tresser de nouveau ce qui a besoin de l'être. Jagger se moque, et Asher envoie son chien bien dressé lui souffler son haleine fétide à la tête. L'agité lui répond par un pet bruyant ; Mara demande si elle peut s'en aller.

Il se passe encore une bonne heure avant que les résultats ne soient annoncés. Le premier prix décerné est celui de « l'inventeur junior ». Tous les frères Farrow se mettent à chuchoter en rythme et de plus en plus fort :

– Kas-per, Kas-per, Kas-per, KAS-PER !

Jamie croise les doigts, je ferme les yeux, les rouvre quand même, River fait craquer ses phalanges, je glisse ma main dans la sienne, Jagger répète « allez, allez, allez » en sautillant sur son canapé vide, et la voix annonce au micro :

– Kasper Farrow !

La villa exulte comme si l'on venait de gagner au loto ou la finale des jeux Olympiques.

– Mais quel génie !

– Mais quel style !

– Il va me faire pleurer, ce con !

– Premier mec à gagner quoi que ce soit dans notre famille, non ?

– C'est notre frère, putain ! lâche River, les yeux rivés à l'écran.

La caméra zoome sur le visage radieux de Georgia et le regard humide de Bailey, qui fait semblant qu'un truc le gratte derrière ses lunettes.

– Taisez-vous, c'est l'heure du discours ! lancé-je à la troupe.

Kasper a rejoint l'estrade et récupéré son prix, qu'il brandit avec fierté avant de se le coller contre le cœur.

– Merci ! Merci à tous ! Je voudrais surtout remercier mes parents d'être venus ici, avec moi, alors que, normalement, ils ne se supportent pas.

Le public se marre pendant que les principaux intéressés grimacent.

– Cette prothèse aquatique, c'était mon rêve ! Nager aussi loin qu'un lion de mer, aussi bien qu'une sirène, même avec un handicap, c'est presque un miracle ! Et pour tout ça, il faut que je remercie mon clan, toute ma famille, mes frères et ma sœur qui m'ont aidé à chaque étape du projet. Il paraît que je suis le plus intelligent de tous, mais ils ont quand même des talents incroyables, et c'est vraiment une chance de grandir avec eux !

Ici, plus personne ne moufte. Les mentons tremblent et les yeux se noient. L'émotion nous gagne tous.

– Et puis je vais faire vite, poursuit Kasper dans le micro, mais il faut que je vous raconte quelque chose. J'ai perdu une jambe et l'usage de mon bras quand j'étais petit, dans un terrible accident. Ce n'est la faute de personne, mais je sais que quelqu'un s'en veut énormément pour ça. Alors, River, mon frère, merci ! Cet accident a changé ma vie. En mieux. Ça m'a rendu fort, ça m'a rendu un peu fou aussi, assez fou pour croire que je suis capable de tout. Et regarde où je suis aujourd'hui !

Kasper brandit de nouveau son trophée et sourit à la caméra. River cache son visage trempé de larmes dans mon cou. Je caresse son dos tremblant pendant que son petit frère finit son speech.

– Voilà, c'est tout ! Merci encore, j'espère que je vais devenir riche et célèbre, ou au moins un des deux. Et bisous, Apolline !

Le petit génie quitte l'estrade avec un saut de joie en cognant ses talons l'un contre l'autre. Et la villa Farrow reste sonnée, silencieuse, après ce déferlement d'émotions imprévues. River se redresse et se met à raconter à ses frères ce que Kasper sait apparemment déjà : sa bêtise d'enfant, l'enclos des buffles ouvert pour faire chier son père, le pétard allumé pour effrayer les bêtes, le troupeau en fuite qui piétine le petit garçon qui passait par là. Et toutes ces années à garder le secret, à culpabiliser, à ruminer, à être en guerre contre la terre entière, et d'abord contre lui-même. Mon sauvage se livre et se libère de ce fardeau qui lui pèse tant. Je ne lâche jamais sa main. Et il s'y accroche ; Asher et Jagger, eux, écoutent, encaissent, digèrent.

– Je comprends mieux ta colère, murmure l'aîné.

– On devrait peut-être commencer à se dire les trucs, à partir de maintenant. Sans attendre dix ans, propose le second.

– Bonne idée, confirme le lynx en hochant la tête.

– OK, je commence : je suis puceau, annonce Jagger dans une grimace.

– Hein ?

– Quoi ?

– Mais non, je déconne ! Vous m'avez pris pour qui ?

Le trublion tire la langue et saisit une poignée de pop-corn, qu'il déverse dans sa bouche grande ouverte.

– Comment on va faire pour les supporter toute la vie ? me souffle Jamie à l'oreille.

– Franchement ? Aucune idée.

***

Dans la nuit, River s'invite évidemment dans mon lit. Pas d'adulte à l'horizon, pas de règle à respecter, même si Bailey a fait semblant de nous répéter « Chacun dans sa chambre ! » avant de partir.

Il a beau être en short, torse nu, près de moi, en culotte et débardeur noirs, comme il aime, rien ne se passe. Allongé sur le ventre, le menton enfoui dans l'oreiller, River regarde le mur. Immobile et muet. Le garçon que j'aime n'est pas d'humeur joueuse, ce soir. Alors je me contente de caresser la peau douce de son dos, de suivre le dessin de sa colonne vertébrale, de sa nuque à ses reins. Et il se met à lister le nom des vertèbres, une à une, de sa voix rauque et basse.

Je change de stratégie et grimpe à califourchon sur ses fesses pour lui faire un massage.

– Parle-moi vraiment, River.

– De quoi ?

– De ce qu'il y a là-dessous, qui bout.

Je promène mes doigts le long de ses côtes, de ses omoplates, de ses épaules aux contours ronds et musclés. Je me penche en avant pour y déposer des baisers qui le font grogner.

– OK, OK…

– Si tu me parles, je te fais du bien… Si tu te tais, du mal ! lui expliqué-je en souriant.

Et je me remets à le masser, comme il m'a appris à le faire, pour détendre ses muscles noueux.

– Tu crois qu'il sait depuis toujours ? me demande River de sa voix grave.

– Kasper ? Je ne sais pas.

– J'ai bousillé sa vie.

Son corps musculeux se contracte sous moi, il retient ses

sanglots, mais je devine que la douleur, la tristesse et la culpabilité le transpercent.

– Il t'a prouvé le contraire, ce soir, lui dis-je doucement. Il veut que tu te pardonnes, River.

– J'aurais dû lui dire, putain! grogne le ténébreux en enfonçant la tête dans le matelas. J'ai été lâche.

– Non, tu es humain. Tu as eu peur de le perdre, lui murmuré-je. De tous les perdre. Mais ils t'aiment et rien n'y changera. Tu es l'un des leurs, ils ne t'abandonneront pas. Et moi non plus.

River tourne la tête et je peux enfin admirer son beau profil tourmenté, ses mâchoires serrées, sa beauté animale, même quand le chagrin le terrasse.

– Je ne veux plus jamais que tu aies mal, chuchoté-je en m'allongeant contre son dos.

On reste ainsi une éternité, l'un sur l'autre, silencieux et pensifs. Enfin apaisé, River reprend la parole et moi, mes caresses.

– Trent et Bailey sont venus me parler tous les deux, hier soir.

– Ah bon? Je croyais que tu jouais au basket avec Calloway… et que Bailey était pris à la réserve!

– C'est ce qu'on vous a dit, oui. Mais on est allés marcher un peu.

– Menteur, soufflé-je en allant mordre dans son trapèze.

– Aïe! Mais je te parle, là!

– Désolée, j'ai changé les règles en cours de route.

River tourne la tête vers moi et esquisse un premier sourire. Je l'invite à continuer en enfonçant mes pouces à des endroits stratégiques de ses lombaires.

– Papa a envie que… Enfin, Bailey. Il veut faire la paix avec tout ça. Il pense que j'en ai besoin. Il m'a dit que je serais toujours son fils, qu'il serait toujours là pour moi… Mais que Calloway… enfin, Trent… que mon père biologique pouvait prendre la première place, si c'est ce que je voulais.

– C'est ce que tu veux ? demandé-je en chuchotant.

– Pas la moindre idée, marmonne River en se retournant.

– Qu'est-ce que tu fais ?

– J'ai envie de te voir.

Je souris au plus beau visage que j'aie vu de ma vie. À ses iris bruns remplis de désert, de terre ocre et sauvage, impossibles à dompter. Le lynx attrape mes mains pour les glisser sur ses pectoraux. Et dépose les siennes sur mes cuisses. Je caresse sa peau en bouffant son torse du regard. Il se mord les lèvres avant de reprendre un peu plus bas.

– Tu crois que je devrais changer de nom de famille ?

– Je ne sais pas.

– Me faire reconnaître par Trent ?

– Il n'y a que toi qui peux savoir ça, River. Tu te sens le fils de qui ?

– River Calloway… River Calloway… répète-t-il sans y croire. Tu pourrais être une Farrow si je changeais de nom.

– Ne fais pas ça pour moi ! dis-je en faisant non de la tête.

J'arrête mes doigts à hauteur de ses tétons et menace de pincer s'il continue à dire n'importe quoi. Le sauvage me sourit en coin puis va ranger ses mains derrière sa tête, ses yeux noisette rivés au plafond.

– Farrow, je suis un Farrow, affirme-t-il. Bailey m'a élevé pendant dix-neuf ans, ça doit bien vouloir dire quelque chose, non ?

– Qu'il t'aime. Qu'il a mis son ego de côté pour garder cette famille soudée. Et qu'il est prêt à s'effacer pour que tu fasses ton choix aujourd'hui. Je crois que peu d'hommes seraient capables de ça.

– Ouais… Ça ne doit pas être un trop mauvais père, alors.

– Comme tu ne seras jamais un mauvais fils, quoi que tu décides, lui rappelé-je.

Je m'allonge sur lui pour poser ma tête sur son cœur. J'entoure sa taille pendant qu'il referme ses bras sur moi. J'emmêle nos jambes sous le drap et je fusionne avec lui, pour tenter de prendre un peu de ses angoisses, de ses questions, de ses douleurs, de ses tourments. Je ne sais pas si ça marche. Mais le garçon-lynx finit par s'endormir contre moi.

Et je ne bouge plus de là.

68
NEUF MOIS

Quelques jours plus tard, j'assiste avec Bailey et les autres à la mise bas d'une femelle dingo. Alors qu'on attendait trois ou quatre petits, c'est déjà le sixième que la chienne épuisée met au monde.

– Celui-ci est mort, souffle mon père en s'essuyant le front de sa manche.

Asher et River sont à la clinique pour s'occuper des premiers bébés avec l'aide de Max, l'assistant-vétérinaire. Jagger se charge d'emporter le petit chiot inerte je ne sais où – et je n'ai pas envie de le savoir. Kasper, lui, a décidé de « prendre ses distances avec la réserve » pour se consacrer à sa « nouvelle carrière de designer-prothésiste ». En résumé, il a pris la grosse tête.

– Voilà le septième, m'apprend Bailey alors que la dingo s'agite. Je pense que c'est le dernier.

– La pauvre…

– Je vais aller auprès d'elle avant qu'elle ne devienne agressive. Tu penses pouvoir t'occuper du bébé ?

– Je peux essayer.

– Je te guiderai.

J'ignore ce que fait mon père, près de la tête de l'animal, mais il m'a tout l'air du « fou qui murmurait à l'oreille des dingos ». Il tente d'apaiser la chienne, qui pousse des cris sauvages en mettant bas une dernière fois. J'essaie de ne regarder ni ses yeux exorbités ni le sang qu'elle perd sur mes chaussures. Et je recueille maladroitement la petite boule de poils trempés qui m'arrive dans les mains comme un bouchon de champagne.

– Papa, je fais quoi ? bredouillé-je en paniquant.

– Ne le secoue pas ! Retire toutes les membranes autour de sa gueule, tiens-le tête vers le bas et passe un doigt dans sa gueule pour désobstruer les voies respiratoires. C'est bon ?

– Je crois.

– Maintenant, aspire doucement les mucosités avec la poire. Il bouge ?

– Pas vraiment.

– Frictionne-le fort avec un linge propre, surtout sur le thorax. Voilà, comme ça. Il faut reproduire le léchage de la mère pour déclencher le réflexe de respiration.

Bailey m'explique tout ça tout en administrant je ne sais quels médicaments à la dingo à bout de forces.

– Je crois que ce truc gigote ! lui annoncé-je fièrement après quelques minutes. Et que c'est une fille.

– Bien sûr que c'est une fille, me répond-il en souriant. Elles sont toujours plus combatives que les autres.

– Il faut que je te trouve un nom bien hargneux, à toi. Xena ou… Georgia… Ah non, mince, c'est déjà pris, ça !

Le vétérinaire se marre dans sa barbe puis délaisse la

chienne pour venir clamper, ligaturer et sectionner le cordon du bébé. Avec un calme olympien et une précision de chirurgien, il finit ses soins et se met à parler comme un neuneu à la petite dernière de la portée.

– C'est qui, la plus belle ? C'est qui, la plus forte, hein ? Viens là, ma chouchoute.

– OK, je vais y aller, moi, dis-je en tentant de m'éclipser.

– Tu es ma chouchoute aussi, va ! s'amuse-t-il à me taquiner. D'ailleurs…

– D'ailleurs, quoi ?

– Tu ne m'aurais pas appelé papa, il y a quelques minutes de ça ?

– Moi ?

Je joue les indignées, mais je sais très bien qu'il a raison. Ce mot m'a totalement échappé.

– Oui, toi, Céleste Hardy-Farrow.

– Je ne crois pas, non… Tu as dû t'injecter un truc par erreur et ça ne tourne plus très rond là-haut !

– Ça doit être ça, rigole-t-il de bon cœur.

Après avoir refermé l'enclos des dingos pour laisser la femelle se reposer, on se dirige vers la clinique avec le dernier chiot à aller mettre au chaud.

– En parlant de « Hardy-Farrow », se lance Bailey plus sérieusement.

– Oui ?

– J'ai bien réfléchi et… je voudrais te reconnaître officiellement. Comme je l'ai fait pour mes autres enfants.

Je me fige.

– Si tu es d'accord, bien sûr. Je sais que ton acte de naissance dit « née de père inconnu ». Et ce n'est pas ce que j'ai envie d'être pour toi. Un inconnu.

– D'accord, réponds-je simplement.

– Tu ne veux pas prendre du temps pour y réfléchir ? Je comprendrais, Céleste, si tu voulais…

– Non, je veux avoir un père. J'ai attendu ça presque toute ma vie.

Pour une fois, je n'ai même pas le cœur qui bat n'importe comment, les jambes qui me lâchent ou le ventre qui se tord. Je ne ressens ni angoisse ni hésitation. Juste un certain soulagement, comme une libération. Et un léger malaise, quand même, parce que je connais cet homme depuis neuf mois à peine.

– C'est marrant, ça fait neuf mois que je suis là, murmuré-je avec un petit sourire.

– Oui, il est possible qu'on vienne de vivre un drôle d'accouchement.

J'ose enfin quitter le bébé du regard pour affronter celui de mon père, derrière ses lunettes rectangulaires… et de nouveau embuées.

– Par contre, il faut vraiment que tu arrêtes de pleurer à tout bout de champ, râlé-je en reprenant ma marche.

– Ce n'est pas moi, c'est… une allergie au produit que je me suis injecté.

– Mets toute la dose, la prochaine fois !

***

Après deux heures passées à la clinique à veiller sur les six petits dingos, Asher et Max les ramènent auprès de leur mère, et Bailey en profite pour parler à River.

– Je voulais juste te dire que je vais lancer la procédure pour reconnaître Céleste.

– Ah ? OK, répond mon lynx en m'interrogeant du regard.

Je lui souris.

– La seule chose, c'est que… hésite le véto une seconde.

– Quoi ?

– Si je deviens officiellement son père et que je suis toujours le tien…

– Oh, putain ! gronde River.

– On est de nouveau frère et sœur, conclus-je à voix haute en réprimant un frisson.

– Seulement aux yeux de la loi, précise Bailey.

– Et tu es d'accord pour qu'on soit des hors-la-loi, maintenant ? s'agace le rebelle en se frottant vigoureusement les cheveux.

– On n'est pas obligés de faire quoi que ce soit d'officiel, tenté-je d'une petite voix. On peut rester comme ça.

– Non, c'est important pour toi !

River fait les cent pas dans ce local minuscule qui semble soudain manquer d'oxygène pour nous tous.

– Ce serait peut-être l'occasion de… régulariser les choses avec Trent, de ton côté, suggère Bailey à son fils. Pour repartir du bon pied. Démarrer une nouvelle vie, chacun à sa place, sans mensonge ni secret.

– Peut-être, admet River en plongeant son regard doré dans le mien.

– Peut-être, répété-je en hochant la tête.

– Et ça ne change rien à l'amour que j'ai pour vous deux ! ajoute mon géniteur d'une voix émue.

– Ah, pas de larmes ! le préviens-je pendant qu'il rigole.

– C'est quoi, ça ? Vous avez déjà des *private jokes* entre père et fille ? nous charrie le bad boy.

***

Après toutes ces émotions, je sèche le dîner familial pour aller appeler mon autre famille sur Skype. Diane, Renaud et Apolline sont massés devant la webcam, et ma sœur ne fait qu'admirer son reflet dans l'écran quand je raconte mon premier vrai sauvetage de bête sauvage… qui ne pesait certes que quelques grammes.

– Bailey a décidé de lancer une procédure de reconnaissance de paternité. Je lui ai donné mon accord, leur balancé-je spontanément.

– Ça y est, tu as trouvé quelqu'un qui veut bien t'adopter ? me nargue l'ado avec sa moue de peste.

– C'est mon père, il n'a pas besoin de m'adopter, crétine.

– Apolline, si c'est pour dire des bêtises pareilles, tu peux retourner dans ta chambre, l'engueule ma mère.

– Qu'est-ce qu'elle a ? tenté-je de creuser.

– Je crois qu'un certain Kasper ne répond plus beaucoup aux textos, chuchote Renaud en approchant sa tête de l'écran.

– J'entends tout ! chouine ma petite sœur en s'enfonçant dans le canapé, bras croisés.

– Ton mec a juste pris le melon, expliqué-je à la boudeuse. Il est tellement occupé avec ses prothèses futuristes qu'il n'adresse plus la parole à personne.

– Ah bon ?

– Il n'a même plus le temps de jouer aux jeux vidéo, de regarder *Star Wars* et de prendre des douches.

Ma mère fait une petite grimace de dégoût. Ma sœur semble soulagée et mon beau-père s'abstient de toute réaction.

– Même son labrador fait une dépression ! ajouté-je pour enfoncer le clou.

– Bon, je vais aller m'amputer d'une main, décide Apolline en se levant. Comme ça, au moins, il s'occupera de moi !

Son père lui court après dans l'appartement et River toque à ce moment-là à ma porte avant de s'inviter dans ma chambre. Il salue tout le monde en français, puis s'affale sur mon lit.

– Bon, je suis très heureuse d'apprendre tout ça, ma chérie ! dit ma mère en souriant.

– On espère que tu veux quand même toujours faire partie de notre famille, intervient Renaud de loin.

– Et que tu viendras nous voir à Paris avant que ces deux-là ne me rendent folle à force de me suivre partout ! braille ma sœur.

– Si tu as envie de te faire du mal, on peut en parler à quelqu'un, chuchote mon beau-père à sa fille.

– Mais tu ne comprends pas qu'ils entendent tout, putain ?

– « Putain ! », répète River avec son accent australien tellement sexy. Je connais ce mot.

– Tu parles de mieux en mieux français ! s'extasie ma mère, tout en gardant un œil sur la situation chez elle.

– On va peut-être vous laisser, proposé-je en riant.

– Et moi qui pensais m'ennuyer sans toi, ici, ironise Diane.

Ma sœur revient se poster devant l'écran, Renaud sur les talons, et m'implore en gémissant :

– Reviens, Céleste, c'est beaucoup trop bien rangé depuis

que t'es partie ! Je n'ai même pas le droit de mettre du bordel dans ma chambre !

Je fais la traduction à River, pour qui ça va trop vite. Il se marre et répond lentement, en français, avec son accent qui me fait craquer.

– Je peux venir, moi ? Je sais très bien faire le bordel !

Les trois Parisiens éclatent de rire et ma mère se prend la tête dans les mains.

– Et dire que je croyais m'être débarrassée des hommes Farrow en quittant ton père !

Cette fois, c'est moi qui ris aux larmes.

69
AUX NOUVEAUX DÉPARTS

Le lendemain soir, Bailey a réussi à réunir tout le monde, y compris Trent et Georgia, pour un dîner formel à la villa. J'ai du mal à comprendre ce qui a poussé son ex-femme aigrie et son pauvre amant à accepter une telle invitation. Elle est toujours en tailleur chic et talons hauts, lui en jean, chemise à carreaux et casquette de sport. Difficile aussi de savoir ce qui unit ces deux-là et ce qu'ils peuvent bien avoir à se raconter.

Mais après tout, on ne choisit pas qui l'on va passer toute sa vie à aimer. Pour qui l'on respire. Pour qui l'on est prêt à se battre contre la terre entière, les autres, soi-même. Ça nous tombe dessus, point barre. Je suis bien placée pour le savoir.

Autour de la table, Jagger et sa mère discutent cinéma et marques de luxe, pendant qu'Asher, River et Trent débattent des différences dans le sport de haut niveau féminin et masculin. Je m'abstiens d'intervenir dans quelque conversation que ce soit. En apportant le plat de lasagnes, Bailey rappelle à son plus jeune fils qu'il n'est pas obligé de dessiner des maquettes de prothèses sur ses genoux durant le dîner. Je lui prends son carnet et lui tends son portable qui vibre :

– En revanche, tu es obligé de répondre aux textos de ma sœur, petit con !

Georgia se raidit.

– Les gros mots, soupire mon père.

– C'était affectueux, précisé-je en souriant.

– Et pour les téléphones à table, les règles ont changé ? demande la mère de famille de sa bouche pincée.

– Tout change, fulmine River.

Il n'a laissé à personne le temps de respirer. J'apprécie qu'il prenne ma défense sans la moindre hésitation… mais je n'aime pas sentir la tension monter.

– Oui, tout change, même moi, parvient à avouer Georgia.

Tous les regards se tournent vers elle et attendent des explications.

– Je voulais simplement dire que je suis contente d'être ici, avec vous tous. Heureuse de vous savoir heureux, tous autant que vous êtes.

– Maman, qu'est-ce qui t'arrive ? blague Jagger en levant un sourcil.

– J'espère faire la connaissance de Jamie prochainement, ajoute-t-elle en direction d'Asher. Peut-être d'Apolline, un jour…

Elle glisse sa main dans les cheveux de Kasper, qui rougit jusqu'aux oreilles. Toujours pas un mot pour moi ; je me cache dans mon verre d'eau en attendant mon tour.

– Et je voudrais lever mon verre à River et Céleste, à leur histoire, à leurs pères et à cette belle idée de nouveau départ.

Je m'étrangle avec ma dernière gorgée d'eau. Et me mets à chercher les caméras cachées…

– Respire, me chuchote River à droite. Je ne comprends pas non plus ce qui se passe.

– Arrêtez de me regarder tous comme ça, enfin ! glousse Georgia en portant la main à son cœur.

– À River et Céleste ! répète Trent plus fort en levant sa bière. Et à Bailey, merci pour l'invitation.

On fait tinter nos verres et nos bouteilles, dans une ambiance joyeuse mais encore sceptique, les deux hommes s'envoient d'interminables signes de menton reconnaissants, et l'on semble tous attendre l'explosion. Le grain de sable dans ce rouage trop bien huilé. Le virage étourdissant après cette ligne droite trop monotone. Le nouveau rebondissement, le énième drame, le dernier secret enfoui qui avait besoin de sortir enfin. Mais rien.

Il faut attendre le dessert pour que Bailey décide d'ouvrir une bouteille de champagne pour célébrer les futures reconnaissances de paternité. Et l'étonnante sérénité qui s'est abattue sur toute sa famille.

– Non merci, souffle Georgia en refusant la coupe qu'il lui tend.

Elle sourit en coulant un regard brillant vers Calloway et c'est à cet instant précis que je comprends. Mon estomac chute dans mes talons. Malgré le lourd silence, le malaise palpable et l'évidence, les garçons ont besoin de précisions.

– Je… hésite-t-elle. Trent et moi allons avoir un enfant.

Il lui prend la main et tente de la soutenir sans rien dire. Face à eux, Bailey vide sa coupe de champagne d'un trait pour se donner le courage de sourire.

– Il va *vraiment* falloir qu'on divorce, résume-t-il.

– Putain, lâche River dans un grognement. Encore un frère.

– Ou une sœur, précise sa mère en souriant.

– Mais tu es…

– Vieille ? répond-elle à la phrase inachevée de Jagger.

– Non, mais…

– Un peu quand même, confirme Asher en tentant de calculer mentalement.

– J'ai 46 ans et ce dernier enfant aura vingt et un ans de différence avec mon premier. De quoi avoir gagné en sagesse et en maturité.

– On va seulement essayer de ne pas refaire les erreurs du passé, intervient Trent pour appuyer sa compagne.

– Ouais, essayez juste de l'élever, celui-là, ironise River en quittant sa chaise.

Il n'y a pas d'hostilité dans sa voix. Pas de feu dans son regard. Juste un trop-plein qui demande à sortir, exulter.

– Tu viens ? me murmure-t-il.

Je le suis sans réfléchir. Ni Bailey ni personne ne trouve à redire sur le fait qu'on sorte de table avant la fin du dîner, qu'on quitte la villa pour s'échapper. Sans même dire où, comment ni pourquoi. Mon lynx saute dans son SUV après m'avoir ouvert la portière. Je m'installe sur le siège passager et il démarre avant même que je l'aie refermée.

– Je n'ai pas envie de parler, m'apprend sa voix grave. Là, j'ai simplement envie de vivre.

– Ça me va, lui confirmé-je en souriant.

– Et j'ai de nouveau la clé de la piscine de Willunga, dit-il en la sortant de sa poche.

– Je vois…

– Sauf que, cette fois, j'ai vérifié : le gardien de nuit ne travaille pas.

Le garçon de mes rêves tourne la tête et me sourit à m'en faire retomber amoureuse de lui.

Un coup sur le tableau de bord et le grand bassin s'illumine. Le reste du bâtiment est plongé dans le noir. Face à nous, du bleu turquoise qui fait plisser les yeux ; au-dessus de nos têtes, un plafond de verre qui nous offre la nuit à ciel ouvert. River me guide tout près de l'eau en serrant ma main comme s'il avait peur que je ne lui échappe. L'intensité, l'animalité qui se dégage de lui fait s'envoler un millier de papillons dans ma poitrine.

Debout sur la première marche de la piscine, pieds nus dans l'eau, on prend le temps d'observer les ondées turquoise, collés l'un contre l'autre. Et puis, dans mon dos, une main s'empare de ma crinière rouge pour la maintenir en l'air, des lèvres se posent sur ma nuque et je frissonne déjà de tout mon être.

– River…

– Hum ?

– Je n'ai jamais fait ça dans l'eau, confié-je d'une voix hésitante.

Il lâche un rire sexy, profond et insolent, puis me mordille l'oreille. Ce garçon me trouble. M'aimante. M'enivre. M'électrise. Me monte à la tête. Me donne le feu au corps. Il ne le sait sans doute pas mais, à cet instant, il pourrait faire de moi absolument tout ce qu'il veut.

– Il va falloir remédier à ça, alors, murmure le rebelle en remontant mon pull vert olive le long de mes flancs.

Je le laisse me déshabiller lentement, fiévreusement. Mon pull échoue sur le carrelage blanc humide, suivi de mon débardeur. River mord l'un de mes tétons à travers le tissu de mon soutien-gorge, m'arrache un cri de surprise mêlé de désir, puis déboutonne mon jean. Il le fait glisser le long de mes cuisses, puis je m'en débarrasse comme je peux, en essayant de ne pas le tremper. C'est raté, mais je m'en fous.

Tout ce qui m'obsède, c'est lui. Le bad boy qui s'apprête à faire de moi une *très* vilaine fille.

– Comment tu voulais que je ne fantasme pas sur une bombe pareille ? gronde-t-il en jouant avec l'élastique de ma culotte grise. Céleste Hardy, qu'est-ce que tu me fais, putain ?

Je lui arrache son pull, puis son tee-shirt. En retirant le bas, River me fixe, tel un prédateur qui tente d'hypnotiser sa proie. Son regard doré, presque féroce, passe tout mon corps en revue. Mes seins un peu lourds, soutenus par la dentelle grise. Mon ventre pas tout à fait plat à la peau laiteuse. Mes hanches voluptueuses, mes fesses rondes et mes jambes fines.

Ça ne m'était jamais arrivé avec personne d'autre, mais, une fois encore, je me sens belle dans ses yeux félins. Désirée. Désirable. Ça cogne dans ma poitrine. Ça palpite entre mes cuisses. Ça brûle au creux de mes reins.

Portée par son regard, comme galvanisée, je dégrafe mon soutien-gorge et retire ma culotte pour m'offrir à lui tout entière. Je me hisse sur la pointe des pieds et vais chercher le baiser qui lancera réellement les hostilités.

La guerre des corps, des sens et des soupirs est déclarée.

Déjà, nos langues impatientes et humides se battent en duel. River attrape mon visage entre ses mains et m'embrasse sans aucune délicatesse. J'adore ça. Mon intimité prend feu. Chaque seconde, notre baiser se fait plus passionné, plus fou, plus indécent. Nos corps se plaquent l'un contre l'autre, s'effleurent, se caressent. Je sens sa virilité se tendre contre mon ventre ; je fais en sorte de lui échapper pour mieux revenir m'y frotter. Il grogne, gémit, soupire et me mord sauvagement la lèvre en guise de punition.

Je lâche un cri de douleur, d'excitation, et le repousse brusquement, un sourire insolent aux lèvres.

– Si tu me veux, il va falloir venir me chercher, lui lancé-je en partant à reculons.

Jamais je n'aurais pensé prononcer une telle phrase un jour. Laisser un garçon contempler ma nudité. Jouer les séductrices en oubliant ma pudeur. Jamais. Mais avec lui, je me sens libre. Libre d'être moi-même ou une autre, peu importe. Libre de me lâcher, de me découvrir. Parce qu'on a encore tant à explorer, ensemble. À ressentir. C'est comme si ce garçon me connaissait par cœur… et me donnait envie de me désapprendre. Pour me connaître de nouveau, à travers lui. River m'aime telle que je suis… et me permet d'être n'importe qui.

Y a-t-il une plus belle preuve d'amour sur terre ?

Alors, nue et frissonnante, sans le quitter des yeux, je recule et descends les marches du bassin en m'enfonçant petit à petit dans l'eau. Il fixe ma bouche, mes seins, ma féminité. Moi tout entière. Son regard fier et concentré m'électrise. Folle de lui, de l'effet qu'il me fait, je me détourne et me jette sous l'eau pour disparaître.

Lui échapper.

Pour mieux revenir.

Mais c'est le mauvais garçon qui me rejoint soudain, se plaquant dans mon dos à une vitesse hallucinante. River plonge et réduit à néant la distance qui nous sépare. Je sens derrière moi la chaleur de son corps immense, tendu et essoufflé. Je sens son odeur enivrante. Son aura troublante. Il passe les bras autour de ma taille, attire mes hanches contre les siennes et me prouve à quel point il me désire.

Je le sens durcir contre mes fesses.

– Tu ne vas *nulle part* sans moi, c'est compris ?

Je tente de me détacher de lui, pour le jeu, il me plaque contre son torse en empoignant mes seins.

– C'est interdit, ça, souffle sa voix râpeuse.

Je me retourne entre ses bras, lui fais face et mords son menton pour lui faire comprendre que je ne me soumettrai jamais. Le sauvage grogne de nouveau, puis m'embrasse avec une délicatesse qui me surprend. River se fait doux, redessine mes lèvres des siennes. Sa langue me taquine, timide et effrontée à la fois, puis la tension monte ; elle se fait plus insistante, plus conquérante. Ses mains sont partout, elles me touchent, me palpent, m'empoignent, me possèdent. Je parcours moi aussi son corps du bout des doigts, frôle ses pectoraux puissants, ses abdominaux dessinés, ses flancs à la peau humide, douce et bronzée. Je prends son sexe en main, le presse, le masse, le caresse.

– Bordel de… jure River entre mes lèvres.

J'en veux encore.

Je suis sous son emprise.

– Bordel de quoi ? insisté-je, un sourire dans la voix.

– Putain de Ciel, glisse-t-il entre deux baisers, en plantant son nez au plafond.

Puis il me hisse brusquement dans ses bras.

Ses mains placées sous mes fesses, il me promène dans le bassin, au gré de ses envies, nos sexes s'effleurant dans une danse aussi divine et ensorcelante que dangereuse.

– Tu m'appartiens, décrète-t-il fièrement.

– Et tu es à moi, doux sauvage, rétorqué-je en passant mes mains dans sa tignasse mouillée.

– Doux, moi ? ajoute-t-il avec un sourire en coin.

– Tu l'es, quand tu cesses de jouer au dur.

– C'est ce que tu veux ? Là, maintenant ?

Il me fixe avec cette intensité qui me désarme… et fait grandir la boule de feu entre mes reins.

– Je…

– Je peux être doux et patient, Céleste, résonne sa voix grave et sexy. Ou je peux te prendre sans ménagement, sans délicatesse… et sans attendre. Comme j'en crève d'envie depuis une putain d'éternité.

Mille degrés dans mon corps…

– Je te veux, lui murmuré-je alors, la gorge sèche et les joues en feu. Maintenant.

Son foutu sourire de sale gosse refait surface. Sa main vient se plaquer contre ma féminité, son pouce joue avec mon clitoris, son majeur s'introduit en moi, et je lâche un râle d'extase, me cambrant contre le corps du garçon qui me rend folle.

River me cale contre le rebord du bassin et m'écarte les cuisses, prêt à entrer en moi. Je le stoppe in extremis, en fixant son sexe fièrement dressé, mais dépourvu de préservatif.

– J'ai fait les tests, tout est bon, me glisse le lynx. Et je suis ton premier, alors…

– Moi aussi, avant de donner mon sang au lycée. Tu… as fait les tests exprès ? Pour nous ?

– Je n'ai jamais fait ça pour aucune autre, mais toi, c'est différent, souffle-t-il. Je veux te sentir vraiment, Céleste. Je veux qu'on fusionne… Tu prends la pilule, non ?

La réponse est oui et je lui en ai déjà parlé ; je la prends depuis plusieurs années pour réguler mes cycles. Alors j'acquiesce. Et mes craintes s'envolent. Je plaque mes mains sur ses fesses musclées et, d'un coup, je le ramène à moi. Sans d'autres tergiversations, River plante son sexe en moi en fermant les yeux de plaisir. Le mien est brut, renversant et m'arrache un gémissement sourd. Mon excitation était telle que la pénétration me mène déjà au bord de l'extase. J'atterris dans une autre dimension. Je flotte dans cette immensité turquoise, imbriquée dans le corps du garçon le plus sexy au monde, bercée par ses assauts, mélange de douceur et d'animalité.

Je me cambre pour supprimer les derniers millimètres qui nous séparent, je m'accroche à ses larges épaules, soupire dans son cou, lèche sa pomme d'Adam et repars à la conquête de ses lèvres pour lui offrir un baiser mouillé. River me prend vite, fort, sans nous laisser aucun répit. Et je me surprends à aimer cette sauvagerie. Il murmure mon prénom encore et encore, s'échappe de mon intimité pour y entrer de nouveau, avec puissance.

– River, serre-moi plus fort, lui susurré-je. Serre-moi encore !

Maintenant que nos corps se connaissent, s'apprivoisent, son sexe remplit le mien à la perfection. Ses coups de reins me transpercent, réveillant chaque cellule endormie de mon corps, chaque infime parcelle de moi. On trouve notre cadence, nos souffles se croisent, nos soupirs se mélangent, nos lèvres se cherchent, se taquinent et se goûtent de nouveau.

Ce n'est que du sexe, que deux corps impatients qui s'affrontent et se font l'amour comme ils feraient la guerre, et pourtant, au milieu de cette piscine turquoise plongée dans la nuit, c'est d'une beauté irréelle. Infinie.

Son corps dans mon corps, son endurance, mon audace, le feu qui brûle en moi, nos râles qui se répondent, nos peaux qui s'épousent, nos sexes qui fusionnent : je n'ai jamais rien connu de plus fort.

Je meurs de chaud dans ce bassin gigantesque, où seules les étoiles assistent à notre ballet sensuel et impudique, depuis le plafond en verre. Le plaisir monte, la chaleur devient lancinante entre mes cuisses, des picotements me parcourent la peau, signe que la jouissance approche.

J'accueille chaque assaut en lâchant un râle étouffé, sans parvenir à me contrôler. Soudain, alors que je me sens décoller, que l'orgasme m'emporte, River se crispe contre moi, me pénètre une dernière fois et réprime un long cri contre ma gorge.

Un cri de victoire. Un cri de jouissance. Un cri d'amour.

Doux et animal.

Tout à la fois.

70
ÉPILOGUE

Quatre mois plus tard

Ça y est, je me suis faite à l'idée des trente degrés en décembre. De l'année scolaire qui commence en janvier et finit à Noël. Et de ces uniformes stupides qui nous font ressembler à des scouts ou des moutons bleu marine, même le jour de la remise des diplômes. En Australie, le bac s'appelle le *certificate* et, ici, je l'ai décroché haut la main.

Étrange, à quoi ça tient, la vie.

La cérémonie bat son plein dans le gymnase de la Willunga High School : pendant que les pom-pom girls, l'orchestre et la chorale du lycée font le show, les élèves de terminale sont invités à monter un par un sur l'estrade pour recevoir leur petit bout de papier roulé, une poignée de main de la proviseure et surtout une salve d'applaudissements et de cris par une brochette de supporters massés dans les gradins. C'est apparemment clair pour tout le monde, famille et amis ne sont venus que dans un seul but : foutre la honte à un être humain qui pensait pourtant en avoir fini avec les humiliations.

Un peu plus tôt, le père de Jamie a hurlé de sa voix tonitruante :

– C'est mon bébé !

Ce à quoi Asher a spontanément répondu : « Non, c'est le mien ! », avant de se cacher derrière son propre père, au cas où.

Mon tour approche doucement et, dans la foule de spectateurs, je distingue nettement mon clan. Ash et son amas de dreads blondes qui lui forment maintenant un chignon démesuré. Jagger et sa bouche toujours grande ouverte, sa langue tirée à l'extrême et son corps agité de soubresauts incontrôlables. Kasper, qui n'a apparemment pas envie d'être là, affalé sur son siège, crayonnant sur un carnet à dessins. Bailey, qui tient une tablette à bout de bras, puisqu'il a promis de retransmettre en direct la cérémonie à ma mère, coincée à Paris par un lumbago.

– Je n'irais pas jusqu'à dire que c'est à cause d'Apolline… mais je crois que j'en ai plein le dos des ados ! m'a-t-elle avoué au téléphone ce matin, en s'excusant pour la centième fois de manquer cette journée.

Parmi les dernières frasques de ma sœur : un henné artisanal qui a fait virer son blond au noir bleuté ; un piercing sous la lèvre après avoir imité la signature de Renaud sur la décharge parentale ; et une rupture nette et sans bavure avec Kasper après avoir reçu de sa part un pendentif en forme de cachalot – qu'elle s'est filmée en train de jeter dans les toilettes en tirant la chasse d'eau.

Et cette prometteuse « adolechiante » n'a que 13 ans.

– Gibson, Lachlan ! Gray, Mackenzie ! Gray, Maddison !

Mrs Lee appelle au micro les lycéens dont le nom commence par G… et, moi, je commence à paniquer. River m'a dit qu'il avait juste un petit détour à faire avant de rejoindre les autres : mais aucune trace de lui dans les gradins. Ça fait plus d'une heure qu'il aurait dû arriver.

– Guttierez, Becca ! annonce Susan Lee en marquant une pause pour laisser son heure de gloire à la brune.

Les pom-pom girls se mettent à épeler son prénom avec leurs jambes, ses autres groupies clament en chœur « *Queen B ! Queen B !* » et Zoey quitte son rang alphabétique pour venir voler le micro de la proviseure et crier dix fois trop fort :

– C'est ma meuf ! Cette bombe est ma meuf !

– Très bien, merci pour cette information et les milliers de microbes crachés dans mon micro, cela te vaudra deux heures de retenue dès demain matin, ironise Susan Lee de son air canaille.

L'égrenage des noms reprend. J'ai les mains moites quand vient le tour des H et qu'aucun regard doré ne me transperce depuis les gradins.

– Ne me fais pas ce coup-là, l'univers, chuchoté-je toute seule. Range ta chambre et rends-moi mon lynx.

– Hall, Brianna !

– Non, non, non, non, non, pas sans lui… Je veux changer de nom, pas Hardy ! Jardy, Mardy, Pardy, Zardy, tout mais pas Hardy, imploré-je à l'infini.

Soudain, les plombs sautent et le gymnase se retrouve plongé dans l'obscurité. Le micro et les enceintes sont coupés, l'orchestre et la chorale se taisent, la foule se met à huer, comme toujours dans ces cas-là, par réflexe. Et j'ai l'impression que mon cœur sait déjà. Que ce n'est pas par hasard. Que quelque chose se prépare. J'ai le cœur qui bat à mille à l'heure et tout le corps qui me démange.

Une seconde plus tard, la lumière revient, aveuglante, et une voix rugit mon nom dans un mégaphone, en prenant des intonations de fête foraine ou de discothèque ringarde :

– Hardy, Céleeeeeeeeeeste !

Avec un sourire qui me fend déjà le visage, je cherche River de tous les côtés… et vois débouler Amir, mon meilleur Amir, brillant de sueur et dégoulinant de bonheur. Je ne peux pas en croire mes yeux. Le brun joufflu continue à faire des tours de terrain en beuglant mon nom et je ris sans plus pouvoir m'arrêter – tout en guettant pour qu'il ne tombe pas inanimé. À bout de souffle, il s'interrompt et me rejoint en courant, je le serre dans mes bras de toutes mes forces et laisse jaillir mes larmes de joie.

– C'est toi, c'est bien toi ?

– *Yes, direct from Paris !* crâne-t-il.

– Mais comment t'as fait ?

– Ton mec m'a payé le billet, il prépare ça depuis des semaines et il est même venu me chercher à l'aéroport.

– Amir, tu plaisantes ?

– *Nope* ! Débrouille-toi comme tu veux, mais essaie de le garder, celui-là !

Cette fois, mon cœur explose. Après avoir tout rebranché comme elle pouvait, Susan Lee tente de reprendre le contrôle de la situation et redit mon nom calmement au micro. Mais j'ai trouvé ses yeux, là-bas dans les gradins, j'ai attrapé le regard lumineux qui me réchauffe plus qu'aucun autre, j'ai vu l'étincelle au fond de ses iris, la terre ocre, le soleil éblouissant, le désert infini qui m'appelle, je l'ai trouvé lui, mon garçon-lynx qui joue les innocents. Et je saute déjà de l'estrade pour aller le rejoindre. Je fends la foule et je suis ses pépites d'or qui m'aimantent, j'enjambe des corps et je gravis des montagnes.

Je me jette contre lui, dans ses bras, sur ses lèvres.

Je l'embrasse en pleurant, en riant, je lui dis merci et il me soulève, je lui dis que je l'aime et il me sourit.

– N'importe quoi pour toi, mon Ciel, chuchote-t-il à mon oreille.

Puis je sens tous les bras des Farrow nous entourer, tous les corps se serrer, et je vois mon père qui pleure et ma mère qui hurle des choses sans aucun sens depuis l'écran de la tablette.

– Oh, tu as retrouvé ton roux naturel, comme tu es belle ! Bravo, River, quelle surprise ! Que quelqu'un aille récupérer son diplôme, quand même ! Qu'on n'ait pas fait tout ça pour rien... La proviseure est contrariée ? Allô, vous m'entendez ?

En bas, Mrs Lee a décidé de poursuivre la cérémonie sans tenir compte des éternels perturbateurs. Amir est en train de chanter « Forever Young » avec la chorale, dans un anglais approximatif, mais sans jamais lâcher son mégaphone.

Oh... fuck.

***

C'est bien sûr avec un barbecue qu'on fête cette journée sur la terrasse de la villa des Farrow. Georgia et Trent ont rejoint la fête, comme Jamie, qui vit dorénavant quasiment ici. On trinque à l'arrivée d'Amir, qui reste pour deux semaines, aux examens validés de River, au permis de conduire de Jagger, à l'homologation de la prothèse aquatique de Kasper, à mon inscription à l'école de graphisme d'Adélaïde, au futur bébé Calloway qui viendra bientôt compléter la fratrie, et enfin aux jugements ordonnés par le tribunal il y a quelques jours : je suis désormais officiellement la fille de Bailey et River, le fils de Trent.

C'est donc la maison tout entière que l'univers a décidé de ranger.

– Qu'est-ce que vous avez conclu, pour les noms, alors ? demande ma copine.

– Je garde le mien, Hardy… Le nom Farrow est suffisamment porté comme ça, par ici, plaisanté-je.

– Et moi, j'ai pris les deux, annonce River. Farrow-Calloway.

– Pourquoi choisir ? demande Georgia, souriante, en caressant son gros ventre.

– Et vous, vous avez choisi un prénom ?

Les futurs parents se regardent d'un air complice et Trent se lance le premier.

– Si c'est une fille, ce sera Harper.

– Et pour un garçon, poursuit Georgia, on hésite encore entre Cooper, Hunter et Sawyer.

Asher, River, Jagger et Kasper acquiescent, tout sourire.

– Sinon, dans le même style, il y a aussi Amir ! intervient mon meilleur ami en prononçant « Amer ».

Mon lynx se marre, Trent et Georgia grimacent, et tout le monde se met d'accord pour décliner rapidement cette proposition.

– *Assholes*, bougonne le brun. Vous ne connaissez rien au *swag* français.

Sa vexation dure environ trente secondes et Amir va se servir un nouveau burger sur le gril. Je le rejoins à un bout de la table.

– Un an qu'on ne s'était pas vus, tu te rends compte ?

– Perso, je me suis très bien passé de toi, ment-il.

– Ça va, la prépa ? Ta mère a accepté de te laisser partir pendant les vacances de Noël ? Et tu n'as pas essayé de fourrer Salomé dans ta valise ?

– Hum… Disons que ma mère me pense en stage intensif de remise à niveau. Et Salomé a menacé de me larguer si je ne faisais pas pour elle un truc aussi romantique que River pour toi.

– Ça nous laisse deux semaines pour trouver, dis-je en riant.

– Je pourrais lui ramener un bébé wallaby ?

– Euh… non.

– Un bébé suricate ?

– Non plus.

– Bébé fourmi ?

– Voilà, faisons ça, ricané-je.

Et Amir se racle la gorge avant de se lancer.

– Au fait ? Ta mère m'a demandé de garder le secret quelques jours pour te faire la surprise ici.

– Quoi ? Elle a enfin compris que j'étais sa fille préférée ?

– Mieux que ça. Alexis est repassé devant le juge plus tôt que prévu… et il a été condamné.

Mon cerveau se crispe en entendant ce prénom, puis se met à bouillir en comprenant le reste.

– Coupable ? murmuré-je sans y croire.

– Il a pris une peine de prison avec sursis, Céleste.

Pour mise en danger de la vie d'autrui. Et des tas d'autres trucs sérieux que ta mère te racontera mieux que moi.

– Continue, je t'en supplie, ne t'arrête pas, dis-je en fermant les yeux.

– OK. Alors il va devoir faire des travaux d'intérêt général, se sevrer de tout ce qu'il consomme et suivre une thérapie comportementale pour régler ses problèmes d'addiction et de violence. Le juge a dit qu'il le gardait à l'œil.

– J'ai l'impression que tu me récites un poème, Amir, annoncé-je en planant.

– Ah oui, et ses parents ont décidé de l'inscrire dans un internat réservé aux garçons. C'est censé être un secret, mais Salomé m'a dit qu'on pouvait le raconter à tout le monde.

– Vous êtes vraiment les meilleurs « Salamir » de tout le rayon charcuterie de France et d'Australie ! décrété-je.

Je serre de nouveau mon ami dans mes bras et il ronchonne pour de faux en disant que ce pays m'a rendue bien trop tactile.

– On a oublié de trinquer à quelque chose ! s'exclame soudain Jagger près du barbecue.

Il brandit un téléphone portable avec une photo de mon père, zoomée sur l'écran.

– À l'inscription de papa sur Tinder. Il va enfin pouvoir rencontrer des meufs ! se marre fils numéro trois, très fier de lui.

– Quand je trouverai le temps, précise Bailey, un peu gêné.

– Je vous présente… VétoàLunettes, ajoute l'excité. Parce que, qui dit vétérinaire, dit thunes et animaux mignons, et qui dit lunettes, dit grosse…

– Jagg ! braillent ses frères pour le couper à temps.

– Grosse carrière ! clarifie-t-il en tirant la langue.

Je lève mon verre en direction de mon père.

– À ton nouveau départ, papa !

– À vous tous ! répond-il avec les yeux mouillés.

Je me tourne vers River et découvre qu'il me contemple, adossé nonchalamment à la baie vitrée, les deux mains plongées dans les poches de son jean sombre. Ses yeux à lui sont brillants, perçants, presque scintillants.

Alors que le soleil se couche sur le bush, sa voix douce et profonde s'élève. Face au paysage rougeoyant, au décor aux mille nuances de cuivre et de doré, le garçon qui a changé ma vie nous lance en souriant :

– Vous avez déjà vu un ciel pareil, vous ?

Je meurs d'amour. Et souffle en le fixant droit dans les yeux :

– Oui, c'est quand l'univers arrête d'être en colère. Et qu'il a tout rangé, même dans la chambre d'à côté.

FIN

Petit catalogue d'Emma Green à l'usage des nouveaux lecteurs !

Les romans « one shot »

Cent facettes de Mr Diamonds
Fallait pas me chercher !
Bliss. Le faux journal d'une vraie romantique
(Im)parfait
It's Raining Love !
Recherche coloc : emmerdeurs, râleurs, lovers… s'abstenir !
10 bonnes raisons de te détester !
Just 17
Love & Lies on Campus
If You wanna Be My Lover…

Les séries

• Les *Toi + Moi*

Seuls contre tous raconte les années campus d'Alma et Vadim, *L'un contre l'autre* et *Envers et contre tout* les années adultes. *Seuls contre tous* peut se lire indépendamment des deux autres volumes.

Seuls contre tous (1/3)
L'un contre l'autre (2/3)
Envers et contre tout (3/3)

• Les *Jeux*

La série des *Jeux* est divisée en deux saisons : la première centrée sur le couple de Liv et Tristan, et la seconde qui raconte l'histoire de June et Harry.

Vous pouvez ne lire qu'un tome, les quatre, seulement les deux premiers ou seulement les deux derniers !

Saison 1

Jeux interdits (1/2)

Jeux insolents (2/2)

Saison 2

Jeux imprudents (1/2)

Une toute dernière fois (2/2)

Les romans qui peuvent se lire seuls ou avec spin-off

Ces livres-ci peuvent se lire indépendamment, ce ne sont pas des suites mais des spin-off, des romans compagnons. On retrouve des personnages récurrents d'un volume à l'autre, mais les héros changent à chaque fois.

• Les ***Call Me***

Call Me Baby (Sidonie & Emmett)

Call Me Bitch (Joe & Jude)

• Les ***Love & Kiss***

Love Me if You Can (Adèle & Damon)

Kiss Me if You Can (Violette & Blake)

• ***Corps, Cœurs & Âmes***

Corps impatients (Thelma & Finn)

Cœurs insoumis (Solveig & Dante)

Âmes indociles (Calliopé & Lennon)

• ***Strange & Strong***

PS : Oublie-moi ! (Léo & Wolf)

Bien plus forte que toi ! (Willa & Rio)

• Les ***Boys***

The Boy Next Room (Céleste & River)

The Boy on Fire (Nell & Jagger)

Extrait

MY STEPBROTHER L'INITIATION

Sophie S. Pierucci

1

Cassie
De nos jours

« L'âge du premier rapport sexuel, aux États-Unis, est de 19 ans, contre 17 ans en France. »

J'entre pour la deuxième fois de ma vie dans les bureaux du *Miami News*. Aujourd'hui est le début d'une longue carrière. J'aurais pu choisir un journal international, commencer par assistante et servir des cafés, mais ce petit journal local est le seul à posséder une rubrique scientifique dans son hebdomadaire et, surtout, un poste vacant. Et je ne vais pas mentir, j'avais très, très, très envie de revenir vivre à Miami pour me rapprocher de ma famille. Mes quatre années à l'université de Plattsburgh à New York m'ont semblé à la fois filer à vive allure et en même temps durer une éternité. J'ai raté toutes les premières fois de Jamie, mon petit frère de presque 5 ans, je n'ai pas été là pour le cancer de la prostate de mon père, pour les soutenir lui et Martha, ma maman de cœur. Mais maintenant je suis ici. Il y aura d'autres premières pour Jamie, et mon père en a fini avec son cancer.

Le temps est contre moi, je traverse les couloirs du journal rapidement, je dois encore récupérer mon badge, signer quelques papiers au bureau du personnel avant de rejoindre le patron M. Karist pour finaliser mon embauche.

La semaine précédente, son assistante, Maddie, une jeune fille sans artifices et sympathique, m'avait fait visiter les locaux. *Donnée utile*. Si j'avais été comme le commun des mortels, me retrouver dans cet enchevêtrement de couloirs m'aurait filé mal à la tête. J'aurais dû demander mon chemin à au moins trois employés. Mais je ne suis pas comme tout le monde. J'ai une mémoire eidétique implacable. Ou mémoire photographique, dans le langage courant. Ainsi, je me souviens que mon bureau se trouve à six pas des toilettes, huit de la salle de pause, un du bureau d'un certain Ted, cent vingt-neuf de la sortie. Ouais. Ça fait peur. Il me suffit de voir les choses une fois pour m'en souvenir. Mais il y a un hic. Il y a toujours un hic.

Cette mémoire demande à être alimentée en permanence. J'ai soif d'apprendre, j'ai besoin de connaître tout sur tout. Il n'y a que trois choses qui me résistent : la cuisine, les contacts humains et le sport. *Surtout* les relations humaines.

Je récupère mon badge qui me servira de pièce d'identité, de passe-droit, de carte de parking et de carte de self, puis fonce dans le bureau de M. Karist à une trentaine de pas du mien. Ceux-là, je ne les compte pas, je sais d'ores et déjà que je vais les faire des milliers de fois, précipitamment, à reculons, lentement. Bref, le nombre de pas changera constamment. Maddie m'annonce, puis m'autorise à entrer.

– Bonjour Camille ! s'exclame-t-il.

Voilà. Le commun des mortels se résume à mon patron. Il n'a même pas été capable de se souvenir de mon prénom, dit il y a à peine trente secondes au téléphone par son assistante. Ou bien il s'en fout.

– Cassie, je le reprends avec un calme olympien.

Il me sourit et me montre le siège devant lui. J'y prends place tandis qu'il me souhaite la bienvenue, entonne les louanges de son journal, résume sa popularité en quelques chiffres, sa croissance grandissante, le nombre d'articles publiés. Bref, beaucoup d'informations inutiles dont mon cerveau a du mal à se dépêtrer. Je dois aussi faire face à ce que je vois : des amas de journaux dans tous les recoins de la pièce, un store cassé sur une des trois fenêtres, un bureau de style napoléonien, des diplômes épinglés au mur et une odeur de cigare. Quant à M. Karist, la cinquantaine, bedonnant, des cheveux gris et une moustache de la même couleur, il souffre d'un ptôsis. En bref, il a les paupières supérieures qui tombent exagérément sur ses yeux. Je connais même des choses inutiles.

Je ne me défais pas de mon sourire jusqu'à sa remarque :

– Est-ce que je dois vous faire parvenir une autorisation parentale, Camille ?

Cassie !

– Une autorisation parentale ? J'ai 21 ans, monsieur.

Aujourd'hui !

– Oh mon Dieu, vous faites si jeune.

Il ne s'excuse pas et me détaille. Pas besoin de me regarder, je sais ce que je porte : un vieux jean et une chemise large noire. *Très* large, pour me donner l'illusion d'avoir une poitrine. Il grimace sur ma natte qui longe mon épaule. Et je me crispe. Ça aurait pu être pire, j'aurais pu faire des couettes. Non pas que ça m'arrive.

– Bon ! entonne-t-il. Je suis rassuré de vous savoir majeure ! J'ai lu vos notes et j'ai reçu une lettre de votre doyen. Vous avez l'air d'être quelqu'un d'irréprochable. Ted sera plus que ravi d'avoir une assistante telle que vous à ses côtés.

Ted ? Ah, le type du bureau à un pas du mien. Assistante ?

– Assistante ?

– Oui, Camille ! Faites vos preuves et vous deviendrez son bras droit !

Faire mes preuves, aucun problème. J'exagère un sourire pour ne pas lui signifier ma déception.

Il me congédie en prétextant un appel urgent. Ça m'arrange quelque peu, je ne suis plus certaine de pouvoir garder mon calme. Je travaillerai donc avec Ted. Coup dur. Ça va être difficile.

La journée entière est difficile. J'ai pris l'habitude que personne ne me calcule. Sauf qu'ici, tout le monde me regarde et me parle. Pas pour me demander mon prénom ou aller boire un verre en sortant du boulot, non, le bon mot serait « par pitié » ou « par affliction ». Je ne suis pas la nouvelle, je suis l'intruse. La pire question a été : « Vous êtes perdue, jeune fille ? » Là, je me suis vraiment regardée. Qui sait, peut-être que ce matin j'ai gardé mon vieux pyjama rose bonbon ? Résultat, j'ai défait ma natte. Ça n'a pas empêché Ted, un type plutôt charmant, de me dorloter comme s'il avait peur de me voir partir aux toilettes en pleurant, pour m'avoir demandé d'aller au photocopieur. J'apprends que mon mini-patron est célibataire. Il a un chien, un labrador, d'après le cadre photo sur son bureau, il passe son temps à faire valser un crayon gris entre le dessus de son oreille et ses dents.

Il boit un café toutes les trente-huit minutes, approximativement. Je me demande à quoi ressemble son estomac.

Pourquoi je me pose ce genre de questions ? Je devrais plutôt me demander si les muscles saillants de ses bras auraient la force de me soulever sur son bureau, sauf que ce n'est pas la première idée qui me vient. C'est plutôt : sa masse musculaire est impressionnante, mais qu'en est-il de sa force ? Est-ce seulement un trompe-l'œil ? Je vois, j'analyse, je conclus en tant que scientifique. Pas en tant que femme qui n'a jamais eu de relation sexuelle de sa vie, qui a 21 ans et qui devrait avoir la culotte trempée dès qu'elle aperçoit un beau gosse.

Je me force, parfois. À tenter d'avoir des relations humaines… pas pour avoir enfin une relation sexuelle. Pour moi, l'envie chez les femmes n'est qu'une composante chimique et hormonale. J'essaie de communiquer. Mais bizarrement je suis incapable de parler de quelque chose sans aborder la science. Exemple : si un type me demande si sa voix me plaît, je ne vais pas lui dire que son timbre me fait vibrer, mais certainement que son larynx n'est pas assez musclé pour permettre à ses cordes vocales de produire des sons plus aigus.

Oui. Je suis flippante, alors j'évite de parler et d'avoir des relations humaines.

Finalement, cette première journée au *Miami News* touche à sa fin. Maddie me propose de me ramener puisque pour mon premier jour, n'ayant pas encore mon badge, j'ai usé des transports en commun. J'accepte avec joie. Saviez-vous qu'une barre dans un bus peut abriter jusqu'à six cents espèces de bactéries différentes ? Et je ne parle pas des traces de flores vaginale et anale…

Maddie me dépose à l'entrée de mon quartier. Martha m'a demandé d'aller récupérer un paquet chez l'une de ses amies à quelques pâtés de maisons de la nôtre. Il est un peu plus de dix-huit heures et le soleil est loin d'être couché. La chaleur est toujours aussi écrasante en cette fin de mois d'octobre. Quant au taux d'humidité, il n'y a qu'à regarder les frisottis qui bordent ma nuque. Ils sont nombreux.

J'arrive enfin chez Mme Lopez et sonne. C'est son fils Eduardo qui m'ouvre. Je ne peux pas m'empêcher de reculer, non pas que je sois surprise par la masse imposante de muscles qui me surplombe, mais je ne m'attendais pas à ce que ce soit *lui* qui ouvre.

Ce mec, c'est *le* mec dont toutes les filles du lycée raffolaient, après Carl, mon demi-frère. Même celles de ma classe qui avaient comme moi deux ans de moins que lui.

Vêtu d'un simple short, il est en nage. À sa serviette sur ses épaules, je comprends que je le dérange en pleine séance de sport. Je me ressaisis en voyant ses sourcils gravir son front d'étonnement.

– Salut !

Mon ton paraît un peu trop enjoué à mon goût.

– Salut.

– Désolée de te déranger mais ta mère a un paquet pour moi.

Il me dévisage de sa hauteur à m'en faire rougir. Quoi ? Vous me pensiez frigide ? Je vous l'ai dit, tout est une question de composants chimiques, de neurotransmetteurs et d'hormones, entre autres la dopamine et la sérotonine.

– Tu es Cassie ?

Eduardo connaît mon prénom !

Je souris de toutes mes dents.

– Je suis Cassie.

– Ma mère m'a prévenu que tu passerais. Elle est partie faire des courses. Attends deux secondes.

Il s'échappe dans la maison. Bien entendu qu'il ne connaissait pas mon prénom ! Je ne sais pas pourquoi, mais savoir que je suis la fille dont personne ne se souvient m'affecte. Sans doute parce que toute cette journée a tourné autour de mon apparence trop juvénile.

Il revient, un carton dans les bras, et me le tend. Je le récupère. Ce truc pèse une tonne ! Pour être franche, au moins dix kilos.

– Merci. Tu passeras le bonjour à ta mère de ma part.

Je lui souris en guise d'au revoir, mais il plisse les yeux, intrigué.

– Je me souviens de toi maintenant. Tu n'as pas changé !

Bizarrement, au lieu de me sentir soulagée, la colère me gagne. Son « tu n'as pas changé » manque de précision. Je n'ai pas pris une ride ? Je porte les mêmes habits qu'il y a quatre ans ?

– Je. N'ai. Pas. Changé, répété-je en martelant chaque syllabe.

– C'est une bonne chose, dans dix ans tu en paraîtras toujours dix de moins. La jeunesse éternelle, c'est ce dont rêvent toutes les femmes…

Décidément, cette journée est de pire en pire ! Je prends

une grande inspiration et papillonne des yeux pour éviter de les lever au ciel.

– Sans doute. À plus, Eduardo.

Je tourne les talons mais il me rattrape :

– Attends ! Tu veux que je t'aide à porter ce carton jusque chez toi ?

Je lui coule un regard désabusé. Je suis certainement moins forte que lui, plus jeune, plus petite, mais je ne suis pas une gamine. Cinq cents mètres à pied, ce n'est pas la mer à boire.

– Merci, c'est gentil, mais ça n'est pas très lourd.

Cette fois-ci, je ne lui laisse pas le temps de réfléchir et me précipite jusqu'au chemin.

– Très bien, à la prochaine, Cassie !

Oui, c'est ça, à la prochaine ! L'idée serait tentante, si je n'étais pas certaine de tout foutre en l'air avec mes conversations loufoques.

Je remonte la ruelle rapidement. Ce carton est encore plus lourd qu'il n'y paraît et j'ai hâte d'être chez mes parents pour m'en débarrasser. Je sais déjà ce qui m'attend. C'est mon anniversaire. Mon père a dû allumer un barbecue et Martha a dû faire mon gâteau préféré : le crumble aux pommes. Pour ce qui est des cadeaux, j'ai été catégorique sur ce point, je ne veux rien. Mes parents ont sacrifié une bonne partie de leurs économies pour mes études, c'est déjà bien assez. Même si je me suis toujours promis de leur rendre leur argent, ils n'en voudront jamais. Martha refuse l'argent de son fils Carl, qui gagne en un mois ce qu'elle gagne en cinq ans. Je n'exagère rien.

Il est là. Je reconnais la voiture hors de prix garée dans l'allée. Bon sang, cette journée va m'achever ! Pourquoi fallait-il que Carl soit là pour mon anniversaire ? Je prie seulement pour que ça ne soit qu'une simple visite ! Le fils de Martha, que je n'ai jamais considéré comme mon demi-frère, est tout ce que je déteste chez un homme. Parce que là où moi je suis une brêle, lui, il excelle. Il collectionne les relations humaines et encore plus lorsque celles-ci possèdent des nichons et un clitoris.

Il n'a pas besoin de trop forcer, Carl est le beau mec par définition. Même moi, je ne serais pas insensible à son charme s'il n'avait pas dix ans de plus que moi et s'il n'avait pas été le fils de Martha. La dernière fois que je l'ai vu, il y a presque deux ans, il revenait d'un championnat de surf, vainqueur. J'ai été forcée d'écouter ses aventures en Australie pendant tout un repas et de le regarder jusqu'à le connaître dans les moindres détails. *Erreur*. Son image m'a hantée pendant des jours : des cheveux mi-longs noirs et soyeux, une de ses mèches qui tombait régulièrement devant ses yeux noisette. Cette mèche me saoulait ! Parce qu'il ne la disciplinait pas, il soufflait dessus. Je voulais la remettre à sa place ! Comme je voulais réajuster sa foutue chemise en soie blanche. Qui porte une chemise à cinq cents dollars de cette façon : manches retroussées négligemment, col ouvert ? Carl, bien sûr.

Je me donne de la force pour franchir les derniers mètres qui me séparent de la maison. C'est mon anniversaire, je ne vais pas passer une journée minable à me poser des tonnes de questions sur mon apparence et sur ce que je devrais dire ou taire, j'ai un boulot, bientôt un appart, et j'ai 21 ans ! Voilà !

Mon minimum d'entrain s'étiole lorsque je tente d'ouvrir la porte d'entrée. Fermée à clé. Bien entendu, Jamie pourrait s'échapper. D'un doigt frêle, je sonne puis prends appui contre le mur de la maison. C'est Carl qui ouvre.

– Casse ! hurle Jamie dans ses bras.

Il ne m'a jamais paru aussi petit qu'à cet instant. Carl est impressionnant. Et il ne s'agit pas seulement de masse mais aussi de force. Il soulève des tonnes de femmes sur les bureaux, contre les murs, dans le vide… bref, à bout de bras. Bordel, je divague, j'ai chaud. Mes hormones sont en ébullition. Pourquoi j'arrive à comprendre, aujourd'hui, que toutes ces filles peuvent être à ses pieds ? Est-ce son T-shirt porté près du corps ? Sa peau bronzée ? Ce jean moulant ? Ou bien cette bouche au sourire invulnérable ?

– Hey ! Petit monstre ! je chantonne à Jamie.

– Joyeux anniversaire, sœurette, lance Carl.

Je roule des yeux tout en le poussant pour rentrer.

– Ne m'appelle pas comme ça.

– C'est pourtant ce que tu es. *Petite. Sœur*, hache-t-il.

Je me déleste de mon chargement.

– Waouh ! Carl se souvient de ce qu'est l'étymologie !

– Pourquoi faut-il que tu ramènes constamment ta science avec moi ?

Pour la première fois en dix ans, je crois percevoir de la peine chez lui. Malheureusement, ce qu'il ne sait pas, c'est que je ramène ma science avec tout le monde. Je soupire dans un micro-sourire mais ne m'excuse pas. Plutôt crever. Je récupère Jamie qui blottit sa tête dans mon cou. Il est épuisé de sa journée, il ne tiendra pas longtemps ce soir.

Carl me dévisage comme si c'était la première fois qu'il me voyait. C'est déstabilisant. Carl ne me regarde jamais. Je fronce les sourcils et il se ressaisit.

– Bon ! Et si on allait prendre cette douche avant de manger ? demande-t-il à Jamie.

Celui-ci hoche la tête et saute de mes bras pour partir en courant dans les escaliers qui mènent à l'étage.

Je tique doublement. Un, c'est Carl qui va donner le bain à Jamie comme si c'était leur rituel. Deux, il sera là toute la soirée.

– Tu restes ?

– Bien sûr, Cassie, c'est ton anniversaire, non ?

– Tu n'as jamais été là pour les derniers…

Mon ton sonne comme un reproche alors que c'est seulement un constat. Sitôt un pied dans le championnat de surf, il n'en est jamais sorti. À son premier gros salaire, un peu après ses 22 ans, il s'est payé le luxe d'un appart à Miami Beach et ne revenait ici que la veille de ses départs et à ses retours.

Il soupire.

– Seulement parce que tu étais à New York. Écoute, merdeuse, j'ai passé l'âge de me disputer avec toi !

Il n'a pas tort…

Il chiffonne ma tête rousse comme lorsque j'étais en âge prépubère, avant de rejoindre Jamie. Je fusille son dos du regard. Mais merde, je ne suis plus une enfant !

Martha me surprend :

– Ça ne va pas, ma chérie ?

Elle essuie grossièrement ses mains sur son tablier avant de me rejoindre au pied des escaliers. Je lui souris.

– Je suppose que c'est l'effet que doit donner une première journée dans le monde des adultes !

Elle embrasse le sommet de mon crâne et je me blottis contre elle pour la serrer. Martha est la maman que je n'ai jamais eue avant mes 11 ans. Notre relation ne s'est pas construite avec les années, elle a été inhérente, évidente. Comme si mon cœur avait déjà préparé sa venue et lui avait laissé une place avant même de la connaître. Elle ne remplace personne, ma mère biologique est décédée à ma naissance, et mon père a toujours fait en sorte que je ne manque de rien, elle est ma maman.

– Tu es passée chez Mme Lopez ? demande-t-elle.

Je hoche la tête et lui désigne le carton à l'entrée.

– Ce sont des vieux jouets pour Jamie. En réalité, je les mènerai au dispensaire, ton frère ne manque de rien, Carl passe son temps à le gâter.

Ça, je le sais et ça ne m'étonne même pas. S'il y a bien une chose qu'on ne peut pas lui reprocher, c'est qu'il est loin d'être radin.

– Bon ! reprend-elle. Et si tu allais te rafraîchir un peu. Ton père en a bientôt fini avec la viande.

– La salle de bains est occupée…

– Eh bien, ça incitera ton petit frère à sortir plus vite ! Ça dure toujours une éternité avec Carl !

Cette vérité manque de me faire faillir. Depuis que Carl a arrêté les compétitions il y a bientôt deux ans, il passe beaucoup plus de temps ici qu'avant. Est-ce que je suis jalouse ? Oui, et je suis certainement beaucoup trop fière pour l'avouer. Il a vu toutes les premières fois de Jamie, alors que j'étais à New York pour étudier.

Je ne laisse rien paraître de mon malaise et colle un bisou sur la joue de Martha avant de rejoindre ma chambre à l'étage. J'entends les rires de mes deux *frères* dans la salle de bains. J'attrape de quoi me changer et les rejoins.

Je me fige à l'entrée, les yeux rivés sur le dos de Carl penché en avant dans la baignoire. Il a ôté son T-shirt pour donner le bain à Jamie. Bien au-delà de sa musculature parfaite, ce sont ses cicatrices qui me glacent. Longues d'au moins quinze centimètres, elles s'étalent de ses trapèzes à ses obliques. Je sais seulement ce qu'on m'a laissé entendre sur son passé : son père les battait, lui et sa mère. Lui ne m'en a jamais parlé. Il me conseillait seulement de ne jamais me laisser marcher sur les pieds.

– Casse ! hurle Jamie en m'apercevant.

Carl se redresse. Je tente de reprendre forme humaine et force mes yeux à fixer mon petit frère. Et pas la nouvelle vue qui s'offre à moi : des pectoraux, des abdominaux et tout un tas de trucs qui me donnent... *chaud*. Je déraille encore. Est-ce que j'ai oublié de parler des gouttelettes qui glissent sur sa peau ? Un nombre incalculable, sauf si je m'autorisais à y penser encore.

– Vous avez bientôt fini ? demandé-je.

Carl attrape une serviette et s'essuie grossièrement le torse avant d'enrouler Jamie.

– Ouais.

Il le sort du bain, puis s'attelle à remettre son T-shirt. Jamie se faufile en courant entre mes jambes pour rejoindre sa chambre. Bon sang, j'ai du mal à regarder autre chose que ses biceps, ses avant-bras tendus et sa peau bronzée. Je déglutis. J'ai vu Carl de nombreuses fois mais jamais avec ces yeux-là. Je me souviens lorsqu'il peignait la clôture et que la voisine lui apportait toutes les dix minutes de la limonade, de la fois où il a réparé le moteur de la vieille Ford de Martha, de cette partie de basket avec mon père. Bref, je l'ai déjà vu.

Je réalise soudainement que je dois être aussi transparente qu'une vitre. Carl me dévisage, presque amusé. Est-ce qu'il a compris que je le regardais différemment ? Je croise les doigts pour que ce ne soit pas la vue de mes sous-vêtements qui pendent dans mes bras.

– J'aimerais prendre une douche. Vite fait. Je n'en ai pas pour longtemps.

Il soulève les épaules.

– Prends ton temps, j'ai promis à Jamie de l'aider à terminer sa construction de Lego.

Il m'offre un clin d'œil joueur.

– Hey ! C'était ma mission !

Son rire emplit la salle de bains.

– Tu as changé, petite sœur !

Grand Dieu ! Au moins quelqu'un qui l'a remarqué ! Mais pourquoi fallait-il que ce soit lui !

Extrait

EXTREME LOVER

Chloe Wilkox

1

TOUTES LES FEMMES DE MA VIE

Aaron

– Il faut toujours que tu fasses ça ! enrage Mary-Alicia juste après avoir refermé sur ses deux copines la porte d'entrée par où s'engouffrait l'air humide et froid de la rue.

– Quoi donc ?

Ma petite sœur embrasse toute ma personne d'un seul geste, furax.

– Ça, crache-t-elle en insistant sur le mot.

– « Ça » quoi ? je répète, sincèrement décontenancé, alors qu'elle retourne dans sa chambre en claquant la porte.

– Tes fous rires farmeurs, postillonne Donny, la bouche pleine du sandwich qu'il s'est confectionné à partir des restes de Thanksgiving pendant que j'avais le dos tourné.

– Putain, Donny, arrête de parler la bouche pleine, c'est dégueulasse, je râle. Et puis, qui t'a permis de vider le frigo de ma mère, bordel ?

Je lui donne une tape derrière la tête et attrape ma chemise, accrochée au dossier de la chaise de la cuisine, pour la remettre.

– De quels « fous rires » tu parles ? je lui demande ensuite, toujours aussi perplexe.

Mon pote fait passer sa bouchée avec une gorgée de Bud et s'essuie la bouche du revers de la main.

– J'ai dit : « sourires charmeurs ». Ta frangine en a ras le cul que tu fasses du gringue à ses copines.

– Que je… ?

Putain, alors celle-là, c'est la meilleure ! Parce que c'est moi, peut-être, qui ai maté effrontément ses potes tout l'après-midi ?

– Mais j'en ai rien à foutre, moi, de tes copines de lycée ! crié-je en direction de la chambre de Malicia. Hey ! Pour ta gouverne : tant qu'elles n'ont pas de poils, ça ne m'intéresse pas !

Furieuse, Mary-Alicia ouvre de nouveau la porte et me toise de toute la hauteur de son mètre cinquante-neuf. Son nez piqué de quelques taches de rousseur se fronce, ses grands yeux noisette pétillent de rage, son front barré d'une mèche châtain aérienne se concentre pour chercher la réplique qui tue. Je ne peux m'empêcher de savourer l'instant : nous, grands frères, ne nous lassons jamais du plaisir de faire sortir nos petites sœurs de leurs gonds.

– C'est ça, ouais, finit-elle par répondre. Y a qu'à voir ta collection de pornos où elles sont toutes épilées jusqu'au TROU DE BALLE ! crie-t-elle alors que Heaven se met à aboyer dans l'entrée et à faire le fou.

Petite peste…

Elle a bien choisi son moment pour lâcher sa repartie cinglante, celle-là ! Pile quand notre mère rentre de l'épicerie. Le chien fête cette dernière alors que je me précipite pour la décharger. Outrée, elle s'exclame :

– Malicia, ton langage ! Salut Donny, ajoute-t-elle distraitement.

S'il y a une honte à laquelle l'âge ne change rien, c'est bien celle qu'on éprouve à se faire griller par sa mère sur une histoire porno.

– 'lut m'dame Heller, répond Donny alors que je commence à ranger les courses dans le frigo en essayant de rester décontracté.

Malicia, je pourrais te buter.

Le pire, c'est que le petit monstre reste dans l'encadrement de la porte de sa chambre, bras croisés.

– Et puis d'ailleurs, qu'est-ce que tu fous là ? continue-t-elle. Tu n'as pas de maison ? Tu ne trouves pas ça pathétique de continuer à squatter chez ta mère à 22 ans ? T'as pas de vie ou quoi ?

– Malicia ! s'énerve notre mère. Je te signale que si ton frère a passé l'après-midi ici, c'est pour faire de la plomberie. D'ailleurs, me demande-t-elle avec un regard rempli d'angoisse et d'espoir, c'est bon, tu y es arrivé ?

J'ouvre le robinet et, sous ses yeux ébahis, l'eau s'écoule.

– Oh ! Seigneur, c'est un miracle : comment as-tu fait ? J'ai tout essayé : la ventouse, les litres de soude…

Je suis en train de lui expliquer que le problème, c'est que son évier était bouché trop loin pour la soude, à l'entrée de la colonne d'évacuation des eaux pour être exact, quand Malicia reprend sa diatribe.

– Il a passé l'après-midi à parader en marcel, à rouler des muscles et à jouer les plombiers de calendrier, ouais !

« Regardez-moi, je suis Aaron Heller, je suis baraqué, je suis tatoué, je suis le skateur pro le plus célèbre de la côte ouest : laissez-moi me charger de votre tuyauterie en prime, les filles. » Je te signale que Gia et Annalise étaient venues pour qu'on bosse, à la base. Histoire de récolter autre chose qu'un minable C+ à notre exposé ! Tu sais quelle pression je subis, dans mon école ? Lick-Wilmerding, c'est pas le lycée public, je te signale !

Je soupire en fermant le robinet et prends appui sur l'évier.

– J'en sais quelque chose, Mary-Alicia, expliqué-je en essayant de masquer mon exaspération, je te rappelle que c'est moi qui ai choisi cette école…

– … et que c'est toi qui paies les quarante-quatre mille dollars par an qu'elle te coûte, ça va, je sais, me coupe-t-elle sans me laisser une chance de finir. Ça ne te donne pas le droit de t'immiscer dans ma vie !

Je prends une profonde inspiration, boutonne ma chemise, puis roule les manches sur mes avant-bras couverts de tatouages. Que Malicia se mette dans des états pareils me surprendrait si je ne la connaissais pas aussi bien. Si elle pique sa crise, c'est probablement à cause de cette Annalise, une petite bourge qui habite Cow Hollow, ce quartier huppé où j'essaie désespérément de convaincre ma mère de me laisser lui trouver une baraque. Gia vient des quartiers sud, comme nous – avec Malicia, elles sont probablement les seules de tout le bahut, ce qui explique qu'elles soient inséparables depuis leur premier jour. Mais Annalise représente tout ce que Malicia ne sera jamais. Je sais qu'elle aurait voulu impressionner cette fille, faire ami-ami avec elle et peut-être être invitée pendant les vacances d'hiver dans son chalet à Aspen… Malicia a envie d'être populaire : quelle ado n'en rêve pas ? Mais m'accuser de vouloir m'immiscer dans sa vie, c'est injuste ! Je sais qu'une bonne partie de notre enfance, j'ai volé l'attention qu'elle aurait dû avoir. Pas par choix, vraiment pas. C'est quelque chose dont je culpabilise déjà assez comme ça, alors j'essaie toujours de la mettre en valeur du mieux que je le peux et de ne pas l'écraser. Et puis, elle ne s'en rend visiblement pas compte, mais je l'admire sincèrement. C'est peut-être grâce à l'argent de mes sponsors que j'ai pu payer son inscription à Lick-Wilmerding, mais ce sont ses résultats brillants qui lui ont permis d'y entrer ! Moi qui ai fini le lycée à peine au-dessus de la moyenne, je suis incroyablement fier d'elle.

– Bon, je vais sortir Heaven, lancé-je, battant en retraite.

En entendant son nom et en comprenant qu'on va aller faire un tour, Heaven se met à battre de la queue, à aboyer, à décrire des cercles dans le hall d'entrée. La première fois que j'ai vu ce chien, c'était il y a six ans. Il avait 5 mois et il gémissait tristement, enfermé dans sa cage de refuge. Moi, j'étais déprimé parce qu'on avait fait piquer Wax huit mois plus tôt – un cancer de l'estomac. J'ai toujours été un mec à chiens, mais je n'étais pas prêt à passer à autre chose : si j'étais là, c'était uniquement parce que Malicia, 10 ans, réclamait un chiot. Mais quand j'ai vu ce croisement entre un beauceron et un rottweiler me regarder avec ses grands yeux bruns, j'ai craqué sur sa petite gueule noire et son oreille marron. On est rentrés avec lui le jour même.

C'est moi qui ai dressé Heaven ; officiellement, c'est mon chien. Mais quand je suis parti de chez ma mère il y a quatre ans, je n'ai pas voulu le prendre avec moi. D'une, un skateur professionnel bouge tout le temps. De deux, je voulais que ma mère et Malicia aient un bon chien de garde. Non que le quartier craigne vraiment, mais bon, ce n'est pas Cow Hollow et ses maisons ultra-sécurisées non plus. Enfin… Comment convaincre une maman poule de quitter la maison où elle a élevé seule ses deux enfants et où chaque pièce est remplie de souvenirs ? De quitter la rue où elle les regardait jouer avec les voisins ? Et puis Kerry, sa meilleure amie, n'est qu'à deux blocs de là, et moi, à seulement quinze minutes en skate…

– Laisse, Aaron, je vais me charger du chien, me dit ma mère en me donnant un rapide baiser sur la joue. Je dois ressortir, de toute façon. Merci encore pour la plomberie.

– Pas de quoi, madame H., répond Donny à ma place – comme s'il avait fait autre chose que me regarder bosser en me donnant des conseils à la con, genre « T'as essayé de vider le siphon ? ».

– Et merci à toi, Donny, ironise ma mère, d'avoir encore vidé mon frigo et liquidé mes bières alors que je n'en ai pas racheté. Grâce à toi, je suis certaine de ne jamais finir alcoolique.

– Si je peux rendre service…

– Quant à toi, jeune fille, l'ignore ma mère, je ne sais pas si je vais te laisser aller à cette fête vendredi prochain, finalement…

– Maman ! Tu ne peux pas faire ça !

– Mais si. Est-ce que toi, tu peux essayer d'être un peu plus aimable avec ta famille, hmmm ? De prendre sur toi jusqu'à ce que cette… tempête hormonale que tu vis soit passée ?

Donny ne peut s'empêcher de pouffer. J'imagine qu'il ne comprend l'humour cinglant de ma mère que quand ce dernier ne lui est pas adressé…

– Donny, lui fait Malicia avec un grand sourire hypocrite, tu as comme un truc, là… On dirait du beurre de cacahuète ou une… une crotte de nez…

– Où ça ? Où ça ? s'affole mon pote alors que la porte de Malicia se ferme une nouvelle fois dans un claquement impitoyable.

– Mais non, mec, elle te fait marcher, je le rassure en lui donnant une claque dans le dos. Allez, viens, on décolle.

– Et qu'est-ce que vous faites, ce soir, les garçons ? s'enquiert ma mère.

– Hell et moi, on va briser des cœurs à une soirée étudiante…

– Mon fils, très certainement, lui répond ma mère, pince-sans-rire. Toi, j'imagine que tu vas surtout casser des pieds.

J'esquisse un sourire de sale gosse. Ma mère et Donny, c'est l'amour vache depuis des années.

– Pourquoi z'êtes aussi dure avec moi, madame H. ?

– Raison numéro un : je ne supporte pas que tu m'appelles comme ça. Raison numéro deux : je n'aime pas non plus que tu appelles mon fils « Hell[1] »…

– … C'est son surnom depuis la quatrième ! se justifie Donny.

– Surnom que tu lui as trouvé. Et si tu veux tout savoir, ajoute-t-elle faussement agacée pour le taquiner, je tenais vraiment à cette bière. À cause de toi, je vais probablement être obligée d'aller boire un verre dehors, dans un bar où un type – à peu près ton genre mais avec vingt ans de plus – va tenter de savoir si j'ai un petit nom, si je viens souvent ici, si j'habite seule et s'il peut m'offrir un verre. Bien sûr, si je dis non, il va le prendre mal, et si j'accepte, il va se sentir autorisé à me poser la main sur le genou… Tu viens plus ou moins de me prostituer, Donny. Moi, une femme de 47 ans. Tu te rends compte ?

Déjà disponible
dans toutes les bonnes librairies !

1. « L'enfer » en anglais.

Petit catalogue d'Emma Green à l'usage des nouveaux lecteurs !

Les romans « one shot »

Cent facettes de Mr Diamonds
Fallait pas me chercher !
Bliss. Le faux journal d'une vraie romantique
Fais-moi une place
It's Raining Love!
Recherche coloc : emmerdeurs, râleurs, lovers… s'abstenir !
10 bonnes raisons de te détester !
Just 17
Love & Lies on Campus
If You wanna Be My Lover…

Les séries

• Les *Toi + Moi*
Seuls contre tous raconte les années campus d'Alma et Vadim, *L'un contre l'autre* et *Envers et contre tout* les années adultes. *Seuls contre tous* peut se lire indépendamment des deux autres volumes.
Seuls contre tous (1/3)
L'un contre l'autre (2/3)
Envers et contre tout (3/3)
• Les *Jeux*
La série des *Jeux* est divisée en deux saisons : la première centrée sur le couple de Liv et Tristan, et la seconde qui raconte l'histoire de June et Harry.
Vous pouvez ne lire qu'un tome, les quatre, seulement les deux premiers ou seulement les deux derniers !
Saison 1
Jeux interdits (1/2)
Jeux insolents (2/2)
Saison 2
Jeux imprudents (1/2)
Une toute dernière fois (2/2)

Les romans qui peuvent se lire seuls ou avec spin-off

Ces livres-ci peuvent se lire indépendamment, ce ne sont pas des suites mais des spin-off, des romans compagnons. On retrouve des personnages récurrents d'un volume à l'autre, mais les héros changent à chaque fois.

• Les *Call Me*
Call Me Baby (Sidonie & Emmett)
Call Me Bitch (Joe & Jude)
• Les *Love & Kiss*
Love Me if You Can (Adèle & Damon)
Kiss Me if You Can (Violette & Blake)
• *Corps, Cœurs & Âmes*
Corps impatients (Thelma & Finn)
Cœurs insoumis (Solveig & Dante)
Âmes indociles (Calliopé & Lennon)
• *Strange & Strong*
PS : Oublie-moi ! (Léo & Wolf)
Bien plus forte que toi ! (Willa & Rio)
• Les *Boys*
The Boy Next Room (Céleste & River)
The Boy on Fire (Nell & Jagger)

addictives

Rose Becker
Le Bébé, mon milliardaire et moi (aussi en poche)
Torride, sexy & dangereux
Forever You – saisons 1 et 2
Dangerous

Aimée Bianca
B.O.S.S. Beau, Odieux, Sexy, Snob

Phoebe Campbell
Lui résister… ou pas – l'intégrale
You Again
Single Daddy. Try Me if You Can

Mia Carre
Bad for You
Teach Me Everything
Charmant connard !

Mélodie Chavin
Campus Rules
Fucking Wedding
Coloc avec mon ennemi

Alexia Clemens
Red Python. Save Me

Sonia Eska
Ne me tente pas

Emma Green
Toi + Moi : L'un contre l'autre (aussi en poche)
Toi + Moi : Envers et contre tout (aussi en poche)
Toi + Moi : Seuls contre tous (aussi en poche)
Call Me Baby – volumes 1 et 2
Call Me Bitch
Love Me if You Can
Kiss Me if You Can
Bliss. Le faux journal d'une vraie romantique – volumes 1 et 2
Jeux interdits
Jeux insolents
Jeux imprudents
Une toute dernière fois
Fallait pas me chercher ! – volumes 1 et 2
Corps impatients (aussi en poche)
Cœurs insoumis (aussi en poche)
Âmes indociles (aussi en poche)
Cent facettes de Mr Diamonds – l'intégrale
Bliss. Le faux journal d'une vraie romantique – l'intégrale
(Im)parfait
Love Me if You Can – l'intégrale
Kiss Me if You Can – l'intégrale
It's Raining Love !
The Boy Next Room
Call Me Baby – l'intégrale
Call Me Bitch – l'intégrale
PS : Oublie-moi !
Fallait pas me chercher ! – l'intégrale
Recherche coloc : emmerdeurs, râleurs, lovers… s'abstenir !
10 bonnes raisons de te détester !
Just 17
Love & Lies on Campus
Bien plus forte que toi !
If You Wanna Be My Lover…
The Boy on Fire

Megan Harold
Breaking the Rules
Initiation with My Boss

Ludivine Hart
Arrogant & Tattooed

Amy Hopper
Gone Boy
Le Coloc

Charlie Lazlo
Mon insupportable boss

Sienna Lloyd
Mords-moi !

Caroline Mongas
Mariage forcé. Un contrat indécent

June Moore
Étreinte – volumes 1 à 3

Zoé Murat
Stepbrother Love
Boss Me Around

Clara Oz
Arrogant

Lina Parker
Campus at Sea

Gaëlle Sage
Kiss, Kill & Ride
Lost Rider

Ana Scott
Dark Ride
Last Ride
Vicious Ride
The Dominant
Evil Ride
Sensual Stepbrother
Un enfoiré mais un coup d'enfer !
Say Yes to the Boss
Le Meilleur Ami de mon frère

Camilla Simon
Le voisin parfait est un enfoiré
Initiation with My Enemy
Le mec parfait est un inconnu… ou presque !
Le rockeur parfait est insolent et tatoué

Ève Souliac
Sexy Mistake

Liv Stone
Love Lessons

Lisa Swann
Adore-moi ! – l'intégrale

Louise Valmont
Toi & moi, c'est compliqué !
Campus Initiation
Mon insupportable voisin !

Chloe Wilkox
Extreme Lover – l'intégrale
Immoral
Dominant Boss. Apprends-moi
The Virgin's Price

Luv

Ana K. Anderson
Indompté
Scottish Bastard

Sophie Auger
Be with Me

Sonia Birdy
L'Initiation
Touchdown. Campus Star

Laura Black
Dark Initiation
Games of Desire
H.A.R.D. Hot, Arrogant, Rebelle, Déterminé
Sulfurous Bad Boy

Margot D. Bortoli
Too Young

Juliette Brunel
Delicious

Anne Cantore
Promets-moi. Louise et Marco

Sarina Cassint
Avec toi… peut-être
Insolent Boss

Romy Cole
Never Kiss a Soldier

Mary Ann Davis
Coach Me Love

Gwen Delmas
Noël, toi & moi
Sex Friends. Pas de contraintes, que du plaisir !

Sarah Dheilm
Hot Reward

Eugénie Dielens
Imprévisible boss
The Boss Next Door

Cléa Dorian & Ninon Vars
Dark Love

Laurie Eschard
Love Naked

Lil Evans
Savage Rider
Crash & Burn
Boss Affair

Lou Garance
Can You Keep a Secret ?
Foutu coloc !

Alexandra Gonzalez
Shades of You

Erin Graham
Teach Me Love
The Boss
Secret Stepbrother
Strong Addiction
Coloc avec mon boss
The Initiation

Joh Harper
Crazy Love
Broken but Alive

Marie Hayle
Under Control
Lover Next Door

Ellie Jade
About Last Night

Emma S. James
Under the Rain

Lucie F. June
Fight with Darkness

Sara June
Rider in the Dark
Sexy Wild Rider

Emily Jurius
Love to Hate You

Antinea Kane
In Love with My Enemy

Allie Krown
High School Challenge

Marion Laurent
Mr Alpha
I Want You in My Bed!

Pauline Libersart
Tiger. Entre ses griffes

Nina Loren
Breaking the Ice
Teach Me Again. Impossible Desire

Ella Lores
Mariée par accident à un connard arrogant rencontré la veille…
My Best Enemy

Jessica Lumbroso
Emma X. Secrète et insoumise

Lili Malone
Coloc avec un inconnu

Mila Marelli
Dark Man in Love
Crazy Wedding

Mag Maury
My Hipster Christmas

Billie Morgan
Free Fighter

Aurore Nox
Foutu menteur !

Alix Parks
Never Kiss the Boss

Jeanne Pears
Insupportable coloc
Colocs & Sex Friends
H.O.T. Hypnotique, Obstiné, Ténébreux
The Most Insolent Man

Alexia Perkins
Arrogant Fake Lover

Sophie S. Pierucci
L'Inconnu de l'ascenseur & Moi (aussi en poche)
My Stepbrother. L'initiation

Silvia Reed
Darkest. La dernière heure
Too Close

Anita Rigins
No Rules
My Rules

Avril Rose
Coffee, Sex & Law

Jana Rouze
Effet de vague – saisons 1, 2 et 3

Isla A. Rowley
Le coloc de mon frère

Wendy Roy
Une seule fois (ou presque)

Ana Scott
À corps brisés

Adora Sky
Decadent Lover

Léana Soal
Fight & Hope

Cara Solak
Perfect Obsession

Izia Soley
Fauve
Initiation. On Your Skin

Liv Stone
Initie-moi. Mes jours contre tes nuits

Lena K. Summers
Perfect Bad Boy
Donovan, roi des connards

Kaly Swann
Austin. Breathe with Me

Lily Tortay
Dance for Me

Flore Valier
Ta peau contre la mienne

Anna Wendell
Arrogant Bad Boy
Apprends-moi le désir
Colosse. Le maître du jeu
Break Your Chains

Mina Zadig
Just Sex & Tattoos
Arrogant Highlander

addictives (New adult)

Sonia Birdy
California High School

Mélodie Chavin
Stepbro' Next Door

Sianna Milano
High School Initiation

Isla A. Rowley
Toxic Games

addictives POCHE

Rose Becker
Le Bébé, mon milliardaire et moi (aussi en grand format)
Désirs & Désastres

Marjorie Burbaud
The Campus Teacher

Phoebe Campbell
Tes ordres sont mes désirs

Olivia Dean
À lui, corps et âme – volumes 1 et 2

Sonia Eska
My Last Chance

Lou Everly
Bad Boy Crush

Erin Graham
Nos amours contraires

Emma Green
Seuls contre tous (aussi en grand format sous le titre *Toi + Moi : Seuls contre tous*)
L'un contre l'autre (aussi en grand format sous le titre *Toi + Moi : L'un contre l'autre*)
Envers et contre tout (aussi en grand format sous le titre *Toi + Moi : Envers et contre tout*)
Corps impatients (aussi en grand format)
Cœurs insoumis (aussi en grand format)
Âmes indociles (aussi en grand format)

Kim Grey
Fausse fiancée & vrais ennuis

Megan Harold
Sublime-moi !

Charlie Lazlo
Kiss Me I'm Famous
The Duke

Jeanne Pears
Jamais avec mon coloc !

Sophie S. Pierucci
L'Inconnu de l'ascenseur & Moi (aussi en grand format)
Deep & Dark

Lise Robin
Forbidden Stepbrother

Alexane Tolley
The Boss Rules

Chloe Wilkox
Your Game, My Rules

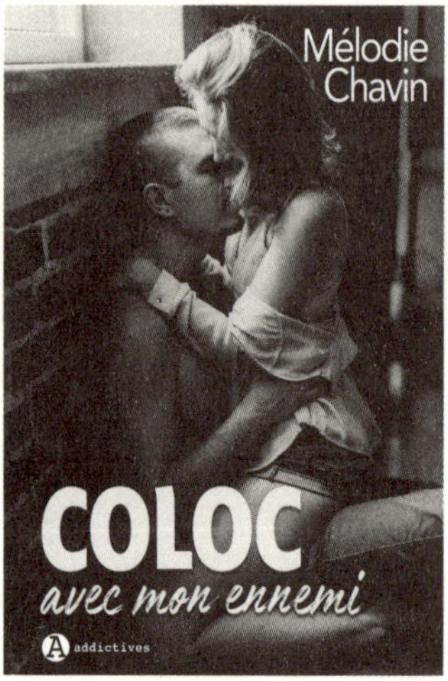

Coloc avec mon ennemi
Mélodie Chavin

Ce qui se passe au Mexique reste au Mexique…

La fin des études universitaires a sonné ! Après six années à travailler dur, Lexie est enfin diplômée. Et quoi de mieux que de fêter ça en partant pour un mois et demi de vacances avec sa bande d'amis délurés ? Miley, Noah, Scott, Calum et Lexie s'envolent pour le Mexique avec une seule chose en tête : s'amuser et profiter à fond !

Mais ce que Lexie n'avait pas prévu, c'était de totalement craquer pour Calum, son pire ennemi depuis le lycée, et le meilleur pote d'enfance de son ex-petit ami, Scott. Depuis toujours, ils se détestent cordialement et pourtant la tentation n'a jamais été aussi forte. D'autant plus que dans la grande villa où ils logent, il leur suffit de pousser discrètement la porte de la chambre d'à côté pour céder au désir…

Auteure : Emma Green

Edisource – Éditions Addictives
100, rue Petit, 75019 Paris
Imprimé par FINIDR – Lipova cp. 1965 – 73701 Cesky Tesin,
République tchèque
Dépôt légal : mai 2019 – Achevé d'imprimer : avril 2019
Réimprimé en septembre 2019, juin 2020, juin 2021, avril 2022
et septembre 2022
ISBN : 978-2-37126-279-9
Réf. contrats : ZRIV_001, ZRIV_002, ZRIV_003 et ZRIV_004